国家哲学社会科学成果文库

NATIONAL ACHIEVEMENTS LIBRARY
OF PHILOSOPHY AND SOCIAL SCIENCES

魏晋南北朝歌诗研究

刘怀荣　傅炜莉　宋亚莉　著

人民出版社

作者简介

刘怀荣　文学博士，中国海洋大学教授，博士生导师。主要研究魏晋南北朝文学，出版《赋比兴与中国诗学研究》《魏晋南北朝大文学史》(第一主编)等多部著作,在《文学评论》《文学遗产》《文艺研究》等刊物发表论文百余篇。

傅炜莉　文学博士，青岛大学文学院讲师。出版《沈鸿烈研究》(第二作者)等，发表论文 10 余篇。

宋亚莉　文学博士，青岛大学文学院讲师。出版《东汉晚期士人活动与文学批评》，与刘怀荣合著有《魏晋南北朝乐府制度与歌诗研究》，发表论文 30 余篇。

《国家哲学社会科学成果文库》
出版说明

为充分发挥哲学社会科学研究优秀成果和优秀人才的示范带动作用，促进我国哲学社会科学繁荣发展，全国哲学社会科学工作领导小组决定自 2010 年始，设立《国家哲学社会科学成果文库》，每年评审一次。入选成果经过了同行专家严格评审，代表当前相关领域学术研究的前沿水平，体现我国哲学社会科学界的学术创造力，按照"统一标识、统一封面、统一版式、统一标准"的总体要求组织出版。

全国哲学社会科学工作办公室
2021 年 3 月

目　　录

导　言 ……………………………………………………………（ 1 ）

上编　魏晋南北朝歌诗的创作、表演及艺术特征

第一章　曹魏、西晋歌诗的创作、表演与艺术特征 …………（ 9 ）
　　第一节　曹魏、西晋歌诗发展概况 ………………………（ 9 ）
　　第二节　曹魏、西晋歌诗的主要内容 ……………………（ 15 ）
　　第三节　曹魏、西晋歌诗的表演特点 ……………………（ 36 ）
　　第四节　曹魏、西晋歌诗的艺术特征 ……………………（ 87 ）
　　小　结 ……………………………………………………（ 98 ）

第二章　东晋南朝歌诗的创作、表演与艺术特征 …………（ 99 ）
　　第一节　东晋南朝歌诗发展概况 …………………………（100）
　　第二节　东晋南朝歌诗的主要内容 ………………………（128）
　　第三节　东晋南朝歌诗的创作与表演 ……………………（141）
　　第四节　东晋南朝歌诗的艺术特征 ………………………（176）
　　小　结 ……………………………………………………（195）

第三章　北朝歌诗的创作、表演与艺术特征 ………………（197）
　　第一节　北朝歌诗发展概况 ………………………………（198）

第二节　北朝歌诗的主要内容 ……………………………………（204）

第三节　北朝歌诗的创作与表演 …………………………………（215）

第四节　北朝歌诗的艺术特征 ……………………………………（242）

小　结 ………………………………………………………………（245）

下编　魏晋南北朝歌诗个案研究

第四章　士人的音乐修养与歌诗活动 ……………………………（249）

第一节　曹魏、西晋士人的音乐修养和歌诗活动 ………………（249）

第二节　东晋南朝士人的音乐修养与歌诗活动 …………………（253）

第三节　北魏士人的音乐修养与歌诗活动 ………………………（260）

第四节　北齐至隋士人的音乐修养与歌诗活动 …………………（263）

小　结 ………………………………………………………………（266）

第五章　艺人与歌诗表演 …………………………………………（267）

第一节　曹魏、西晋的艺人与歌诗表演 …………………………（267）

第二节　东晋南朝的艺人与歌诗表演 ……………………………（273）

第三节　北魏的艺人与歌诗表演 …………………………………（281）

第四节　北齐至隋的艺人与歌诗表演 ……………………………（283）

小　结 ………………………………………………………………（286）

第六章　女性与歌诗创作及表演 …………………………………（288）

第一节　女性在歌诗活动中的地位 ………………………………（288）

第二节　史籍中所见之女性艺人 …………………………………（297）

第三节　歌诗中的女性题材 ………………………………………（307）

第四节　歌诗中的女性形象 ………………………………………（315）

第五节　《玉台新咏》的编纂与女性之关系 ………………………（324）

小　结 ………………………………………………………………（328）

第七章　乐器与士人生活及歌诗之关系——以琴、筝为中心 ……… （329）

　第一节　魏晋南北朝乐器发展概况 ……………………………… （329）

　第二节　乐器与士人生活 ………………………………………… （337）

　第三节　乐器演奏与歌诗艺术特征——以琴、筝为例 ………… （356）

　小　结 …………………………………………………………… （391）

第八章　梁三朝乐"俳伎"的性质与表演特点 ……………… （393）

　第一节　几种不同版本的标点问题 ……………………………… （394）

　第二节　《矛俞》《弩俞》的发展源流 ………………………… （396）

　第三节　《矛俞》《弩俞》的舞蹈特点 ………………………… （400）

　第四节　《巴渝舞》的娱乐特点 ………………………………… （403）

　第五节　《俳歌辞》文本解读与俳伎的表演特点 ……………… （412）

　小　结 …………………………………………………………… （419）

第九章　魏晋南北朝歌诗的娱乐本质与文体特征 …………… （420）

　第一节　魏晋南北朝歌诗的发展动力 …………………………… （421）

　第二节　魏晋南北朝歌诗的娱乐本质 …………………………… （424）

　第三节　魏晋南北朝歌诗的文体特征 …………………………… （427）

　小　结 …………………………………………………………… （432）

参考文献 …………………………………………………………… （433）

索　引 …………………………………………………………… （442）

后　记 …………………………………………………………… （449）

CONTENTS

Introduction ··· (1)

PATR ONE：**The Composing, Performing and Artistic**
Characteristics of Song-poetry in Wei-Jin
and the Northern and Southern Dynasties

Chapter Ⅰ   The composing, performing and artistic characteristics of
song-poetry in Cao Wei and Western Jin Dynasties ··· (9)

Section Ⅰ   A survey of the development of song-poetry in the Cao Wei
and Western Jin Dynasties ······································· (9)

Section Ⅱ   The main contents of song-poetry in the Cao Wei and
Western Jin Dynasties ·· (15)

Section Ⅲ   The performing characteristics of song-poetry in the Cao
Wei and Western Jin Dynasties ····························· (36)

Section Ⅳ The artistic characteristics of song-poetry in the Cao Wei and
Western Jin Dynasties ·· (87)

Summary ·· (98)

Chapter Ⅱ　The composing, performing and artistic characteristics
of song-poetry in the Eastern Jin and Southern
Dynasties ·· (99)

Section Ⅰ　A survey of the development of song-poetry in the Eastern
Jin and Southern Dynasties ························ (100)

Section Ⅱ　The main contents of song-poetry in the Eastern Jin and
Southern Dynasties··································· (128)

Section Ⅲ　The composing and performing of song-poetry in the
Eastern Jin and Southern Dynasties ·············· (141)

Section Ⅳ　The artistic characteristics of song-poetry in the Eastern
Jin and Southern Dynasties ······················· (176)

Summary ··· (195)

Chapter Ⅲ　The composing, performing and artistic characteristics
of song-poetry in the Northern Dynasty ··········· (197)

Section Ⅰ　A survey of the development of song-poetry in the Northern
Dynasty ··· (198)

Section Ⅱ　The main contents of song-poetry in the Northern Dynasty ··· (204)

Section Ⅲ　The composing and performing of song-poetry in the
Northern Dynasty ····································· (215)

Section Ⅳ　The artistic characteristics of song-poetry in the Northern
Dynasty ··· (242)

Summary ··· (245)

PART TWO: Case Studies of Song-poetry in Wei-Jin and the Northern and Southern Dynasties

Chapter Ⅳ　The scholars's music cultivation and song-poetry activities ··· (249)

Section Ⅰ　The Cao Wei, Western Jin scholars' music cultivation
and song-poetry activities ······················· (249)

Section Ⅱ   The Eastern Jin and Southern Dynasties scholars' music

cultivation and song-poetry activities ·················· (253)

Section Ⅲ   The Northern Wei scholars' music cultivation and song-

poetry activities ································· (260)

Section Ⅳ   Scholars' music cultivation and song-poetry activities

since the Northern Qi to Sui Dynasty ·················· (263)

Summary ····································· (266)

Chapter Ⅴ   **Artist and song-poetry performing** ·················· (267)

Section Ⅰ   The Cao Wei, Western Jin artists and song-poetry

performing ·································· (267)

Section Ⅱ   The Eastern Jin and Southern Dynasties artists and song-

poetry performing ······························· (273)

Section Ⅲ   The Northern Wei artists and song-poetry performing ······ (281)

Section Ⅳ   Artists and song-poetry performing since the Northern

Qi to Sui Dynasty ······························ (283)

Summary ····································· (286)

Chapter Ⅵ   **Female state in composing and performing of**

song-poetry ································· (288)

Section Ⅰ   The status of female in song-poetry activities ··········· (288)

Section Ⅱ   Female artists recorded in historical records ··········· (297)

Section Ⅲ   Female themes in song-poetry ·················· (307)

Section Ⅳ   Female images in song-poetry ·················· (315)

Section Ⅴ   The relationship between the compiling of *Yutai Xinyong*

and female ·································· (324)

Summary ····································· (328)

Chapter Ⅶ   **The relationship between musical instruments,**

scholars and their song-poetry——focusing

on Qin and Zheng ·························· (329)

Section Ⅰ   Overview of the development of musical instruments of
            Wei-Jin and the Northern and Southern Dynasties ······ (329)
Section Ⅱ   Musical instruments and the scholars ···················· (337)
Section Ⅲ   Musical instruments performing and the artistic
            characteristics——taking Qin and Zheng for example ······ (356)
Summary   ·· (391)

Chapter Ⅷ   The nature and performing characteristics of
            'Paiji' in the 'Sanchao Music' of
            Liang Dynasty ··· (393)
Section Ⅰ   Punctuation problems of several codex versions ········· (394)
Section Ⅱ   The filiation and development of 'Mao Yu' and
            'Nu Yu' ··· (396)
Section Ⅲ   The dance characteristics of 'Mao Yu' and 'Nu Yu' ······ (400)
Section Ⅳ   The entertainment characteristics of 'Bayu Dance' ··· (403)
Section Ⅴ   The text interpretation of 'Paigeci' and the
            performing characteristics of 'Paiji' ····················· (412)
Summary   ··· (419)

Chapter Ⅸ   The entertainment essence and stylistic features
            of the song-poetry of the Wei-Jin and the
            Northern and Southern Dynasties ····················· (420)
Section Ⅰ   The development power of song-poetry development ··· (421)
Section Ⅱ   The entertainment essence of song-poetry ················ (424)
Section Ⅲ   The stylistic features of song-poetry ······················· (427)
Summary   ··· (432)

References ··· (433)
Index ··· (442)
Afterword ··· (449)

导　言

　　歌诗本指配乐配舞用于表演的歌辞，是不同于诗歌的一个概念。早在班固《汉书·艺文志》中，它就已是文体名称。至齐梁时期，"乐府"发展为与歌诗及诗并行的诗体名称，专指经乐府机构配乐及文人依乐府古题拟作或自作新题而未配乐的诗歌。就魏晋南北朝而言，"乐府"与"歌诗"在很大程度上是重合的，后者的范围稍宽，还可包括歌谣、民间小调或文士即兴歌唱的歌辞，但学者们在"乐府""乐府诗"或"歌诗""乐府歌诗（辞）"诸概念的使用方面，并未达成共识。为论述方便，本书主要使用"歌诗"这一概念，必要时用"乐府歌诗"。近代以来，只有任半塘、王运熙等部分学者，对歌诗的表演艺术属性给予了关注。多数研究者往往把歌诗混同于一般的诗歌，只进行文本研究，故其作为表演艺术的特点，在较长的历史时期里未能得到应有的重视。近二十多年来，首都师范大学教育部人文社会科学重点研究基地——中国诗歌研究中心，对歌诗研究做出了重要的贡献，起到了积极的推动作用。本书是国家社科基金项目结项成果，其研究工作即在这一学术背景下展开。全书立足歌诗艺术的音乐性、表演性和消费性特征，尝试对魏晋南北朝歌诗作为表演艺术的某些重要特征进行个案研究，现将书中重点探讨的问题简述如下。

　　一是歌诗创作、表演与艺术特征关系研究。以往只重视文本和内容的研究，有意无意地忽视了对歌诗配乐演唱情况，及歌诗表演方式对歌诗结构、语言、美学特质所产生的影响等问题的研究。本书把这些问题作为歌诗的重要特质，对表演特点尚可大致考知的部分歌诗进行重点研究，改变了以往的研究思路，在一些具体问题上有新的发现。

曹魏时期相和歌曲目和调类逐步定型，丝竹相和的程式也逐渐标准化，并对这一时期歌诗慷慨悲凉风格的形成产生了直接的影响；西晋以歌诗演述故事的表演风尚和方式，促成了故事体歌诗的兴盛，并对后世的说唱文学和戏剧产生了重要的影响；西晋前期乐府歌诗曾有过短暂的繁荣，适应朝廷祭祀仪式和娱乐的实际需求，雅舞、杂舞都获得了较为充分的发展，而郊庙、燕射与舞曲歌辞也均兴盛一时。

从《相逢行》到《三妇艳》的系列歌诗从汉代到南朝的发展，不仅为我们考察歌诗创作提供了一条很好的线索，从现存的一些有关这一系列歌诗演唱的史料可知，至迟从刘宋时期刘铄创作《三妇艳》开始，配合《相逢行》古辞末六句的乐曲，就已被独立出来，纳入平调曲中演奏。《三妇艳》很可能是依曲填词，且均可以入乐演唱。从后人的大量拟作可知，《三妇艳》在当时很受欢迎，这与其曲调之美显然是分不开的。这一系列歌诗的发展演变，体现了东晋南朝文人歌诗创作向音乐性、表演性靠拢的特点，从另一侧面反映出音乐和表演对歌诗创作的制约。

东晋南朝，白纻舞吸取前代表演的精粹，并融合时代的特色，发展成为融歌、乐、舞、诗为一体的大型宫廷乐舞，受到社会各阶层的喜爱。从相关文献的记载来看，白纻舞以群体表演为主，有时也作为《巾舞》的送曲，其服饰、舞者表情、舞蹈动作及整体艺术效果，在文人歌诗和其他史料中均有一定的反映。梁代白纻舞的舞蹈人数已经大大减少，但其表演效果仍然令观者有"梁尘俱动"的艺术震撼。正因为白纻舞广受欢迎，《白纻歌》歌辞也成为文人创作的热点，其始终以七言为主，语言上节奏多变，韵律舒缓与繁促相间等特点，也需要从表演的角度去理解。

《采莲曲》《采菱曲》原本都是民间歌诗，后来被上层文人改造为宫廷歌诗，其表演方式虽难以详述，但至少在齐梁时代，文人所作的《采莲曲》与《采菱曲》多是配乐演唱的。如齐代王融应司徒竟陵王萧子良教而作的《采菱曲》，属于《齐明王歌辞》七曲中的第四曲，① 共三解，是较为典型的

① 参见（宋）郭茂倩编：《乐府诗集》卷五十六《舞曲歌辞五》，中华书局 1979 年版，第 812—814 页。

舞曲歌辞，肯定是可以演唱的。后来梁武帝改制西曲，《采菱曲》《采莲曲》为《江南弄》七曲中的两曲。现存梁武帝、梁简文帝、沈约等人的《江南弄》14首，均为"七七七三三三三"句式，明显是采取"依调填词"的方式创作而成，其受乐曲影响的特点更为明显。

受音乐和表演特点的影响，东晋南朝歌诗体式多为短小的五言四句，而组诗形式的出现、谐音双关及和送声等形式和技巧的运用，既是这一时期歌诗的显著特点，也都与歌诗表演有着密切的关系。而歌舞伎乐的表演者多为女性的特点，则对观众与创作者的审美趣味产生了极为重要的作用，使爱情和艳情成为东晋南朝歌诗最重要的主题。

北朝横吹曲有不少乐歌可能是同源乐歌，如《折杨柳歌辞》与《折杨柳枝辞》，《陇头歌辞》与《陇头流水歌》，《高阳乐人歌》与《白鼻䯄》等。它们是依据同一乐曲创作的不同歌辞。同源乐歌的存在，既反映出汉魏旧曲在北朝的影响力，也显示出这类歌诗在当时普遍传唱、深受欢迎的现状。这是其一再配辞、形成新歌的重要前提。由于统治者对异域曲调的偏爱，北朝包括郊庙歌辞和燕射歌辞在内的朝廷乐歌中，融入了诸多的高昌乐、龟兹乐、西凉乐等胡乐元素，因而受到了"郊庙之乐，徒有其名"（郭茂倩语）的批评，但正是这些异域曲调的融入，为朝廷雅乐歌注入了新鲜的血液，也有力地推动了歌诗的发展和新变。

挽歌在北朝皇室、贵族的葬礼上是必不可少的，在社会生活中具有重要的地位和作用。朝廷文士奉旨创作或主动敬献挽歌的现象，在当时非常普遍。文献所保留下来的那些挽歌，只不过是九牛一毛而已。挽歌由朝廷的专业人员——挽郎来表演，他们从公卿以下子弟中挑选出来，是同龄人中的精英，德才兼备并通晓音乐是入选的必备条件。挽郎的演唱极大地提升了挽歌表演的整体水准，对歌诗的发展起到了积极的作用。

杂曲歌辞中收录的北朝故事体歌诗《杨白花》，除继承西晋故事体歌诗情节曲折、敷衍史实等特点之外，在表演上也具有自己的独特韵味。《咸阳王歌》不仅在北朝入乐演唱，也曾在江南广为流传。另有《敦煌乐》等杂曲歌辞，直接将歌舞的场景写入歌诗，更具现场表演性。

二是文人、艺人及女性与歌诗关系研究。歌诗与诗歌不同，在其完成过程中，创作者、表演者、欣赏者（消费者）缺一不可。因此，不仅需要文人具备一定的音乐素养，也离不开艺人的参与。汉魏以来流行的清商三调曲和东晋南朝新起的清商曲辞，多由女性艺人演唱。因此，在这一时期，女性在歌诗的发展中具有不可忽视的作用。本书对这三类人物与歌诗的关系作了初步的研究，对歌诗研究有所拓展。

魏晋南北朝时期，有一大批精通音乐的文人，以创作者和观赏者（消费者）的双重身份，为歌诗的创作和繁荣提供了特殊的支持。在创作新曲，尤其是按曲作辞方面，他们所发挥的独特作用，是那些仅能享受声色之美而缺乏创造能力的其他消费者所无法比拟的。这是歌诗超越纯文学框架的一个重要方面。艺人虽地位低下，但他们或为歌诗的配乐者，或以其动人的歌唱与迷人的舞姿成为歌诗艺术表演中的重要角色。其中有些艺人还是乐府歌诗的创作者，并有作品流传。可以说，所有的歌诗艺术活动，如果没有他们的参与，肯定不完整，也无法进行。所以我们今天的文学史研究对于艺人在歌诗发展史上的意义和价值，无论如何都是不能忽视的。

清商乐的表演者多为女性，她们对歌诗的表演和传播起到了不可替代的作用，有些女艺人不仅参与了歌辞配乐工作，还创作有歌诗作品。这一时期歌诗的繁荣，女性发挥了重要的作用。了解这一点，对于准确把握歌诗的创作和发展，是非常必要的。作为创作者兼观赏者，文人在表演的全过程中，与女性表演者在艺术情境中形成了一种特殊的关系。文人歌诗中对女性容貌、歌唱、舞姿等的赞美，成为替艺人"捧场"的常态，此乃男女艳情发展为文学流行主题的重要原因之一。

三是乐器与歌诗关系研究。以往学者们多是从音乐自身的特点或乐调出发，探讨音乐对歌诗的影响。在我们看来，音乐对歌诗的影响，在很大程度上是通过乐器来实现。不同乐器所演奏的音乐是有差别的，对歌诗的要求也不同。因此乐器对歌诗的影响更为直接，比音乐对歌诗的影响更为具体。要对某些问题进行深入的研究，探讨乐器与歌诗的关系是非常必要的。

魏晋南北朝是我国乐器大发展的时期，来自不同地域、不同民族的各种乐器，在相互交流中得到了改进和发展。不仅促进了音乐的繁荣，也使工诗文、晓音律、能演奏一种甚至几种乐器的士人数量大增，丰富了士人生活和歌诗创作。大量乐器赋、咏乐器诗的出现，从一个侧面显示了乐器对歌诗创作的影响。乐器独奏或不同乐器合奏的音乐特质，对歌诗创作产生了不同的影响。

古琴形制特质在很大程度上影响着歌诗的内容，琴曲歌辞或抒写个人的心灵体验，或歌颂琴德与君子，或表现隐逸生活，多具有高雅的情趣，促进了琴乐从艺人琴向士人琴的发展和歌诗的进一步雅化。而琴乐艺术"以韵补声"的特点，使歌诗创作的叙事性、功利性逐渐减弱，抒情性和娱乐审美色彩逐渐加强。这是魏晋南北朝时期歌诗艺术与琴乐艺术发展相结合的结果。

魏晋时期筝的弦数已经由汉代的五弦发展为十二弦，筝身长六尺且中空，这使得它成为一个比其他乐器要大得多的共鸣箱。因此，与琴、瑟、琵琶等其他乐器相比，筝更容易发出慷慨激昂的声音。而"上声促柱"和"转调"等演奏技法的使用，更进一步强化了筝乐悲哀激越的效果，使筝成为清商乐最常用的伴奏乐器，"秦筝何慷慨"堪称清商乐慷慨悲凉之美的象征。筝的这些特点又与东汉以来士人"以悲为美"的审美风尚有着深层的一致性。因此，筝在魏晋南北朝时期是最流行的乐器之一，社会各阶层都对筝情有独钟。筝不仅是士人审美理想的寄托，也是他们日常娱乐生活中必不可少的道具。"筝乐"与建安士人"雅好慷慨"的审美情趣，共同决定了清商三调歌诗慷慨悲凉的美学特征。

四是对《俳歌辞》的重新解读。对著录于萧子显《南齐书·乐志》和郭茂倩《乐府诗集·舞曲歌辞》的《俳歌辞》，学者们历来关注不够，冯沅君、任半塘、傅起凤等前辈学者大都是一带而过，语焉不详。本书在反复研读相关文献的基础上，首次对《俳歌辞》的内容、性质、表演特点作了深入的思考。

见于《南齐书·乐志》和《乐府诗集·舞曲歌辞》的《俳歌辞》，由可能起于汉代的《俳歌辞》古辞简化、改编而成。它是与齐代俳伎及梁三朝乐第十六项之"设俳伎"（即俳伎表演）相配合的一首歌诗。郭茂倩《俳歌辞》"一曰《侏儒导》"的说法应是对《俳歌辞》的一种误解。俳伎在齐、梁时期仍是重要的表演节目，它与汉代列入乐府的《巴渝舞》之《弩俞》密切相关，其表演者有侏儒和舞儿两类，表演形式已比较复杂，应属于杂有幻术的滑稽歌舞戏。从中既可看到侏儒在歌舞表演中的活跃程度，也可以窥见当时歌诗表演的一些特点。本书在梳理《巴渝舞》发展源流的前提下，探究其文本内涵与表演特点，对于更好地认识齐梁时期歌舞滑稽戏与歌诗融合的艺术形态，具有重要的学术意义。《俳歌辞》在文学史上的价值，也有重新认识的必要。

五是魏晋南北朝歌诗文体独特性的初步讨论。歌诗是创作者和表演者为满足特定社会需求而进行的娱神、娱人的综合艺术。本书立足于这一特点，认为不仅应正视帝王、贵族和朝廷礼乐需求推动歌诗发展的历史事实，对于歌诗与一般诗歌明显有别的娱乐本质与文体特征也有必要进行重新思考。

歌诗作为一种精神消费产品，其发展在很大程度上受到社会需求的左右。作为政治和经济权力的双重垄断者，帝王和贵族在歌诗消费中起着决定性的作用。朝廷礼乐是在国家意志支配下进行的政治—艺术活动，对歌诗的发展起着举足轻重的作用。因此，文人、艺人虽然是直接的创作和表演者，但在歌诗活动中却处于从属地位。他们在创作和表演中可以有个人的发挥和创新，但却主要是在符合帝王、贵族及朝廷礼乐等需求的前提下进行。也就是说，在歌诗艺术的创作和表演中，作者和表演者的主导作用是有限的，这与纯文本的文学创作有本质的不同。

与诗歌"言志""缘情"，并以"诗教"作为创作、阅读和批评的重要标准不同，歌诗本就是社会娱乐活动的产物，它源于娱乐的实际需求、用于娱乐场合，最后在反复表演的娱乐节目中定型。因此，歌诗的本质特征首先是娱乐。大分裂的魏晋南北朝之所以能成为歌诗发展的一个全盛期，没有社会各阶层普遍的娱乐需求，是根本不可能的。

魏晋南北朝时期，歌诗蕴含说唱文学、百戏、歌舞戏等多种文体之胚胎于一身的特征，既不同于先秦两汉，也迥异于唐代以后。因此，从文体学的角度来看，魏晋南北朝时期的歌诗处于一个比较特殊的阶段，其文体的复合性特点较为明显。我们在重视音乐性、表演性和娱乐性的同时，还需要关注不同文体或不同艺术门类之间的相互影响、相互渗透乃至破体拓展。

在项目结项后，我们的后续研究并未中断，只是因工作重点有所转移，故本书在吸收借鉴近年新成果方面尚有不足。在我们看来，魏晋南北朝歌诗的研究在以下几个方面还有待深入，一是充分利用出土文物、文献及图像材料，将文人、乐工、乐器、歌舞艺人等核心要素，置于立体的时空背景中进行综合考察；二是歌诗表演与传播；三是歌诗文体特点及与其他文体之关系。对这些问题，本书虽略有涉及，却远未能展开，我们希望在日后的研究中，能在这些方面有新的拓展和收获。

上　编

魏晋南北朝歌诗的创作、表演及艺术特征

第 一 章

曹魏、西晋歌诗的创作、
表演与艺术特征

　　曹魏、西晋歌诗主要以文人创作为主，且作者和歌诗类型较为集中。曹魏作品以曹氏三祖的相和歌、清商三调曲与曹植的杂曲歌辞为主；西晋则以傅玄、张华和陆机的郊庙、燕射歌辞、舞曲歌辞及相和歌辞为主，这些歌诗与曹魏清商乐的发展和西晋礼乐复兴关系甚密。这些歌诗逐渐脱离了乐曲的束缚，独立性明显增加，但是还处于曲辞并重的阶段，其"可歌"的性质对歌诗的内容、感情基调、语言艺术都还有不可忽视的影响。不能忽略其表演性质而一味地去谈歌辞本身的艺术性。就艺术体式而言，文人创作的五言歌诗逐步发展起来，只有郊庙、燕射歌辞仍沿袭传统，采用四言体。清商三调歌的慷慨之声与曹魏歌诗抒情言志的特点相融合，直接影响到曹魏歌诗慷慨悲歌的风格，是建安风骨形成的重要原因之一。而西晋统一后，大量的礼乐和娱乐需求，催生了祝颂赞美歌诗的繁荣。说唱艺术发展的客观需求则促进了西晋故事体歌诗的数量和质量的提高。总的来说，曹魏、西晋歌诗处于由"重曲不重辞"走向"曲辞并重"的发展阶段，呈现出明显的文人化和雅化趋势。

第一节　曹魏、西晋歌诗发展概况

　　汉乐府的兴盛被汉末大乱打破，其时"东京大乱，绝无金石之乐，乐章亡缺，不可复知。"① 但是一方面，曹魏注重乐府官署的重建和歌诗艺术的发展，西晋也进一步修复和改进乐府，加之其时政权统一，经济复苏，歌诗取得了进一步的发展。另一方面，由于乐府不再采诗，歌诗以文人创作为主，随着个体意识的觉醒，歌诗成为魏晋文人抒情言志的重要手段，相和歌特别是清商三调歌尤为兴盛，雅乐在西晋也取得了可观的发展。当然，两个阶段文人歌诗创作的社会背景、时代风貌和表演环境均不尽相同，因而其歌诗在内容、表演、艺术特征等方面也有较大的不同。再者，宫廷和贵族的歌诗消费始终占主导地位，而歌诗应用性和娱乐性的双重需求，促进了俗乐和雅乐的相互影响、相互促进，也推动了曹魏和西晋歌诗的繁荣。

一、曹魏、西晋歌诗的作者分布

萧涤非先生指出："魏乐府之大异于汉者有一事焉，曰乐府不采诗，而所谓乐府者，率皆文士之什是也。"② 根据《乐府诗集》所录，不仅魏乐府，魏、晋两朝的歌诗均以文人创作为主，且现存作品主要出自几位代表性文人之手。

《乐府诗集》所录曹魏歌诗共 137 首，除 2 首杂歌谣辞，文人创作为 135 首。"三曹"共 83 首，占整个曹魏乐府歌诗的 64%。其中，曹植最多，为 42 首，曹丕 23 首，曹操 18 首，另有明帝曹睿 11 首，缪袭 13 首，左延年 1 首，王粲 9 首，陈琳 1 首，阮瑀 9 首，甄后 1 首，嵇康 7 首。③

魏晋乐府诗创作正值乐府兴盛之时，大量乐府诗是诗乐舞一体的。考虑到入乐的情况，则以"魏氏三祖"（曹操、曹丕、曹睿）为主。据郭茂倩《乐府诗集》所辑，曹操 18 首歌诗全部入乐，曹丕 23 首中有 11 首入乐，曹睿 11 首中有 5 首入乐。相比之下，曹植有四十余首歌诗，仅有《野田黄雀行》（置酒高殿上），《怨歌行》及《怨诗行》等寥寥数首入乐。而"建安

---

① 《晋书》卷二十二《乐志上》，中华书局 1974 年版，第 679 页。
② 萧涤非：《汉魏六朝乐府文学史》，人民文学出版社 1984 年版，第 123 页。
③ 本统计以（宋）郭茂倩编：《乐府诗集》，中华书局 1979 年版为准，所统计数目结合目录及实际收录情况确定，下同。

七子"中所创 19 首中，只有王粲的《俞儿舞歌》4 首用于演奏。[①]

另外，有诸多优秀文人乐者参与乐府创作。如缪袭承袭汉乐府作《短箫铙歌》十二曲，十二曲内容互相承接，歌咏曹魏"以功德代汉""继体承统""德泽流布"。[②] 又有《挽歌》一曲，是与汉代《薤露》《蒿里》相类的丧歌。另外，"黄初中，柴玉、左延年之徒，复以新声被宠"[③]，左延年精通音律，"妙善郑声"[④]，"闲于增损古辞"[⑤]。他在当时的音乐活动中十分活跃，所创作的歌诗可能不止两首。嵇康妙解音律，但《秋胡行七首》并不入乐。

《乐府诗集》所收录西晋乐府歌诗共 238 首，文人歌诗为 202 首。[⑥] 其中，傅玄、陆机及张华的歌诗合计约占文人乐府总数的 65%。傅玄歌诗几乎涉及了当时所有的音乐类型，他在雅乐创作方面成绩突出，西晋的郊庙歌辞几乎全都出自他一人之手。另外，傅玄还有燕射歌辞 3 首，鼓吹曲辞 22 首，舞曲歌辞 14 首。陆机的创作都集中在相和歌辞和杂曲歌辞两类。张华也以雅乐歌辞和舞曲为主，并有部分杂曲歌辞。荀勖作有燕射歌辞和舞曲歌辞，数量不多，但是荀勖在西晋歌诗发展中却有其特殊的地位。《宋书·乐志》所载"清商三调歌诗"[⑦] 标目下，记有"荀勖撰旧词施用者"[⑧] 几字，郑祖襄先生认为这主要是指为旧有歌词，特别是汉代古辞和曹氏的作品配上

---

① 据郭茂倩《乐府诗集》，曹操歌诗 18 首全部入乐，曹丕 23 首有 11 首入乐，曹睿 11 首有 5 首入乐，曹植的 42 首仅有 4 首入乐，且用于演奏已到了晋代；"建安七子"中，王粲 9 首，陈琳 1 首，阮瑀 9 首，共 19 首，只有王粲的《俞儿舞歌》4 首用于演奏。

② 据《晋书》卷二十三《乐志下》载，"汉时有《短箫铙歌》之乐，其曲有《朱鹭》……《钓竿》等曲，列于鼓吹，多序战阵之事。及魏受命，改其十二曲，使缪袭为词，述以功德代汉。改《朱鹭》为《楚之平》，言魏也。……改《上邪》为《太和》，言明帝继体承统，太和改元，德泽流布也。其余并同旧名。"参见《晋书》卷二十三《乐志下》，中华书局 1974 年版，第 701 页。

③ 《晋书》卷二十二《乐志上》，中华书局 1974 年版，第 679 页。

④ 《宋书》卷十九《乐志一》，中华书局 1974 年版，第 534 页。

⑤ 范文澜注：《文心雕龙注》，人民文学出版社 1958 年版，第 103 页。

⑥ 据郭茂倩《乐府诗集》，西晋歌诗共 238 首，文人歌诗为 202 首。傅玄 86 首、陆机 38 首以及张华 30 首，三人共计 154 首。另有荀勖、成公绥、石崇等创作 48 首，共 202 首。较曹魏而言作者多，创作歌诗数量多。

⑦ 乐府诗中的清商三调，指平调曲、清调曲、瑟调曲三类乐歌，郭茂倩《乐府诗集》及郑樵《通志·乐略》均将它们归入相和歌，与后章谈到的清商曲辞不同。参见王运熙：《乐府诗述论》（增补本），上海古籍出版社 2006 年版，第 386 页。

⑧ 《宋书》卷二十一《乐志三》，中华书局 1974 年版，第 608 页。

曲调。并认为陈释智匠所说的《荀氏录》，就是荀勖所编《魏宴乐歌辞》和《晋宴乐歌辞》这两种书。[1] 石崇存世的乐府歌诗见于《乐府诗集》虽只有6首，但其《王明君》《楚妃叹》都配有乐舞，《王明君》由其爱妾绿珠伴舞，是有明确记载的集诗、乐、舞于一体的歌诗。

二、曹魏、西晋歌诗的音乐类型

曹魏歌诗以相和歌辞（尤其是相和曲和清商三调曲）以及杂曲歌辞为主，《乐府诗集》所收的137首曹魏歌诗中，有相和歌辞86首，杂曲歌辞25首，鼓吹曲辞14首，舞曲歌辞9首、杂歌谣辞2首、琴曲1首。清商三调曲（平调曲、清调曲、瑟调曲）在曹魏得到了空前的发展。首先，曹氏三祖亲自创作大量歌辞以配乐，曹丕所作23首中有21首相和歌，其中瑟调曲13首。其次，曹操在邺城筑铜雀台并自制歌辞，配以管弦，教歌舞伎演唱。曹丕还设立了清商署，这对清商三调的发展起到了积极的促进作用。再次，曹植对杂曲歌辞贡献颇大，《乐府诗集》收录曹魏杂曲歌辞25首中，有曹植21首。虽然大部分没有入乐，但对曹魏乐府由叙事而抒情、由质朴而华茂的发展产生了巨大的影响。西晋相和歌也主要是由文人创作，但《乐府诗集》所辑西晋乐府诗238首中相和歌仅48首，其中陆机30首，傅玄15首，石崇3首。傅玄和张华等西晋文人似乎更着力于雅乐歌诗的创作，少有相和歌流传。

在郊庙歌辞、燕射歌辞等用于祭祀、宴飨的宫廷雅乐的创作和表演方面，曹魏和西晋也有发展。曹操曾命杜夔等人修复雅乐，但郊庙乐舞只是承袭汉乐，将诸乐舞改易名称而已。建安十八年（213）曹操命王粲改汉《巴渝舞》为《魏俞儿舞歌四首》，包括"《矛渝新福歌曲》《弩渝新福歌曲》《安台新福歌曲》《行辞新福歌曲》，《行辞》以述魏德。黄初三年（222），又改《巴渝舞》曰《昭武舞》"[2]。当时曾用于宗庙祭祀。又曹植有《鼙舞歌五首》，依旧韵填新辞。但是西晋则不同。西晋时期不仅郊庙歌辞和燕射歌辞等宫廷雅乐非常兴盛，舞曲歌辞也比较繁荣。一方面，正如萧涤非先生

---

[1]　参见郑祖襄：《〈荀氏录〉考》，《乐府学》第一辑，学苑出版社2006年版，第13—23页。
[2]　《晋书》卷二十二《乐志上》，中华书局1974年版，第694页。

所说："特以西晋当三国分崩之后，成统一之局，上承汉魏遗声，旁采江南新曲。……故舞曲较前独盛耳。"[1] 指出这与西晋统一后"功成作乐"的政治需求和从民歌中吸取新养分有关，但西晋雅乐继续俗化、贵族阶级声色之好的需求增加，也是舞曲歌辞兴盛的重要原因。雅舞方面如傅玄等人创作有一系列的《四厢乐歌》。杂舞方面不仅对《巴渝舞》《鞞鼓舞》《铎舞》等汉旧曲进行重新创作，更为其后《白纻舞》和《拂舞》的兴盛创造了环境。且这些歌舞广泛应用于从郊庙祭仪到燕射雅集等各个场合。

三、曹魏、西晋歌诗的主要功用

从实际情况来看，魏晋歌诗主要用于祭祀礼仪、日常娱乐观赏、即兴自娱演唱等三个方面。[2]

首先，服务于郊庙祭祀等朝廷礼仪，是歌诗的重要功能之一。这部分歌诗多袭用古辞。《乐府诗集》中《郊庙歌辞》部分未见曹魏歌辞，但是在解题中已经说道："魏歌辞不见，疑亦用汉辞也。武帝始命杜夔创定雅乐。时有邓静、尹商，善训雅歌，歌师尹胡能习宗庙郊祀之曲，舞师冯肃、服养，晓知先代诸舞，夔总领之。"[3] 可见，曹魏乐府虽在雅乐上无多少创新，却经多方努力在一定程度上复原了先代古乐。另外，文帝、明帝时期也曾改制乐舞以用于郊庙及临朝大飨。可见，对于历朝历代，歌诗的政治功用都是不可或缺的。前文说过，西晋歌诗的主要类型便是这类用于郊庙祭祀等朝廷礼仪的歌诗，其兴盛的前提便是西晋政治上的统一。郊庙歌辞等是西晋为了向天地和世人昭示自己政权的合理性，祈求宗教保护，教化广大世人，在曹魏的基础上进一步发展雅乐、雅舞的创作结果。依据《晋书·乐志》记载："及武帝受命之初，百度草创。泰始二年，诏郊祀明堂礼乐权用魏仪，遵周室肇称殷礼之义，但改乐章而已，使傅玄为之词云。"[4] 傅玄所作有祭祀天地五郊的《晋郊祀歌》，以及祭祀天地五郊和明堂同用的《晋天地郊明堂

---

① 萧涤非：《汉魏六朝乐府文学史》，人民文学出版社 1984 年版，第 168 页。

② 参见赵敏俐等：《中国古代歌诗研究——从〈诗经〉到元曲的艺术生产史》"汉代歌诗生产的消费目的分类与音乐分类"一节的相关论述。北京大学出版社 2005 年版，第 198—220 页。

③ （宋）郭茂倩编：《乐府诗集》卷一《郊庙歌辞一》，中华书局 1979 年版，第 1—2 页。

④ 《晋书》卷二十二《乐志上》，中华书局 1974 年版，第 679 页。

歌》等。① 可见，西晋仍因袭曹魏。但这并非曹魏和西晋不重视此类歌诗的创作，相反朝廷正是刻意保持这种旧乐。曹操让杜夔等人"绍复先代古乐"②，而不是让他们创制新曲。西晋在曹魏基础上虽有创新，但主要还是"郊祀明堂礼乐权用魏仪，遵周室肇称殷礼之义，但改乐章而已，使傅玄为之词"③。永嘉之乱后，因为旧有典制严重损失，才陆续由贺循、阮孚等补益。孝武太元之世郊祀不设乐，有过中断，但是到了宋文帝元嘉中于南郊始设登歌，"诏颜延之造天地郊登歌三篇"时，仍"大抵依仿晋曲"，即沿袭仿照前朝旧乐。后来"南齐、梁、陈，初皆沿袭，后更创制，以为一代之典"④。可见，历代郊祀乐都是刻意仿古。

另外，西晋创作了大量《四厢乐歌》，属燕射歌辞。据《周礼·春官宗伯·大宗伯》所记，燕射之乐是"以宾射之礼亲故旧朋友，以飨燕之礼亲四方之宾客"⑤ 时所奏之乐，不同于日常娱乐观赏之乐。自周至汉，其演奏曲目如《南有嘉鱼》《鹿鸣》等在演奏次序及所用乐器方面都有细致的规定。及至曹魏，《乐府诗集》中《燕射歌辞》解题下云："魏有雅乐四曲，皆取周诗《鹿鸣》。"⑥ 及晋，"荀勖以《鹿鸣》燕嘉宾，无取于朝。乃除《鹿鸣》旧歌，更作行礼诗四篇，先陈三朝朝宗之义。又为王公上寿酒、食举乐歌诗十三篇……"⑦。而据《晋书·乐志》记载："及晋初，食举亦用《鹿鸣》。至泰始五年，尚书奏，使太仆傅玄、中书监荀勖、黄门侍郎张华各造正旦行礼及王公上寿酒、食举乐歌诗。"⑧ 其后还有成公绥所作《四厢乐歌》。按《乐府诗集》所录，《四厢乐歌》有傅玄 4 首、荀勖 17 首、张华 16 首、成公绥 16 首，共 53 首；此外还有张华宴会诗 4 首。⑨

其次，用于日常宴飨娱乐，是歌诗的又一重要功能。宴飨雅集也同样少

---

① （宋）郭茂倩编：《乐府诗集》卷一《郊庙歌辞一》，中华书局 1979 年版，第 10—13 页。

② 《三国志》卷二十九，中华书局 1959 年版，第 806 页。

③ 《晋书》卷二十二《乐志上》，中华书局 1974 年版，第 679 页。

④ （宋）郭茂倩编：《乐府诗集》卷一《郊庙歌辞一》，中华书局 1979 年版，第 2 页。

⑤ （汉）郑玄注，（唐）贾公彦疏：《周礼注疏》卷第十八，（清）阮元校刻：《十三经注疏》，中华书局 1980 年版，第 760 页。

⑥ （宋）郭茂倩编：《乐府诗集》卷十三《燕射歌辞一》，中华书局 1979 年版，第 182 页。

⑦ （宋）郭茂倩编：《乐府诗集》卷十三《燕射歌辞一》，中华书局 1979 年版，第 182 页。

⑧ 《晋书》卷二十二《乐志上》，中华书局 1974 年版，第 685 页。

⑨ （宋）郭茂倩编：《乐府诗集》卷十三《燕射歌辞一》，中华书局 1979 年版，第 181—194 页。

不了歌诗表演，因帝王和王公贵族们的偏爱，清商三调曲成为主要的娱乐观赏节目。曹魏时期的铜雀台，就是专门为歌诗表演而建。有相当数量的歌诗就是宴乐雅集时文人的即兴之作。而西晋时期的许多燕射歌辞、鼓吹曲辞和舞曲歌辞，除用于正式的礼仪场合外，也兼有日常宴飨时的娱乐功能。如鼓吹乐既可用于宴乐群臣，赏赐有军功之臣，也多被用于宴飨雅集。如列于《乐府诗集》中《舞曲歌辞》"杂舞"下的鼙鼓舞，汉代已用于宴飨，其所列《魏陈思王鼙舞歌五首》，依诗歌序言所讲，乃是请教于汉时黄门鼓吹李坚，依照古曲改制新歌，晋时仍可用于皇帝元旦朝会群臣等正式场合及日常宴飨。总之，《鼙鼓舞》与《铎舞》等舞曲歌辞的创作，与正式的礼仪场合需要及日常娱乐的消费需求有直接的关系。

最后，还有一部分歌诗主要用于诗人抒情言志的即兴自娱。魏晋文人强烈的个体意识和入世精神使得他们对音乐的喜爱超出了单纯的耳目享受，往往上升到寄托心灵的高度。在他们眼里，歌诗同诗歌一样，也可以表现世事乱离、感慨人生失意，抒发建功立业的壮怀，倾诉生离死别的伤感，所以曹操歌诗幽咽苍凉，处处充满"对酒当歌，人生几何"（《短歌行》"对酒"）式的感慨，而曹植更善于在歌诗中表现自己的心路历程。

就整体而言，西晋歌诗在抒情言志方面不及曹魏，但陆机的相和歌发扬了这一传统，内容多抒发对于人生苦短的焦虑和及时行乐的解脱，如其《挽歌三首》。另外，他还有抒情之作如《猛虎行》《君子行》《苦寒行》，表现世事之艰险，《鞠歌行》言不遇知己，《长歌行》等则写"寿短景弛，容华不久"，当及时行乐。总的来看，少了曹魏歌诗的壮怀。

综上可以看出，与汉代歌诗相比，魏晋歌诗在社会背景、时代风貌改变的大环境下，创作主体、音乐类型等都发生了较大的变化，其主要功用和表演环境也不尽相同，这决定了魏晋歌诗的内容、表演特点等也必然会发生新的变化。

第二节　曹魏、西晋歌诗的主要内容

曹魏、西晋歌诗以文人创作为主，多酣宴雅集之作。曹魏歌诗重在抒发政治志向，表现个人生活、现实关怀和人生思考，因而更近于文人抒情诗。

不过，汉乐府"感于哀乐、缘事而发"，可"观风俗，知薄厚"①的特点并未根本改变，从总体的发展线索来看，曹魏和西晋歌诗正是沿着这两条道路，展现出各自不同的时代特色。曹魏诗人在"感于哀乐"中注入强烈的自我意识，表现出积极进取的入世热情；而西晋歌诗则发扬"缘事而发"的传统，在故事体歌诗创作方面取得了可观的成绩。

一、情志合一、哀时言志的述怀歌诗

情志合一、哀时言志的特征主要体现在曹魏歌诗中。曹魏文人个体意识觉醒后的自我审视，使得他们对自我人生价值进行了更多的思考，体现在歌诗中，便是强烈的进取心和入世热情。他们在伤时纪事歌诗中直面汉末战乱造成的苦难，抒发平治天下的志向；在游仙诗中表现生命无常、人生短暂和时不我待的焦虑；在宴饮祝颂歌诗中表达对太平盛世的期盼。总之，这种哀时言志的情怀体现在曹魏歌诗的各种题材中。具体而言，又以如下几个方面最为突出。

首先，寄托鲜明的现实关怀。曹魏乐府不从民间采诗，文人创作又多写个人生活，但并不意味着曹魏乐府丢弃了汉乐府"缘事而发"的现实主义精神。如陈琳《饮马长城窟行》直陈当时社会现状，写男子因修筑长城而不得归，致使"边城多健少，内舍多寡妇"，通过边吏与妻子书信相答，写出男子筑城之时的绝望之情、希望妻子改嫁他人的矛盾心情，以及妻子守家待夫而矢志不移的坚贞情操，句句催人泪下，而诗中"生男慎莫举，生女哺用脯"的感叹也令人唏嘘不已，充分继承了汉乐府的神韵。阮瑀《驾出北郭门行》写孤儿饥寒无衣，号泣思亲之状。曹丕《上留田》感叹其时士族敛财占田，而使百姓流离失所。陆机《门有车马客行》前解题云："《乐府解题》曰：'曹植等《门有车马客行》皆言问讯其客，或得故旧乡里，或驾自京师，备叙市朝迁谢，亲友凋丧之意也。'按曹植又有《门有万里客》，亦与此同。"②可见，曹植的《门有车马客行》和《门有万里客》等歌诗的现实性也很强。

---

① 《汉书》卷三十《艺文志》，中华书局 1962 年版，第 1756 页。
② （宋）郭茂倩编：《乐府诗集》卷四十《相和歌辞十五》，中华书局 1979 年版，第 585 页。

　　生于乱世之秋，曹魏诗人们多亲历战乱，而曹操、曹丕等人更是征战沙场，在他们的笔下，军旅生活的艰苦，战争造成的民生凋敝等，都得到了真实生动的呈现。曹操《苦寒行》极言冰雪溪谷之苦，"羊肠坂诘屈，车轮为之摧""行行日已远，人马同时饥。担囊行取薪，斧冰持作糜。"形象地写出了行军生涯栉风沐雨的艰辛。王粲《从军行》五首以歌颂曹操和曹军英勇善战为主，但在诗中也处处表现出鲜明的现实关怀。"从军有苦乐，但问所从谁。所从神且武，焉得久劳师"（其一）写行军征戍之苦；"下船登高防，草露霑我衣。回身赴床寝，此愁当告谁"（其三）写战士离家之愁；"悠悠涉荒路，靡靡我心愁。四望无烟火，但见林与丘。城郭生榛棘，蹊径无所由。……客子多悲伤，泪下不可收"（其五）写客子思乡之悲。①
　　而曹操《薤露》和《蒿里》两首则更有代表性：

　　　　惟汉二十二世，所任诚不良。沐猴而冠带，知小而谋强。犹豫不敢断，因狩执君王。白虹为贯日，己亦先受殃。贼臣持（一作"执"）国柄，杀主灭宇京。荡覆帝基业，宗庙以燔丧。播越西迁移，号泣而且行。瞻彼洛城郭，微子为哀伤。（《薤露》）②
　　　　关东有义士，兴兵讨群凶。初期会盟津，乃心在咸阳。军合力不齐，踌躇而雁行。势利使人争，嗣还自相戕。淮南弟称号，刻玺于北方。铠甲生虮虱，万姓以死亡。白骨露于野，千里无鸡鸣。生民百遗一，念之断人肠。（《蒿里》）③

　　《薤露》写董卓洛阳作乱，其中"贼臣持国柄，杀主灭宇京。荡覆帝基业，宗庙以燔丧。播越西迁移，号泣而且行。瞻彼洛城郭，微子为哀伤"几句，被钟惺赞为"汉末实录，真诗史也"④。《蒿里》写关东群雄联合讨伐

---

　　① 《三国志》卷一《魏书·武帝纪》载，建安二十年"十二月，公自南郑还，留夏侯渊屯汉中"。裴注曰："是行也，侍中王粲作五言诗以美其事曰：'从军有苦乐，但问所从谁。……所愿获无违'"，可见这一组诗是现实针对性很强的。《三国志》，中华书局1959年版，第46—47页。
　　② （宋）郭茂倩编：《乐府诗集》卷二十七《相和歌辞二》，中华书局1979年版，第396页。
　　③ （宋）郭茂倩编：《乐府诗集》卷二十七《相和歌辞二》，中华书局1979年版，第398页。
　　④ （明）钟惺、（明）谭元春辑：《古诗归》卷七，转引自《三曹资料汇编》，中华书局1980年版，第18页。

董卓。诗中"铠甲生虮虱，万姓以死亡。白骨露于野，千里无鸡鸣。生民百遗一，念之断人肠"几句，亦可看作史诗式的实录，显示了诗人心系天下，关怀生民的情怀。谭元春评"生民"二句曰："一味惨毒人，不能道此；声响中亦有热肠，吟者察之。"① 二诗皆表现了汉末军阀混战、百姓生灵涂炭的惨状和士兵常年征战的辛苦。

另外，缪袭《鼓吹十二曲》是叙述曹魏兴盛的歌功颂德之作。但其中的《克官渡》《旧邦》《定武功》《屠柳城》几首却透露着战争的严酷性：《克官渡》写官渡之战，先写"僵尸流血，被原野。贼众如犬羊，王师尚寡"的敌众我寡之势，以"沙塠旁，风飞扬"之萧瑟衬托当时转战不利的低迷士气，继而转写战事大捷，可谓一波三折。《旧邦》写"曹公胜袁绍于官渡，还谯收藏死亡士卒也"②。"兵起事大，令愿违"一句，写出了战争之于个体的无奈。《定武功》"言曹公初破邺，武功之定始乎此也"③。虽是歌"武功初定"之诗，但全篇重心在"王业艰难"，"定武功，济黄河。河水汤汤，旦暮有横流波"。颇具建安文学的慷慨之风。《屠柳城》"越度陇塞，路漫漫。北逾冈平，但闻悲风正酸"句，一"酸"字可谓精妙。

其次，抒发强烈的建功立业之志。以曹操和曹植最具代表性。曹操以歌诗摹写时事、表达对贤才的渴求。《短歌行》（对酒）是其代表作之一：

对酒当歌，人生几何？譬如朝露，去日苦多。慨当以慷，忧思难忘，何以解忧，唯有杜康。青青子衿，悠悠我心。[但为君故，沉吟至今。] 呦呦鹿鸣，食野之苹。我有嘉宾，鼓瑟吹笙。明明如月，何时可掇。忧从中来，不可断绝。越陌度阡，枉用相存。契阔谈宴，心念旧恩。月明星稀，乌鹊南飞。绕树三匝，何枝可依。山不厌高，海不厌深。周公吐哺，天下归心。（《短歌行》本辞）④

① （明）钟惺、（明）谭元春辑：《古诗归》卷七，转引自《三曹资料汇编》，中华书局1980年版，第18页。
② 《晋书》卷二十三《乐志下》，中华书局1974年版，第701页。
③ 《晋书》卷二十三《乐志下》，中华书局1974年版，第701页。
④ （宋）郭茂倩编：《乐府诗集》卷三十《相和歌辞五》，中华书局1979年版，第447页。

　　此诗以人生苦短的慨叹开篇，叹人才之难得，最后以周公自比，招揽人才，一唱三叹，气魄雄伟，表现出胸怀天下的王者之风。《乐府诗集》同时收录《短歌行》（对酒）本辞和"晋乐所奏"之曲辞，内容有所不同，应是为适应音乐节拍而作的改写。① 《短歌行》（周西）敷衍《论语》评价周文王及齐桓、晋文之语，以古代明君自比，有人指出这是曹操美化自己篡汉行为的言辞，然正如曹操《让县自明本志令》所言："设使国家无有孤，不知当有几人称帝，几人称王？"② 自述生平之志，毫无掩饰造作。此篇亦当在此意义上来理解。

　　另外，曹操还有《善哉行》两首，其中"古公亶甫"一篇，朱乾堂认为"隐然以太王肇王基自居"，有王者求贤之意。③ 而"自惜"篇则怀父死，悲君难，写出了王业开创之时的艰难。《度关山》一首也是曹操作为基业初创者的自勉之作。《步出夏门行》作于曹操北征乌丸时，全篇包括"艳"在内共四解，其一解《观沧海》写"秋风萧瑟，洪波涌起"的"吞吐宇宙气象"④，四解"老骥伏枥，志在千里"的烈士壮心，无不显露出王者的豪情。《对酒》篇写"对酒歌，太平时，吏不呼门，王者贤且明"的升平景象。《乐府解题》认为："魏乐奏武帝所赋《对酒歌》，太平其旨，言王者德泽广被，政理人和，万物咸遂"⑤，他这番"太平其旨"的苦心，也正道出了这首歌诗向往一统天下的政治主题。

　　曹植前期是热血报国的豪情少年，后期在政治上备受打压的情况下一再陈情，希望得到施展才能的机会，一生执着于建功立业，颇多述志的歌诗。

---

　　① 《乐府诗集》所录《短歌行》（对酒）有本辞和晋乐所奏曲两首，内容多有不同，本辞无"但为君故，沉吟至今"句，而晋乐所奏曲有。现依逯钦立《全魏诗》补出。本辞中"越陌度阡，枉用相存。契阔谈宴，心念旧恩。月明星稀，乌鹊南飞。绕树三匝，何枝可依"几句，奏曲全无。又二者诗句顺序亦多有不同，奏曲"呦呦"至"吹笙"四句在"明明"至"断绝"四句后。且"何以解忧"作"何以解愁"，"海不厌深"作"水不厌深"。奏曲全辞如下："对酒当歌，人生几何？譬如朝露，去日苦多。慨当以慷，忧思难忘，何以解愁，唯有杜康。青青子衿，悠悠我心。但为君故，沉吟至今。明明如月，何时可辍。忧从中来，不可断绝。呦呦鹿鸣，食野之苹。我有嘉宾，鼓瑟吹笙。山不厌高，水不厌深。周公吐哺，天下归心。"（宋）郭茂倩编：《乐府诗集》卷三十《相和歌辞五》，中华书局1979年版，第446—447页；逯钦立辑校：《先秦汉魏晋南北朝诗》，中华书局1983年版，348—349页。

　　② 《三国志》卷一《魏书·武帝纪》，裴松之注，中华书局1959年版，第33页。

　　③ （清）朱乾：《乐府正义》，转引自《三曹资料汇编》，中华书局1980年版，第36—37页。

　　④ （清）沈德潜：《古诗源》，中华书局1963年版，第104页。

　　⑤ （宋）郭茂倩编：《乐府诗集》卷二十七《相和歌辞二》，中华书局1979年版，第403页。

其前期的代表作是《白马篇》：

> 白马饰金羁，连翩西北驰。借问谁家子，幽并游侠儿。少小去乡邑，扬声沙漠垂。宿昔秉良弓，楛矢何参差。控弦破左的，右发摧月支。仰手接飞猱，俯身散马蹄。狡捷过猿猴，勇剽若豹螭。边城多警急，胡虏数迁移。羽檄从北来，厉马登高堤。右驱蹈匈奴，左顾陵鲜卑。寄身锋刃端，性命安可怀。父母且不顾，何言子与妻。名编壮士籍，不得中顾私。捐躯赴国难，视死忽如归。[①]

曹植年轻时深得曹操宠爱，一如诗中那位"幽并游侠儿"，意气风发，为了"扬声沙漠垂"而离乡远征。此时的曹植自信甚至自负，他是贵公子，是文中翘楚，不仅有"仰手接飞猱，俯身散马蹄"的本领，也有"右驱蹈匈奴，左顾陵鲜卑"的豪气、"捐躯赴国难，视死忽如归"的壮志。诗中淋漓尽致地表达了诗人建功立业的非凡抱负。但是，从曹丕称帝后，"植常自愤怨，抱利器而无所施"，[②] 其《吁嗟篇》感叹自己像转蓬一样，"长去本根逝，宿夜无休闲。东西经七陌，南北越九阡""愿为中林草，秋随野火燔。糜灭岂不痛，愿与根荄连。"不仅如此，面对好友受牵连，自己却无能为力，他也只能在《野田黄雀行》（高树）中发出"利剑不在掌，结友何须多"的叹息。《豫章行》二曲，以咏史的方式表现自己的建功立业之志，希望曹丕父子给自己施展政治才能的机会。以"太公未遭文，渔钓终渭川"（《豫章行》（穷达））等典故晓之以理，又以"他人虽同盟，骨肉天性然"（《豫章行》（鸳鸯））来动之以情，可谓用心良苦。《鰕䱇篇》以鸿鹄自喻，《薤露》《惟汉》《当墙欲高行》《当欲游南山行》《当事君行》也多是表达忠君之志。《怨歌行》则直陈"为君既不易，为臣良独难"，写自己骨肉见疏而不得用的悲愤。另外，曹植继承楚辞传统，发展了以男女比君臣的写法，往往以女子口吻陈情述志，如《怨诗行》《妾薄命》《种葛篇》等。《种葛篇》"昔为同池鱼，今为商与参。往古皆欢遇，我独困于今"，可谓是

---

① （宋）郭茂倩编：《乐府诗集》卷六十三《杂曲歌辞三》，中华书局 1979 年版，第 914—915 页。

② 《三国志》卷十九《魏书·陈思王植传》，中华书局 1959 年版，第 565 页。

对他与曹丕关系的形象概括。

再次，表达生命有限的焦虑和建功立业的紧迫感。建安诗人有强烈的现实关怀和建功立业之志，而乱世中凸显出的人世无常更加剧了他们人生无常的惶惑感和时不我待的紧迫感，这在以下两类歌诗中尤其明显。

一是游仙诗。曹魏歌诗中多游仙诗，借钟嵘《诗品》评郭璞语，大致可归为"列仙之趣"和"坎壈咏怀"两大类。[①] 曹操率先成功地将游仙题材化入乐府古体，并将其付诸表演。其《气出唱》（其一）、《陌上桑》均写"列仙之趣"，但其他《游仙诗》则融合了抒情手法，摆脱乐府古题而自铸新辞。《精列》表面感叹虽周、孔也"会稽以坟丘，陶陶谁能度？"劝自己"君子以弗忧"，却仍忍不住想到"年之暮奈何，时过时来微"。从列仙之趣转为了时不我待。《秋胡行》本歌"秋胡戏妻"故事，曹操《秋胡行》（晨上）却以游仙诗的面目出现：

晨上散关山，此道当何难。晨上散关山，此道当何难。牛顿不起，车堕谷间。坐盘石之上，弹五弦之琴，作为清角韵。意中迷烦，歌以言志。晨上散关山。（一解）

有何三老公，卒来在我旁。有何三老公，卒来在我旁。负揜被裘，似非恒人，谓卿云何困苦以自怨。惶惶所欲，来到此间，歌以言志。有何三老公。（二解）

我居昆仑山，所谓者真人。我居昆仑山，所谓者真人。道深有可得，名山历观。遨游八极，枕石嗽流饮泉。沉吟不决，遂上升天，歌以言志。我居昆仑山。（三解）

去去不可追，长恨相牵攀。去去不可追，长恨相牵攀。夜夜安得寐，惆怅以自怜。正而不谲，辞赋依因。经传所过，西来所传。歌以言志，去去不可追。（四解）[②]

---

① 钟嵘《诗品》评郭璞《游仙诗》曰："词多慷慨，乖远玄宗""乃是坎壈咏怀，非列仙之趣也"。（清）何文焕辑：《历代诗话》，中华书局1981年版，第12页。

② 《乐府诗集》所录《秋胡行》二首是"魏、晋乐所奏"之乐曲，从辞曲的重复跌宕看，应是经过入乐改编。此处将标注四解一并标明。（宋）郭茂倩编：《乐府诗集》卷三十六《相和歌辞十一》，中华书局1979年版，第526—528页。

这首歌诗的第四解"正而不谲，辞赋依因"乃是以"宁戚之讴歌兮，齐桓闻以该辅"（屈原《离骚》）的典故，发出对"三公老"之类的人才求而不得的吟叹。故此歌实为以"游仙"的方式表达"求贤"的主题。《秋胡行》（愿登）仍为游仙，但是其中表达的却是"天地何长久，人道居之短""不戚年往，忧世不治。存亡有命，虑之为蚩"和"壮盛智惠，殊不再来"的人生苦短之叹。

此外，曹丕也有游仙诗《折杨柳行》，其特别之处在于借游仙而反游仙。诗的前半部分大谈登高远游、遇仙赐药、羽化成仙，但后半部分却笔锋一转而写求仙的虚妄，称"彭祖称七百，悠悠安可原。老聃适西戎，于今竟不还。王乔假虚辞，赤松垂空言"。这是对汉末求仙风潮的一种理性思考，在此，现实主义精神战胜了长生成仙的虚妄之想，人生短暂的焦虑感再一次显现出来。

二是宴饮诗。建安游宴类歌诗主要出现在曹操统一北方以后，多出自曹丕、曹植兄弟及以"建安七子"为代表的一批文人之手。刘勰所谓建安文人"怜风月、狎池苑、述荣恩、叙酣宴"①（《文心雕龙·明诗》），主要就是指这一时期的作品。曹操不是邺下集会的主要参加者，其《气出唱》的二、三曲虽然也借游仙写了酣宴场景，但表现的主要是"宜子孙""增年与天相守"的祝愿。曹植《当车已驾行》和《斗鸡篇》当为早期在邺下与曹丕及建安文人游宴之作。《斗鸡篇》不仅形象地写了斗鸡的神态，也写了当时歌舞相伴的场景。但是，除这三首以外，其他的宴饮诗都是以先极写游宴欢愉之景，而以人生多虞、悲愁难以承受的慨叹哀鸣结束。如曹丕《善哉行》（朝日）以"朝日乐相乐"始，中段即急转到"君子多苦心，所愁不但一"及"众宾饱满归，主人苦不悉"的愁苦之思上来，后以"比翼翔云汉，罗者安所羁。冲静得自然，荣华何足为"结束全诗，隐隐露出某种现实的焦虑。《善哉行》（朝游）起句是"朝游高台观，夕宴华池阴"，接着写甘醪嘉肴之食、齐倡秦筝之乐，然中段之后，仍转为"飞鸟翻翔舞，悲鸣集北林"，发出"乐极哀情来，寥亮摧肝心。清角岂不妙，德薄所不任"的哀叹。《大墙上蒿行》写位高者危，人生苦短，当及时行乐。《艳歌何尝

---

① 范文澜注：《文心雕龙注》，人民文学出版社1958年版，第66页。

行》以"何尝快，独无忧，但当饮醇酒，炙肥牛"开篇，又云"男儿居世，各当努力……约身奉事君，礼节不可亏"，最后仍是"奈何复老心皇皇，独悲谁能知"的感叹。曹植的《箜篌引》（又名《置酒》或《野田黄雀行》）细致描写了酒宴的情景，秦筝齐瑟，奇舞名讴，觥筹交错。但结尾处还是写人生苦短，及时行乐。《当来日大难》开篇即"日苦短，乐有余"，因为"今日同堂，出门异乡"，所以"别易会难，各尽杯觞"，曹魏的宴饮歌诗多有这种哀乐相生的倾向，在欢乐中感叹人生的短暂，这种悲戚说到底还是跟曹魏文人们强烈的实现自我价值的紧迫感分不开。

最后，抒发感世伤己的不平之气。歌诗同诗歌一样，在曹魏诗人的手里变成了抒发自我情感的载体，这在曹植身上体现得最为明显。个人的天才和特殊的身世铸就了一个多愁善感的曹植。这也使得他的歌诗体现出鲜明的抒情特质。

祝颂体歌诗大多是以歌功颂德为主，曹植的《鼙舞歌》五首却在祝颂之外，明显以一"情"字贯穿始终。其歌颂内容各有不同，[①]《圣皇篇》颂文帝即位，兼述就藩国时的别情。考之全篇，歌颂文帝即位的文字只"圣皇应历数，正康帝道休。九州咸宾服，威德洞八幽"四句而已，余篇全写别情。"三公奏诸王，不得久淹留。藩位任至重，旧章咸率由。"写就藩之紧迫，次写旧宫之清冷、赠赐之多，表报国之志，而"祖道魏东门，泪下沾冠缨。扳盖因内顾，俯仰慕同生。行行将日暮，何时还阙庭。车轮为徘徊，四马踌躇鸣。路人尚酸鼻，何况骨肉情"则全然不似颂德之诗，而是一首感人的别离诗了。《灵芝篇》前述孝子故事，结尾有乱辞相应以歌颂魏的德教宣化。但"岁月不安居，呜呼我皇考。生我既已晚，弃我何其早。蓼莪谁所兴，念之令人老。退咏南风诗，洒泪满祎抱"却更像自伤之词。《孟冬篇》以写田猎比拟曹魏征战天下的过程，征战多年，"流血成沟渠"，众臣论功行赏，一片钟鼓齐鸣。总体而言，这五首歌诗与其他祝颂体，尤其是西

---

①　依陆侃如先生理解：一、《圣皇篇》，当汉《章和二年中》，颂文帝即位，兼述就藩国时的别情；二、《灵芝篇》，当汉《殿前生桂树》，述古孝子故事，末有乱辞，颂魏德教之宣；三、《大魏篇》，当汉《吉昌》，述宴饮时群臣颂圣之词；四、《精微篇》，当汉《关中有贤女》，述古贤女故事，并颂魏的德教；五《孟冬篇》，当汉《狡兔》，写田猎的情形，末有乱辞，也是颂圣的话。参见陆侃如、冯沅君：《中国诗史》，百花文艺出版社 2008 年版，第 181 页。

晋时期一味颂德的祝颂体相比十分不同，抒情的特点更为明显。

　　曹植游仙歌诗也是如此，不仅进一步强化了文人游仙诗倾向，更将深沉的感慨注入其中，其情感不是超然世外，而是对现实的无法释然。其中，《平陵东》《桂之树行》《苦思行》《五游》《飞龙篇》等几首是延续汉乐府题材，写求仙得道、得食仙药的奇遇，从内容看属于钟嵘所说的"列仙之趣"。但他的游仙诗并未止步于此，而是继曹操之后进一步将"列仙之趣"与"坎壈咏怀"融为一体，表现了曹植在险恶的现实环境中无法排解自我愁绪，进而效仿屈原上天入地寻求解脱，如他的杂曲歌辞《五游》《远游篇》《仙人篇》便如此，以《远游篇》为例：

　　　　远游临四海，俯仰观洪波。大鱼若曲陵，承浪相经过。灵鼇戴方丈，神岳俨嵯峨。仙人翔其隅，玉女戏其阿。琼蕊可疗饥，仰漱吸朝霞。昆仑本吾宅，中州非我家。将归谒东父，一举超流沙。鼓翼舞时风，长啸激清歌。金石固易弊，日月同光华。齐年与天地，万乘安足多。①

　　《楚辞》中的《远游》为屈原的名篇，屈原"悲时俗之迫厄兮，愿轻举而远游。质菲薄而无因兮，焉托乘而上浮"，正契合了曹植的心境。屈原作《远游》是抒发履方直之行，不容于世，困于谗佞而无处诉说的苦闷，其与仙人游戏，周历天地，无所不至的想象是内心苦闷的抒发。曹植的气势更加宏阔，且看"大鱼若曲陵，承浪相经过。灵鼇戴方丈，神岳俨嵯峨"的气势，真能够上承庄子，下应李白。但是再看他"昆仑本吾宅，中州非我家"一句，仍是现实之中无处安身的慨叹。他写"列仙之趣"是想借游仙咏怀骋情，结果却是越超脱则越失意。正如葛晓音所说，曹植"上承屈原《远游》的精神和表现手法，下启李白纵横捭阖的浪漫想象""在将叙事体的游仙诗转化为抒情体的过程中，具有重要作用，并促使汉代贵族宣扬迷信的求仙之作演变成后人抒写离世隐遁之志的一个重要题材"②。

―――――――――――

　　①　（宋）郭茂倩编：《乐府诗集》卷六十四《杂曲歌辞四》，中华书局1979年版，第922—923页。
　　②　葛晓音：《八代诗史》，中华书局2007年版，第54页。

总之，在上述几类歌诗中，曹魏诗人们或抒写实现自我价值的渴望，或表达人生苦短时不我待的焦虑，都有强烈的自我意识灌注其中。甚至宴饮、祝颂类歌诗也超越了单纯的歌舞欢娱与歌功颂德，表现出独具特色的个性情怀。从总体上体现了曹魏歌诗情志合一、哀时言志的特点，展现了鲜明独特的时代精神。

二、"缘事而发"的故事体歌诗

"缘事而发"的歌诗，多取材于正史、民间故事，或在前代歌诗的基础上改造而成，均以讲述故事为主，偶有评论。当然，这类歌诗在汉代和曹魏时期也有，如汉代无名氏的《雁门太守行》，歌咏洛阳令王涣"讨击奸猾"，"政平讼理"① 的事迹；曹魏左延年的《秦女休行》，讲述燕王妇女休为宗报仇而杀人于都市，虽被囚系，终以赦宥，得宽刑戮的故事。但此类歌诗的集中出现却是在西晋。如傅玄《艳歌行》由《陌上桑》（日出东南隅）改造而成，演述秦罗敷的故事；《秋胡行》演述秋胡戏妻的故事；《秦女休行》演述东汉庞氏为父报仇的故事，《惟汉行》则写鸿门宴中樊哙临危不惧、机智救主的故事；石崇《王明君》讲昭君出塞故事，这些故事多以歌诗的形式讲故事，偶尔夹杂作者的抒情和评议。而西晋故事体歌诗在继承了汉代歌诗"缘事而发"特点的同时，又表现出以下一些新特点。

一是故事性增强，人物刻画更丰满。西晋故事体歌诗发扬汉代歌诗"缘事而发"的传统，对历史事实或民间故事进行再创造，尤其是对情节进行剪裁取舍，以加强故事性。这种对比在左延年和傅玄的同题乐府《秦女休行》中就非常明显：

> 始出上西门，遥望秦氏庐。秦氏有好女，自名为女休。休年十四五，为宗行报仇。左执白杨刃，右据宛鲁矛。仇家便东南，仆僵秦女休。女休西上山，上山四五里。关吏呵问女休，女休前置辞："平生为燕王妇，于今为诏狱囚。平生衣参差，当今无领襦。明知杀人当死，兄

---

① 《雁门太守行八解》，《乐府诗集》解题："《古今乐录》及《后汉书》文字，云此诗歌颂洛阳令王涣"。（宋）郭茂倩编：《乐府诗集》卷三十九《相和歌辞十四》，中华书局 1979 年版，第 573 页。

言怏怏，弟言无道忧。女休坚辞为宗报仇，死不疑。"杀人都市中，徼我都巷西。丞卿罗东向坐，女休凄凄曳榰前。两徒夹我，持刀刀五尺余。刀未下，朣朦击鼓赦书下。（左延年《秦女休行》）①

庞氏有烈妇，义声驰雍、凉。父母家有重怨，仇人暴且强。虽有男兄弟，志弱不能当。烈女念此痛，丹心为寸伤。外若无意者，内潜思无方。白日入都市，怨家如平常。匿剑藏白丸，一奋寻身僵。身首为之异处，伏尸列肆旁。肉与土合成泥，洒血溅飞梁。猛气上干云霓，仇党失守为披攘。一市称烈义，观者收泪并慨慷。百男何当益，不如一女良。烈女直造县门，云父不幸遭祸殃。今仇身以分裂，虽死情益扬。杀人当伏法，义不苟活騰旧章。县令解印绶，令我伤心不忍听。刑部垂头塞耳，令我吏举不能成。烈著希代之绩，义立无穷之名。夫家同受共祚，子子孙孙咸享其荣。今我弦歌吟咏高风，激扬壮发悲且清。（傅玄《秦女休行》）②

《乐府诗集》中《秦女休行》解题曰："左延年辞，大略言女休为燕王妇，为宗报仇，杀人都市，虽被囚系，终以赦宥，得宽刑戮也。晋傅玄云'庞氏有烈妇'，亦言杀人报怨，以烈义称，与古辞义同而事异。"③ 郭茂倩以为左延年诗所叙情节为本事，左延年首创《秦女休行》之题，后来者则是依题拟古，似以为秦女休诗与庞氏女诗所言非一人一事。关于左延年《秦女休行》和傅玄所作《秦女休行》（庞氏有烈妇）的关系，后来人说法不一。一种观点认为两首歌诗都是根据东汉庞娥亲复仇之事所创，皇甫谧《列女传》、陈寿《三国志·魏志》卷十八《庞淯传》及范晔《后汉书》卷一百十四《列女传·庞淯传》均有记载。其中虽主人公及其父亲名字有异（《列女传》作庞娥亲、赵君安，而后二书则作庞娥、赵安，基本史实大致相同。）④ 而另有学者考证，左、傅二诗的本事并不同，两者都依皇甫谧

① （宋）郭茂倩编：《乐府诗集》卷六十一《杂曲歌辞一》，中华书局1979年版，第886—887页。
② "庞氏有烈妇"句《诗纪》卷二十二则注"庞"字一作"秦"。（宋）郭茂倩编：《乐府诗集》卷六十四《杂曲歌辞四》，中华书局1979年版，第887页。
③ （宋）郭茂倩编：《乐府诗集》卷六十一《杂曲歌辞一》，中华书局1979年版，第886—887页。
④ 参见赵敏俐等：《中国古代歌诗研究——从〈诗经〉到元曲的艺术生产史》，北京大学出版社2005年版，第341页。

《列女传》所记两件女子复仇的本事，但左诗本是以东汉桓灵之际缑氏女玉为父报仇事为本，只对情节做了相应的改动。而傅玄诗所本才是三国时庞淯赵娥为父复仇的故事。① 关于二者所依本事如何，还有待进一步的考证，但是单纯从文本内容比较，从说故事的角度评判，傅玄《秦女休行》显然更为精彩。

左延年诗以第三人称的叙述为主，没有议论，仿佛叙述案情一般对秦氏复仇的故事作了简单叙述，仅详写女休置辞几句来体现女休之刚烈气质。傅玄诗则不同，开篇点题，点明女休是"义声驰雍、凉"的"烈妇"，一个"烈"字已经将女休的形象开门见山地和盘托出，相对于左延年"秦氏有好女，自名为女休"的套话感情色彩更加鲜明。对于女休报仇前的心态，左延年没有加以描写，傅玄却进行了细致的描绘："父母家有重怨，仇人暴且强。虽有男兄弟，志弱不能当。烈女念此痛，丹心为寸伤。外若无意者，内潜思无方"，刻画了庞氏报仇前的心理活动。家有重怨，但仇人太强，兄弟志弱，仇恨在心中翻腾，每每念及则"丹心寸伤"。但女休内心如此激烈，却并未怒形于表，大肆宣扬报仇，虽"昼夜思无方"，一直在思索如何报仇，外表却"若无意"，若静没草中等待扑食的猛虎一般。写出了女休心思缜密，内蕴深沉的性格。对于报仇的过程，左延年只用了"休年十四五，为宗行报仇。左执白杨刃，右据宛鲁矛。仇家便东南，仆僵秦女休"几句，而傅玄诗却做了小说般精彩的描写：女休使仇家"身首为之异处，伏尸列肆旁。肉与土合成泥，洒血溅飞梁"，不可谓不惨烈。"猛气上干云霓，仇党失守为披攘。"女休的气势直令仇家胆丧，描写中加入了作者如亲见一般的评论。接着，作者又写道"一市称烈义，观者收泪并慨慷。百男何当益，不如一女良"，借当时旁观者之口再次对女休之"烈"发出由衷的赞赏。通过直接和间接描写以及议论，多方位地表现了"烈女"复仇的情节。其后，女休报仇自首的情节，傅诗也有生动描写。左诗"女休前置辞"部分是全诗的重点，以第一人称的口吻交代其亲自报仇的原因和必死决心；傅玄诗也有女休陈词，简单却更铿锵有力，而傅玄更高明处在于，使女休有了"今仇身以分裂，虽死情益扬。杀人当伏法，义不苟活骎旧章"的表白，使得

----

① 参见叶文举：《〈秦女休行〉本事考》，《古籍整理研究学刊》2006年第1期。

女休不但视死如归，更深明大义，而非一味地只想复仇。相对于左诗中"凄凄曳梏前"的女休，傅玄的女休更加大义凛然。于是"县令解印绶，令我伤心不忍听。刑部垂头塞耳，令我吏举不能成"的间接描写，便更加合理而感人。女休的正面描写和县令、刑部的侧面烘托，将女休自首的场面塑造成复仇之后的另一个高潮。至此，庞娥义气干云的形象已跃然纸上，而作者在最后"今我弦歌吟咏高风，激扬壮发悲且清"的感叹，仿佛乐曲的袅袅余韵，故事虽戛然而止，却给读者和听众留下了无尽的回味。可以说，傅玄诗显然情节更加丰富曲折、人物形象更加生动鲜明。

傅玄还有《秋胡行》两首。"秋胡戏妻"的故事最早见于刘向《列女传》，托名葛洪的《西京杂记》也有大致相同的记载，汉武梁石室后壁第一层也刻有秋胡故事，可见流传广泛。《乐府诗集》卷三十六魏武帝《秋胡行》解题引《列女传》曰：

> 鲁秋洁妇者，鲁秋胡之妻也。既纳之五日去，而宦于陈，五年乃归。未至其家，见路旁有美妇人，方采桑而说（同"悦"）之。下车谓曰："力田不如逢丰年，力桑不如见国卿。今吾有金，愿以与夫人。"妇曰："采桑力作，纺绩织纴以供衣食，奉二亲养。夫子已矣，不愿人之金。"秋胡遂去。归至家，奉金遗母，使人呼其妇。妇至，乃向采桑者也。妇污其行，去而东走，自投于河而死。[1]

可见古辞内容是叙秋胡事。由于古辞不存，详细内容已无从考证。后来创作多用旧题写新事，曹操《秋胡行》写游仙，曹丕《秋胡行》写游宴，曹植《秋胡行》但歌魏德而不取秋胡事，嵇康《秋胡行》谈玄论道，傅玄《秋胡行》才又回归本题。傅玄作有杂言《秋胡行》（秋胡子娶妇）和五言《秋胡行》（秋胡纳令室）两首。

> 秋胡子娶妇，三日会行。仕宦既享显爵，保兹德音。以禄颐亲，韫此黄金。睹一好妇，采桑路旁。遂下黄金，诱以逢卿。玉磨逾洁，兰动

---

① （宋）郭茂倩编：《乐府诗集》卷三十六《相和歌辞十一》，中华书局1979年版，第526页。

弥馨。源流洁清，水无浊波。奈何秋胡，中道怀邪。美此节妇，高行巍峨。哀哉可愍，自投长河。

秋胡纳令室，三日宦他乡。皎皎洁妇姿，泠泠守空房。燕婉不终夕，别如参与商。忧来犹四海，易感难可防。人言生日短，愁者苦夜长。百草扬春华，攘腕采柔桑。素手寻繁枝，落叶不盈筐。罗衣翳玉体，回目流采章。君子倦仕归，车马如龙骧。精诚驰万里，既至两相忘。行人悦令颜，情息此树旁。诱以逢卿喻，遂下黄金装。烈烈贞女忿，言辞厉秋霜。长驱及居室，奉金升北堂。母立呼妇来，欢情乐未央。秋胡见此妇，惕然怀探汤。负心岂不惭，永誓非所望。清浊必异源，鬼凤不并翔。引身赴长流，果哉洁妇肠。彼夫既不淑，此妇亦太刚。①

傅玄这两首歌诗将《列女传》中新婚、游宦、归家、赠金、严拒、见母、重逢、投河等情节完整地一一再现，且语言简练生动，情节起承转合紧凑。《列女传》中着力描写的是秋胡仕归遇妇的情景，且直接以对话形式写出，似实录，而之前却无多少铺垫，只"鲁秋洁妇者，鲁秋胡之妻也。既纳之五日去，而宦于陈，五年乃归"几句，便将秋胡戏妻之前的事情交代完。而傅诗则不同，他对新婚、游宦情节只二句便交代清楚，却对秋胡妻守家待夫的情节进行泼墨刻画，"皎皎洁妇姿，泠泠守空房"两句刻画出一个美好而孤单的思妇形象，"燕婉不终夕，别如参与商"是新婚即别，相隔遥远而相思无可传递的惆怅，"忧来犹四海，易感难可防。人言生日短，愁者苦夜长"直写相思恨夜长的望眼欲穿之态，颇有曹丕《燕歌行》之情态。这是对秋胡妻从外形到心理的全面刻画，若只如《列女传》之"既纳之五日去，而宦于陈，五年乃归"，简述故事则可，但缺少了之前的感情铺垫，没有秋胡妻这望眼欲穿的期望的描写，之后对秋胡丑行的失望而引身投江的行为便显得突兀很多。其后采桑情节，"百草扬春华，攘腕采柔桑。素手寻繁枝，落叶不盈筐。罗衣翳玉体，回目流采章"，傅玄又抓住机会将秋胡妻外形大书特书一番，前段写其质洁而深情，此处写其灵巧而美丽，完成了对

① 均见（宋）郭茂倩编：《乐府诗集》卷三十六《相和歌辞十一》，中华书局1979年版，第530页。

秋胡妻的全面美化，更为秋胡归家、赠金的情节做了铺垫。秋胡归家、赠金的情节，《列女传》以对话的形式写出，而傅玄则以侧面描写。"君子倦仕归，车马如龙骧"写出秋胡归家的富贵，但相对于妻子的"精诚驰万里"，他却富贵便忘本。路遇颜色好，便"诱以逢卿喻，遂下黄金装"。不同于《列女传》中秋胡妻"采桑力作，纺绩织纴以供衣食，奉二亲养。夫子已矣，不愿人之金"的"婉拒"，傅玄未用答话，而写"烈烈贞女忿，言辞厉秋霜"。能做出引身投江的烈举的女子，大抵是疾恶如仇、性格刚烈的，路遇陌生男子调戏，岂会婉拒，"言辞厉秋霜"似乎更符合人物性格。"长驱及居室，奉金升北堂。母立呼妇来，欢情乐未央"。全家团聚，本是喜事，结果呢，"秋胡见此妇，惕然怀探汤。负心岂不惭，永誓非所望"，傅玄此处及时而巧妙地写出了秋胡的心理及当做出的反应，秋胡形象不再仅仅是戏妻故事中的一个线索，也变成一个立体的人。相对于之前的守望与等待，这种失望和愤怒不仅仅是一句"永誓非所望"所能消弭的。"清浊必异源，枭凤不并翔"，面对一个让自己深深失望的人，在当时那样一个社会环境下，秋胡妻只好选择了"引身赴长流"，这不仅仅是因为她的"果哉洁妇肠"，她带走的更是深情守望之后深深的失望。而结尾的"彼夫既不淑，此妇亦太刚"两句，评论稍嫌简陋。

　　傅玄又有《惟汉行》，讲樊哙故事。此前歌诗中有《公莫舞》，据传乃是写鸿门宴故事。《晋书·乐志下》云："公莫舞，今之巾舞也。相传云项庄剑舞，项伯以袖隔之，使不得害汉高祖，且语项庄云：'公莫！'古人相呼曰公，言公莫害汉王也。今之用巾盖像项伯衣袖之遗式。"① 且不论《公莫舞》是否真写鸿门宴故事，其作为舞曲，更多是以巾、剑的舞蹈动作来表现项伯挡剑的动作，并没有多少故事情节。傅玄《惟汉行》的具体表演方式没有明确的记载，但是其歌诗本身已经是一个有生动情节的故事：

　　　　危哉鸿门会，沛公几不还。轻装入人军，投身汤火间。两雄不俱立，亚父见此权。项庄奋剑起，白刃何翩翩。伯身虽为蔽，事促不及旋。张良慑坐侧，高祖变龙颜。赖得樊将军，虎叱项王前。嗔目骇三

____

① 《晋书》卷二十三《乐志下》，中华书局 1974 年版，第 717 页。

军，磨牙咀豚肩。空厄让霸主，临急吐奇言。威凌万乘主，指顾回泰山。神龙困鼎镬，非唅岂得全？狗屠登上将，功业信不原。健儿实可慕，腐儒何足叹。①

全篇虽为咏史，但人物之神态，均跃然纸上。鸿门宴故事中樊哙当面指责项羽，"嗔目骇三军，磨牙咀豚肩"富于英雄气概。傅玄先开篇点出当时鸿门宴的危险，描写项庄舞剑是项伯"事促不及旋"，而"张良慑坐侧，高祖变龙颜"的紧张形势，为樊哙的出场做足了铺垫。樊哙出场后，"威凌万乘主，指顾回泰山"，挽狂澜于既倒，使紧张危急的局面为之一变。故事情节一波三折，尤其突出地表现了樊哙的英雄形象，这对后来各种以鸿门宴为题材的说唱、叙事文学有直接的启发。

二是主人公多为女性，具有美艳化和温顺化的变化，且故事结尾多具有说教言语。这也在傅玄《艳歌行》中有突出的体现。从《陌上桑》古辞原文与傅玄《艳歌行》的比较可以看出：

日出东南隅，照我秦氏楼。秦氏有好女，自名为罗敷。罗敷喜蚕桑，采桑城南隅。青丝为笼系，桂枝为笼钩。头上倭堕髻，耳中明月珠。缃绮为下裙，紫绮为上襦。行者见罗敷，下担捋髭须；少年见罗敷，脱帽著帩头。耕者忘其犁，锄者忘其锄。来归相怨怒，但坐观罗敷。（一解）

使君从南来，五马立踟蹰。使君遣吏往，问是谁家姝？秦氏有好女，自名为罗敷。罗敷年几何？二十尚不足，十五颇有余。使君谢罗敷："宁可共载不？"罗敷前置辞："使君一何愚！使君自有妇，罗敷自有夫。"（二解）

东方千余骑，夫婿居上头。何用识夫婿，白马从骊驹。青丝系马尾，黄金络马头。腰中鹿卢剑，可直千万余。十五府小史，二十朝大夫。三十侍中郎，四十专城居。为人洁白皙，鬑鬑颇有须。盈盈公府

① （宋）郭茂倩编：《乐府诗集》卷二十七《相和歌辞二》，中华书局1979年版，第398页。

步，冉冉府中趋。坐中数千人，皆言夫婿殊。（三解）（《陌上桑三解》古辞）①

日出东南隅，照我秦氏楼。秦氏有好女，自字为罗敷。首戴金翠饰，耳缀明月珠。白素为下裾，丹霞为上襦。一顾倾朝市，再顾国为虚。问女居安在，堂在城南居。青楼临大巷，幽门结重枢。使君自南来，驷马立踟蹰。遣吏谢贤女："岂可同行车。"斯女长跪对："使君言何殊！使君自有妇，贱妾有鄙夫。天地正厥位，愿君改其图。"（傅玄《艳歌行》）②

《陌上桑》本为民间故事，《陌上桑》中对罗敷的描写是"罗敷喜蚕桑，采桑城南隅。青丝为笼系，桂枝为笼钩。头上倭堕髻，耳中明月珠。缃绮为下裾，紫绮为上襦。"先写其擅采桑，然后才写其美貌。而《艳歌行》则略去对其采桑的描写，直接写其美艳。再看间接描写，《陌上桑》以"行者""少年""耕者""锄者"见到罗敷的反应来反衬罗敷之美貌，实为侧面烘托之妙笔；而傅玄却只用"一顾倾朝市，再顾国为虚"一笔带过，使罗敷少了些质朴之气。又以"问女居安在，堂在城南居。青楼临大巷，幽门结重枢"，点出罗敷身份。这样一来，罗敷已不是一般的采桑女，而是青楼幽门中的悠闲贵妇了。这是关键的一句，原作中罗敷夸夫的情节不再是表现她的机智聪明，而是在陈述事实了。也正因为有这一句，罗敷成了一个知书达理的贵妇，于是说出"使君自有妇，贱妾有鄙夫。天地正厥位，愿君改其图"这样一番客气规劝之言，而罗敷采桑的情节也就完全可以忽略了。

除《惟汉行》一首外，此类故事大都是先叙后议，有作者带说教意味的主观评判。其中以傅玄《艳歌行》最为突出：不仅如前文所指改掉了罗敷的身份等，更有后面将"罗敷前置辞：'使君一何愚！使君自有妇，罗敷自有夫。'"改成了"斯女长跪对：'使君言何殊！使君自有妇，贱妾有鄙夫。天地正厥位，愿君改其图。'"从文本上讲，这一改动诚如萧涤非先生所言：

---

① （宋）郭茂倩编：《乐府诗集》卷二十八《相和歌辞三》，中华书局1979年版，第410—411页。
② （宋）郭茂倩编：《乐府诗集》卷二十八《相和歌辞三》，中华书局1979年版，第417—418页。

　　人物全无生气，未免点金成铁。改"罗敷自有夫"为"贱妾有鄙夫"，尤可憎。"使君自南来"以下诸语，且亦非事理，殊欠允当。盖罗敷既未出采桑陌上，使君自无缘得见也。乃知文学贵独造，贵创作，舍己徇人，徒自取败耳。[①]

　　《秋胡行》也是如此，"秋胡子娶妇"一首用"玉磨逾洁，兰动弥馨。源流洁清，水无浊波"来赞美秋胡妻与罗敷一样富贵不淫的气节；"秋胡纳令室"一首末二句"彼夫既不淑，此妇亦太刚"的评价，也与《艳歌行》的教化思想如出一辙。从叙事角度讲，傅玄的结尾的确将好好的一首歌诗改得只剩说教气息。究其原因，或许傅玄在西晋是社稷重臣，参与朝廷郊庙礼乐的创作，或许他内心也有如周公般为西晋制礼作乐的使命感，所以他的几首诗都有教化的倾向和男尊女卑的意识，毕竟在傅玄看来，乐府诗的教化作用是远比文学性重要的。

　　总之，西晋故事体歌诗以歌诗的形式讲故事，在继承了汉乐府缘事而发的特点的同时更体现出了新的特点，比如故事性增强、人物刻画更丰满，这些发展可能与创作主体变为文学功底深厚的文人有关。但是有得有失，文人创作的故事虽然更加精彩，却一定程度上失去了原来民歌的朴实。加之这些故事多由女伎表演，故西晋故事体歌诗表现出女主人公美艳化、温顺化及结尾多说教的特点。《艳歌行》也体现了这些特点，但是情节上大大简化而非丰富，这主要是表演方面的因素引起的，后文中有详细分析，此不赘述。

三、配合雅乐和舞曲的政治赞美歌诗

　　雅乐本是用于宗庙祭祀、朝廷宴飨、出征庆功等场合的功用性音乐，因此其内容必然是以歌功颂德为主。但是，西晋虽在音乐体制方面多继承曹魏，内容却完全没有了曹魏那种虽祝颂亦抒情的特点，变成了统一后的那种功成名就的政治赞美诗。

　　历朝更替，都会重新制礼作乐。两汉以后，世有制作。汉末众乐沦失，至曹魏时，曹操曾令杜夔复先代古乐。《晋书·乐志》载："及武帝受命之

---

① 萧涤非：《汉魏六朝乐府文学史》，人民文学出版社 1984 年版，第 188 页。

初，百度草创。泰始二年，诏郊祀明堂礼乐权用魏仪，遵周室肇称殷礼之义，但改乐章而已，使傅玄为之词云。"①

郊庙歌辞和燕射歌辞是礼乐的重要组成部分，今存西晋郊庙歌有《郊祀歌五首》《天地郊明堂歌五首》及《晋宗庙歌十一首》，皆为傅玄创作，内容都是祝颂赞美之词。如果说汉代宗教祭祀歌诗开始出现政治化倾向，但至少还有接近于郊祀诗，充满宗教神秘感与春之喜悦、丰收之憧憬的歌诗。如"青阳开动，根荄以遂，膏润并爱，跂行毕逮。霆声发荣，壃（同'岩'）处顷听，枯槁复产，乃成厥命。众庶熙熙，施及夭胎，群生嗫嗫，惟春之祺。"（《汉郊祀歌·青阳篇》）然而，西晋歌诗却逐步淡化了宗教祭祀的气息，如傅玄的《郊祀歌》《天地郊明堂歌》全篇都是"天命有晋，穆穆明明"（《夕牲歌》）、"天祚有晋，其命惟新。受终于魏，奄有兆民"（《飨神歌》）等申述西晋政权合理化、祈求天地保佑的宣言。

燕射歌辞主要用于公宴雅集，如前所述，周至汉代主要演奏曲是《鹿鸣》《鱼丽》《南有嘉鱼》等。曹魏有雅乐四曲，皆取周诗《鹿鸣》。西晋的燕射歌辞，则以傅玄、荀勖、张华、成公绥的四组《四厢乐歌》取代了自周以来一直用作宴乐的《鹿鸣》。张华还作有《晋冬至初岁小会歌》《晋宴会歌》《晋中宫所歌》及《晋宗亲会歌》等燕射歌辞。这些歌辞与上面说的四组《四厢乐歌》一样，变成了"天鉴有晋，世祚圣皇"（《正旦大会行礼歌》）和"天命大晋，载育群生"（《食举东西厢歌》）的歌功颂德之作。

鼓吹本是军乐，晋武帝使傅玄制鼓吹十二曲代替缪袭鼓吹曲，区别主要是旧曲新辞，且曲名多来自汉铙歌旧曲。它也同上述其他两类一样，完全变为颂美之词，而不再有缪袭《鼓吹十二曲》兼叙从军苦乐、祝颂而不忘抒发情志的特点。我们在前文曾指出，缪袭《鼓吹十二曲》虽是歌功颂德之作。但《克官渡》《旧邦》《定武功》《屠柳城》各章，或描写战争场面，或吐露个人之无奈，或表现王业艰难，或抒写主体之悲情。而傅玄的《鼓吹曲辞》，面貌全然不同，依《乐府诗集》所引《古今乐录》所云，《灵之祥》乃"言宣皇帝之佐魏，犹虞舜之事尧也。既有石瑞之征，又能用武以

_____

① 《晋书》卷二十二《乐志上》，中华书局1974年版，第679页。

诛孟度之逆命也";《宣受命》"言宣皇帝御诸葛亮,养威重,运神兵,亮震怖而死";《天序》"言圣皇应历受禅,弘济大化,用人各尽其才也";《大晋承运期》"言圣皇应箓受图,化象神明也"①。而另外几首像"大晋继天,济群生"(《仲春振旅》),"惟大晋,德参两仪,化云敷"(《夏苗田》),"献享烝,修典文。嘉大晋,德配天。禄报功,爵俟贤。飨燕乐,受兹百禄,嘉万年"(《顺天道》),以及"我皇圣德配尧舜,受禅即祚享天祥。率土蒙祐,靡不肃,庶事康。庶事康,穆穆明明。荷百禄,保无极,永太平"(《钓竿》),更是篇篇充溢着祝颂赞美之辞。

西晋舞曲歌辞与舞蹈表演的兴盛相辅相成。不管是用于正式郊庙宴飨的雅舞还是其他用途的杂舞,其歌辞都与前述郊庙歌辞、鼓吹曲辞一样,成为政治赞美诗。雅舞歌辞如傅玄所作《晋正德大豫舞歌》之《正德舞歌》:"天命有晋,光济万国。穆穆圣皇,文武惟则。在天斯正,在地成德。载韬政刑,载崇礼教。我敷玄化,臻于中道。"②而荀勖、张华等所作《晋正德大豫舞歌》内容也是此类。杂舞歌辞起初多来自民间,而逐步被宫廷音乐吸收,成为西晋频繁的宴会娱乐的精神消费品。其起初可能并不是以祝颂赞美为目的,但是在当时政治统一、社会安定的大环境中,兼之歌舞升平的消费环境的影响,也变身为政治赞美诗。如晋《宣武舞》,本自汉巴渝舞演化而来,变化过程中逐渐雅化。到西晋时,虽有大量舞容描写,但是总体思想还是表现西晋文武兼修,国家强盛。改自《羽籥舞》的傅玄所作《晋宣文舞歌》之《羽籥舞歌》,内容便主要是"圣皇迈乾乾,天下兴颂声。穆穆且明明。惟圣皇,道化彰,澄四海,清三光,万几理,庶事康。潜龙升,仪凤翔。风雨时,物繁昌。却走马,降瑞祥。扬侧陋,简忠良。百禄是荷,眉寿无疆"③的赞美与祈告。另有傅玄《鼙舞歌》,更是以浓墨重彩修饰出一则辉煌的西晋建国史诗。

总之,西晋在曹魏修复古乐和大力发展乐府的基础上,在歌诗方面有一定的发展,它完成了系统的礼乐教化对于歌诗各类型的渗透,但同时也将雅

---

① (宋)郭茂倩编:《乐府诗集》卷十九《鼓吹曲辞四》,中华书局1979年版,第275、276、279、279页。

② (宋)郭茂倩编:《乐府诗集》卷五十二《舞曲歌辞一》,中华书局1979年版,第756页。

③ (宋)郭茂倩编:《乐府诗集》卷五十三《舞曲歌辞二》,中华书局1979年版,第770—771页。

乐几乎全部变成了歌功颂德之辞。

第三节　曹魏、西晋歌诗的表演特点

建安和西晋前期是中国诗歌的繁荣时期，也是歌诗发展的两个重要阶段，分别从相和歌辞和雅乐舞曲歌辞两个方面发展了歌诗。曹魏时期相和歌曲目和调类逐步定型，丝竹相和的程式也逐渐标准化，这影响到曹魏歌诗清越悲壮风格的形成。而西晋故事体歌诗的发展对后世说唱文学产生了重要影响。这一时期歌诗的表演者主要是女伎，这对歌诗特点的形成也有直接的影响。另外，礼乐活动推动了乐舞的兴盛。不但西晋有大量郊庙燕射歌辞的创作，相关的舞曲表演和歌辞创作也很兴盛。雅舞、杂舞都获得了较为充分的发展，有的杂舞甚至逐渐升格为雅舞。另外，杂曲歌辞在曹植和傅玄、张华等人的手中逐渐文人化，但是很多作品如何表演，是否可歌，因材料太少不好判定。西晋杂歌谣辞比曹魏为多，但多是徒歌，无乐舞配合。

一、相和歌表演的飞跃性发展

相和歌是曹魏、西晋歌诗主要的音乐类型之一。特别是清商三调曲深受曹魏统治者的喜爱，成为他们娱乐消费的主要类型。如果说汉代是相和歌逐步形成规范的时期，那么曹魏则是其飞跃性发展的时期。主要表现在表演体系独立性增强、各调式逐渐规范定型。更重要的一点是，魏晋歌诗的创作主体是文人，歌诗文本的独立性增加并开始拟声填词或依旧曲而作新歌，在声辞并重的趋势下，体现出许多新的艺术特征。当然，这些都是在歌诗文本服从于配乐和表演的大前提下完成的。

（一）用乐和演奏程式的规范化

相和歌的表演方式，学者们多有考证，赵敏俐先生以为人的歌唱与音乐的和谐称之为"和"，这种"相配合的演唱方式"称之为"相和"，而"丝竹更相和"是汉代"和"的"最基本形式"。大抵来讲，汉代"相和诸调都是在'丝竹更相和'这一基本形式上演化的"①。

曹魏、西晋的相和歌相当繁荣，作者相对集中，曲目也与汉代有所不同。依照郭茂倩《乐府诗集》所收作品，曹魏的相和歌诗主要分布在相和歌和清商三调曲，而西晋相和歌以清商三调为主。但是，对照《宋书·乐志》以及郑樵《通志》，我们会发现有些相和歌的曲目在汉代本为大曲。现在将二者基本情况列表如下（表1-1）。

表1-1　汉大曲与相和歌曲目对照表

曲目	汉乐府篇名	通志·乐略
相和曲	陌上桑	相和歌（又属大曲）
瑟调曲	折杨柳行	相和歌瑟调曲（又属大曲）
	西门行、东门行、雁门太守行燕歌何尝行、艳歌何尝行	相和歌（又属瑟调、大曲）

为什么这些大曲在曹魏、西晋时代并入了相和歌和瑟调曲？郭茂倩《乐府诗集》卷二十六《相和歌辞一》解释如下：

《宋书·乐志》曰："相和，汉旧曲也，丝竹更相和，执节者歌。本一部，魏明帝分为二，更递夜宿。本十七曲，朱生、宋识、列和等复合之为十三曲。"其后晋荀勖又采旧辞施用于世，谓之清商三调歌诗，即沈约所谓"因弦管金石造歌以被之"者也。……《晋书·乐志》曰："凡乐章古辞存者，并汉世街陌讴谣，《江南可采莲》《乌生十五子》《白头吟》之属。"其后渐被于弦管，即相和诸曲是也。魏晋之世，相承用之。承嘉之乱，五都沦覆，中朝旧音，散落江左。后魏孝文宣武，用师淮汉，收其所获南音，谓之清商乐，相和诸曲，亦皆在焉。……又大曲十五曲，沈约并列于瑟调。今依张永《元嘉正声技录》分于诸调，又别叙大曲于其后。唯《满歌行》一曲，诸调不载，故附见于大曲之下。其曲调先后，亦准《技录》为次云。①

可见，相和歌曲目虽在两汉已基本形成，但其曲目和辞章还是在不断变化的。后人在进行分类时也各有不同，例如郑樵《通志·乐略》基本与《乐府诗集》相同，但《通志·乐略》无楚调曲，《宋书·乐志》将相和歌单列一类，而平、清、瑟合为清商三调一类，大曲又单列一类。因此，各个曲目和辞章的分类变化主要是演奏形式的变化，那么这些变化主要体现在哪些方面呢？我们按张永《元嘉技录》及陈释智匠《古今乐录》的相关记载，将相和歌各曲调的演奏乐器列表如下（表1-2）。

表1-2　相和歌演奏乐器简表

相和曲	笙、笛、节歌、琴、瑟、琵琶、筝七种②
平调曲	笙、笛、筑、瑟、琴、筝、琵琶七种③
清调曲	笙、笛（下声弄、高弄、游弄）、篪、节、琴、瑟、筝及琵琶八种④
瑟调曲	笙、笛、节、琴、瑟、筝、琵琶七种⑤
楚调曲	笙、笛弄、节、琴、筝、琵琶、瑟七种⑥

依据上表我们可以看出，在相和曲发展过程中，其所用的乐器逐步规范，基本乐器基本相同，而各种乐器除了相和之外，还有可能以某种乐器为主。清调曲的乐器使用比其他曲调复杂一些，多出篪一种。王运熙先生认为"不论是相和六引、相和曲或清商三调，其使用乐器除节一种属于革（皮革）制品外，其他都属管弦乐器。节这一种乐器由唱歌者手握，与旁人用丝竹伴奏者有别。清商三调除平调外，清调曲、瑟调曲也均使用节。可见从

---

① （宋）郭茂倩编：《乐府诗集》卷二十六《相和歌辞一》，中华书局1979年版，第376—377页。

② （宋）郭茂倩编：《乐府诗集》卷二十六《相和歌辞一》，中华书局1979年版，第377页。王运熙认为表中的相和曲包括相和六引、相和曲、吟叹曲、四弦曲等小类。参见王运熙：《乐府诗述论》（增补本），上海古籍出版社2006年版，第387页。

③ （宋）郭茂倩编：《乐府诗集》卷三十《相和歌辞五》，中华书局1979年版，第441页。

④ （宋）郭茂倩编：《乐府诗集》卷三十三《相和歌辞八》，中华书局1979年版，第495页。

⑤ （宋）郭茂倩编：《乐府诗集》卷三十六《相和歌辞十一》，中华书局1979年版，第534—535页。

⑥ （宋）郭茂倩编：《乐府诗集》卷四十一《相和歌辞十六》，中华书局1979年版，第599页。

'丝竹更相和'这一特点看，相和曲等与清商三调是没有什么区别的。"①

再看相和歌曲的演奏程式，据张永《元嘉技录》及其他相关记载，我们将相和歌主要曲目的演奏程式列表如下（表1-3）。

表1-3　相和歌主要曲目演奏程式表

平调曲	未歌之前，有八部弦、四器，俱作在高下游弄之后。凡三调，歌弦一部竟，辄作送歌弦。今用器。②
清调曲	未歌之前，有五部弦，又在弄后。晋、宋、齐，止四器也。③
瑟调曲	未歌之前有七部弦，又在弄后。④
楚调曲	未歌之前，有一部弦，又在弄后。⑤

根据上表所示，并结合学者们的研究可知，曹魏、西晋相和歌的表演或已形成了固定的程式：

1. 开场之前：先是弄，以笛为主，有下声弄、游弄、高弄（可能是音高不同的三种笛子，简称高下游弄）。

2. 丝竹乐器合奏弦：有一部到八部不等。

3. 丝竹更相和，执节者歌：乐人演唱，执节而歌，同时有弦乐伴奏，称为"歌弦"以别于"弦"，为核心部分。

4. 送歌弦：丝竹乐器合奏，全曲演奏完毕。⑥

大曲不载具体的演奏乐器，郭茂倩说："大曲又有艳，有趋、有乱。辞

----

① 王运熙：《乐府诗述论》（增补本），上海古籍出版社2006年版，第388页。

② 《乐府诗集》作"未歌之前，有八部弦、四器，俱作在高下游弄之后。凡三调，歌弦一部，竟辄作送，歌弦今用器。"但逯钦立的《"相和歌"曲调考》及赵敏俐等的《中国古代歌诗研究——从〈诗经〉到元曲的艺术生产史》两书认为断句有误。此从两位学者之说。参见（宋）郭茂倩编：《乐府诗集》卷三十《相和歌辞五》，中华书局1979年版，第441页；逯钦立：《"相和歌"曲调考》，《文史》第十四辑，中华书局1982年版，第221—222页；赵敏俐等：《中国古代歌诗研究——从〈诗经〉到元曲的艺术生产史》，北京大学出版社2005年版，第215页。

③ （宋）郭茂倩编：《乐府诗集》卷三十三《相和歌辞八》，中华书局1979年版，第495页。

④ 此处《乐府诗集》断句作"未歌之前有七部，弦又在弄后。"然对照表中前后例，"弦"字似应从上读。（宋）郭茂倩编：《乐府诗集》卷三十六《相和歌辞十一》，中华书局1979年版，第535页。

⑤ （宋）郭茂倩编：《乐府诗集》卷四十一《相和歌辞十六》，中华书局1979年版，第599页。

⑥ 参见赵敏俐：《中国古代歌诗研究——从〈诗经〉到元曲的艺术生产史》，北京大学出版社2005年版，第213—216页。

者其歌诗也，声者若羊吾夷伊那何之类也，艳在曲之前，趋与乱在曲之后，亦犹吴声西曲前有和，后有送也。"① 另据《乐府诗集》卷四十三《大曲十五曲》解题引《古今乐录》曰："凡诸大曲竟，黄老弹独出舞，无辞。"② 可见大曲除配乐外，有的还有舞蹈。

其中，《陌上桑》一曲有魏武帝、文帝的同题创作，西晋傅玄的《艳歌行》、陆机的《日出东南隅行》，曲调也当与《陌上桑》相同。但是只有汉乐府《陌上桑》明确标出有艳、乱等，文帝、武帝《陌上桑》为晋乐所奏，但被归入相和曲，未提到艳和乱。《折杨柳行》有魏文帝曹丕和晋陆机的同题作品，汉《折杨柳行》和曹丕《折杨柳行》在魏、晋都曾配乐演奏，但郭茂倩把它们归为瑟调曲，因为汉代《折杨柳行》也没有大曲的演奏特征。可能正是由于艳、趋与乱等特殊的演奏程式的消失，大曲才逐渐在朱生、宋识、列和等的改造中被并入到了相和曲和瑟调曲中。由此，有些歌诗一曲多名或归属于不同曲调的现象也可以得到合理的解释。如曹植"置酒高殿上"一篇，既作为《箜篌引》被列于相和六引，又以《野田黄雀行》之名被列入楚调曲，但《箜篌引》在实际表演中却演唱《野田黄雀行》，又称《置酒高殿上》）。这可能就是相和歌乐器使用的相近性和演奏方式的不断变化造成的。

丝竹相和虽是相和歌表演的基本类型，但这些歌诗不一定仅仅用于表演，也不一定总是需要那么多的丝竹乐器同时配合，可以只是简单的"相和而有节"。如曹植《吁嗟篇》，《三国志》卷十九《魏书·陈思王植》裴松之注曰："植常为琴瑟调歌，辞曰：'吁嗟此转蓬，居世何独然！……糜灭岂不痛，愿与根荄连。'"③ 可能只是以琴瑟相和的抒怀感叹，不一定使用相和歌的所有乐器伴奏；而曹丕《短歌行》（仰瞻）一曲，郭茂倩解题引《古今乐录》曰：

　　　王僧虔《技录》云："《短歌行》'仰瞻'一曲，魏氏遗令，使节朔奏乐，魏文制此辞，自抚筝和歌。……此曲声制最美，辞不可入

① （宋）郭茂倩编：《乐府诗集》卷二十六《相和歌辞一》解题，中华书局 1979 年版，第 377 页。
② （宋）郭茂倩编：《乐府诗集》卷四十三《相和歌辞十八》，中华书局 1979 年版，第 635 页。
③ 《三国志》卷十九《魏书·陈思王植》，中华书局 1959 版，第 576 页。

宴乐。"①

可见，曹丕《短歌行》（仰瞻）为"魏乐所奏"，据上述引文，可能只是以筝为伴奏乐器。又如曹操《步出夏门行》，据《晋书·王敦传》所载，王敦"每酒后辄咏魏武帝乐府歌曰：'老骥伏枥，志在千里。烈士暮年，壮心不已。'以如意打唾壶为节，壶边尽缺。"② 这"老骥伏枥"四句即为曹操《步出夏门行》的第四解，曹诗在入乐时虽由乐工进行了一定的修改，但仍可不使用乐器，仅以节拍配合的自娱自乐式的歌唱，这样的方式应该也适用于其他相和歌。

（二）曹魏歌诗的悲歌慷慨与曲调风格之关系

《乐府诗集》所辑歌诗是否全部入乐或有多少可歌，目前还难有定论，仅就现存材料看，曹魏时期演奏的相和歌曲目，除了汉代留下的古辞曲目外，以三曹为主。曹操气象雄浑、幽咽，曹丕清婉有逸韵，曹植文质彬彬、情志婉转，从不同的方面代表了慷慨多气、悲壮苍凉的建安风骨，这些特点在歌诗中也有鲜明的表现。学者们通常认为，"战乱的环境，一方面给建立功业提供了可能，激发起士人建立功业的强烈愿望；一方面又是人命危浅，朝不虑夕，给士人带来了岁月不居、人生无常的深沉叹息。这样的环境，形成了慷慨任气的风尚，也给士人带来了一种慷慨悲凉的情调，以慷慨悲凉为美，就成了此时自然而然、被普遍接受的情趣。"③ 但是我们研究歌诗，还需要注意的是乐曲对歌诗内容的影响。正如吴相洲所说："无论是选辞入乐，还是因声度辞，曲调都对曲辞有很强的决定作用。"④ 各类曲调的音乐对其曲辞主题、题材乃至整个风格，都有至关重要的影响。

清商曲的伴奏乐器主要是琴、瑟、筝等丝竹乐器，⑤《礼记·乐记》曰：

---

① （宋）郭茂倩编：《乐府诗集》卷三十《相和歌辞五》，中华书局 1979 年版，第 446—447 页。

② 《晋书》卷九十八《王敦传》，中华书局 1974 年版，第 2557 页。

③ 罗宗强：《魏晋南北朝文学思想史》，中华书局 1996 年版，第 36 页。

④ 吴相洲：《乐府诗集分类研究》"系列总序"，曾智安：《清商曲辞研究》，北京大学出版社 2009 年版，第 9 页。

⑤ 其中，平调曲不用"节"而用"筑"，清调曲多了一种乐器——"篪"。参见本章"表1-2　相和歌演奏乐器简表"。

"丝声哀，哀以立廉，廉以立志。……竹声滥，滥以立会，会以聚众。"① 丝竹乐器所奏音乐本身即具有凄唳、悲哀、萧瑟等特征，这也自然地成为以丝竹演奏为主的清商曲的特征之一。而从汉代起，人们已用"慷慨"来形容这种悲音，如《古诗十九首》（西北有高楼）之"一弹再三叹，慷慨有余哀。不惜歌者苦，但伤知音稀。愿为双鸿鹄，奋翅起高飞"，又如《李陵录别诗二十一首》（其六）之"丝竹厉清声，慷慨有余哀"。随着清商三调曲的进一步兴盛，曹魏诗人们进而将清商乐的悲凉之美，写入歌诗中。以此作为对清商新声美学特征的概括，也出现在曹魏文人笔下：

> 不觉泪下沾衣裳，援瑟鸣弦发清商。短歌微吟不能长，明月皎皎照我床。（曹丕《燕歌行》（秋风））
> 悲弦激新声，长笛吹清气。（曹丕《善哉行》（朝日））②

这些歌诗，都写到清商乐"清"与"悲"等特点，而值得注意的是，这些诗歌都写到了乐器，悲弦、鸣琴、长笛清气、管弦徽音，这些首先是音乐自身的特点，然后才是诗人或者欣赏者的感受。可以说，乐曲演奏的风格和诗人的心声是跌宕共振和相互渲染的。而另外如：

> 弦歌奏新曲，游响拂丹梁。余音赴迅节，慷慨时激扬。（曹丕《于谯作诗》）
> 抚节弹鸣筝，慷慨有余音。（曹植《弃妇诗》）③
> 秦筝何慷慨，齐瑟和且柔。（曹植《野田黄雀行》）
> 长吟泰山侧，慷慨激楚声。（陆机《泰山吟》）④

---

① （汉）郑玄注，（唐）孔颖达疏：《礼记正义》卷三十九《乐记第十九》，（清）阮元校刻：《十三经注疏》，中华书局1980年版，第1541页。

② （宋）郭茂倩编：《乐府诗集》，中华书局1979年版，第469、537页。

③ 逯钦立辑校：《先秦汉魏晋南北朝诗》，中华书局1983年版，第399—400、455—456页。

④ （宋）郭茂倩编：《乐府诗集》卷三十九《相和歌辞十四》、卷四十一《相和歌辞十六》，中华书局1979年版，第570、605页。

更直接地将乐曲的清、悲等特色以"慷慨"二字来概括，表达了对清商曲"慷慨"之美的共同体认。① 但是，"慷慨"作为清商三调曲的音乐美感特征从能感染欣赏者，到这些欣赏者消化吸收这种特色并反过来将自身的情感由内而外通过清商乐的慷慨悲歌表达出来还经历了一个相当长的过程。只有当建安文人，尤其是以"三曹"为代表的文人从单纯的欣赏者转变为创作者，以其卓越的音乐造诣和创作热情及特殊政治地位大力推广清商乐，才改变了以往清商乐"重声不重辞"现象，增强了辞乐互融性，使乐府诗与徒诗一样具有广泛的抒情言志的功能，② 才使得"慷慨"二字形神兼备。例如音乐造诣方面：曹操精通音乐。张华《博物志》云："桓谭、蔡邕善音乐，冯翊山子道、王九真、郭凯等善围棋，太祖皆与埒能。"③ 蔡邕擅弹古琴，创作的琴曲《蔡氏五弄》流播琴坛，而曹操水平可与他们媲美。又据《魏志·方技传》记载，杜夔与钟工柴玉为铸钟争吵，曹操取所铸钟，杂错更试，然后知杜夔功力更胜一筹。④ 表明曹操精通音律。曹操尤其嗜爱清商乐，"登高必赋，及造新诗，被之管弦，皆成乐章"⑤。曹丕、曹睿偏爱清商三调。他们也有很高的音乐造诣，而且由于他们先作诗，然后再配乐，形成乐章，因此在写作时，就会考虑如何才能便于入乐。而从乐工的角度讲，必不敢随意改动这些歌辞。为了让诗和乐得以密切配合，必要时只好适当"宰割辞调"去迁就诗，这进一步促进了诗与乐的融合。也就是说，将音乐之美和深刻书写人生感悟合二为一，曹魏歌诗的这种独特性是由文人气质和清商曲特质共同缔造的。我们依次分析以下各个类型便可得知。

相和曲 为论述方便，据《乐府诗集》将曹魏相和歌辞同题歌诗列表如下（表 1-4）：

---

① 本节以上所论参见刘怀荣：《论邺下后期宴集活动对建安诗歌的影响》，《文学遗产》2005 年第 2 期。

② 顾农：《建安时代诗乐关系之新变动——以魏之三祖为中心》，《广西师范大学学报》（哲社版）2002 年第 3 期。

③ 《三国志》卷一《魏书·武帝纪》裴注，中华书局 1959 年版，第 54 页。

④ 《三国志》卷二十九《方技传》："（杜夔）黄初中，为太乐令、协律都尉。汉铸钟工柴玉巧有意思，形器之中，多所造作，亦为时贵人见知。夔令玉铸铜钟，其声均清浊多不如法，数毁改作。玉甚厌之，谓夔清浊任意，颇拒捍夔。夔、玉更相白于太祖，太祖取所铸钟，杂错更试，然后知夔为精而玉之妄也，于是罪玉及诸子，皆为养马士。"见《三国志》，中华书局 1959 年版，第 806 页。

⑤ 《三国志》卷一《魏书·武帝纪》裴注，中华书局 1959 年版，第 54 页。

表 1-4　曹魏相和歌辞同题歌诗简表

曲名	古辞	曹操	曹丕	曹植	缪袭
气出唱		驾六龙（魏晋） 华阴山（魏晋） 游君山（魏晋）			
精列		厥初生（魏晋）			
江南	江南（魏晋）				
度关山		天地间（魏）			
东光	东光平（魏晋）				
薤露	薤上露	惟汉（魏）		天地 惟汉	
蒿里	蒿里	关东（魏）			挽歌
对酒		对酒歌（魏）			
鸡鸣	鸡鸣（魏晋）				
十五			登山 （魏晋）		
乌生	乌生（魏晋）				
平陵东	平陵东（魏晋）				闾阖
陌上桑	日出（魏晋） 今有人（晋）	驾虹霓（晋）	弃故乡 （晋）		

说明：1. 表中新作曲名与原曲名相同者一般以曲首二字或三字为别。
2. 曲名后括号内的"魏"代表魏乐所奏，"晋"代表晋乐所奏。
3. 凡曲名后不做附加说明的，其是否配乐演奏，在史料中没有记载，空白格表明无歌辞存世。
4. 其后各表均同，不再一一注明。

表 1-4 中，《气出唱》《精列》《度关山》《对酒》四曲，皆无古辞，现存作品以曹操的歌诗为最早。《薤露》《蒿里》二曲，曹魏时期多有继作。曹操的《薤露》《蒿里》均为"魏乐所奏"，但曹植的《薤露》（天地）及《惟汉行》（取曹操《薤露》首句前二字为题）、缪袭的《挽歌》（依《蒿里》作），它们是否入乐，没有明确的记载。《陌上桑》古辞魏晋两代都是配乐演唱的，且曹操、曹丕《陌上桑》均为游仙之作，为"晋乐所奏"，魏时似乎并不入乐。

从现存《江南》《东光》《鸡鸣》《乌生》《平陵东》《薤露》《蒿里》等歌诗看，除《江南》例外，其他歌诗多悲叹怨伤之调，如《东光》写

"诸军游荡子，早行多悲伤"；《鸡鸣》感叹"树木身相代，兄弟还相忘"；
《乌生》借乌、白鹿、黄鹄、鲤鱼为人所捕杀的命运，慨叹"我人民生各各
有寿命，死生何须复道前后"；《平陵东》一曲，《乐府诗集》解题引崔豹
《古今注》曰："《平陵东》，汉翟义门人所作也"。又引《乐府解题》曰：
"义，丞相方进之少子，字文仲，为东郡太守。以王莽方篡汉，举兵诛之，
不克，见害。门人作歌以怨之也。"结合诗歌内容看，也是一首怨歌。[①] 至
于《薤露》《蒿里》，本来就是挽歌，悼伤之意更是明显不过。可见，相和
曲内容方面悲叹怨伤的特点，与丝竹乐"慷慨有余哀"的音乐特点有关，
后者对前者无疑是有着制约和决定作用的。

那么，曹操所作的相和歌又有什么新特点呢？以《薤露》《蒿里》为
例，《薤露》古辞为挽歌，曹操的《薤露》以"惟汉二十二世"哀叹时事，
曹植的《薤露》则抒发人生苦短，渴望建功立业的志向。句式上，古辞为
三、七杂言四句，而曹操、曹植歌诗均为五言十六句。《蒿里》古辞为五、
七杂言四句的挽歌，曹操《蒿里》五言十六句，写征战所见，表现了对
"万姓以死亡""生民百遗一"的悲悯。缪袭直接以《挽歌》为名，五言十
二句。可见，曹操并非刻板地模仿古辞。但是，即使是曹操的创新之作，其
悲怨伤感的感情基调仍与古辞非常接近，这说明歌诗的创作受到了乐曲的影
响，怨伤的音乐作为一种先在的传统，直接影响了歌诗怨伤内容的表达。而
不见同题古辞的其他几首，如《对酒》《气出唱》《精列》为典型的游仙之
作。也许正是因为摆脱了传统乐调的限制，这些歌诗更易于自由发挥。在没
有古辞、古调先入为主的影响下，曹操可依古题写新诗。在这种情况下，也
许倒是乐工要努力去适应曹操的歌诗而创作新调了。

平调曲　《乐府诗集》中《平调曲一》解题引《古今乐录》曰：

王僧虔《大明三年宴乐技录》，平调有七曲：一曰《长歌行》，二曰
《短歌行》，三曰《猛虎行》，四曰《君子行》，五曰《燕歌行》，六曰
《从军行》，七曰《鞠歌行》。《荀氏录》所载十二曲，传者五曲。武帝
"周西""对酒"，文帝"仰瞻"，并《短歌行》；文帝"秋风""别日"，

---

① （宋）郭茂倩编：《乐府诗集》卷二十八《相和歌辞三》，中华书局 1979 年版，第 409—410 页。

并《燕歌行》是也。其七曲今不传。文帝"功名",明帝"青青",并
《长歌行》,武帝"吾年",明帝"双桐",并《猛虎行》,"燕赵"《君子
行》,左延年"苦哉"《从军行》,"雉朝飞"《短歌行》是也。①

我们据此列表如下(表1-5):

表1-5 平调曲下诸曲及同题歌诗创作简表

曲名 \ 作者	古辞	曹操	曹丕	曹睿	曹植	王粲
长歌行	青青 仙人 岩岩			静夜	鰕䱇篇	
短歌行		周西(晋) 对酒(晋)	仰瞻(魏)	翩翩		
猛虎行			与君			
君子行	君子					
燕歌行		秋风(晋) 别日(晋)	白日			
从军行						从军行五首
鞠歌行	朝云升					

说明:1. 失传的七曲中,明帝"双桐"为《猛虎行》,左延年"苦哉"为《从军行》,其
歌辞均有片段存世。②
2.《长歌行》一曲,郭茂倩解题引《乐府解题》曰:"古辞云'青青园中葵,朝露待日
晞',言芳华不久,当努力为乐,无至老大乃伤悲也。魏改奏文帝所赋曲'西山一何高',
言仙道茫茫不可识,如王乔、赤松,皆空言虚词,迂怪难言,当观圣道而已。"③ 而"西
山一何高"乃曹丕《折杨柳行》首句,《折杨柳行》属瑟调曲,魏、晋皆入乐。大约《折
杨柳行》分别在平调曲和瑟调曲中演唱。

---

① (宋)郭茂倩编:《乐府诗集》卷三十《相和歌辞五》下《平调曲一》,中华书局1979年版,
第441页。
② 《乐府诗集》卷三十一《相和歌辞六》下《猛虎行》解题:"魏明帝辞曰:'双桐生空枝,枝叶
自相加。通泉溉其根,玄雨润其柯。'《古今乐录》曰:'《猛虎行》,王僧虔《技录》曰:'荀录所载,
明帝《双桐》一篇,今不传。'"卷三十二《相和歌辞七》下《从军行》解题引《古今乐录》曰:"《从
军行》,王僧虔云,荀录所载左延年《苦哉》一篇不传。"又引《广题》曰:"左延年辞云:'苦哉边
地人,一岁三从军。三子到燉煌(按:后作"敦煌"),二子诣陇西。五子远斗去,五妇皆怀身。'"
(宋)郭茂倩编:《乐府诗集》,中华书局1979年版,第462、475页。
③ (宋)郭茂倩编:《乐府诗集》卷三十《相和歌辞五》,中华书局1979年版,第442页。

由表1-5可知，曹魏时期平调曲的创作和入乐集中在《短歌行》《燕歌行》和《长歌行》，内容也比较杂。那么《长歌行》《短歌行》《燕歌行》的音乐特色是怎样的呢？

平调曲用笙、笛、筑、瑟、琴、筝、琵琶等演奏，均为丝竹乐器，其音乐特色仍以悲怨为主。而平调曲诸曲的内容，也与音乐特色高度一致。最典型的是《燕歌行》。关于《燕歌行》，《乐府诗集》中《燕歌行》解题引《乐府解题》曰："晋乐奏魏文帝'秋风''别日'二曲，言时序迁换，行役不归，妇人怨旷无所诉也。《广题》曰：'燕，地名也，言良人从役于燕，而为此曲。'"① 燕地远，离人行役，生死不可知，内容仍是清怨忧伤，在情感特质方面，与丝竹乐器也有高度的内在一致性。

曹丕《燕歌行》作为体式完备的七言体代表作，对后来《燕歌行》多写闺思、幽怨有重要的影响，其演奏效果也见于歌诗作品中。诗中"不觉泪下沾衣裳""涕零雨面毁容颜，谁能怀忧独不叹""乐往哀来摧肺肝"几句，不难窥见其情感的悲凉凄怨，对于可以"自抚筝和歌"的曹丕来说，他在创作时，不但对气氛的渲染、人物的塑造会有明确的意识，就是对辞与乐的配合，也当是胸有成竹的。"援瑟鸣弦发清商"（《燕歌行·秋风》）直接点明所用的乐器有"瑟"，《玉篇·琴部》云："瑟，庖犠造也。八尺二寸，四十五弦，黄帝使素女鼓之瑟，哀不自胜，破为二十五弦也"②，可见瑟声极悲。

关于《长歌行》与《短歌行》的差别，古人就有不同的说法。《乐府诗集》卷三十《长歌行》解题云：

> 崔豹《古今注》曰："长歌、短歌，言人寿命长短，各有定分，不可妄求。"按古诗云"长歌正激烈"，魏文帝《燕歌行》云"短歌微吟不能长"，晋傅玄《艳歌行》云"咄来长歌续短歌"，然则歌声有长短，非言寿命也。唐李贺有《长歌续短歌》，盖出于此。③

由此可知，《长歌行》《短歌行》更可能是由音乐的缓急节奏来区分的。

---

① （宋）郭茂倩编：《乐府诗集》卷三十二《相和歌辞七》，中华书局1979年版，第469页。
② 转引自宗福邦：《故训汇纂》，商务印书馆2003年版，第1455页。
③ （宋）郭茂倩编：《乐府诗集》卷三十《相和歌辞五》，中华书局1979年版，第442页。

旋律和节奏的缓急，使音乐表现出情感色彩的不同，缓则如泣如诉，悠扬缠绵，急则有紧迫、激烈之感。《长歌行》估计如《燕歌行》一样，虽较短歌行更舒缓些，仍体现出"悲"的特色。而观其内容也与曲风相符。如《长歌行》古辞三首涉及励志、游仙、远游三种题材，但都有种时不我待的焦虑，明帝《长歌行》写"静夜不能寐"的悲惨伤怀之情；《君子行》郭茂倩解题引《乐府解题》曰："古辞云'君子防未然'，盖言远嫌疑也"①，也有一种茫然无措之感。

《短歌行》的紧迫、激烈感如何表现呢？平调曲多用筝，筝声悲且壮，更有慷慨之气，音乐特点是清越而悲壮。《宋书》卷十九《志乐志一》曰："筝，秦声也。傅玄《筝赋序》曰：'世以为蒙恬所造。今观其体合法度，节究哀乐，乃仁智之器，岂亡国之臣所能关思哉。"②有关筝乐的特点，典籍中多有论及：

> 乐人兴兮弹琴筝，音相和兮悲且清。（蔡琰《悲愤诗》）③
> 高谈娱心，哀筝顺耳。（曹丕《与吴质书》）④
> 筝笛悲，酒舞疲，心中慷慨可健儿。（《晋杯槃舞歌》）⑤

由以上各例也可知道，筝声偏于悲壮。而这也影响了歌诗的创作。尤其是《短歌行》诸曲。魏武帝《短歌行》两篇，"对酒"以周公自比，表达对贤才的渴求，"周西"借周文王"三分天下，而有其二""达及德行，犹奉事殷"的史事，以述己志。歌辞抒情意味很浓，尤其是《短歌行》（对酒），将人生的感慨融入其中，表达了"慨当以慷，忧思难忘""忧从中来，不可断绝"的无限忧思，此外，更是抒发了"周公吐哺，天下归心"的王者壮志。而曹丕《短歌行》（仰瞻）也是如此：

> 仰瞻帷幕，俯察几筵。其物如故，其人不存。神灵倏忽，弃我遐迁。

① （宋）郭茂倩编：《乐府诗集》卷三十二《相和歌辞七》，中华书局1979年版，第467页。
② 《宋书》，中华书局1974年版，第556页。
③ 《后汉书》卷八十四《列女传·蔡琰传》，中华书局1965年版，第2803页。
④ （清）严可均校辑：《全上古三代秦汉三国六朝文》，中华书局1958年版，第1089页。
⑤ （宋）郭茂倩编：《乐府诗集》卷五十六《舞曲歌辞五》，中华书局1979年版，第808—809页。

靡瞻靡恃，泣涕连连。呦呦游鹿，衔草鸣麑。翩翩飞鸟，挟子巢栖。我
独孤茕，怀此百离。忧心孔疚，莫我能知。人亦有言，忧令人老。嗟我
白发，生一何早。长吟永叹，怀我圣考。曰仁者寿，胡不是保。①

从内容看，曹丕《短歌行》有不少化用曹操《短歌行》（对酒）的句
子，总体来看，一方面是怀念曹操（所谓"怀我圣考"），另一方面也确实
继承了曹操《对酒》的深沉咏叹，故而感情悲壮。如前所述，这首歌诗为
曹丕"自抚筝和歌"②。曹丕精通音律，且对这首歌诗有着非常深刻的理解，
故而在演奏时，必然能使音乐和歌辞达到完美的融合，而他以慷慨清越的筝
乐相和，正是基于对筝的音色悲而壮的特色的了解。

清调曲 曹魏时期的清调曲创作如下（表1-6）所示：

表1-6 曹魏清调曲同题歌诗简表

	古辞	曹操	曹丕	曹睿	曹植	嵇康	甄后
苦寒行		北上（晋）		悠悠（晋）	吁嗟篇		
豫章行	白杨（晋）				穷达鸳鸯		
董逃行	吾欲						
相逢行	相逢狭路间行（晋）长安有狭斜行						
塘上行					蒲生行浮萍篇		蒲生（晋）
秋胡行		晨上（魏、晋）愿登（魏、晋）	同题三首			同题七首	

说明：1.《相逢行》郭茂倩于解题下注明"一曰《相逢狭路间行》，亦曰《长安有狭斜行》"，但收录时又将二者分开并分别附录后来之作，此表中都归到《相逢行》一栏。③
2.《塘上行》（蒲生）篇或以为是古辞，《乐府诗集》题为曹操，但又解题引《歌录》云："或云甄皇后造。"一说为甄后作。④

---

① （宋）郭茂倩编：《乐府诗集》卷三十《相和歌辞五》，中华书局1979年版，第448页。
② （宋）郭茂倩编：《乐府诗集》卷三十《相和歌辞五》，中华书局1979年版，第446—448页。
③ （宋）郭茂倩编：《乐府诗集》卷三十五《相和歌辞十》，中华书局1979年版，第508、514页。
④ （宋）郭茂倩编：《乐府诗集》卷三十五《相和歌辞十》，中华书局1979年版，第521—522页。

曹魏时《清调曲》古辞应当可以入乐，而曹操及曹睿《苦寒行》各一首，入晋乐，具言行路之难，内容与题目相切。曹操诗附本辞，与入乐歌辞差别较大，添加一些重复叠唱之句，长度明显增加。这充分说明了歌诗与徒诗的不同。作为徒诗，大量的重复叠句一定是致命伤，但是对于配乐演唱的歌诗，这种叠句可能正好形成一唱三叹、悠扬婉转的效果。曹植《吁嗟篇》，拟《苦寒行》而成，以"转蓬"为喻，写"飘飙"无依的身世之痛。

《秋胡行》讲述秋胡戏妻的故事，古辞应该是叙事体。曹操《秋胡行》解题引《乐府解题》曰："后人哀而赋之，为《秋胡行》。"[1] 可见，古辞内容的感情基调仍以悲哀为主，但曹操将之改造为游仙诗。曹丕、曹植则从而效之。[2] 但是，歌诗内容改变为游仙主题的《秋胡行》，如前文所述，也是多将"列仙之趣"与"坎壈咏怀"融为一体，表现人生苦短，功业未骋等愁绪。基调悲戚不仅是曹操入乐歌诗的特征，还是清调曲整体的内容特征。

如果将西晋此类歌诗也放在一起考察，我们会发现在本章第二节提到的西晋故事体和代言体歌诗多出于此类歌诗。《豫章行》古辞残佚，但是可以看出是以拟人的修辞方式代白杨树立言。西晋傅玄《豫章行·苦相篇》写女子色衰被弃之苦，"玉颜随年变，丈夫多好新"，是以年老妇女口吻道出的代言体；《董逃行》本汉代游童所作，咏董卓作乱之事。傅玄《董逃行·历九秋篇》叙夫妇别离之思，也是代言体。甄皇后《塘上行五解》写甄后以谗见弃事，以第一人称口吻叙事，或以为是甄后自作。曹植作《蒲生行·浮萍篇》，也为代言体。西晋陆机作《塘上行》，《乐府解题》曰："言妇人衰老失宠，行于塘上而为此歌，与古辞同意。"[3] 也是代言体。最具代表性的是《秋胡行》，这个秋胡戏妻的故事虽在曹魏暂时"乖题"，但并不影响它从西晋傅玄开始重新成为故事体歌诗。详见后文，此不细述。

总之，我们发现清调曲歌诗多有本事可述，而后同题之作则多为故事体或代言体，且多为代女性立言。联系清商乐多为女伎表演，这些歌诗很可能

---

① （宋）郭茂倩编：《乐府诗集》卷三十六《相和歌辞十一》，中华书局1979年版，第526页。

② 案曹植《秋胡行》歌辞已佚。《乐府诗集》卷三十六《相和歌辞十一》曹操《秋胡行》解题引《广题》曰："曹植《秋胡行》，但歌魏德，不取秋胡事，与文帝辞同也。"（宋）郭茂倩编：《乐府诗集》，中华书局1979年版，第526—527页。

③ （宋）郭茂倩编：《乐府诗集》卷三十五《相和歌辞十》，中华书局1979年版，第522页。

都是为表演而作，这或许也是清商三调曲中清调曲戏剧性最强的重要原因。

瑟调曲　曹魏所作清商三调以瑟调曲为最多，《乐府诗集》"瑟调曲一"解题：

> 《古今乐录》曰："王僧虔《技录》，瑟调曲有《善哉行》《陇西行》《折杨柳行》《西门行》《东门行》《东西门行》《却东西门行》《顺东西门行》《饮马行》《上留田行》《新成安乐宫行》《妇病行》《孤子生行》《放歌行》《大墙上蒿行》《野田黄爵（按：应为'雀'）行》《钓竿行》《临高台行》《长安城西行》《武舍之中行》《雁门太守行》《艳歌何尝行》《艳歌福钟行》《艳歌双鸿行》《煌煌京洛行》《帝王所居行》《门有车马客行》《墙上难用趋行》《日重光行》《蜀道难行》《櫂（同'棹'）歌行》《有所思行》《蒲坂（同'阪'）行》《采梨橘行》《白杨行》《胡无人行》《青龙行》《公无渡河行》"。《荀氏录》所载十五曲，传者九曲。武帝"朝日"[1]"自惜""古公"，文帝"朝游""上山"，明帝"赫赫""我徂"，古辞"来日"，并《善哉》，古辞《罗敷艳歌行》是也，其六曲今不传。"五岳"《善哉行》，武帝"鸿雁"《却东西门行》，"长安"《长安城西行》，"双鸿""福钟"并《艳歌行》，"墙上"《墙上难用趋行》是也。[2]

上述《古今乐录》所载三十八首，《荀氏录》所载 15 曲中的"传者九曲"，与《乐府诗集》实际所录多有不同。依《乐府诗集》所录篇目，现将曹魏诗人所作者列表如下（表 1-7）：

表 1-7　《乐府诗集》所收曹魏瑟调曲简表

	古辞	曹操	曹丕	曹睿	曹植	陈琳
善哉行	来日（魏晋）	古公（魏晋） 自惜（魏晋）	朝日（魏晋） 上山（魏晋） 朝游（魏晋） 有美	我徂（魏晋） 赫赫（魏晋）		

---

① 曹丕有《善哉行》"朝日乐相乐"一篇，《古今乐录》作曹操有误，此处"朝日"归为曹丕之作。
② （宋）郭茂倩编：《乐府诗集》卷三十六《相和歌辞十一》，中华书局 1979 年版，第 534—535 页。

续表

	古辞	曹操	曹丕	曹睿	曹植	陈琳
当来日大难					日苦短	
陇西行*	天上					
步出夏门行	邪径	云行（魏晋）			步出（魏晋）	
丹霞蔽日行			丹霞		纣为	
折杨柳行	默默（魏晋）		西山（魏晋）			
却东西门行		鸿雁（魏晋）				
饮马长城窟行	青青		浮舟			饮马
上留田行			居世			
大墙上蒿行			阳春			
野田黄雀行					置酒（晋）	
艳歌何尝行	飞来		何尝（晋）			
煌煌京洛行			夭夭（晋）			
门有万里客行					门有	
月重轮行			三辰	天地		
櫂歌行				王者（晋）		

说明：《陇西行》，《乐府诗集》解题云："一曰《步出夏门行》。《乐府解题》曰：'古辞云：天上何所有，历历种白榆。'……王僧虔《技录》云：'《陇西行》歌武帝（碣石）'、'文帝（夏门）二篇'"。[1] 但其后又单列《步出夏门行》（古辞）和曹操同题诗"云行雨布"和魏明帝同题诗"步出夏门"，且注明皆为魏晋乐所奏。故此处分列《陇西行》与《步出夏门行》为两行。

瑟调曲一组现存曲目本就不多，曹魏入乐的主要有《善哉行》《步出夏门行》（即《陇西行》所歌）和曹操《却东西门行》、曹丕《折杨柳行》《燕歌何尝行》《煌煌京洛行》及曹睿《櫂歌行》，曹植《野田黄雀行》属瑟调，但《箜篌引》亦奏此曲。

《善哉行》一曲包括古辞在内共有9首，8首可歌。《乐府诗集》中《善哉行》古辞解题引《乐府解题》曰："古辞云：'来日大难，口燥唇

---

① （宋）郭茂倩编：《乐府诗集》卷三十七《相和歌辞十二》，中华书局1979年版，第542页。

干。'言人命不可保，当见亲友，且永长年术，与王乔八公游焉。又魏文帝辞云：'有美一人，婉如青扬。'言其妍丽，知音，识曲，善为乐方，令人忘忧。此篇诸集所出，不入乐志。"①

　　曹操两曲一为伤时，一为自伤。曹丕四曲有宴飨之作三篇，还有一篇为远游。明帝两曲美王师出征。郭茂倩说："按魏明帝《步出夏门行》曰：'善哉殊复善，弦歌乐我情。'然则'善哉'者，盖叹美之辞也。"② 但是总体而言，八首诗的基调都是悲从中来的。尤其是曹丕宴饮诗，更是形象地描绘了当时的场景：

> 朝日乐相乐，酣饮不知醉。悲弦激新声，长笛吹清气。（一解）弦歌感人肠，四坐皆欢悦。寥寥高堂上，凉风入我室。（二解）持满如不盈，有德者能卒。君子多苦心，所愁不但一。（三解）慊慊下白屋，吐握不可失。众宾饱满归，主人苦不悉。（四解）比翼翔云汉，罗者安所羁。冲静得自然，荣华何足为。（五解）（《善哉行》五解）

> 朝游高台观，夕宴华池阴。大酋奉甘醪，狩人献嘉禽。（一解）齐倡发东舞，秦筝奏西音。有客从南来，为我弹清琴。（二解）五音纷繁会，拊者激微吟。淫鱼乘波听，踊跃自浮沈。（三解）飞鸟翻翔舞，悲鸣集北林。乐极哀情来，寥亮摧肝心。（四解）清角岂不妙，德薄所不任。大哉子野言，弭弦且自禁。（五解）（《善哉行》五解）③

　　《乐府诗集》注明此二曲在魏晋皆配乐演奏。诗中标注各为五解。按照杨荫浏先生的理解，"解"乃是在一段歌诗演唱之后的纯器乐表演段落或伴有舞蹈的器乐段落，一解为第一次奏乐，二解为第二次奏乐，余类推。④ 从歌词描写来看，如此"朝日乐相乐，酣饮不知醉"的游宴，所奏之乐却非喜洋洋者矣。新声（即清商三调曲）发于悲弦，丝竹相和，笙、笛、节、

---

① （宋）郭茂倩编：《乐府诗集》卷三十六《相和歌辞十一》，中华书局 1979 年版，第 535 页。

② （宋）郭茂倩编：《乐府诗集》卷三十六《相和歌辞十一》，中华书局 1979 年版，第 535 页。

③ 均见（宋）郭茂倩编：《乐府诗集》卷三十六《相和歌辞十一》，中华书局 1979 年版，第 537—538 页。

④ 参见杨荫浏：《中国古代音乐史稿》，人民音乐出版社 1981 年版，第 116、117 页。

琴、瑟、筝、琵琶七种乐器和鸣。"长笛吹清气",按照前文所列,此为开场之前,先是以笛为主的弄,然后奏弦,继而"歌弦"(乐人演唱,执节而歌,弦乐伴奏),送歌弦:丝竹乐器合奏,全曲演奏完毕。[①] 可以说此诗非常逼真地为我们描绘了瑟调曲的演奏过程。而"齐倡发东舞"说明这种演唱是有伴舞的。但是,尽管丝竹齐作,歌舞升平。瑟调曲的旋律还是慷慨有悲音。筝声悲壮,琴声清,清角寒,虽是酣饮,且有齐倡东舞,但是在可以使得淫鱼乘乐、翔鸟悲鸣的悲而慷慨的丝竹乐的伴奏下,难免乐极哀生。这既是声音之特质,又是歌辞之抒情特质,声与辞的融合在此也得到强化。

二、西晋故事体、代言体歌诗的表演方式[②]

相对于曹魏歌诗浓郁的抒情色彩和乐辞并重的特征,西晋故事体歌诗以演述故事的方式发展了汉代歌诗的表演艺术,并对后世的说唱文学和戏曲发展产生了重要的影响。这在后世以罗敷故事为母题的相关作品中也有同样的体现。

我们在前文曾指出,在西晋故事体歌诗中,勇敢有气节的罗敷,逐渐变为美艳化、温顺化的歌舞女子。这种变化与歌诗表演是分不开的,女伎表演和观众的喜好这两点都对罗敷形象变化产生了重大的影响。

首先,《艳歌行》是具备表演性质的。从以罗敷故事为母题产生的众多相关作品的表演也可得到说明。《乐府诗集》在《陌上桑》古辞下收有自汉至唐敷衍罗敷故事或与之相类故事的歌诗近 40 首,这些诗歌的标题除《陌上桑》外,还有《采桑》《艳歌行》《罗敷行》或《日出东南隅行》等,均从古辞《陌上桑》发展而来,傅玄《艳歌行》只是其中较早的一首。此外,在唐人的非乐府诗作中,如岑参《敷水歌》、白居易《过敷水》《与裴华州同过敷水戏赠》、张谓《赠赵使君美人》、薛能《汉庙祈雨》等许多诗作,也以使君、罗敷为主人公。后一类诗歌的流行,表明罗敷故事在从汉至唐的数百年间始终是布在人口,广为流传的,因而才在文人创作中形成了习惯性

---

① 参见赵敏俐等:《中国古代歌诗研究——从〈诗经〉到元曲的艺术生产史》,北京大学出版社 2005 年版,第 213—216 页。

② 有关本节的相关论述,可参见刘怀荣:《西晋故事体歌诗与后代说唱文学关系考论》,《文史哲》 2005 年第 2 期。

的写法。而关于前一类歌诗，《乐府诗集》中只说古辞《陌上桑》是"魏晋乐所奏"，对于其他敷衍罗敷故事的诗歌是否入乐，未作任何说明。但我们不能排除这些诗歌中确有一些曾经与歌舞相配，进入了表演艺术的领域。因为有资料表明，罗敷故事直到唐代还是歌舞活动中的重要节目。盛唐边塞诗人岑参《玉门关盖将军歌》中有云：

　　……军中无事但欢娱。暖屋绣帘红地炉，织成壁衣花氍毹。灯前侍婢泻玉壶，金铛乱点野酡酥。紫绂金章左右趋，问著只是苍头奴。美人一双闲且都，朱唇翠眉映明矑（一作"眸"）。清歌一曲世所无，今日喜闻凤将雏。可怜绝胜秦罗敷，使君五马谩踟蹰。野草绣窠紫罗襦，红牙缕马对樗蒱。玉盘纤手撒（一作"搦"）作卢，众中夸道不曾输。①

敦煌卷子《云谣集杂曲子》中又有《凤归云》二首：

　　幸因今日，得睹娇娥！眉如初月，目引横波。素胸未消残雪，透轻罗。□□□□□，朱含碎玉，云髻婆娑。东邻有女，相料实难过。罗衣掩袂，行步逶迤。逢人问语羞无力，态娇多！锦衣公子见，垂鞭立马，肠断知么？

　　儿家本是，累代簪缨，父兄皆是，佐国良臣。幼年生于闺阁，洞房深。训习礼仪足，三从四德，针指分明。娉得良人，为国愿长征。争名定难，未有归程。徒劳公子肝肠断，谩生心。妾身如松柏，守志强过，鲁女坚贞！②

　　对上引《凤归云》二首及岑参诗，任半塘先生曾做过非常细致的考论，他认为，《凤将雏》之始辞，原即演《陌上桑》之事，至盛唐时代，其歌辞虽已不传，但其清商乐声却依然流传，故唐人"《凤归云》之声，大体犹《凤将雏》之声；《凤归云》之事，大体犹《凤将雏》之事；《凤归云》之

---

①　《全唐诗》卷一百九十九，中华书局 1980 年版，第 2059 页。
②　张璋、黄畲编：《全唐五代词》卷七《敦煌词》，上海古籍出版社 1986 年版，第 838 页。

名，亦大体犹《凤将雏》之名。《凤将雏》之始辞虽已亡，而《凤归云》之新辞，乃按同一本事所拟作者"。且《凤归云》在敦煌卷子中还有舞谱保存下来，因此，"岑诗'清歌'以下五句，分明谓美人献伎，不但歌《凤将雏》而已，且表演《陌上桑》故事"。但搬演罗敷故事的《凤将雏》，"在当时已并不曰《凤将雏》，实曰《凤归云》耳"。"故指《凤归云》为唐歌舞戏，应大致不误。"任先生据此又进一步指出："《陌上桑》故事，当时社会上可能普遍搬演与讲唱，深入民间，犹之后来演唱《西厢》《琵琶》，今日演唱王宝钏、柳迎春等。安知唐人诗中所以习用罗敷使君作生旦故事之代表人物，进一步且融化为词章中之普遍名词者，不受当时普遍搬演与讲唱之影响乎？"[1] 如果肯定唐代的《凤归云》的确仍在表演罗敷故事，我们说距古辞《陌上桑》更近的《艳歌行》也极有可能是为表演而作，大概不会离题太远。不仅如此，在西晋至盛唐的数百年间，《陌上桑》故事一直被不断地改造并表演。

其次，石崇的几首相和歌曾配乐舞表演。曹魏时期以歌舞伴唱的形式，典籍记载不多，但西晋舞曲盛行时，石崇的几首相和歌有乐舞相配，却是有明确记载的。如《王明君》，《旧唐书·音乐志二》载"《明君》，汉曲也。元帝时，匈奴单于入朝，诏以王嫱配之，即昭君也。及将去，入辞，光彩射人，悚动左右，天子悔焉。汉人怜其远嫁，为作此歌。晋石崇妓绿珠善舞，以此曲教之，而自制新歌曰：'我本汉家子……'晋文王讳昭，故晋人谓之'明君'。"[2] 石崇的《王明君》是有明确记载的诗、乐、舞合一的歌诗。因此，相对于《艳歌行》，它能向我们展示当时更多的歌诗表演信息。

　　我本汉家子，将适单于庭。辞诀未及终，前驱已抗旌。仆御涕流离，辕马悲且鸣。哀郁伤五内，泣泪沾朱缨。行行日已远，遂造匈奴城。延我于穹庐，加我阏氏名。殊类非所安，虽贵非所荣。父子见陵辱，对之惭且惊。杀身良不易，默默以苟生。苟生亦何聊，积思常愤盈。愿假飞鸿翼，乘之以遐征。飞鸿不我顾，伫立以屏营。昔为匣中

① 参见任半塘：《唐戏弄》（上）《剧录》部分有关《凤归云》的论述。任半塘：《唐戏弄》（上），上海古籍出版社 1984 年，第 623—635 页。
② 《旧唐书》卷二十九《音乐志二》，中华书局 1975 年版，第 1063 页。

玉，今为粪上英。朝华不足嘉（一作"欢"），甘与秋草并。传语后世人，远嫁难为情。（石崇《王明君》）①

《乐府诗集》卷二十九《王明君》解题引《古今乐录》曰：

> 《明君》歌舞者，晋太康中季伦所作也。……其造新之曲，多哀怨之声。晋、宋以来，《明君》止以弦隶少许为上舞而已。梁天监中，斯宣达为乐府令，与诸乐工以清商两相间弦为《明君》上舞，传之至今。②

关于具体的演奏程式，《乐府诗集》解题又引《琴集》曰："胡笳《明君》四弄，有上舞、下舞、上间弦、下间弦。《明君》三百余弄，其善者四焉。又胡笳《明君别》五弄，辞汉、跨鞍、望乡、奔云、入林是也。"郭茂倩并以为"琴曲有《昭君怨》，亦与此同"③。可知这首歌诗在表演时是与舞蹈、音乐相配的，故既称"歌舞"，又有"上舞"和"下舞"之分，至于由"辞汉、跨鞍、望乡、奔云、入林"五部分组成的胡笳《明君别》五弄，其表演更进一步规范化。王克芬《中国舞蹈发展史》认为《明君舞》应是与起于北齐，盛行于唐代的《兰陵王》一样，是"扮演一个特定人物的歌舞节目"，"不同于只表现某种风格或情绪的'纯舞蹈'"，"也不同于以歌舞形式表现故事、情节、人物的歌舞戏或戏曲艺术"，而是"两者之间发展过程中的一种形式"④。

《王明君》和《明君舞》，标志着歌、乐、舞相配合的表演形式已经发展到了相当完备的阶段。其表演方式和特点虽难以详述，但却可以借助相关文献作出大致的判断。这也使得在此基础上讨论歌诗受表演制约而形成的某些艺术特点成为可能。

与《艳歌行》《王明君》不同，《秋胡行》作为典型的故事体歌诗，文献中对其演奏方式并没有明确的记载。傅玄在《秋胡行》中，已对秋胡戏

---

① （宋）郭茂倩编：《乐府诗集》卷二十九《相和歌辞四》，中华书局1979年版，第426页。
② （宋）郭茂倩编：《乐府诗集》卷二十九《相和歌辞四》，中华书局1979年版，第425页。
③ （宋）郭茂倩编：《乐府诗集》卷二十九《相和歌辞四》，中华书局1979年版，第426页。
④ 王克芬：《中国舞蹈发展史》，上海人民出版社1991年版，第160页。

妻故事作了再创作，不仅将《列女传》中新婚、游宦、归家、赠金、严拒、见母、重逢、投河等情节完整再现，人物的描写塑造方面也进一步美艳化，并有一定的说教评论。西晋以后，秋胡戏妻故事有不少再创作，如宋齐时有颜延之《秋胡行九章》和王融《秋胡行七章》。但是颜诗是以九章分别写了新婚、远别、良人游宦、思妇念远、采桑、拒金、相见、游子无颜、思妇投河等片段；而王诗七章则重点写了新婚远别、别后相思、采桑拒金及相见投河等，二者更偏重于情感的抒发而非故事情节的展开。唐代敦煌卷子中的《秋胡变文》和元代石君宝的《秋胡戏妻》故事性更强。《秋胡戏妻》是戏曲，它产生于我国表演艺术发展的成熟阶段，与歌诗已经拉开了距离。但是《秋胡变文》作为典型的说唱文学，在故事情节上舍弃了投河的结局，将游宦、归家、桑遇、赠金、严拒、见母、重逢等原有情节全部保留，并在游宦之前加上了求母（此前残缺）、问妻、遇仙、投魏、劝改嫁、求归等新情节，把这一悲剧故事逐步改造成了一个更加曲折动人的喜剧。① 虽然离本事或原本的民间传说越来越远，但是在经过文人歌诗的改造之后，又回到了民间，体现了民间喜好的独特取向。这说明从傅玄《秋胡行》至《秋胡变文》，数百年间秋胡故事在民间的流传始终没有中断，《秋胡变文》作为典型的说唱文学，它与傅玄《秋胡行》之间的渊源关系无疑是非常密切的。

　　傅玄《惟汉行》与《公莫舞》一样，演述《史记》中的鸿门宴故事。早期的《公莫舞》很可能是表演项伯故事的，它与传世的汉《巾舞》歌诗可能本不相关，后来却被混在了一起。但傅玄《惟汉行》突出的却是樊哙的英雄形象而非项伯，它即使不是专为当时流行的《公莫舞》所作，与后者的关系也应当是非常密切的。② 而同样表演樊哙鸿门宴故事的，唐代有《樊哙排君难》，王国维《宋元戏曲考》认为是歌舞戏。而任半塘先生对演述鸿门宴故事的各类体裁的作品做了详细考证后，对《樊哙排君难》一剧有如下结论：

---

① 参见黄征、张涌泉：《敦煌变文校注》卷二，中华书局 1997 年版，第 232—235 页；高国藩：《敦煌俗文化学》，上海三联书店 1999 年版，第 248 页。

② 表演项伯故事的《公莫舞》与存世的汉《巾舞歌诗》是如何糅合在一起的，过程已很难说清，《宋书·乐志》既曰："《公莫舞》，今之《巾舞》也"，又将《巾舞》歌诗称为《公莫巾舞歌行》，对二者关系的说明已是含混不清。有关这一问题的论述参见刘怀荣：《西晋故事体歌诗与后代说唱文学关系考论》，《文史哲》2005 年第 2 期。

楚汉鸿门一会，在史迹中，乃极富戏剧性者。后世各种文艺体裁内，都采作题材。盖歌之、舞之，话之、演之；一经增饰，则动人、感人，精彩倍出也。其中项庄舞剑一节，早入《公莫舞》及傅玄《惟汉行》乐府，已奠后来歌舞剧之基础。入唐，则诗、赋、词、曲，傀儡戏、歌舞戏，……云奔电赴，无体不前！封演《闻见记》谓："大历间，辛云京殡礼之祭盘，为楚汉鸿门会，机关动作，良久乃毕"，虽尚为百戏性质，用大木人，料当时傀儡戏内，用较小木人者，已另有表演。诗中如李贺之《公莫舞歌》、张碧之《鸿沟》、王毂之《鸿门宴》，诸篇所写，均极矫健生动，热闹有过于场上。李歌之序，并谓"南北乐府，率有歌引"，当时歌曲。甚至剧曲中，盛用此事，可以想见。唐有樊将军庙，咸通乾符间，汪遵诗曰："玉辇曾经陷楚营，汉皇心怯拟休兵。当时不得将军力，日月须分一半明。"此剧演出，正是其时，与此诗旨亦正合。敦煌所藏民间曲辞，如《酒泉子》咏剑，《定风波》咏史，均曾及鸿门事，具见一斑。晚唐徐寅《樊哙入鸿门赋》，疑即为本剧而发，资料尤为可贵！①

从《封氏闻见记》所记唐代宗大历（766—770）年间殡葬仪式百戏表演，到唐懿宗咸通（860—873）、僖宗乾符（874—879）年间诗作所现，再到唐昭宗（888—904 在位）时《樊哙排君难》演出，均可证鸿门宴故事直至唐代都很流行。② 如果将这一故事在说唱及歌舞表演艺术中的发展作为一个整体来考察，则晋初的《公莫舞》与傅玄《惟汉行》应是鸿门宴说唱故事最早的源头，虽然关于《惟汉行》在晋代的表演情况，笔者没有见到相关的记载，但它很有可能也是配舞而歌的。

此外，歌辞中大量表演场景的描写，也从另一侧面说明了这些歌诗的表演性质。歌诗本是为配合表演而创作，它的变化发展当然也与当时歌诗表演的音乐特征、表演者、表演方式、听众需求和当时的审美习惯等有着密切的联系。这些歌诗在叙述故事时就明显将这种表演提示性语言写了出来。如傅

---

① 任半塘：《唐戏弄》（上），上海古籍出版社 1984 年版，第 701—702 页。
② 参见任半塘先生《唐戏弄》有关《樊哙排君难》的论述。任半塘：《唐戏弄》（上），上海古籍出版社 1984 年版，第 692—707 页。

玄《秦女休行》结尾曰："今我弦歌吟咏高风，激扬壮发悲且清。"所谓"弦歌"，可能就是指相和歌诸曲演奏程式中的第三部分"丝竹相和，执节者歌"的尾声或最后第四节送歌弦，即丝竹乐器合奏送歌弦时唱的煞尾辞。"激扬壮发悲且清"，则是对歌辞演唱效果的描述。

　　总之，今天存世的这类歌诗中可能有相当一部分是为表演而作，只是由于资料的缺乏，我们无从确切地证实罢了。这种西晋故事体歌诗和代言体歌诗的表演方式，对创作主体、表演者等因素有许多影响。

　　一方面，可表演性为歌诗文本的简化提供了可能。前文曾提到，不同于其他西晋故事体歌诗的故事性增强和人物刻画更加丰满的新特点，傅玄的《艳歌行》在文本上明显简化了。对此，赵敏俐先生指出这是因为歌诗在表演时只是起到大纲提示的作用。他认为《艳歌行》同《陌上桑》一样可表演，这为故事文本的简化提供了可能性。汉《陌上桑》被《宋书·乐志》归入大曲，因为它"有艳，有趋、有乱。……艳在曲之前，趋与乱在曲之后，后有送也"，具备完整的大曲曲式。通过程式化、分节分段的短歌或短曲组成一套曲子，通过演员的表演和歌词的结合来共同达到表演的效果。由于情景结合，并且有观众的主观理解，歌辞本身便不必面面俱到，只要将故事具体的情节和结构以简单生动的语言表达，再配以恰当的夸张、渲染、白描等艺术手法就可以达到目的了，文本本身便没有必要把故事讲得太详细。《陌上桑》中，罗敷出门、采桑陌上等都是通过具体的表演动作展示给观众的，因此，诗中自可省略不提。由于《陌上桑》所演述的故事是为人们所熟悉的，故作者为《陌上桑》曲所作的新词中，便做了进一步的省略。站在这样的立场上来看，歌辞实际上只是大纲式地对表演的内容加以提示，并不会从根本上影响已经基本固定的表演程序，表演的艺术效果在很大程度上，更多地取决于演员的技巧而不是仅仅由歌词所决定的。①

　　但我们也不能忽略另一个问题，就是为什么《秋胡行》《王明君》《惟汉行》等却繁化而非简化了呢？我们曾指出，歌诗作者在对原有故事进行再创作的时候，在某种程度上"必须遵循原作的基本情节和内容而不得有

---

　　① 参见赵敏俐等：《中国古代歌诗研究——从〈诗经〉到元曲的艺术生产史》，北京大学出版社2005年版，第249—252页。

所改动。否则还可能得不到观众的接受，或者词与曲之间难以协调。很多模拟前人旧篇的乐府诗大约都面临着同样的问题"①。这里提出很关键的一点，就是观众接受度的问题。可以说，正是观众对于罗敷故事、秋胡戏妻故事的态度，才会有简化、繁化的区别。前文指出，《陌上桑》古辞产生后广受欢迎，到傅玄作《艳歌行》，《陌上桑》故事的表演估计大家已经很熟悉了，并且在西晋至盛唐的数百年间，《陌上桑》故事的表演一直被不断地改造并表演。所以，我们才会看到罗敷采桑的故事性逐渐减弱。而秋胡戏妻故事和鸿门宴故事以及女休复仇故事此前创作不多。秋胡故事虽在《西京杂记》《列女传》等中有记载，但并没有作为歌诗被表演的先例，曹氏父子的秋胡诗只是歌颂魏德，并不写秋胡之事。嵇康诗也未采用故事体，直到傅玄才将这个故事完整写了出来，情节、人物才都丰满起来。《惟汉行》之前的《公莫舞》虽可能表现鸿门宴故事，但重点在舞蹈，歌辞更令人费解，直到傅玄才把它创作成一个完整的乐府故事。这些再创作的乐府故事能像《陌上桑》表现罗敷故事一样在后世广为传唱，同样可能会走上简化之路。而相比较昭君出塞系列的石崇所作《王明君》，因为昭君出塞故事在汉代已经人尽皆知，而且石崇与绿珠的合作是将这个故事歌、乐、舞合一的，由绿珠亲扮昭君，所以歌诗不再讲之前"画嫱""惊艳"等情节，而全篇表现即将出行的昭君的内心活动。可以说，《艳歌行》的简化和《王明君》的情节缺省，都是与观众对这些故事的接受度和熟悉度密切相关的。

另外，女伎表演、观众喜好影响了故事情节的变化。前文谈到情节的简化，但是为何要将罗敷的慷慨陈词改成"贱妾鄙夫"之言？若只是简化，没必要改动情节。但是这些同题歌诗的内容大致不变，却不断变换着细节。从表演的角度来看，这种转变是由表演者的发挥和观众的喜好共同决定的。

清商乐本是由女性艺人来表演的，为宴集活动助兴的歌舞艺人也必然以女性为主，因此，这些代女性立言的诗作应是文人们写给歌伎演唱的。在主人公形象的塑造上，他们最直接的参照物是那些艳丽婀娜、能歌善舞的女伎，所以有意无意地将主人公的形象塑造成了美艳女子。这类歌诗在建安时期就已出现，西晋时期，陆机《塘上行》与《燕歌行》，傅玄《苦相篇》

---

① 刘怀荣：《西晋故事体歌诗与后代说唱文学关系考论》，《文史哲》2005 年第 2 期。

《青青河边草篇》《朝时篇》《明月篇》《秋兰篇》及《董逃行历九秋篇》等，均是以女性口吻写成的代言体歌诗，其中，又以傅玄《董逃行历九秋篇》十二章最具代表性①：

历九秋兮三春，遣贵客兮远宾。顾多君心所亲，乃命妙伎才人，炳若日月星辰。（其一）

序金罍兮玉觞，宾主递起雁行。杯若飞电绝光，交觞接卮结裳，慷慨欢笑万方。（其二）

奏新诗兮夫君，烂然虎变龙文。浑如天地未分，齐讴楚舞纷纷，歌声上激青云。（其三）

穷八音兮异伦，奇声靡靡每新。微披素齿丹唇，逸响飞薄梁尘，精爽眇眇入神。（其四）

坐咸醉兮沾欢，引樽促席临轩。进爵献寿翻翻，千秋要君一言，愿爱不移若山！（其五）

君恩爱兮不竭，譬若朝日夕月。此景万里不绝，长保初醮结发，何忧坐生胡越。（其六）

携弱手兮金环，上游飞阁云间。穆若鸳凤双鸾（一作"莺"），还幸兰房自安，娱心乐意难原。（其七）

乐既极兮多怀，盛时忽逝若颓。寒暑革御景回，春荣随风飘摧，感物动心增哀。（其八）

妾受命兮孤虚，男儿堕地称姝。女弱难存若无，骨肉至亲更疏。奉事他人托躯。（其九）

君如影兮随形，贱妾如水浮萍。明月不能常盈，谁能无根保荣？良时冉冉代征。（其十）

顾绣领兮含晖，皎日回光则微。朱华忽尔渐衰，影欲舍形高飞，谁言往恩可追？（其十一）

荼与麦兮夏零，兰桂践霜逾馨。禄命悬天难明，妾心结意丹青，何

---

① 此诗作者旧有三说：《文选·南都赋》李善注以为是汉代古词；《玉台新咏》以前十章为梁简文帝诗，后二章为傅玄诗；《选诗拾遗》引陈释智匠《乐录》及《乐府解题》《乐府诗集》等认为是傅玄诗，今人逯钦立也以为是傅玄诗。

忧君心中倾。（其十二）①

诗中开篇点明为宴会场景，继而描写宴会细节，明确提到了"妙伎才人"，"齐讴楚舞"，"奇声"与"逸响"等歌舞、音乐表演。而自"君恩爱兮不竭，譬若朝日夕月"以下，则又叙述夫妇离别之思，其深情款致之语颇得曹丕《燕歌行》之神髓。全诗又是以女性的口气写成，是典型的代言体歌诗。这些代言体歌诗虽不是故事体歌诗，但从表演的角度来看，显然是专为女性表演而创作的。

前文曾提到，傅玄《艳歌行》中的女子较之《陌上桑》古辞美艳化、温良化了。这与歌诗创造者将自己的喜好带入人物描写中以及观众身份的变化有关。随着歌诗娱乐性的逐渐增强，其观民风的功能被娱乐消遣所取代。作为观众们不再关心美貌、聪明、勤劳的罗敷是否善采桑，是否聪明机智、不卑不亢地揶揄嘲弄使君，而是更关心一场与美丽女子的艳遇。况且，这种路遇女子便上前轻薄的行为说不定就在观乐者中间发生，他们怎会希望有人表演自己的尴尬。于是，这些民歌中有个性而血肉丰满的女性就变得越来越美艳和温良，如此一来，对于《艳歌行》中的使君来讲，就不再是受到一番羞辱，而充其量只是一段不太成功的艳遇罢了。到了《云谣集杂曲子》的《凤归云》中，这段艳遇的主人公已经演变成"羞无力，娇态多"的娇弱女子和"垂鞭立马，肠断知么"的"锦衣公子"了。总之，文人创作歌诗按照他们的喜好逐渐改变了罗敷的性情，《秋胡行》也是如此。傅玄的《秋胡行》虽然大致情节未动，甚至故事情节更加生动，但是同时也显然多了"百草扬春华，攘腕采柔桑。素手寻繁枝，落叶不盈筐。罗衣翳玉体，回目流采章"这些描写秋胡妻如何美丽的文字。而到了宋谢惠连的同题二首，则已经抽取故事情节，专注对美人的描写了。此外还有以"昭君出塞"为母题的组歌，石崇《王明君》没有对主人公美貌的描写，但前提是《王明君》是以第一人称写就的，且明确记载是由绿珠表演，自然不用再在歌诗文本中过多表现主人公的美艳。

综上可知，西晋时期故事体歌诗与音乐或歌舞密切相关。其所歌咏的历

---

① （宋）郭茂倩编：《乐府诗集》卷三十四《相和歌辞九》，中华书局1979年版，第506—507页。

史故事和人物，成为后来说唱文学的常见题材；其集故事性与表演性为一体的特点，也被后者所继承。《艳歌行》《王明君》《秋胡行》《惟汉行》即是其中比较典型的一批歌诗，从这些歌诗的表演特点或与表演的关系，可以窥见西晋时期歌诗表演之一斑。

三、西晋制礼作乐的活动与舞曲歌辞的表演

西晋礼乐突出的特征之一是舞曲歌辞的兴盛。舞曲是乐府中诗、乐、舞结合最紧密的部分。《诗经》"三颂"便是早期的代表作品，此后历代皆有创作。郑樵《通志》以为："自三代之舞，至于汉魏，并不著辞也。舞之有辞，自晋始"[①]。但萧涤非先生指出：东汉东平王刘苍已有《武德舞歌》，而《宋书·乐志》也载有汉《鼙鼓舞歌》五篇之目，但皆已无辞。"舞之有辞，实起于汉，不得云自晋始也。特以西晋当三国分崩之后，成统一之局，上承汉魏遗声，旁采江南新曲。如《拂舞》《白纻舞》，并出吴地。故舞曲较前独盛耳。"[②] 所以，西晋是乐府舞曲史上的一个极为兴盛的时期。舞曲歌辞的兴盛自西晋开始，它标志着舞曲表演的又一次质的飞跃，对后世产生了很大的影响。

郭茂倩分《舞曲歌辞》为《雅舞》和《杂舞》二种，指出"雅舞者，郊庙朝飨所奏文武二舞是也。古之王者，乐有先后，以揖让得天下，则先奏文舞，以征伐得天下，则先奏武舞，各尚其德也。黄帝之《云门》，尧之《大咸》，舜之《大韶》，禹之《大夏》，文舞也。殷之《大濩》，周之《大武》，武舞也。周存六代之乐，至秦唯余《韶》《武》。汉魏已后，咸有改革。然其所用，文武二舞而已，名虽不同，不变其舞"[③]。"杂舞者，《公莫》《巴渝》《槃舞》《鞞舞》《铎舞》《拂舞》《白纻》之类是也。始皆出自方俗，后浸陈于殿庭。"[④]

郭茂倩《舞曲歌辞》在《雅舞》和《杂舞》之后还附有散乐，其解题云："《周礼》曰：'旄人教舞散乐。'郑康成云：'散乐，野人为乐之善者，

---

① （宋）郑樵：《通志》卷四十九《乐略》，中华书局1995年版，第885页。
② 萧涤非：《汉魏六朝乐府文学史》，人民文学出版社1984年版，第167—168页。
③ （宋）郭茂倩编：《乐府诗集》卷五十二《舞曲歌辞一》，中华书局1979年版，第753—754页。
④ "鞞"字同"鼙"，多混用不别，本书叙述文字统一作"鼙"，征引文献则各遵原貌。下文同。
（宋）郭茂倩编：《乐府诗集》卷五十三《舞曲歌辞二》，中华书局1979年版，第766页。

若今黄门倡.'……汉有黄门鼓吹,天子所以宴群臣。然则雅乐之外,又有宴私之乐焉。"又引《唐书·乐志》曰:"散乐者,非部伍之声,俳优歌舞杂奏",且"秦汉以来,又有杂技,其变非一,名为百戏,亦总谓之散乐。自是历代相承有之"①。又云:"自汉以后,乐舞浸盛。故有雅舞,有杂舞。雅舞用之郊庙、朝飨,杂舞用之宴会。"② 雅舞主要用于祭祀祝颂天地、歌文武功德的郊庙朝飨,多是由乐工或当世一流文人写成。而杂舞主要用于娱乐。

(一) 西晋雅舞的文、武舞分化更加严格

西晋经曹魏继承了两汉以来文、武二舞的基本内容,促成文、武二舞观念的明确和基本定型。上古舞乐虽多,却并没有如此明确的文、武舞之分,上古舞乐多已消亡,至秦时已仅余《韶》《武》两种。汉代的郊庙舞中,文、武二舞还常通用,经过汉魏时期于二舞的不断改革,才分化出明确的文、武舞观念。依《乐府诗集》所录,西晋以后的东晋南朝,雅舞文、武之分的依据是舞蹈表演的象征意义,文舞用以昭示文德,武舞用以昭示武德,基本上延续了西晋的模式。从晋代开始,文、武二舞的使用开始明确并严格起来。

《乐府诗集》卷一《郊庙歌辞一》将郊庙活动分成郊祀、宗庙、明堂、籍田社稷四类。但是在实际应用中,这四种仪式所使用的乐舞往往通用或相近。如上文所述,古之王者制雅舞用于郊庙朝飨,有文、武二舞。黄帝的《云门》到周之《大武》,六代之乐在周代尚存,至秦唯余《韶》和《武》。汉魏以后历代有所改革。《雅舞》解题又引《古今乐录》说:"自周以来,唯改其辞,示不相袭,未有变其舞者也。"并指出"自《云门》而下,皆有其名而亡其容,独《大武》之制,存而可考"③。

郭茂倩在《舞曲歌辞》"雅舞"题序中说:"自汉以后,又有庙舞,各用于其庙,凡此皆雅舞也。"可知,雅舞分为两类,一是沿《韶武》而来的历朝所制的文、武二舞;二是专用于郊庙祭祀的祭仪舞乐。郊舞与雅舞(文、武舞)意义的不同,梁海燕以为有三点:第一,使用的场合不同,舞曲除用于郊庙祭仪,还用于朝飨、宴会。第二,意义功能不同,文、武二舞

---

① (宋) 郭茂倩编:《乐府诗集》卷五十六《舞曲歌辞五》"散乐"解题,中华书局 1979 年版,第 819 页。

② (宋) 郭茂倩编:《乐府诗集》卷五十二《舞曲歌辞一》解题,中华书局 1979 年版,第 753 页。

③ (宋) 郭茂倩编:《乐府诗集》卷五十二《舞曲歌辞一》,中华书局 1979 年版,第 753—754 页。

不似郊祭舞表现出对神灵和祖先的追念，而是具有功成作乐，于改朝换代时昭告政权的神圣和合理性的重要象征意义。故为历代统治者重视。第三，二者创制和表演方式不同。郊庙舞的创制原则为各尚其德、各奏其乐，祭祀对象不同，则对音乐和舞蹈的要求不同。但是代表新王朝建立的舞曲的创制则一经制定便少有改动，有崇古的传统。① 所以《乐府诗集》于雅舞中仅著录文、武二舞，而将郊庙舞收入"郊庙歌辞"，是将文、武二舞与郊庙舞因其象征意义的不同有意地做了区分。②

官方郊庙音乐的传承具有相当的稳定性和延续性。曹魏、西晋也大体继承了汉代乐舞。只是易名，少有增减。曹魏继承汉乐舞，易其名而已。《三国志·魏书·文帝纪》："（黄初四年）秋八月丁卯，以廷尉钟繇为太尉"句，裴注引《魏书》曰：

> 有司奏改汉氏宗庙《安世乐》曰《正世乐》，《嘉至乐》曰《迎灵乐》，《武德乐》曰《武颂乐》，《昭容乐》曰《昭业乐》，《云翘舞》曰《凤翔舞》，《育命舞》曰《灵应舞》，《武德舞》曰《武颂舞》，《文始舞》曰《大韶舞》，《五行舞》曰《大武舞》。③

而《宋书·乐志》载为黄初二年，指出，"其众歌诗，多即前代之旧。唯魏国初建，使王粲改作登歌及《安世》《巴渝》诗而已"④。《巴渝》本为俗乐，经王粲改为燕射乐舞，曹操去世后又升级为宗庙乐舞，改名《昭武舞》。明帝景初元年六月，又据尚书所奏，考览三代礼乐遗曲，定为魏武庙乐《武始》、文帝《咸熙》、明帝《章斌》三舞，皆执羽籥。⑤ 西晋郊庙乐舞袭魏章，"改《昭武舞》曰《宣武舞》，《羽籥舞》（即前文所言魏之《武始》《咸熙》《章斌》三舞）为《宣文舞》"。依然用为庙乐。⑥ 当然，西晋乐舞也有一定的创新。西晋武帝（司马炎）泰始九年（273），荀勖典乐事，

---

① 梁海燕：《舞曲歌辞研究》，北京大学出版社 2009 年版，第 43 页。
② 梁海燕：《舞曲歌辞研究》，北京大学出版社 2009 年版，第 49 页。
③ 《三国志》卷二《魏书·文帝纪》，中华书局 1959 年版，第 83 页。
④ 《宋书》卷十九《乐志一》，中华书局 1974 年版，第 534 页。
⑤ 参见《晋书》卷二十二《乐志上》，中华书局 1974 年版，第 693—694 页。
⑥ 《晋书》卷二十二《乐志上》，中华书局 1974 年版，第 694 页。

使郭夏、宋识等依新律造《正德》《大豫》二舞，① 先用于朝飨，后代替
《宣文》《宣武》二舞用于宗庙。② 其后的宋、齐、梁、陈诸朝，则主要延续
晋模式。宋武帝永初元年（420）改晋《正德舞》为《前舞》，改《大豫
舞》为《后舞》。南齐则将宋的《前舞》《后舞》分别改为《前舞凯容》
《后舞宣烈》，至梁又易名为《大壮》《大观》。故知"乐名虽随代而改，声
韵曲折，理应常同。"③

　　大致说来，西晋改《武始》《咸熙》《章斌》三羽籥舞为《宣文》，《昭
武》为《宣武》，使之具备了文、武二舞的形式。荀勖等改《宣文》为
《正德》，综合魏《大武》《宣武》而为《大豫》，形成了隋前文、武二舞的
基本内容。曹魏在西汉继承《昭》《武》二舞的基础上，进一步促进了文、
武二舞的形式上的定型，魏晋的文、武二舞形式在六朝一直保持着稳定性。
也表现了正统之争中所表现的尚古观点。④

　　另外，文、武二舞表演相当细致精彩。虽魏晋雅舞的具体形制因资料缺
乏已经不能详细考证。但就现有相关记载仍可窥见一斑。

　　第一，文、武二舞的道具是不一样的，这是舞曲的传统。周代有帗舞、
羽舞、皇舞、旄舞、干舞及人舞等六武，按《周礼·地官司徒·鼓人》曰：
"凡祭祀百物之神，鼓兵舞、帗舞者。"郑玄注曰："兵谓干戚也。帗，列五
彩缯为之，有秉。皆舞者所执。"又《周礼·地官司徒·舞师》曰："舞师，
掌教兵舞，帅而舞山川之祭祀；教帗舞，帅而舞社稷之祭祀；教羽舞，帅而
舞四方之祭祀；教皇舞，帅而舞旱暵之事。"郑玄注曰："羽，析白羽为之，
形如帗也。"贾公彦疏云："羽舞用白羽，帗舞用五色缯，用物虽异，皆有
柄，其制相类，故云'形如帗'也。"⑤ 这是说，兵舞执干戚，羽舞执白羽，
帗舞为五色羽，形状样式相近，而用途各异。文、武二舞分制后，《宣文》
为羽籥舞，而《大豫》舞是由魏《大武》之执干戚和《宣武》执矛弩（即

---

①　《晋书》卷二十二《乐志上》，中华书局1974年版，第692页。
②　《晋书》卷二十二《乐志上》："咸宁元年，昭定祖宗之号，而庙乐乃停《宣文》《宣武》二舞，
同用荀勖所使郭夏、宋识等所造《正德》《大豫》二舞云。"见《晋书》，中华书局1974年版，第694页。
③　参见《隋书》卷十五《乐志下》，中华书局1973年版，第351页。
④　参见孙尚勇：《乐府文学文献研究》，人民文学出版社2007年版，第137页。
⑤　（汉）郑玄注，（唐）贾公彦疏：《周礼注疏》卷第十二，（清）阮元校刻：《十三经注疏》，中
华书局影印本1980年版，第721页。

所谓《矛俞》《弩俞》及侏儒引导）。又《乐府诗集》所收《前舞凯容歌》（宋辞）解题引《南齐书·乐志》曰："宋前后舞歌二章，齐微改革，多仍旧辞。《宣烈舞》执干戚，用魏武始舞冠服，《凯容舞》执羽篱，用魏《咸熙舞》冠服。宋以《凯容》继《韶》为文舞，据《韶》为言。《宣烈》即是古之《大武》，今世谚呼为武王伐纣。齐初仍旧，不改宋舞名。其舞人冠服，亦相承用之。"① 可见，武舞继承的是《周礼》所述兵舞的传统，文舞则与帔舞等所执道具相类。

第二，雅舞的服装也是有细致规定的。如傅玄所作《晋正德大豫舞歌》解题中，郭茂倩引《宋书·乐志》曰："初，魏明帝景初元年（237）造《武始》《咸熙》二舞，祀郊庙。《武始舞》者，平冕，黑介帻，玄衣裳，白领袖，绛领袖中衣，绛合幅袴，绛袜，黑韦鞮。《咸熙舞》者，冠委貌，其余服如前。奏于朝廷，则《武始舞》者，武冠，赤介帻，生绛袍，单衣，绛领袖，皂领袖中衣，虎文画合幅袴，白布袜，黑韦鞮。《咸熙舞》者，进贤冠，黑介帻，生黄袍，单衣，白合幅袴。其余服如前。晋相承用之。"②

第三，雅舞的用乐之礼也是传承不变。按《乐府诗集》中《郊庙歌辞一》解题所云："按郊祀明堂，自汉以来，有夕牲、迎神、登歌等曲。宋、齐以后，又加祼地、迎牲、饮福酒。唐则夕牲、裸地不用乐，公卿摄事，又去饮福之乐。安、史作乱，咸、镐为墟，五代相承，享国不永，制作之事，盖所未暇。朝廷宗庙典章文物，但按故常以为程式云。"③ 孙尚勇指出，雅舞总体而言，大致是袭用汉叔孙通确立的"迎神—皇帝入—乾豆上—飨神—礼终"的程序。④

（二）杂舞兴盛并兼雅舞之用

"杂舞"是舞曲歌辞之外的另一大类。《乐府诗集》中《舞曲歌词二》解题："杂舞者，《公莫》《巴渝》《槃舞》《鞞舞》《铎舞》《拂舞》《白纻》之类是也。始皆出自方俗，后浸陈于殿庭。盖自周有缦乐散乐，秦汉因之增广，宴会所奏，率非雅舞。汉、魏已后，并以鞞、铎、巾、拂四舞，用之宴

---

① （宋）郭茂倩编：《乐府诗集》卷五十二《舞曲歌辞一》，中华书局 1979 年版，第 759 页。
② （宋）郭茂倩编：《乐府诗集》卷五十二《舞曲歌辞一》，中华书局 1979 年版，第 755 页。
③ （宋）郭茂倩编：《乐府诗集》卷一《郊庙歌辞一》，中华书局 1979 年版，第 2 页。
④ 参见孙尚勇：《乐府文学文献研究》，人民文学出版社 2007 年版，第 137 页。

飨。"① 它们虽自汉魏以来已自民间浸淫宫廷，但起初并没有以"杂舞"为名单独作为一类。《宋书·乐志》中有对舞曲的雅、杂之分。《宋书·乐志》载："孝武大明中，以鞞、拂、杂舞合之钟石，施于殿庭。"② 到杜佑的《通典》，才正式将《鼙舞》《拂舞》等舞乐标明为"杂舞曲"。梁海燕认为：《乐府诗集》的杂舞类目乃是本之《宋志·乐志》和《南齐书·乐志》中的著录，加以时代的延伸及同题作品的补辑最终形成的。而不是考虑文本特点。③

杂舞的分类主要是根据所用之舞具来分的。《巴渝舞》虽因所自而命名，但其所含各章分别是以所舞乐器命名的。西晋舞曲上承汉魏遗声，进一步发展了《公莫》《巴渝》《槃舞》《鼙舞》《铎舞》等舞曲。以下对这几种舞蹈的表演特点做简要分析。

《巴渝舞》

巴渝舞之由来及演变　《巴渝舞》原是西南方域之地的巴人之舞。《后汉书·南蛮西南夷列传》简述《巴渝舞》的来历曰：

> 至高祖为汉王，发夷人还伐三秦。秦地既定，乃遣还巴中，复其渠帅罗、朴、督、鄂、度、夕、龚七姓，不输租赋，余户乃岁入賨钱，口四十。世号为板楯蛮夷。阆中有渝水，其人多居水左右，天性劲勇，初为汉前锋，数陷陈。俗喜歌舞，高祖观之，曰："此武王伐纣之歌也。"乃命乐人习之，所谓《巴渝舞》也。遂世世服从。④

但在汉代，如《史记》《汉书》中"巴渝"更多是作"巴俞"，晋以后多作"巴渝"。⑤《晋书·李特载记》更加明确为"诏乐府习之"：

---

① （宋）郭茂倩编：《乐府诗集》卷五十三《舞曲歌辞二》，中华书局1979年版，第766页。
② 《宋书》卷十九《乐志一》，中华书局1974年版，第552页。
③ 参见梁海燕：《舞曲歌辞研究》，北京大学出版社2009年版，第56页。
④ 《后汉书》卷八十六《南蛮西南夷列传》，中华书局1965年版，第2842页。
⑤ "巴渝"早期多作"巴俞"，读者亦可参考石峰嵘：《〈巴俞舞〉名称考辨》，《古汉语研究》1999年第2期。

（巴人）俗性剽勇，又善歌舞。高祖爱其舞，诏乐府习之，今《巴渝舞》是也。①

可见，早在汉武帝"立乐府，采诗夜诵，有赵、代、秦、楚之讴"之前，②《巴渝舞》已经是乐府曲目。而《晋书·乐志》则进一步明确了《巴渝舞》的由来：

汉高祖自蜀汉将定三秦，阆中范因率賨人以从帝，为前锋。及定秦中，封因为阆中侯，复賨人七姓。其俗喜舞，高祖乐其猛锐，数观其舞，后使乐人习之。阆中有渝水，因其所居，故名曰《巴渝舞》。舞曲有《矛渝本歌曲》《安弩渝本歌曲》《安台本歌曲》《行辞本歌曲》，总四篇。③

但在《乐府诗集》之《魏俞儿舞歌》解题中，郭茂倩也提到不同说法：

颜师古曰："巴，巴人也。俞，俞人也。高祖初为汉王，得巴俞人，并趫捷，与之灭楚，因存其武乐。巴渝之乐，自此始也。"巴即今之巴州，渝即今之渝州，名各本其地。……《唐书·乐志》曰："俞，美也。魏、晋改其名，梁复号巴渝，隋文帝以非正典，罢之。"④

但总体而言，认为巴渝舞以地名命名的观点居多。巴渝舞在汉魏西晋逐渐雅化。巴渝舞从进入汉乐府，便因其独特风格被广泛应用。首先，它的特殊来历成为汉朝廷昭示天下归一、四方臣服的象征，故而不但用于观赏，还成为汉代招待四夷时的表演项目。《汉书·西域传》便记载汉武帝"设酒池肉林以飨四夷之客，作《巴俞》都卢、海中《砀极》、漫衍鱼龙、角抵之戏

---

① 《晋书》卷一百二十《李特载记》，中华书局 1974 年版，第 3022 页。
② 《汉书》卷三十《礼乐志第二》，中华书局 1962 年版，第 1756 页。
③ 《晋书》卷二十二《乐志上》，中华书局 1974 年版，第 693 页。
④ （宋）郭茂倩编：《乐府诗集》卷五十三《舞曲歌辞二》，中华书局 1979 年版，第 767—768 页。

以观视之"①的场景。其次，巴渝舞有"武王伐纣之风"，所以在哀帝罢乐府时，反而因属"古兵法之乐"而归入太乐，"巴俞鼓人三十六人……朝贺置酒殿下，以应古法"②。《巴渝舞》归入太乐，便为其进一步雅化做了充分的铺垫。《后汉书·礼仪志下·大丧》载天子丧礼，有"羽林孤儿、《巴俞》擢歌者六十人，为六列。铎司马八人，执铎先"，可见《巴渝舞》还用于祭仪丧礼。③

及至曹魏，因"其辞既古，莫能晓其句度。魏初，乃使军谋祭酒王粲改创其词。粲问巴渝帅李管、种玉歌曲意，试使歌，听之，以考校歌曲，而为之改为《矛渝新福歌曲》《弩渝新福歌曲》《安台新福歌曲》《行辞新福歌曲》，《行辞》以述魏德。黄初三年，又改《巴渝舞》曰《昭武舞》。至景初元年，尚书奏，考览三代礼乐遗曲，据功象德，奏作《武始》《咸熙》《章斌》三舞，皆执羽籥"④。《宋书·乐志》在记载上稍有差异，记《巴渝舞》改《昭武舞》为文帝黄初二年，除改汉《巴渝舞》曰《昭武舞》，还"改宗庙《安世乐》曰《正世乐》，《嘉至乐》曰《迎灵乐》，《武德乐》曰《武颂乐》，《昭容乐》曰《昭业乐》，《云翘舞》曰《凤翔舞》，《育命舞》曰《灵应舞》，《武德舞》曰《武颂舞》，《文始舞》曰《大韶舞》，《五行舞》曰《大武舞》。其众哥（歌）诗，多即前代之旧；唯魏国初建，使王粲改作登哥及《安世》《巴渝》诗而已。"⑤《昭武舞》（巴渝舞）变成了名副其实的雅舞。

庙舞本是用以昭示功德，祈福于祖庙的，曹魏用本出于地方的舞蹈来改

①《汉书》卷九十六《西域传第六十六下》，中华书局1962年版，第3928页

②《汉书·礼乐志》记载，汉末乐府大兴，"郑声尤甚"，黄门名倡富显于世，贵戚豪门耽于此，乃至互争女乐引发冲突，哀帝"自为定陶王时疾之，又性不好音"，及即位下诏，罢乐府官，"郊祭乐及古兵法武乐，在经非郑卫之乐者，条奏，别属他官"。丞相孔光、大司空何武奏罢减乐人员："太乐鼓员六人，《嘉至》鼓员十人，邯郸鼓员二人，骑吹鼓员三人，江南鼓员二人，淮南鼓员四人，巴俞鼓员三十六人，歌鼓员二十四人，楚严鼓员一人，梁皇鼓员四人，临淮鼓员三十五人，兹邡鼓员三人，凡鼓十二，员百二十八人，朝贺置酒陈殿下，应古兵法。"参见《汉书》卷二十二《礼乐志第二》，中华书局1962年版，第1072—1073页。

③《后汉书》志第六《礼仪志下》，中华书局1965年版，第3145页

④《晋书》卷二十二《乐志上》，中华书局1974年版，第693—694页。

⑤《宋书》卷十九《乐志一》，中华书局1974年版，第534页。其时《乐志》多以"歌"作"哥"，后文所引文字多如此，不再一一标明。

编，对此历来多有争论。有学者认为可能是与曹操本人偏爱有关，[①]《巴渝
舞》舞风已经很明确，左思《蜀都赋》就曾有过"若乃刚悍生其方，风谣
尚其武，奋之则賨旅，玩之则渝舞；锐气剽于中叶，蹻容世于乐府"的描
述，[②] 可见《巴渝舞》确实有实战的气势。曹操于汉末群雄争战中拼杀，若
真如《汉末英雄记》所载"曹公破袁谭，马上舞三巴"，应是情之所至。再
者，曹操歌诗中屡屡以周公、武王自比，希望如他们一样平定天下，而刘邦
观巴渝舞发出"此武王伐纣之歌"的感叹，是否也正说出了曹魏统治者的
心理呢？不过，除了曹操本人的偏爱之外，另一原因则是巴渝舞的雅化。因
为庙舞非同一般，如前所言，它的政治功能多于娱乐功能。前文提到，《巴
渝》虽出于蛮夷，但在汉代也已经逐步雅化，并入太乐以后，它就已经被
用于祭祀及少数民族天子丧礼等重要仪式活动了。

　　晋代宗庙武乐也承袭了魏，《巴渝舞》在曹魏便已演化为宗庙雅舞，西
晋改《昭武舞》曰《宣武舞》，改《羽籥舞》曰《宣文舞》。至咸宁元年
（275 年），"诏定祖宗之号，而庙乐乃停《宣武》《宣文》二舞，而同用荀
勖所使郭夏、宋识等所造《正德》《大豫》二舞云"[③]。西晋不但将《昭武
舞》直接改为《宣武舞》作为武舞代表，同时将《羽籥舞》（即《武始》
《咸熙》《章斌》三舞）改为《宣文舞》，以之作为文舞代表。可以说《巴
渝舞》最终从少数民族之舞变成与《宣文舞》相配而用的雅舞。直至咸宁
元年被《正德》《大豫》二舞替代。从俗舞到西晋文武雅乐，《巴渝舞》是
典型的"出自方俗，后浸陈于殿庭"。

　　巴渝舞的表演　前文讲到，杂舞诸舞多以所用舞具分类命名，《巴渝
舞》也不例外。虽然《巴渝舞》以地域命名，但其所含四曲均以所用舞具
命名。可能是以矛、弩兵器之类为舞具。现列表如下（表 1—8）：

---

　　① （明）曹学佺《书中广记》引《汉末英雄记》"曹公破袁谭，马上舞三巴"例，（清）杭世骏
《三国志补注》"十年春正月，共谭破之，斩谭"补注曰："《英雄记》曰：'曹于南皮攻袁谭，斩之，曹
作鼓吹，自称万岁，于马上舞。'"但是否属实不可考。梁海燕《舞曲歌辞研究》一书引用数例，以为可
能是曹操偏爱巴渝的缘故。参见（清）杭世骏：《三国志补注》卷一，商务印书馆 1937 年版，第 4 页；
梁海燕：《舞曲歌辞研究》，北京大学出版社 2009 年版，第 132 页。

　　② （清）严可均校辑：《全上古三代秦汉三国六朝文》，中华书局 1958 年版，第 1882 页。

　　③ 《晋书》卷二十二《乐志上》，中华书局 1974 年版，第 692—694 页。

表 1-8　汉魏晋三朝巴渝舞歌对照表

汉《巴渝舞》	魏《魏俞儿舞歌》	晋《晋宣武舞歌》
《矛渝本歌曲》	《矛渝新福歌曲》	《惟圣皇篇·矛俞第一》
《安弩渝本歌曲》	《弩渝新福歌曲》	《短兵篇·剑俞第二》
《安台本歌曲》	《安台新福歌曲》	《军镇篇·弩俞第三》
《行辞本歌曲》	《行辞新福歌曲》	《穷武篇·安台行乱第四》

　　从上表可见，魏之诸曲的表演程式基本与汉相同，且从歌诗内容看，也基本依题目，晋宣武舞歌新增的《惟圣皇篇·矛俞》，舞具为剑，剑作为舞具在《巴渝舞》中屡屡提及。《巴渝舞》的主要舞具为矛、戈、弩和剑。这从"材官选士，剑弩错陈。应枹蹈节，俯仰若神"（《弩渝新福歌曲》）等歌辞内容也可印证。

　　傅玄《晋宣武舞歌》四篇的前三篇中也有详细的舞容描写：

　　　　惟圣皇，德巍巍，光四海。礼乐犹形影，文武为表里。乃作《巴俞》，肆舞士。剑弩齐列，戈矛为之始。进退疾鹰鹞，龙战而豹起。如乱不可乱，动作顺其理，离合有统纪。（《惟圣皇篇·矛俞》）
　　　　剑为短兵，其势险危。疾踰飞电，回旋应规。武节齐声，或合或离。电发星骛，若景若差。兵法攸象，军容是仪。（《短兵篇·剑俞》）
　　　　弩为远兵，军之镇，①其发有机。体难动，往必速，重而不迟。锐精分镈，射远中微。弩俞之乐，一何奇，变多姿。退若激，进若飞，五声协，八音谐，宣武象，赞天威。（《军镇篇·弩俞》）②

　　在《晋宣武舞歌》中，歌辞不仅道出了所用舞具，还对其进行了生动而细致的描写："剑弩齐列，戈矛为之始"，是说巴渝舞是以矛、弩、剑皆陈于列，而从执戈矛而舞开始，所以汉、魏、晋三朝《巴渝舞》第一章都为"矛俞第一"，而"剑为短兵，其势险危"描绘了剑的短而快，灵活多变

---

　　①　"弩为远兵，军之镇"两句之间，《乐府诗集》只有空格，无标点，疑有误。参见（宋）郭茂倩编：《乐府诗集》卷五十三《舞曲歌辞二》，中华书局 1979 年版，第 770 页。
　　②　（宋）郭茂倩编：《乐府诗集》卷五十三《舞曲歌辞二》，中华书局 1979 年版，第 769—770 页。

的特点，而"弩为远兵，军之镇，其发有机。体难动，往必速，重而不迟"则不但写出了弩俞舞之特点，更写出弩作为兵器的特点，充分体现了巴渝舞"奋之则賨旅，玩之则渝舞"（左思《蜀都赋》）的兵舞合一的舞风。而除此外，《巴渝舞》应该是有鼓伴奏的，所以《魏俞儿舞歌》会有"应枹蹈节，俯仰若神"之句，而这也可从前文所提到的西汉有"巴渝鼓员三十六人"得到印证。

巴渝舞是群舞，这一点是很确定的，但是其具体表演人数不好确定。其表演也是在不断雅化。巴渝舞表演人数众多，西汉乐府中有巴渝鼓员三十六人，而东汉大丧之礼中有"羽林孤儿、巴渝擢歌者"共"六十人，为六列"①，但显然鼓员和歌者不是巴渝舞的全部演员，鼓员应该只是伴奏，至于六列歌者是载歌载舞，还是只是在旁边演唱而不参与舞蹈，没有详细的记载。成公绥在《四厢乐歌》之《正旦大会行礼歌》中有"列四悬，奏《韶》《武》。铿金石，扬旌羽。纵八佾，《巴渝舞》。咏《雅》《颂》，和律吕"②的描写，可见西晋时《巴渝舞》是八佾，按照惯例，一行八人为一佾，八佾为六十四人，而古代舞乐天子八佾，诸公六佾，诸侯四佾。可能从《巴渝舞》在魏建国初由王粲改为郊庙乐，或最迟在变为《昭武舞》时，《巴渝舞》已经是八佾的雅舞阵容了。

汉、魏、晋时期《巴渝舞》内容不断雅化，不断丰富。篇数虽不变，但从内容来看，已经有了很大的不同。如上表1-8所示，从题目看，晋《宣武舞》在汉魏《矛俞》和《弩俞》舞之间插入《剑俞》一章，而将原魏之《安台新福歌曲》和《行辞新福歌曲》合为一章，为《穷武篇·安台行乱第四》。汉《巴渝舞》歌辞已失，无从考证，魏《魏俞儿舞歌》虽继承汉的各章曲目，但内容上并没有像《晋宣武舞歌》那样咏舞具而后绘舞容，真正体现《巴渝舞》之舞容的仅是第二章《弩渝新福歌曲》中"材官选士，剑弩错陈。应枹蹈节，俯仰若神"的描写。其他《矛渝新福歌曲》《安台新福歌曲》《行辞新福歌曲》三章都是"昭文德，宣武威，平九有，抚民黎。荷天宠，延寿尸，千载莫我违"的歌颂政权合理性、向天地宗庙祈福的语

① 《后汉书》志第五《礼仪志中》，中华书局1965年版，第3928页。
② （宋）郭茂倩编：《乐府诗集》卷十三《燕射歌辞一》，中华书局1979年版，第190—192页。

言，而"子孙受百福，常与松乔游"（《矛渝新福歌曲》）这样的句子更是体现了魏晋之际游仙题材的渗透之广。

　　《晋宣武舞歌》不但绘声绘色地描述了《巴渝舞》的气势，也体现了晋代巴渝舞的具体演奏程式。《惟圣皇篇·矛俞》虽名为"矛俞"，从歌曲内容来看，与《魏俞儿舞歌》一样也是先来一番赞颂之词，但不同的是其"乃作《巴俞》，肆舞士"句似开场白，有学者认为这是整个《晋宣武舞歌》之"艳"，是有一定道理的。① 而由此参照，《魏俞儿舞歌》的《矛渝新福歌曲》也有可能是类似的开场唱词，其全篇并未提及矛舞，而是将舞容描写放到了第二章。《惟圣皇篇·矛俞》则紧扣题目，在简短的开场之后便是对戈矛之舞的描写，即"戈矛为之始。进退疾鹰鹞，龙战而豹起。如乱不可乱，动作顺其理，离合有统纪"句。读者可以想象，八佾方阵，手持矛戈而舞，进退应节，变化迅速，虽阵型不断变化，却变而不乱，离合有纪，既像是舞阵，又像是兵阵。《短兵篇·剑俞》篇为《晋宣武舞》新添一章，汉魏《巴渝舞》并没有单独将剑舞列出，只是在魏《弩渝新福歌曲》中提到了"剑弩错陈"，可见当时也是有剑舞的。而晋代《巴渝舞》很可能将魏《巴渝舞》的剑、弩混舞编排成了单独的两节列于戈矛之舞的后面，至于其表演者是否是同一批，我们则无从考证。但是从歌辞内容看，戈矛之舞之后，先表演剑舞，再表演原来已有的弩舞。从晋《短兵篇·剑俞》来看，因为"剑为短兵"，故而轻盈便携，因此剑阵舞的特点是节奏快（"疾逾飞电""电发星弩"）且变化多端（"回旋应规""或合或离"）。所谓长短相应，短兵相搏之后，表演的是远攻，"弩为远兵，军之镇，其发有机。体难动，往必速，重而不迟"。弩器较重，起舞不似剑般灵活，但舞容多变（"弩俞之乐，一何奇，变多姿"），还会做出模拟远射的舞姿（"锐精分镈，射远中微"）并快速做出有节奏地进退阵型变换（"退若激，进若飞"）。此处歌舞应该是一个高潮部分，因为其后便不再描写舞容而成"安台行乱"，所以弩俞舞可能会在歌舞的高亢激烈中演绎一个激昂的结尾（"五声协，八音谐，宣武象，赞天威"）。《晋宣武舞歌》合汉魏巴渝舞《安台》和《行辞》两章为《穷武篇·安台行乱》：

---

① 参见梁海燕：《舞曲歌辞研究》，北京大学出版社 2009 年版，第 138 页。

穷武者丧，何但败北。柔弱亡战，国家亦废。秦始、徐偃，既已作戒前世。先王鉴其机，修文整武艺，文武足相济。然后得光大。乱曰：高则亢，满则盈，亢必危，盈必倾。去危倾，守以平，冲则久，浊能清，混文武，顺天经。①

《穷武篇·安台行乱》从总体上维持了巴渝舞章数上的一致性，而在内容上，也是合两章为一章。但《穷武篇》不同于魏《安台新福歌曲》和《行辞新福歌曲》的祈福之辞，更像是在总结经验教训，"穷武者丧，何但败北。柔弱亡战，国家亦废"，有总结前朝教训，提出"修文整武艺，文武足相济"的主张。而更值得注意的是，最后一章有明显的"乱曰"二字，明确表明其后歌为乱辞。梁海燕认为，此章乱辞以前奏《安台》，乐曲有激烈转为舒缓，而乱则是合乐齐奏，是以送《宣武舞》，迎《宣文舞》舞者入。②

总之，《巴渝舞》从西南方域之舞，经历了从西汉宫廷到魏晋一步一步的雅化，最终成为完全的雅舞，它从歌辞、表演程式等方面都经历了许多变化，而不变的是作为"古兵法之乐"体现出的"武王伐纣之风"。

《鞞舞》

鞞舞之由来及演变　　《鞞舞》，即《宋书·乐志》所载《鞞舞》。③《乐府诗集》卷五十三《魏陈思王鞞舞歌》解题曰：

《宋书·乐志》曰："《鞞舞》未详所起，然汉代已施于燕享矣。傅毅、张衡所赋，皆其事也。魏曹植《鞞舞歌序》曰：'汉灵帝西园鼓吹，有李坚者，能《鞞舞》。遭乱，西随段颎（笔者按：颎应作熲）。先帝闻其旧有技，召之。坚既中废，兼古曲多谬误，故改作新歌五篇。'晋《鞞舞歌》，亦五篇，并陈于元会。《鞞舞》故二八，桓玄将即真，太乐遣众伎。袁明子启增满八佾，相承不复革。宋明帝自改舞曲歌

---

① （宋）郭茂倩编：《乐府诗集》卷五十三《舞曲歌辞二》，中华书局 1979 年版，第 770 页。

② 参见梁海燕：《舞曲歌辞研究》，北京大学出版社 2009 年版，第 138 页。

③ "鞞舞"之"鞞"，亦作"鞞"，《乐府诗集》中晋之前歌诗多作"鞞"，齐以后多作"鞞"，其他见于《周礼》《宋书·乐志》者往往混用，多未统一。

辞，并诏近臣虞龢并作。"《古今乐录》曰："《鞞舞》，梁谓之《鞞扇舞》，即《巴渝》是也。鞞扇，器名也。鞞扇上舞作《巴渝弄》，至《鞞舞》竟，岂非《巴渝》一舞二名，何异《公莫》亦名《巾舞》也。汉曲五篇：一曰《关东有贤女》，二曰《章和二年中》，三曰《乐久长》，四曰《四方皇》，五曰《殿前生桂树》，并章帝造。魏曲五篇：一《明明魏皇帝》，二《大和有圣帝》，三《魏历长》，四《天生烝民》，五《为君既不易》，并明帝造，以代汉曲。其辞并亡。陈思王又有五篇：一《圣皇篇》，以当《章和二年中》；二《灵芝篇》，以当《殿前生桂树》；三《大魏篇》，以当汉吉昌，四《精微篇》，以当《关中有贤女》，五《孟冬篇》，以当狡兔。按汉曲无汉吉昌、狡兔二篇，疑《乐久长》《四方皇》是也。"《隋书·乐志》曰："《鞞舞》，汉《巴渝舞》也。"按《乐录》《隋志》并以《鞞舞》为《巴渝》，今考汉、魏二篇，歌辞各异，本不相乱。盖因梁、陈之世，于《鞞舞》前作《巴渝弄》，遂云一舞二名，殊不知二舞亦容合作，犹《巾舞》以《白纻》送，岂得便谓《白纻》为《巾舞》邪？失之远矣。[1]

按《宋书·乐志》记载，鞞舞虽未详所起，但汉代已施于宴飨。傅毅、张衡赋中已有所表现。曹魏《鞞舞歌》有两组，一组是曹植《魏陈思王鞞舞歌》，但曹植歌"序"明言"不敢充之黄门，近以成下国之陋乐焉"，是不用于正式的朝廷宴乐的。用于宫廷宴飨的有魏明帝所作五篇，辞已佚。晋《鞞舞歌》，亦五篇，用于元会典礼。[2]

今按《古今乐录》等所载，将汉至晋鞞舞歌前后传承情况列表如下（表1-9）：

---

[1] （宋）郭茂倩编：《乐府诗集》卷五十三《舞曲歌辞二》，中华书局1979年版，第771—772页。

[2] 《宋书·乐志》云："鞞舞，未详所起，然汉代已施于燕享矣。傅毅、张衡所赋，皆其事也。曹植《鞞舞哥》序曰：'汉灵帝西园故事，有李坚者，能鞞舞。遭乱播迁，西随段煨。先帝闻其旧有伎，召之。坚既中废，兼古曲多谬误，异代之文，未必相袭，故依前曲，改作新歌五篇，不敢充之黄门，近以成下国之陋乐焉。'晋《鞞舞哥》亦五篇，又《铎舞哥》一篇，《幡舞哥》一篇，《鼓舞伎》六曲，并陈于元会。"《宋书》，中华书局1974年版，第551页。按"故事"二字，《晋书》卷二十三《乐志下》（中华书局1974年版，第710页）、《乐府诗集》（中华书局1979年版，第771页）等作"鼓吹"。

表 1-9　汉魏晋鼙舞歌对照表

汉章帝鼙舞歌	魏陈思王鼙舞歌	魏明帝鼙舞歌 （辞已佚）	晋鼙舞歌五首
关东有贤女	精微篇	明明魏皇帝	洪业篇
章和二年中	圣皇篇	大和有圣帝	天命篇
乐久长	大魏篇	魏历长	景皇篇
四方皇	孟冬篇	天生烝民	大晋篇
殿前生桂树	灵芝篇	为君既不易	明君篇

对于《古今乐录》及《隋书·乐志》将鼙舞与巴渝舞混为一谈，郭茂倩已做了辨析，指出二者只是表演时有所交互而已，梁、陈之世，在《鞞舞》开始之前会有《巴渝弄》，二者组合进行表演。

从内容来看，虽然汉章帝、魏明帝辞已佚，但是根据《古今乐录》所言传承之关系，再从曹植、傅玄歌辞的题目和内容来看，已佚的鼙舞歌可能也是颂美之辞。

鼙舞的表演　关于鼙舞的表演方式，我们很难从现存《鼙鼓舞》的歌辞中了解，因为《汉章帝鼙舞歌》和《魏明帝鼙舞歌》歌辞已佚，而《魏陈思王鼙舞歌》和《晋鼙舞歌五首》也未像《巴渝舞》一样对舞具和舞容有详细描写，只可从其他相关记载中加以考察。

鼙舞自然是因所用舞具为鼙而得名，鼙（或鞞）在周代已经是一种重要乐器。《周礼·春官宗伯·钟师》载："钟师掌金奏。凡乐事，以钟鼓奏九夏……凡祭祀、飨食，奏燕乐。凡射，王奏《驺虞》，诸侯奏《狸首》，卿大夫奏《采蘋》，士奏《采蘩》。掌鼙鼓、缦乐。"此处贾公彦沿用郑玄观点，以为"此官主击鼙，于磬师作缦乐则钟师击鼙以和之"[1]。可见，鼙似乎是一种与钟类似的打击乐。而《仪礼·大射礼》记载：大射礼"乐人宿悬于阼阶东，……建鼓在阼阶西，南鼓，应鼙在其东，南鼓。……一建鼓在其南，东鼓，朔鼙在其北"。郑玄注云："应鼙，应朔鼙也，先击朔鼙，应

---

① （汉）郑玄注，（唐）贾公彦疏：《周礼注疏》卷二十四《钟师》，（清）阮元校刻：《十三经注疏》，中华书局 1980 年版，第 800 页。

之。鼙，小鼓也。"① 在此郑玄明确指出鼙为一种小鼓用于射礼，亦可知鼙在周代用于郊庙燕射。而这种打击乐器还广泛运用于军事：

> 中春，教振旅，司马以旗致民，平列陈，如战之陈，辨鼓铎镯铙之用，王执路鼓，诸侯执贲鼓，军将执晋鼓，师帅执提，旅帅执鼙，卒长执铙，两司马执铎，公司马执镯，以教坐作进退疾徐疏数之节，遂以蒐田，有司表貉，誓民，鼓，遂围禁，火弊，献禽以祭社。
>
> 中冬，教大阅，……中军以鼙令鼓，鼓人皆三鼓，司马振铎，群吏作旗，车徒皆作，鼓行，鸣镯，车徒皆行，及表乃止。……既陈，乃设驱逆之车，有司表貉于陈前，中军以鼙令鼓，鼓人皆三鼓，群司马振铎，车徒皆作，遂鼓行，徒衔枚而进。大兽公之，小禽私之，获者取左耳，及所弊，鼓皆骇，车徒皆譟，徒乃弊，致禽馌兽于郊。人献禽以享烝。②

上文所记仲冬、仲春的活动，类似于目的不同的军演。旅帅执鼙，同其他将帅以不同的乐器"辨鼓铎镯铙之用""以教坐作进退疾徐疏数之节"，以田猎作为军事演习。从某种程度上说，如果《巴渝舞》是少数民族模仿征战的乐舞表演，则此处"教振旅""教大阅"便可见鼙鼓通用于歌舞表演和军事演练。而鼙鼓作为军中乐器被广泛使用，直至两汉、魏晋依然如此。故许慎《说文解字》释"鼙"为"骑鼓也"③，蔡文姬《胡笳十八拍》就有"鞞鼓喧兮从夜达明，胡风浩浩兮暗塞营"之句，④ 而陆云《晋故散骑常侍陆府君诔》则有"征鼙屡振，干戈未戢。乃秉雄戟，徽戎东邑"的描写。⑤ 能作为军中战鼓，鼙鼓必然是铿锵而振奋人心的。所以《礼记·乐记》云："鼓鼙之声讙，讙以立动，动以进众，君子听鼓鼙之声，则思将帅之臣。君

---

① （汉）郑玄注，（唐）贾公彦疏：《仪礼注疏》卷十六《大射第七》，（清）阮元校刻：《十三经注疏》，中华书局 1980 年版，第 1028 页。
② （汉）郑玄注，（唐）贾公彦疏：《周礼注疏》卷二十九《大司马》，（清）阮元校刻：《十三经注疏》，中华书局 1980 年版，第 834—839 页。
③ （汉）许慎撰，（清）段玉裁注：《说文解字注》，上海古籍出版社 1981 年版，第 206 页。
④ 逯钦立辑校：《先秦汉魏晋南北朝诗》，中华书局 1983 年版，第 202 页。
⑤ （清）严可均校辑：《全上古三代秦汉三国六朝文》卷一百四，中华书局 1958 年版，第 2057 页。

子之听音，非听其铿锵而已也，彼亦有所合之也。"郑玄注："闻谨嚣则人意动作，谨或以为欢"①，可见鼙鼓舞能让人联想到军事征战，已成为典型的军中器乐。

但是，《礼记·乐记》写鼙鼓音色实在太过抽象。好在《礼记·投壶》中有进一步记载。《礼记·投壶》记载了两段鼓谱，第一段为：

此处郑玄注曰："此鲁薛击鼓之节也，圜者击鼙，方者击鼓。古者举事，鼓各有节，闻其节则知其事矣。"而陆德明释文曰："圜音圆；鼙，薄迷反，郑呼为鼙也，其声下，其音榻榻然，榻音吐腊反；□，方鼓，郑呼为鼓也，其音高，其音镗镗然，镗者，吐郎反。"② 梁海燕认为，古者鼓类也细分为很多种，此处就有鼓与鼙之分别，而鼙之"榻榻然"之音，相较鼓之"镗镗然"，显然从音高上要低很多，应该是低沉浑厚之音。但较之大鼓，其音又高。③

但是，汉以前无《鼙舞》作为专门的舞蹈表演的记载，到了汉代，《鼙舞》被列入鼓吹署用于宴飨，鼓吹属汉乐四品之一，是天子宴乐群臣之乐，此时的《鼙舞》不同于以前单纯的演奏鼙鼓，而是加入了许多技巧性元素。如魏曹植《鼙舞歌序》所言，李坚曾为汉灵帝黄门鼓吹，能鼙舞，曹操因其"旧有技"而召之，但他已经因战乱而久未练习，已经不能再表演了。虽不能确定此"技"是舞技还是鼓吹之技，但鼙舞绝非单纯击鼓那么简单，还是可以确定的。

曹植向李坚学习汉《鼙舞》，且创作了《魏陈思王鼙舞歌》，但"不敢充之黄门，近以成下国之陋乐焉"④，而明帝曹睿所作五首虽其辞无存，但

---

① （汉）郑玄注，（唐）孔颖达疏：《礼记正义》卷三十九《乐记第十九》，（清）阮元校刻：《十三经注疏》，中华书局1980年版，第1541页。

② （汉）郑玄注，（唐）孔颖达疏：《礼记正义》卷五十八《投壶第四十》，（清）阮元校刻：《十三经注疏》，中华书局1980年版，第1667页。

③ 参见梁海燕：《舞曲歌辞研究》，北京大学出版社2009年版，第147页

④ 逯钦立辑校：《先秦汉魏晋南北朝诗》，中华书局1983年版，第427页。

其身份地位决定了其规格应该较高。在西晋，《鞞舞》进一步升级，不但继续作为宴飨之乐，还进一步雅化。傅玄所作《晋鞞舞歌五首》系统地美化了西晋的建国史，而夏侯湛《鞞舞赋》有云，"在庙则格祖考兮，在郊则降天神。纳和气于两仪兮，通克谐乎君臣。协至美于九成兮，等太上乎睿文"①，表明西晋时《鞞舞》已经施用于郊庙祭仪了。但直至此时，《鞞鼓》应为两佾十六人舞，东晋后期桓玄篡位，才将两佾之舞增为八佾，其后至宋便一直是八佾之舞了。②

《槃舞》

《乐府诗集》卷五十六《舞曲歌辞五》《晋杯槃舞歌》解题曰：

> 《宋书·乐志》曰："《槃舞》，汉曲也。张衡《舞赋》云：'历七槃而纵蹑。'王粲《七释》云：'七槃陈于广庭。'颜延之云：'递间关于槃扇。'鲍照云：'七槃起长袖。'皆以七槃为舞也。《搜神记》云：'晋太康中，天下为《晋世宁舞》，矜手以接杯槃而反覆之。'此则汉世唯有《柈舞》，而晋加之以杯，反覆[之]也。"《五行志》曰："其歌云：'晋世宁，舞杯盤。'言接杯盤于手上而反覆之，至危也。杯盤者，酒食之器也，而名曰晋世宁者，言晋世之士，偷苟于酒食之间，而其知不及远。晋世之宁，犹杯盤之在手也。"《唐书·乐志》曰："汉有《盤舞》，晋世谓之《杯盤舞》。乐府诗云：'妍袖陵七盤。'言舞用盤七枚也。"③

《槃舞》产生于汉代。"槃"类似于现在的盘子。《仪礼·公食大夫礼第九》："设洗如飨。小臣具槃匜，在东堂下。宰夫设筵，加席几。无尊。"④

① （清）严可均校辑：《全上古三代秦汉三国六朝文·全晋文》卷六十八《夏侯湛》，中华书局1958年版，第1850页。
② 《宋书·乐志》载："《鞞舞》故二八，桓玄将即真，太乐遣众伎。袁明子启增满八佾，相承不复革。"《宋书》卷十九《乐志一》，中华书局1974年版，第552页；《晋书·乐志》载："及泰始中，又制其辞焉。其舞故常二八，桓玄将僭位，尚书殿中郎袁明子启增满八佾。"《晋书》卷二十三《乐志下》，中华书局1974年版，第710页。
③ （宋）郭茂倩编：《乐府诗集》卷五十六《舞曲歌辞五》，中华书局1979年版，第808—809页。
④ （汉）郑玄注，（唐）贾公彦疏：《仪礼注疏》卷二十五《公食大夫礼第九》，（清）阮元校刻：《十三经注疏》，中华书局1980年版，第1079页。

上文也说"杯盘者，酒食之器也"。此外还有"槃""柈"等写法，即今之"盘"字。

　　根据汉赋的描写，汉代槃舞可能是以七个槃子置于地上，舞者舞其上。从这些诗句的描写来看，舞者长袖飘飘，轻盈跳转于七槃之上，应节而舞，自是舞姿翩翩。而在曹魏时应该也是如此。

　　　　……主人起舞娑盘。能者穴触别端。腾觚飞爵阑干。同量等色齐
　　颜。任意交属所欢。朱颜发外形兰。袖随礼容极情。妙舞仟仟体轻。裳
　　解履遗绝缨。俯仰笑喧无呈。览持佳人玉颜，齐举金爵翠盘。手形罗袖
　　良难，腕弱不胜珠环，坐者叹息舒颜。……（曹植《妾薄命行》）①

　　曹植《妾薄命行》中写到主人公"起舞娑盘"，宴席上大家"齐举金爵翠盘"，其"盘"字，《艺文类聚》《乐府诗集》均作"槃"。槃既为食器，又作舞具，可能因用途略有不同而材质大小等有所区别，但形制应大略相同。

　　《槃舞》变为《杯柈舞》是在西晋了。如上所云："汉世唯有《柈舞》，而晋加之以杯，作'反覆之也'。"所谓"反覆之"，即如《五行志》所言"接杯盘于手上而反覆之。"杜佑的《通典·乐五·舞·杂舞曲》也记载："《槃舞》，汉曲，至晋加之以杯"，并引干宝的话说："晋武帝太康中，天下为《晋代宁舞》，矜手以接杯槃反覆之"②。可见西晋的槃舞比之前又增加了难度，有点像今天的杂技表演了。

　　《晋世宁舞》即《乐府诗集》所收《晋杯槃舞歌》。此诗除祝颂之外，仍生动描写了舞蹈的场景，更为可贵的是，它对舞蹈的过程、舞者情态、配乐效果都面面俱到。

　　　　晋世宁，四海平，普天安乐永大宁。四海安，天下欢，乐治兴隆舞
　　杯盘。舞杯盘，何翩翩，举坐翻覆寿万年。天与日，终与一，左回右转

　　　① 逯钦立辑校：《先秦汉魏晋南北朝诗·魏诗》卷六《陈思王曹植》，中华书局1983年版，第436页。
　　　② （唐）杜佑《通典》卷一百四十五《乐五》，中华书局1988年版，第3708页。

不相失。筝笛悲，酒舞疲，心中慷慨可健儿。樽酒甘，丝竹清，原令诸君醉复醒。醉复醒，时合同，四坐欢乐皆言工。丝竹音，可不听，亦舞此槃左右轻。自相当，合坐欢乐人命长。人命长，当结友，千秋万岁皆老寿。(《晋杯槃舞歌》)①

"舞杯盘，何翩翩，举坐翻覆寿万年。天与日，终与一，左回右转不相失"写舞者之轻盈，或如乐府诗云"妍袖陵七盘"，而"筝笛悲，酒舞疲，心中慷慨可健儿。樽酒甘，丝竹清，原令诸君醉复醒"，则点名此舞乃宴会所演，筝笛、丝竹配乐，心中慷慨与乐曲的慷慨相呼应。"丝竹音，可不听，亦舞此槃左右轻"，复言舞者左右盘旋轻舞之貌。而从这句话的语气来看，似乎舞者即歌者。以此句引起观者对自身的注意。

《巾舞》

关于《公莫》和《巾舞》的关系，历来争论颇多。《乐府诗集》卷五十四《巾舞歌》解题引《唐书·乐志》曰：

　　《公莫舞》，晋、宋谓之《巾舞》。其说云：汉高祖与项籍会鸿门，项庄舞剑，将杀高祖，项伯亦舞，以袖隔之，且语庄云："公莫"。古人相呼曰公，言公莫害汉王也。汉人德之，故舞用巾以像项伯衣袖之遗式。②

《巾舞歌》解题又引《宋书·乐志》曰：

　　按《琴操》有《公莫渡河》，然则其声所从来已久。俗云项伯，非也。③

《公莫舞》与《公莫渡河》无涉，但是否起于项伯，因古辞已失，无从确证。《南齐书·乐志》曰："晋《公莫舞歌》，二十章，无定句。前是第一解，

---

①　(宋) 郭茂倩编：《乐府诗集》卷五十六《舞曲歌辞五》，中华书局 1979 年版，第 808—809 页。
②　(宋) 郭茂倩编：《乐府诗集》卷五十四《舞曲歌辞三》，中华书局 1979 年版，第 786—787 页。
③　(宋) 郭茂倩编：《乐府诗集》卷五十四《舞曲歌辞三》，中华书局 1979 年版，第 787 页。

后是第十九二十解。杂有三句，并不可晓解。建武初，明帝奏乐至此曲，言是似永明乐，流涕忆世祖云。"① 建武（494—498）为南朝齐明帝年号，可见，建武初，虽然《公莫舞》歌辞也已"不可晓解"，但还是可以演奏的。

《铎舞》

铎舞也是汉旧曲。杨荫浏认为《铎舞》是"用铎作为导具的一种舞——铎是一种乐器，用铜制成，外表像钟，上面有钮或柄，里面用绳系着一块木质或铜质的舌，用手执着钮柄，摇动发声"②。《乐府诗集》卷五十四《铎舞歌》解题曰：

> 《唐书·乐志》曰："铎舞，汉曲也。"《古今乐录》曰："铎，舞者所持也。木铎制法度以号令天下，故取以为名。今谓汉世诸舞，鞞、巾二舞是汉事，铎、拂二舞以象时。古《铎舞曲》有《圣人制礼乐》一篇，声辞杂写，不复可辨，相传如此。魏曲有《太和时》，晋曲有《云门篇》，傅玄造，以当魏曲，齐因之。梁周捨改其篇。"《隋书·乐志》曰："《铎舞》，傅玄代魏辞云'振铎鸣金'是也。梁三朝乐第十八设铎舞。"③

汉铎舞歌《圣王制礼乐》虽存有歌辞，但"声辞杂写，不复可辨"，后人难以理解，逯钦立先生加以整理，并指出："曲中吾、许、来、邪、意、帝、武、尊、来④、咄等皆声字。治路万善道明金圣皇八音善草供国皆有叠辞，今将声字及叠辞皆以小字侧书之"。现以小字下标的方式来表示逯先生"小字侧书"的部分，将《圣王制礼乐》抄录如下：

昔皇文武(邪) 弥弥舍善谁(吾) 时(吾) 行(许帝) 道衔(来) 治路万(邪治路万邪) 赫赫(意)
黄运(道吾治路万邪) 善道明(邪) 金(邪善道明邪金邪近帝武邪邪) 圣皇八音(偶邪尊来圣皇八音及来)
义(邪) 同(邪乌及来义邪) 善草供国(吾咄等邪乌近帝邪武邪近帝武邪邪) 应节合用(武邪尊邪应节合用)

---

① 《南齐书》卷十一《乐志》，中华书局1972年版，第194页。
② 参见杨荫浏：《中国古代音乐史稿》，人民音乐出版社1981年版，第120—121页。
③ （宋）郭茂倩编：《乐府诗集》卷五十四《舞曲歌辞三》，中华书局1979年版，第784页。
④ 此"来"字重复，应是衍文。

酒期(义邪同邪酒期义邪善草供国吾咄等邪乌近帝邪武邪近帝乌乌邪邪) 下音足木上为鼓(义邪) 应众(义邪) 乐(邪邪) 延否已(邪乌已) 礼祥(咄等邪乌) 素女有绝其圣(乌乌武邪) ①

逯先生还对照傅玄《云门篇》，做了进一步的分析。现先录傅玄《云门篇》如下：

> 黄《云门》，唐《咸池》，虞《韶舞》，夏《夏》殷《濩》。列代有五，振铎鸣金，延《大武》。清歌发唱，形为主。声和八音，协律吕。身不虚动，手不徒举。应节合度，周其叙。时奏宫角，杂之以徵羽。下履众目，上从钟鼓。乐以移风，与德礼相辅，安有失其所。（傅玄《云门篇》）②

逯先生指出："'圣皇八音'即'声和八音'之所本，'应节合用酒期'即'应节合度周其叙'之所本。'下音足木上为鼓'即'下履众目上从钟鼓'之所本。'乐延否已礼祥'即'乐以移风'与'德礼相辅'之所本。皆异中有同也。傅玄晓音，善拟旧曲，然亦非全袭旧辞。如'身不虚动，手不徒举'二句。傅作有而古曲无之。'赫赫皇连'一句，古曲有而傅作无之。古曲为'有绝其圣'，傅则改为'安有失其所'，皆证古辞与拟作又有不同"③。

从整体来看，汉《圣王制礼乐》与傅玄《云门篇》在内容和主旨上一脉相承，《云门篇》基本保留了汉铎舞的特色。

所谓铎舞"以象时"，从内容看，又是一首主旋律歌曲。与《韶》和《大武》并举，应是旋律端正、庄严者。从其"和八音，协律吕""应节合度，周其叙"的钟鼓齐鸣和"乐以移风，与德礼相辅"的音乐使命来看，铎舞虽为杂舞，很可能也会拥有类似雅舞的重要性。

而《铎舞》所用乐器，从歌诗内容看，起码以铎为主，伴有钟、鼓等。"振铎鸣金"而"清歌发唱"，表明主要乐器和舞曲的诗乐舞结合的形式，

---

① 参见逯钦立辑校：《先秦汉魏晋南北朝诗》，中华书局 1983 年版，第 277 页。
② （宋）郭茂倩编：《乐府诗集》卷五十四《舞曲歌辞三》，中华书局 1979 年版，第 785 页。
③ 按"赫赫皇连"之"连"，当为"运"，逯辑误。逯钦立辑校：《先秦汉魏晋南北朝诗》，中华书局 1983 年版，第 277—278 页。

而"身不虚动，手不徒举""应节合度，周其叙"都再现了当时舞者随着节奏振铃鸣金，有节奏地载歌载舞的场景。

此外，出自吴地的《拂舞》和《白纻舞》也属杂舞，萧涤非先生以为是西晋杂舞，他引《通志》"《白鸠篇》亦曰《白凫舞》，以其歌且舞也"之言，并指出："按三代歌舞不相合，歌者不舞，舞者不歌，两汉之世，歌舞二者仍多相应而不相兼，信如《通志》之言，则西晋实为吾国乐舞一大进步时期。盖歌舞合一，则舞者于举身赴节外，更能体会词意，而具有各种不同之深切表情也。"①

《拂舞歌》和《白纻舞歌诗》的歌辞多是化用前朝，如从《乐府诗集》中各篇的解题和内容看，《碣石》乃曹操《步出夏门行》词，只无《相和大曲》前的"艳"；《淮南王》按崔豹《古今注》以为淮南小山所作。② 而《晋白纻舞歌诗》亦然，白纻舞虽出于吴地，而歌辞则作于晋世。拂舞歌歌辞的内容更偏抒情，似相和歌，这与其辞采曹操等人歌诗有关。可能一定程度上延续了汉魏以来以悲为美的审美倾向。但此二种舞都是到东晋时才较为普及，故于东晋南朝歌诗一章细谈。

综上所述，我们将汉魏晋三代杂舞歌辞内容、舞容等情况列表如下（表1-10）：

表1-10　汉魏晋三代杂舞性质、舞容及主要内容对照表

	作品分布	舞蹈所持	所歌内容	性质
巴渝	两汉、曹魏、西晋	矛、弩等兵器	咏舞　祝颂	杂舞—雅舞

---

① 萧涤非：《汉魏六朝乐府文学史》，人民文学出版社1984年版，第172页。

② 郭茂倩《晋拂舞歌》解题："《晋书·乐志》曰：'《拂舞》出自江左，旧云吴舞也。晋曲五篇：一曰《白鸠》，二曰《济济》，三曰《独禄》，四曰《碣石》，五曰《淮南王》。齐多删旧辞，而因其曲名。'《古今乐录》曰：'梁《拂舞歌》并用晋辞。'《乐府解题》曰：'读其辞，除《白鸠》一曲，余并非吴歌，未知所起也。'"明言其曲虽吴曲，但是歌词非吴辞。从《乐府诗集》中各篇的解题和内容看，《碣石》乃曹操《步出夏门行》词，只无《相和大曲》前的"艳"；《淮南王》，崔豹《古今注》以为淮南小山所作，而另三篇无作者。晋舞歌辞乃新填词。详见（宋）郭茂倩编：《乐府诗集》卷五十四《舞曲歌辞三》，中华书局1979年版，第788—792页。又，《白鸠篇》解题："晋杨泓《舞序》云：'自到江南，见《白符舞》，或言《白凫鸠舞》，云有此来数十年矣。察其辞旨，乃是吴人患孙皓虐政，思属晋也。'晋辞曰：'翩翩白鸠，载飞载鸣。怀我君德，来集君庭。'盖晋人改其本歌云。"参见（宋）郭茂倩编：《乐府诗集》卷五十四《舞曲歌辞三》，中华书局1979年版，第789页。

续表

	作品分布	舞蹈所持	所歌内容	性质
鞞舞	两汉、曹魏、西晋	鞞扇	祝颂	杂舞—雅舞
槃舞	两汉、曹魏、西晋	槃、晋为杯槃	咏舞　祝颂	杂舞
巾舞	西汉、西晋	衣袖	无考	杂舞
铎舞	西汉、西晋	铎	咏舞　祝颂	杂舞
拂舞	吴歌、西晋	拂	咏舞　抒情　言志	杂舞
白纻舞	吴歌、西晋	白纻巾	咏舞　抒情	杂舞

可见，曹魏西晋的杂舞非常繁荣，不仅使巴渝舞和鞞舞演化成雅舞，且促成了槃舞、巾舞和铎舞的兴盛。不仅如此，在这种乐舞兴盛的氛围下，拂舞和白纻舞得以结合江南吴舞与中原歌诗的精华，成为新的美轮美奂的杂舞。

总之，舞曲本就是郊庙、燕射活动的重要组成部分，与郊庙歌、燕射歌关系密切，只是在西晋舞曲歌辞大兴后才被单列出来，可以说郊庙、燕射、宴饮无一不与乐舞紧密相连。如果说曹魏以歌抒怀，西晋则以舞助兴。《宋书·乐志》云："前世乐饮，酒酣，必自起舞。诗云'屡舞仙仙'是也。宴乐必舞，但不宜屡尔。讥在屡舞，不讥舞也。汉武帝乐饮，长沙定王舞又是也。魏、晋已来，尤重以舞相属，所属者代起舞，犹若饮酒以杯相属也。谢安舞以属桓嗣是也。近世以来，此风绝矣。"[1] 可见舞曲于当时之风行。

第四节　曹魏、西晋歌诗的艺术特征

服务于表演是歌诗区别于一般徒诗的根本性特征，魏晋文人歌诗虽逐渐强化了文本的独立性，表演对歌诗的影响仍是不可忽略的。歌诗创作者会根据不同的音乐类型而选择歌诗体式，而对演出效果的追求也使得歌诗文本产生了不少从纯文本方面难以解释的音乐符号（如解、乱、趋、弄等），以及多角度的叙述语言。舞台表演也成为不断推动故事体歌诗发展、演变的重要

---

① 《宋书》卷十九《乐志一》，中华书局 1974 年版，第 552 页。

因素。另外，魏晋时期诗风的清越风格和典雅化，不仅与相和曲、清商三调曲大量使用丝竹乐器有非常密切的关系，也深受欣赏主体、表演主体、创作场合等表演因素的影响。总之，抛开对歌诗表演的分析，很难准确地认识这一时期歌诗的艺术特征。

一、歌诗类型对歌诗体式的影响

萧涤非先生曾感叹曹魏乐府"体裁之大备"，言"世多谓乐府为诗之一体，实则一切诗体皆由乐府生也。汉乐府多杂言及五言，四言甚少，至六言及七言，则更绝无其作。魏则诸体皆备，吾国千百年来之诗歌，虽古近不同，律绝或异，要其大体，莫不导源于此时矣。"① 曹魏歌诗体制之大备乃是歌诗影响和文人对歌诗继承和突破的结果。西晋歌诗多因袭曹魏，或演奏曹魏所创歌辞，或因袭魏乐以旧调填新辞，变化不大。总体而言，四言回光返照，但主要在雅乐中，七言虽在曹丕手中成熟，但在西晋并未发展，魏晋歌诗的体制仍主要以五言为主。

雅乐和舞曲的兴盛促成了四言歌诗的回光返照。四言"在汉末魏晋已经趋于僵化，纯为模拟之体"②，但是它符合郊庙燕射歌诗追求庄重和古雅的风格需求。四言诗因曹操喜好雅乐和西晋大量雅乐的创制得以又一次大量出现。祭祀和宴飨等宫廷雅乐以典雅整齐、凝重舒缓为基本特点，整齐决定了它需句式统一，杂言的跳跃感不适合创造整齐感，而舒缓决定了一句之内不可能包含太多的字。

曹操作品其实大部分都是杂言和五言，但数量有限的四言体也是他质量上乘的作品。从某种程度上讲，正是由于曹操，四言体才能在曹魏歌诗中仍占有一席之地。曹操四言歌诗之所以高明，与其对古雅乐的重视很有关系。另外，其风格的古直典雅，也与曹操音乐方面的爱好有关。他曾命杜夔等人改造古雅乐，而魏有雅乐四曲，皆取周诗《鹿鸣》，可见其典雅之韵致。曹操本人好古，如其《短歌行》（对酒）"青青子衿"和"呦呦鹿鸣"两段，分别化用《诗经》中《郑风·子衿》和《小雅·鹿鸣》的句子，而《短歌

---

① 萧涤非：《汉魏六朝乐府文学史》，人民文学出版社 1984 年版，第 126 页。
② 钱志熙：《论魏晋南北朝乐府体五言的文体演变》，《中山大学学报》2009 年第 3 期。

行》（周西）又化用《论语》中孔子评周文王、齐桓公、晋文公之语。应该说对汉乐府有很好的继承。

以郊庙歌辞为例，曹魏多用汉辞，武帝始命杜夔创定雅乐，但主要是以修复古乐为主，而不是让他们创制新曲。西晋虽雅乐繁荣，但是各类雅乐歌辞在体式上并无多少创新。仍以郊庙歌辞为例，及晋武受命之初，"百度草创。泰始二年，诏郊庙明堂礼乐权用魏仪，遵周室肇称殷礼之义，但改乐章而已，使傅玄为之辞云。"① 可见西晋仍因袭曹魏。但这并非曹魏和西晋不重视此类歌诗的创作，相反的，朝廷正是刻意保持这种旧乐。又如西晋创制《四厢乐歌》也是如此：

> 晋初，食举亦用《鹿鸣》。至泰始五年，尚书奏，使太仆傅玄、中书监荀勖、黄门侍郎张华各造正旦行礼及王公上寿酒、食举乐歌诗。荀勖云："魏氏行礼、食举，再取周诗《鹿鸣》以为乐章。又《鹿鸣》以宴嘉宾，无取于朝，考之旧闻，未知所应。"勖乃除《鹿鸣》旧歌，更作行礼诗四篇，先陈三朝朝宗之义。又为正旦大会、王公上寿歌诗并食举乐歌诗，合十三篇。又以魏氏歌诗或二言，或三言，或四言，或五言，与古诗不类，以问司律中郎将陈颀。颀曰："被之金石，未必皆当。"故勖造晋歌，皆为四言，唯王公上寿酒一篇为三言五言焉。②

荀勖作《四厢乐歌》时，因为魏诗三言、四言、五言等都有，便请教司律中郎将陈颀。陈颀说这种杂言诗若配曲演奏可能不合于金石钟磬之典雅之音和进行郊庙祭祀等庄重仪式时的节奏感的需要。所以荀勖所作《四厢乐歌》除《王公上寿酒》一篇外全用四言。这充分说明了乐曲对歌诗创作体式的限制。荀勖很想创新，但考虑到歌诗类型，他最终还是选择了四言为主要体式。

与俗乐的生动灵活相配合，其他歌诗多采用五言、七言或杂言。五言出于汉乐府，为魏晋文人所继承而成歌诗的主要体式，这是歌诗发展的必然趋

---

① 《晋书》卷二十二《乐志上》，中华书局 1974 年版，第 679 页。
② 《晋书》卷二十二《乐志上》，中华书局 1974 年版，第 685 页。

势。魏晋时期除雅乐歌辞和一部分舞曲歌辞，大部分都是五言，甚至雅舞中
也有五言舞曲歌辞出现。杨慎《升庵诗话》引用刘勰等人的观点来说明四
言为五言所取代的原因：

> 刘彦和云："四言正体，雅润为本；五言流调，清丽居宗。"钟嵘
> 云："四言文约义广，取效'风雅'，便可多得，每苦文繁而意少，故
> 世罕习焉。"刘潜夫云："四言尤难，《三百篇》在前故也。"叶水心云：
> "五言而上，世人往往极其才之所至，而四言诗，虽文辞巨伯，辄不
> 能工。"①

这些说法各有合理之处。刘勰说四言雅润，是因为四言经过了漫长的文
化积累，《诗经》中的《国风》也有许多清丽之句，而五言之清丽，则与魏
晋文人的努力分不开。钟嵘赞"四言文约义广"，指出"取效'风雅'，便
可多得"，但当时四言诗大多已经变得质木无文，曹操四言歌诗只是一个例
外。这一方面，是四言已经难以超越，如刘潜夫所云："四言尤难，《三百
篇》在前故也。"另一方面，汉语在不断丰富变化，四言"每苦文繁而意
少"，已经不适合表达日益丰富的社会文化内容，所以才会出现"世罕习
焉"的局面。而钟嵘《诗品序》谈到五言，则说："五言居文词之要，是众
作之有滋味者，故云会于流俗。"② 而这所谓"滋味"，与音乐上的新声其实
不能无关，因为据学者们研究，汉代五言本为俗体，多与新声有关。③ 当时
相和歌辞主要为五言，根据《乐府诗集》所录，现存的 30 多首曹魏时期完
整的相和歌辞中，整齐的五言有 18 首，杂言 14 首，前文讲到，由于乐曲的
传承、相和歌辞配乐的需要，后人在创作新曲时往往要在句式、节奏、曲风
上承袭前人，因此，五言诗渐成主流也是必然趋势。当然，除了古辞的传承
因素，文人于歌曲创作时推广五言同样是五言句式成为主流的原因。

曹丕和曹植都是清商三调曲爱好者，其歌诗创作既受到清商新声的直接

---

① 杨慎：《升庵诗话》卷三《四言诗》，载丁福保：《历代诗话续编》，中华书局 1983 年版，第
682 页。

② （南朝）钟嵘：《诗品序》，载（清）何文焕辑：《历代诗话》，中华书局 1981 年版，第 3 页。

③ 参见戴伟华：《论两汉的"歌诗"与"诗"》，《学术研究》2008 年第 2 期。

影响，又具有明显的文人化倾向。而曹植更是完成五言诗由民间向文人转化的集大成者。纵观曹植的歌诗几乎全是五言，只有《鼙舞歌》（孟冬）因乐曲限制，《丹霞蔽日行》因与曹丕同题，而均采用了四言。另有《妾薄命》为六言，几首游仙歌诗为四言或杂言，其余全为五言。这也可能与他大量创作杂歌谣辞，对五言体灵活、跃动、更具表现力的深刻认识有关。

曹丕《燕歌行》用整齐的七言创作，也并非偶然。葛晓音先生认为，一方面，曹丕歌诗倾向于民歌化，如其《燕歌行》清隽婉约的风格明显受到《古诗十九首》的影响。另一方面，曹丕善于模仿各种歌谣的体制，尝试各种新的诗歌形式，四言、五言、杂言都有，其《大墙上蒿行》是一首三百六十四字的长篇杂言，句式三言到十三言不等，故而被王夫之赞为"长句长篇，斯为开山第一祖"（《船山古诗评选》卷一）。[①] 曹丕《燕歌行》标志着七言的初步成熟。《燕歌行》一出，其后来作者不论从体式还是内容上，全都不约而同地模仿曹丕，可见其影响之大。但是七言作为一种新兴诗体，当时并未形成流行体式，只有缪袭、曹睿间有尝试。从文学史的发展实际来看，七言体要到唐人手中才可以真正放出异彩。

总之，曹魏、西晋的歌诗体式，正是在歌诗表演的发展和完善中逐渐产生或定型的。萧涤非先生说："世多谓乐府为诗之一体，实则一切诗体皆由乐府生也。"[②] 可以说，之所以"一切诗体皆由乐府生"，正是因为歌诗的表演在很大程度上决定了歌诗文本的创作。

二、歌诗表演与文本的表演性描述

表演或演唱的特征也决定了歌诗中往往有不同于一般诗歌的表演性描述。由于种种原因，我们很难再现当时表演的场面，尤其是音乐部分。但是，作为当时表演有机组成部分的文本却有对表演的记录。这是我们理解当时歌诗艺术特征的一个重要途径。

音乐符号是表演影响文本的记录。例如文本中所规定的一些难于解释的趋、乱等节乐符号和句式重叠、重叠符"＝"等的出现，如果结合表演来分

---

① 葛晓音：《八代诗史》，中华书局 2007 年版，第 47 页。
② 萧涤非：《汉魏六朝乐府文学史》，人民文学出版社 1984 年版，第 126 页。

析，就会看到其合理性。①

艳、趋、乱等音乐符号在解读歌诗时不可忽视。前文已经说到，相和歌的表演在魏晋时已经较汉代更加规范化和程式化。以相和歌辞的表演为例，如赵敏俐等认为：开场之前先是弄，以笛为主，有下声弄、游弄、高弄（可能是音高不同的三种笛子，简称高下游弄）。然后是丝竹乐器合奏弦，有一部到七部不等，接下来是"丝竹更相和，执节者歌"的核心部分，最后还有丝竹乐器合奏的送歌弦。② 相和各曲的具体步骤虽不同，但大体一致。而各种乐器除了相和之外，还有可能以某种乐器为主。至于大曲，更是集歌、乐、舞为一体的表演方式。大曲不载具体的乐器演奏，但是大曲曲之前有艳，曲之后有趋、有乱。另据《乐府诗集》中《相和歌辞十八》之《大曲十五曲》下解题引《古今乐录》曰："凡诸大曲竟，黄老弹独出舞，无辞。"③ 可见大曲除配乐外，有的还有舞蹈。"艳"一般在歌辞前，起铺垫和展开的作用，"趋"、"乱"则有归结、收尾的作用。这几部分可以是与歌词紧密相连，但有时候也如《诗经》中的起兴一般，乍看之下毫无联系，却在表演时起到增强表现力，引导观众情绪的作用。

还有"解"，如前文所述，杨荫浏认为"解"乃是在一段歌诗演唱之后的纯器乐表演段落或伴有舞蹈的器乐段落，一解为第一次奏乐，二解为第二次奏乐，余类推。④ 例如曹操《秋胡行》两首都为游仙体裁，"晨上散关山"一曲是四解，"愿登泰华山"一首为五解，二者都以游仙述人生苦短之志，如果不考虑演奏，二者大致相同，但是考虑到解数的不同，则二者可能在曲调、节奏等各方面都不是一样的，甚至可以在同一个宴会上先后表演而不显重复。

这些表演的程式化符号仍保留在一部分歌诗文本里，它们保留着当时表演的蛛丝马迹，同样也反映着这些表演对文本的影响。通过程式化的分节分

---

① 本节引用了王传飞关于歌诗表演与文本艺术特征的关系的分析。参见王传飞：《歌诗表演与汉、魏相和歌辞艺术新探》，《乐府学》第一辑，学苑出版社 2006 年版。

② 参见赵敏俐等：《中古代歌诗研究——从〈诗经〉到元曲的艺术生产史》，北京大学出版社 2005年版，第 213—216 页。

③ （宋）郭茂倩编：《乐府诗集》卷四十三《相和歌辞十八》，中华书局 1979 年版，第 635 页。

④ 参见杨荫浏：《中国古代音乐史稿》，人民音乐出版社 1981 年版，第 116、117 页。

段的短歌或段组成一套曲子，通过演员的表演和歌词的结合来共同达到表演的效果，这些符号就是当时的记号。它们丰富了歌辞艺术内涵，增强了表现力。

以上是独立于歌辞外的符号，还有歌唱套语、语句重叠和叙述角度等方面，也因受表演影响而表现出不同于纯文人诗歌的特点。

首先是歌诗曲题与歌诗之内容和情感基调的关系。《乐府诗集》的诸多歌诗都是以一定的系统排列的，先是郊庙歌辞、燕射歌辞、相和歌辞等十二大类，然后每类中又有不同曲类，曲类下还有不少同题目的乐府诗组。曲题一般在歌词初创时被用以概括该辞的内容和音乐演唱属性，即使后来的同题新歌创作会另拟题或写新事，但并未改变曲辞在音乐属性和演唱特点上的连贯性。典型的如相和歌，其中又分吟叹曲、四弦曲和清商三调曲，这主要是按使用乐器和演奏程式的不同而区分的。而其下还有细分，或以内容分，或以表演特点分，情况不一。如《长歌行》《短歌行》《艳歌行》等，虽都是"歌行"，但其中关键的区别字"长""短""艳"被认为或许是表达如悲伤、哀怨等感情倾向。这些源于世俗歌咏的常见的曲调、旋律、音乐风格和感情倾向相对稳定，且前后相因袭，易于随时填词哼唱，后来入乐，被加工成不同歌调。①

又如《王昭君》即咏昭君事，《秋胡行》为秋胡戏妻故事，都是一种内容的概括。而在舞曲歌辞中，像杂舞中《鞞舞》《鼙舞》《铎舞》《拂舞》《白纻》诸名，则都是以表演舞蹈时所用道具为名，而文本中更是描绘了舞蹈时的场面和宴会的场景，这些歌辞仅从文本看，似乎并不出色，但是作为乐府表演时演唱的文本，则可以达到随音乐且歌且舞的综合的艺术效果。而其中歌诗的句式长短也因舞蹈节奏的不同而不同。

还有歌诗表演时的套语，如故事体歌诗中的开场白或末尾所发议论等。王传飞认为它们具有提示我们正确认识歌诗性质、职能以及演唱者性质和观赏者身份的作用，更起到引导人们"艺术消费心理"，"改变人们的视角和接受心理"的作用。更为重要的是，"同样的社会悲剧内容，以文人徒诗艺术形态呈现给读者和以歌诗艺术形态呈现给消费者，效果是不同的。后者更

---

① 参见王传飞：《相和歌辞研究》，北京大学出版社 2009 年版，第 214 页。

多是从娱人的角度出发，带给歌诗消费者以'悲'为'乐'的艺术享受，其社会干预意识就不像前者那么明显和强烈了。"① 或许这可以解释魏晋宴乐歌诗的创作为何都给人以悲从中来的感觉。

另外还有句式的重复叠唱。固定唱和之词的反复出现，或为句式排比，或为句式重复叠唱及顶真叠唱。从纯文本的角度分析，似乎有些繁复累赘，但这正是当时表演时因为追求一唱三叹或一唱三和的效果故意为之。从表演的角度出发，这样的反复反倒是可以充分调动舞台气氛，渲染歌唱效果的。而相对于这种重叠繁复，还有文本的简化，如我们前面提到的傅玄《艳歌行》较之《陌上桑》的简化就是其中的一种。因为有表演等方面的辅助，文本只是起提示作用，反倒不需要一一标明了，但是在情节的起承转合上，并不会偷工减料，而是更加丰富。还有文本内容的多角度叙事，这是只有在表演达到一定成熟程度时才允许发生的事情，或者说是达到某种程度之后对文本提出的要求。

再就是前文所提到以罗敷采桑为母题的系列故事中，从《陌上桑》到傅玄《艳歌行》的歌辞缩短和故事叙述简化的情况，是因观众对表演的熟知度而允许歌诗文本在不影响剧情发展的情况下有所简化，只起到提示剧情的作用即可。这也是歌诗表演对文本的一个整体的影响。

总之，歌诗的表演虽然不可复原，但是它对文本产生的影响直接保留在文本中，这就是乐府歌辞不同于一般文本的表演性描述。这是理解歌诗艺术特征无法绕开的，也是必须正视的。

三、曹魏、西晋歌诗的风格特点

曹魏、西晋歌诗的风格特点虽有所不同，但整体而言表现为情感倾向上的以悲为美和歌诗语言上的雅化。

以悲为美，时出寄托。"以悲为美"自汉代以来便是歌诗创作的重要审美风尚。曹魏时期社会动荡，文人在乱世中对悲音有了更深切的感受，在面对人生之短暂和自我价值实现这一永恒命题时，通常就会产生渺小感和紧迫感。但是这并不是唯一的原因，表演对歌诗的影响也是其中很重要的因素。

---

① 参见王传飞：《歌诗表演与汉、魏相和歌辞艺术新探》，《乐府学》第一辑，学苑出版社 2006 年。

首先，以悲为美风尚的形成与相和歌和清商三调曲的兴盛是相辅相成的。丝竹乐器的使用是曹魏乐府多悲壮慷慨之音的主要原因之一。汉代已有以悲为美的风尚，而长于表现悲音的清商乐，即为迎合古辞的基调、题材，也很容易作悲音。相比较而言，同样也使用丝竹乐的雅舞和杂舞则没有这种慷慨悲音。

其次，古辞体裁既多悲音，代言体又多以女性为主人公，王传飞指出，从歌诗表演中的角色制词模式到文人诗中的代言体形式，可见歌诗艺术经验转化为文人创作传统的轨迹。① 以悲为美的风尚使人们喜好相和曲和清商三调曲，而反过来，相和歌和清商三调曲的苍凉悲切风格又影响到作者的创作倾向。以丝竹为主的清商乐苍凉悲慨的音质，与诗人们感时伤世的慷慨悲音产生了共鸣，又通过公宴雅集等场合，从体裁、感情基调等方面潜移默化地导致了文人歌诗创作的悲情化。因此，悲歌普遍存在于相和歌辞中。西晋文人虽少有情志合一之作，但这种以悲情为美的审美风尚还是被继承了下来，并体现在歌诗的创作中。此外，上文所说的歌唱套语引导下的"以悲为乐"的消费心理也是悲歌形成的重要原因之一。

风格变而为高雅，是歌诗发展的基本走向。而这种走向是创作主体、创作目的、歌咏对象、观赏目的以及用途的变化等多方面原因造成的。

首先，汉代歌诗除郊庙燕射歌辞外多为民间采集而来，而曹魏西晋乐府不再采诗，歌诗以文人创作为主，其创作目的也不再是观民风，曹魏诗人在歌诗中寄托个人怀抱和情感情思，其文字则变而为绮丽，且时出寄托，如曹植《美女篇》，无复两汉朴鄙之风。文人们的歌诗创作吸收《诗经》《楚辞》、汉末乐府和文人诗的精华，注意运用比兴等手法，开始注意声韵、对偶和雕琢辞藻、讲究声色和意境的描绘。西晋歌诗在舞曲歌辞中描绘政治幻想。西晋歌诗主要作者包括傅玄、张华、荀勖等，这些人的主要创作是大量西晋舞曲歌辞和郊庙、燕射歌辞。这些人自身文学素养较高，而音乐修养也很高，荀勖是西晋礼乐乐府的主要创制者之一，傅玄则创作了西晋所用的大部分礼乐歌辞。这些人的这些创作，自然不是为了观民风，大量《四厢乐歌》和雅舞歌辞创作是朝廷用于宴飨，主要是在宫廷及贵族正式的宴会雅

---

① 参见王传飞：《相和歌辞研究》，北京大学出版社 2009 年版，第 214 页。

集时使用，风格不可能不高雅。而《舞曲歌辞》中的杂舞歌辞也主要是用于宫廷和贵族的部分正式场合和日常娱乐，因此风格变而为高雅乃是必然。

其次，歌诗消费也是推动歌诗发展变化的重要原因之一。在歌诗消费中占主导地位的是宫廷和贵族，歌诗或用于政治仪式，或用于娱乐享受，其兴盛是这些需求直接推动的。这些人都具备良好的文学素养甚至音乐素养，且歌诗所咏范围以宫廷和贵族生活为主，使乐府带有浓厚的贵族色彩。一方面，曹魏、西晋的歌诗创作者主要是帝王贵族，当时的雅集活动在很大程度上影响了歌诗创作者的审美情趣和创作习惯，对其时的歌诗创作甚至整个文风产生了重要的影响。刘勰《文心雕龙·明诗》曰："暨建安之初，五言腾踊：文帝陈思，纵辔以骋节；王徐应刘，望路而争驱。并怜风月，狎池苑，述恩荣，叙酣宴，慷慨以任气，磊落以使才"①，指的正是建安十六年前后，特别建安十六年以后几年里以曹丕、曹植兄弟为首，以公宴雅集为背景的歌诗和诗歌创作活动。曹丕《与吴质书》曰："每念昔日南皮之游，诚不可忘。……高谈娱心，哀筝顺耳。……清风夜起，悲笳微吟，乐往哀来，凄然伤怀。"② 又《又与吴质书》亦曰："昔日游处，行则连舆，止则接席，何尝须臾相失！每至觞酌流行，丝竹并奏，酒酣耳热，仰而赋诗。当此之时，忽然不自知乐也。谓百年已分，可长共相保，何图数年之间，零落略尽，言之伤心。"③ 另外，曹丕《于谯作诗》《夏日诗》和曹植《公宴诗》有不少类似诗作，诗中称"清夜延贵客""延宾作明倡……从朝至日夕"，可见宴会时间之长。"穆穆众君子"句则言人之多，且多为高雅之人。宴集中美酒佳肴陈列于前，清歌妙舞等娱乐活动尤其是不可少的。

西晋乃至以后的宴集活动中不再像建安诸子宴集活动那样充满生机和活力。大量的歌舞表演冲淡了文人们逞才竞能的热情和酬答唱和抒发人生志向的精神。西晋时期也有类似的文人集会和相关的歌诗或诗歌创作，如应贞《晋武帝华林园集诗》、荀勖《从武帝华林园眼会诗》、张华《太康六年三月三日后园会诗》等，均是侍皇帝宴所作。据石崇《金谷诗序》记载，金谷园集会与会者达30人之多，而且"昼夜游晏，屡迁其坐。或登高临下，或

---

① 范文澜注：《文心雕龙注》，人民文学出版社1958年版，第66页。
② （清）严可均校辑：《全上古三代秦汉三国六朝文》，中华书局1958年版，第1089页。
③ （清）严可均校辑：《全上古三代秦汉三国六朝文》，中华书局1958年版，第1089页。

列坐水滨，时琴瑟笙筑，合载车中，道路并作。及住，令与鼓吹递奏，遂各赋诗，以叙中怀。"① 西晋公宴创作缺乏建安诸子公宴诗中的那种真情，这与当时歌舞太平、祝颂和说教成风的大环境有关。他们更看重公宴雅集的政治功用性和娱乐性。另一方面，西晋是歌诗发展史上相对繁荣的时期，尤其是其郊庙歌辞、燕射歌辞和舞曲歌辞的空前兴盛，使得西晋歌诗在复古的潮流中平添了一份典雅。大量《四厢乐歌》的创作、大量舞曲的表演便是证明。西晋郊庙歌辞虽郊祀明堂礼乐袭用魏仪，沿袭殷周古法，但改乐章而已，但傅玄奉命作辞有《郊祀歌五首》《天地郊明堂歌五首》《晋宗庙歌十一首》等，可谓完备。而燕射歌辞的创作更是契合西晋政权统一后贵族们及时享乐的需求。故而傅玄、荀勖、张华、成公绥分别创作《四厢乐歌》，每组都有十几首，皆描绘当时的四海安定、歌舞升平。荀勖《食举乐东西厢歌十二首》其一曰："煌煌七曜，重明交畅。我有嘉宾，是应是贶。邦政既图，接以大飨。人之好我，式遵德让。"② 在这样的场合中，歌诗的内容不可能再如汉乐府那样质朴，必须是如锦缎一般富贵炫目。另外，诸如张华的《晋冬至初岁小会歌》《晋宗亲会歌十首》等，题目已经表明了出席者的贵族身份和宴会目的。张华《晋冬至初岁小会歌》曰：

> 日月不留，四气回周。节庆代序，万国同休。庶尹群后，奉寿升朝。我有嘉礼，式宴百僚。繁肴绮错，旨酒泉渟。笙镛和奏，磬管流声。上隆其爱，下尽其心。宣其壅滞，咏之德音。乃宣乃训，配享交泰。永载仁风，长抚无外。③

在这样的场合，歌诗演奏要达到"上隆其爱，下尽其心""宣其壅滞""长抚无外"等目的，政治功用大于娱乐性，所用语言也更为典雅。《舞曲歌辞》的雅舞是在郊庙仪式的正式场合中用，自然要歌辞典雅，而原本来自民间的杂舞，由于存在雅化倾向，《巴渝舞》《鞞舞》等甚至最终具备雅舞的规格，所以更明显地体现着此期间乐舞歌诗的雅化。

---

① （清）严可均校辑：《全上古三代秦汉三国六朝文》，中华书局 1958 年版，第 1651 页。
② （宋）郭茂倩编：《乐府诗集》卷十三《燕射歌辞一》，中华书局 1979 年版，第 185 页。
③ （宋）郭茂倩编：《乐府诗集》卷十三《燕射歌辞一》，中华书局 1979 年版，第 193 页。

总之，曹魏西晋歌诗的一大特点就是乐府不再采诗，而文人创作的歌诗，在消费需求等其他原因的影响下，一方面在相和歌方面将汉代以来以悲为美的倾向发展得更加明显，另一方面则使得曹魏西晋歌诗风格越来越高雅。

小　结

曹魏注重乐府官署的重建和歌诗艺术的发展。西晋统一后，进一步修复和改进乐府，加之其时政权的统一和经济复苏，在短暂繁荣中取得了很大的成就。两个阶段乐府不采诗，文人创作歌诗使歌诗总体风格趋向雅化。其功能也集中在祭祀应用、日常娱乐观赏、即兴自娱演唱三方面。而二者因创作的社会背景、时代风貌和表演环境均不尽相同，在内容、表演、艺术特征等方面也有很大的不同。曹魏以后的文人不再单纯追求这种纯粹任性的抒情，强烈的个体意识和入世精神使得他们跳出单纯的耳目享受，将歌诗创作上升到寄托心灵的高度。西晋的故事体歌诗或歌咏史书情节，或敷衍民间故事，或在前代歌诗的基础上有所改进，推动了故事体乐府发展，对中国戏剧和说唱文学影响深远。在经历社会动乱的短暂沉寂后，郊庙燕射歌辞和舞曲歌辞，作为礼乐政治的重要辅助品，在西晋时期再次兴盛起来。不仅促进后代文、武二舞形成，更促进了诗、乐、舞的紧密结合。作为《诗经》《楚辞》之后乐舞歌诗的又一次兴盛，再次展现了我国传统祭仪制度从神性向人性及礼乐文化娱乐性渐强而仪式性减弱的发展趋势。另外，文人创作使歌诗文本的独立性增加，并开始拟声填词或依旧曲而作新歌，加速了歌诗的诗歌化。而不管歌诗及表演如何变化，宫廷和贵族的歌诗消费始终占主导地位，歌诗的应用性和娱乐性双重需求使得俗乐和雅乐相互影响、相互促进，最终成就了曹魏和西晋歌诗的繁荣。

第 二 章

东晋南朝歌诗的创作、
表演与艺术特征

南朝歌诗是汉代歌诗向唐代新体歌诗转变的重要时期。这一时期主要音乐类型除相和歌辞和杂曲歌辞外，最重要的是广泛吸收吴歌、西曲而兴盛起来的清商曲辞。此外，齐代鼓吹曲辞相对较多，而后期梁陈鼓角横吹曲兴盛一时。可以说清商曲辞、鼓吹曲辞和梁鼓角横吹曲的兴盛使得这一时期南北文化的融合在歌诗中清晰地显露出来。而从各音乐类型的发展来看，清商新曲在晋宋齐时期主要以民间歌诗配乐，在梁陈则转为以文人拟作为主。相和歌等其他类型仍以文人拟作为主。东晋南朝歌诗内容大致包括男女相思百态、歌舞饮宴的欢娱描绘、个人情怀的抒发和艳情描写四个方面，男女相思主要出现于前期民间歌诗，而后期艳情题材渗透到乐府各音乐类型甚至横吹曲，成为南朝独特的文学题材。东晋南朝歌诗的表演是本章讨论的重点。对《长安有狭斜行》到《三妇艳诗》的发展流变以及《白纻舞》和《采莲曲》《采菱曲》表演的细致分析，有助于更好地理解东晋南朝歌诗表演在歌诗创作、声辞效果、表演技巧、美学品位等方面对前朝的突破与新变。另外，歌诗体式多为短小的五言四句，而组诗形式的出现和谐音双关及和送声等歌诗技巧的运用也是这一时期歌诗的显著特点。同时由于歌舞伎乐的表演者多为女性以及观众与创作者的一体性，进一步将这种审美趣味注入新创作的歌诗等原因，促成了东晋南朝歌诗的爱情及艳情主题的兴盛。

第一节　东晋南朝歌诗发展概况

魏晋南北朝是歌诗体裁发展逐渐完备的时期。南方有清商新曲、北朝有横吹曲，此外杂曲歌辞、杂歌谣辞的创作也多了起来。就东晋南朝歌诗的发展来讲，战乱和迁移曾致使东晋乐府遭到重创，乐工凋零、雅乐人才严重缺失，文人歌诗创作也一度跌入低谷。因此，东晋以后五朝的乐府机构不得不简化。但乐府机构的简化并没影响歌诗各方面的繁荣。相反，在刘宋时期，因北方士族和农民的大量涌入南方，江南优越的土地资源得到迅速的开发，社会暂得安定，经济繁荣，歌舞兴盛。据《南史·循吏传》记载，宋文帝时代，"凡百户之乡，有市之邑，歌谣舞蹈，触处成群"①。而至齐永明年间，更是"百姓无犬吠之惊，都邑之盛，士女昌逸，歌声舞节，袨服华妆。桃花渌水之间，秋月春风之下，无往非适"②。在这种情况下，统治阶级和商人等耽于享乐，促使歌舞伎乐兴盛一时。今天所能见到的南朝乐府歌辞，大都存录于郭茂倩《乐府诗集》，据曹道衡先生统计，共 400 余首，③ 反映了当时歌舞的兴盛。

一、东晋南朝歌诗的音乐类型

总体来看，东晋南朝的主要音乐类型是相和歌辞、清商曲辞和杂曲歌辞。尤其是吴声和西曲作为清商新声，以鲜活生动的江南特色赢得了上流社会的喜爱，加之前面所说的社会因素，于是在歌舞喧嚣之中蒸蒸日上，不仅被纳入太乐，客观上取得了与雅乐同等的地位，更成为民间娱乐乃至朝廷礼乐活动的主流，历宋、齐、梁、陈而不衰，创造了东晋南朝乐府的空前繁荣。其他音乐类型的歌诗发展情况略有不同，东晋各类歌诗都有所消歇，但从刘宋开始恢复。相和歌仍然是主要的音乐类型，杂曲歌辞的创作到宋、齐、梁时期也逐渐多起来。郊庙燕射歌辞和舞曲歌辞的创作经历东晋沉寂期和刘宋的修复期，到齐时又呈现繁荣的景象，不仅表现在歌诗的大量创作

---

① 《南史》卷七十《循吏传》，中华书局 1975 年版，第 1696 页。
② 《南史》卷七十《循吏传》，中华书局 1975 年版，第 1697 页。
③ 曹道衡等：《南北朝文学史》，人民文学出版社 1991 年版，第 276 页。

上，还表现在祭仪程式的细致化。

（一）《清商曲辞》

东晋南朝歌诗最具特色的音乐类型是清商曲辞。从歌诗数量上来说，清商曲辞也是东晋南朝歌诗音乐的主要类型。《乐府诗集》卷四十四《清商曲辞一》解题曰：

> 清商乐，一曰清乐。清乐者，九代之遗声。其始即相和三调是也，并汉魏已来旧曲。其辞皆古调及魏三祖所作。自晋朝播迁，其音分散，苻坚灭凉得之，传于前后二秦。及宋武定关中，因而入南，不复存于内地。自时已后，南朝文物号为最盛。民谣国俗，亦世有新声。故王僧虔论三调歌曰："今之清商，实由铜雀。魏氏三祖，风流可怀。京洛相高，江左弥重。而情变听改，稍复零落。十数年间，亡者将半。所以追余操而长怀，抚遗器而太息者矣。"后魏孝文讨淮汉，宣武定寿春，收其声伎，得江左所传中原旧曲，《明君》《圣主》《公莫》《白鸠》之属，及江南吴歌、荆楚西声，总谓之清商乐。至于殿庭飨宴，则兼奏之。遭梁、陈亡乱，存者盖寡。及隋平陈得之，文帝善其节奏，曰："此华夏正声也。"乃微更损益，去其哀怨、考而补之，以新定律吕，更造乐器。因于太常置清商署以管之，谓之"清乐"。①

清商乐早期主要是汉魏相和歌中的清商三调曲，南渡后则主要由江南的吴声、西曲构成。这些歌诗或经乐府配乐，或为贵族文人采撷、改制、拟作而产生的新作，仍以丝竹为主要乐器，成为清商新乐。关于清商新乐的分类，学者意见不一。陆侃如先生认为：

> 汉以后的《清商曲》，郭茂倩（《乐府诗集》卷四十四至五十一）分为六小类：一《吴声歌曲》，二《神弦歌》，三《西曲歌》，四《江南弄》，五《上云乐》，六《雅歌》。《雅歌》毫无价值，而《江南弄》

---

① （宋）郭茂倩编：《乐府诗集》卷四十四《清商曲辞一》，中华书局1979年版，第638页。

和《上云乐》则非创制，是"梁武帝改《西曲》"（《乐府诗集》卷五十引《古今乐录》）而成的……①

所以他只对前三类，即《吴声歌曲》《神弦歌》《西曲歌》做了研究。王运熙先生认为《乐府诗集》清商曲辞八卷数量众多，大致可分吴声歌曲（简称吴声）、西曲歌（简称西曲）、江南弄和上云乐四类，其中尤以吴声、西曲二类数量最多，文学成就也更突出，称为清商曲辞的主体。②萧涤非先生则将《清商曲辞》分前期民间歌谣和后期文士拟作，前期民间歌谣包括《吴声歌》《神弦歌》和《西曲歌》，后期拟作则包括梁以后文人所作《上云乐》《梁雅歌》以及梁武帝由《西曲》改制的《江南弄》。③

综合各家观点，本文将清商曲辞分为吴声歌、神弦曲、西曲歌、江南弄和上云乐、雅歌五大部分进行论述：

《吴声歌》　　《乐府诗集》卷四十四《清商曲辞一》解题云：

《晋书·乐志》曰："吴歌杂曲，并出江南。东晋已来，稍有增广。其始皆徒歌，既而被之管弦。盖自永嘉渡江之后，下及梁、陈，咸都建业，吴声歌曲起于此也。"《古今乐录》曰："吴声歌旧器有篪、箜篌、琵琶，今有笙、筝。其曲有《命啸》吴声游曲半折、六变、八解，《命啸》十解。存者有《乌噪林》《浮云驱》《雁归湖》《马让》，余皆不传。吴声十曲：一曰《子夜》，二曰《上柱》，三曰《凤将雏》，四曰《上声》，五曰《欢闻》，六曰《欢闻变》，七曰《前溪》，八曰《阿子》，九曰《丁督护》，十曰《团扇郎》，并梁所用曲。《凤将雏》以上三曲，古有歌，自汉至梁不改，今不传。《上声》以下七曲，内人包明月制舞《前溪》一曲，余并王金珠所制也。游曲六曲《子夜四时歌》《警歌》《变歌》，并十曲中间游曲也。半折、六变、八解，汉世已来有之。八解者，古弹、上柱古弹、郑干、新蔡、大治、小治、当男、盛

---

① 参见陆侃如、冯沅君：《中国诗史》，百花文艺出版社 2008 年版，第 126 页。
② 参见王运熙：《乐府诗述论》（增补本），上海古籍出版社 2006 年版，第 437 页。
③ 参见萧涤非：《汉魏六朝乐府文学史》，人民文学出版社 1984 年版，第 195—206 页。

当，梁太清（547—549）中犹有得者，今不传。又有《七日夜》《女歌》《长史变》《黄鹄》《碧玉》《桃叶》《长乐佳》《欢好》《懊恼》《读曲》，亦皆吴声歌曲也。"①

由上述引文可知，《吴声歌》曾是地道的江南民间歌诗，起初不配乐时是可演唱的徒歌。东晋以后纳入乐府视野并"被之管弦"，以后又"因弦管金石，造歌以被之"。而其产生的区域主要是六朝都城"建业一带"。

关于《吴声歌》的具体曲目，《宋书·乐志》亦有详细记载，《吴声歌》起码有《子夜歌》《凤将雏》《前溪歌》《阿子歌》《欢闻歌》《团扇歌》《督护歌》《懊侬歌》《长史变》及《读曲歌》十种。② 《旧唐书》及《新唐书》等书《乐志》部分的记载与此大同小异。《古今乐录》所收已比较全面，《乐府诗集》不录《古今乐录》所云"旧器所奏"的《命啸》几首，新增几曲中《吴歌》《黄生曲》不知所自，《大子夜歌》为《子夜歌》变曲，而《华山畿》为宋少帝时《懊恼》一曲之变，《春江花月夜》和《玉树后庭花》则为陈后主所作，其余基本和《古今乐录》相同。依上文及《乐府诗集》所录列表如下（表2-1）。

---

① （宋）郭茂倩编：《乐府诗集》卷四十四《清商曲辞一》，中华书局1979年版，第639—640页。《乐府诗集》中的"上声"未加书名号，笔者据上下文添加。

② 《宋书·乐志》载："吴哥（按：即'歌'字，下同）杂曲，并出江东，晋、宋以来，稍有增广。《子夜哥》者，有女子名子夜，造此声。晋孝武太元中，琅邪王轲之家有鬼哥《子夜》。殷允为豫章时，豫章侨人庾僧度家亦有鬼哥《子夜》。殷允为豫章，亦是太元中，则子夜是此时以前人也。《凤将雏哥》者，旧曲也。应琚《百一诗》云：'为作《陌上桑》，反言《凤将雏》。'然则《凤将雏》其来久矣，将由讹变以至于此乎？《前溪哥》者，晋车骑将军沈充所制。《阿子》及《欢闻哥》者，晋穆帝升平初，哥毕辄呼'阿子！汝闻不？'语在《五行志》。后人演其声，以为二曲。《团扇哥》者，晋中书令王珉与嫂婢有情，爱好甚笃，嫂捶挞婢过苦，婢素善哥，而珉好捉白团扇，故制此哥。《督护哥》者，彭城内史徐逵之为鲁轨所杀，宋高祖使府内直督护丁旿收敛殡埋之。逵之妻，高祖长女也，呼旿至阁下，自问敛送之事，每问，辄叹息曰：'丁督护！'其声哀切，后人因其声，广其曲焉。《懊侬哥》者，晋隆安时，民间讹谣之曲。语在《五行志》。宋少帝（刘义符，423—424在位）更制新哥，太祖常谓之《中朝曲》。六变诸曲，皆因事制哥。《长史变》者，司徒左长史王廞临败所制。《读曲哥》者，民间为彭城王义康所作也。其哥云'死罪刘领军，误杀刘第四'是也。凡此诸曲，始皆徒哥，既而被之弦管。又有因弦管金石，造哥以被之，魏世三调哥词之类是也。"见《宋书》卷十九《乐志一》，中华书局1974年版，第549—550页。

表 2-1　典籍所载《吴声歌》曲名对照表

《宋书·乐志》		《子夜歌》《凤将雏》《前溪歌》《阿子歌》《欢闻歌》《团扇歌》《督护歌》《懊侬歌》《长史变》《读曲歌》
《古今乐录》	旧器所奏	《命啸》吴声游曲半折、六变、八解，《命啸》十解，存者《乌噪林》《浮云驱》《雁归湖》《马让》，余皆不传。
	梁所用吴声十曲	《子夜》《上柱》《凤将雏》（三曲"古有歌，自汉至梁不改，今不传"），《上声》《欢闻》《欢闻变》《前溪》《阿子》《丁督护》《团扇郎》（内人包明月制舞《前溪》一曲，余并王金珠制）
	游曲六曲	《子夜四时歌》《警歌》《变歌》（并十曲中间游曲也）
	其他吴声歌	《七日夜》《女歌》《长史变》《黄鹄》《碧玉》《桃叶》《长乐佳》《欢好》《懊恼》《读曲》
《乐府诗集》	同《宋书·乐志》及《古今乐录》	《子夜歌》《子夜四时歌》《子夜警歌》《子夜变歌》《欢闻歌》《欢闻变歌》《前溪歌》《阿子歌》《丁督护歌》《团扇歌》《上声歌》《长史变歌》《七日夜女歌》《黄鹄曲》《碧玉歌》《桃叶歌》《长乐佳》《欢好曲》《懊侬歌》《读曲歌》
	新增	《吴歌》《大子夜歌》《黄生曲》《华山畿》《春江花月夜》《玉树后庭花》

说明：1.《古今乐录》中《七日夜》《女歌》为二曲，而《乐府诗集》则合为一个曲名为《七日夜女歌》，中华书局 1979 年版注中说，本曲原作"女郎歌"。
2.《古今乐录》中载，梁所用曲《上柱曲》，《乐府诗集》不载。
3.《古今乐录》中《懊恼》一曲，应即《乐府诗集》中《懊侬歌》。

　　根据以上记载，《吴声歌》的曲目大致可弄清楚，但还有许多不解之处：首先，《宋书·乐志》所谓"六变诸曲，皆因事制哥（歌）"是否就是《古今乐录》所提"游曲六曲"，即《子夜四时歌》《警歌》《变歌》外加《长史变歌》《欢闻变歌》《华山畿》？《古今乐录》中《上柱》一曲又与"八解"之"上柱古弹"有什么关系？"十曲中间游曲"又有哪些？而"六变诸曲"与"半折、六变、八解"之"六变"是何关系？这些疑问还有待于发现更多的资料来解答。现仅就已有材料试做如下推测。

　　《宋书·乐志》所谓"《六变》诸曲，皆因事制哥（歌）"，可能指《古今乐录》中的"游曲六曲，《子夜四时歌》《（子夜）变歌》《（子夜）警歌》"，外加《欢闻变歌》《长史变歌》《华山畿》六种。《宋书·乐志》先云"《六变》诸曲，皆因事制哥（歌）"，又举《长史变歌》《读曲哥（歌）》为例，而《乐府诗集》之《子夜变歌三首》的解题则曰：

《宋书·乐志》曰："六变诸曲，皆因事制歌。"《古今乐录》曰："《子夜变歌》前作持子送，后作欢娱我送。《子夜警歌》无送声，仍作变，故呼为变头，谓六变之首也。"①

又《子夜歌四十二首》解题也说："又有《大子夜歌》《子夜警歌》《子夜变歌》，皆曲之变也。"②《欢闻歌》与《欢闻变歌》于《乐府诗集》都有收录，从二者所录本事来看，二者感情色彩一喜一悲，《欢闻歌》为情歌，因送声为"欢闻不"而得名。《欢闻变歌》解题引《古今乐录》曰：

　　《欢闻变歌》者，晋穆帝升平中，童子辈忽歌于道，曰"阿子闻"，曲终辄云："阿子汝闻不？"无几而穆帝崩。褚太后哭"阿子汝闻不？"声既凄苦，因以名之。③

似是以哭声命名，故《欢闻变歌》原应是哀歌，但从实际变歌内容看，仍为情歌，与《欢闻歌》相似。《乐府诗集》录有《长史变歌》而无《长史歌》。陆侃如《中国诗史》也说："从'子夜变歌'、'欢闻变歌'等例看来，也许还有个已经失传的'长史歌'。"④又《乐府诗集》解题引《古今乐录》曰："《华山畿》者，宋少帝时懊恼一曲，亦变曲也。"⑤而《子夜歌》的另一变曲《大子夜歌》在《宋书·乐志》和《古今乐录》中都没有提到。

游曲应是正曲以外经变化而成的曲子，可能与相和歌演奏时所提到的"上游弄""下游弄"的"游"有一定相似之处。而"中间游曲"则可能是正式曲目之间穿插的较为正式的和送声。"半折""六变""八解"可能是曲子的几种演奏方式。"半折"无从考证，"六变"可能为曲子的六种和送声变化方式，如警歌的"变头"谓六变之首。"八解"则是曲子的八种演奏方式或调式。

---

① （宋）郭茂倩编：《乐府诗集》卷四十五《清商曲辞二》，中华书局1979年版，第655页。
② （宋）郭茂倩编：《乐府诗集》卷四十四《清商曲辞一》，中华书局1979年版，第641页。
③ （宋）郭茂倩编：《乐府诗集》卷四十五《清商曲辞二》，中华书局1979年版，第657页。
④ 陆侃如、冯沅君：《中国诗史》，百花文艺出版社2008年版，129页。
⑤ "懊恼"二字疑应加书名号。《乐府诗集》卷四十六《清商曲辞三》，中华书局1979年版，第669页。

《古今乐录》中《上柱》一曲又与"八解"之"上柱古弹"有什么关系呢？八解之"上柱"可能是弹奏方式的一种，或即指"上声促柱"的演奏方法。郭茂倩《上声歌》解题引《古今乐录》曰："《上声歌》者，此因上声促柱得名。或用一调，或用无调名，如古歌辞所言，谓哀思之音，不及中和。梁武因之改辞，无复雅句。"①《乐府诗集》有晋宋梁辞《上声歌八首》，其中前三首均提到了《上声》：

> 侬本是萧草，持作兰桂名。芬芳顿交盛，感郎为《上声》。（其一）
> 郎作《上声曲》，柱促使弦哀。譬如秋风急，触遇伤侬怀。（其二）
> 初歌《子夜》曲，改调促鸣筝。四座暂寂静，听我歌《上声》。
> （其三）②

从其中的"柱促"及"改调促鸣筝"等来看，《上柱》与"上声促柱"的演奏方法或许有关系，但限于材料，无法做出确切的判断。

《神弦歌》　将《神弦歌》单独列为一类，首先，因为前文郭茂倩《吴声歌》解题所引《晋书·乐志》和《古今乐录》并未将《神弦歌》包括在内。其次，从内容上讲，神弦歌为民间祭歌，性质迥异于吴声歌，可单列一类。《乐府诗集》卷四十七《清商曲辞四》解题引《古今乐录》曰：

> 《神弦歌》十一曲：一曰《宿阿》，二曰《道君》，三曰《圣郎》，四曰《娇女》，五曰《白石郎》，六曰《青溪小姑》，七曰《湖就姑》，八曰《姑恩》，九曰《采菱童》，十曰《明下童》，十一曰《同生》。③

《乐府诗集》除将《古今乐录》中的《采菱童》改作《采莲童曲》一曲外，仍为十一曲，共计18首。其中有本事可考者不多，都是描写人神恋爱之作。现将两部典籍所录列表如下（表2-2）。

---

① （宋）郭茂倩编：《乐府诗集》卷四十五《清商曲辞二》，中华书局1979年版，第655页。
② （宋）郭茂倩编：《乐府诗集》卷四十五《清商曲辞二》，中华书局1979年版，第655页。
③ （宋）郭茂倩编：《乐府诗集》卷四十七《清商曲辞四》，中华书局1979年版，第683页。

表 2-2　《古今乐录》与《乐府诗集》所录《神弦歌》对照表

《古今乐录》	《宿阿》《道君》《圣郎》《娇女》《白石郎》《青溪小姑》《湖就姑》《姑恩》《采菱童》《明下童》《同生》
《乐府诗集》	《宿阿曲》《道君曲》《圣郎曲》《娇女诗二曲》《白石郎二曲》《青溪小姑曲》《湖就姑曲二曲》《姑恩曲二曲》《采莲童二曲》《明下童二曲》《同生二曲》

《西曲歌》　《乐府诗集》卷四十七《清商曲辞四》解题曰：

> 《古今乐录》曰："西曲歌有《石城乐》《乌夜啼》《莫愁乐》《估客乐》《襄阳乐》《三洲》《襄阳蹋铜蹄》《采桑度》《江陵乐》《青阳度》《青骢白马》《共戏乐》《安东平》《女儿子》《来罗》《那呵滩》《孟珠》《翳乐》《夜度娘》《长松标》《双行缠》《黄督》《黄缨》《平西乐》《攀杨枝》《寻阳乐》《白附鸠》《［拔］蒲》《寿阳乐》《作蚕丝》《杨叛儿》《西乌夜飞》《月节折杨柳歌》三十四曲。《石城乐》《乌夜啼》《莫愁乐》《估客乐》《襄阳乐》《三洲》《襄阳蹋铜蹄》《采桑度》《江陵乐》《青骢白马》《共戏乐》《安东平》《那呵滩》《孟珠》《翳乐》《寿阳乐》并舞曲。《青阳度》《女儿子》《来罗》《夜黄》《夜度娘》《长松标》《双行缠》《黄督》《黄缨》《平西乐》《攀杨枝》《寻阳乐》《白附鸠》《［拔］蒲》《作蚕丝》并倚歌。《孟珠》《翳乐》亦倚歌。按西曲歌出于荆、郢、樊、邓之间，而其声节送和与吴歌亦异，故□其方俗而谓之西曲云。"①

由上可知，《古今乐录》记《西曲歌》有 34 种，但实际所列篇目为 33 种，对照下面提到的倚歌曲名，可知漏掉了《夜黄》一曲。除此 34 曲以外，还有《常林欢》一曲，《乐府诗集》录作《西曲歌》的最后一曲，虽所列诗作为唐温庭筠作，但《乐府诗集》《常林欢》解题曰：

---

① （宋）郭茂倩编：《乐府诗集》卷四十七《清商曲辞四·西曲歌》，中华书局 1979 年版，第 688—689 页。其校勘记曰："□疑是'依'字。"

　　《唐书·乐志》曰:"《常林欢》,疑宋、梁间曲。宋、梁之世,荆、雍为南方重镇,皆皇子为之牧。江左辞咏,莫不称之,以为乐土,故随王诞作襄阳之歌,齐武帝追忆樊、邓。梁简文帝乐府歌云:'分手桃林岸,送别岘山头。若欲寄音信,汉水向东流。'又曰:'宜城投酒今行熟,停鞍系马暂栖宿。'桃林在汉水上,宜城在荆州北,荆州有长林县。江南谓情人为欢。常、长声相近,盖乐人误谓长为常。"《通典》曰:"《常林欢》,盖宋、齐间曲。"①

　　其中所引《唐书》文字出自《旧唐书》②,《新唐书》卷二十二《礼乐志十二》也说:"《常林欢》,宋、梁间曲也。"③ 故陆侃如和冯沅君先生以为:"《旧唐书》(卷二十九《音乐志》二)及《新唐书》(卷二十二《礼乐志》十二)均有《常林欢》一曲,虽未说明应属何部,而《乐府诗集》(卷四十九)是列入《西曲》中。故《西曲》共有三十五种。"④ 萧涤非先生也认为:"《西曲歌》(凡一百四十二首)",又说:"《西曲歌》凡三十五种,中十六种为《舞曲》,二十一种为《倚歌》,重《孟珠》《翳乐》两种"⑤。

　　又据《乐府诗集》解题所述,《西曲歌》可分舞曲、倚歌如下(表2-3)。

表2-3　《西曲歌》简表

分类	曲目	表演方式
舞曲14曲	《石城乐》《乌夜啼》《莫愁乐》《估客乐》《襄阳乐》《三洲》《襄阳蹋铜蹄》《采桑度》《江陵乐》《青骢白马》《共戏乐》《安东平》《那呵滩》《寿阳乐》	旧舞十六人,梁八人
倚歌15曲	《青阳度》《女儿子》《来罗》《夜黄》《夜度娘》《长松标》《双行缠》《黄督》《黄缨》《平西乐》《攀杨枝》《寻阳乐》《白附鸠》《[拔]蒲》《作蚕丝》	凡倚歌悉用铃鼓,无弦有吹。

① (宋)郭茂倩编:《乐府诗集》卷四十九《清商曲辞六》,中华书局1979年版,第724—725页。
② 《旧唐书》卷二十九《音乐志二》,中华书局1975年版,第1066—1067页。
③ 《新唐书》,中华书局1975年版,第474页。
④ 陆侃如·冯沅君:《中国诗史》,百花文艺出版社2008年版,第134页。
⑤ 萧涤非:《汉魏六朝乐府文学史》,人民文学出版社1984年版,第206、231页。

续表

分类	曲目	表演方式
舞曲兼倚歌 2 曲	《孟珠》（《古今乐录》："《孟珠》十曲，二曲，倚歌八曲。"） 《翳乐》（《古今乐录》："《翳乐》一曲，倚歌二曲。"）	
其他 4 曲	《杨叛儿》《西乌夜飞》《月节折杨柳歌》《雍州曲》	《西乌夜飞》有和、送声。
说明：关于表演方式，《西曲歌》中标为舞曲者，多引有《古今乐录》"旧舞十六人，梁八人"句，应是《西曲歌》诸舞曲的标准阵容，而《乐府诗集》又引《古今乐录》曰："《青阳度》，倚歌。凡倚歌悉用铃鼓，无弦有吹。"		

　　据前文《乐府诗集》解题引《古今乐录》的记载，西曲歌"其声节送和与吴歌亦异"①，而从具体曲目看，"声节送和"的不同只是西曲歌异于吴声歌的一方面，在歌诗内容、歌者身份等各方面也都有一些不同，详见后文。

　　《江南上云乐》　《江南弄》和《上云乐》为梁武帝文人拟作西曲歌而成，《乐府诗集》卷五十梁武帝《江南弄》解题引《古今乐录》曰：

　　　　梁天监十一年（512）冬，武帝改西曲，制《江南上云乐》十四曲，《江南弄》七曲：一曰《江南弄》，二曰《龙笛曲》，三曰《采莲曲》，四曰《凤笛曲》，五曰《采菱曲》，六曰《游女曲》，七曰《朝云曲》。又沈约作四曲：一曰《赵瑟曲》，二曰《秦筝曲》，三曰《阳春曲》，四曰《朝云曲》，亦谓之《江南弄》云。②

　　又《乐府诗集》卷五十一梁武帝《上云乐》解题也引《古今乐录》曰：

　　　　《古今乐录》曰："《上云乐》七曲，梁武帝制，以代西曲。一曰《凤台曲》，二曰《桐柏曲》，三曰《方丈曲》，四曰《方诸曲》，五曰

---

① （宋）郭茂倩编：《乐府诗集》卷四十七《清商曲辞四》，中华书局 1979 年版，第 689 页。
② （宋）郭茂倩编：《乐府诗集》卷五十《清商曲辞七》，中华书局 1979 年版，第 726 页。

《玉龟曲》，六曰《金丹曲》，七曰《金陵曲》。"①

根据《古今乐录》的记载，《江南弄》和《上云乐》曲目加起来，才够"《江南上云乐》十四曲"之数，所以我们将其归为一类。

《江南弄》和《上云乐》由《西曲歌》改制而来，自然继承了《西曲歌》偏重舞曲的特点，且表演更加标准化、完备化，如梁武帝所制《江南弄》七曲和梁简文帝所制《江南弄》三曲都明确标注了和声。梁武帝所制《上云乐》七曲，除《方丈曲》《金陵曲》外，其余五首的和声也都见于《古今乐录》。由此推测，《方丈曲》和《金陵曲》也应有和声。《江南弄》中的《采莲曲》和《采菱曲》作为其中的代表，体现了西曲歌由江南民歌经贵族文人之手不断精致化，并在歌、舞、曲方面逐渐达到东晋南朝歌诗表演极致的过程。

《上云乐》曲不仅和声与歌舞并举，还有一定的戏剧化萌芽。梁武帝《上云乐》全篇都是游仙诗，描写仙境宴飨，如下面两首就很典型。

桐柏真，升帝宾。戏伊谷，游洛滨。参差列凤管，容与起梁尘。望不可至，徘徊谢时人。（《桐柏曲》）

玉龟山，真长仙。九光耀，五云生。交带要分影，大华冠晨缨。耇（一作"寿"）如玄罗，出入游太清。（《玉龟曲》）②

周舍拟作的《上云乐》"老胡文康"之词，更像是戏剧唱词：

西方老胡，厥名文康。遨遨六合，傲诞三皇。西观濛汜，东戏扶桑。南泛大蒙之海，北至无通之乡。昔与若士为友，共弄彭祖扶床。往年暂到昆仑，复值瑶池举觞。周帝迎以上席，王母赠以玉浆。故乃寿如南山，志若金刚。青眼眢眢，白发长长。蛾眉临髭，高鼻垂口。非直能俳，又善饮酒。箫管鸣前，门徒从后。济济翼翼，各有分部。凤皇是老

---

① （宋）郭茂倩编：《乐府诗集》卷五十一《清商曲辞八》，中华书局 1979 年版，第 744 页。
② （宋）郭茂倩编：《乐府诗集》卷五十一《清商曲辞八》，中华书局 1979 年版，第 744—745 页。

胡家鸡，师子是老胡家狗。陛下拨乱反正，再朗三光。泽与雨施，化与风翔。觇云候吕，志游大梁。重驱修路，始届帝乡。伏拜金阙，仰瞻玉堂。从者小子，罗列成行。悉知廉节，皆识义方。歌管愔愔，铿鼓锵锵。响震钧天，声若鹓皇。前却中规矩，进退得宫商。举技无不佳，胡舞最所长。老胡寄箧中，复有奇乐章。赍持数万里，原以奉圣皇。乃欲次第说，老耄多所忘。但愿明陛下，寿千万岁，欢乐未渠央。①

按当时的表演方式，老胡文康可能由专人扮演，且舞且唱。《隋书·乐志》记载梁三朝仪式，第四十四为："设寺子导安息孔雀、凤凰、文鹿、胡舞登连《上云乐》歌舞伎。"② 其中的"寺子"，学者们颇多争议，或以为即"狮子"，③ 或以为"'寺子'既是'老胡'，而'老胡'又是安息国使者，那么，此'寺子'就只能是……入朝为质并贡献珍奇的'侍子'而非其他，《隋书·音乐志》将其记为'寺子'，盖因'侍子'与'寺'形近而讹"④。究竟如何，至今尚未达成共识。但多数学者认为，周舍《上云乐》应是《上云乐》歌舞伎的有机组成部分，考虑到其中有"凤皇是老胡家鸡，师（狮）子是老胡家狗"的话。我们认为，将"寺子"释为"狮子"或许更接近事实。由"狮子"及其所引导的孔雀、凤凰、文鹿皆安息国所贡珍奇动物，在实际表演中，或皆由化装的演员来扮演，并与"胡舞"相配合。

"胡舞登连《上云乐》歌舞伎"句，也符合文康"西方老胡"身份及其"胡舞最所长"的特长。而结合《隋书》中更多的记载，梁三朝乐从排在第一的《相和三引》到其后《白纻》等杂舞，歌舞节目已有不少。而三朝"四十二，设青紫鹿伎；四十三，设白武伎，作伲，将白鹿来迎下；四十四，设寺子导安息孔雀、凤凰、文鹿胡舞登连《上云乐》歌舞伎；四十五，设缘高絙伎；四十六，设变黄龙弄龟伎"，中的第四十二、四十三、四十四，都涉及鹿，四十六则有黄龙与龟。考虑到三朝乐的性质，这些表演似

① （宋）郭茂倩编：《乐府诗集》卷五十一《清商曲辞八》，中华书局1979年版，第746页。
② 《隋书》卷十三《音乐志上》，中华书局1973年版，第303页。
③ 迟乃鹏：《"寺子导安息孔雀凤凰文鹿胡舞登连上云乐歌舞伎"臆解》，《音乐探索》1998年第1期。
④ 许云和：《梁三朝乐"上云乐歌舞伎"研究》，许云和：《乐府推故》，北京大学出版社2012年版，第216页。

乎不大可能有动物参与，由演员扮演的可能性更大。

如此，《上云乐》歌舞伎至少应包括三个部分：一是老胡自我介绍。重点述其"遨游六合"，"能俳"，"善饮酒"，门徒众多，以及能让凤凰、狮子等听命的阅历和本领。二是颂圣。从"陛下拨乱反正"起，以老胡"游大梁""届帝乡""拜金阙"，与"从者小子，罗列成行"，在"歌管愔愔，铿鼓锵锵。响震钧天，声若鹓皇"的乐曲伴奏下，表演各种技艺，即"前却中规矩，进退得宫商。举技无不佳，胡舞最所长"，在诸多技艺之中，当以"胡舞"为主。三是献"奇乐章"。"老胡寄箧中，复有奇乐章。赍持数万里，原以奉圣皇。乃欲次第说，老耄多所忘"，之所以特别提"老耄多所忘"，乃是做自然过渡，为接下来的表演"报幕"。四是演奏梁武帝《上云乐》。从二到四的转换，应该就是所谓的"登连"。

《雅歌》　《乐府诗集》卷五十一《梁雅歌》解题引《古今乐录》曰：

> 梁有雅歌五曲：一曰《应王受图曲》，二曰《臣道曲》，三曰《积恶篇》，四曰《积善篇》，五曰《宴酒篇》。三朝乐第十五奏之。[①]

《雅歌》也是梁代三朝乐表演节目之一，[②] 列于《大观舞》和《大壮》舞后，杂舞之前，应是作为雅舞的最后一项。而从内容来看，也较《江南弄》和《上云乐》正式得多。

总之，《清商曲辞》作为东晋南朝歌诗最突出的音乐类型，不管是前期清新天然的民歌，还是后期精致雅化的文人拟作，都在表演方面充分发展了歌诗。

（二）《郊庙歌辞》《燕射歌辞》及《舞曲歌辞》

郊庙、燕射歌辞及雅舞歌辞因功能特殊，虽数量上不占优势，却是历朝歌诗的重要组成部分。《乐府诗集》卷一《郊庙歌辞一》解题曰：

> 永嘉之乱，旧典不存。贺循为太常，始有登歌之乐。明帝太宁末，

---

① （宋）郭茂倩编：《乐府诗集》卷五十一《清商曲辞八》，中华书局 1979 年版，第 749 页。
② 参见《隋书》卷十三《音乐志上》，中华书局 1973 年版，第 302—303 页。

又诏阮孚增益之。至孝武太元之世，郊祀遂不设乐。宋文帝元嘉中，南郊始设登歌，庙舞犹阙。乃诏颜延之造天地郊登歌三篇，大抵依仿晋曲，是则宋初又仍晋也。南齐、梁、陈，初皆沿袭，后更创制，以为一代之典。①

东晋南朝的这类歌诗一度因东晋南迁而凋敝，《乐府诗集》所录歌辞也仅有《晋江左宗庙歌十三首》。到了刘宋，才稍有恢复，主要创作者颜延之、谢庄、王韶之等人创作登歌、明堂歌、宗庙乐歌、宋四厢乐歌。舞曲方面有雅舞《宋前后舞歌》（《前舞凯容》和《后舞凯悦》）四首继承前代。刘宋雅乐的恢复表现在宗庙祭歌较其他几代都多，有《宋宗庙登歌八首》《宋世族庙歌二首》和《宋章庙乐歌十五首》。而《燕射歌辞》方面，晋荀勖、成公绥等改制曹魏以来《鹿鸣》等曲，代之以大量四厢乐歌，"终宋、齐已来，相承用之"②。

齐代郊庙、燕射歌辞和舞曲歌辞在刘宋基础上更加完备。齐代以褚渊、谢超宗、王俭为主，创作了郊庙祭祀所用《齐南郊乐歌十三首》《齐北郊乐歌六首》《齐明堂乐歌十五首》《齐雩祭乐歌八首》《齐太庙乐歌二十一首》，雅舞则在宋前后舞歌基础上新添加《前舞阶步歌》和《后舞阶步歌》，几乎涵盖此类歌诗所应用的各个方面。齐燕射歌辞数量不多，只有沿用《宋四厢乐歌》歌辞的《齐四厢乐歌五首》。但更重要的，是齐代在郊庙祭祀等仪式方面的重建。《乐府诗集》所录《齐南郊乐歌》解题引《南齐书·乐志》曰：

武帝建元二年，有司奏，郊庙雅乐歌辞、太庙登歌用褚渊，余悉用谢超宗所撰，多删颜延之、谢庄辞以为新曲，备改乐名。永明二年，又诏王俭造太庙二室及郊配辞。其南郊乐，群臣出入奏《肃咸之乐》，牲出入奏《引牲之乐》，荐豆呈毛血奏《嘉荐之乐》。凡夕牲歌，并重奏。迎神奏《昭夏之乐》，皇帝入坛东门奏《永至之乐》，升坛奏登歌，初

---

① （宋）郭茂倩编：《乐府诗集》卷一《郊庙歌辞一》，中华书局1979年版，第2页。
② （宋）郭茂倩编：《乐府诗集》卷十三《燕射歌辞一》，中华书局1979年版，第182页。

献奏《文德宣烈之乐》，次奏《武德宣烈之乐》，太祖高皇帝配飨奏《高德宣烈之乐》，饮福酒奏《嘉胙之乐》，送神奏《昭夏之乐》，就燎位奏《昭远之乐》，还便殿奏《休成之乐》，重奏。①

到了齐代，郊庙祭仪已经得到充分的恢复和发展。这一方面是历东晋、刘宋而逐渐恢复的结果，另一方面更重要的是齐代对此类政治功用歌诗的重视。

梁代郊庙歌辞主要由沈约创作，虽歌辞方面于《南郊登歌》《北郊登歌》《明堂歌》和宗庙祭歌都有创作，但主要因袭齐代的完备体制。陈代则只新创《陈太庙舞辞七首》。梁代燕射歌辞有沈约、萧子云创作的《梁三朝雅乐歌三十八首》，分《俊雅》《胤雅》《寅雅》《介雅》《需雅》《雍雅》六组。《乐府诗集》卷一十三《燕射歌辞一》解题曰："梁、陈三朝，乐有四十九等，其曲有《相和五引》及《俊雅》等七曲。"②

杂舞在东晋南朝依然兴盛。主要用于歌舞娱乐的是《拂舞》《白纻舞》和《杯槃舞》。齐代各类杂舞都有几曲创作，如《齐鼙鼓舞曲三首》《齐铎舞舞曲一首》《齐公莫舞辞一首》《齐拂舞歌五首》《齐世昌辞一首》（杯槃舞）、《齐明王歌辞七首》，梁代则有沈约、周舍分别创作的《梁鼙舞歌七首》。《白纻舞》是东晋舞曲的代表，较其他几类杂舞创作更多，改造最多。刘宋有《宋白纻舞歌诗一首》、刘铄《白纻曲》、鲍照《白纻歌六首》、汤惠休《白纻歌一首》；齐代有王俭《宋白纻舞辞五首》。梁代白纻舞歌辞创作有梁武帝《梁白纻舞二首》、张率《白纻歌九首》及沈约《四时白纻歌五

---

① （宋）郭茂倩编：《乐府诗集》卷二《郊庙歌辞二》，中华书局 1979 年版，第 18 页。但此段记载与《南齐书·乐志》相比，有几个问题：首先，建元并非武帝萧赜年号，而是南齐高帝萧道成年号。永明才是齐武帝年号。所以上文"武帝"应在"永明二年"之前。其次，《南齐书》记载为"建元二年，有司奏，郊庙雅乐歌辞旧使学士博士撰，搜简采用，请敕外，凡义学者普令立制。参议：太庙登歌宜用司徒褚渊，余悉用黄门郎谢超宗辞。超宗所撰，多删颜延之、谢庄辞以为新曲，备改乐名。"两相对照，一则褚渊主制太庙登歌，而郊庙雅乐歌辞多用旧学士博士所撰。二则"多删颜延之、谢庄辞以为新曲"者是谢超宗，而并非褚渊。《乐府诗集》的校注亦指出了这两点。见《南齐书》卷十一《乐志》，中华书局 1972 年版，第 167 页。

② （宋）郭茂倩编：《乐府诗集》卷十三《燕射歌辞一》，中华书局 1979 年版，第 182 页。具体四十九曲见前注所引《隋书·乐志》载："三朝，第一，奏《相和五引》：第二，众官入，奏《俊雅》；……四十八，众官出，奏《俊雅》；四十九，皇帝兴，奏《皇雅》。"见《隋书》卷十三《音乐上》，中华书局 1973 年版，第 302—303 页。

首》。而《白纻舞》在梁武帝和沈约等的改造下成为歌诗歌舞表演的代表作。

（三）《相和歌辞》《横吹曲辞》和《杂曲歌辞》

依《乐府诗集》所录，相和歌不仅是曹魏和西晋时期主要的音乐类型，也是东晋南朝文人歌诗创作最多的音乐类型，仅东晋时期例外。东晋南渡后雅乐消歇，几乎不存，文人创作的相和歌也只有 7 首。刘宋时期的相和歌辞有 58 首，占当时全部歌诗的近四分之一，还涌现出谢灵运、鲍照这样能够融合乐府旧题和清商新声且有所创新的文人歌诗创作者。齐代文人拟作相和歌有 14 首。梁陈二代相和歌创作呈现数量众、作者多的特点。《乐府诗集》所录，梁代文人歌诗中有相和歌 131 首，作者可考者达 37 人。而陈代作家及歌诗的数量不及梁代，但相和歌辞也有 56 首。

鼓吹曲辞和横吹曲辞因为受北方歌诗的影响而于梁、陈时期兴盛一时，为浮艳化的南方歌诗注入一股苍劲之风，也是南朝后期比较有特色的音乐类型。《乐府诗集》"横吹曲辞"一目中的"梁鼓角横吹曲"，实为十六国及北朝时期的地方乐歌，但这些北方胡族特色歌诗，在经过汉化之后流传至南方，被刘宋至南朝萧梁乐府陆续搜集、采用，经过汉语翻译和汉族乐工的改制，在曲、辞两方面都已不同于原来的胡乐，而体现出南北文化、音乐相互交融的特色，对于梁陈以来的文人创作影响十分深刻。如《紫骝马》的歌辞乃是化用汉诗《十五从军征》。此外，文人拟作的鼓吹曲辞和横吹曲辞也开始涌现。梁代武帝萧衍、简文帝萧纲、刘孝威、庾肩吾等人已有不少歌辞创作，萧纲及吴均《梁鼓角横吹曲·雍台》各一曲都是胡曲填汉辞。陈代文人张正见、陈后主、徐陵、江总等也都多有创作，且多唱和之作，拟作横吹曲辞见于《乐府诗集》者 88 首，成为陈代文人拟作最多的音乐类型。

自魏晋以来，《杂曲歌辞》就不乏文人拟作，见于《乐府诗集》者，曹植有 18 首，傅玄有 10 篇，陆机有 7 篇，张华有 6 篇，而东晋二百余年，却只有杨方《合欢诗五首》、谢尚《大道曲》共 2 题 6 首。自刘宋起，杂曲歌辞的创作相对多了起来，尤以鲍照用力最勤。刘宋 51 首杂曲歌辞竟有 16 题 35 首出自鲍照之手，而且在题材、体式上均有明显的创新，这对齐代杂曲歌辞的兴盛产生了直接的影响。齐代杂曲歌辞也有 51 首，其中王融 9 题 29 首、谢朓 6 题 15 首，约占了全部杂曲歌辞的 86%。谢朓歌诗多杂曲，与他深受谢灵运及曹植和鲍照的影响有关。① 王融精于音律，他的杂曲歌辞数量最多，其中的《法寿乐》12 首，《永明乐》10 首，在当时应是配乐演唱的。齐代是歌诗再一次由质转文的时期，就杂曲歌辞而言，谢朓、王融等人的创作也已明显地体现出文人独有的雕琢修饰和词采华美。

二、民间歌诗与文人拟作歌诗

晋室南渡后，大量吸收南方民歌，东晋南朝歌诗呈现民间歌诗与文人拟作歌诗并重的局面。当然，对民歌的消化吸收是歌诗发展的大趋势，因此，整个东晋南朝乐府也呈现前期民间歌诗较多而后期渐以文人拟作歌诗为主的变化。东晋至刘宋时期，清商曲的吴声歌曲、神弦歌、西曲歌及少量杂曲歌辞与杂歌谣辞中保存了大量民间歌诗，其他歌诗类型则仍以文人拟作为主。梁陈二代，文人们完成对清商新曲的消化和吸收，于是这些歌诗也变成以文人拟作为主。而这一时期梁鼓角横吹曲的出现，又为梁陈文人的创作提供了一个新的学习对象，于是陈代横吹曲辞的创作又成为一个特色。而杂曲歌辞则自刘宋起便出现大量文人拟作。可以说，刘宋以后，尤其是梁陈二代，文人乐府在汲取民间的养分之后又一次将歌诗创作推向一个高峰。

（一）民间歌诗

民间歌诗以作为"新声"的清商新曲的发展演变最典型。《清商曲辞》中的吴声歌与西曲歌，是六朝时民间乐府的主要来源。相对于梁陈以后大量的拟作，晋宋时期的吴声歌更能体现其民间歌诗的本来面貌。《杂曲歌辞》经曹植的大力创作，在南朝时影响了一批文人进行杂曲歌辞的创作。但是仍旧收录许多民歌，最著名的是《西洲曲》。另外还有《杂歌谣辞》中的歌辞和谣辞，因多为谶语、讽刺时世之作，以徒歌为主而多不入乐，未经改造，最能保留原貌。《梁鼓角横吹曲》吸收了许多北朝民歌，但由于语言差异，其中歌诗可分为依北调填新辞、将北调配中原歌诗、翻译原辞为汉语（《敕勒歌》）等几类，纯粹的民歌只占一部分。

"东晋乃至刘宋前期，受正统观念的影响，南方的民间歌诗基本上还没有被上层社会所接受，正式场合的民间歌诗表演还受到指责"，"民间歌诗

---

① 参见曹道衡等：《南北朝文学史》，人民文学出版社 1991 年版，第 142—143 页。

的消费领域还很有限，也没有对文人的歌诗创作产生实质性的影响"①。于是这些吴声歌、西曲歌多以原始的形式保存在了乐府诗集中，使得我们今日仍得一窥真容。前文已经提到，清商新声中的民歌，包括《吴声歌》《西曲歌》的大部分和《神弦歌》全部。《子夜歌》系列等多以组诗形式出现，应该是以同种曲调、同种和送方式而填的不同的歌辞集结到一起的。而这些民间歌诗中的一部分还可能是民间对歌时的记录，故而今天还能看到内容上的问答形式。《子夜歌》及其变歌（《子夜歌四十二首》、《子夜四时歌七十五首》《大子夜歌二首》《子夜警歌二首》《子夜变歌三首》）注明是"晋宋齐辞"，而《上声歌八首》注明"晋宋梁辞"，都是以组诗形式保存的民歌，大部分保留了原本的形式。当然，这种分法不能够绝对化。因为，南朝乐府中还有许多无名氏歌辞，这些今天标为民歌的部分，或许存在无名文人的创作，只因难以辨识，也算作民歌。"清商曲辞"中这类歌诗很多，如《子夜歌》《读曲歌》，有不少明显可以看出文人润色的痕迹。比较明显的如《子夜四时歌·冬歌》（十四）"白雪停阴冈"一首，全系以左思《招隐诗》句子拼成；而《子夜歌》（四十二）"巧笑倩两犀，美目扬双蛾"则出自《诗经·卫风·硕人》。② 这些歌诗的创作不论是风格还是所需的文学修养，都不是普通民间歌诗或一般水平的歌女所能达到的。

　　此外，南朝文人拟作乐府，并不仅仅限于齐梁时期，只是在此时达到高峰而已。而在晋、宋、齐时期，文人拟作可能也入乐歌唱，有的甚至亲自制曲，如王献之《桃叶歌》。乐曲不断演唱和被加工，依曲而填的新词也不断增加，但在流传过程中，有些创作者的名字湮没无闻。再者，他们经常和王公贵族饮宴，来自民间的歌辞经过他们的加工修饰，乃是顺理成章的事，但如此加工并不会署名流传。所以《乐府诗集》中所称"晋宋齐辞""晋宋梁辞"，其中应有不少文人之作，且是历代累积而成。南朝歌诗，歌辞典雅细腻，与文人的加工和拟作的混入有直接关系。另外，《吴声歌》中《丁督护歌》《碧玉歌》《长史变歌》《桃叶歌》《读曲歌》等几首虽有本事记载，但只是记载此曲所出，《乐府诗集》下所集却多不是本事所记的作者创作，歌

---

①　赵敏俐等：《中国古代歌诗研究——从〈诗经〉到元曲的艺术生产史》，北京大学出版社 2005年版，第 299 页。

②　参见曹道衡等：《南北朝文学史》，人民文学出版社 1991 年版，第 281 页。

诗内容与所记本事也多有不一致处，实际是这一曲名下记载的后人创作的歌诗。如《前溪歌七首》郭茂倩解题云："《宋书·乐志》曰：'《前溪歌》者，晋车骑将军沈玩所制。'郗昂《乐府解题》曰：'《前溪》，武曲也。'"①但所收录歌诗却多为情歌：

> 忧思出门倚，逢郎前溪度。莫作流水心，引新都舍故。（其一）
> 黄葛结蒙笼，生在洛溪边。花落逐水去，何当顺流还，还亦不复鲜。（其六）
> 黄葛生烂熳，谁能断葛根。宁断娇儿乳，不断郎殷勤。（其七）②

又如《华山畿二十五首》，郭茂倩解题引《古今乐录》记载其本事，是一爱情悲剧。二十五首中的第一首："华山畿，君既为侬死，独生为谁施。欢若见怜时，棺木为侬开。"是故事女主人公所歌，③ 其余二十四首或为他人拟作。

《神弦歌》没有南朝文人拟作，全然以原始民歌的形式保存了下来。《神弦歌》较突出的一个特色是整体都萦绕着一种神秘色彩，类似屈原《九歌》，似也是祭祀时所用，只不过从内容看所写对象多为小神，祭祀的神祇地位低于《九歌》中的诸神。例如《清溪小姑曲》，郭茂倩解题中所记是刘宋赵文韶所遇清溪神女，神女原身则可能是汉末广陵蒋子文第三妹，因蒋子文在东吴被孙权封中都侯并立庙钟山，其妹便也被神化。④ 又如《白石郎》（其一）："白石郎，临江居。前导江伯后从鱼。"白石可能是江边比较与众不同

---

① （宋）郭茂倩编：《乐府诗集》卷四十五《清商曲辞二》，中华书局 1979 年版，第 657—658 页。按"玩"当为"充"之误。

② （宋）郭茂倩编：《乐府诗集》卷四十五《清商曲辞二》，中华书局 1979 年版，第 658 页。

③ （宋）郭茂倩编：《乐府诗集》卷四十六《清商曲辞三》，中华书局 1979 年版，第 669 页。

④ 《清溪小姑曲》郭茂倩解题曰："吴均《续齐谐记》曰：'会稽赵文韶，宋元嘉中为东扶侍，廨在青溪中桥。秋夜步月，怅然思归，乃倚门唱《乌飞曲》。忽有青衣，年可十五六许，诣门曰：'女郎闻歌声，有悦人者，逐月游戏，故遣相问。'文韶都不之疑，遂邀暂过。须臾，女郎至，年可十八九许，容色绝妙。谓文韶曰：'闻君善歌，能为作一曲否？'文韶即为歌'草生盘石下'，声甚清美。女郎顾青衣，取箜篌鼓之，泠泠可楚曲。又令侍婢歌《繁霜》，自脱金簪，扣箜篌和之。婢乃歌曰：'歌繁霜，繁霜侵晓幕。伺意空相守，坐待繁霜落。留连宴寝，将旦别去，以金簪遗文韶。文韶亦赠以银碗及琉璃匕。明日，于青溪庙中得之，乃知得所见青溪神女也。"按干宝《搜神记》曰："广陵蒋子文，尝为秣陵尉，因击贼，伤而死。吴孙权时封中都侯，立庙钟山。"《异苑》曰："青溪小姑，蒋侯第三妹也。"（宋）郭茂倩编：《乐府诗集》卷四十七《清商曲辞四》，中华书局 1979 年版，第 684—685 页。

的山峰或巨石而已，进而被神性化。但这种民间神歌却一样清丽优美，如《白石郎》（其二）"积石如玉，列松如翠。郎艳独绝，世无其二。"虽未细写其貌，白石郎泠泠然而立的风姿已跃然纸上。《同声曲二曲》其一云："人生不满百，常抱千岁忧。早知人命促，秉烛夜行游。"可能是祭死者的，但却显示着一份通透、洒脱。《神弦歌》于唐人多有拟作，如李贺《神弦曲》和《神弦别曲》体现了其一如既往的清冷玄幻诗风。王维《祠渔山神女歌二首》则明确分为《迎神》《送神》二曲，将神弦曲祭神曲的风格体现得更加明显。

　　《西曲歌》三十四曲也以情歌为主，但是风格与《吴声歌》很不同。"吴声歌"出于六朝都城建业，而《西曲歌》"出于荆、郢、樊、邓之间"①，依照王运熙先生考证，可能是长江中游和汉水两岸地区，在京城建业之西，故称"西曲"。范围涉及湖北、河南、江西、四川等地，而以江陵为中心地带。② 有着不同于都市色彩的民间风趣，表现出风土人情和方言的不同，更表现出歌诗中女子歌行的不同。《吴声歌》中如《华山畿》那样决绝的恋爱诗句实是特例，吴声歌中的大部分情歌都是如《子夜歌》那样比较婉约，且脂粉味道浓郁，于爱情多写对那种惴惴不安的相思、期待和暗恨闲愁。不同于《西曲歌》多送别之曲，《吴声歌》中这些歌唱的女子们更加洒脱和直白，如"湖中百种鸟，半雌半是雄。鸳鸯逐野鸭，恐畏不成双"（《夜黄》）的诗句就不是一个深闺或脂粉香浓的女子可以说出的。《西曲歌》不论是欢会时的快乐还是别离后的相思，都流露出清新之感。

　　《吴声歌》中书写这些女子的等待，如《子夜歌》：

　　　　宿昔不梳头；丝发被两肩。婉伸郎膝上，何处不可怜。（《子夜歌》四十二首其三）
　　　　自从别欢来，奁器了不开。头乱不敢理，粉拂生黄衣。（《子夜歌》四十二首其四）

　　《西曲歌》中书写这些女子与爱人的送别，如《石城乐》《那呵滩》等：

---

① （宋）郭茂倩编：《乐府诗集》卷四十七《清商曲辞四》，中华书局 1979 年版，第 689 页。
② 参见王运熙：《乐府诗述论》（增补本），上海古籍出版社 2006 年版，第 438—439 页。

闻欢远行去，相送方山亭。风吹黄檗藩，恶闻苦离声。(《石城乐》五首其五)

闻欢下扬州，相送楚山头。探手抱腰看，江水断不流。(《莫愁乐》二首其二)

巴东三峡猿鸣悲，夜鸣三声泪沾衣。(《女儿子》二首其一)

沿江引百丈，一濡多一艇。上水郎担篙，何时至江陵。(《那呵滩》六首其二)

闻欢下扬州，相送江津弯。原得篙橹折，交郎到头还。(《那呵滩》六首其四)①

郑振铎先生在谈到吴声歌和西曲歌的这一区别时说：

"吴声歌曲"者，为吴地的歌谣，即太湖流域的歌谣；其中充满了曼丽宛曲的情调，清辞俊语，连翩不绝，令人"情灵摇荡"。(至今吴地山歌还为很动人的东西)

"西曲歌"，即荆、楚西声，也即长江上流及中流的歌谣，其中往往具着旅游的匆促的情怀。

我尝有一种感觉，觉得吴声歌曲富于家庭趣味，而西曲歌则富于贾人思妇的情趣。

这大约是因为，太湖流域的人，多恋家而罕远游；且太湖里港汊虽多，而多朝发可以夕至的地方。故其生活安定而少流动性。

长江中流荆、楚各地，为码头所在，贾客过往极多。往往一别经年，相见不易。思妇情怀，自然要和吴地不同。②

《吴声歌》中的女子已经很有后来艳情诗中女子的情态了，这与都市生活的闲适和当时这些女子的身份有关。梁武帝等文人拟作的艳情化是将创作者自身喜好和描写对象本身的特点相结合，并非在梁陈文人改制西曲后才出现。

_____

① (宋)郭茂倩编：《乐府诗集》，中华书局1979年版，第641、689、698、713、713—714页。
② 郑振铎：《中国俗文学史》，商务印书馆2005年版，第81页。

还有部分民间歌诗依旧多收录于《杂曲歌辞》和《杂歌谣辞》。《杂曲歌辞》中最著名的是与《孔雀东南飞》合称"乐府双璧"的《西洲曲》。《西洲曲》在《乐府诗集》中题为"古辞"，不知作者和时代，《玉台新咏》卷五作江淹，但吴兆宜注明"宋本不收"，认为系明人增入；而《古诗源》作梁武帝，注为"一作晋辞"，逯钦立先生亦作东晋辞。[1] 但是从歌诗所写内容来看，歌诗清新质朴，情景极富江南特色，还运用类似《吴声歌》的谐音双关语。因此，是民间歌诗的可能性更大一些。另外，如《长干曲》写船家女驾扁舟乘风破浪的弄潮英姿。《巴东三峡歌》二首（"巴东三峡巫峡长，猿鸣三声泪沾裳"和"巴东三峡猿鸣悲，猿鸣三声泪沾衣"）形象地记录了巴东三峡的奇、险、高。《杂歌谣辞》应该是最能反映现实或讽刺时事的歌诗，但因为明显的政治倾向性和歌谣性质，一般不被采集和配以管弦。东晋的杂歌和谣词至少有 25 首，相对于西晋要多得多，这就与当时社会动乱，人民怨愤颇多有关。当然，也有称颂善举的，如《鄱阳歌》二首歌颂梁鄱阳内史陆襄，《北军歌》歌咏韦武之善战，《雍州歌》讽刺梁南平王萧子恪及其宾客江仲举、蔡薳、王台卿、庾仲容四人，所谓"江千万，蔡五百，王新车，庾大宅。主人惯惯不如客"。《夏侯歌》则歌颂夏侯夔兄弟的政绩，也反映出乱世中百姓对能体恤百姓的官员的爱戴，更体现了他们渴望太平安宁的愿望。另外，还有各时期的童谣，如《宋元嘉中魏地童谣》《梁武帝时谣》《梁大同中童谣》《梁末童谣》《陈初诗谣》等，虽有迷信谶语，也反映了当时社会现实和民心所向。

（二）文人乐府的创作

东晋南朝歌诗中的文人拟作有很多，几乎涉及相和、清商、杂曲等各类歌诗。《乐府诗集》所收录的有具体名氏的文人乐府以相和歌辞最多，约有270 多首，杂曲歌辞约 260 多首，清商曲辞居第三，近 160 首，三者在梁代的数量又明显地多于其他朝代。另外，宋、齐两代的杂曲歌辞、齐代鼓吹曲辞相对较多，梁、陈二代的横吹曲辞也相对较多。东晋南朝各类歌诗的创作和时代分布并不平均，例如最典型的《清商歌辞》，晋、宋、齐三代作者可

---

[1]　（陈）徐陵编，（清）吴兆宜注：《玉台新咏》卷五，中华书局 1985 年版，第 222 页；（清）沈德潜：《古诗源》，中华书局 1963 年版，第 289—290 页；逯钦立辑校：《先秦汉魏晋南北朝诗》，中华书局 1983 年版，第 1069 页。

知者很少，大部分是民歌。这一时期处于对吴声西曲这种新歌曲的吸收学习阶段。到了梁陈时代才出现大规模的文人创作。而鼓吹曲和横吹曲在前期仅有零星的文人拟作，到梁陈时期广泛吸收北方民歌。传统的歌诗类型如相和歌则除东晋外一直有较多创作。

　　东晋时期的文人乐府诗创作因时局动荡而衰微。《乐府诗集》今存东晋文人乐府诗不足 60 首，而其中《杂歌谣辞》25 首为民歌或谣曲，文人创作仅刘琨《艳歌行》①《扶风歌九首》、王嘉《王子年歌二首》。相和歌只有刘琨、梅陶、张骏、陶渊明四人创作共 7 首。另外《郊庙歌辞》只有曹毗《晋江左宗庙歌十三首》，《琴曲》歌辞有赵整《琴歌二首》《琴歌》，刘妙容《宛转歌二首》。赵整为前秦苻坚时人，刘妙容为《续齐谐记》中的女鬼，故这一时期琴歌可以不计；杂曲歌辞有杨方《合欢诗五首》、谢尚《大道曲》。东晋时期，上层贵族阶级虽已大量使用清商新乐，但并未用于朝廷正式宴会的演出。只有少数尝试性的拟作。《乐府诗集》所录东晋文人拟作《清商新曲》，只是在《吴声歌》所记诸曲的本事中提到有宋汝南王《碧玉歌三首》、无名氏《碧玉歌二首》、王献之《桃叶歌三首》、谢芳姿《团扇歌二首》《长史变歌三首》等，这几首歌诗的作者及所作年代或有争议。②

---

　　① 《乐府诗集》卷三十九《相和歌辞十四》收录《艳歌行》（南山石嵬嵬），不署作者。（宋）郭茂倩编：《乐府诗集》，中华书局 1979 年版，第 579—580 页。按此诗逯钦立定诗题为《扶风歌·艳歌行》，并曰："据《御览》及《事类赋》，知为刘越石作。"逯钦立辑校：《先秦汉魏晋南北朝诗》，中华书局 1983 年版，第 850 页。

　　② 《乐府诗集》卷四十五宋汝南王《碧玉歌三首》解题云："《乐苑》曰：'碧玉歌者，宋汝南王所作也。碧玉，汝南王妾名。以宠爱之甚，所以歌之。'"其后又有时代作者不明的《碧玉歌》同题二首。但依中华书局 1979 年版校注标明，宋无汝南王，宋疑作晋，疑当为晋汝南王司马义。再则，逯钦立将汝南王所作《碧玉歌三首》（其二）和无名氏《碧玉歌二首》（其一）列为孙绰《情人碧玉歌二首》，而无名氏《碧玉歌二首》（其二）"杏梁日始照"，《玉台新咏》卷十作梁武帝。见《乐府诗集》卷四十五《清商曲辞二》，中华书局 1979 年版，第 663 页；逯钦立辑校：《先秦汉魏晋南北朝诗》，中华书局 1983 年版，第 902 页。又如《乐府诗集》卷四十五《团扇郎六首》解题引《古今乐录》曰："《团扇郎歌》者，晋中书令王珉，捉白团扇与嫂婢谢芳姿有爱，情好甚笃。嫂捶挞婢过苦，王东亭闻乃止之。芳姿素善歌，嫂令歌一曲当赦之。应声歌曰：'白团扇，辛苦五流连。是郎眼所见。'珉闻，更问之：'汝歌何遗？'芳姿即改云：'白团扇，憔悴非昔容，羞与郎相见。'后人因而歌之。"但从记载来看，东晋谢芳姿作有《白团扇二首》，但仅见于此解题中，《乐府诗集》并未收录，而只收录"后人因而歌之"的《团扇郎六首》，虽列在梁武帝同题诗前，但时代作者都不确定。逯钦立《全晋诗》则将六首中的两首及《乐府诗集》列于梁武帝同题之后的一首无名氏所作同题诗并归为王献之妾桃叶所作《答王团扇歌三首》；又将《乐府诗集》所收的梁武帝同题诗收录为桃叶所作《团扇郎》。见（宋）郭茂倩编：《乐府诗集》卷四十五《清商曲辞二》，中华书局 1979 年版，第 660—661 页；逯钦立辑校：《先秦汉魏晋南北朝诗》，中华书局 1983 年版，第 904 页。

刘宋时期的文人乐府创作开始繁荣，各类型歌诗的创作都大大增加。郊庙、燕射歌辞重新创作了不少，鼓吹曲辞也有，相和歌仍然是文人创作俗乐的主要类型。尤其值得注意的是杂曲歌辞的大量创作和东晋杂歌谣辞的增多。主要作者有谢惠连、谢灵运、鲍照、孔欣、颜延之、汤惠休、吴迈远等人。依《乐府诗集》所录，谢灵运、谢惠连存世作品多为相和歌，分别有13首和11首，孔欣有3首。① 颜延之有《秋胡行九首》，其《挽歌》不见于《乐府诗集》。而汤惠休、鲍照、吴迈远歌诗的创作类型较广泛。汤惠休有相和歌3首及舞曲歌辞《白纻歌》及琴曲歌辞《楚明妃曲》等。② 最典型是鲍照，他所涉足的音乐类型最为广泛，其存世作品计有杂曲歌辞36首、清商曲辞11首、舞曲歌辞8首、琴曲歌词7首、杂歌谣辞11首。钟嵘《诗品》说鲍照是"嗟其才秀人微，故取湮当代"，而鲍照歌诗"贵尚巧似，不避危仄，颇伤清雅之调。故言险俗者，多以附照"③。"才秀人微"可能正是鲍照歌诗兼有相和歌辞、琴曲歌辞、舞曲歌辞等多种类型，却无朝庙之制的原因。而这"俗"字正是对鲍照吸收大量民间歌诗的新特性来创作歌诗的写照。这些歌诗多以"代"字开头，如《代悲哉行》《代陈思王白马篇》，葛晓音先生认为是"以示用新辞新意代替旧辞旧意"。④ 此外，孝武帝、颜师伯及鲍令晖三人各有《自君之出矣》1首；徐孝嗣《白雪歌》1首；孔甯子、荀昶、刘铄等人各有一两首作品。

宋、齐两代是转折期。《南齐书·萧惠基传》记载："自宋大明（457—464）以来，声伎所尚，多郑卫淫俗，雅乐正声，鲜有好者。惠基解音律，尤好魏三祖曲及相和歌，每奏，辄赏悦不能已。"⑤ 可见当时俗

---

① 孔欣《猛虎行》未收入《乐府诗集》，但为逯钦立所收录，见逯钦立辑校：《先秦汉魏晋南北朝诗》，中华书局1983年版，第1134页。

② 惠休，初为僧人，名惠休，后孝武帝使其还俗，曾为扬州刺史。故《乐府诗集》所录三首相和歌下，《怨诗行一首》（卷四十一《相和歌辞十六》）作"僧惠休"，《江南思一首》（卷二十六《相和歌辞一》）和《杨花曲一首》（卷七十七《杂曲歌辞十七》）则为汤惠休。另，逯钦立在《全宋诗》中汤惠休名下乐府诗有《杨花曲三首》，是将《乐府诗集》中《杨花曲一首》分作三首，且较《乐府诗集》多收录《秋思引一首》。见（宋）郭茂倩编：《乐府诗集》，中华书局1979年版，第611—612、384—385、1082—1083页；逯钦立辑校：《先秦汉魏晋南北朝诗》，中华书局1983年版，第1243—1245页。

③ （清）何文焕辑：《历代诗话》，中华书局1981年版，第14—15页。

④ 葛晓音：《八代诗史》，中华书局2007年版，第175页。

⑤ 《南齐书》卷四十六《萧惠基传》，中华书局1972年版，第811页。

乐对雅乐和传统相和歌的冲击。晋、宋、齐三代的清商新声仍以民间歌诗为主，文人创作者不多，只有 6 题 18 首，分别为刘义庆《乌夜啼》、孝武帝刘骏《丁督护歌五首》、鲍照《萧史曲》《吴歌三首》《采菱歌七首》及吴迈远《阳春歌》。

齐代的歌诗创作不如刘宋繁荣，但杂曲歌辞数量仍有近 50 首，其次为相和歌和鼓吹曲辞。文人歌诗创作以王融、谢朓、陆厥为代表。王融有杂曲歌辞 29 首，相和歌辞 10 首、鼓吹曲辞 4 首；谢朓有杂曲歌辞 15 首，相和歌辞 3 首、鼓吹曲辞 14 首；陆厥有杂歌谣辞 6 首、相和歌辞 1 首、杂曲歌辞 3 首。而王融精通音律，他以齐梁排偶写实的诗体和山水诗的笔法写作歌诗，别开生面。另外还有齐武帝萧赜等 13 人有相应的歌诗创作。比如清商新曲的文人创作有萧赜《估客乐》、张融《萧史曲》、朱硕仙《吴声独曲硕仙歌》、朱子尚《吴声独曲子尚歌》、檀秀才《阳春歌》以及释宝月《估客乐》。齐代杂曲歌辞创作的增加，与学习模仿曹植的杂曲歌辞创作也有一定的关系。

梁、陈二代，尤其是梁代，由于梁武帝、梁简文帝、陈后主等几位君主的喜好和提倡，两朝文士在民间歌诗的拟作和歌诗创新方面均有较明显的发展。其歌诗在内容和形式两方面都与民间歌诗非常相似，但是所表现之"情"则渐偏于艳情。

纵观梁代歌诗，数量多，创作者也相对较多。《乐府诗集》所录文人歌诗中相和歌辞有 130 多首，杂曲歌辞、清商曲辞及鼓吹曲辞等也都在百首以上。主要创作者有 60 多人。梁武帝萧衍作为开国之君，倾力创作歌诗，创作最多的是《清商曲辞》，或依声填词，或自制新曲，但内容都比较单一。如模拟民间歌诗所作的《子夜四时歌七首》《子夜歌二首》《欢闻歌二首》及自制曲《江南弄七曲》，均写艳情。与前期民间歌诗相比，尤其显出雕刻之功。他也有其他类型的作品，内容大致相似。如其《白纻舞辞》，南宋许顗《彦周诗话》记载："梁武帝作《白纻舞词》四句，令沈约改其词为四时白纻之歌。帝词云：'朱弦玉柱罗象筵，飞管促节舞少年，短歌留目未肯前，含笑一转私自怜。'嗟乎丽矣！古今当为第一也。"[1] "艳丽"二字可大

---

① （清）何文焕辑：《历代诗话》中华书局 1981 年版，第 401 页。

致概括梁武帝歌诗特色。

梁简文帝萧纲也大力创作歌诗，他的创作包括了舞曲歌辞以外的所有类型，而以相和歌辞、杂曲歌辞、清商曲辞为最多。他主张"立身之道，与文章异，立身先须谨重，文章且须放荡"（《诫当阳公大心书》）①，而他的歌诗也体现出轻靡放荡的风格。故沈德潜《古诗源》于梁简文帝下评曰："诗至萧梁，君臣上下，唯以艳情为娱，失温柔敦厚之旨，汉魏遗轨，荡然扫地矣。"② 可以说从他的作品创作宗旨到审美追求都以"放荡"为主。

沈约历宋、齐、梁三世，但其创造最多、最重要的时期应是梁代。按萧涤非先生所论，沈约于歌诗的贡献有二。一是《宋书·乐志》四卷保存了重要的乐府文献，他"于当时流行之艳曲，皆摒弃不著一词，第略详其本末；而于汉魏古词，则尽量登载，不厌详备，汉乐府之得以一二流传至今，不至于全部湮灭者，约之力也"。二是四声的发明。"古体近体，实从此判。"③ 可见沈约在歌诗发展中的地位。对于歌诗的创作，也可看出沈约的好古倾向。他的拟古乐府很多，清商曲辞却只有《襄阳蹋铜蹄歌三首》和《江南弄四首》，都是奉旨而作。但是，沈约拟古歌诗从内容上并无多少新意，如《豫章行》"愧微旷士节，徒感鄙生饵"之叹似与曹植《豫章行》（穷达难豫图）一首同，《却东西门行》也效仿曹操作征戍之思，正如钟嵘《诗品》所评之"不闲于经纶，而长于清怨。……虽文不至其工丽，亦一时之选也。见重闾里，诵咏成音。……故当词密于范（云），意浅于江（淹）也"④。虽然有意慕古，但最清丽动人的还是情歌艳舞的描述，大约是后者更贴近其生活的缘故。

吴均，字叔庠，他所作以杂曲歌辞和相和歌辞为主。其鼓吹曲辞如《战城南》《雉子班》《有所思三首》及杂曲歌辞《送归曲》《行路难》等颇清逸、遒劲。但是，毕竟受当时风气影响太深，他另外的歌诗内容仍不能免于轻艳。另有柳恽，虽创作歌诗数量不多，但影响至深。柳恽多才多艺，

---

① （清）严可均校辑：《全上古三代秦汉三国六朝文·全梁文》卷十一《简文帝》，中华书局 1958 年版，第 3010 页。

② （清）沈德潜：《古诗源》卷十二《梁诗》，中华书局 1963 年版，第 292 页。

③ 萧涤非：《汉魏六朝乐府文学史》，人民文学出版社 1984 年版，第 248—249 页。

④ （清）何文焕辑：《历代诗话》，中华书局 1981 年版，第 16 页。

"少工篇什",其诗"亭皋木叶下,陇首秋云飞"为王融嗟赏,因书斋壁。"至是预曲宴,必被诏赋诗。"又"善琴,尝以今声转弃古法,乃著《清调论》,具有条流"①。梁武帝曾赞叹道:"吾闻君子不可求备,至如柳恽可谓具美。分其才艺,足了十人。"② 正是因为他在音乐、歌诗两方面都精通,才能深味民间歌诗之精髓。如萧涤非先生所言,他的《江南曲》和《独不见》"皆五言八句、平仄对仗渐趋严谨,与吴均《小垂手》,梁简文帝拟沈约《夜夜曲》等,并可视为五言律体之滥觞"③。

除了文人创作,王金珠也是一个重要的作者。《乐府诗集》卷四十四《吴声歌曲》解题引《古今乐录》曰:

> 吴声十曲……并梁所用曲。《凤将雏》以上三曲,古有歌,自汉至梁不改,今不传。上声以下七曲,内人包明月制舞《前溪》一曲,余并王金珠所制也。④

而《乐府诗集》作者标为王金珠者共 15 首,《子夜四时歌》之《夏歌二首》之二、《秋歌二首》及《阿子歌》为王金珠独立署名,而《丁督护歌》,《玉台新咏》作宋孝武帝。另外的 10 首,《玉台新咏》作梁武帝,其中《子夜四时歌》之《冬歌》1 首,《乐府诗集》同时归在梁武帝和王金珠名下,梁武帝《秋歌二首》之一和王金珠《冬歌》,只有首句不同。鉴于以上所述,王金珠可能是梁武帝时期比较有才华的"内人"(宫廷艺伎)。当然,她只是当时众多歌舞艺人中比较出众并有幸留名的一个。可以说,东晋南朝歌诗的繁荣,是离不开众多歌舞艺人的创作的。

歌诗发展到陈代,在宫体艳情的道路上愈行愈远,《乐府诗集》陈代歌诗署名作家 37 位,共创作歌诗 230 多首。代表作家有陈后主、张正见、徐陵、江总等。

---

① 《梁书》卷二十一《柳恽传》,中华书局 1973 年版,第 331—332 页。
② 《南史》卷三十八《柳元景传》,中华书局 1975 年版,第 989 页。
③ 参见萧涤非:《汉魏六朝乐府文学史》,人民文学出版社 1984 年版,第 254 页。
④ (宋)郭茂倩编:《乐府诗集》卷四十四《清商曲辞一》,中华书局 1979 年版,第 640 页。

陈后主淫于声色歌舞，"拜三妃以临轩，祀宗庙而称疾"（建宁令章华谏语）[1]，与其狎客耽于歌舞游宴，于国家乃大不幸，但是客观上推动了歌诗的发展。如《隋书·乐志》云："及后主嗣位，耽荒于酒，视朝之外，多在宴筵。尤重声乐，遣宫女习北方箫鼓，谓之《代北》，酒酣则奏之。又于清乐中造《黄鹂留》及《玉树后庭花》《金钗两臂垂》等曲，与幸臣等制其歌词，绮艳相高，极于轻薄。男女唱和，其音甚哀。"[2]另外，后主《乌栖曲三首》之三首二句："合欢襦薰百和香，床中被织两鸳鸯"，萧涤非先生以为，"汉魏六朝七言歌诗，其句法率为上四下三，绝无变化，此篇首句作折腰句法，尚属仅见。至杜少陵出，而七言句法之变始备"[3]。由此亦可见陈后主在七言句法方面的贡献。

张正见有相和歌辞 17 首、鼓吹曲辞 10 首、横吹曲辞 10 首、杂曲歌辞 5 首。涉及体裁广泛，但多借古题依前人原意敷衍成篇。严羽《沧浪诗话》所谓"南北朝人惟张正见诗最多，而最无足省发，所谓'虽多亦奚以为'"[4]。如《神仙篇》写游仙、《前有一樽酒》为祝酒辞。

徐陵当时即与入北的庾信齐名，有横吹曲辞 9 题 11 首，杂曲歌辞 4 首、清商曲辞《乌栖曲》2 首和相和歌辞《中妇织流黄》1 首，均以艳情为主要内容。他所编《玉台新咏》，收录自汉至梁五言诗，可谓为女性描写诗的专辑，全为绮罗脂粉之词，同时对歌诗多有收录。

江总，由梁入陈，"好学，能属文，于五言七言尤善；然伤于浮艳，故为后主所爱幸。多有侧篇，好事者相传讽玩，于今不绝。后主之世，总当权宰，不持政务，但日与后主游宴后庭，共陈暄、孔范、王瑳等十余人，当时谓之狎客"[5]。江总创作作品最多的也是横吹曲辞，有 12 题 15 首，另外还有杂曲歌辞 5 题 8 首和相和歌辞 3 题 4 首，鼓吹曲辞、琴曲歌辞各 1 首，清商曲辞 2 首，如前所言，江总的诗多是与陈后主等人的唱和之作，歌诗从题材到格调都是"狎客"之词，歌诗创作也不得自由，只能走浮艳之路。但

---

① 《隋书》卷二十二《五行志上》，中华书局 1973 年版，第 624 页。
② 《隋书》卷十三《音乐上》，中华书局 1973 年版，第 309 页。
③ 萧涤非：《汉魏六朝乐府文学史》，人民文学出版社 1984 年版，第 256 页。
④ （清）何文焕辑：《历代诗话》，中华书局 1981 年版，第 702 页。
⑤ 《陈书》卷二十七《江总传》，中华书局 1972 年版，第 347 页。

江总五言歌诗确也自有一种灵气，如汉铙歌《雉子斑》中"依花似协妒，拂草乍惊媒。三春桃照李，二月柳争梅"[1] 的描写。又如其横吹曲辞《梅花落》写艳情，却保留横吹曲辞的北地特色：

> 胡地少春来，三年惊落梅。偏疑粉蝶散，乍似雪花开。可怜香气歇，可惜风相摧。金铙且莫韵，玉笛幸徘徊。[2]

总之，晋、宋、齐三代各自的主要音乐类型中除清商曲辞外都是以文人拟作为主的。如刘宋郊庙歌辞和杂曲歌辞的创作各有几十首。齐代的杂曲歌辞更是这一时期各类歌诗中文人拟作最多的。梁、陈二代不仅清商曲辞的文人拟作达到了高峰，其他类型的文人拟作也呈现出数量众、作者多的特点。更值得注意的，是分别以梁武帝和陈后主为中心的两个文人创作集团的出现，将梁陈的文人创作推向繁荣，他们不但大力改制民歌，加速民歌文人化，还经常集体创作，使乐府保留许多唱和之作。

第二节　东晋南朝歌诗的主要内容

东晋南朝歌诗多写男女情爱相思和歌舞饮宴的欢娱，也有部分作品抒发诗人的个人怀抱，其最大的特点是艳情全面渗透于各类歌诗中。还有少量如《鄱阳歌》等反映社会现实的作品，主要见于《杂歌谣辞》中，与当时社会普遍享乐的风气甚为不同，很少被之管弦，流传也不多。

一、男女情爱相思的描摹

萧涤非先生指出，南朝乐府"纯为一种以女性为中心之艳情讴歌，几于千篇一律。其中有本事可寻者，亦不外男女之风流韵事……总之千变万转，不出相思"[3]，实在是精当之论。但若反向观之，同是一种相思却也情态万千，正所谓"千变万转"。且不说前期清新质朴的民间爱情诗和后期的

---

① （宋）郭茂倩编：《乐府诗集》卷十八《鼓吹曲辞三》，中华书局1979年版，第258页。
② （宋）郭茂倩编：《乐府诗集》卷二十四《横吹曲辞四》，中华书局1979年版，第351页。
③ 萧涤非：《汉魏六朝乐府文学史》，人民文学出版社1984年版，第197页。

艳情诗差异甚大，就是这些民间歌诗，也因作者生活形态的不同和身份的差异而各有不同的风情。

　　前期的吴声歌、西曲歌以民间歌诗为主，真实地反映了城市平民百姓的生活和情感。如《子夜歌》，共有百余首，从其语言的绮丽和对吃穿用度及人物情态的描写来看，主人公应是市民中的富家女子，这和"登店卖三葛，郎来买丈余"（《读曲歌》八十二）的商女以及《那呵滩》中所写摆渡郎的恋人，以及《夜度娘》中的妓女有明显差别。而齐梁文人拟作内容不再有民间歌诗的质朴，多绮丽婉转，少了民间歌诗的生气，多了些画中人般的美好，也不乏纯粹男性视角的玩味。这些情歌，风格或绮丽或清新，或写相思欢爱，或写聚散别离，抒写各种爱情情状。但总体而言，苦情居多，欢情较少，别离与相思占有很大比例。

　　《子夜歌》或写男女幽会之兴奋难耐，或写恋人小别之怅然若失，或对"欢"（六朝口语，"情人"之意）的情意真假惴惴不安地加以揣测，往往将恋人之间的相互试探，写得活灵活现。虽然经过后期文人一定程度上的加工，仍大致保留了民间歌诗的韵味。《前溪歌七首》《采桑度》《青阳度》《嬲乐》《双行缠》《拔蒲》等，都是表现男女欢情之作，充分体现了年轻恋人之间感情的率真。《神弦歌》本是祭神歌，但却以人神相恋为主要内容。又如《清溪小姑曲》"开门白水，侧近桥梁。小姑所居，独处无郎"，像是充满了奇幻色彩的神人幽期。

　　但是，更多的是恋爱不成之悲、别离相思之苦与负心之痛。王金珠《欢闻变歌》"南有相思木，合影复同心。游女不可求，谁能识得音"化用《诗经·周南·汉广》诗句，别有风致。而表现恋情最决绝的是《华山畿》，其大胆、执着、强烈的情感灼痛人心：

　　　　华山畿，君既为侬死，独生为谁施。欢若见怜时，棺木为侬开。（其一）
　　　　未敢便相许，夜闻侬家论，不持侬与汝。（其五）
　　　　懊恼不堪止，上床解要（即"腰"）绳，自经屏风里。（其六）
　　　　奈何许，天下人何限，慊慊只为汝。（其二十）①

---

　　①　（宋）郭茂倩编：《乐府诗集》卷四十六《清商曲辞三》，中华书局 1979 年版，第 669—670 页。

诗句皆表现恋爱中那种非汝莫属的痴情，虽也有因"夜闻侬家论，不持侬与汝"而"未敢便相许"，但是心意却是"慊慊只为汝"的，其深挚之情可与汉乐府之《上邪》相媲美。

别离相思之苦是南朝歌诗常见的内容。清商曲多产生于建业、江陵等大城市，这些地方经济繁荣，商业往来频繁。商人多为生计奔波，重利轻别。另外还有船夫、舟子等也为生计奔波，因此多有别离之诗。别离对于女子来说是悲痛的，即使是文人拟作如《丁督护歌五首》、释宝月《估客乐》，也都写出了依依不舍的别离之痛：

> 闻欢下扬州，相送楚山头。探手抱腰看，江水断不流。（《莫愁乐》二首其二）
> 郎作十里行，侬作九里送。拔侬头上钗，与郎资路用。
> 有信数寄书，无信心相忆。莫作瓶落井，一去无消息。（释宝月《估客乐》二首）
> 闻欢下扬州，相送江津弯。愿得篙橹折，交郎到头还。（《那呵滩》六首其四）①

离别是依依不舍的，但更令人痛苦的是相思。于是相思别离的愁苦溢满了南朝歌诗的字里行间，《华山畿》以夸张的形式写出了强烈的相思之悲：

> 啼著曙，泪落枕将浮，身沉被流去。（其七）
> 隔津叹，牵牛语织女，离泪溢河汉。（其十一）
> 啼相忆，泪如漏刻水，昼夜流不息。（其十二）
> 相送劳劳渚，长江不应满，是侬泪成许。（其十九）
> 夜相思，风吹窗帘动，言是所欢来。（其二十三）②

泪落成河、满溢河汉，长江因泪而满，都是如漏刻之水昼夜不息一般的

---

① （宋）郭茂倩编：《乐府诗集》卷四十八《清商曲辞五》，中华书局1979年版，第698页、第700页；卷四十九《清商曲辞六》，第713—714页。

② （宋）郭茂倩编：《乐府诗集》卷四十六《清商曲辞三》，中华书局1979年版，第669—671页。

泪水而致，以至于造成"夜相思，风吹窗帘动，言是所欢来"的幻觉，表达了相思之苦的深刻强烈与深沉绵长。《子夜四时歌》中女子的相思之苦，至于一年四季不得停歇。而《月节折杨柳歌十三首》同样以一年正月至闰月十三月之风物变化，写尽不变的相思：

> 织女游河边，牵牛顾自叹。一会复周年。折杨柳，揽结长命草，同心不相负。（七月歌）
> 迎欢裁衣裳，日月如流水。白露凝庭霜。折杨柳，夜闻捣衣声，窈窕谁家妇。（八月歌）①

若两情相悦，别离与相思也是值得的，但是，若不够坚定，则更有担心恋人是否移情的忐忑不安，至于为伊消得人憔悴；若不幸被辜负，负心之痛则令人陷于绝望的境地：

> 人传欢负情，我自未常见。三更开门去，始知子夜变。（《子夜变歌三首》其一）
> 我与欢相怜，约誓底言者。常欢负情人，郎今果成诈。（《懊侬歌十四首》其六）
> 闻欢得新侬，四支懊如垂。乌散放行路井中，百翅不能飞。（《读曲歌九十四首》其二十七）
> 诈我不出门，冥就他侬宿。鹿转方相头，丁倒欺人目。（《读曲歌九十四首》其四十八）②

或悲或怒，背后都是深深的无奈。这些歌诗中苦情见弃女子的悲惨，表现了两性关系的不平等。

东晋南朝歌诗是最钟于"情"，以情歌为最大特色的，这与南方的风俗民情分不开，也与皇室及贵族们的喜好和大力提倡分不开，正是从民间到社

---

① （宋）郭茂倩编：《乐府诗集》卷四十九《清商曲辞六》，中华书局 1979 年版，第 722—723 页。
② （宋）郭茂倩编：《乐府诗集》卷四十五《清商曲辞二》，中华书局 1979 年版，第 655 页；卷四十六《清商曲辞三》，第 667—668、673、674 页。

会上层的诸多因素共同促成了这一时期歌诗的"情歌"本色，这固然是对传统诗教的背离，但从清商曲辞渊源和表演来看，却又是必然的。

二、歌舞饮宴欢娱的表现

南方民间歌诗得以大量进入乐府，并被梁、陈文人全面拟作，根本的原因还在于贵族阶级的喜好和消费需求。贵族对歌舞饮宴之欢愉的追求，实际上构成了推动歌诗发展的重要动力。吴声、西曲的大量入乐，是为弥补相和歌辞缺失后娱乐的需要；而大量西曲、舞曲的创制，除了少量是满足朝廷仪礼的需要外，更多的是为了歌舞饮宴。当歌舞饮宴成为东晋南朝统治者日常生活的重要组成部分时，直接描写歌舞饮宴的歌诗开始大量出现。曹魏歌诗中宴饮歌诗通常也带有人生苦短的慨叹，但又分为及时行乐的消极应对与及时建功立业的积极进取两类，到了东晋南朝乐府，则多是前一种了。

郊庙歌辞、燕射歌辞多用于比较正式的朝廷仪礼场合，其自身的仪式性和特殊地位在一定程度上避免了娱乐性的浸淫；而相和歌虽是俗乐，但在曹魏歌诗中题材却相对严肃。大量歌舞宴饮之欢愉的描写主要出现在本就用以遣兴的新兴清商曲辞和舞曲歌辞中。

清商曲辞中的吴声歌主要是配乐演唱，而西曲则多用于舞曲，如《乐府诗集》中《西曲歌》的解题中多引《古今乐录》"旧舞十六人，梁八人"两句，但歌辞本身直接描写歌舞宴饮的不多。《共戏乐》四曲曰：

> 齐世方昌书轨同，万宇献乐列国风。
> 时泰民康人物盛，腰鼓铃柈各相竞。
> 长袖翩翩若鸿惊，纤腰袅袅会人情。
> 观风采乐德化昌，圣皇万寿乐未央。[1]

郭茂倩解题引《古今乐录》曰："《共戏乐》，旧舞十六人，梁八人。"[2]歌诗中直接写出了宴会"腰鼓铃柈"齐鸣的场面和舞女们"长袖翩翩若鸿

---

[1] （宋）郭茂倩编：《乐府诗集》卷四十九《清商曲辞六》，中华书局1979年版，第712页。
[2] （宋）郭茂倩编：《乐府诗集》卷四十九《清商曲辞六》，中华书局1979年版，第712页。

惊，纤腰袅袅会人情"的妙姿。但末尾"观风采乐德化昌"一句实在是对享乐的贵族们的一大讽刺，既要享乐，还要以"采风"来粉饰自己耽于享乐的事实。

《江南弄》为梁武帝及其臣僚依西曲歌所制，有很多直接描写歌舞饮宴场面的内容，很可能也配以舞蹈。如梁武帝萧衍《游女曲》、沈约《江南弄四首》之《赵瑟曲》和《秦筝曲》：

> 氛氲兰麝体芳滑，容色玉耀眉如月。珠佩娵姬戏金阙。戏金阙，游紫庭。舞飞阁，歌长生。（梁武帝《游女曲》）
> 邯郸奇弄出文梓，萦弦急调切流徵。玄鹤徘徊白云起。白云起，郁披香。离复合，曲未央。（沈约《赵瑟曲》）
> 罗袖飘纚拂雕桐，促柱高张散轻宫。迎歌度舞遏归风。遏归风，止流月。寿万春，欢无歇。（沈约《秦筝曲》）①

《游女曲》写到了舞女的容貌、舞姿，沈约的两首歌诗全篇虽以乐器名篇，但着力于全面描写当时音乐和舞蹈的美妙，真是罗袖飘飘，玄鹤徘徊，"迎歌度舞"的歌舞升平中众人忘记了偏安之耻，只懂得享受歌舞欢娱之美，唯愿"寿万春，欢无歇"。

在舞曲歌辞中，此类歌舞宴饮的描写更多。东晋南朝的杂舞中，鼙舞、铎舞所配歌诗仍是祝颂之辞，而齐巾舞《公莫舞》其词难晓。主要用于歌舞娱乐的杂舞是拂舞、白纻舞和杯槃舞。据《晋拂舞歌》郭茂倩解题，东晋及宋、梁辞没有太大改变，而"齐多删旧辞，而因其曲名"②，但从所录作品看，风格性质一脉相承。这些歌辞虽是舞曲歌辞，内容却并不全是歌舞场面描写。从《乐府诗集》中《晋拂舞歌五首》下每一首的解题和内容看，《碣石》乃曹操《步出夏门行》词，只是没有《相和大曲》前的"艳"；《淮南王》按崔豹《古今注》以为淮南小山所作，而另《白鸠篇》《济济篇》《独漉篇》三篇无作者。其中，对歌舞场面有细致描写的只

---

① （宋）郭茂倩编：《乐府诗集》卷五十《清商曲辞七》，中华书局1979年版，第727—728、729页。
② （宋）郭茂倩编：《乐府诗集》卷五十四《舞曲歌辞三》，中华书局1979年版，第788页。

有《济济篇》：

> 畅飞畅舞气流芳，追念三五大绮黄。去失有时可行，去来同时此未央。时冉冉，近桑榆，但当饮酒为欢娱。衰老逝，有何期，多忧耿耿内怀思。渊池广，鱼独希，愿得黄浦众所依。恩感人，世无比，悲歌且舞无极已。[1]

不同于其他四篇，《济济篇》抒情之外咏舞，"畅飞畅舞气流芳"写舞之乐，继而慨叹人生，"悲歌且舞无极已"点出及时行乐的主题，而同时，"悲歌且舞"点出此篇仍是歌舞相和，诗、乐、舞紧密结合。

白纻舞虽出于吴地，而歌辞出于晋世。从歌诗的内容来看，宋、齐的白纻舞歌辞都是从东晋歌辞中简化或稍做改动而成，《晋白纻舞歌诗》作为出色的咏舞诗，非常传神地描绘了白纻舞表演的美妙：

> 轻躯徐起何洋洋，高举两手白鹄翔。宛若龙转乍低昂，凝停善睐客仪光。如推若引留且行，随世而变诚无方。舞以尽神安可忘，晋世方昌乐未央。质如轻云色如银，爱之遗谁赠佳人。制以为袍余作巾，袍以光驱巾拂尘。丽服在御会嘉宾，醪醴盈樽美且淳。清歌徐舞降祇神，四座欢乐胡可陈。
>
> 双袂齐举鸾凤翔，罗裾飘飘昭仪光。趋步生姿进流芳，鸣弦清歌及三阳。人生世间如电过，乐时每少苦日多。幸及良辰耀春华，齐倡献舞赵女歌。羲和驰景逝不停，春露未晞严霜零。百草凋索花落英，蟋蟀吟牖寒蝉鸣。百年之命忽若倾，早知迅速秉烛行。东造扶桑游紫庭，西至昆仑戏曾城。
>
> 阳春白日风花香，趋步明玉舞瑶珰。声发金石媚笙簧，罗袿徐转红袖扬。清歌流响绕凤梁，如矜若思凝且翔。转盼遗精艳辉光，将流将引双雁行。欢来何晚意何长，明君御世永歌昌。[2]

① （宋）郭茂倩编：《乐府诗集》卷五十四《舞曲歌辞三》，中华书局1979年版，第789—790页。
② （宋）郭茂倩编：《乐府诗集》卷五十五《舞曲歌辞四》，中华书局1979年版，第798页。"明君御世永歌昌"之"昌"，《宋书》卷二十二《乐志四》作"倡"。中华书局1974年版，第637页。

其一着重写出了白纻舞舞者的舒缓舞姿和动人神态。"白鹄翔""龙转""质如轻云"等极言舞者"清歌徐舞""凝停善睐"的美和白纻之轻盈。"如推若引留且行"更是写绝了舞者急缓有节的舞姿。其二则开始将视线从舞女身上渐次转移到整个宴会，写了"鸣弦清歌"的配乐，继而抒发人生苦短，及时行乐的感慨。其三又将注意力集中于舞者和歌者身上，"声发金石媚笙簧，罗袿徐转红袖扬。清歌流响绕凤梁"，既写到舞者之神态，也写了歌者其声绕梁的动人歌唱。

梁武帝有《梁白纻辞二首》，张率有《白纻歌九首》，皆为新创的白纻舞歌辞，内容仍以描写歌舞场面为主：

> 朱丝玉柱罗象筵，飞琯促节舞少年。短歌流目未肯前，含笑一转私自怜。（梁武帝《梁白纻辞二首》其一）
>
> 纤腰袅袅不任衣，娇怨独立特为谁。赴曲君前未忍归，上声急调中心飞。（梁武帝《梁白纻辞二首》其二）①
>
> 妙声屡唱轻体飞，流津染面散芳菲。俱动齐息不相违，令彼嘉客澹忘归，时久玩夜明星稀。（张率《白纻歌九首》其二）
>
> 日暮骞门望所思，风吹庭树月入帷。凉阴既满草虫悲，谁能离别长夜时。流叹不寝泪如丝，与君之别终何知。（张率《白纻歌九首》其三）②

梁武帝《梁白纻辞二首》虽短而精，其第一首短短四句便将歌舞表演的场合、舞者身份、舞姿、表演效果都交代了出来。而第二首则集中描写舞姬之娇艳和歌声之美。张率《白纻歌九首》也着力描绘了舞伎的美艳和舞伎歌喉的美妙，但组诗形式可能给予其更大的创作空间，所以歌诗中又体现出了清商曲初期的着力写情的特点，如第三首就十分有《子夜歌》的风致。

总之，歌舞饮宴的欢娱正是南朝贵族倾力于乐府的原动力，南朝在偏安一隅而举国不振的情况下，于暖歌软舞中自我麻痹，于国家是大不幸，但于

---

① （宋）郭茂倩编：《乐府诗集》卷五十五《舞曲歌辞四》，中华书局1979年版，第800页。
② （宋）郭茂倩编：《乐府诗集》卷五十五《舞曲歌辞四》，中华书局1979年版，第802页。

歌诗的发展却是一段难得的黄金岁月。

三、个人情志的抒发

东晋歌诗的创作不多，西晋的动乱和玄言诗的兴盛，使他们短暂重拾悲时悯世的情怀，而吴声、西曲还未全面兴盛，故东晋歌诗表现出的诗风似乎更接近于曹魏，或言志或抒情。张骏《薤露》即为哀时之作，文风似曹操。描写西晋末年的动荡现实。以"义士扼素婉，感慨怀愤盈。誓心荡众狄，积诚彻昊灵"的诗句抒发了作者渴望恢复中原、平定乱世的志向。而其《东门行》"休否有终极，落叶思本荃"之语则写春游伤时、临川悲逝之情，透露出作者晚年伤国悲己的遗憾落寞。

陶潜《挽歌三首》与以往魏晋为送葬而作的实用性挽歌不同，变成了对生死和人生价值的思考。陶潜《挽歌》中"幽室一已闭，千年不复朝。千年不复朝，贤达无奈何"（其一），"有生必有死，早终非命促"（其二）等诗句写出了死亡之于每个人的无可逃避。"亲戚或余悲，他人亦已歌。死去何所道，托体同山阿"（其一）则表现了与自然融为一体的死亡观，这是陶渊明式的"质性自然"。"得失不复知，是非安能觉。千秋万岁后，谁知荣与辱。但恨在世时，饮酒恒不足"（其二），更是诗人任真性格的写照，可以说《挽歌三首》写生写死不脱陶氏之风。陶渊明另有《怨诗》一篇，开篇"天道幽且远，鬼神茫昧然"似拟古辞"天德悠且长，人命一何促"篇，据孙尚勇先生考证，此曲是参照曹植的《怨诗行》（明月照高楼）写成，[1] 但陶渊明从古辞人生苦短当及时行乐的主题与曹植闺怨写志的主题中跳脱出来，寄予自己的人生理想，奏出了自己的慷慨悲歌。东晋还有梅陶《怨诗》一首，"庭植不材柳，花育能鸣鹤。鼓枝游畦亩，栖钓一丘壑。晨悦朝敷荣，夕乘南音客。昼立薄游景，暮宿汉阴魄"，似写悠游之意，但篇末"庇身荫王猷，罢蹇反幻迹"，似有身为人臣而朝夕不保的自伤之感。

相和歌辞以外的其他音乐类型，也有部分抒怀言志歌诗。如《琴曲歌辞》有东晋时赵整《琴歌二首》：

---

[1]　孙尚勇：《乐府文学文献学研究》，人民文学出版社 2007 年版，第 259 页。

昔闻孟津河，千里作一曲。此水本自清，是谁乱使浊。

北园有枣树，布叶垂重阴。外虽多棘刺，内实有赤心。①

赵整，字文业，一名正。《琴歌二首》，逯钦立在《全晋诗》中作《讽谏诗二首》，题下小序引《高僧传》曰："正性好儿谏，无所回避。苻坚末年，宠惑鲜卑，惰于治政。正因歌谏曰：'昔闻孟津河。'坚动容曰：'是朕也。'又歌曰：'北园有一树。'坚笑曰：'将非赵文业耶。'"② 赵整以枣树"外虽多棘刺，内实有赤心"来巧妙表达自己的忠心，构思颇为精巧。他的另一首《琴歌》曰：

阿得脂，阿得脂，博劳旧父是仇绥，尾长翼短不能飞，远徙种人留鲜卑，一旦缓急语阿谁。③

《晋书·苻坚载记下》曰："（苻）坚之分氏户于诸镇也，赵整因侍，援琴而歌曰（阿得脂）……坚笑而不纳。至是败于姚苌，整言验矣。"④ 《晋书》所载赵整《琴歌》，与上述《琴歌》完全相同。赵整三首琴歌都是为进谏苻坚而作，其现实针对性非常强。

又有《宛转歌二首》，一曰《神女宛转歌》。据《续齐谐记》记载，晋人王敬伯因倚琴歌《泫露》之诗，而得女子刘妙容精魂演奏《宛转歌》。《乐府诗集》题作者为刘妙容，但故事离奇。从内容来看，虽以女子口吻，但乃自嗟之辞，近于文人孤芳自赏之叹，不涉情爱相思。

《杂曲歌辞》有刘琨的《扶风歌九首》⑤，钟嵘《诗品》论刘琨有云："其源出于王粲。善为凄戾之词，自有清拔之气。琨既体良才，又

---

① （宋）郭茂倩编：《乐府诗集》卷六十《琴曲歌辞四》，中华书局 1979 年版，第 883 页。

② 逯钦立辑校：《先秦汉魏晋南北朝诗》，中华书局 1983 年版，第 926 页。文字与《琴歌二首》略有不同，第一首末句"乱使"作"搅令"；第二首首句"枣树"作"一树"，三句"多"作"饶"。

③ （宋）郭茂倩编：《乐府诗集》卷六十《琴曲歌辞四》，中华书局 1979 年版，第 883 页。

④ 《晋书》卷一百十四《苻坚载记下》，中华书局 1974 年版，第 2928 页。

⑤ 刘琨《扶风歌》，逯钦立作一首，逯钦立辑校：《先秦汉魏晋南北朝诗》，中华书局 1983 年版，第 849—850 页。

罹厄运，故善叙丧乱，多感恨之词。"① 以之评《扶风歌九首》，也未尝不可。

刘宋乐府虽开始大力提倡清商新声，情歌日渐流行，但刘宋文人乐府诗"以魏晋文人乐府，主要是曹植与陆机乐府作为模拟对象"②。因此，必然继承魏晋以来文人乐府的抒情特征和主观倾向。谢灵运所作乐府比较接近陆机，他与陆机的同题乐府包括：《日出东南隅行》《长歌行》《鞠歌行》《苦寒行》《豫章行》《陇西行》《折杨柳行》《顺东西门行》《上留田行》《泰山吟》等。谢惠连与陆机的同题乐府有：《猛虎行》《鞠歌行》《豫章行》《长安有狭斜行》《塘上行》《秋胡行》《陇西行》《顺东西门行》等，都以抒写个人情志为主。原因可能与二者身世的相似有关，都表达了功名之心与现实矛盾碰撞下的焦虑。谢灵运"蘦蘦衰期迫，靡靡壮志阑"（《长歌行》）写出他政治失意的困境；而《豫章行》（出宿告密亲）则伤离别，感叹寿短景驰，容华不久。

鲍照也以歌诗作为抒写自我情愫和志向的载体。他在《拟行路难》组诗中，或写游子思乡之情，或抒发对人生短促、身世坎坷的慨叹，有对人生价值的思考。其中第六首"对案不能食，拔剑击柱长叹息。……自古圣贤尽贫贱，何况我辈孤且直"，强烈抒发了对门阀制度的不公和自己怀才不遇的悲愤。鲍照《蒿里》和《挽歌》作为挽歌则有激愤悲壮之气，《蒿里》首句"同尽无贵贱，殊愿有穷伸"和尾句"赍我长恨意，归为狐兔尘"呼应，似是既有生不逢时之叹，因出身而不得实现抱负的愤怒，又有即使生时贵贱悬殊，入土时也"同尽无贵贱"的自我安慰。《挽歌》一首则幻想自己死后情景，最后一句"壮士皆死尽，余人安在哉"以一问句表现了自己生不得志的愤懑。另外，他还有《松柏篇》《代棹歌行》《代东门行》及《代阳春登荆山行》等十多首歌诗，记录了鲍照不同时期的行踪及感情经历。《代棹歌行》为鲍照北游梁郡之作，具体表现了诗人的思乡念亲之情，诗中"遇物虽成趣，念者不解忧"，似乎包含着更深沉的人生忧患。即便如袁淑、孔欣等人，乐府诗创作数量虽少，但其中依然灌注着深厚的情感意绪，反映

---

① 钟嵘《诗品》卷中刘琨评语，（清）何文焕辑：《历代诗话》，中华书局 1981 年版，第 12 页。
② 王志清：《晋宋乐府诗研究》，博士学位论文，首都师范大学 2007 年。

了乐府创作和现实人生的密切联系。

齐代文人歌诗如谢朓和王融的《芳树》，表现了时不我待的慨叹。《乐府诗集》于《芳树》题下引《乐府解题》曰："古词中有云：'妒人之子愁杀人，君有他心，乐不可禁。'若齐王融'相思早春日'，谢朓'早玩华池阴'，但言时暮、众芳歇绝而已。"① 另外，谢朓《曲池水》流露了人生困顿、无路可走的苦闷和伤感。王融《法寿乐》对于人生的思考则明显显示出南朝佛教的影响。随着刘宋清商新声的繁荣，齐代的文人歌诗也越来越受到以表现情爱为主的南方民间歌诗的影响，谢朓歌诗就多书写女性情态，甚至有写艳情的倾向。

梁、陈时期的诗人们在歌诗创作中多于"艳情"二字上反复研磨消遣，唯于鼓角横吹曲辞，还可见报国、述志的内容，但这与鼓吹曲辞健朗苍凉的风格及梁、陈诗人铺排题意、拟古意作新诗的做法也有十分密切的关系。

四、艳情的全面渗透

艳情题材在南北朝时期渗透到整个乐府，甚至横吹曲，并直接影响到梁代宫体诗的创作，成为南朝独特的文学题材。

从音乐类型上看，艳情题材在魏晋只是出现在相和歌辞和部分舞曲歌辞中，例如相和歌辞《陌上桑》罗敷采桑主题及由此衍生的《采桑》《艳歌行》《罗敷行》《日出东南隅行》以及《秋胡行》系列，后人的拟作都偏于女子的摹写。以西晋傅玄《艳歌行》（有女篇）为代表的几首诗，已经开始着力描写容貌衣着艳丽而情态妖娆的女子了。而到了东晋，因受南方开放民风和歌多言情的影响，艳情题材逐渐流行。刘师培在《中国中古文学史》中指出：

> 宫体之名，虽始于梁，然侧艳之词，起源自昔。晋、宋乐府，如《桃叶歌》《碧玉歌》《白纻词》《白铜鞮歌》，均以淫艳哀音，被于江左。迄于萧齐，流风益盛。其以此体施于五言诗者，亦始晋宋之间，后

---

① （宋）郭茂倩编：《乐府诗集》卷十六《鼓吹曲辞一》，中华书局1979年版，第229—230页。

又鲍照，前则惠休。特至于梁代，其体尤昌。①

　　东晋的《白纻舞歌诗》《白纻舞》《白纻曲》《白纻歌》等，大部分都是对表演歌舞的女子的素描，盛赞舞者体态之美丽和舞姿之轻柔。而《情人碧玉歌》和《桃叶歌》等歌诗的艳情之浓堪比齐梁诗。到刘宋时期，文人拟作的诗开始显现出艳体诗的特点，鲍照、汤惠休等人从热衷于模拟此种歌谣到专门创作，他们虽因深受曹魏乐府影响而仍多表现健康的爱情，但已具艳体歌诗的雕斫之美。

　　到了齐、梁之际，艳情内容被越来越广泛地引入其他音乐类型的创作中，而同时，在统治者身体力行地推动之下，更多的文人开始创作艳情歌诗。齐代有代表性的诗人如王融、谢朓等，都有一些艳情歌诗创作。他们的描写渐渐突破单纯对相和歌旧题或南朝民间歌诗的模仿，而借乐府旧题写绮艳的情思，有的更是另置新曲或新辞。

　　梁代歌诗作者多，歌诗数量也多，梁武帝、简文帝及沈约、吴均等，多有唱和之作，而与之对应的是艳情诗也相应地增多。到了陈代，陈后主推波助澜，"高楼怀怨""破粉成痕""影里细腰""镜中好面"的诗文，不可避免地成为南朝文人彰显性情的重要题材。② 甚至原本为"马上奏之，盖军中之乐"③ 的横吹曲，在梁、陈也为艳情所渗透。典型的如《折杨柳》，古辞写"故人怀故乡"，而梁简文帝、刘邈、陈后主、徐陵、张正见、王瑳、江总等人所作的歌诗，则"曲中无别意，并是为相思"，为"共此依依情，无奈年年别"而慨叹的思妇成为主要描写对象；鲍照《梅花落》以梅花喻人，认为它"摇荡春风媚春日"不免"零落逐风飙"，叹其"徒有霜华无霜质"，而同题下陈后主和徐陵则咏"拂妆疑粉散，逐溜似萍开。映日花光动，迎风香气来"的佳人和"楼上独徘徊"的"倡家"。④

────────

① 刘师培：《中国中古文学史》，上海古籍出版社 2000 年版，第 97 页。
② 参郭建勋：《从〈长安有狭斜行〉到〈三妇艳〉的演变》，《文学遗产》2007 年第 5 期。
③ （宋）郭茂倩编：《乐府诗集》卷二十一《横吹曲辞一》，中华书局 1979 年版，第 309 页。
④ （宋）郭茂倩编：《乐府诗集》卷二十二《横吹曲辞二》、卷二十四《横吹曲辞四》，中华书局1979 年版，第 328—330 页、349—350 页。

总之，东晋南朝从魏晋以来注重思考人生和抒发个人怀抱的歌诗风格，在南朝民间歌诗和上层社会享乐需求的影响下，逐步向歌舞饮宴的欢愉美转变。而晋宋齐民间歌诗中书写男女别离与相思的爱情，逐渐演变为艳情，不仅直接影响了梁代宫体诗的产生，也使当时各种歌诗作品无不受其影响，沾染上"艳情"的色彩。

第三节　东晋南朝歌诗的创作与表演

东晋及南朝的宋、齐、梁、陈是中国歌诗发展中不可或缺的重要阶段，这一时期的歌诗在歌辞创作、曲调改制方面呈现出全新的面貌。萧子显曾谈及："在乎文章，弥患凡旧。若无新变，不能代雄。"① 这一概括也同样适用于歌诗表演的发展和曲调的创新。一方面，一大批作者对乐府古题或民间歌诗进行了创造性的发展，在主题、写法、形式诸方面都耳目一新，乐府旧题活力再现；另一方面，曲调的改制及表演方式的创新，与歌辞的创新桴鼓相应，成为此时期引人注目的现象。本节拟以《相逢行》古辞、《白纻歌》及《江南弄》七曲中的《采菱曲》和《采莲曲》为中心，对东晋南朝歌诗创作和表演的新变化，做个案式的探考，梳理同一系列歌诗的发展源流，分析歌诗的表演特点及其对歌诗文本的影响。

一、古乐府《相逢行》到《三妇艳》的创作、演变与表演

（一）古乐府《相逢行》主题的创作与发展

乐府古题《相逢行》主题有三：少年狭路相逢，三子荣耀归里，三妇及丈人生活。东晋南朝，这一题目被文人争相仿作，主题既有继承古题乐府者，更有诸多新变。刘宋时刘铄从中选取六句，自创新题《三妇艳》。这一新题未被当代文人所重视，却备受齐、梁、陈文人喜爱。至梁代，文人在《三妇艳》歌诗中选取中妇形象，再创新题《中妇织流黄》，使得乐府旧题重新焕发生机。《相逢行》古辞，《乐府诗集》记载为晋乐所奏，可知当时已用于表演，后代拟作也多用于配乐或配舞表演。晋乐所奏《相逢行》经

---

① 《南齐书》卷五十二《文学传》，中华书局 1972 年版，第 908 页。

过南朝文人的熔铸，歌诗内容大大拓展，表演风格倾向艳俗，由《相逢行》
而《三妇艳》，最终发展为《中妇织流黄》，鲜明地体现了文人在歌诗创作
与发展中的决定性作用。对这些歌诗的演变发展进行考察，有助于深度了解
此时期歌诗在整个歌诗发展史中的地位。

郭茂倩《乐府诗集》卷三十四《相逢行》解题曰："一曰《相逢狭路
间行》，亦曰《长安有狭斜行》。《乐府解题》曰：'古词文意与《鸡鸣曲》
同。'"①据此可知，在最初，《相逢行》《相逢狭路间行》及《长安有狭斜
行》本为同曲异名的乐府旧题。而其古辞文意又与《鸡鸣曲》相同。郭茂
倩《乐府诗集》卷二十八《鸡鸣》古辞解题也说：

> 《乐府解题》曰："古词云：'鸡鸣高树巅，狗吠深宫中。'初言天
> 下方太平，荡子何所之。次言'黄金为门，白玉为堂，置酒作倡乐为
> 乐，终言桃伤而李仆，喻兄弟当相为表里。兄弟三人近侍，荣耀道路，
> 与《相逢狭路间行》同。若梁刘孝威《鸡鸣篇》，但咏鸡而已。"又有
> 《鸡鸣高树巅》《晨鸡高树鸣》，皆出于此。②

郭茂倩在此再次强调，《鸡鸣》"与《相逢狭路间行》同"，可见作为
相和歌辞相和曲的《鸡鸣》，与作为相和歌辞清调曲的《相逢行》《相逢
狭路间行》及《长安有狭斜行》确是同出一源。其中，《相逢狭路间行》
古辞不存，《乐府诗集》所收最早的作品为刘宋孔欣的《相逢狭路间》。
从歌诗内容来看，上引三首古辞，基本上是以六句为一个单元。其中《长
安有狭斜行》古辞五言十八句，在辞意上与《相逢行》古辞非常相近，甚
至可以看作后者的简化版。《鸡鸣》古辞三十句中，中间十八句也与《相逢
行》古辞相近。为了论述方便，现将三首古辞以表格的方式对照如下（表
2-4）。

---

① （宋）郭茂倩编：《乐府诗集》卷三十四，中华书局 1979 年版，第 508 页。
② （宋）郭茂倩编：《乐府诗集》卷二十八，中华书局 1979 年版，第 406 页。

表 2-4　　《相逢行》《长安有狭斜行》《鸡鸣》古辞对照表

篇名\节号	相逢行①	长安有狭斜行②	鸡鸣③
1	相逢狭路间，道隘不容车。不知何年少，夹毂问君家。君家诚易知，易知复难忘。	长安有狭斜，狭斜不容车。适逢两少年，挟毂问君家。君家新市旁，易知复难忘。	鸡鸣高树巅，狗吠深宫中。荡子何所之，天下方太平。刑法非有贷，柔协正乱名。
2	黄金为君门，白玉为君堂。堂上置樽酒，作使邯郸倡。中庭生桂树，华灯何煌煌。		黄金为君门，璧玉为轩堂。上有双樽酒，作使邯郸倡。刘王碧青甓，后出郭门王。
3	兄弟两三人，中子为侍郎。五日一来归，道上自生光。黄金络马头，观者盈道旁。	大子二千石，中子孝廉郎。小子无官职，衣冠仕洛阳。三子俱入室，室中自生光。	舍后有方池，池中双鸳鸯。鸳鸯七十二，罗列自成行。鸣声何啾啾，闻我殿东厢。
4	入门时左顾，但见双鸳鸯。鸳鸯七十二，罗列自成行。音声何雍雍，鹤鸣东西厢。		兄弟四五人，皆为侍中郎。五日一时来，观者满路旁。黄金络马头，颍颍何煌煌。
5	大妇织绮罗，中妇织流黄。小妇无所为，挟瑟上高堂。丈人且安坐，调丝方未央。	大妇织绮绤，中妇织流黄。小妇无所为，挟琴上高堂。丈夫且徐徐，调弦讵未央。	桃生露井上，李树生桃旁。虫来啮桃根，李树代桃僵。树木身相代，兄弟还相忘。

从上表可以清楚地看到，《长安有狭斜行》省略了《相逢行》的第二、第四两个小节。其全部歌辞与《相逢行》的第一、第三和第五小节基本相同，分别描述了三个片段：狭路相逢，少年询问；三子同归，荣耀门庭；三妇及丈人所为。表现了一个贵族世家显赫的家族势力、雍容华贵的生活空间与安雅悠闲的家庭生活，其中在《长安有狭斜行》中被省略的第二、第四两个小节，都是对"君家"环境的渲染描写。因此这十二句虽被省略，但是歌诗的主题并没有改变。

相比之下，《鸡鸣》则是在吸收《相逢行》第二、第三、第四三个小节的基础上，改变了三、四小节的前后位置，增加了第一、第五两个小节，从而使歌诗主题发生了本质性的变化，表现的是对"兄弟还相忘"的批判，与《相逢行》及《长安有狭斜行》显然已经有了较大的不同。

① （宋）郭茂倩编：《乐府诗集》卷三十四，中华书局 1979 年版，第 508 页。
② （宋）郭茂倩编：《乐府诗集》卷三十五，中华书局 1979 年版，第 514 页。
③ （宋）郭茂倩编：《乐府诗集》卷二十八，中华书局 1979 年版，第 406 页。

(二) 东晋南朝《相逢行》的发展

东晋南朝文人对上述古辞的拟作，既有对原有古辞主题内容的沿袭，也有新的拓展。南朝文人《相逢行》拟作的主题之一，是展示贵族家庭生活风貌。这与乐府古辞同。拟作有梁代张率的《相逢行》，昭明太子萧统、沈约的《相逢狭路间》，以沈约的作品为例：

> 相逢洛阳道，系声流水车。路逢轻薄子，伫立问君家。君家诚易知，易知复易忆。龙马满街衢，飞盖交门侧。大子万户侯，中子飞而食。小子始从官，朝夕温省直。三子俱入门，赫奕多羽翼。若若青组纤，烟烟金珰色。大妇绕梁歌，中妇回文织。小妇独无事，闭户聊且即，绿绮试一弹，玄鹤方鼓翼。(沈约《相逢狭路间》)①

沈约《相逢狭路间》内容完全与古辞《相逢行》相同，涉及询问路人、三子显赫、三妇贵族生活。张率和昭明太子作品的主要内容也大致相同，只在些许细节上有所改动，如沈约是"路逢轻薄子，伫立问君家"，昭明太子是"道逢一侠客，缘路间君居"，张率则未写出所问何人。这些作品是对古辞内容的沿袭，几乎丝毫没有偏离原有的主题。

与此同时，还有一部分作品对原有主题作了一定的拓展。"狭路相逢"仅仅是所写主题的一个背景，抒发离情别绪、男女爱情或友情等才是正题。如刘宋孔欣，梁代刘孺、刘遵的三首拟作：

> 相逢狭路间，道狭正踟蹰。如何不群士，行吟戏路衢。辍步相与言，君行欲焉如？淳朴久已凋，荣利迭相驱。流落尚风波，人情多迁渝。势集堂必满，运去庭亦虚。竞趋尝不暇，谁肯眷桑枢。无为肆独往，只将困沦胥。未若及初九，携手归田庐。躬耕东山畔，乐道咏玄书。狭路安足游，方外可寄娱。(刘宋孔欣《相逢狭路间》)②

---

① （宋）郭茂倩编：《乐府诗集》卷三十四，中华书局 1979 年版，第 512 页。
② （宋）郭茂倩编：《乐府诗集》卷三十四，中华书局 1979 年版，第 511 页。

送君追遐路，路狭暖朝雾。三危上蔽日，九折杳连云。枝交憺不见，听静吹才闻。岂伊叹道远，亦乃泣涂分。况兹别亲爱，情念切离群。(梁刘孺《相逢行》)①

春晚驾香车，交轮碍狭斜。所恐惟风入，疑伤步摇花。含羞隐年少，何因问妾家。青楼临上路，相期觉路赊。(梁刘遵《相逢行》)②

孔欣《相逢狭路间》抒发了正直之士怀才不遇之情，刘孺《相逢行》写狭路送别，情深意切，既有亲情又有爱情，刘遵《相逢行》写狭路行走受阻，反邂逅艳遇，皆以抒写个人情怀为主。这些内容与乐府古辞主题已经有了较为明显的差别。南朝文人对乐府旧题《相逢行》的改造，已明显脱离原有的简单字句改造，而转向个人情谊的抒发了。

东晋南朝《长安有狭斜行》与前述《相逢狭路间行》都写到了贵族生活。作品有梁武帝、梁简文帝、荀昶、徐防、庾肩吾、王囧共6首。如王囧《长安有狭斜行》曰：

名都驰道旁，华毂乱锵锵。道逢佳丽子，问我居何乡？我家洛川上，甲第遥相望。珠扉玳瑁床，绮席流苏帐。大子执金吾，次子中郎将。小子陪金马，遨游蔑卿相。三子俱休沐，风流郁何壮。三子俱会同，肃雍多礼让。三子俱还室，丝管纷寥亮。大妇裁舞衣，中妇学清唱。小妇窥镜影，弄此朝霞状。佳人且少留，为君绕梁唱。(王囧《长安有狭斜行》)③

主要内容不外乎询问路人、三子显赫、三贵妇生活，只是在这三方面内容的具体表述上稍有改动，主题并无变化。值得注意的是，东晋南朝文人有关古辞《相逢行》和《相逢狭路间》的拟作，完全沿袭原有主题的都集中在梁代。

东晋南朝《长安有狭斜行》主题之二，是写贵族出游。有宋代谢惠连、

---

① (宋)郭茂倩编：《乐府诗集》卷三十四，中华书局1979年版，第512页。
② (宋)郭茂倩编：《乐府诗集》卷三十四，中华书局1979年版，第512页。
③ (宋)郭茂倩编：《乐府诗集》卷三十五，中华书局1979年版，第517页。

梁代沈约及陈代张正见3首，篇幅较短，均与出游有关：

纪郢有通逵，通达并轩车。帟帟雕轮驰，轩轩翠盖舒。撰策之五尹，振辔从三闾。推剑凭前轼，鸣佩专后舆。（宋谢惠连《长安有狭斜行》）①

青槐金陵陌，丹毂贵游士。方骖万乘臣，炫服千金子。咸阳不足称，临淄孰能拟。（梁沈约《长安有狭斜行》）②

少年重游侠，长安有狭斜。路窄时容马，枝高易度车。檐高同落照，巷小共飞花。相沟夹绣毂，借问是谁家？（陈张正见《长安有狭斜行》）③

谢惠连之作，反其道而行之，不写狭路反写四通八达之路；沈约、张正见则循其本题，写阡陌和窄路，三者均与贵族出游有关。"推剑凭前轼，鸣佩专后舆"，"帟帟雕轮驰，轩轩翠盖舒"，都展现了贵族出游的浩大声势。因出游也是贵族生活的重要组成部分，这些拟作并没有脱离摹写贵族生活的主题。

东晋南朝在乐府古辞《鸡鸣》的拟作，仅存三首。即梁刘孝威《鸡鸣篇》、梁简文帝《鸡鸣高树巅》、陈张正见《晨鸡高树鸣》：

时鸡识将曙，长鸣高树巅。啄叶疑彰羽，排花强欲前。意气多惊举，飘飏独无侣。陈思助斗协狸膏，郎昭妒敌安金距。丹山可爱有凤凰，金门飞舞有鸳鸯。何如五德美，岂胜千里翔。（梁刘孝威《鸡鸣篇》）④

碧玉好名倡，夫婿侍中郎。桃花全覆井，金门半隐堂。时欣一来下，复比双鸳鸯。鸡鸣天尚早，东乌定未光。（梁简文帝《鸡鸣高树巅》）⑤

---

① （宋）郭茂倩编：《乐府诗集》卷三十五，中华书局1979年版，第514—515页。
② （宋）郭茂倩编：《乐府诗集》卷三十五，中华书局1979年版，第516页。
③ （宋）郭茂倩编：《乐府诗集》卷三十五，中华书局1979年版，第517页。
④ （宋）郭茂倩编：《乐府诗集》卷二十八，中华书局1979年版，第407页。
⑤ （宋）郭茂倩编：《乐府诗集》卷二十八，中华书局1979年版，第407页。

晨鸡振翮鸣，出迥擅奇声。蜀郡随金马，天津应玉衡。摧冠验远石，击火出连营，争栖斜揭暮，解翼横飞度。试饮淮南药，翻上仙都树。枝低且候潮，叶浅还承露。承露触严霜，叶浅伺朝阳。不见猜群怯宝剑，勇战出花场。当损黄金距，谁论白玉铛。岂知长鸣逢晋帝，恃气遇周王。流名说鲁国，分影入陈仓。不复愁符朗，犹能感孟尝。（陈张正见《晨鸡高树鸣》）①

上述拟作较少沿袭古辞，不仅文本句式发生较大变化，在原有古辞五言的基础上，融入七言，如"丹山可爱有凤凰，金门飞舞有鸳鸯"（《鸡鸣篇》），"岂知长鸣逢晋帝，恃气遇周王"（《晨鸡高树鸣》）；主题也迥异于古辞《鸡鸣》对"兄弟还相忘"的批判。如《乐府诗集》卷二十八《鸡鸣》解题曰："若梁刘孝威《鸡鸣篇》，但咏鸡而已。"② 明确指出主题为"咏鸡"；梁简文帝《鸡鸣高树巅》写男女幽欢之情；张正见《晨鸡高树鸣》则在咏鸡的背景下，抒发了个人抱负。梁陈文人的这些拟作，几乎看不到古辞的痕迹，主题已经发展了较大的变化。

（三）东晋南朝《三妇艳》的创新

东晋南朝文人还对古辞《相逢行》进行了删节，篇幅更为短小。古辞《相逢行》的最末六句，即"大妇织绮罗，中妇织流黄。小妇无所为，挟瑟上高堂。丈人且安坐，调丝方未央"，在东晋南朝被文人单独选取，命名为《三妇艳》，拟作多篇。刘宋刘铄《三妇艳》曰：

　　大妇裁雾縠，中妇牒冰练。小妇端清景，含歌登玉殿。丈人且徘徊，临风伤流霰。（刘铄《三妇艳》）③

从《乐府诗集》来看，这种拟作以刘铄《三妇艳》最早。《三妇艳》在刘宋并未见其他拟作，齐代也只有王融拟作 1 首，但梁、陈两代，文人们却争相模仿，并且做了全新的改造和拓展。计有梁王筠、刘孝绰、昭明太

---

① （宋）郭茂倩编：《乐府诗集》卷二十八，中华书局 1979 年版，第 407 页。
② （宋）郭茂倩编：《乐府诗集》卷二十八，中华书局 1979 年版，第 406 页。
③ （宋）郭茂倩编：《乐府诗集》卷三十五，中华书局 1979 年版，第 518 页。

子、沈约、吴均各 1 首；陈张正见 1 首、陈后主 11 首。把这 19 首歌诗略加比较，即可发现，其程式化的特点非常明显（如表 2-5）。

表 2-5　南朝《三妇艳》歌诗内容对照表①

朝代	作者	歌诗中女性人物及行为			男性人物行为
宋	刘铄	大妇裁雾縠	中妇牒冰练	小妇端清景，含歌登玉殿。	丈人且徘徊
齐	王融	大妇织绮罗	中妇织流黄	小妇独无事，挟瑟上高堂。	丈夫且安坐
梁	王筠	大妇留芳褥	中妇对华烛	小妇独无事，当轩理清曲。	丈人且安卧
	刘孝绰	大妇缝罗裙	中妇料绣文	唯余最小妇，窈窕舞昭君。	丈人慎勿去
	萧统	大妇舞轻巾	中妇拂华茵	小妇独无事，红黛润芳津。	良人且高卧
	沈约	大妇拂玉匣	中妇结珠帷	小妇独无事，对镜理蛾眉。	良人且安卧
	吴均	大妇弦初切	中妇管方吹	小妇多姿态，含笑逼清卮。	佳人勿余及
陈	陈后主	大妇避秋风	中妇夜床空	小妇初两髻，含娇新脸红。	
		大妇西北楼	中妇南陌头	小妇初妆点，回眉对月钩。	
		大妇主缣机	中妇裁春衣	小妇新妆冶，拂匣动琴徽。长夜理清曲，余娇且未归。	
		大妇妒蛾眉	中妇逐春时	小妇最年少，相望卷罗帷。罗帷夜寒卷，相望人来迟。	
		大妇上高楼	中妇荡莲舟	小妇独无事，拨帐掩娇羞。	丈夫应自解
		大妇初调筝	中妇敛歌声	小妇春妆罢，弄月当宵楹。	季子时将意
		大妇爱恒偏	中妇意长坚	小妇独娇笑，新来华烛前。	
		大妇酌金杯	中妇照妆台	小妇偏妖冶，下砌折新梅。	
		大妇怨空闺	中妇夜偷啼	小妇独含笑，正柱作乌栖。河低帐未掩，夜夜画眉齐。	
	张正见	大妇正当垆	中妇裁罗襦	小妇独无事，淇上待吴姝。	
		大妇年十五	中妇当春户	小妇正横陈，含娇情未吐。	
		大妇织残丝	中妇妒蛾眉	小妇独无事，歌罢咏新诗。	上客何须起，为待绝缨时。

在讨论上引《三妇艳》系列歌诗之前，我们需对《相逢行》和《长安

---

① 表中的部分《三妇艳》歌诗内容为节选。

有狭斜行》古辞中"丈人"的称谓稍作辨析。《乐府诗集》所录《相逢行》古辞，与三子相对的是"丈人"，而在《长安有狭斜行》却是"丈夫"。但据陈汉先生考证，《长安有狭斜行》古辞最早见于《玉台新咏》，其中最后两句作"丈人且安坐，调弦未遽央"。也就是说，《乐府诗集》中的"丈夫且徐徐，调弦讵未央"的"丈夫"，在《玉台新咏》中也作"丈人"，与《相逢行》同。陈先生指出：

> 《玉台新咏》和《艺文类聚》成书皆早于《乐府诗集》，二书所录似可证明古辞《长安有狭斜行》中的"丈人"原无异词。郭茂倩在《乐有诗集》中书"丈人"为"丈夫"，疑是宋人传抄错误所致。①

这无疑是正确的。关于"丈人"的含义，颜之推早已做过辨析，《颜氏家训》卷六《书证》曰：

> 《古乐府》歌词，先述三子，次及三妇，妇是对舅姑之称。其末章云：'丈人且安坐，调丝未遽央。'古者，子妇供事舅姑，旦夕在侧，与儿女无异，故有此言。丈人亦长老之目，今世俗犹呼其祖考为先亡丈人。又疑"丈"当作"大"，北间风俗，妇呼舅为大人公，"丈"之与"大"，易为误耳。②

又萧涤非先生的《汉魏六朝乐府文学史》以《长安有狭斜行》古辞为东汉民间乐府，所录原作末二句作"丈人且徐徐，调丝讵未央"，萧先生虽未注明版本依据，但他作"丈人"是对的。萧先生也是认可颜之推的看法的，他在《相逢行》古辞后的论述中指出："丈人解不一，此为妇尊舅姑

---

① 陈汉：《〈"丈人"新议〉辩——答樊维纲同志》，《广东民族学院学报》（社会科学版）1987 年第 2 期。

② 王利器：《颜氏家训集解》（增补本），中华书局 1993 年版，第 476—477 页。按：关于颜之推"疑'丈'当作'大'"的推测，《集解》引郝懿行曰："案：先亡丈人，非宜称于祖考，颜君疑'丈'当为'大'，是也。"又引陈直曰："《孔雀东南飞》古诗云：'三日断五匹，大人故嫌迟。'似古代子妇对舅称为丈人，或称为'大人'，对姑只称为大人耳。"见王利器《颜氏家训集解》（增补本），第 478 页。

之称。"①

　　到了上表中梁、陈文人的笔下，男女主人公身份开始发生了明显的变化。刘铄、王筠、刘孝绰诗中的男主人公为"丈人"，王融诗"丈夫且安坐"之"夫"字，《乐府诗集》说："一作人"②。因此，上表中的前四首歌诗，都沿袭了《相逢行》古辞作"丈人"，"三妇"与"丈人"还是"子妇"与"舅姑"的关系。但在萧统、沈约、吴均诗中，"丈人"被替换为"良人""佳人"（此当指男子），陈后主再进一步替换为"丈夫""季子"。如此一来，三妇就成了男主人公的妻妾，不再是晚辈，这一变化是相当大的。因此，陈后主《三妇艳》十一首，几乎描写了贵族家中男主人与其妻妾生活状态的各个方面，小妇新娶，故有"小妇初两髻，含娇新脸红"，"新来诚可惑，为许得新怜"，故而最得宠。中妇则嫉妒小妇，又怨恨男子负心，故有"中妇妒蛾眉""中妇夜偷啼"。大妇由于身份和地位颇高，显得比较沉稳，贵族女子的种种情态在此十一首歌诗中得以充分展现出来。当然，陈后主组诗中也出现了"小妇最年少，相望卷罗帷""小妇独无事，拨帐掩娇羞""河低帐未掩，夜夜画眉齐"，乃至"小妇正横陈，含娇情未吐"这样近乎宫体诗的写法。而张正见《三妇艳》中的"上客"与"三妇"的关系，则又超出了夫妻的范围。《韩诗外传》卷七曰：

　　　　楚庄王赐其群臣酒。日暮酒酣，左右皆醉，殿上烛灭。有牵王后衣者。后扢冠缨而绝之。言于王曰："今烛灭，有牵妾衣者，妾扢其缨而绝之，愿趣火视绝缨者。"王曰："止！"立出令曰："与寡人饮，不绝缨者，不为乐也。"于是冠缨无完者，不知王后所绝冠缨者谁。于是王遂与群臣欢饮，乃罢。③

　　此即"绝缨"的典故出处之一，《说苑·复恩》④ 也记载了这一故事，其中"王后"作"美人"。故事的结局是，绝缨者在后来的楚国与吴国

————————

① 萧涤非：《汉魏六朝乐府文学史》，人民文学出版社1984年版，第94页。
② （宋）郭茂倩编：《乐府诗集》卷三十八，中华书局1979年版，第518页。
③ （汉）韩婴撰，许维遹校释：《韩诗外传集释》，中华书局1980年版，第256—257页。
④ （汉）刘向撰，向宗鲁校证：《说苑校证》卷六《复恩》，中华书局1987年版，第125—127页。

（《说苑》作"晋国"）之战中奋勇杀敌，立了大功。从典故本意可知，张正见《三妇艳》中的"上客"，是类似典故中的"绝缨者"，这一变化已超出了家庭范围，比陈后主走得更远。

颜之推《颜氏家训》卷六《书证》又曰：

> 近代文士，颇作《三妇诗》，乃为匹嫡并耦己之群妻之意。又加郑、卫之辞，大雅君子，何其谬乎？①

《颜氏家训集解》又引卢文弨注曰：

> 宋南平王铄，始仿乐府之后六句作《三妇艳》诗，犹未甚猥亵也。梁昭明太子、沈约，俱有"良人且高卧"之句。王筠、刘孝绰尚称"丈人"，吴均则云"佳人"，至陈后主乃有十一首之多，如"小妇正横陈，含娇情未吐"等句，正颜氏所谓郑、卫之辞也。张正见亦然，皆大失本指。②

显然，在《相逢行》和《长安有狭斜行》古辞向《三妇艳》的发展中出现了几个变化。一是主题有了改变。对贵族世家权势、居所和家庭生活的多方位渲染，为表现男女之情及带有宫体色彩的艳情所取代。二是人物关系简化。"三子""兄弟四五人"及"丈人"变为"良人""丈夫"乃至"上客"，诗中的主人公的多重关系被简化为夫妻，甚至是男女关系。三是"三妇"成了主角。如果说第一种变化与南朝艳情诗和宫体诗的发展方向是一致的，那么后两种变化则与歌诗表演的实际需求密切相关。《三妇艳》属相和歌辞清调曲，配乐演奏的主要是丝竹乐器，大多悲情凄婉，一唱三叹，其表演者以女性为主，这是女性角色强化的重要原因之一。而人物的减少及人物关系的简化，当与演方式的变化有关。

《三妇艳》之后，梁代文人又从古辞《相逢行》中选取中妇形象，创作

---

① 王利器撰：《颜氏家训集解》（增补本），中华书局1993年版，第477页。
② 王利器撰：《颜氏家训集解》（增补本），中华书局1993年版，第479页。

了《中妇织流黄》。以《中妇织流黄》为题的歌诗，《乐府诗集》收录了梁简文帝、陈徐陵、卢询①各一首：

> 翻花满阶砌，愁人独上机。浮云西北起，孔雀东南飞。调丝时绕腕，易镊乍牵衣。鸣梭逐动钏，红妆映落晖。（梁简文帝《中妇织流黄》）②

> 落花还井上，春机当户前。带衫行障口，觅钏枕檀边。数镊经无乱，新浆纬易牵。蜘蛛夜伴织，百舌晓惊眠。封用黎阳土，书因计吏船。欲知夫婿处，今督水衡钱。（徐陵《中妇织流黄》）③

> 别人心已怨，愁空日复斜。然香望韩寿，磨镜待秦嘉。残丝愁绩烂，余织恐嫌赊。支机一片石，缓转独轮车。下帘还忆月，挑灯更惜花。似天河上景，春时织女家。（卢询《中妇织流黄》）④

　　梁、陈两代的《中妇织流黄》所选取的中妇形象，是一个勤劳端庄、深情专一的思妇形象，与《三妇艳》中妖冶娇媚的小妇形成鲜明的对比。有的学者认为，《三妇艳》的大量创作是文人审美趣味在吟咏妻妾和摹写纵情享乐之情方面的表现，⑤ 那么《中妇织流黄》中深情专一、勤劳端庄的中妇形象的摹写，恐怕主要还是受到了《相逢行》《长安有狭斜行》古辞的影响。

　　另外，值得注意的是，从古辞《相逢行》《长安有狭斜行》到《三妇艳》的东晋南朝歌诗作品中，都刻画了一个擅长歌舞表演的女子形象，她在《相逢狭路间》《长安有狭斜行》和《三妇艳》中都以小妇为主。据笔者统计，《相逢行》《相逢狭路间》《长安有狭斜行》《三妇艳》，描写小妇音乐舞蹈特长的共有十四首，表现小妇妖冶娇媚的共有十五首。因此，这样一位能歌善舞、精通音律，且妖冶娇媚的"小妇"形象，不是一个偶然的

---

　　① 卢询，《诗纪》作北齐人，《乐府诗集》作陈人。逯钦立以为："《乐府》盖误作陈脱去祖字。今姑列卢询祖下"，逯钦立辑校：《先秦汉魏晋南北朝诗》，中华书局1983年版，第2261页。

　　② （宋）郭茂倩编：《乐府诗集》，中华书局1979年版，第520页。

　　③ （宋）郭茂倩编：《乐府诗集》，中华书局1979年版，第520页。

　　④ （宋）郭茂倩编：《乐府诗集》，中华书局1979年版，第520页。

　　⑤ 郭建勋：《从〈长安有狭斜行〉到〈三妇艳〉的演变》，《文学遗产》2007年第5期。

现象。"小妇"在《相逢行》《相逢狭路间》中是家中第三子之妻，精通音律；在《长安有狭斜行》和《三妇艳》中则有三子之妻、受宠的歌姬和贵族新娶的小妾等三种身份。因此，这个人物可能是以贵族家庭中擅长音乐、歌舞的年轻女性艺人为原型。

东晋南朝文人从《相逢行》到《中妇织流黄》的创作，既有对古辞的简单沿袭，也为适应歌诗表演的需求，有全新的改造。

（四）《相逢行》等歌诗的表演

《乐府诗集》记载古辞《相逢行》"晋乐所奏"，古辞《鸡鸣》"魏晋乐所奏"，可知这两首古辞皆可配乐演唱。东晋南朝的文人拟作中有不少作品也可从现有的资料推断能够用于表演。谢惠连的《相逢行》便是一例：

> 行行即长道，首长息班草。邂逅赏心人，与我倾怀抱。夷世信难值，忧来伤人，平生不可保。
> 阳华与春渥，阴柯长秋槁。心慨荣去速，情苦忧来早。日华难久居，忧来伤人，谆谆亦至老。
> 亲党近恤庇，昵君不常好。九族悲素霰，三良怨黄鸟。迨朱白即赪，忧来伤人，近缟洁必造。
> 水流理就湿，火炎同归燥。赏契少能谐，断金断可宝。千计莫适从，忧来伤人，万端信纷绕。
> 巢林宜择木，结友使心晓。心晓形迹略，略迨谁能了。相逢既若旧，忧来伤人，片言代纨缟。（谢惠连《相逢行》）①

上引宋谢惠连《相逢行》，共三十句，每七句为一个独立单元，每个单元都是"五五五五五四五"句式，每部分的倒数第二句均为"忧来伤人"。虽然我们没有材料证明这首《相逢行》可以配乐演唱，但其句式结构很像是按曲填词。每个独立的单元构成了歌诗的一解，每解可能配合同样的乐曲。反复吟唱。从歌诗的文本来看，配合演奏的主旋律可能较为哀伤，演唱

① （宋）郭茂倩编：《乐府诗集》卷三十四，中华书局1979年版，第508—509页。按此诗作者，《艺文类聚》《诗纪》、焦竑《谢康乐集》、张溥《百三家集·谢康乐集》、逯钦立《先秦汉魏晋南北朝诗》皆作谢灵运，李运富《谢灵运集》皆从之。详见李运富：《谢灵运集》，岳麓书社1999年版，第153页。

效果则哀婉动人。

宋代刘铄及其后的《三妇艳》也用于演唱。《乐府诗集》卷三十《平调曲一》解题曰：

> 张永《录》曰："未歌之前，有八部弦，四器俱作，在高下游弄之后。凡三调，歌弦一部竟，辄作送。歌弦今用器又有《大歌弦》一曲，歌'大妇织绮罗'，不在歌数，唯平调有之，即清调'相逢狭路间，道隘不容车'篇，后章有'大妇织绮罗，中妇织流黄'是也"。张《录》云："非管弦音声所寄，似是命笛理弦之余。"王录所无也，亦谓之《三妇艳》诗。[1]

上述记载中所说的"即清调'相逢狭路间，道隘不容车'篇，后章有'大妇织绮罗，中妇织流黄'是也"，指的应当就是古辞《相逢行》中被刘铄选取用来改编为新题《三妇艳》的"大妇织绮罗，中妇织流黄。小妇无所为，挟瑟上高堂。丈人且安坐，调丝方未央"六句。张永在《元嘉正声技录》中指出，乐队用《大歌弦》演唱"大妇织绮罗"一段，未唱歌之前，先由八个乐队演奏，四种乐器在笛的高弄、下声弄、游弄演奏之后同时演奏。《三妇艳》不是竹弦乐器演奏的音乐，好像是用笛吹奏、弦乐器演奏的某些旋律，说明笛子与弦乐器是《三妇艳》歌诗演奏的重要乐器，演奏中还有送声。刘铄选取乐府古辞《相逢行》后六句"大妇织绮纻，中妇织流黄。小妇无所为，挟琴上高堂。丈夫且安坐，调弦方未央"，改动相关字词而成的"大妇裁雾縠，中妇牒冰练。小妇端清景，含歌登玉殿。丈人且徘徊，临风伤流霰"。基本内容和主题都没有发生变化。这种改动应当是受到演唱需求的制约。

《三妇艳》之"艳"，是指曲调。郭茂倩说："大曲又有艳，有趋、有乱。辞者其歌诗也，……艳在曲之前，趋与乱在曲之后。"[2] 可能《三妇艳》

---

[1]（宋）郭茂倩编：《乐府诗集》卷三十，中华书局1979年版，第441—442页。这段引文《乐府诗集》的标点或有误，此处参考王运熙《乐府诗述论》（增补本）的标点（上海古籍出版社2006年版，第207—208页），并据笔者理解重新处理。

[2]（宋）郭茂倩编：《乐府诗集》卷二十六《相和歌辞一》解题，中华书局1979年版，第377页。

的表演，即是以艳开始，然后才是与相和歌清调曲配合的歌诗演唱。从现存歌诗数量来看，《三妇艳》在当时应当很受欢迎。

二、《白纻歌》的创作与表演

东晋南朝著名的宫廷舞蹈白纻舞，从民间歌舞发展而来，后来经过宫廷乐师及文人的不断改造，逐步雅化，成为宫廷娱乐的重要节目。《乐府诗集》卷五十三《舞曲歌辞》解题曰："杂舞者，《公莫》《巴渝》《槃舞》《鞞舞》《铎舞》《拂舞》《白纻》之类是也。始皆出自方俗，后浸陈于殿庭。"① 早期白纻舞可能是吴舞，吴地盛产白纻，可以制成袍衫和丝巾，《宋书·乐志》曰："又有《白纻舞》，按舞辞有巾袍之言。纻本吴地所出，宜是吴舞也。晋《俳歌》又云：'皎皎白绪，节节为双。'吴音呼绪为纻，疑白纻即白绪。"② 白纻舞者因身着白纻所制衣衫而形成鲜明的特色。《乐府诗集》卷五十五《晋白纻舞歌诗》解题引《乐府解题》曰："古词盛称舞者之美，宜及芳时为乐，其誉白纻曰：'质如轻云色如银，制以为袍余作巾。袍以光躯巾拂尘。'"③

东晋南朝现存与白纻舞有关的歌诗有：晋《白纻舞歌诗》三首，宋《白纻舞歌诗》一首、《宋泰始歌舞曲辞·白纻篇大雅》一首、鲍照《白纻歌》六首、刘铄《白纻歌》一首、汤惠休《白纻歌》二首，齐王俭《齐白纻辞》五首，梁萧衍《梁白纻辞》二首、张率《白纻歌》九首、沈约《四时白纻歌》四首及《夜白纻》一首，共三十四首。其中，晋、宋、齐、梁各代均有作品，可见白纻歌流行之广。

《宋书·乐志》在著录《晋白纻舞歌诗》三首后说："《白纻》旧新合三篇。"④《宋白纻舞歌诗》及《齐白纻辞》基本是由《晋白纻舞歌诗》改编而成。为了分别论述，我们把这晋、宋、齐三代的《白纻舞歌诗》引录如下：

---

① （宋）郭茂倩编：《乐府诗集》卷五十三，中华书局 1979 年版，第 766 页。
② 《宋书》卷十九《乐志一》，中华书局 1974 年版，第 552 页。
③ （宋）郭茂倩编：《乐府诗集》卷五十五，中华书局 1979 年版，第 797—798 页。
④ 《宋书》卷二十二《乐志四》，中华书局 1974 年版，第 637 页。

轻躯徐起何洋洋，高举两手白鹄翔。宛若龙转乍低昂，凝停善睐客仪光。如推若引留且行，随世而变诚无方。舞以尽神安可忘，晋世方昌乐未央。质如轻云色如银，爱之遗谁赠佳人。制以为袍余作巾，袍以光躯巾拂尘。丽服在御会嘉宾，醪醴盈樽美且淳。清歌徐舞降祇神，四座欢乐胡可陈。（《晋白纻舞歌诗》其一）

双袂齐举鸾凤翔，罗裾飘飖昭仪光。趋步生姿进流芳，鸣弦清歌及三阳。人生世间如电过，乐时每少苦日多。幸及良辰耀春华，齐倡献舞赵女歌。羲和驰景逝不停，春露未晞严霜零。百草凋索花落英，蟋蟀吟牖寒蝉鸣。百年之命忽若倾，早知迅速秉烛行。东造扶桑游紫庭，西至昆仑戏曾城。（《晋白纻舞歌诗》其二）

阳春白日风花香，趋步明玉舞瑶珰。声发金石媚笙簧，罗袿徐转红袖扬。清歌流响绕凤梁，如矜若思凝且翔。转眄遗精艳辉光，将流将引双雁行。欢来何晚意何长，明君御世永歌昌。（《晋白纻舞歌诗》其三）[1]

高举两手白鹄翔，轻躯徐起何洋洋。凝停善睐客仪光，宛若龙转乍低昂。随世而变诚无方，如推若引留且行。宋世方昌乐未央，舞以尽神安可忘。爱之遗谁赠佳人，质如轻云色如银。袍以光躯巾拂尘，制以为袍余作巾。四坐欢乐胡可陈，清歌徐舞降祇神。（《宋白纻舞歌诗》）[2]

阳春白日风花香，趋步明月舞瑶裳。
情发金石媚笙簧，罗袿徐转红袖扬。
清歌流响绕凤梁，如惊若思凝且翔。
转眄流精艳辉光，将流将引双雁行。
欢来何晚意何长，明君驭世永歌昌。（王俭《齐白纻辞》五曲）[3]

　　将晋、宋、齐三代《白纻舞歌诗》稍作对照即可发现，《宋白纻舞歌诗》与《晋白纻舞歌诗》其一内容基本相同，只是将偶数句与奇数句颠倒了位置，将第八、十六句中的"晋""座"改为"宋""坐"，并删去了

---

①　（宋）郭茂倩编：《乐府诗集》卷五十五，中华书局 1979 年版，第 798 页。
②　（宋）郭茂倩编：《乐府诗集》卷五十五，中华书局 1979 年版，第 799 页。
③　（宋）郭茂倩编：《乐府诗集》卷五十五，中华书局 1979 年版，第 799 页。

"丽服在御"两句,二者差别不大;而王俭所作的《齐白纻辞》则将《晋白
纻舞歌诗》其三的第二、三、六、七、十句中的"珰、声、矜、眄、御"
五个字,分别改为"裳、情、惊、晒、驭",并将原十句一曲改为每两句一
曲。因此《齐白纻辞》就变成了五曲。这在表演方面可能与《晋白纻舞歌
诗》有了较大差别,不仅曲调可能发生变化,相应的舞蹈也必然有所调整。

东晋南朝《白纻歌》主要描绘了特色鲜明的白纻舞蹈表演盛况。如鲍
照的《白纻歌六首》其一曰:

> 吴刀楚制为佩袿,纤罗雾縠垂羽衣。含商咀徵歌露晞,珠屟飒沓纨
> 袖飞。凄风夏起素云回,车怠马烦客忘归,兰膏明烛承夜晖。①

灯火通明的晚宴上,罗衣飘飘,舞姿翩翩,歌声悠扬,乐声婉转,令观
者如痴如醉,陶醉其中,忘记了时间,忘记了归途。除鲍照歌诗外,梁代张
率的《白纻歌九首》中的如下几首也描绘了歌诗表演带给观众的独特观感:

> 妙声屡唱轻体飞,流津染面散芳菲。俱动齐息不相违,令彼嘉客澹
> 忘归,时久玩夜明星稀。(其二)
> 夜寒湛湛夜未央,华灯空烂月悬光。从风衣起发芬香,为君起舞幸
> 不忘。(其四)
> 列坐华筵纷羽爵,清曲未终月将落。歌舞及时酒常酌,无令朝露坐
> 销铄。(其五)②

这是对白纻舞表演盛况的真实写照,年轻女子的舞蹈,在"华灯空烂
月悬光"的夜晚,群歌群舞,尽情欢娱。除了对白纻舞蹈表演整体效果的
摹写外,不少歌诗对白纻歌舞进行了更为详细和具体的描述。

首先,对表演者的服饰多有描摹。歌舞艺人配合白纻舞的服饰基本用白
纻制成。白纻是一种产于吴地的麻细布,色泽洁白,质地轻柔,穿在身上会

---

① (宋)郭茂倩编:《乐府诗集》卷五十五,中华书局1979年版,第800页。
② 以上三首均见《乐府诗集》卷五十五,中华书局1979年版,第802页。

随着身体的舞动产生飘逸的效果，使舞蹈之人显得格外轻盈，犹如从天而降的仙子。白纻舞歌诗对此多有描绘：

> 质如轻云色如银，爱之遗谁赠佳人。（《晋白纻舞歌诗》其一）
> 罗裙飘飖昭仪光。（《晋白纻舞歌诗》其二）
> 罗袿徐转红袖扬。（《晋白纻舞歌诗》其三）
> 状似明月泛云河，体如轻风动流波。（刘铄《白纻曲》）①

其次，对白纻歌舞的舞蹈动作，尤其是以不同手部动作演绎各种形象，表达不同含义做了细致的刻画。

> 高举两手白鹄翔……如推若引留且行。（《晋白纻舞歌诗》其一）
> 佳人举袖耀青蛾，掺掺擢手映鲜罗。（刘铄《白纻曲》）
> 朱唇动，素腕举，洛阳少童邯郸女。（鲍照《白纻歌》其五）②
> 桃花水上春风出，舞袖逶迤鸾照日。（汤惠休《白纻歌》其一）③
> 长袖拂面心自煎，愿君流光及盛年。（汤惠休《白纻歌》其二）④

既有以手部的动作模拟白鹤飞翔的姿态，又有一些在现在看来颇似太极的舞蹈动作，还有的以手部动作带动宽大的衣袖。高举双手、挥动衣袖是白纻舞较为经典的动作。

与其他舞蹈相同，白纻舞蹈在表演时面部表情也非常重要，这是"白纻"歌诗的主要内容之一，也是最能打动观赏者之处。舞台上的表演者常常通过两种方式与现场的观众进行交流，一种是演唱歌辞，这往往是固定的，歌舞艺人只需将歌诗演唱出来即可；另一个就是面部表情，含笑生情，飞眸流转，传递的感情是丰富的，也最能引人遐思。许多"白纻"歌诗对此都有描写：

---

① （宋）郭茂倩编：《乐府诗集》卷五十五，中华书局 1979 年版，第 800 页。
② （宋）郭茂倩编：《乐府诗集》卷五十五，中华书局 1979 年版，第 801 页。
③ （宋）郭茂倩编：《乐府诗集》卷五十五，中华书局 1979 年版，第 801 页。
④ （宋）郭茂倩编：《乐府诗集》卷五十五，中华书局 1979 年版，第 801 页。

凝停善睐客仪光，宛若龙转乍低昂。（宋《白纻舞歌辞》）
短歌流目未肯前，含笑一转私自怜。（梁武帝《梁白纻辞》）①
为君娇凝复迁延，流目送笑不敢言。（汤惠休《白纻歌二首》其二）②
依弦度曲婉盈盈，扬蛾为态谁目成。（张率《白纻歌九首》其一）③
如娇如怨状不同，含笑流眄满堂中。（沈约《四时白纻歌·春白纻》）④

　　眼神传递了丰富的情感，"凝停善睐""短歌流目""流目送笑"等，舞女内心世界似乎通过眼神可以窥见，经由眼神传递的"为君娇凝""如娇如怨"等内在情感远非单纯的歌辞演唱所能表达的，这种舞者和客人的超越语言之上的互动，大大增强了现场的表演效果。
　　不同于上述"白纻"歌诗，有的作品以女性的口吻写男女离别相思之苦，如梁代张率《白纻歌九首》中的如下五首：

　　日暮搴门望所思，风吹庭树月入帷。凉阴既满草虫悲，谁能离别长夜时。流叹不寝泪如丝，与君之别终何知。（其三）
　　秋风萧条露垂叶，空闺光尽坐愁妾。独向长夜泪承睫，山高水深路难涉，望君光景何时接。（其四）
　　遥夜方远时既寒，秋风萧瑟白露团。佳期不待岁欲阑，念此迟暮独无欢，鸣弦流管增长叹。（其五）
　　愁来夜迟犹叹息，抚枕思君终反仄。金翠钗环稍不饰，雾縠流黄不能织。但坐空闺思何极，欲以短书寄飞翼。（其八）
　　遥夜忘寐起长叹，但望云中双飞翰。明月入牖风吹幔，终夜悠悠坐申旦。谁能知我心中乱，终然有怀岁方晏。（其九）⑤

　　歌诗以女性的口吻叙述对心中所爱君子的思念，因为离别悲情，物皆着

①　（宋）郭茂倩编：《乐府诗集》卷五十五，中华书局1979年版，第800页。
②　（宋）郭茂倩编：《乐府诗集》卷五十五，中华书局1979年版，第801页。
③　（宋）郭茂倩编：《乐府诗集》卷五十五，中华书局1979年版，第802页。
④　（宋）郭茂倩编：《乐府诗集》卷五十六，中华书局1979年版，第806页。
⑤　以上见《乐府诗集》卷五十五，中华书局1979年版，第802页。

我之色，草虫悲鸣，秋风萧条；因为相思成病，无心打扮，无心织丝，长夜难眠。仅从文本中看，似乎与"白纻"歌舞没有太大的关系，可能在演唱时使用"白纻"曲调而以此命名。

东晋南朝现存的"白纻"歌诗在当时应全部用于演唱和表演。《乐府诗集》将这些作品明确分为歌诗和舞辞，歌诗有《晋白纻舞歌诗》三首、《宋白纻舞歌诗》一首、《齐白纻辞》五首、《梁白纻辞》二首；舞辞有刘铄《白纻曲》一首、鲍照《白纻歌》六首、汤惠休《白纻歌》二首、梁张率《白纻歌》九首。两者有所区别，前者直接用于各个场合演唱，后者主要配合"白纻"舞蹈，较少单独演唱。

依据现有的资料，可以知道其中一些白纻歌诗的具体表演情况，如沈约的《四时白纻歌》：

> 兰叶参差桃半红，飞芳舞縠戏春风。如娇如怨状不同，含笑流眄满堂中。翡翠群飞飞不息，愿在云间长比翼。佩服瑶草驻容色，舜日尧年欢无极。（《春白纻》）
>
> 朱光灼烁照佳人，含情送意遥相亲。嫣然宛转乱心神，非子之故欲谁因。翡翠群飞飞不息，愿在云间长比翼。佩服瑶草驻容色，舜日尧年欢无极。（《夏白纻》）
>
> 白露欲凝草已黄，金琯玉柱响洞房。双心一意俱回翔，吐情寄君君莫忘。翡翠群飞飞不息，愿在云间长比翼。佩服瑶草驻容色，舜日尧年欢无极。（《秋白纻》）
>
> 寒闺昼寝罗幌垂，婉容丽心长相知。双去双还誓不移，长袖拂面为君施。翡翠群飞飞不息，愿在云间长比翼。佩服瑶草驻容色，舜日尧年欢无极。（《冬白纻》）
>
> 秦筝齐瑟燕赵女，一朝得意心相许。明月如规方袭予，夜长未央歌《白纻》。翡翠群飞飞不息，愿在云间长比翼。佩服瑶草驻容色，舜日尧年欢无极。（《夜白纻》）[1]

---

[1] （宋）郭茂倩编：《乐府诗集》卷五十六，中华书局 1979 年版，第 806 页—807 页。

《乐府诗集》于沈约《四时白纻歌》解题引《古今乐录》曰："沈约云：'《白纻》五章，敕臣约造。武帝造后两句。'"① 《唐书·乐志》曰："梁武帝令沈约改其辞为《四时白纻歌》。"② 可知沈约《四时白纻歌》五首实为沈约与梁武帝合作，其中后面的"翡翠群飞飞不息，愿在云间长比翼。佩服瑶草驻容色，舜日尧年欢无极"四句（即上文所提"武帝造后两句"）为梁武帝所作。沈约在此四句之前加入带有春、夏、秋、冬、夜特色的景物，描写白纻舞女的妩媚舞姿舞容，而构成《四时白纻歌》。最后四句其实是歌诗演唱中的和声。元代龙辅《女红余志》卷上"白纻歌"条记录了《白纻歌》表演情形：

> 沈约《白纻歌》五章（每章七言八句，后四句梁武帝作，五章后四句都相同，当是用作送声的），舞用五女，中间起舞，四角各奏一曲。至翡翠群飞（全句云："翡翠群飞飞不息"，为梁武帝所造歌词四句之首句）以下，则和声奏之，梁尘俱动。舞已则舞者独歌末曲以进酒。③

依此，《四时白纻歌》舞者共有五人，舞蹈表演位于舞台中央，舞台四角置乐，各奏一曲（笔者按：当指春、夏、秋、冬《白纻》），每曲演唱至"翡翠群飞飞不息，愿在云间长比翼。佩服瑶草驻容色，舜日尧年欢无极"，则四角"和声"合奏。王运熙先生说："'梁尘俱动'，具体写出了合唱和送声时的热烈情况。"④ 我们的理解与王先生稍有不同，"梁武帝所造歌词四句"的合唱应是和声，而《四时白纻歌》演奏完毕，接下来的"舞者独唱"《夜白纻》应是送声。

《旧唐书·音乐志》所载舞人数量与龙辅所记稍有不同，但对配乐情况则讲得比较详细：

---

① （宋）郭茂倩编：《乐府诗集》卷五十六，中华书局 1979 年版，第 806 页。
② （宋）郭茂倩编：《乐府诗集》卷五十五《晋白纻舞歌诗》题引，中华书局 1979 年版，第 798 页。
③ （元）龙辅：《女红余志》卷上，美国华盛顿大学图书馆藏明天启崇祯间海虞毛氏汲古阁刊本。括号内的文字为王运熙先生所加，参王运熙：《乐府诗述论》（增补本），上海古籍出版社 2006 年版，第 112 页。
④ 王运熙：《乐府诗述论》（增补本），上海古籍出版社 2006 年版，第 112 页。

当江南之时，《巾舞》《白纻》《巴渝》等衣服各异。梁以前舞人并二八①，梁舞省之，咸用八而已。令工②人平巾帻，绯袴褶。舞四人，碧轻纱衣，裙襦大袖，画云凤之状，漆鬟髻，饰以金铜杂花，状如雀钗，锦履。舞容闲婉，曲有姿态。沈约《宋书》志江左诸曲哇淫，至今其声调犹然。观其政已乱，其俗已淫，既怨且思矣，而从容雅缓，犹有古士君子之遗风。他乐则莫与为比。乐用钟一架，磬一架，琴一，三弦琴一，击琴一，瑟一，秦琵琶一，卧箜篌一，筑一，筝一，节鼓一，笙二，笛二，箫二，篪二，叶二，歌二。③

按《旧唐书》的记载，《巾舞》《白纻》《巴渝》等舞蹈的表演，梁以前用十六人（或十二人），梁代使用八人。有关舞者的装扮，既有服饰上的"碧轻纱衣，裙襦大袖"，又有妆容上的"漆鬟髻，饰以金铜杂花，状如雀钗，锦履"。整体的艺术效果是"舞容闲婉，曲有姿态""从容雅缓""有古士君子之遗风"。由上述记载还可知道，这几种舞蹈的表演，所配乐器众多，是典型的合奏曲。这当然也是白纻舞表演的基本特点，也正是这种合奏与合唱相配合，才能达到"梁尘俱动"、令人震撼的效果。

从沈约《四时白纻歌》的表演和《旧唐书》的记载可以知道，白纻舞是与音乐、歌唱相配合的大型舞蹈。舞蹈参与人数为十六人，梁代减为八人（或四人），所配乐器众多，演唱者的人数虽然没有明确记载，但从沈约的《四时白纻歌》"翡翠群飞飞不息，愿在云间长比翼"之"群飞"，及《白纻篇大雅》"四县庭响美勋英，八列陛唱贵人声"等，都可以推知，《白纻》舞表演的舞者、歌者和乐工应当都不在少数。

此外，白纻舞还作为送声，与巾舞配合演出。上引《旧唐书》的记载是将白纻舞与巾舞等放在一起加以介绍的，说明其表演方式和演出阵容是相当的。《乐府诗集》卷五十五梁武帝《梁白纻辞二首》解题引《古今乐录》

---

① 《通典》作"梁以前，舞人并十二人"，（唐）杜佑撰，王文锦等点校：《通典》卷一百四十六，中华书局1988版，第3717页。

② 按"令工"以下两句，《通典》卷一百四十六《乐六·清乐》作"今二人，平巾帻，绯褶"。当以《通典》为是。参见（唐）杜佑撰，王文锦等点校：《通典》卷一百四十六，中华书局1988年版，第3717页。

③ 《旧唐书》卷二十九《音乐志二》，中华书局1975年版，第1067页。

说："梁三朝乐第二十，设《巾舞》，并《白纻》，盖《巾舞》以《白纻》四解送也。"[1] 明确点出巾舞以白纻舞作为送声。梁武帝《梁白纻辞二首》曰：

> 朱丝玉柱罗象筵，飞琯促节舞少年。短歌流目未肯前，含笑一转私自怜。（其一）
> 纤腰袅袅不任衣，娇怨独立特为谁。赴曲君前未忍归，上声急调中心飞。（其二）[2]

虽然"《巾舞》以《白纻》四解送"，被郭茂倩放在《梁白纻辞二首》解题中，但在梁代作为《巾舞》送声的《白纻舞》，恐怕不只是《梁白纻辞二首》。从《四时白纻歌》的表演情况来看，前述沈约与梁武帝合作的《四时白纻歌》，或许更具备作为《巾舞》送声的资格。

上引《旧唐书·音乐志》所载，《巾舞》《白纻》《巴渝》等舞蹈的用乐情况相当复杂，共有钟、磬、琴、三弦琴、击琴、瑟、秦琵琶、卧箜篌、筑、筝、节鼓、笙、笛、箫、篪、叶等乐器十六种。所谓的"歌二"，应指的是"歌二人"，不是乐器。[3] 需要说明的是，郭茂倩以为，"叶"这种乐器有可能在东晋南朝并未使用而是唐代新增，《乐府诗集》卷四十四《清商曲辞一》解题曰：

> 清商乐，一曰清乐。……而清乐歌曲有《杨伴》，舞曲有《明君》《并契》。乐器有钟、磬、琴、瑟、击琴、琵琶、箜篌、筑、筝、节鼓、笙、笛、箫、篪、埙等十五种，为一部。唐又增吹叶而无埙。[4]

---

[1]　（宋）郭茂倩编：《乐府诗集》卷五十五，中华书局1979年版，第800页。

[2]　（宋）郭茂倩编：《乐府诗集》卷五十五，中华书局1979年版，第800页。

[3]　按《新唐书》卷二十一《礼乐志十一》载："燕乐。高祖即位，仍隋制设九部乐：《燕乐伎》，乐工舞人无变者。《清商伎》者，隋清乐也。有编钟、编磬、独弦琴、击琴、瑟、秦琵琶、卧箜篌、筑、筝、节鼓，皆一；笙、笛、箫、篪、方响、跋膝，皆二。歌二人，吹叶一人，舞者四人，并习《巴渝舞》。"与《旧唐书·音乐志二》所载略有不同。中华书局1975年版，第469—470页。

[4]　（宋）郭茂倩编：《乐府诗集》卷四十四，中华书局1979年版，第638—639页。

据《通典》记载，《巾舞》《白纻》《巴渝》等舞蹈所用乐器有："乐用钟一架，磬一架，琴一，一弦琴一，瑟一，秦琵琶一，卧箜篌一，筑一，筝一，节鼓一，笙二，笛二，箫二，篪二，叶一，歌二。"① 与《旧唐书·音乐志》相比，多"一弦琴一"，而少"三弦琴一，击琴一"，"叶"较《旧唐书》少一。有关唐代"增吹叶"的说法，有可能郭茂倩所记有误。

从现有的资料看，《白纻》歌舞在具体的表演中，往往根据欣赏者的口味和实际的乐器情况来配合演奏：

> 声发金石媚笙簧。(《晋白纻舞歌诗》其三)②
> 秦筝齐瑟燕赵女。(沈约《夜白纻》)③
> 秦筝赵瑟抶笙竽。(鲍照《白纻歌》其二)④
> 三星参差露沾湿，弦悲管清月将人。(鲍照《白纻歌》其三)⑤
> 古称《渌水》今《白纻》，催弦急管为君舞。(鲍照《白纻歌》其五)⑥

有金石笙簧、筝瑟、笙竽等组合的搭配演奏，管弦乐器的搭配较为常见，"弦悲管清""催弦急管"。这些器乐演奏配合白纻舞的舞步，开始时是"轻躯徐起何洋洋"⑦(《晋白纻舞歌诗》其一)，继而"趋步生姿进流芳"⑧(《晋白纻舞歌诗》其一)，"催弦急管为君舞"⑨(鲍照《白纻歌》其五)，曲调、乐器演奏由舒缓到繁促，配合着白纻舞蹈由缓而急，节奏由慢而快，层层快进，让人眼花缭乱。

东晋南朝《白纻歌》的表演以宫廷为主，主要有以下几个方面的功用：

一是用于宫廷宴飨。这是宫廷《白纻》的主要功能，上述张率《白纻

---

① (唐)杜佑撰，王文锦等点校：《通典》卷一百四十六，中华书局1988版，第3717页。
② (宋)郭茂倩编：《乐府诗集》卷五十五，中华书局1979年版，第798页。
③ (宋)郭茂倩编：《乐府诗集》卷五十六，中华书局1979年版，第807页。
④ (宋)郭茂倩编：《乐府诗集》卷五十五，中华书局1979年版，第800页。
⑤ (宋)郭茂倩编：《乐府诗集》卷五十五，中华书局1979年版，第800页。
⑥ (宋)郭茂倩编：《乐府诗集》卷五十五，中华书局1979年版，第801页。
⑦ (宋)郭茂倩编：《乐府诗集》卷五十五，中华书局1979年版，第798页。
⑧ (宋)郭茂倩编：《乐府诗集》卷五十五，中华书局1979年版，第798页。
⑨ (宋)郭茂倩编：《乐府诗集》卷五十五，中华书局1979年版，第801页。

歌》（其七）描绘的即此情形。

二是贵族自娱。白纻舞蹈的表演是以宫廷为主，但在宫廷之外，贵族也以此自娱。《太平御览》记载："《宣城图经》曰：'宣州白经山在县东五里，本名楚山。桓温领妓游此山奏乐，好为《白纻歌》，因改为白纻山。'"①东晋的桓温携带歌舞伎人登山，在山中奏乐并且表演《白纻歌》，当时的表演一定颇为轰动，所以广为流传，以至楚山都被改名为白纻山。既然桓温可以带领自己的歌舞艺人在山中表演，那么王公贵族在自己家中欣赏白纻舞也就不足为奇了。

三是在祭祀等较为正式的场合作为雅乐使用。《白纻歌》属舞曲歌辞中的杂曲歌辞，本是俗乐而非雅乐，但在东晋南朝时地位大大提升。《乐府诗集》卷五十六《宋泰始歌舞曲辞》解题引《古今乐录》曰：

> 《宋泰始歌舞》十二曲：一曰《皇业颂》，歌自尧至楚元王、高祖，世载圣德，二曰《圣祖颂》，三曰《明君大雅》，四曰《通国风》，五曰《天符颂》，六曰《明德颂》，七曰《帝图颂》，八曰《龙跃大雅》，九曰《淮祥风》，十曰《宋世大雅》，十一曰《治兵大雅》，十二曰《白纻篇大雅》。②

《白纻篇大雅》的内容如下：

> 在心曰志发言诗，声成于文被管丝。手舞足蹈欣泰时，移风易俗王化基。琴角挥韵白云舒，《箫韶》协音神凤来。拊击和节咏在初，章曲乍毕情有余。文同轨一道德行，国靖民和礼乐成。四县庭响美勋英，八列陛唱贵人声。舞饰丽华乐容工，罗裳映日袂随风。金翠列辉蕙麝丰，淑姿秀体允帝衷。③

篇名为《白纻篇大雅》，可见应是雅乐。歌诗内容主要赞美王朝统治国

---

① （宋）李昉：《太平御览》卷四十六"白纻山"条，上海古籍出版社 2008 年版，第 521 页。
② （宋）郭茂倩编：《乐府诗集》卷五十六，中华书局 1979 年版，第 810 页。
③ （宋）郭茂倩编：《乐府诗集》卷五十六，中华书局 1979 年版，第 812 页。

靖民和，乐器陈列于厅堂四周，歌唱者有八列，歌者舞者服饰华美，舞之蹈之来歌颂国家安泰，其《白纻》歌舞典雅和正，"淑姿秀体允帝衷"，在隆重的祭祀场合表演，以凸显典雅高贵的皇族威仪。另梁三朝乐第二十，亦设《巾舞》并《白纻》，白纻歌舞已成为三朝乐的主要节目。

东晋南朝之前，《白纻舞》是吴地颇为流行的一种俗乐，主要配合民间歌舞的表演使用，尚未被社会各个阶层所接受，也并未在吴地之外的地域中广为流传。《初学记》卷十五载："《白纻歌》起于吴，孙皓时作，又曰《白纻舞》"①。在晋武帝司马炎灭吴之后，掠取吴宫女伎五千人，后宫伎妾达万人以上。《白纻舞》可能就在这一时期随着吴宫女乐的传入而传入西晋。东晋南朝，《白纻》歌舞吸取前代表演的精粹，并融合当代的特色，发展成为各个阶层广为喜爱的歌舞，统治阶层的大力提倡使之发展到顶峰，成为融合歌、乐、舞、诗为一体的大型宫廷乐舞。

此后的《白纻歌》大多已不再是舞蹈的附属，而是单独用于演唱。如唐代的《白纻歌》，是当时的流行歌曲，不仅在宫廷，更在民间广泛传播。任半塘先生在《唐声诗》中指出："唐人歌《白纻》甚盛，亦有野唱与精唱之别。或出艺人妙啭，或出醉客高歌；或用在离筵，或托抒乡思。其声为人所慕，甚至虽不能歌，亦强效之。"②说明唐代《白纻》是流行歌曲，而且基本已经脱离了舞蹈而单独演唱。③

三、《采莲曲》和《采菱曲》的创作与表演

《乐府诗集》卷二十六《江南》解题曰：

> 《乐府解题》曰："江南古辞，盖美芳晨丽景，嬉游得时。若梁简文'桂楫晚应旋'，唯歌游戏也。"按梁武帝作《江南弄》以代西曲，有《采莲》《采菱》，盖出于此。④

---

① （唐）徐坚：《初学记》第 2 册，中华书局 1982 年版，第 377 页。
② 任半塘：《唐声诗》，上海古籍出版社 1982 年版，第 412 页。
③ 《白纻》相关研究，可参考方晓玲：《〈白纻〉舞、歌、辞考论》，硕士学位论文，安徽大学 2006 年。
④ （宋）郭茂倩编：《乐府诗集》卷二十六，中华书局 1979 年版，第 384 页。

　　指出《采莲》《采菱》二曲出于描写"芳晨丽景，嬉游得时"的江南古辞。所谓江南古辞，即汉乐府相和歌《江南》，源自民间，朴素明朗，韵味天成，反映了江南采莲民俗。莲花七月盛开，而"采莲"多发生在夏季荷花刚刚开放（被称之为"采新莲"）或者秋季莲子成熟的时候（以采莲子为主）。《采莲曲》多以"采新莲"和"采莲子"为主要内容进行创作，尤其以"采新莲"为主。《江南》古辞因其性情天真和取法自然，备受历代读者喜爱：

　　　　江南可采莲，莲叶何田田。鱼戏莲叶间，鱼戏莲叶东，鱼戏莲叶西，鱼戏莲叶南，鱼戏莲叶北。[①]

　　乐歌生动描写了采莲活动，借鱼在莲叶间穿梭往来的轻灵游动，传达出采莲人欢快的心情。至东晋南朝，文人在上述古辞下拟作《采莲曲》《采菱曲》虽歌咏采莲、采菱，但写法和主题已与古辞有了较大的差别。

　　现存最早以《采莲曲》命名的文人作品，是梁武帝改制西曲而成的《采莲曲》，也是《江南弄》七曲之一。现存南朝《采莲曲》主要集中在梁代，陈代仅陈后主一首。梁代《采莲曲》现存作品共有十首：梁武帝改制西曲而成的《采莲曲》一首，简文帝三首、梁元帝一首、刘孝威、朱超、沈君攸各一首，吴均二首，《乐府诗集》记载梁《采莲曲》还有《张静婉采莲曲》二首，已失传。现存梁、陈两代《采莲曲》共十一首，多以歌咏女子采莲及叶绿荷香的美景为主：

　　　　晚日照空矶，采莲承晚晖。风起湖难度，莲多摘未稀。棹动芙蓉落，船移白鹭飞。荷丝傍绕腕，菱角远牵衣。（梁简文帝《采莲曲三首》其一）[②]
　　　　金桨木兰船，戏采江南莲。莲香隔浦渡，荷叶满江鲜。房垂易入手，柄曲自临盘。露花时湿钏，风茎乍拂钿。（刘孝威《采莲曲》）[③]

---

①　（宋）郭茂倩编：《乐府诗集》卷二十六，中华书局1979年版，第384页。
②　（宋）郭茂倩编：《乐府诗集》卷五十，中华书局1979年版，第731页。
③　（宋）郭茂倩编：《乐府诗集》卷五十，中华书局1979年版，第731页。

艳色前后发，缓楫去来迟。看妆碍荷影，洗手畏菱滋。摘除莲上叶，拖出藕中丝。湖里人无限，何日满船时。(朱超《采莲曲》)①

平川映晓霞，莲舟泛浪华。衣香随岸远，荷影向流斜。度手牵长柄，转楫避疏花。还船不畏满，归路讵嫌赊。(沈君攸《采莲曲》)②

江南当夏清，桂楫逐流萦。初疑京兆剑，复似汉冠名。荷香带风远，莲影向根生。叶卷珠难溜，花舒红易倾。日暮凫舟满，归来渡锦城。(吴均《采莲曲二首》其一)③

文人创作的《采莲曲》歌诗，大都描绘了一幅荷香花美的女子采莲图，与之前的汉乐府《江南》不同的是，这些歌诗里不仅通过描绘自然美景传递采莲的愉悦之情，同时突出了采莲女的形象。采莲女子的容颜与荷花相映成趣，"露花时湿钏，风茎乍拂钿"；荷花也有情有义，"荷丝傍绕腕，菱角远牵衣"；更有采莲女子的心理描写，"看妆碍荷影，洗手畏菱滋"。这些歌诗既写荷花之香美，又写采莲女子之娇美多姿。其主题与古辞《江南》一脉相承，不少《采莲曲》融入了男女情爱。

常闻蕖可爱，采撷欲为裙。叶滑不留綖，心忙无假薰。千春谁与乐，唯有妾随君。(梁简文帝《采莲曲三首》其二)④

碧玉小家女，来嫁汝南王。莲花乱脸色，荷叶杂衣香。因持荐君子，愿袭芙蓉裳。(梁元帝《采莲曲》)⑤

锦带杂花钿，罗衣垂绿川。问子今何去，出采江南莲。辽西三千里，欲寄无因缘。愿君早旋返，及此荷花鲜。(吴均《采莲曲二首》其二)⑥

相催暗中起，妆前日已光。随宜巧注口，薄落点花黄。风住疑衫密，船小畏裾长。波文散动楫，荄花拂度航。低荷乱翠影，采袖新莲

---

① (宋)郭茂倩编：《乐府诗集》卷五十，中华书局1979年版，第731页。
② (宋)郭茂倩编：《乐府诗集》卷五十，中华书局1979年版，第732页。
③ (宋)郭茂倩编：《乐府诗集》卷五十，中华书局1979年版，第732页。
④ (宋)郭茂倩编：《乐府诗集》卷五十，中华书局1979年版，第731页。
⑤ (宋)郭茂倩编：《乐府诗集》卷五十，中华书局1979年版，第731页。
⑥ (宋)郭茂倩编：《乐府诗集》卷五十，中华书局1979年版，第732页。

香。归时会被唤，且试入兰房。（陈后主《采莲曲》）①

这些歌诗聚焦于采莲女子，对她们进行了细致的描摹。"莲花乱脸色，荷叶杂衣香"，"锦带杂花钿，罗衣垂绿川"，"低荷乱翠影，采袖新莲香"，其中也或隐或显地传达了男女之情。如果说"辽西三千里，欲寄无因缘。愿君早旋返，及此荷花鲜"和"因持荐君子，愿袭芙蓉裳"对男女之情略显含蓄的话，那"千春谁与乐，唯有妾随君"和"归时会被唤，且试入兰房"就比较明显了。总体来看，这些歌诗淡化了"芳晨丽景"，将重点转向了对采莲女子多角度的表现。

除《采莲曲》外，文人也比较喜欢创作《采菱曲（歌）》。《乐府诗集》现存以《采菱曲（歌）》命名的歌诗早于《采莲曲（歌）》。采菱也是当时江南地区的民间活动之一，可与采莲同时进行，菱与莲有共同的花期，结果时间也大致相似。《神弦歌十八首》中即有《采莲童曲二首》：

泛舟采菱叶，过摘芙蓉花。扣楫命童侣，齐声采莲歌。（其一）
东湖扶菰童，西湖采菱芰。不持歌作乐，为持解愁思。（其二）②

《神弦歌》属于清商曲辞吴声歌中特殊的一类，是建业一带的民间的祭歌，祭祀对象"多数是地方性的杂鬼怪"③。现存最早以"采菱"命名的文人歌诗，是刘宋鲍照的《采菱歌》七首。从现存资料来看，东晋南朝以采菱命名的歌诗共十六首：其中宋鲍照《采菱歌》七首，齐王融《采菱曲》一首，梁武帝一首、简文帝一首、陆罩一首、费昶一首、江淹一首、江洪二首、徐勉一首。

东晋南朝《采菱曲（歌）》主题之一，是通过采菱活动来表达"芳晨丽景，嬉游得时"。

菱花落复含，桑女罢新蚕。桂棹浮星艇，徘徊莲叶南。（梁简文帝

____

① （宋）郭茂倩编：《乐府诗集》卷五十，中华书局1979年版，第732页。
② （宋）郭茂倩编：《乐府诗集》卷四十七，中华书局1979年版，第685—686页。
③ 王运熙：《乐府诗述论》（增补本），上海古籍出版社2006年版，第183页。

《采菱曲》)

　　参差杂荇枝，田田竞荷密。转叶任香风，舒花影流日。戏鸟波中荡，游鱼菱下出。不与文王嗜，羞时比萍实。(陆罩《采菱曲》)

　　秋日心容与，涉水望碧莲。紫菱亦可采，试以缓愁年。参差万叶下，泛漾百流前。高彩隘通壑，香气丽广川。歌出棹女曲，舞入江南弦。乘鼋非逐俗，驾鲤乃怀仙。众美信如此，无恨在清泉。(江淹《采菱曲》)①

　　这个主题下的歌诗多写"芳晨丽景，嬉游得时"，如"转叶任香风，舒花影流日。戏鸟波中荡，游鱼菱下出"，但在具体内容上并没有过多地对菱进行描述，反而对莲多有涉及。如"徘徊莲叶南""田田竞荷密""涉水望碧莲"，这可能与现实中莲、菱有共同的花期，菱的观感远不及莲花有关。

　　东晋南朝《采菱曲（歌）》主题之二，是借景表达男女情思，有欢愉，有守望，有相思。如梁代的三位作家所作《采菱曲》：

　　妾家五湖口，采菱五湖侧。玉面不关妆，双眉本翠色。日斜天欲暮，风生浪未息。宛在水中央，空作两相忆。(费昶《采菱曲》)

　　风生绿叶聚，波动紫茎开。含花复含实，正待佳人来。(江洪《采菱曲》其一)

　　白日和清风，轻云杂高树。忽然当此时，采菱复相遇。(江洪《采菱曲》其二)②

　　相携及嘉月，采菱渡北渚。微风吹棹歌，日暮相容与。采采不能归，望望方延伫。傥逢遗佩人，预以心相许。(徐勉《采菱曲》)③

　　"宛在水中央，空作两相忆"，是相思；"含花复含实，正待佳人来"是着急等待；"忽然当此时，采菱复相遇"是欣喜邂逅；"傥逢遗佩人，预以心相许"则更多期盼。都以表现青年男女热恋相思的种种情态为主。还有

<hr />

① 以上三首出自《乐府诗集》卷五十一，中华书局1979年版，第740页。
② 以上三首出自《乐府诗集》卷五十一，中华书局1979年版，第740页。
③ (宋)郭茂倩编：《乐府诗集》卷五十一，中华书局1979年版，第741页。

的歌诗虽未以《采菱曲》命名，但也写到了《采菱曲》。如陈代顾野王《艳歌行三首》其三：

> 齐倡赵女尽妖妍，珠帘玉砌并神仙。莫笑人来最落后，能使君恩得度前。岂知洛渚罗尘步，讵减天河秋夕渡。妖姿巧笑能倾城，那思他人不憎妒。莲花藻井推芰荷，采菱妙曲胜阳阿。①

所谓"采菱妙曲"，当即《采菱曲》。《阳阿》是宋玉《对楚王问》中提到的名曲。作者认为《采菱曲》的精妙超过了古代名曲《阳阿》。

东晋南朝文人拟作的《采莲曲》和《采菱曲（歌）》或可用于表演，但由于史料缺失，我们很难知道每首歌诗的具体表演方式，不过从部分歌诗中，也可窥知一二。如鲍照的《春日行》就写到了《采菱曲（歌）》的演奏：

> 献岁发，吾将行。春山茂，春日明。园中鸟，多嘉声。梅始发，柳始青。泛舟舻，齐棹惊。奏《采菱》，歌《鹿鸣》。风微起，波微生。弦亦发，酒亦倾。入莲池，折桂枝。芳袖动，芬叶披。两相思，两不知。（《春日行》)②

明媚的春日，花香鸟鸣，梅发柳青，作者乘船而行，游荡于莲花池中。随行艺人在音乐伴奏中歌唱《采菱》和《鹿鸣》。这里的《采菱》歌显然是有音乐伴奏的。这首歌诗中只以"两相思，两不知"点到为止，并未展开的"相思"主题，在鲍照的《采菱歌七首》中得到了集中的表现：

> 骛舲驰桂浦，息棹偃椒潭。箫弄澄湘北，菱歌清汉南。
> 弭榜搴蕙荑，停唱纳薰若。含伤拾泉花，萦念采云荨。
> 暌阔逢暄新，凄怨值妍华。秋心殊不那，春思乱如麻。

① （宋）郭茂倩编：《乐府诗集》卷三十九，中华书局1979年版，第581—582页。
② （宋）郭茂倩编：《乐府诗集》卷六十五，中华书局1979年版，第941页。

要艳双屿里，望美两洲间。袅袅风出浦，沉沉日向山。

烟喧越嶂深，箭迅楚江急。空抱琴心悲，徒望弦开泣。

缄叹凌珠渊，收慨上金堤。春芳行歌落，是人方未齐。

思今怀近忆，望古怀远识。怀古复怀今，长怀无终极。(《采菱歌
七首)》①

　　鲍照《采菱歌七首》在层层递进中传达了一种凄怨的相思，这种相思之
苦较深沉，先是"含伤拾泉花，萦念采云蕚"，继而"凄怨值妍华""春思乱
如麻"，最后悲从中来，"空抱琴心悲，徒望弦开泣"。何以如此悲苦？原来作
者的相思已不仅仅局限于男女之思，而是在有了一定人生阅历之后"思今怀
近忆，望古怀远识"，所以才会有"长怀无终极"的悲苦。较之上述《春日
行》，后者的相思悲苦过于沉重。这种"怀古复怀今"之情，更多地融入了作
者自己的人生思考和感慨，恐怕已远远超越了一般的《采菱歌》。

　　齐代王融有《采菱曲》，是他应竟陵王萧子良之请而作的《齐明王歌
辞》中的一首。《乐府诗集》解题曰："《齐明王歌辞》七曲，王融应司徒
教而作也。一曰《明王曲》，二曰《圣君曲》，三曰《渌水曲》，四曰《采
菱曲》，五曰《清楚引》，六曰《长歌引》，七曰《散曲》。"② 王融《采菱
曲》一曲三解，是较为典型的舞曲歌辞：

炎光销玉殿，凉风吹凤楼。雕辀傣平隰，朱棹泊安流。

金华妆翠羽，鹢首画飞舟。荆姬采菱曲，越女江南讴。

胜声翻叶静，发响谷云浮。良时时一遇，佳人难再求。③

　　至梁代，梁武帝改制西曲，《采菱曲》和《采莲曲》成为《江南弄》
七曲中的两曲，《乐府诗集》卷五十《江南弄》解题引《古今乐录》曰：

梁天监十一年冬，武帝改西曲，制《江南上云乐》十四曲，《江南

---

① (宋) 郭茂倩编：《乐府诗集》卷五十一，中华书局 1979 年版，第 739 页。

② (宋) 郭茂倩编：《乐府诗集》卷五十六，中华书局 1979 年版，第 813 页。

③ (宋) 郭茂倩编：《乐府诗集》卷五十六，中华书局 1979 年版，第 813 页。

弄》七曲：一曰《江南弄》，二曰《龙笛曲》，三曰《采莲曲》，四曰
《凤笛曲》，五曰《采菱曲》，六曰《游女曲》，七曰《朝云曲》。又沈
约作四曲：一曰《赵瑟曲》，二曰《秦筝曲》，三曰《阳春曲》，四曰
《朝云曲》，亦谓之《江南弄》云。①

　　《江南弄》是梁武帝在原有西曲曲调基础上改制新声并创作的新歌诗，
七首句式完全相同，正曲的曲之前有和声，正曲为"七七七三三三三"句
式，且第三句后三字与第四句相同，为典型的顶真格。我们曾指出，之所以
命名为《江南弄》，与前代及当时流行的其他乐曲也不无关系。② 梁武帝
《江南弄》七首之外，尚有简文帝《江南弄三首》，沈约《江南弄四首》，
均为"七七七三三三三"句式，可见这组歌诗是以"依调填词"的方式而
创作的。梁武帝《江南弄》中有《采莲曲》和《采菱曲》，简文帝的《江
南弄》中有《采莲曲》一首，其乐曲之前的和声歌辞都保留了下来：

　　　　和云："采莲渚，窈窕舞佳人。"
　　　　游戏五湖采莲归，发花田叶芳袭衣。为君侬歌世所希。世所希，有
　　如玉。江南弄，采莲曲。(梁武帝《采莲曲》)③
　　　　和云："菱歌女，解佩戏江阳。"
　　　　江南稚女珠腕绳，金翠摇首红颜兴。桂棹容与歌采菱。歌采菱，心
　　未怡，翳罗袖，望所思。(梁武帝《采菱曲》)④
　　　　和云："《采莲归》，渌水好沾衣。"
　　　　桂楫兰桡浮碧水，江花玉面两相似。莲疏藕折香风起。香风起，白
　　日低，采莲曲，使君迷。(梁简文帝《采莲曲》)⑤

　　上述《采莲曲》和《采菱曲》都是采用"依调填词"的方式创作的，

---

① （宋）郭茂倩编：《乐府诗集》卷五十，中华书局 1979 年版，第 726 页。
② 参见刘怀荣、宋亚莉：《魏晋南北朝乐府制度与歌诗研究》，商务印书馆 2010 年版，第 117 页。
③ （宋）郭茂倩编：《乐府诗集》卷五十，中华书局 1979 年版，第 727 页。
④ （宋）郭茂倩编：《乐府诗集》卷五十，中华书局 1979 年版，第 727 页。
⑤ （宋）郭茂倩编：《乐府诗集》卷五十，中华书局 1979 年版，第 729 页。

共同的曲调决定了歌诗完全一致的句式和结构。也就是说，这些歌诗的曲调和表演方式应当是一样的。

模拟采莲、采菱场景并渲染明朗欢愉的氛围，是《采莲曲》和《采菱曲》表演的一大特点。这是从汉乐府《江南》之中继承发展而来，《江南》之中“江南可采莲，莲叶何田田。鱼戏莲叶间”，朴素明朗、韵味天成，也是梁代《采莲曲》所刻意营造的。如梁武帝改制的《采莲曲》：“江花玉面两相似。莲疏藕折香风起”，梁简文帝《采莲曲》：“棹动芙蓉落，船移白鹭飞。荷丝傍绕腕，菱角远牵衣”等，无不给人以明朗愉悦之感。《采莲曲》和《采菱曲》歌舞表演者为年轻女子，她们多有特殊舞蹈技能，《梁书·羊侃列传》曰：

> 侃性豪侈，善音律，自造《采莲》《棹歌》两曲，甚有新致。姬妾侍列，穷极奢靡。有弹筝人陆太喜，著鹿角爪长七寸。舞人张净琬，腰围一尺六寸，时人咸推能掌中舞。又有孙荆玉，能反腰帖地，衔得席上玉簪。敕赉歌人王娥儿，东宫亦赉歌者屈偶之，并妙尽奇曲，一时无对。初赴衡州，于两艖艀起三间通梁水斋，饰以珠玉，加之锦缋，盛设帷屏，陈列女乐，乘潮解缆，临波置酒，缘塘傍水，观者填咽。①

羊侃拥有的歌舞艺人中，有陆太喜“著鹿角爪长七寸”，是为筝乐演奏家；张净琬“能掌中舞”，孙荆玉“能反腰帖地”，都是杰出的舞蹈家；王娥儿、屈偶之“妙尽奇曲，一时无对”，是优秀的歌唱家。拥有这样一批顶尖的表演艺术家，羊侃自造的《采莲曲》的表演，肯定也是“一时无对”。《乐府诗集》卷五十收录唐代温庭筠的《张静婉采莲曲》一首，郭茂倩解题曰：

> 《梁书》曰：“羊侃性豪侈，善音律，姬妾列侍，穷极奢侈。有舞人张静琬，容色绝世，腰围一尺六寸，时人咸推能掌中舞。侃尝自造《采莲》《棹歌》两曲，甚有新致，乐府谓之《张静婉采莲曲》。其后

① 《梁书》卷三十九《羊侃列传》，中华书局1979年版，第561页。

所传，颇失故意。"①

　　解题为节引，文字与《梁书》略有不同。《梁书》"张净婉"，解题与温庭筠诗同作"张静婉"，温庭筠诗序亦曰："静婉，羊侃妓也"，可见本为一人。《梁书·羊侃传》只说羊侃自造《采莲曲》，未提《张静婉采莲曲》。从郭茂倩解题来看，在《采莲曲》前加上"张静婉"的姓名，很有可能张静婉不仅是《采莲曲》表演的主角，还是歌诗的创作者。

　　东晋南朝《采莲曲》和《采菱曲》，寓意更为丰富，融入了怀春、相思等内容。演唱水平、表演技艺更为精湛，服饰装扮更加精美，发展至梁代，出现了不少精品。由温庭筠诗可知，此曲直到唐代还在流传。这也从另一侧面引证了其艺术魅力。

　　总的来看，以上几组东晋南朝歌诗的发展，体现出如下的一些特点。一是或对古辞进行了创新性改编或在民间歌舞基础上有了全新的发展。前者如《相逢行》《长安有狭斜行》和《鸡鸣》古辞，在东晋南朝皆有不少拟作。《三妇艳》即截取《相逢行》古辞末六句而成，进而又有《中妇织流黄》，与《三妇艳》形成鲜明的对比；《采莲曲》《采菱曲》则在相和曲《江南》古辞表现"芳晨丽景"的基础上，经文人改编，进一步雅化。后者如《白纻歌》从民间歌舞发展为宫廷舞，在梁代更成为配乐复杂，有各类艺人参与、融歌、乐、舞、诗为一体的大型宫廷乐舞。无论哪一种方式，在这一阶段，歌诗的艺术水准都得到了明显的提升。

　　二是东晋南朝文人歌诗的发展，与音乐演变和表演需求密切相关，也受到文学思潮变化的影响。如《江南》本是相和曲，但从梁武帝"作《江南弄》以代西曲"来看，《江南弄》应是配合西曲曲调而作。其中的《采莲曲》和《采菱曲》，所配音乐自然也不再是相和曲。这是音乐发展引导推动歌诗创作的典型例证。而《白纻歌》虽为舞曲歌辞，但发展到梁代，《白纻歌》的演唱也采用了吴声西曲的和送声，经过重新改编，而具备了令人震撼的演唱效果。这些歌诗在主题方面，则又都有向女性化、艳情化发展演变的特点。无论是从表现贵族世家家庭生活的《相逢行》等歌诗，衍生出

①　（宋）郭茂倩编：《乐府诗集》卷五十，中华书局1979年版，第737页。

《三妇艳》及《中妇织流黄》，还是《白纻歌》《采莲曲》《采菱曲》歌辞主人公和表演主角的女性化，都不仅与清商旧乐和清商新声的表演者多为女性有关，也是当时艳情文学日渐流行的结果。

三是开始出现了"依调（曲）填词"的创作方式。其中最为典型的是梁武帝改制的《江南弄》七曲，每曲七句，句式均为"七七七三三三三"，结构完全相同。梁简文帝的《江南弄三首》（包括《江南曲》《龙笛曲》《采莲曲》）、沈约的《江南弄四首》（包括《赵瑟曲》《秦筝曲》《阳春曲》《朝云曲》），句式结构也梁武帝所作完全相同。这应该是根据曲调创作而成，是典型的"依调（曲）填词"。又如本节第一部分已谈到的谢惠连的《相逢行》，虽一韵到底，但五个小节句式结构完全相同，倒数第二句均为"忧来伤人"。李运富《谢灵运集》即在此诗题后标有小字"五章"，又说："此诗黄节注本在每章后分别标出'一解'、'二解'至'五解'，大概《乐府诗集》原本有之。"[①] 谢惠连（406—433）主要生活于刘宋前期，如果他这首《相逢行》可以认定为"依调（曲）填词"，则比梁武帝改制《江南弄》的天监十一年（512）还要早约 80 年。这在歌诗艺术史上，应是值得我们注意的一个重要现象。

第四节　东晋南朝歌诗的艺术特征

东晋南朝歌诗具备鲜明的特性，这体现在诗歌体式进一步发展，内容偏于描写情爱和艳情主题，对民间歌诗技巧多有吸收借鉴，及文人团体创作等几个方面，这是其他时代所不多见的。而这些艺术特征都与表演性这一歌诗最根本的性质有密切联系。

一、五言四句为主的歌诗体式

东晋南朝的歌诗中，新兴的七言体成为富于生命力的新诗体，如《燕歌行》和《白纻舞歌诗》等皆为七言。但四言体、杂言体仍占有一定的比例，五言体仍是这一时期歌诗的主要体式。

---

① 李运富：《谢灵运集》，岳麓书社 1999 年版，第 152—153 页。

　　首先，这一时期文人对歌诗的学习和拟作，有效地促进了五言体的进一步发展。就具体的作品而言，相和歌辞和清商曲辞是文人创作的大宗，而这两种类型的歌诗都以五言为主。对于相和歌辞，文人们多以一种崇古的心态来进行拟作，不独句式，连题材都多有沿袭，这使得东晋南朝相和歌辞的创作中五言句式仍显示出强大的生命力。清商曲辞中的吴声歌、西曲歌，五言四句诗占到近80%。形成这种局面的原因是多方面的，但其中重要的一点是清商曲辞早期的民间形态就是以五言四句为基本形式，因为这些歌诗是南方儿女"以乐歌相语"的产物，其即兴创作的对歌模式，已经成为约定俗成的"老规矩"。创作者创新点在于诗中谐声、双关语等巧思对歌传情，而不在体式的求异。文人创作学习这类歌诗，也更多是被其清新的内容和风格所吸引，不在体式上做刻意改进。

　　其次，永明体的创制对五言体歌诗的创作也产生了重要的影响。比较而言，文人歌诗更加注重歌辞的音韵美和句式的严谨整齐。沈约将《芳树》《临高台》等汉魏古乐府改成五言八句，"为梁代的新体诗提供了一种常用的新体裁，调子平易流畅，均作浅语"[1]。由于声律得到进一步的完善，歌诗作为诗歌的独立性渐强。虽然先写辞后配曲在曹魏、西晋都有，但随着东晋时大量吸收民间歌诗并配以清商乐，清商乐与清商曲辞在相互的适应磨合中都得到了发展。齐梁时期文人拟作兴盛，其中有些歌诗也是创作出来之后才配曲的，如《襄阳蹋铜蹄歌三首》，据《隋书·乐志》记载，乃是梁武帝据童谣创作了新词三曲，又令沈约创作三曲，然后被以管弦。[2] 到了陈代，依诗配曲则比较普遍了。陈后主"每引宾客对贵妃等游宴，则使诸贵人及女学士与狎客共赋新诗，互相赠答，采其尤艳丽者以为曲词，被以新声，选宫女有容色者以千百数，令习而哥（歌）之，分部迭进，持以相乐"[3]。显然是先辞后曲的创作模式。但是，这种在学习民间歌诗的基础上发展的文人拟作，或遵循旧曲，或在创制新曲时依然受到旧有曲式的限制，只要曲调风

---

　　① 葛晓音：《八代诗史》，中华书局2007年版，第207页。

　　② 《隋书》卷十三《音乐志上》云："初梁武帝之在雍镇，有童谣云'襄阳白铜蹄，反缚扬州儿。'识者言，白铜蹄谓马也，白，金色也。及义师之兴，实以铁骑，扬州之士，皆面缚，果如谣言。故即位之后，更造新声，帝自为之词三曲，又令沈约为三曲，以被弦管。"《隋书》，中华书局1973年版，第305页。

　　③ 《陈书》卷七《后主沈皇后传》，中华书局1972年版，第132页。

格未有大变化，歌辞体式也基本不会大变。

最后，相和歌辞和清商曲辞五言四句的短小体制，也影响到琴曲歌辞、横吹曲辞、鼓吹曲辞等其他歌诗。如齐梁时期的鼓角横吹曲也以五言体最多。《企喻歌辞四曲》《紫骝马歌辞》《折杨柳枝歌》和梁武帝《雍台》、江总《横吹曲》等都是五言。鼓角横吹曲虽是北曲，但是由于语言不通，在被南朝乐府吸收演奏时，或经过翻译，或重新填词，有些甚至直接借用原有的歌诗以配乐，所以梁鼓角横吹曲以五言体为最多也是自然。

五言之外，又有七言、四言及杂言歌诗。曹丕《燕歌行二首》标志着七言诗的成熟，但曹魏其他人创作不多。其后陆机有《燕歌行》为纯粹七言诗，但大约是受曹丕原诗的影响而非刻意为之。到南朝时，谢灵运、谢惠连、梁元帝、萧子显也有《燕歌行》的同题拟作，虽长短不一，但都是标准的七言体。这一方面可能是因为《燕歌行》的曲子仍有流传，而后人依曲填词，在句式上有所限制。另一方面则可能是因为曹丕《燕歌行》珠玉在前，且七言还较新奇，引得后人仿制。

此外，鲍照有《行路难十八首》，全为七言。晋《白纻舞三首》及其后袭用晋辞的宋、齐、梁等诸多的《白纻辞》及鲍照《白纻歌六首》等文人拟作，都是标准的七言诗体。萧涤非先生指出：

> 此歌句格用韵，与《燕歌行》无异，而文字则实较《燕歌行》为自然……至于影响，则《白纻舞歌》似犹较《燕歌行》为大，以《燕歌行》但歌而不舞，而《白纻》则兼为舞曲，其传播之力量，自较大也。观南朝时，宋、齐、梁各代皆有《白纻歌》，文人私造者，则鲍明远有六篇，张率九篇，沈约五篇，是其证矣。①

到梁武帝、梁简文帝、沈约等创作《江南弄》时，就大量运用了七言句式。《梁鼓角横吹曲》中的《钜鹿公主歌辞》《地驱乐歌》均为七言二句，《捉搦歌四首》为七言四句。而陈代的七言更加普遍，陈后主《玉树后庭花》和《乌栖曲》等均为七言。

---

① 萧涤非：《汉魏六朝乐府文学史》，人民文学出版社1984年版，第137页。

　　至于其他体式及杂言，在东晋南朝乐府也有相应的发展。在用于朝廷礼仪的歌诗中，还有不少四言体。如东晋《晋拂舞歌》中的《白鸠辞》、梁鼓角横吹曲《地驱歌乐辞》《陇头流水歌辞》及《陇头歌辞》等均为四言。杂言仍占据一定的数量。《江南弄》《上云乐》虽是依西曲而制，但句式却变化很大，梁武帝、梁简文帝、沈约所作的《江南弄》每首都是由七言和三言组成的杂言，前三句为七言，后四句为三言，其中第四句与第三句末三字相同，重叠往复，增加了歌辞的韵味。《上云乐》也是梁武帝所制以代西曲的，从内容来看，《上云乐》可能较《江南弄》更倾向于表演的可观赏性。据王运熙先生考证："梁武帝于天监十一年（512）据西曲（主要是《三洲曲》）改制而成。这一年，梁武帝听取擅长音乐的释法云的建议，把《三洲曲》的和声改为参差复杂的杂言：'三洲断江口，水从窈窕河旁流。欢将乐共来，长相思。'为五、七、五、三句式，婉转动听；《江南弄》歌辞的句式、风味与之相近。《江南弄》创造了声调婉媚曲折并有固定句式的杂言体，在乐府中是值得重视的。"①

　　总之，不论歌诗的体式如何变化，乐曲始终是决定歌诗体式的主要因素之一。用于演唱或表演是歌诗最本质的特征，因此歌诗受到曲调的限制是必然的。比如《月节折杨柳歌十三首》，每首都是"五五五三五五"体式，这个"三"全为"折杨柳"三个字，与歌诗本身描写十三个月景物没有关系，似只是为求合于声调而存在，作为演唱时在一定位置插入的一种类似和声的重复叠唱，目的是渲染气氛或制造声调之顿挫。在不断的重复中，将女子绵绵不绝的相思之情通过不断重复的"折杨柳"咏叹表现出来，突出了折杨柳以寄相思的主题。

　　《上云乐》《江南弄》《乌栖曲》及《长相思》也是典型的例子。《江南弄》和《上云乐》都是梁武帝及其朝臣所作，例如《江南弄》七曲，除梁武帝自作外，和诗有梁简文帝《江南》《龙笛》《采莲》三曲，沈约《赵瑟》《秦筝》《阳春》和《朝云》四曲，其格律都与梁武帝原作完全相同，极可能是依声填词而成。如前文所讲，依《西曲》改制的新曲《江南弄》，其句式之所以发生变化，也是因为声调有了变化。既然改制，曲调肯定要

————————————

① 王运熙：《乐府诗述论》（增补本），上海古籍出版社 2006 年版，第 441 页。

变。曲一变，歌诗也就随之变化了。

二、组诗形式的出现

东晋南朝歌诗另一个显著特点是出现了大量的组诗。这又可分为两种情况：一种是一个曲题下有多首歌诗。前期民间歌诗如《子夜歌》《读曲歌》等都是如此；另一种是梁、陈时期兴起的文人组诗唱和。

（一）一曲多首的组诗

东晋南朝民间歌诗多以一组多首的形式出现。《乐府诗集》中《清商曲辞》下的《吴声歌》此类例子最多。如《子夜歌四十二首》包括五言四句歌诗共四十二首，《子夜四时歌》包括《春歌》《夏歌》《秋歌》《冬歌》各若干首。另外《同声歌》《懊侬歌十四首》《华山畿二十五首》等也是这种形式。西曲歌较吴声歌少，但也有《乌夜啼八首》及《月节折杨柳歌十三首》这样的组诗。受此影响，后期文人拟作也有不少以组诗形式出现，如梁武帝《子夜四时歌七首》、王金珠《子夜四时歌八首》、宋武帝《丁督护歌五首》及鲍照《采菱歌七首》、梁简文帝《乌栖曲》、梁元帝《乌栖曲》等。

这种组诗形式在以前的相和歌中并不多见，清商曲辞的这种变化主要是来自南方民间歌诗的影响，主要还是源于南方民间歌诗男女对歌的形式。"谁能思不歌，谁能饥不食"（《子夜歌》之二十三）的"以乐歌相语"是南方情歌大量产生的原因。在实际的对歌中，男女间的赠答是南方情歌的基本表现方式。因此，多数的情歌应当是以一赠一答的两首为一个基本单元，又以若干个单元构成一次相对完整的爱情赠答，这时情歌就成为实际上的一组歌诗。虽然在后来纳入乐府的过程中经过了一定程度的修改和整理，但仍有部分保留了原貌。另外，由于乐歌本身可能即兴演唱而并未全部记录于文本，并不是所有的歌诗都将赠歌与答歌完整地保留了下来。到了《乐府诗集》中，多数歌诗原来的次序已被打乱，还有的歌诗只有赠歌或答歌的其中一首流传下来，甚至有些歌诗我们今天已经很难确切地指认它是不是以赠答的方式即兴创作出来的。但是，现存东晋南朝民间歌诗中，依然明显地保留了赠答特点的歌诗还是可以举出不少，如《乐府诗集》标作"晋宋齐辞"的《子夜歌四十二首》：

落日出前门，瞻瞩见子度。冶容多姿鬓，芳香已盈路。（其一）
芳是香所为，冶容不敢当。天不夺人愿，故使侬见郎。（其二）①

又如《西曲歌》中的无名氏所作《那呵滩六首》：

闻欢下扬州，相送江津弯。原得篙橹折，交郎到头还。（其四）
篙折当更觅，橹折当更安。各自是官人，那得到头还。（其五）。②

受民间歌诗的影响，文人拟作的歌诗也有这种男女赠答的模式。如《西曲》中宋刘铄③所作《寿阳乐》九首：

可怜八公山，在寿阳，别后莫相忘。（其一）
东台百余尺，凌风云，别后不忘君。（其二）

其他的文人拟作虽未有赠答体出现，但是也多套用了这种组诗形式。

当然，赠答形式只是产生大量组诗的原因之一，还有一个原因，即我们前面提到的时代积累问题，依曲填辞。在流传过程中，无论是文人歌诗，还是民间新产生的歌诗，因为曲调相同，句式相同，演奏时可能会被先后演奏，或者采集者因方便而整理连缀于一曲的曲目之下，时间一长，歌曲的独立性和时间的先后性模糊了，只是以组诗的形式出现。当然，对于这种因资料的散佚造成的现象，同样因资料的散佚而无法证实，因此我们期待新材料的发现可以对此作出进一步的说明。

（二）文人唱和的组诗

文人唱和的传统在曹魏时期已有，如曹丕、曹植等所作的几首《斗鸡诗》就很典型。公宴雅宴时往往有即兴的创作，但少有像南朝这样出现大

---

①　（宋）郭茂倩编：《乐府诗集》卷四十四《清商曲辞一》，中华书局1979年版，第641页。
②　（宋）郭茂倩编：《乐府诗集》卷四十九《清商曲辞六》，中华书局1979年版，第713—714页。
③　《乐府诗集》云："《古今乐录》曰：'《寿阳乐》者，宋南平穆王为豫州所作也。旧舞十六人，梁八人。'按其歌辞，盖叙伤别望归之思。南平穆王即刘铄也。"见（宋）郭茂倩编：《乐府诗集》卷四十九《清商曲辞六》，中华书局1979年版，第719页。

量的同题且句式相近，甚至韵部相同的组诗创作。

《乐府诗集》卷七十五《杂曲歌辞》收录齐代《永明乐》组诗，有谢朓、王融各 10 首。谢朓《永明乐十首》解题云：

> 《南齐书·乐志》曰："《永明乐歌》者，竟陵王子良与诸文士造奏之。人为十曲。道人释宝月辞颇美，上常被之筦弦，而不列于乐官。"按此曲永明中造，故曰永明乐。[①]

关于齐代歌诗创作的这一盛事，《南齐书·乐志》的记载略有不同：

> 《永平乐歌》者，竟陵王子良与诸文士造奏之。人为十曲。道人释宝月辞颇美，上常被之筦弦，而不列于乐官也。[②]

上述两种记载应是一事，按竟陵王萧子良、谢朓、王融等活动于永明年间（483—493），谢朓《永明乐十首》其一又有："永明一为乐，《咸池》无复灵"。故此乐歌当作《永明乐》为是。《南齐书·乐志》作《永平乐》，或另有原因，限于史料，可先不论。但从《乐府诗集》所录王、谢所作 20 首来看，"竟陵王子良与诸文士造奏"的这组歌诗，每首都是五言四句的短诗，形式完全相同，说明确实是同题组诗。

到了梁、陈时代，由于梁武帝、梁简文帝及陈后主三位帝王与其朝臣之间的唱和游宴十分频繁，此类组诗明显增加。梁武帝萧衍早在前朝竟陵王萧子良"开西邸，招文学"时，便与沈约、谢朓、王融、萧琛、范云、任昉、陆倕等并游，号曰"八友"。[③] 后以开国之君，雅好辞章，因此吟咏之士云集殿廷，游宴唱和，歌舞喧庭。《杂曲歌辞》中的《长相思》，《乐府诗集》录有陈后主、徐陵、江总各两首，萧淳、陆琼、王瑳三人各一首，不但体式相同，好几首的用韵也相同。这种情况在《横吹曲辞》中更常见，很可能

---

① （宋）郭茂倩编：《乐府诗集》卷七十五《杂曲歌辞十五》，中华书局 1979 年版，第 1062—1063 页。

② 《南齐书》卷十一《乐志》，中华书局 1972 年版，第 196 页。

③ 《梁书》卷一《武帝本纪》，中华书局 1973 年版，第 2 页。

在当时就是唱和组诗。另外，还有一些题目中带有"赋得"或"和"的歌诗，表明是聚会、公宴活动之作或友人唱和所作，据逯钦立先生《先秦汉魏晋南北朝诗》所辑，《乐府诗集》许多歌诗都是当时的"赋得"体歌诗或和诗，如梁元帝《涉江采芙蓉诗》为《赋得涉江采芙蓉诗》、刘孝绰《乌夜啼》作《夜听妓赋得乌夜啼》，庾肩吾《有所思》为《赋得有所思》，《长安道》作《赋得横吹曲长安道》，王泰《巫山高》作《赋得巫山高诗》，庾信《结客少年场行》，《庾开府诗集》作《赋得结客少年场》，萧纲《折杨柳》《洛阳道》和《紫骝马》三首，在逯本中为《和湘东王横吹曲三首》。现将数量相对较多的几种同题歌诗简要列表如下（表2-6）：

表2-6　南朝齐梁歌诗同题所作简表

作者 篇名	萧衍	江淹	范云	虞羲	沈约	吴均	陆罩	徐勉	萧统	萧子显	刘孝威	庾肩吾	王筠	江洪	萧纲	萧绎	费昶	朱超	沈君攸	车敻
襄阳蹋铜蹄歌	3				3															
江南弄	7				4										3					
采菱曲		1				1	1							2	1		1			
采莲曲					2						1				2	1		1	1	
乌栖曲										3					4	4				
芳树	1				1										1	1				
有所思	1				1	1			1			1			1	1				
临高台	1				1										1					
巫山高		1	1												1	1				
雍台	1				1							1			1	1	1			1
洛阳道					1										1					
折杨柳															1	1				
陇头水											1				1					1
长安道												1①			1	1				
紫骝马															1	1				

---

① 庾肩吾《长安道》，《玉台新咏》卷八及逯钦立《先秦汉魏晋南北朝诗》均作《赋得横吹曲长安道》。（陈）徐陵编，（清）吴兆宜注：《玉台新咏》，中华书局1985年版，第337—338页；逯钦立辑校：《先秦汉魏晋南北朝诗》，中华书局1983年版，第1982页。

如上表所见，在同一题目下，梁武帝和沈约相对应的创作最多，其中《襄阳蹋铜蹄歌》一曲，史书明确记载梁武帝创作后命沈约创作。另外，文人们集中创作的曲目有《采莲曲》《采菱曲》《有所思》和《雍台》，《采莲曲》和《采菱曲》的创作是当时的热门。而《有所思》和《雍台》的创作多，可能正与上文所说"赋得"诗的同题唱和有关。

在陈后主的倡导下，陈代歌诗也创作了不少组诗。他"引江总、孔范等内宴，无复尊卑之序，号为狎客，专以诗酒为娱，不恤国政"[1]。《唐书·乐志》也记载："《春江花月夜》《玉树后庭花》《堂堂》，并陈后主所作。叔宝常与宫中女学士及朝臣相和为诗，太乐令何胥又善于文咏，采其尤艳丽者以为此曲。"[2] 据逯钦立《先秦汉魏晋南北朝诗》考，阳缙《荆轲歌》为《赋得荆轲诗》，江总《置酒高殿上》为《赋得置酒高殿上》，《紫骝马》为《赋得紫骝马诗》，可能是当时的应制创作。而大量体式相近或相同的创作主要出现在《横吹曲辞》中（见表 2-7）：

表 2-7　南朝陈代横吹曲辞同题创作简表

作者 ＼ 曲名	陇头水	折杨柳	关山月	洛阳道	长安道	梅花落	紫骝马	刘生
陈后主	2	2	2	5	1	2	2	1
江总	2	1	1	2	1	3	1	1
徐陵	1	1	2	2	1	1		1
张正见	2	1	1	1		1	1	1

如上表所示，横吹曲中陈后主、江总、徐陵、张正见所作歌诗多有同题作品，这些歌诗同题并非巧合，而是有意为之。这些歌诗在题材、句式上都非常相似。如《陇头水》全写边塞，为五言八句；《刘生》全写任侠，为五言八句；《梅花落》则以梅花写美人，为五言八句或十六句（仅江总一首为七言）。

总之，组诗唱和的大量出现，或是因为同调诸曲的集结，或者是文人集

---

① 《隋书》卷二十二《五行志上》，中华书局 1973 年版，第 624 页。

② 《旧唐书》卷二十九《音乐志》，中华书局 1975 年版，第 1067 页。

体创作时刻意为之，都表现出南朝文人歌诗创作的新动向，值得给予特别的关注。

三、谐音、双关语及和送声的运用

运用谐音双关以达到隐喻、暗示的效果，这种修辞技巧在东晋南朝歌诗，特别是吴声歌辞和部分杂曲歌辞中被广泛地运用，成为其一大特点。此种"隐字谐声之'双关语'"现象，萧涤非先生分为"同声异字以见意者"与"同声同字以见意者"两类。① 王运熙先生"异字同音"和"同字同音"的分法与萧先生大致相同。但王运熙先生将吴声西曲中的谐音双关语做了更加深入细致的考察。②

（一）谐音与双关语

谐音主要是运用异字同音的现象在演唱时达到一音多意的效果，一旦写诸纸上，则意思立辨。但是考虑到民歌多是口头传唱，且在用于传情达意时爱在心而口难开的境地下，谐音便有了"道是无晴却有晴"的巧妙效果。如常见的有"莲"（怜）、"藕"（偶）、"丝"（思和私）、"梧"（吾）、"题"或"蹄"（啼）等。还有一些虽音不同，但音近，也可以达到暗示效果，如"星"（心）、"琴"（情），但数量不多。当然还有一些隐于其中的巧思，因为古今语音和方言的不同，我们已难以辨认。

还有一类歌诗通过一词多义达到传情达意效果的双关。例如"见娘喜容媚，愿得结金兰。空织无经纬，求匹理自难"（《襄阳乐》其八）。"娘"为六朝习语，"娘""郎"对称，布匹之"匹"谐指匹配之"匹"，或者以消融之"消"为消瘦之"消"、以"风"波"流"水为游冶之"风流"等等。

又如"昼夜理机丝，知欲早成匹"（《子夜夏歌》其十七），同时用到谐声和双关。又如"金桐作芙蓉，莲子何能实"，以"莲"为"怜"，而"子"与"实"则以动词结实借为形容词。还有更复杂的情况，"闻欢远行去，相送方山亭。风吹黄檗藩，恶闻苦离声"（《石城乐》其五），黄檗是一

---

① 萧涤非：《汉魏六朝乐府文学史》，人民文学出版社 1984 年版，第 207—210 页。
② 王运熙：《乐府诗述论》（增补本），上海古籍出版社 2006 年版，第 118—144 页。

种树，味苦，藩即篱笆，风吹黄檗树枝编成的篱笆，就是苦离声。这种写法，以下句的谐声解释上句，王运熙先生称之为"风人体"或"吴歌格"。①

双关语的使用是南朝歌诗很重要的表现手法，民间歌诗的创作者们认识到了汉字作为单音词而具有音、形、意结合紧密的特殊性，并巧妙地在字、词、语句之间建立起了某种联系。而清商曲辞中谐音双关的巧妙使用，还有一个重要原因，便是江南特定的男女对歌的民俗风情。南朝歌诗多为情歌，这些谐音双关语中，以女性口吻表达爱慕相思的例子特别多。直白地表白总是不及委婉的暗示更耐人寻味。对歌多少带有炫技的意味，运用谐音双关技巧即兴对答，既是传情达意，也是智慧的较量。

（二）和声与送声

六朝清商乐曲另一个显著特点是和送声的应用。和送声对于歌诗的文学性而言无多少重要性，且不在歌诗正文中著录，容易被忽视。但和送声对于歌诗的表演，却有着相当重要的作用。王运熙先生《论清商曲中之和送声》一文对和送声做了细致的研究，②但后继研究并不多见。

和送声的渊源，有学者猜测可能是相和旧曲。《乐府诗集》卷三十《相和歌辞五》解题引《古今乐录》曰："凡三调，歌弦一部，竟辄作送，歌弦今用器。"③王先生以为"送歌弦"即送声。④又《乐府诗集》卷二十六《相和歌辞一》解题曰："（相和曲）诸调曲皆有辞、有声，而大曲又有艳、有趋、有乱。辞者其歌诗也，声者若羊吾夷伊那何之类也，艳在曲之前，趋与乱在曲之后，亦犹吴声西曲前有和，后有送也。"⑤也就是说，吴声、西曲中的和在前，送在后，位置同于相和曲之前有艳，后有趋和乱。但毕竟和送声与艳、乱是不同的概念。

依据《乐府诗集》于《清商曲辞》部分所收录《吴声歌曲》和《西曲

---

① 王运熙：《乐府诗述论》（增补本），上海古籍出版社2006年版，第119—121页。

② 王运熙：《乐府诗述论》（增补本），上海古籍出版社2006年版，第102—117页。

③ （宋）郭茂倩编：《乐府诗集》卷三十《相和歌辞五》，中华书局1979年版，第441页。按逯钦立的《"相和歌"曲调考》及赵敏俐等的《中国古代歌诗研究——从〈诗经〉到元曲的艺术生产史》认为，此处断句有误。应为"凡三调，歌弦一部竟，辄作送歌弦。今用器"。分别见于逯钦立：《"相和歌"曲调考》，《文史》第十四辑，中华书局1982年版，第221—222页；赵敏俐等：《中国古代歌诗研究——从〈诗经〉到元曲的艺术生产史》，北京大学出版社2005年版，第215页。

④ 王运熙：《乐府诗述论》（增补本），上海古籍出版社2006年版，第112页。

⑤ （宋）郭茂倩编：《乐府诗集》卷二十六《相和歌辞一》，中华书局1979年版，第376—377页。

歌》下各组曲前的解题所引《古今乐录》的记载，现将清商曲辞曲目及送声列表如下（表2-8）：

表2-8　清商曲辞曲目及送声简表

曲类	曲名	送声
吴声歌	子夜歌	《子夜歌四十二首》解题引《古今乐录》曰："凡歌曲终，皆有送声。子夜以持子送曲，《凤将雏》以泽雉送曲。"①
	子夜变歌	《子夜变歌三首》解题引《古今乐录》曰："《子夜变歌》前作持子送，后作欢娱我送。"②
	凤将雏③	《子夜歌四十二首》解题引《古今乐录》曰："凡歌曲终，皆有送声。子夜以持子送曲，《凤将雏》以泽雉送曲。"④
	欢闻歌	《欢闻歌二首》解题引《古今乐录》曰："《欢闻歌》者，晋穆帝升平初歌，毕辄呼'欢闻不'？以为送声，后因此为曲名。今世用莎持乙子代之，语稍讹异也。"⑤
	欢闻变歌	《欢闻变歌六首》解题引《古今乐录》曰："《欢闻变歌》者，晋穆帝升平中，童子辈忽歌于道，曰'阿子闻'，曲终辄云：'阿子汝闻不？'无几而穆帝崩。褚太后哭'阿子汝闻不？'声既凄苦，因以名之。"⑥
西曲歌	杨叛儿	《古今乐录》曰："《杨叛儿》送声云：'叛儿教侬不复相思。'"⑦
	西乌夜飞	《古今乐录》曰："《西乌夜飞》者，宋元徽五年（477），荆州刺史沈攸之所作也。攸之举兵发荆州，东下，未败之前，思归京师，所以歌。和云：'白日落西山，还去来。'送声云：'折翅乌，飞何处，被弹归。'"⑧

---

① 中华书局版作"子夜以持子送曲《凤将雏》以泽雉送曲"。"送曲"后未断句，笔者依前后例断开。（宋）郭茂倩：《乐府诗集》卷四十五《清商曲辞二》，中华书局1979年版，第641页。

② （宋）郭茂倩编：《乐府诗集》卷四十五《清商曲辞二》，中华书局1979年版，第655页。

③ （宋）郭茂倩编：《乐府诗集》卷四十四《清商曲辞一》解题引《古今乐录》曰："吴声十曲：一曰《子夜》，二曰《上柱》，三曰《凤将雏》，四曰《上声》，五曰《欢闻》，六曰《欢闻变》，七曰《前溪》，八曰《阿子》，九曰《丁督护》，十曰《团扇郎》，并梁所用曲。《凤将雏》以上三曲，古有歌，自汉至梁不改，今不传。"中华书局1979年版，第639—640页；故《乐府诗集》虽无《凤将雏》歌辞，表中仍将之列出。（宋）郭茂倩编：《乐府诗集》卷四十四《清商曲辞一》，中华书局1979年版，第639—640页。

④ 中华书局版作"子夜以持子送曲《凤将雏》以泽雉送曲"。"送曲"后未断句，笔者依前后例断开。《乐府诗集》卷四十五《清商曲辞二》，中华书局1979年版，第641页。

⑤ （宋）郭茂倩编：《乐府诗集》卷四十五《清商曲辞二》，中华书局1979年版，第656页。

⑥ （宋）郭茂倩编：《乐府诗集》卷四十五《清商曲辞二》，中华书局1979年版，第657页。

⑦ （宋）郭茂倩编：《乐府诗集》卷四十九《清商曲辞六》，中华书局1979年版，第720页。

⑧ （宋）郭茂倩编：《乐府诗集》卷四十九《清商曲辞二》，中华书局1979年版，第722页。

送歌弦在吴声、西曲被乐府配乐时可能有一定的影响，但是，送声非后期纳入乐府加以配乐后才有，它在民间徒歌时可能已存在。如据上表中《欢闻变歌六首》解题引《古今乐录》的记载，晋穆帝升平中的童谣，即已有了"阿子汝闻不"的送声。

我们将《乐府诗集》记载清商曲辞曲目及和声也列表如下（表2-9）：

表2-9　清商曲辞曲目及和声简表

曲类	曲名	和声
西曲	石城乐 莫愁乐	妾莫愁①。
	乌夜啼	夜夜望郎来，笼窗窗不开。
	襄阳乐	襄阳来夜乐。
	三洲歌	三洲断江口，水从窈窕河旁流，欢将乐，共来长相思。
	襄阳蹋铜蹄	襄阳白铜蹄，圣德应乾来。
	那阿滩	郎去何当还？
	西乌夜飞	白日落西山，还去来。
梁武帝 《江南弄》	江南弄	阳春路，娉婷出绮罗。
	龙笛曲	江南音，一唱值千金。
	采莲曲	采莲渚，窈窕舞佳人。
	凤笙曲	弦吹席，长袖善留客。
	采菱曲	菱歌女，解佩戏江阳。
	游女曲	当年少，歌舞承酒笑。
	朝云曲	徙倚折耀华。
简文帝 《江南弄》	江南曲	阳春路，时使佳人度。
	龙笛曲	《江南弄》，真能下祥凤。
	采莲曲	《采莲归》，渌水好沾衣。

---

① 王运熙据《五色线》卷下所引津逮秘书本《古今乐录》记载，以为《石城乐》《莫愁乐》的和声均为"妾莫愁"，详见王运熙：《乐府诗述论》（增补版），上海古籍出版社2006年版，第94页。

续表

曲类	曲名	和声
梁武帝《上云乐》	凤台曲	上云真，乐万春。
	桐柏曲	可怜真人游。
	方丈曲	（缺）
	方诸曲	方诸上，可怜欢乐长相思。
	玉龟曲	可怜游戏来。
	金丹曲	金丹会，可怜乘白云。
	金陵曲	（缺）

　　和声在许多民歌形式里都存在，一人唱时或多人合唱时的和声，重复跌宕，一方面可以强调主题，一方面增加节奏感和演唱的气势，即使在无乐器配乐的情况下，一样可以丰富演唱的效果。

　　在这些徒歌被纳入乐府配乐表演时，相当一部分保留了原和送声，或是就其歌词本事、歌诗内容配以相应的和送声，也有的是借用他曲作为和送声。有时这些和送声因强烈的节奏感和重复，以及本身带有的故事性，而渐渐取代原曲调成为曲子的主声调，甚至逐渐使人们在不断演唱的过程中忽略了民间歌诗原词，而将和送声发展成新的乐曲。例如《阿子歌》及《欢闻歌》，就分别来自"阿子汝闻不"和"欢闻不"的送声。后来文人拟作的清商曲辞，有许多是从和送曲改制成新曲。甚至慢慢地只用其声而不再拘束于本事及原歌诗内容了。例如《莫愁乐》出于《石城乐》，《华山畿》出于《懊恼》。[①] 根据以上表也可以发现，除梁武帝改制的《江南弄》和《上云乐》外，曲调的名称，往往包含在和送声中（尤其是和声）。因此有可能不

---

　　① 《乐府诗集》卷四十六《清商曲辞三》引《古今乐录》曰："《华山畿》者，宋少帝时懊恼一曲，亦变曲也。少帝时，南徐一士子，从华山畿往云阳。见客舍有女子年十八九，悦之无因，遂感心疾。母问其故，具以启母。母为至华山寻访，见女具说闻感之因。脱蔽膝令母密置其席下卧之，当已。少日果差。忽举席见蔽膝而抱持，遂吞食而死。气欲绝，谓母曰：'葬时车载，从华山度。'母从其意。比至女门，牛不肯前，打拍不动。女曰：'且待须臾。'妆点沐浴，既而出。歌曰：'华山畿，君既为侬死，独活为谁施？欢若见怜时，棺木为侬开。'棺应声开，女透入棺，家人叩打，无如之何，乃合葬，呼曰神女冢。""懊恼"应作"《懊侬》"。（宋）郭茂倩编：《乐府诗集》，中华书局1979年版，第669页。

少乐曲是由和送声而得名。当然,我们也可以看到,即使是梁武帝改制西曲,曲名也往往包含在和声之中,并没有全然改变这种传统。配乐歌唱后的送和声,除了声调上依声填词造成重复回旋的音乐效果外,仍然起到以不断重复来强调主题、渲染全诗要表达的感情色彩的作用。

四、歌诗内容的艳情化和风格的浮艳化

东晋南朝歌诗的内容比较单一,从男女爱情演变为艳情,始终是以情歌为主;而从最初鲜活生动的社会各色女子,到后来的歌舞伎,再到陈后主时贵族女子的描写,吟咏的对象多是女性。就歌诗风格而言,自东晋至陈代的歌诗创作与表演,大致是一个新声俗乐逐渐占据统治地位,进而又在王公贵族和文人的改造下逐步雅化的过程。而在这一雅化过程中,风骨渐失而脂粉气息渐浓是其最基本的发展趋向。

前期民间歌诗是清丽动人而且质朴的。当时的吴声、西曲,正如郑振铎先生对于《子夜歌》的评价那样:

> 他们的想象有的地方,较之近代的《挂枝儿》《山歌》以及《马头调》,更为宛曲而奔放,其措辞造语,较之《诗经》里的情诗,尤为温柔敦厚;只有深情绮腻,而没有一点粗犷之气;只有绮思柔语,而绝无一句下流卑污的话。……这里是只有温柔而没有挑拨,只有羞怯与怀念而没有过分大胆的沉醉。故她们和后来的许多民歌不同,她们是绮靡而不淫荡的。她们是少女而不是荡妇。①

东晋至刘宋之间,正统观念影响仍然存在,南方的民间歌诗尚未完全被上层统治者接受,正式场合民间歌诗的创作与表演仍会受到批评和指责。当时社会风气因为魏晋玄学的冲击而出现自然、通脱的倾向。虽然当时正统社会仅将新声用以娱乐,但贵族之中也有放达之士偶尔创作新曲甚至表演。如在市中佛国门楼上据胡床而弹琵琶,演奏自己创作的《大道曲》的镇西将军谢尚,作《桃叶歌》的王献之、作《团扇歌》的王珉之。但这是个别现

---

① 郑振铎:《中国俗文学史》,商务印书馆2005年版,第83—84页。

象，整个东晋时期文人对于传统的歌诗旧题和清商新声的态度区别还是很明显的。后者仅为娱乐，前者才是"风流可怀"的典正遗声。晋宋之际，文人拟作的创作如钱志熙先生所言，"在继承前代诗体和采用民间诗体外，又自创新体，开齐梁诗坛竞创新体之风"①。这体现在谢灵运、谢惠连、颜延之等人运用汉乐府旧题写新诗上，更集中体现在鲍照诸多题中有"代"字的歌诗上，鲍照于乐府旧题前加一"代"字，显示了他"以新辞新意代替旧辞旧意"的用意，并创作出《拟行路难十八首》这样的全新杂言乐府体。②《宋书·乐志》记载，宋顺帝昇明二年（478），尚书令王僧虔上表言之，并论三调歌曰："今之《清商》，实由铜雀，魏氏三祖，风流可怀，京、洛相高，江左弥重。谅以金悬千戚，事绝于斯。而情变听改，稍复零落，十数年间，亡者将半。"③但从《乐府诗集》所收此时歌诗看，王僧虔所说的零落，主要是这些歌诗所延续的曹魏典雅之风的失落，其实从数量上来讲不少，只是这些歌诗在清商新曲的影响下风格由雅转俗。

　　齐代是歌诗完成对清商新声的全面学习消化，经过调息整顿，又开始由质转文、雕琢藻饰清商新声的时期。清商新声如同其他由民间进入上层社会的歌诗类型一样，开始被文人之手打磨得珠圆玉润，且透出浓郁的脂粉香来，这大约有以下几个方面的原因。

　　首先，歌诗表演的主体多为女性。歌舞伎乐的发展影响到曹魏、西晋代言体歌诗和故事体歌诗，使得这些歌诗所描写的主人公多为女性，这在前文已经讲过。而在东晋南朝歌诗中，这种倾向又有了进一步的发展。起初是受民间歌诗的独特性和江南民风的影响，因为歌诗本就多以女子口吻写成，多以"奴"自称，而后吸收入乐府并被表演或再创作时，也仍以女性为主角并由女伎来表演。这些民间歌诗，多以"歌"为题，如《碧玉歌》《桃叶歌》《宛转歌》《团扇歌》。这些歌诗的创作与表演又与当时一批杰出的歌舞艺人密切相关。《碧玉歌》五首就是歌唱汝南王宠妾碧玉的，这些女子虽然地位不高，却成了歌诗表现的重要角色。到刘宋时期，歌舞伎乐俨然成为从王室、贵族到文士必备的精神消费品。

---

① 参见钱志熙：《魏晋诗歌艺术原论》，北京大学出版社 1993 年版，第 371—377 页。
② 参见葛晓音：《八代诗史》，北京大学出版社 2007 年版，第 175—176 页。
③ 《宋书》卷十九《乐志一》，中华书局 1974 年版，第 553 页。

　　梁、陈时期，歌诗主人公仍然以女性为主，这与歌诗表演者多为女性有很大关系。上节从《相逢狭路间行》《长安有狭斜行》到《三妇艳》，再到《中妇织流黄》的分析，已经充分说明了这一点。又如《采莲曲》，诸家所作大都有关于采莲的环境、景物和采莲女的容貌描写。而从梁武帝改制西曲到梁简文帝萧纲拟作，采莲女多情的特点越来越鲜明。到陈后主的《采莲曲》，则以工笔式的描写将一个采莲的美人展现在我们眼前，而这样的一首歌诗由当时的宫廷女子来演唱，更突出了其艳情化的特点。

　　到了陈后主时期，贵妃张丽华、龚孔二贵嫔、王李二美人、张薛二淑媛以及袁昭仪、何婕妤、江修容等许多精通音乐、舞蹈的宫廷嫔妃和歌舞艺人参与到文人唱和的活动之中，她们不仅容貌艳丽，更具有极高的歌诗演唱天赋，所以就出现了一些摹写这些后宫佳丽之容貌的歌诗，如《玉树后庭花》《临春乐》等。而这些"女学士"不仅与当朝文士"共赋新诗，互为赠答"，还选所创作的作品中"尤为艳丽者"，配乐表演。歌舞阵容也极为宏大，如参与《玉树后庭花》和《临春月乐》等歌诗表演的人数竟达上千人之多。[1] 因此，以艳情为主要内容，以女子为吟咏对象，很大原因是歌诗创作适应表演的结果，而不仅仅是当时文人审美趣味庸俗化的体现。表演对歌诗创作和诗人取材的制约是不可忽视的。

　　其次，歌诗创作者与消费者身份的合一。歌诗的表演要迎合当时观众的审美趣味，而这些观众本身即是创作者，因此能够更好地将这种审美趣味在创作中体现出来。

　　歌诗在梁陈二代以梁武帝、梁简文帝和陈后主为中心的文人团体的改造下趋向浮艳、雕琢。梁陈时期，吴歌和西曲的创作表演盛行于宫廷，帝王贵族文士积极参与，以梁武帝、梁简文帝为首的文人群体和以陈后主为首的文人创作群体，将歌诗创作、表演活动推向了高潮。梁武帝改造吴歌、西曲以满足宫廷娱乐音乐的需求。梁简文帝萧纲属文好为新变，辞藻艳发然伤于清

---

　　① 《陈书》载："后主自居临春阁，张贵妃居结绮阁，龚、孔二贵嫔居望仙阁，并复道交相往来。又有王、李二美人、张、薛二淑媛、袁昭仪、何婕妤、江修容等七人，并有宠，递代以游其上。以宫人有文学者袁大捨等为女学士。后主每引宾客对贵妃等游宴，则使诸贵人及女学士与狎客共赋新诗，互相赠答，采其尤艳丽者以为曲词，被以新声，选宫女有容色者以千百数，令习而哥（即'歌'）之，分部迭进，持以相乐。其曲有《玉树后庭花》《临春乐》等，大指所归，皆美张贵妃、孔贵嫔之容色也。"《陈书》卷七《张贵妃传》，中华书局1972年版，第132页。

靡；对于文学创作，他在《诫当阳公大心书》说："立身之道，与文章异。立身先须谨重，文章且须放荡"①。这是以萧纲为首的文学群体歌诗创作的核心和纲领。他们认为作诗的目的主要是"吟咏性情"，更重要的是贴近现实生活，恣情抒发生活之中的感受。之前的梁武帝和之后的陈后主也是如此。他们的歌诗作品大都"伤于轻靡"。但从另一方面来讲，他们创作自己偏好的题材，同时又作为观赏者反过来消费、享用自己的精神产品，自然在这一题材上越来越精进。他们用全部心思描绘其精致的宫廷生活，又如在锦缎上绣花一样将之用诗歌表现出来，故而诗歌文字也呈现出精雕细琢脂香粉重的特点。

陈后主文人群体的创作、表演，较之前代更加艳情化、娱乐化。歌诗创作和表演的目的主要是指向娱乐需求的。集创作者与消费者为一体的陈后主君臣，在歌诗创作和欣赏活动中，比梁代君臣更加投入。歌诗的创作、表演不仅是他们宫廷娱乐的主要方式和施展个人才华的主要渠道，也成为他生活中最重要的一部分。七夕之时，陈后主与他的文士们相聚游宴作歌，所作《七夕宴乐修殿各赋六韵诗》中描写的歌诗表演者打扮得异常冶艳，头饰尤其华丽，在灯光的配合下，金钿、玉钗、玳瑁等装饰闪耀着夺目的光彩，舞者笑语嫣然，歌者飞眸流转，音乐演奏时而琴瑟等弦乐器独奏，时而配合着笛子等乐器合奏，宴会之中觥筹交错、弦歌四起、美女如云、宾主尽欢，这些情景被记录在诗句中，为后世的我们展示了其时贵族们"神仙定不及"的奢华生活。而对于他们的歌诗，单纯以"轻艳"来概括是不够的，由于他们深知歌诗内容对于音乐、表演的重要性，因此，在创作之际，不仅考虑到歌诗内容表达的需要，更有音乐、表演方面的斟酌。这种创作者和消费者、创作与欣赏一体化，对于歌诗的发展所产生的作用是不容忽视的。

以上所述，在白纻舞和白纻歌的发展中，可以窥见一斑。白纻舞原本是民间舞蹈，因受到贵族的喜爱而进入宫廷，发展为东晋南朝著名的宫廷舞蹈。现存的多种《白纻歌》，是文人专门为白纻舞创作的舞曲歌诗，这些歌诗是在配乐、配舞的前提下演唱的。歌辞中对表演者的舞姿、容貌和服饰等多有非常细致的描写，这正是创作者和消费者一体化的结果。

---

① （清）严可均校辑：《全上古三代秦汉三国六朝文》，中华书局1958年版，第3010页。

诸多《白纻舞》歌辞的诗句不仅对白纻舞艺人丰富的表情、神态作了细致刻画，对舞者举手、拂袖的动作，甚至内心世界也有工笔式的描写。这种细致传神的写照，没有创作者丰富的欣赏经验，是根本不可能完成的。当然歌诗完成后，反过来也必然会进一步提升《白纻舞》的艺术水平。

当这些消费者转而进行创作，其所观所感便在他们笔下得到了精彩的表现。正是由于《白纻》歌舞的表演通常是群舞群歌，才会有梁沈约《四时白纻歌》"翡翠群飞飞不息，原在云间长比翼"的描写。而"四坐欢乐胡可陈，清歌徐舞降祇神"，"清歌流响绕凤梁，如惊若思凝且翔"，"歌儿流唱声欲清，舞女趁节体自轻"等，正是由于创作者同时作为消费者欣赏了《白纻》表演时以清歌为主的乐歌演唱。通过观赏者转变为创作者创作出歌词用于表演，《白纻》歌舞之中的诗、乐、舞得到了非常完美的统一。

又如梁简文帝《乌夜啼》"鸣弦拨掾发初异，挑琴欲吹众曲珠""鹍弦且辍弄，鹤操暂停徽"等，都渲染了一种"悲情"，同时还对乐器演奏有十分细致而生动的描写，这正是他在对《乌夜啼》表演已经深有了解的基础上的再创作。由于歌诗《乌夜啼》主悲，演奏时所使用的乐器以弦乐器为主，这在歌诗的诗句中也得到了体现。

又如萧纲《咏舞》，与很多歌诗描写舞蹈场景都渲染舞女的笑靥如花不同，《咏舞》中丝毫没有类似描写，而是用"空""风"等冷色调词汇描述舞蹈的情形，这本身就是对歌诗内容的考虑。因为表演的娱乐需要，在歌诗的现场表演中不会直接渲染凄苦悲伤的情绪，但音乐、舞蹈可能从意境上给人以冷色调的美感，从而与歌诗的内容暗合。萧纲《咏舞》最后两句说"上客何须起，啼乌曲未终"，是感受到了歌诗的凄苦之音，触发心中情怀，作者作为感身同受者又以歌唱者的口吻说出了其他观赏者的感受。

综上所述，东晋南朝歌诗的体式多为短小的五言四句，这些歌诗多以组诗的形式记录，这与受江南民俗民歌特点影响以及歌诗发展历史进程有关。而后期文人拟作也因集团性唱和而出现一题多曲的组诗情况。它多吸收江南民间歌诗，尤其是吴声、西曲入乐，江南山水钟灵毓秀成就了清新婉转出天然的吴声、西曲，配合清商乐的丝竹之乐，成就清新婉转的特点；形式短小，内容上运用谐音双关语和和送配曲来达到情致和声音曲折繁复跌宕回旋的效果，成就精巧的特点；它的清商曲辞多为情歌，这一题材进而影响到其他歌诗类型的创作，成就多情的特点；其后期的诗风又从抒发恋情转为描写艳情，呈现艳丽多情的特点。总之，东晋南朝歌诗呈现出许多迷人的艺术特征，而这些特征与歌诗的表演性本质分不开。

小　结

东晋南朝乐府是中国歌诗发展诗上最清新又最艳丽的一卷。主要音乐类型是相和歌辞、清商曲辞和杂曲歌辞。这一时期，相和歌仍是主要的音乐类型之一，且涌现出谢灵运、鲍照等能融合乐府旧题和清商新声而有所创新的文人歌诗创作者。清商新声以生动的江南特色历宋齐梁陈而不衰。齐代鼓吹曲辞相对较多，梁陈鼓角横吹曲兴盛一时，为浮艳化的歌诗创作注入一股苍劲之风。而陈代作家创作最多的乃是横吹曲辞、相和歌辞、杂曲歌辞。晋宋齐三代各音乐类型中，除清商曲辞外，都是以文人拟作为主，作者多，创作多。梁陈二代清商曲辞的文人拟作达到了高峰，歌诗以情歌为主，写尽恋爱之欢、离别之痛等男女相思百态，但前期清新质朴的爱情诗和后期的艳情诗差异甚大。艳情题材在南朝渗透整个乐府乃至横吹曲，成为南朝特色。歌舞饮宴的娱乐消费是推动歌诗发展的主要动力，故而歌舞饮宴的欢娱描绘也成为主要内容。晋宋时期稍微有乱世悲怀的抒发，表现出一定魏晋风骨，但后来在情歌当道的大背景下逐渐萧索。

东晋南朝雅乐衰亡，俗声新乐汲取了民间歌诗的营养，如雨后春笋般迅速发展。有些歌诗不仅自成特点，且能代表东晋南朝歌诗创作、表演的最高水平。从《长安有狭斜行》到《三妇艳》的发展流变，展现了东晋南朝文人歌诗创作向音乐性、表演性的靠拢。《白纻舞》广采众长而美轮美奂，在东晋南朝广泛用于宫廷宴会、宗庙祭祀甚至宫廷之外。民歌系列《采莲曲》和《采菱曲》上升为上层文人和宫廷中主流音乐文化样式，且因较具江南水乡的劳作生活气息而成为经久不衰的创作主题，堪称梁代歌诗之中的精品。

东晋南朝歌诗不论是歌诗体式（例如五言四句歌诗）的发展，民间歌诗艺术水准的提升、文人的集体参与，还是情爱乃至艳情主题，都具有非常鲜明的特点。谐音双关以及和送之声的运用也成为清商曲辞的独特亮点。而以梁简文帝萧纲、陈后主陈叔宝为首的两代典型的文人创作群体将东晋南朝的歌诗创作、表演活动推向了高潮。

总之，在中国歌诗发展史上，东晋南朝是一个酝酿着新变的时期，虽然其歌诗内容和偏安时局下的耽于歌舞历来遭人诟病，但却是歌诗发展史上最清新、最精巧、最多情也最艳丽的一段。正如萧涤非先生所言，南朝乐府实为"乐府史上最浪漫与最空虚之时期。唐人《新乐府》之发生，其机兆盖伏于此"[1]。东晋南朝歌诗的魅力也正在于此。

---

[1]　萧涤非：《汉魏六朝乐府文学史》，人民文学出版社 1984 年版，第 242 页。

第　三　章

北朝歌诗的创作、表演与艺术特征

　　北朝歌诗是中国歌诗发展的重要阶段，过去不少学者认为南北朝时期是中国历史上的乱世，社会环境和政治较为颓败，北朝的文学呈现凋敝之态，唯有北朝乐府民歌如一株奇葩绽放，其他皆无可取。[①] 这是长久以来对北朝文学的误解。北朝文学有其独特的风格，北朝乐府歌诗是整个中国歌诗发展的重要阶段。此时期政局动荡、王朝更迭频繁，民族的大分化和大解放为文学艺术的生产注入了崭新的血液和活力，多民族地域文化和音乐元素的融入，北朝文人积极向南朝学习和模仿，南朝文人的入北，以及北朝各代统治者的喜好和民间普遍的文化消费需求等，使得北朝文学尤其是歌诗并未因世道混乱而停滞不前，而是在继承前代优秀歌诗传统的基础上，吸收和发展了其他民族的特长，在歌诗创作、演唱、表演等方面，形成了独特的风格特色，取得了可观的成绩，为唐代歌诗的兴盛奠定了坚实的基础。

　　对北朝歌诗的创作、表演及其艺术特征进行探讨，密切结合歌诗的音乐性、表演性来展开思考是非常必要的。因为歌诗的文本内容、感情基调和艺术特征，均在很大程度上受到配乐和表演的制约，因而与徒诗相比有很大的

---

　　① 如游国恩主编的《中国文学史》中称："严格点说，北朝就没有一个诗人。"人民文学出版社2004 年版，第 289 页。

不同。这也是本章探讨北朝歌诗的一个基点。

第一节　北朝歌诗发展概况

南北朝长期处于对峙的局面，政治、经济以及民族风俗、自然环境等方面的差异，使得北朝的歌诗迥异于南朝歌诗。北朝朝廷文士的歌诗素朴典正，民间歌诗活泼自然，分别代表了两种不同的艺术风格。北朝歌诗的音乐类型较为完备，只是各类歌诗的数量多寡不一，主要功能与其他朝代亦有不同，不少歌诗直接将胡乐融入宫廷雅乐中，形成突出的俗乐雅化特点。

一、北朝歌诗作者的基本情况

北朝现存歌诗约二百五十首，其中的郊庙歌辞、燕射歌辞、鼓吹曲辞、舞曲歌辞、琴曲歌辞、相和歌辞、杂曲歌辞等超过一百五十首，均为文人创作。其中，庾信、王褒等由南入北的文人所作歌诗尤其值得注意。他们的歌诗创作在北朝文人歌诗创作中占绝对的主导地位，并且引导和影响了相当一批北地文人，丰富了北朝歌诗的内容。而横吹曲的大部分和杂曲歌辞、杂歌辞谣的一小部分，约有七十余首，少数出自汉族作家之手，多数为民间无名氏之作，大都生动地反映了北朝的风俗民情。

二、北朝歌诗的音乐类型

郭茂倩在《乐府诗集》中，将歌诗分为十二类，其中近代曲辞出于隋唐，新乐府辞为唐代之新歌，其他十类中，除清商曲辞外，北朝都有作品流传，可见北朝音乐类型比较完备。与其他类型相比，北朝的郊庙歌辞、燕射歌辞相对较多，现存这两类歌诗主要集中在北齐和北周，详见下表（表3-1）。

表 3-1　北齐、北周郊庙歌辞、燕射歌辞简表

类别	篇名	作者	数量	类别	篇名	作者	数量
郊庙歌辞	北齐南郊乐歌		13	燕射歌辞	北齐元会大飨歌		10
	北齐五郊乐歌		5		北齐食举乐		10
	北齐明堂乐歌		11		周五声调曲	庾信	24
	北齐享庙乐辞		18				
	周祀圆丘歌	庾信	12				
	周祀方泽歌	庾信	4				
	周宗庙歌	庾信	12				
	合计		75		合计		44

　　《北齐书》曰："陆卬，字云驹。……所著文章十四卷，行于世。齐之郊庙诸歌，多卬所制。"① 可知除庾信所作之外，上述大多数的北齐郊庙歌辞当出自陆卬之手。

　　《乐府诗集》中收录北朝相和歌辞基本都是文人歌诗。其中相和曲有北魏高允《罗敷行》，北齐祖珽《挽歌》，北周萧捴《日出行》；吟叹曲有北魏高允《吟叹曲》，平调曲有北齐荀仲举《铜雀台》，北周徐谦《短歌行》，北周庾信和赵王宇文招《从军行》，北周王褒《远征人》；瑟调曲有北齐魏收《棹歌行》，北齐萧毅《野田黄雀行》，北周王褒和尚法师《饮马长城窟行》，北周王褒《墙上难为趋》；楚调曲有北周庾信《怨歌行》。《乐府诗集》收录相和歌辞有相和曲、吟叹曲、平调曲、瑟调曲和楚调曲诸种曲调。就歌诗创作篇名而言，除《从军行》有庾信、宇文招二人同作，《饮马长城窟》有王褒和尚法师二人同作外，其余皆不相重复。北朝相和歌辞《乐府诗集》共收录五曲调二十一篇。另外，《乐府诗集》的收录尚不完备，逯钦立《先秦汉魏晋南北朝诗》中有所补充，可与《乐府诗集》互为参考，其中补充北朝相和歌《挽歌》，即北齐卢询祖的《赵郡王配郑氏挽词》和北魏温子昇《相国清河王挽歌》，详见下表（表 3-2）。

---

① 《北齐书》卷三十五《陆卬传》，中华书局 1972 年版，第 469 页。

表 3-2　北朝相和歌辞简表

曲调	篇名	作者	数量	曲调	篇名	作者	数量
相和曲	罗敷行	高允	1	平调曲	铜雀台	荀仲举	1
	挽歌	祖珽	1		短歌行	徐谦	2
	日出行	萧捴	1		远征人	王褒	1
	对酒	王褒	1		从军行	庾信	1
瑟调曲	棹歌行	魏收	1		从军行	宇文招	1
	饮马长城窟行	尚法师	1		从军行	王褒	2
	饮马长城窟行	王褒	1	吟叹曲	吟叹曲	高允	1
	墙上难为趋	王褒	1	无	赵郡王配郑氏挽词	卢询祖	1
	野田黄雀行	萧毅	1	无	相国清河王挽歌	温子昇	1
楚调曲	怨歌行	庾信	1				
合计	21						

《乐府诗集》中收录北朝杂曲歌辞，也多为文人之作。计有古辞《阿那瑰》，北魏祖叔辨《千里思》，高孝纬《空城雀》，温子昇《结袜子》《安定侯曲》和《敦煌乐》，胡太后《杨白花》；北齐魏收《美女篇》（二首）《永世乐》，邢邵《思公子》；北周萧捴《霜妇吟》，萧悫《济黄河》，庾信《苦热行》和《步虚词》，王褒《出自蓟北门行》《高句丽》《陵云台》，共 18 曲。详见下表（表 3-3）：

表 3-3　北朝杂曲歌辞简表

类别	篇名	作者	数量	类别	篇名	作者	数量
北魏	阿那瑰	古辞	1	北周	霜妇吟	萧捴	1
	安定侯曲	温子昇	1		济黄河	萧悫	1
	敦煌乐	温子昇	1		苦热行	庾信	1
	结袜子	温子昇	1		步虚词	庾信	1

续表

类别	篇名	作者	数量	类别	篇名	作者	数量
北魏	千里思	祖叔辨	1	北周	出自蓟北门行	王褒	1
	空城雀	高孝纬	1		高句丽	王褒	1
	杨白花	胡太后①	1		陵云台	王褒	1
北齐	永世乐	魏收	1				
	美女篇	魏收	2				
	思公子	邢劭	1				
合计					18		

北朝相和歌辞和杂曲歌辞以文人歌诗为主，但横吹曲辞则多为民间歌诗。在《乐府诗集》中，北朝横吹曲辞被称为梁鼓角横吹曲的，主要有《企喻歌辞》《琅琊王歌辞》《钜鹿公主歌辞》《紫骝马歌辞》《紫骝马歌》《黄淡思歌辞》《地驱歌乐辞》《地驱乐歌》《雀劳利歌辞》《慕容垂歌辞》《陇头流水歌辞》《隔谷歌》《捉搦歌》《淳于王歌》《东平刘生歌》《折杨柳歌辞》等共二十二曲民间歌诗，另有温子昇拟作包含其内。详见下表（表3-4）。

表3-4　北朝横吹曲辞简表

类别	题名	数量	类别	题名	曲数
梁鼓角横吹曲	企喻歌辞	4	梁鼓角横吹曲	捉搦歌	4
	琅琊王歌辞	8		淳于王歌	2
	钜鹿公主歌辞	3		东平刘生歌	1
	紫骝马歌辞	6		折杨柳歌辞	5
	紫骝马歌	1		折杨柳枝歌	4

---

① 《杨白花》，《乐府诗集》记载作者为无名氏，然《梁书》卷三十九《杨华传》曰："胡太后追思之不能已，为作《杨白华歌辞》"（中华书局1973年版，第556页），意指此歌辞作者为胡太后。此从《梁书》说。

续表

类别	题名	数量	类别	题名	曲数
梁鼓角横吹曲	黄淡思歌辞	4	梁鼓角横吹曲	幽州马客吟歌辞	5
	地驱歌乐辞	4		慕容家自鲁企由谷歌	1
	地驱乐歌	1		高阳乐人歌	2
	雀劳利歌辞	1		隔谷歌	2
	慕容垂歌辞	3		木兰诗	2
	陇头流水歌辞	3		白鼻騧（温子昇）	1
	陇头歌辞	3			
合计	70				

北朝虽然具备九类乐府歌诗，但是其中的鼓吹曲辞、琴曲歌辞和舞曲歌辞保存极少，杂歌谣辞数量也很有限。《乐府诗集》收录北朝鼓吹曲辞三首，即北魏裴让之《有所思》，北齐萧悫《上之回》《临高台》；琴曲歌辞仅存萧悫的《飞龙引》；舞曲歌辞仅存《北齐文武舞歌》。"北齐元会大飨奏文武二舞"，实为前述《北齐元会大飨歌》的配舞舞辞。杂歌谣辞中的歌辞有北魏《咸阳王歌》《郑公歌》；北齐《敕勒歌》《邯郸郭公歌》，魏收《挟瑟歌》；北周《裴公歌》《周宣帝歌》，萧撝《劳歌》等。上述四类歌诗保存较少，弥足珍贵，如把仅存的《北齐文武舞歌》与《北齐元会大飨歌》相结合，也可窥见北齐的燕射乐歌的一些实际情况；而从 2 首鼓吹曲辞、1首琴曲歌辞均出自由南入北的萧悫之手，可见在这两类歌诗创作方面北朝与南朝的差距。

三、北朝歌诗的主要功能

与其他朝代一样，北朝歌诗也有较强的实用性，用于朝廷礼乐仪式、日常宴飨娱乐及自娱自乐是其最基本的三大功能。

朝廷礼乐　北朝各代，尤其是北周和北齐的祭祀仪式，都大量使用乐府歌诗。《乐府诗集》收录的北朝郊庙歌辞有《北齐南郊乐歌》《北齐五郊乐歌》《北齐明堂乐歌》《北齐享庙乐辞》《周祀圆丘歌》《周祀方泽歌》《周宗庙歌》等共计七十五首；燕射歌辞有《北齐元会大飨歌》《北齐食举乐》《周五声调曲》等共计四十四首。主要在朝廷祭祀仪式上使用。北魏的郊庙歌辞《乐府诗集》中没有收录，但从北齐郊庙歌辞乐调乃是祖珽依北魏之制所定可知，北魏也有自己的郊庙乐歌。北朝统治者多为胡族，他们喜欢本民族的音乐及高昌乐、龟兹乐、西凉乐等胡乐。乐府歌诗也迎合他们的喜好被加以改造，用于祭祀天地等重大的朝廷活动中。

宴飨娱乐 曹魏时期的清商三调歌，西晋时歌的舞曲歌辞，东晋南朝的吴声、西曲，多用于宴飨。北朝的文人积极吸收汉文化，宴飨娱乐的歌舞表演亦有模仿南朝之处，如相和歌瑟调曲《棹歌行》。魏明帝有《棹歌行五解》，宣扬平吴战功；梁简文帝改制成宴飨娱乐歌诗，北齐魏收的《棹歌行》则沿袭南朝风格，用于宴飨娱乐。《对酒》本为魏武帝辞，主题写王者德泽广被，政理人和。梁代范云将主题改制成及时对酒行乐，莫要求名自欺。入北周后的庾信所作的《对酒》则继承范云主题，可在宴飨场合演唱佐酒助兴。另外，由于西凉乐、龟兹乐等异域曲调的输入以及上层贵族的喜爱，《敦煌乐》《安定侯曲》《高句丽》等歌诗在贵族的宴会上使用，少数民族的美女和"妖姬"配以带有胡乐特色的扇舞、孔雀开屏舞等进行表演。

自娱演唱 汉代歌诗有用于自娱、即兴演唱的一类，曹魏以后的文人将歌诗的创作上升到寄托自我心灵的高度，运用歌诗哀叹世态的动乱、感慨人生的失意、抒发建功立业的壮怀和倾诉离别的伤感。这些作品也影响了北朝文人的创作。北朝文人拟作的歌诗中，或抒写征伐从军、怀念故里，或表达诗人自我理想和追求，如北周宇文招的《从军行》，直接继承魏晋以来描写军旅苦辛的主题，北周尚法师《饮马长城窟》表达了作者"别有长松气，自解逐将军"的壮怀。北朝源自民间的自娱自乐演唱则更令人耳目一新，梁鼓角横吹曲中收录的歌诗，或直率自然如《捉搦歌》，或温婉含蓄如《地驱乐歌》，这些自娱自乐歌诗展现了北朝百姓特殊的喜怒哀乐。此外，北朝歌诗还使用在其他一些重要场合，如相和歌辞中的挽歌诗用于葬礼上哀悼逝者的表演活动。

综上可知，北朝歌诗的创作主体、音乐类型以及实用功能等，都较魏、晋、南朝发生了较大的改变，这在很大程度上对北朝歌诗创作与表演特点的形成产生了重要的影响。

第二节　北朝歌诗的主要内容

现存的北朝歌诗，内容较为广泛，大致可分为情爱歌诗、战争歌诗、游宴欢娱歌诗等几类。这几类歌诗虽然在魏晋及南朝多有创作，但由于北朝地理环境及生活习俗与南方迥异，使得北朝歌诗具有鲜明特色。其情爱歌诗多大胆热情奔放，直抒胸臆；战争歌诗在揭露战争残酷的同时，凸现了北朝尚武尚勇的价值观念；游宴欢娱歌诗，则在模仿和学习南朝的基础上，将胡地的异域情调带入到歌诗之中，使得北朝歌诗在整体上呈现出一种生动活泼、清新刚健的风格。

一、情爱歌诗

北朝情爱歌诗多出自民间，主要收录于《乐府诗集》的《梁鼓角横吹曲》中。如《地驱歌乐辞》《地驱乐歌》《淳于王歌》《捉搦歌》《折杨柳枝歌》《幽州马客吟歌辞》和《慕容家自鲁企由谷歌》等三十余首。它们是北朝民间歌诗中最为生动的部分，现存歌诗文本虽然经过了汉译的改造，但其语言质朴，明快爽朗的特点仍然非常明显：

> 南山自言高，只与北山齐。女儿自言好，故入郎君怀。(《幽州马客吟歌辞五曲》其三)①
> 郎着紫裤褶，女着彩夹裙。男女共燕游，黄花生后园。(《幽州马客吟歌辞五曲》其四)②
> 腹中愁不乐，愿作郎马鞭。出入擐郎臂，蹀座郎膝边。(《折杨柳歌辞五曲》其二)③

诗中女子大胆追求爱情，有心仪的男子，且自以为与意中人般配，"女儿自言好"，就会主动地追求男子，甚至自动投入男子的怀抱，这种大胆的

---

① (宋)郭茂倩编：《乐府诗集》卷二十五，中华书局 1979 年版，第 370 页。
② (宋)郭茂倩编：《乐府诗集》卷二十五，中华书局 1979 年版，第 371 页。
③ (宋)郭茂倩编：《乐府诗集》卷二十五，中华书局 1979 年版，第 369 页。

行为是其他朝代的女子所少有的。究其原因，既与北方原始朴野的生活环境和习俗有关，也与北朝女子较少受到封建礼教束缚、思想较为开放有关。

北朝情爱歌诗里还出现了南方极少见的催母嫁女、自盼早嫁等内容：

> 门前一株枣，岁岁不知老。阿婆不嫁女，那得孙儿抱。(《折杨柳枝歌四曲》其二)①
>
> 问女何所思？问女何所忆？阿婆许嫁女，今年无消息。(《折杨柳枝歌四曲》其四)②
>
> 粟谷难春付石白，弊衣难护付巧妇。男儿千凶饱人手，老女不嫁只生口。(《捉搦歌四曲》其一)③
>
> 黄桑柘屐蒲子履，中央有系两头系。小时怜母大怜婿，何不早嫁论家计。(《捉搦歌四曲》其四)④

诗歌催促、劝导阿婆赶快同意婚事，"阿婆不嫁女，那得孙儿抱"；又似乎在埋怨和责怪阿婆，"阿婆许嫁女，今年无消息"，而从"问女何所忆"的质问中可知，对阿婆心怀不满的是一位女子。"老女不嫁只生口""小时怜母大怜婿，何不早嫁论家计"等语句，用语诙谐，用调侃的语气说出不将女子早嫁的弊端。这类歌诗，不显粗俗，反觉可爱。写得生趣盎然，读来不觉莞尔。究其原因，在于这些歌诗是心中真情的自然流露，抒发的是真性情。即王国维所说的"然无视为淫词、鄙词者，以其真也"⑤。

不过，北朝的情爱歌诗也不都是直白的表情达意，其中也不乏颇为生动的温婉含蓄之作：

> 月明光光星欲堕，欲来不来早语我。(《地驱乐歌》)⑥

---

① (宋) 郭茂倩编：《乐府诗集》卷二十五，中华书局 1979 年版，第 370 页。
② (宋) 郭茂倩编：《乐府诗集》卷二十五，中华书局 1979 年版，第 373 页。
③ (宋) 郭茂倩编：《乐府诗集》卷二十五，中华书局 1979 年版，第 369 页。
④ (宋) 郭茂倩编：《乐府诗集》卷二十五，中华书局 1979 年版，第 369 页。
⑤ 《人间词话》评《古诗十九首》语，见王国维：《人间词话》，上海古籍出版社 1998 年版，第 16 页。
⑥ (宋) 郭茂倩编：《乐府诗集》卷二十五，中华书局 1979 年版，第 367 页。

心中不能言，复作车轮旋。与郎相知时，但恐旁人闻。(《黄淡思歌辞》)①

前一首写在月下等待意中人的情形，由"星欲堕"可知，已经等了很久，"欲来不来早语我"表面写埋怨，实写心中的着急。后一首则是将百转千回的心思比作旋转的车轮，表现了为情所困的苦恼和"但恐旁人闻"的烦心。温婉含蓄，耐人寻味。如果说吴声、西曲中的南朝情爱歌诗，更多柔媚与温婉，更多柔肠百结，那么北朝的情爱歌诗则更多爽朗之风，雄健之气。

二、战争歌诗

从现存的歌诗资料来看，北朝表现战争的歌诗比较多。《乐府诗集》的鼓吹曲辞有萧悫《上之回》；相和歌辞有北周赵王宇文招《从军行》，北周尚法师《饮马长城窟行》，王褒《远征人》《饮马长城窟行》，杂曲歌辞有萧悫《济黄河》；梁鼓角横吹曲辞中还有《紫骝马歌辞》（烧火烧野田）、《隔谷歌》《木兰诗》等，共30余首。

值得思考的是，北朝的战争歌诗，有一个似乎矛盾的现象：一方面歌诗描写战争的残酷和战争给人们带来的灾难；另一方面却极力表现一种尚武尚勇的精神。尤以表现前一方面内容的歌诗数量较多。如：

男儿可怜虫，出门怀死忧。尸丧狭谷中，白骨无人收。(《企喻歌辞四曲》其四)②

怎样的社会现实会使男儿出门则忧心有去无回？最大的可能就是当时使男儿"尸丧狭谷中，白骨无人收"的残酷战争。残酷的战争使人民妻离子散，甚至亲兄弟处于战争的双方，互相残杀，《隔谷歌二曲》曰：

---

① （宋）郭茂倩编：《乐府诗集》卷二十五，中华书局1979年版，第366页。
② （宋）郭茂倩编：《乐府诗集》卷二十五，中华书局1979年版，第363页。

兄在城中弟在外，弓无弦，箭无括。食粮乏尽若为活？救我来！救我来！（其一）

兄为俘虏受困辱，骨露力疲食不足。弟为官吏马食粟，何惜钱刀来我赎。（其二）①

战争隔离了亲兄弟，哥哥被围城中，向城外的弟弟呼救；城破之后，哥哥成了俘虏，弟弟却是敌方的官吏，因此哥哥寄希望于弟弟拿钱来赎救自己。战争造成的这种骨肉相残，扭曲人性，令人难堪。

长期的战争使大量男丁战死沙场，后方只剩下妇女孤儿，造成了男女严重失衡，甚至出现少夫老妻的奇怪现象，这在歌诗中也有所反映：

烧火烧野田，野鸭飞上天。童男娶寡妇，壮女笑杀人。（《紫骝马歌辞》）②

上述作品描写了战争给社会各类人群带来的苦难，将百姓对战争的态度直接写入歌诗。《慕容垂歌辞》则以另一种方式记录了战争，可补史书记载之不足。

慕容攀墙视，吴军无边岸。我身分自当，枉杀墙外汉。慕容愁愤愤，烧香作佛会。原作墙里燕，高飞出墙外。慕容出墙望，吴军无边岸。咄我臣诸佐，此事可惋叹。③

这首歌诗的本事是鲜卑贵族阴谋叛秦复燕，围攻驻守邺城的前秦贵族符坚之子符丕。符丕向东晋请求援救，东晋派刘牢之率援兵两万救助，慕容垂被东晋军队（即歌诗中的吴军）包围，最终在这场战役中落败而逃。歌诗中的慕容垂是一个可笑和无能的角色，面对墙外无数的"吴军"，慕容垂和他的大臣们都束手无策，只能烧香祈祷，希望能像燕子一样飞出重围；从歌

---

① （宋）郭茂倩编：《乐府诗集》卷二十五，中华书局 1979 年版，第 368 页。
② （宋）郭茂倩编：《乐府诗集》卷二十五，中华书局 1979 年版，第 365 页。
③ （宋）郭茂倩编：《乐府诗集》卷二十五，中华书局 1979 年版，第 367 页。

诗中"慕容攀墙视""烧香作佛会"等嘲笑的话语来看,歌诗的作者可能是前秦人。

出身鲜卑族的慕容垂是前燕王慕容皝的第五子,《晋书·慕容垂传》称他"少岐嶷有器度,身长七尺七寸,手垂过膝"[1],他是十六国时期后燕的建立者,是著名的政治家、军事家、统帅。在不少战役中表现出了卓越的军事才能,但战场上没有常胜将军,歌诗中所描述的这场战役就是他经历的为数不多的几次败仗之一。这次战役之后不久,慕容垂就反败为胜,在五桥驿大破晋军。然而前秦百姓所吟唱的歌诗却表达了自己眼中的战争和对慕容垂的嘲弄,颇值得玩味。

北朝不少歌诗在描写战争残酷的同时,更突出的是勇武精神。如《木兰辞》写女子木兰代父从军,与男儿并肩奋战沙场,"将军百战死,壮士十年归",建立了不朽的功勋,然后当天子准备赏赐功臣时,木兰却能功成身退,毅然返乡。"可汗问所欲?木兰不用尚书郎。愿驰千里足,送儿还故乡。"[2] 这一奇女子形象极为典型地表现了北朝百姓崇尚勇武的精神。女子尚且如此,男儿自然更不逊色。《梁鼓角横吹曲》中的《琅琊王歌辞》曰:"新买五尺刀,悬著中梁柱。一日三摩娑,剧于十五女"[3],后两句以宝刀与美女相比,写出了北朝男儿对宝刀的格外珍爱。这也从侧面表达了北朝男儿崇尚勇武、渴望在战场上建立奇功的价值追求。

民间歌诗之外,文人歌诗中战争题材也占有相当比重,并同样体现了崇尚勇武的价值观。如由南入北的北周文人王褒的《饮马长城窟行》:

北走长安道,征骑每经过。战垣临八阵,旌门对两和。屯兵戍陇北,饮马傍城阿。雪深无复道,冰合不生波。尘飞连阵聚,沙平骑迹多。昏昏陇坻月,耿耿雾中河。羽林犹角抵,将军尚雅歌。临戎常拔剑,蒙险屡提戈。秋风鸣马首,薄暮欲如何。[4]

① 《晋书》卷一百二十三《慕容垂传》,中华书局 1974 年版,第 3077 页。
② (宋)郭茂倩编:《乐府诗集》卷二十五,中华书局 1979 年版,第 374 页。
③ (宋)郭茂倩编:《乐府诗集》卷二十五,中华书局 1979 年版,第 364 页。
④ (宋)郭茂倩编:《乐府诗集》卷三十八,中华书局 1979 年版,第 558 页。

《饮马长城窟行》本是乐府古题，多写征戍之苦。王褒这首歌诗，借写戍边的艰辛来表达自己渴望建功立业的情怀，颇有雄健之气，其中"临戎常拔剑，蒙险屡提戈"，颇有汉魏歌诗之遗风。又如北周赵王的《从军行》：

> 辽东烽火照甘泉，蓟北亭障接燕然。水冻菖蒲未生节，关寒榆荚不成钱。[1]

虽没有直接写战争，但从战争环境之严酷恶劣，仍可窥见战争之艰辛。尚法师的《饮马长城窟行》也是北朝文人歌诗描写战争的代表作之一。

> 长城征马度，横行且劳群。入冰穿冻水，饮浪聚流文。澄鞍如渍月，照影若流云。别有长松气，自解逐将军。[2]

其中的"入冰穿冻水，饮浪聚流文"，残酷环境描写之中透出英雄的潇洒之气，而下文中的"澄鞍如渍月，照影若流云""别有长松气，自解逐将军"，则更多地写了将领与战士在恶劣的环境下泰然自若之态度，凸现了一种崇尚勇武的精神。这种精神在萧悫的《济黄河》中也得到了最大限度的体现。

> 大蕃连帝室，骖驾奉皇猷。未明驱羽骑，凌晨方画舟。津城度维锦，岸柳夹缇油。钟声飏别岛，旗影照苍流。早光生剑服，朝风起节楼。滔滔细波动，奕奕轻舻浮。回桡避近碛，放舳下前洲。全疑上天汉，不异谒蓬丘。望知云气合，听识水声秋。从军何等乐，喜从神仙游。[3]

歌诗中没有关于任何的行军之艰辛与离别之痛苦的描述，行军如同出游

---

① （宋）郭茂倩编：《乐府诗集》卷三十二，中华书局 1979 年版，第 481 页。
② （宋）郭茂倩编：《乐府诗集》卷三十八，中华书局 1979 年版，第 558 页。
③ （宋）郭茂倩编：《乐府诗集》卷七十四，中华书局 1979 年版，第 1054 页。

一般，"未明驱羽骑，凌晨方画舟。津城度维锦，岸柳夹缇油"，简直是神仙般的享受。作者自己在末尾所写道："从军何等乐，喜从神仙游"。这样的诗句出自由南入北的萧悫之手，虽有一些夸张，但似更能说明北朝崇尚骁勇精神的影响力。

　　可见，北朝的战争歌诗，虽然也写了战争造成的民不聊生、妻离子散、兄弟相残等苦难，但是却在谴责战争的同时，宣扬一种崇尚勇武的价值观。这两者看似矛盾，却又是并行不悖的。一方面，战争给人们带来的苦难是所有生活在北朝各代的百姓亲身体会的，有妻离子散、兄弟难以团聚的苦痛就要通过歌诗吟唱出来；另一方面，战争越是频繁与残酷，越能展现勇敢、胆量、武力巨大魅力，越能培养和造就一批有胆有识、武力超人的勇士，在战争中人们看到了他们的价值，崇拜他们，并希望成为这样的人，因此，崇武尚勇自然也就成了时代风尚。

三、游宴欢娱歌诗

　　北朝表现游宴欢娱的歌诗比较分散，鼓吹曲辞有萧悫《临高台》；琴曲歌辞有萧悫《飞龙引》；相和歌辞有魏收《棹歌行》，庾信《对酒》；杂曲歌辞有温子昇《安定侯曲》和《敦煌乐》，魏收《永世乐》，王褒《高句丽》及庾信《舞媚娘》；横吹曲辞有无名氏《钜鹿公主歌辞》《高阳乐人歌》等15首。北朝文人所作的游宴欢娱歌诗大致可分为两类：一类是沿袭和模仿南朝之作。沿袭南朝之作，以庾信的《对酒》最具代表性：

　　　　春水望桃花，春洲藉芳杜。琴从绿珠借，酒就文君取。牵马向渭桥，日曝山头脯。山简接䍦倒，王戎如意舞。筝鸣金谷园，笛韵平阳坞。人生一百年，欢笑唯三五。何处觅钱刀，求为洛阳贾。[①]

　　从"牵马向渭桥"一句看，这首歌诗当是庾信在北周时期所作。其内容少有北地气息，"琴从绿珠借，酒就文君取""山简接䍦倒，王戎如意舞。筝鸣金谷园，笛韵平阳坞"等句句用典，"人生一百年，欢笑唯三五"则感

---

①　（宋）郭茂倩编：《乐府诗集》卷二十七，中华书局1979年版，第404页。

叹岁月易逝，欢笑较少，不若及时行乐，饮酒娱乐，似与南朝诗风更近。

还有一些诗作，学习和模仿南朝文人歌诗的痕迹很明显，如北齐魏收的《櫂歌行》：

> 雪溜添春浦，花水足新流。桃发武陵岸，柳拂武昌楼。①

俨然一幅春光明媚的泛舟图，前两句是所见之景，后两句是所想之景，"雪"对"花"，"春浦"对"新流"，"武陵"之桃花与"武昌"之杨柳对照，再加以生动鲜亮的动词"添""足""发"和"拂"，对仗工整，用词精到，是较为成熟的文人乐府拟作，较好地吸收了南朝文人乐府的优长。

另一类是展现北地特有风情的游宴欢娱歌诗，大多是北朝本土歌诗。如北朝民间歌诗《钜鹿公主歌辞》三曲，描述了公主出游的场景：

> 官家出游雷大鼓，细乘犊车开后户。
> 车前女子年十五，手弹琵琶玉节舞。
> 钜鹿公主殷照女，皇帝陛下万几主。②

这是一幅气氛热烈的公主出游图。官家公主出游，乘着犊车，车前有年轻女子手弹琵琶，且同时舞蹈。车子行进中还伴以大鼓，除警戒行人避让外，应该主要还是为配合舞蹈。《乐府诗集》在歌诗正文下有"右三曲，曲四解"的话，说明这首歌诗是以七言一句为二解，节奏应该是比较短促的。又有《高阳乐人歌》：

> 可怜白鼻騧，相将入酒家。无钱但共饮，画地作交赊。
> 何处𫠆觞来？两颊色如火。自有桃花容，莫言人劝我。③

《乐府诗集》解题引《古今乐录》曰："魏高阳王乐人所作也"，歌诗

---

① （宋）郭茂倩编：《乐府诗集》卷四十，中华书局 1979 年版，第 595 页。
② （宋）郭茂倩编：《乐府诗集》卷二十五，中华书局 1979 年版，第 364—365 页。
③ （宋）郭茂倩编：《乐府诗集》卷二十五，中华书局 1979 年版，第 371 页。

写主人公喜爱饮酒，虽然没钱买酒，画地赊账，仍然喝得大醉，两颊如火，面若桃花。《乐府诗集》在歌诗正文下有"右二曲，曲四解"的话，则可知这首歌诗为一句一解。

融入异族风情的乐歌也有文人创作的乐府诗，主要出自北地本土文人之手。如"北地三才"之一温子昇的《安定侯曲》和《敦煌乐》：

> 封疆在上地，钟鼓自相和。美人当窗舞，妖姬掩扇歌。（《安定侯曲》）①
>
> 客从远方来，相随歌且笑。自有敦煌乐，不减安陵调。（《敦煌乐》）②

歌诗描述了身在塞外的贵宾在宴飨场所欣赏异域歌舞的场景，钟鼓相和，美人妖姬且歌且舞，客人甚至和主人一起"相随歌且笑"，宾主尽欢。

当然，在南北交流的背景下，上述两类歌诗常有交融。这一方面是因为北朝文人在学习模仿南朝歌诗的同时，很难舍弃自身的特点；另一方面，由南入北的一批作家，有意学习北朝歌诗，更明显地形成了南北融合的特点，如北周王褒的《高句丽》就很有代表性：

> 萧萧易水生波，燕赵佳人自多。倾杯覆碗滟滟，垂手奋袖娑娑。不惜黄金散尽，只畏白日蹉跎。③

王褒本为南朝文人，在创作上自然带有南朝文人风格，入北后，作为诗人的王褒，敏锐地捕捉到北地的风物人情与南朝的种种差异，其创作也显示出南北兼容的特点。这首歌诗以《高句丽》命名，却并未写高句丽的风物人情，当与《高丽》曲有关。《隋书·音乐志》曰：

> 《疏勒》《安国》《高丽》，并起自后魏平冯氏（436），及通西域，

---

① （宋）郭茂倩编：《乐府诗集》卷七十四，中华书局1979年版，第1056页。
② （宋）郭茂倩编：《乐府诗集》卷七十八，中华书局1979年版，第1094页。
③ （宋）郭茂倩编：《乐府诗集》卷七十八，中华书局1979年版，第1095页。

因得其伎。后渐繁会其声，以别于太乐。①

《高丽》，歌曲有《芝栖》，舞曲有《歌芝栖》。乐器有弹筝、卧箜篌、竖箜篌、琵琶、五弦、笛、笙、箫、小筚篥、桃皮筚篥、腰鼓、齐鼓、担鼓、贝等十四种，为一部。工十八人。②

可见《高丽》曲早在平冯文通（436）时，即已传入北魏。既然"后渐繁会其声"，至王褒入北时，他当然能听到此曲。这首《高句丽》当是为《高丽》曲所作的歌辞。开头两句"萧萧易水生波，燕赵佳人自多"，从北方的风光人物写起。次二句"倾杯覆碗灌灌，垂手奋袖娑娑"，"灌灌"，涕泣垂泪貌；"娑娑"，飘动轻扬貌。二句写饮酒之豪迈与舞蹈之轻盈，亦不乏北方特色。末二句"不惜黄金散尽，只畏白日蹉跎"，于挥金如土的豪纵中，流露出时不我待，不若及时行乐的思想，而这恰恰是汉魏以来直到东晋南朝文人常常咏叹的主题。"人生居世为安，岂若及时为欢"（陆机《董逃行》）、"人生行乐尔，何处不留连"（萧绎《长歌行》）。故此诗貌似北朝风格，其精神底蕴却不乏南朝特质。同时，诗中精彩的叠词应用及对人物形态的准确描述，均不乏南朝文学的功力。说其兼具南北特色，是完全符合实际的。明人杨慎《词品》曰："王褒《高句丽曲》云：'萧萧易水生波，燕赵佳人自多。倾杯覆碗灌灌，垂手奋袖娑娑。不惜黄金散尽，惟畏白日蹉跎'。与陈陆琼《饮酒乐》同调。盖疆场限隔，而声调元通也。"③ 其实杨慎这段话，讲得并不全对。陆琼的《饮酒乐》，《乐府诗集》作《还台乐》④：

蒲萄四时方醇，琉璃千钟旧宾。夜饮舞迟销烛，朝醒弦促催人。春风秋月恒好，欢醉日月言新。⑤

将陆琼与王褒诗作相对照，更能看出后者的北方特色。

---

① 《隋书》卷十五《音乐志下》，中华书局 1973 年版，第 380 页。
② 《隋书》卷十五《音乐志下》，中华书局 1973 年版，第 380 页。
③ （明）杨慎：《词品》，上海古籍出版社 2009 年版，第 5 页。
④ （北朝）陆琼《还台乐》，《诗纪》作陆机《饮酒乐》。
⑤ （宋）郭茂倩编：《乐府诗集》卷七十七，中华书局 1979 年版，第 1084 页。

上述三类之外，北朝歌诗对其他的内容如以古喻今、求仙问道等也有所涉及，约有 14 首。如荀仲举《铜雀台》，在拟古中寓有自己的身世之感：

> 高台秋色晚，直望已凄然。况复归风便，松声入断弦。泪逐梁尘下，心随团扇捐。谁堪三五夜，空对月光圆。①

月圆之夜，作者登高望远，心境凄然，"泪逐梁尘下，心随团扇捐"写出了荀仲举由梁入齐后的抑郁心态，又如北齐魏收《美女篇二首》，巧妙地运用"香草美人"之喻，表达了愿得明主以事之的理想。而北周徐谦的《短歌行》更是作者表明心迹之作：

> 穷通皆是运，荣辱岂关身。不愿门前客，看时逢故人。
> 意气青云里，爽朗烟霞外。不羡一囊钱，唯重心襟会。②

作者较为豁达，认为荣辱声名乃身外之事，"不羡一囊钱，唯重心襟会"则表达了作者重义轻财的人生选择。也有一些歌诗表现了求仙、问道和求佛的主题，如高允的《吟叹曲》：

> 王少卿，王少卿，超升飞龙翔天庭。遗仪景，云汉酬，光骛电逝忽若浮。
> 骑日月，从列星，跨腾太廓逾窅冥。寻元气，出天门，穷览有无究道根。③

与此相类似且较为典型的作品，还有庾信晚年为道教而作的《步虚词十首》。

综上所述，北朝的情爱、战争、游宴等三类歌诗，均有较为鲜明的民族特色，反映了北朝人的生活方式和人生理想。而其他歌诗，或为作者以古喻

---

① （宋）郭茂倩编：《乐府诗集》卷三十一，中华书局 1979 年版，第 455 页。
② （宋）郭茂倩编：《乐府诗集》卷三十，中华书局 1979 年版，第 450 页。
③ （宋）郭茂倩编：《乐府诗集》卷二十九，中华书局 1979 年版，第 438 页。

今，寄托抱负，表明心迹，或为作者求仙问道等，从不同角度记录了北朝文人的人生追求和对生命的思索，这些源于现实生活、反映北朝人精神世界的歌诗是北朝歌诗中的优秀作品。

第三节　北朝歌诗的创作与表演

北朝统治者多为少数民族，欣赏趣味与魏晋南朝颇多不同。战乱频仍、朝代更替，也在一定程度上阻碍了歌诗的发展。但民族文化大分化和大融合则为歌诗艺术注入了新鲜的血液和活力，使北朝歌诗在发展中呈现出令人耳目一新的特色。如《梁鼓角横吹曲》中收录的乐歌可以确定在梁代都可入乐演唱，在北朝仍然如此。本节拟选取若干典型个案，从歌诗创作和表演的角度，对北朝歌诗及其艺术特征进行探讨，发掘其有别于南朝歌诗的诸多特点。

一、从横吹曲中的同源乐歌看北朝歌诗的创作与表演

据现有资料，《乐府诗集》著录的《梁鼓角横吹曲》是现存北朝乐歌的主体部分。《乐府诗集》卷二十一《横吹曲辞》解题曰：

> 又《古今乐录》有《梁鼓角横吹曲》，多叙慕容垂及姚泓时战阵之事，其曲有《企喻》等歌三十六曲，乐府胡吹旧曲又有《隔谷》等歌三十曲，总六十六曲，未详时用何篇也。[1]

《梁鼓角横吹曲》，今存作品凡二十二题六十六曲，解题中"未详时用何篇也"，说明郭茂倩所生活的宋代六十六曲的使用情况已经无法详细知晓了。王运熙先生认为："所谓梁鼓角横吹曲，是指南朝萧梁乐府官署所搜采、应用的横吹曲，并不是其歌辞出自南朝。……北方乐曲在南朝刘宋时代既已流行，则《乐府诗集》所著录的《梁鼓角横吹曲》，实际当是刘宋以至

---

[1] （宋）郭茂倩编：《乐府诗集》卷二十一，中华书局1979年版，第309页。

萧梁时代乐府前后累积起来的北方乐曲，并非仅是萧梁一代收采而成。"①
也就是说《梁鼓角横吹曲》是在刘宋至萧梁时逐渐采入乐府，并用于当时
的各种活动，在当时是可以入乐演唱的。

现存《梁鼓角横吹曲》六十六曲中，不少乐歌曲名类似，如《陇头歌
辞》与《陇头流水歌辞》，《折杨柳歌辞》与《折杨柳枝歌》，《紫骝马歌
辞》与《紫骝马歌》，《地驱歌乐辞》与《地驱乐歌》等，这些乐歌文本内
容有所联系，乐调可能同出一源，在本书中称之为同源乐歌。所谓的同源乐
歌，既可指以一个共同的曲调为前提再创作的歌辞，又可指同一歌辞应用于
不同的曲调，从理论上讲，这两种情况都可称之同源乐歌。在具体歌诗作品
的探讨中，因资料不足，情况多有不同，或歌辞内容有所关联者，或曲调相
似者，或曲名相同相近者，为了更为详细的探讨，这里都纳入同源乐歌的讨
论之中。

和其他六十六曲横吹曲一样，上述同源乐歌可能作于北魏孝文帝推行汉
化政策以后。在流传中经过了南朝乐工的翻译再创作，或为了保持原汁原
味，或的确无法翻译，其中有一些词语可能以音译的方式将少数民族语言直
译而来，因而一些语句至今无法解读，能够流传久远并加以记载的这些作
品，大致是当时脍炙人口的优秀歌诗。郭茂倩《乐府诗集》卷二十一《汉
横吹曲一》解题引《乐府解题》曰：

> 汉横吹曲二十八解，李延年造。魏晋已来，唯传十曲：一曰《黄
> 鹄》，二曰《陇头》，三曰《出关》，四曰《入关》，五曰《出塞》，六
> 曰《入塞》，七曰《折杨柳》，八曰《黄覃子》，九曰《赤之扬》，十曰
> 《望行人》。后又有《关山月》《洛阳道》《长安道》《梅花落》《紫骝
> 马》《骢马》《雨雪》《刘生》八曲，合十八曲。②

唐吴兢《乐府古题要解》也说：

---

① 王运熙：《乐府诗述论》（增补本），上海古籍出版社 2006 年版，第 515、517 页。
② （宋）郭茂倩编：《乐府诗集》卷二十一，中华书局 1979 年版，第 311 页。

又有《出关》《入关》《出塞》《入塞》《黄覃子》《赤之扬》《黄鹄吟》《陇头吟》《折杨柳》《望行人》等十曲，皆无其词。若《关山月》已下八曲，后代所加也。[①]

吴兢所谓"《关山月》已下八曲"，即郭茂倩所说出的"后又有《关山月》"以下的八曲。汉横吹曲二十八解，到魏晋时仅存无辞的十曲，《陇头曲》和《折杨柳曲》，即是其中的两曲。从前后发展源流来说，北朝横吹曲《陇头流水歌辞》与《陇头歌辞》，《折杨柳歌辞》与《折杨柳枝歌》两组乐歌，当与《陇头曲》和《折杨柳曲》这两支汉代旧曲有关，应是在汉横吹旧曲的基础上完成的新歌辞。《梁鼓角横吹曲》中收录的《陇头歌辞》与《陇头流水歌辞》如下：

陇头流水，流离山下。念吾一身，飘然旷野。
朝发欣城，暮宿陇头。寒不能语，舌卷入喉。
陇头流水，鸣声幽咽。遥望秦川，心肝断绝。（《陇头歌辞》三曲）
陇头流水，流离西下。念吾一身，飘然旷野。
西上陇阪，羊肠九回。山高谷深，不觉脚酸。
手攀弱枝，足踰弱泥。（《陇头流水歌辞》三曲）[②]

两组歌诗的第一曲，仅一字之差，或在演唱时起到类似引子的作用。其他几曲，虽歌辞不同，但辞意相近，很有可能在同一曲调下，不同演唱者对歌辞做了改动。两组歌诗都渲染陇头山高路险，如配以曲调，当有令人悲从中来的效果。《乐府诗集》所载陈后主《陇头》诗解题曰：

一曰《陇头水》。《通典》曰："天水郡有大阪，名曰陇坻，亦曰陇山，即汉陇关也。"《三秦记》曰："其阪九回，上者七日乃越，上有清

---

① （唐）吴兢：《乐府古题要解》（卷上），载丁福保：《历代诗话续编》（上），中华书局 1983 年版，第 40 页。
② 《乐府诗集》卷二十五，中华书局 1979 年版，第 368、371 页。

水四注下，所谓陇头水也。"①

　　这段话解释了陇头流水的由来，可知曲名本身即蕴含艰辛险阻之意，再与兵革征战、征人凄苦相关联，氛围更加浓烈。从文本内容看，此两首乐歌亦是写尽凄苦。乐歌描述环境恶劣，"羊肠九回，山高谷深"；征人身体疲惫，"寒不能语，舌卷入喉"；心境凄然，"念吾一身，飘然旷野""遥望秦川，心肝断绝"。读来令人如鲠在喉，万分心酸。《陇头歌辞》与《陇头流水歌辞》各为三曲，前者三曲各四言四句，后者一、二曲四言四句。三曲四言二句，可能遗失了两句。《乐府诗集》于两首乐歌后皆有"右三曲，曲四解"的记载，再结合其他曲内容皆是先叙述环境艰苦，后抒怀人之感受。第三曲"手攀弱枝，足逾弱泥"缺失的应是抒写歌者之感受的两句。

　　梁鼓角横吹曲收录的这两首乐歌是可歌的，从相同的文意和句式来看，或有可能使用的是横吹曲下的同一曲调。魏晋六朝的拟作，有陈后主《陇头》："陇头征戍客，寒多不识春。惊风起嘶马，苦雾杂飞尘。投钱积石水，敛辔交河津。四面夕冰合，万里望佳人。"② 在继承《陇头歌辞》与《陇头流水歌辞》的情感基础上，发展了思念佳人的内容，这与梁陈一贯喜写艳情的审美趣味有关，也是《陇头》民间乐歌的文人化发展。陈后主拟作《陇头》五言八句，句式与前述两曲四言四解完全不同，《陇头》可歌与否并不确定，但即使可歌，从句式已然发生变化这点来看，应该不是同一曲调了。

　　再看《折杨柳歌辞》与《折杨柳枝歌》：

　　　　上马不捉鞭，反折杨柳枝。蹀座吹长笛，愁杀行客儿。
　　　　腹中愁不乐，愿作郎马鞭。出入擐郎臂，蹀座郎膝边。
　　　　放马两泉泽，忘不著连羁。担鞍逐马走，何得见马骑。
　　　　遥看孟津河，杨柳郁婆娑。我是虏家儿，不解汉儿歌。
　　　　健儿须快马，快马须健儿。跕跋黄尘下，然后别雄雌。（《折杨柳

---

① （宋）郭茂倩编：《乐府诗集》卷二十一，中华书局1979年版，第311页。
② （宋）郭茂倩编：《乐府诗集》卷二十一，中华书局1979年版，第311页。

歌辞》五曲)①

上马不捉鞭，反拗杨柳枝。下马吹长笛，愁杀行客儿。

门前一株枣，岁岁不知老。阿婆不嫁女，那得孙儿抱。

敕敕何力力，女子临窗织。不闻机杼声，只闻女叹息。

问女何所思，问女何所忆。阿婆许嫁女，今年无消息。(《折杨柳枝歌》四曲)②

《折杨柳歌辞》和《折杨柳枝歌》两组乐歌皆为五言四句，前者五曲、曲四解，后者四曲、曲四解。两组歌诗的第一曲仅有三个字不同，故第一曲极有可能在演唱时也起类似引子的作用。从内容上看，前者第二曲和后者第二、三、四曲涉及的是婚嫁情爱之事，而前者的第一、三、四、五曲和后者的第一曲则与远行征战有关。从叙述内容如"我是虏家儿，不解汉儿歌"和率性表情的风格如"阿婆不嫁女，那得孙儿抱""阿婆许嫁女，今年无消息"来看，当是北朝乐歌无疑。题名为《折杨柳》的乐歌，晋太康末已在京洛之地流传，《宋书》卷三十一《五行志》记载："太康末，京、洛始为'折杨柳'之歌，其曲始有兵革苦辛之词，终以禽获斩截之事。"③说明晋太康末年，京城开始流传的《折杨柳》歌，其曲以歌唱征战苦辛开始，以凯旋获胜擒获敌人作结。横吹曲中《折杨柳歌辞》第一、三、四、五曲和《折杨柳枝歌》第一曲抒写兵革苦辛的辞意与《宋书》所载太康时的《折杨柳》歌内容极为相近，而写婚嫁情爱之辞，则与晋末的《折杨柳》乐歌相去甚远了。

如前篇首所论，梁鼓角横吹曲是在刘宋至萧梁时逐渐采入乐府，《折杨柳枝歌》中写婚嫁情爱之乐歌，从内容上与晋太康末京洛之地流行的乐歌无所关联，但与梁代的《折杨柳》内容相近。《乐府诗集》卷二十二《横吹曲辞二》录有的梁元帝至江总等梁、陈诗人的《折杨柳》十首，多写离别相思，在内容上的确与上述《折杨柳枝歌》较为接近。其中陈朝徐陵《折杨柳》曰："嫋嫋河堤树，依依魏主营。江陵有旧曲，洛下作新声。妾对长

---

① (宋)郭茂倩编：《乐府诗集》卷二十五，中华书局1979年版，第369—370页。

② (宋)郭茂倩编：《乐府诗集》卷二十五，中华书局1979年版，第370页。

③ 《宋书》卷三十一《五行志二》，中华书局1974年版，第914页。

杨苑，君登高柳城。春还应共见，荡子太无情。"① 郭茂倩于梁元帝《折杨柳》解题中指出：

> 按古乐府又有《小折杨柳》，相和大曲有《折杨柳行》，清商四曲有《月节折杨柳歌》十三曲，与此不同。②

相和大曲《折杨柳行》，为《宋书·乐志三》所载宋大曲十五曲之一，郭茂倩解题说它和清商四曲《月节折杨柳歌》十三曲与古乐府《小折杨柳》不同。这个问题比较复杂，因古乐府《小折杨柳》现已无从考证，可以不论。但涉及《折杨柳歌辞》《折杨柳枝歌》与《折杨柳行》及《月节折杨柳歌》四者之间的关系，需稍作分析。《乐府诗集》卷四十三《大曲十五曲》郭茂倩解题曰：

> 《宋书·乐志》曰："大曲十五曲，一曰《东门》，二曰《西山》，三曰《罗敷》，四曰《西门》，五曰《默默》，六曰《园桃》，七曰《白鹄》，八曰《碣石》，九曰《何尝》，十曰《置酒》，十一曰《为乐》，十二曰《夏门》，十三曰《王者布大化》，十四曰《洛阳令》，十五曰《白头吟》。《东门》，《东门行》；《罗敷》，《艳歌罗敷行》；《西门》，《西门行》；《默默》，《折杨柳行》；《白鹄》，《何尝》并《艳歌何尝行》；《为乐》，《满歌行》；《洛阳令》，《雁门太守行》；《白头吟》，并古辞。《碣石》，《步出夏门行》，武帝辞。《西山》，《折杨柳行》；《园桃》，《煌煌京洛行》，并文帝辞。《夏门》，《步出夏门行》；《王者布大化》，《歌行》，并明帝辞。《置酒》，《野田黄爵行》，东阿王辞。《白头吟》，与《歌》同调。其《罗敷》、《何尝》、《夏门》三曲，前有艳，后有趋。《碣石》一篇，有艳。《白鹄》《为乐》《王者布大化》三曲，有趋。《白头吟》一曲有乱。"③

---

① （宋）郭茂倩编：《乐府诗集》卷二十二，中华书局 1979 年版，第 329 页。
② （宋）郭茂倩编：《乐府诗集》卷二十二，中华书局 1979 年版，第 328 页。
③ （宋）郭茂倩编：《乐府诗集》卷四十三，中华书局 1979 年版，第 635 页。

　　将上引文字与《宋书·乐志三》著录的歌诗对照可知，《折杨柳行》在《宋书·乐志》中保留了两首歌辞，分别是《西山》（西山一何高）和《默默》（默默施行违）。《默默》为古辞，是典型的咏史之作；《西山》为文帝辞，写游仙而慨叹仙事渺茫。《乐府诗集》卷三十七《相和歌辞》将这两首歌诗收录于《折杨柳四解》下，属于相和歌辞瑟调曲。郭茂倩解题引《古今乐录》曰："王僧虔《技录》云：《折杨柳行》歌，文帝'西山'、古'默默'二篇，今不歌。"又称这二曲为"魏、晋乐所奏。"①

　　郭茂倩所述清商四曲《月节折杨柳歌》十三曲，指的是从《正月歌》至《十二月歌》的十二首再加上《闰月歌》，共十三首清商曲辞，逯钦立先生定为晋辞。其《正月歌》曰："春风尚萧条，去故来入新。苦心非一朝，折杨柳，愁思满腹中，历乱不可数。"② 其余十二首，也均叙相思离别之情，与梁、陈之《折杨柳》内容大致相似。十三首之句式完全一样，均为六句，前三句和后二句为五言，中间的第四句为三言，即"五五五三五五"。而梁、陈之《折杨柳》十首则均为五言八句。二者的乐调可能已发生较大变化，或为完全不同的曲调。

　　综上可知，"折杨柳"类的相关乐歌，与梁鼓角横吹曲、横吹曲、相和大曲、相和歌辞瑟调曲、清商曲，都有密切的关系。其中有些歌辞曾为魏晋乐所奏。从乐歌内容上讲，《折杨柳歌辞》继承的是晋太康时流行的《折杨柳歌》，主要表现"征战苦辛"之事，而横吹曲《折杨柳枝歌》则为晋代《月节折杨柳歌》之流变。太康末的《折杨柳歌》，无疑是可歌的。而从《月节折杨柳歌》十三首歌辞句式完全一致，可以大致推知，《月节折杨柳歌》应是配合同类曲调歌唱的。故在《梁鼓角横吹曲》全部可歌的前提下，其中《折杨柳歌辞》与《折杨柳枝歌》又有其各自的源流。至梁陈，《折杨柳》则可能受到《梁鼓角横吹曲》的影响。梁元帝《折杨柳》郭茂倩解题曰：

　　《唐书·乐志》曰："梁乐府有胡吹歌云：'快马不须鞭，反插杨柳

① （宋）郭茂倩编：《乐府诗集》卷三十七，中华书局1979年版，第547页。
② （宋）郭茂倩编：《乐府诗集》卷四十九，中华书局1979年版，第723页。

枝。下马吹横笛，愁杀行客儿。'此歌辞元出北国，即鼓角横吹曲《折杨柳枝》是也。"①

也就是说，梁、陈诸公的《折杨柳》是对《梁鼓角横吹曲》的拟作。可见，"折杨柳"类歌辞作为同源乐歌中的典型，其传播地域的广泛和时间的久远。

又有《紫骝马歌辞》与《紫骝马歌》：

> 烧火烧野田，野鸭飞上天。童男娶寡妇，壮女笑杀人。
> 高高山头树，风吹叶落去。一去数千里，何当还故处。
> 十五从军征，八十始得归。道逢乡里人，家中有阿谁？
> 遥看是君家，松柏冢累累。兔从狗窦入，雉从梁上飞。
> 中庭生旅谷，井上生旅葵。舂谷持作饭，采葵持作羹。
> 羹饭一时熟，不知饴阿谁？出门东向看，泪落沾我衣。（《紫骝马歌辞》六曲）②
> 独柯不成树，独树不成林。念郎锦裲裆，恒长不忘心。（《紫骝马歌》一曲）③

《紫骝马歌辞》六曲，每曲四解。郭茂倩解题引《古今乐录》曰："'十五从军征'以下是古诗。"④ 但《乐府诗集》卷二十四梁简文帝《紫骝马》解题引《古今乐录》又说：

> 《紫骝马》古辞云："十五从军征，八十始得归。道逢乡里人，家中有阿谁？"又梁曲曰："独柯不成树，独树不成林。念郎锦裲裆，恒长不忘心。"盖从军久戍，怀归而作也。⑤

---

① （宋）郭茂倩编：《乐府诗集》卷二十二，中华书局1979年版，第328页。
② （宋）郭茂倩编：《乐府诗集》卷二十五，中华书局1979年版，第365页。
③ （宋）郭茂倩编：《乐府诗集》卷二十五，中华书局1979年版，第366页。
④ （宋）郭茂倩编：《乐府诗集》卷二十五，中华书局1979年版，第365页。
⑤ （宋）郭茂倩编：《乐府诗集》卷二十四，中华书局1979年版，第352页。

　　今人多采纳《紫骝马歌辞》六曲解题的说法，把《紫骝马歌辞》六曲的后四曲，即"十五从军征"至"泪落沾我衣"的 16 句作为汉代古诗看待，① 但《古今乐录》上述两种说法或许并不矛盾，《紫骝马歌辞》六曲的后四曲很可能是由古诗改编而来。根据配乐演唱的需要，原 16 句的古诗被分割成了四解。就歌辞内容而言，《紫骝马歌辞》第一曲写"童男娶寡妇"的北地风俗，但第二曲抒发游子思乡之情，与后四曲将在内容上有连贯性，这可能也是《十五从军征》被改编为《紫骝马歌辞》的主要原因之一。而排在《紫骝马歌辞》之后的《紫骝马歌》是一首情歌，其内容与《紫骝马歌辞》六曲显然不同。郭茂倩解题引《古今乐录》也说："与前曲不同。"因二者均为五言四句，其"不同"是否包含曲调的变化，虽无更多的证据，但从《古今乐录》重点关注音乐来看，二者已非同一乐调的可能性似乎更大。

　　如仅从题目的相似来看，同源乐歌还可包括《地驱歌乐辞》和《地驱乐歌》：

　　　　青青黄黄，雀石颓唐。槌杀野牛，押杀野羊。
　　　　驱头入谷，自羊在前。老女不嫁，蹋地唤天。
　　　　侧侧力力，念君无极。枕郎左臂，随郎转侧。
　　　　摩将郎须，看郎颜色。郎不念女，不可与力。（《地驱歌乐辞》
　　四曲）②
　　　　月明光光星欲堕，欲来不来早语我。（《地驱乐歌》一曲）③

　　这两首乐歌句式结构完全不同，《地驱乐歌》为七言二句，仅一曲，内容简单，"欲来不来早语我"，欲嗔又止，语含期待；《地驱歌乐辞》四曲，每曲四言四解。杂糅着北朝方言，不少语句不知其意，如"雀石颓唐"，但内容还是明了的，第一曲起兴，二曲写"老女不嫁"，三曲写"念君无极"，四曲似乎写单相思。四曲整体为情爱乐歌。《地驱乐歌》和《地驱歌乐辞》

　　① 参见逯钦立辑校：《先秦汉魏晋南北朝诗》，中华书局 1983 年版，第 335—336 页。
　　② （宋）郭茂倩编：《乐府诗集》卷二十五，中华书局 1979 年版，第 366—367 页。
　　③ （宋）郭茂倩编：《乐府诗集》卷二十五，中华书局 1979 年版，第 367 页。

虽皆涉及情爱，但一含蓄，一直率。《地驱乐歌》郭茂倩解题引《古今乐录》曰："与前曲不同"，可知此二曲也应是曲调不同。

总之，梁鼓角横吹曲中的题目相近的四组歌辞又可分为两种情况，《陇头流水歌辞》与《陇头歌辞》，《折杨柳歌辞》与《折杨柳枝歌》，题目相近，句式大致相同，内容有所联系，曲调可能相同，可视为关系密切的同源乐歌。而《紫骝马歌辞》与《紫骝马歌》，《地驱乐歌》与《地驱歌乐辞》，虽题目相近，但句式、内容不同，曲调可能也不同，算不上真正意义上的同源乐歌。同源乐歌的存在，既反映出汉魏旧曲在北朝的影响力，也显示出这类歌诗在当时广泛传唱的现状，这也是其歌辞和乐曲发生变化、形成新歌的重要前提。在梁鼓角横吹曲中，这些乐歌无疑是深受欢迎、最为活跃的。

二、朝廷礼乐与歌诗的创作及表演

由于少数民族建立的政权不甚重视礼乐教化，北朝朝廷礼乐并不完善。现存的北朝郊庙歌辞和燕射歌辞以北齐和北周作品为主，《乐府诗集》中收录《北齐南郊乐歌》《北齐五郊乐歌》《北齐明堂乐歌》《北齐享庙乐辞》《周祀圆丘歌》《周祀方泽歌》《周宗庙歌》，北齐《元会大飨歌十首》《食举乐十曲》《文武舞歌四首》，北周《周祀五帝歌十二首》《周大袷歌二首》及《周五声调曲二十四首》等共计一百一十九首乐歌，皆为北朝朝廷礼乐歌诗。

北周的郊庙歌辞和燕射歌辞均为庾信所作，北齐的燕射歌辞创作者《乐府诗集》并没有记载，郊庙歌辞当出自陆印之手。[①]《隋书·音乐志》记载：

> 齐神武霸迹肇创，迁都于邺，犹曰人臣，故咸遵魏典。及文宣初禅，尚未改旧章。宫悬各设十二镈钟，于其辰位，四面并设编钟磐各一簨虡，合二十架。设建鼓于四隅。郊庙朝会同用之。其后将有创革，尚药典御祖珽自言，旧在落下，晓知旧乐。上书曰："魏氏来自云、朔，肇有诸华，乐操土风，未移其俗。至道武帝皇始元年，破慕容宝于中

---

① 《北齐书》卷三十五记载："齐之郊庙诸歌，多印所制。"中华书局1972年版，第470页。

山，获晋乐器，不知采用，皆委弃之。天兴初，吏部郎邓彦海奏上庙乐，创制宫悬，而钟管不备。乐章既阙，杂以《簸逻回歌》。初用八佾，作《皇始》之舞。至太武帝平河西，得沮渠蒙逊之伎，宾嘉大礼，皆杂用焉。此声所兴，盖符坚之末，吕光出平西域，得胡戎之乐，因又改变，杂以秦声，所谓秦汉乐也。至永熙中，录尚书长孙承业，共臣先人太堂卿莹等，斟酌缮修，戎华兼采，至于钟律，焕然大备。自古相袭，损益可知，今之创制，请以为准。"斑因采魏安丰王延明及信都芳等所著《乐说》而定正声。始具宫悬之器，仍杂西凉之曲，乐名《广成》，而舞不立号，所谓"洛阳旧乐"者也。①

从上述引文中可知，北魏道武帝时所掳获的晋代乐器，并没有采用，天兴初，吏部奏上郊庙之乐，但仍不完备，只是"创制宫悬，而钟管不备"，乐歌中杂入《簸逻回歌》，以八佾的《皇始》舞作为朝廷的礼乐之舞。太武帝时，又引入沮渠蒙逊伎乐用于宫廷宴飨宾客等大礼中，此乐既有胡戎之乐，又"杂以秦声，所谓秦汉乐也"，直至永熙中，方"戎华兼采，至于钟律，焕然大备"。

祖斑所述的北魏朝廷礼乐的发展中，提到了《簸逻回歌》。《乐府诗集》卷二一《横吹曲辞》序说："后魏之世，有《簸逻回歌》，其曲多可汗之辞，皆燕魏之际鲜卑歌，歌词虏音，不可晓解，盖大角曲也。"②这里的"燕"指慕容燕国，"魏"指北魏。可知《簸逻回歌》是包括慕容燕国和北魏音乐在内的鲜卑歌曲，主要内容是歌颂鲜卑族可汗的功业。可见北魏自拓跋珪建国之始，朝廷礼乐使用的《簸逻回歌》和《皇始》乐舞即为鲜卑本民族乐歌而非晋代的旧乐，在发展中，又融入胡乐、秦声，终成"戎华兼采"的多民族融合的礼乐。

除上述乐歌乐舞使用于朝廷礼乐，《魏书》还记载："掖庭中歌《真人代歌》，上叙祖宗开基所由，下及君臣废兴之迹，凡一百五十章，昏晨歌之，时与丝竹合奏。郊庙宴飨亦用之。"③说明另有《真人代歌》也作为朝

① 《隋书》卷十四《音乐志中》，中华书局1973年版，第313页。
② （宋）郭茂倩编：《乐府诗集》卷二十一，中华书局1979年版，第309页。
③ 《魏书》卷一百九十《乐志五》，中华书局1974年版，第2828页。

廷雅乐在郊庙祭祀、宫廷宴飨中使用。《真人代歌》上叙祖宗开基之由，下及君臣废兴之迹，内容较多，《旧唐书》记载存目五十三章，其名目可解者六章：

> 北狄乐其可知者鲜卑、吐谷浑、部落稽三国，皆马上乐也。后魏乐府始有北歌，即所谓《真人代歌》是也。大都时，命掖庭宫女晨夕职之。周、隋世与西凉乐杂奏，今存者五十三章，其名可解者六章，《慕容可汗》《吐谷浑》《部落稽》《钜鹿公主》《白净皇太子》《企喻》也。其不可解者，咸多"可汗"之辞。北虏之俗呼主为可汗。吐谷浑又慕容别种，知此歌是燕、魏之际鲜卑歌也。其词虏音，竟不可晓。梁胡吹又有《大白净皇太子》《小白净皇太子》《企喻》等曲。隋鼓吹有《白净皇太子曲》，与北歌校之，其音皆异。①

《真人代歌》存目五十三章，名目可解有《慕容可汗》《吐谷浑》《部落稽》《钜鹿公主》《白净皇太子》《企喻》六章。其中《钜鹿公主歌辞》和《企喻》收录在《乐府诗集》梁鼓角横吹曲中。《钜鹿公主》三曲已见本章第二节引录，《企喻歌》四曲曰：

> 男儿欲作健，结伴不须多。鹞子经天飞，群雀两向波。
> 放马大泽中，草好马着膘。牌子铁裲裆，钘鉾鸐尾条。
> 前行看后行，齐着铁裲裆。前头看后头，齐着铁钘鉾。
> 男儿可怜虫，出门怀死忧。尸丧狭谷中，白骨无人收。②

北魏的郊庙宴飨乐歌，又见于收录北朝民间歌诗的梁鼓角横吹曲中，这是很值得注意的。可能和南朝类似，北朝乐府也有类似的采风制度，乐官将民间吟唱的乐歌采集到宫廷，"掖庭宫女晨夕职之"，帝王以此知民意。北魏的宫廷乐歌，《真人代歌》中的《企喻歌》《钜鹿公主》等作为宫廷雅乐

---

① 《旧唐书》卷二十九《音乐志二》，中华书局 1975 年版，第 1067 页。
② （宋）郭茂倩编：《乐府诗集》卷二十五，中华书局 1979 年版，第 362—363 页。

由宫女在清晨和黄昏演奏歌唱，《真人代歌》现存五十三章，可能当时北魏掖庭宫女实际歌唱乐章多于这个数目，乐歌的配乐以鲜卑族曲调为主，"时与丝竹合奏"，偶用汉族的"丝竹之乐"。乐歌平时在宫廷演唱，"郊庙宴飨亦用之"，演唱的内容也包含着宫廷生活如公主出游以及采集于民间的反映社会生活的歌诗。

北魏宫廷雅乐从"获晋乐器，不知采用，皆委弃之"到"乐章既阙，杂以《簸逻回歌》"，再到"得胡戎之乐，因又改变，杂以秦声"，最后"戎华兼采，至于钟律，焕然大备"的过程，实际就是在学习和模仿汉族朝廷乐歌的基础上，大量融入鲜卑族音乐和胡乐，最终形成一种混合型朝廷乐歌的过程。北魏的朝廷乐歌实际是多民族音乐文化交融的产物，而这种音乐的表演自然也融合着多民族的文化特色，这种混合形式的朝廷乐歌形式自北魏始，在北朝各代皆得到了继承。

北齐以北魏的创制方式为准，制定朝廷礼乐。"文宣初禅"后，"珽因采魏安丰王延明及信都芳等所著《乐说》而定正声。始具宫悬之器，仍杂西凉之曲，乐名《广成》，而舞不立号，所谓'洛阳旧乐'者也"[1]。可知北齐的朝廷礼乐曲名为《广成》乐，配以相应的舞蹈，乐曲中融入了西凉之曲，歌辞由陆卬等文人所作，即《乐府诗集》收录的《北齐南郊乐歌》《北齐五郊乐歌》《北齐食举乐》诸乐歌。北周的礼乐情况，史书也有记载：

武成之时，始定四郊、宗庙、三朝之乐。群臣入出，奏《肆夏》。牲入出，荐毛血，并奏《昭夏》。迎送神及皇帝初献、礼五方上帝，并奏《高明》之乐，为《覆焘》之舞。皇帝入坛门及升坛饮福酒，就燎位，还便殿，并奏《皇夏》。以高祖配飨，奏《武德》之乐。为《昭烈》之舞。祼地，奏登歌。其四时祭庙及禘祫皇六世祖司空、五世祖吏部尚书、高祖秦州刺史、曾祖太尉武贞公、祖文穆皇帝诸神室，并奏《始基》之乐，为《恢祚》之舞。高祖神武皇帝神室，奏《武德》之乐，为《昭烈》之舞。文襄皇帝神室，奏《文德》之乐，为《宣政》之舞。显祖文宣皇帝神室，奏《文正》之乐，为《光大》之舞。肃宗

① 《隋书》卷十四《音乐志中》，中华书局1973年版，第314页。

孝昭皇帝神室，奏《文明》之乐，为《休德》之舞。其入出之仪，同四郊之礼。①

这是一套严整有序、模式固定的朝廷礼乐制度，参与者和表演者是皇帝和他的群臣百官。《隋书·音乐志》中详细记载了《肆夏》《昭夏》《高明》乐歌的内容，这些乐歌有三言、四言、五言，内容以歌颂和赞美祖先为主，其用乐情况也比较复杂，"初，后周故事，悬钟磬法，七正七倍，合为十四。盖准变宫、变徵，凡为七声，有正有倍，而为十四也。"② 北周采用周礼仪式，程序非常复杂，在具体使用时可能并未完全依照上述记载进行。北周明帝在位仅一年，制定的上述礼仪很难完全推行，而周代之后的隋代，制定朝廷礼乐的官员已颇有微词："后周之时，以四声降神，虽采《周礼》，而年代深远，其法久绝，不可依用。"③

北周的朝廷礼乐也杂有少数民族乐曲，而非典正纯雅之调。《隋书·音乐志》曰：

周太祖发迹关陇，躬安戎狄，群臣请功成之乐，式遵周旧，依三材而命管，承六典而挥文。而《下武》之声，岂姬人之唱，登歌之奏，协鲜卑之音，情动于中，亦人心不能已也。④

又说：

太祖辅魏之时，高昌款附，乃得其伎，教习以备飨宴之礼。及天和六年，武帝罢掖庭四夷乐。其后帝娉皇后于北狄，得其所获康国、龟兹等乐，更杂以高昌之旧，并于大司乐习焉。采用其声，被于钟石，取《周官》制以陈之。⑤

---

① 《隋书》卷十四《音乐志中》，中华书局 1973 年版，第 314 页。
② 《隋书》卷十五《音乐志下》，中华书局 1973 年版，第 354 页。
③ 《隋书》卷十五《音乐志下》，中华书局 1973 年版，第 352 页。
④ 《隋书》卷十三《音乐志上》，中华书局 1973 年版，第 287 页。
⑤ 《隋书》卷十四《音乐志中》，中华书局 1973 年版，第 342 页。

北周的"功成之乐"，融入了更多的"鲜卑之音"，以致能够产生"情动于中""人心不能已"的感人至深的效果，再加上北周皇帝娶北狄皇后，引入了康国、龟兹等地乐曲，其曲调既有鲜卑乐、胡乐、秦汉声，又有康乐、龟兹乐，集诸多民族之长，在朝廷重大礼仪活动中演唱。

由于音乐乐调的失传和相关音乐史料的匮乏，朝廷礼乐中融入的异域乐调，仅能从现存的一些歌诗文本中找到痕迹。北朝的郊庙歌辞，大多同南朝朝廷乐歌类似，以四言为主，并有三言；但《北齐五郊乐歌》中的《黑帝高明乐》，《周祭方泽歌》中的《黑帝云门舞歌》以六言为主，与其他歌诗迥异。

> 虹藏雉化，告寒。冰壮地坼，年殚。日次月纪，方极。九州万邦，献力。协光是纪，岁穷。微阳潜兆，方融。天子赫赫，明圣。享神降福，惟敬。(《北齐五郊乐歌》之《黑帝高明乐》)①
>
> 北辰为政玄坛，北陆之祀员官。宿设玄圭浴兰，坎德阴风御寒。次律将回穷纪，微阳欲动细泉。管犹调于阴竹，声未入于春弦。待归余于送历，方履庆于斯年。(《周祭方泽歌》之《黑帝云门舞歌》)②

北齐乐歌是四二节奏，庾信所作《黑帝云门舞歌》具有较强的散文化倾向，这两首乐歌在句式上呈现的六言特点与同时期其他乐歌明显不同，极有可能与当时流行的少数民族乐曲的融入关系密切。从现有资料看，庾信和王褒在南朝均无六言歌诗作品创作，但入北后都创作六言歌诗，如庾信之《怨歌行》，"家住金陵县前，嫁得长安少年。回头望乡泪落，不知何处天边？胡尘几日应尽，汉月何时更圆？为君能歌此曲，不觉心随断弦。"③即为六言八句，但是同作此题的其他作者，自汉班婕、魏曹植、晋傅玄至梁简文帝而江淹、沈约等都为五言。本章第二节已引录的王褒《高句丽》，收录在杂曲歌辞之中，亦为六言作品。从题目《高句丽》以及《乐府诗集》的解题来看，此曲极有可能是入北后受到当地流行胡曲影响而尝试的新作。前述

① 《隋书》卷十四《音乐志中》，中华书局1973年版，第318页。
② 《隋书》卷十四《音乐志中》，中华书局1973年版，第338页。
③ （宋）郭茂倩编：《乐府诗集》卷四十二，中华书局1979年版，第618页。

北魏、北齐、北周各代统治者对胡乐甚为喜爱，高昌乐、龟兹乐、西凉乐、鲜卑乐都能够进入朝廷乐歌的演奏之中，庾信为北周朝廷之作礼仪音乐，必然是考虑到了这层特殊的需要，配合特定的胡乐的节奏旋律，来选择运用不同的歌诗表达形式，从这种情况考虑，北齐的这曲六言郊庙歌辞也可能是融入较多成分的少数民族音乐了。

北朝各代的朝廷礼乐中皆融入少数民族俗乐，且代有增加。北魏有《簸逻回歌》《真人代歌》等乐歌，《皇始》乐舞，融入鲜卑乐、秦汉声、胡乐；北齐杂入西凉之乐，有《广成》乐歌，配舞；北周则在上述乐歌乐舞基础上，又引入高昌乐、康乐、龟兹乐等，最终形成一个民族乐歌乐调的大融合，故郭茂倩有"元魏、宇文，继有朔漠，宣武已后，雅好胡曲，郊庙之乐，徒有其名"[1]的指责。但正是因为北朝的这些改造，陈旧枯燥的朝廷乐歌焕发出了全新的生机，变成了"人心不能已"的乐歌，在改造中，北朝的朝廷乐歌融入了本民族的祖先创业事迹等内容，吸收融合旧有乐调为我所用，是朝廷礼乐发展中的新变，而各类异域曲调，也借此契机登上了大雅之堂，得到了长足的发展，为隋唐音乐的大发展奠定了坚实的基础。

三、相和歌的创作与表演——以北朝存世挽歌为例

《乐府诗集》收集北朝相和歌诗共有相和曲、吟叹曲、平调曲、瑟调曲和楚调曲五种乐调十四篇共十九首，这些作品主要集中在北齐和北周，且以文人歌诗为主。由于王褒、庾信由南入北，北朝文人有了更多的同南朝文人切磋的机会，不少相和歌辞水平已与南朝相差无几。北朝相和歌辞中的挽歌，主要为哀悼逝者而作，由于有现实的需求，其创作、表演最值得注意。

北朝创作的相和歌挽歌诗，《乐府诗集》仅收录一首，即北齐祖珽的《挽歌》：

> 昔日驱驷马，谒帝长杨宫。旌悬白云外，骑猎红尘中。今来向漳浦，素盖转悲风。荣华与歌笑，万事尽成空。[2]

---

① （宋）郭茂倩编：《乐府诗集》卷一《郊庙歌辞一》解题，中华书局1979年版，第2页。
② （宋）郭茂倩编：《乐府诗集》卷二十七，中华书局1979年版，第401—402页。

　　前四句追述亡者的生平事迹，写他生前"谒帝"的荣宠，"骑猎"的快意。后四句抒发哀情。挽歌不直接表达悲伤，而借景寄托哀情，"素盖转悲风"。末二句"荣华与歌笑，万事尽成空"，是颇带消极的议论，生前的荣华与欢乐，在生命个体消失之后，全都转眼成空。祖珽精通音乐，《北齐书·祖珽传》记载："珽天性聪明，事无难学，凡诸伎艺，莫不措怀，文章之外，又善音律，解四夷语及阴阳占候，医药之术尤是所长"，又说他"自解弹琵琶，能为新曲"①，琵琶是"丝竹更相和，执节者歌"的相和曲七种乐器——"曲笙、笛、节歌、琴、瑟、筝、琵琶"之一，而新曲是指俗乐新声，相和曲挽歌当在其列。这首挽歌虽然史书没有明确记载能否配乐演唱，但是以祖珽的音乐才能，这首挽歌创作之时极可能考虑过入乐演唱。

　　《乐府诗集》记载的北朝挽歌，仅此一首，这显然与北朝挽歌比较流行和广泛用于演唱表演的社会现实不相符合，史书中记载了当时北朝挽歌创作的情形：

　　　　翻弟道玙，先为冀州京兆王愉法曹行参军，愉反，逼道玙为官，翻与弟世景俱囚廷尉。道玙后弃愉归罪京师，犹坐身死，……少而敏俊。世宗初，以才学被召，与秘书丞孙惠蔚典校群书，考正同异。自太学博士转京兆王愉法曹行参军。临死，作诗及挽歌词，寄之亲朋，以见怨痛。②

　　　　永安三年（530），……（尔朱兆）遂囚帝还晋阳，缢于三级寺。帝临崩礼佛，愿不为国王。又作五言曰："权去生道促，忧来死路长。怀恨出国门，含悲入鬼乡！隧门一时闭，幽庭岂复光？思鸟吟青松，哀风吹白杨。昔来闻死苦，何言身自当！"至太昌元年（532）冬，始迎梓宫赴京师，葬帝靖陵，所作五言诗即为挽歌词。朝野闻之，莫不悲恸。百姓观者，悉皆掩涕而已！③

　　　　帝又亲为（冯诞）作碑文及挽歌，词皆穷美尽哀，事过其厚。车驾还京，诏曰："冯大司马已就坟茔，永潜幽室，宿草之哭，何能忘

---

①　《北齐书》卷三十九《祖珽传》，中华书局1972年版，第514页。

②　《魏书》卷七十七《宋翻传附道玙传》，中华书局1974年版，第1690页。

③　（北魏）杨衒之撰，韩结根注：《洛阳伽蓝记》卷一"永宁寺"条，山东友谊出版社2001年版，第18页。

之？"遂亲临诞墓，停车而哭。①

　　（尔朱文略）系于京畿狱。文略弹琵琶，吹横笛，谣咏，倦极便卧唱挽歌。②

　　上引第一条中的挽歌词创作于宋道玙临终之前，为自挽歌，"寄之亲朋，以见怨痛"。这类自挽之作，一般不会用于葬礼场合表演和演唱。第二条中孝庄帝的葬礼则采用他临终所作五言诗作为挽歌，这说明在此之前，挽歌专为某一丧主而作的礼制早已形成，这是自挽体挽歌、献挽体挽歌与奉旨创作的各类挽歌产生的共同前提。第三条中孝文帝与冯诞非常亲近，竟然亲自为冯诞创作挽歌，这首挽歌肯定会在冯诞的葬礼上演唱。第四条中的挽歌与葬礼无关。尔朱文略是一个善乐能歌之人，只是恃才放旷，与常人不同，"弟文略，以兄文罗卒无后，袭梁郡王。以兄文畅事，当从坐，高祖特加宽贷。文略聪明俊爽，多所通习。世宗尝令章永兴于马上弹胡琵琶，奏十余曲，试使文略写之，遂得其八"，"初，高祖遗令恕文略十死，恃此益横，多所凌忽。平秦王有七百里马，文略敌以好婢，赌而取之。明日，平秦致请，文略杀马及婢，以二银器盛婢头马肉而遗之。平秦王诉之于文宣，系于京畿狱"③。大约也只有这样狂放不羁的人，才能在狱中演唱挽歌。

　　当时挽歌创作最为常见的一种方式，大约是文人的献挽之作。卢询祖为赵郡王妃郑氏所作的挽歌，即是典型的一例：

　　（卢询祖）有文集十卷，皆致遗逸。尝为赵郡王妃郑氏制挽歌词，其一篇云："君王盛海内，伉俪尽寰中。女仪掩郑国，嫔容映赵宫。春艳桃花水，秋度桂枝风。遂使丛台夜，明月满床空。"④

　　此外，见于逯钦立《先秦汉魏晋南北朝诗》的挽歌，还有北魏温子昇

---

　　① 《魏书》卷八十三《冯熙传附冯诞传》，中华书局1974年版，第1821页。
　　② 《北齐书》卷四十八《尔朱文略传》，中华书局1972年版，第667页。
　　③ 《北齐书》卷四十八《尔朱文略传》，中华书局1972年版，第666—667页。
　　④ 《北齐书》卷二十二《卢询祖传》，第321页。卢询祖的这首挽歌，在逯钦立《先秦汉魏晋南北朝诗·北齐诗》卷一中，题为《赵郡王配郑氏挽词》，中华书局1983年版，第2261页。

《相国清河王挽歌》、卢思道的《彭城王挽歌》《乐平长公主挽歌》等：

> 高门讵改辙，曲沼尚余波。何言吹楼下，翻成薤露歌。（温子昇《相国清河王挽歌》)①
>
> 旭旦禁门开，隐隐灵舆发。才看凤楼迥，稍视龙山没。犹陈五营骑，尚聚三河卒。容卫俨未归，空山照秋月。(卢思道《彭城王挽歌》)②
>
> 妆楼对驰道，吹台临景舍。风入上春朝，月满凉秋夜。未言歌笑毕，已觉生荣谢。何时洛水湄，芝田解龙驾。(卢思道《乐平长公主挽歌》)③

卢询祖为赵郡王妃郑氏所作的挽歌，前四句盛赞郡王与王妃的伉俪之情，写出王妃女仪无双，对其品德、容貌进行赞扬，"春艳桃花水，秋度桂枝风"，借春秋代序，时光飞转来写生命的短暂，末二句"遂使丛台夜，明月满床空"，暗指王妃的逝世，作者借"空"表达了人生无常及惆怅之感，与祖珽《挽歌》"荣华与歌笑，万事尽成空"之句，有异曲同工之妙。诗歌中的遗憾、悲痛和伤悼，以一种委婉、含蓄、优雅的方式表达出来，是较为典型的贵族葬礼挽歌。卢思道的《乐平长公主挽歌》也是先写生前荣宠，再说死后万事成空。《彭城王挽歌》在写法上稍有不同，是从灵驾驶出禁门写起，中间回顾彭城王作为将军的威仪，最后归结到"空山照秋月"。

卢询祖、温子昇和卢思道所作的挽歌，都明确是为某个特定的死者而作。而祖珽《挽歌》没有明确表示出逝主，似乎抒情的意味更浓一些。如果从用于实际葬礼的角度着眼，叙述亡者生平，赞美其举止言谈、仪容、出身和功绩，并表达生者的悲痛哀悼之情，实际上构成了挽歌基本的写法。而切合不同逝主的身份、特点，准确地表达生者的情感，并配合哀乐演唱，都是不可缺少的。

北朝的文人挽歌多为遵皇命而之作。皇室宗亲或皇帝去世，皇帝或新皇要求朝臣文士作挽歌，从中选取优秀的作品令挽郎演唱，在当时已经成为朝廷的一种惯例。而诗书满腹的文士们则常常会在这时候一比高下。卢思道就

① 《逯钦立辑校：《先秦汉魏晋南北朝诗·北魏诗》卷二，中华书局1983年版，第2222页。
② 逯钦立辑校：《先秦汉魏晋南北朝诗·全隋诗》卷一，中华书局1983年版，第2636页。
③ 逯钦立辑校：《先秦汉魏晋南北朝诗·全隋诗》卷一，中华书局1983年版，第2636页。

因此获得了时人的赞誉。

> 卢思道，字子行，范阳人也。……文宣帝崩，当朝文士各作挽歌十首，择其善者而用之，魏收、阳休之、祖孝征等，不过得一二首，唯思道独得八首，故时人称为"八米卢郎"。①

从这里的记载来看，"择其善者而用之"，应该主要是用于葬礼上挽郎的演唱。这说明凡是献挽或奉旨创作的挽歌，其中的优秀作品都有可能在葬礼上演唱。北齐文宣帝高洋崩于天保十年（559），当时创作挽歌的文士，肯定不止上面提到的几人。据《北史》记载，刘逖也有挽歌入选。

> 及文宣崩，文士并作挽歌，杨遵彦择之，员外郎卢思道用八首，逖用二首，余人多者不过三四。中书郎李愔戏逖曰："卢八问讯刘二。"逖衔之。②

从时人对卢思道的赞美与刘逖深以为耻的态度，可见文士们所创作的挽歌被选用于帝王的葬礼上，是何等荣耀的事情。卢思道的八首挽歌，没有保留下来，但是上述两首挽歌，与为他赢得"八米卢郎"之美称的那八首挽歌，当亦相去不远。

文士所作挽歌，既然是"择其善者而用之"，挽歌的选择肯定有严格的要求。从《隋书·卢思道传》的记载来看，朝廷文士每人都作十首，作出的挽歌就会有成百上千首。是否每位皇帝驾崩都会有这样的挽歌创作活动，我们不得而知，但我们知道贵妃和郡王妃去世，也有人敬献挽歌。因此，朝廷文士奉旨创作或主动敬献挽歌的现象，在当时肯定是非常普遍的。可见，为皇帝或皇室成员所创作的挽歌，有着怎样丰厚的生长土壤。可以推知，文献所保留下来的那些挽歌，只不过是九牛一毛而已。

关于挽歌的表演，《后汉书·礼仪志下》刘昭注引丁孚《汉仪》有较为

---

① 《隋书》卷五十七《卢思道传》，中华书局1973年版，第1397页；又见《北史》卷三十《卢玄传附卢思道传》，中华书局1974年版，第1075页。

② 《北史》卷四十二《刘芳传附刘逖传》，中华书局1974年版，第1551页。

详细的说明：

> 永平七年（64），阴太后崩，晏驾诏曰："枢将发于殿，群臣百官陪位，黄门鼓吹三通，鸣钟鼓，天子举哀。女侍史官三百人皆着素，参以白素，引棺挽歌，下殿就车，黄门宦者引以出宫省。太后魂车，鸾路，青羽盖，驷马，龙旗九旒，前有方相，凤皇车，大将军妻参乘，太仆妻御，女骑夹毂悉道。公卿百官如天子郊卤簿仪。"后和熹邓后葬，案以为仪，自此皆降损于前事也。①

在皇太后葬礼上，挽歌演唱队伍声势浩大，竟有三百人之多。她们统一身穿素衣，同时吟唱挽歌，场面极其壮观。一般贵族的哀挽活动当然不可能有这样大的规模，但也必然是郑重其事，有一定规格的。从史书记载来看，北朝时期，挽歌仍备受皇室贵族重视，朝廷有专门从事帝王挽歌表演的专业人员——挽郎。他们多是从公卿以下子弟中选取的德才兼备者，其中通晓音乐是能够入选的必备条件。能够在皇帝的葬礼上担任挽郎是一件非常荣耀的事情，也是一项重要的人生履历，甚至成为日后平步青云、出仕为官的良好开端。这种情况在北朝也不例外，现将史籍可考的挽郎列表如下（表3-5）。

表3-5　史书所见北朝挽郎表

挽郎	丧主	葬礼年代	挽郎特点	解褐官职	史料出处
阴遵和	孝文帝	太和二十三年（499）	好音律，尚武事	奉朝请	《魏书》卷五十二《阴仲达传附阴遵和传》
寇俊	孝文帝	太和二十三年（499）	性宽雅，幼有识量，好学强记。兄祖训、祖礼及俊，并有志行。闺门雍睦，白首同居	奉朝请	《周书》卷三十七《寇俊传》
谷士恢	宣武帝	延昌四年（515）	少好琴书	奉朝请	《谷浑传附谷士恢传》

---

① 《后汉书·礼仪志下》刘昭注引丁孚《汉仪》，中华书局1965年版，第3151页。

挽郎	丧主	葬礼年代	挽郎特点	解褐官职	史料出处
崔巨伦	宣武帝	延昌四年（515）	历涉经史，有文学武艺	冀州镇北府墨曹参军	《魏书》卷五十六《崔辩传附崔巨伦传》
崔瓛	宣武帝	延昌四年（515）	状貌伟丽，善于容止，少知名	太学博士	《北史》卷二十四《崔逞传附崔瓛传》
崔鹏	宣武帝	延昌四年（515）	状貌伟丽，善于容止，少有名望，为当时所知	太学博士	《北齐书》卷二十三《崔鹏传》
邢邵	宣武帝	延昌四年（515）	雅有才思，聪明强记，日诵万余言	奉朝请	《北齐书》卷三十六《邢邵传》
刁柔	宣武帝	延昌四年（515）	少好学，综习经史，尤留心礼仪。性强记	司空行参军	《北齐书》卷四十四《儒林传·刁柔传》
杜长文	孝明帝	武泰元年（528）		员外散骑侍郎	《魏书》卷四十五《杜铨传附杜长文传》
裴远	孝明帝	武泰元年（528）	好弹琴，耽酒，时有文咏	仪同开府参军事	《魏书》卷七十一《裴叔业传附裴远传》
裴宽	孝明帝	武泰元年（528）	仪貌环伟，博涉群书，弱冠为州里所称	员外散骑侍郎	《周书》卷三十四《裴宽传》
檀翥	孝明帝	武泰元年（528）	好读书，善属文，能鼓瑟	城阳王元徽以翥为从事	《周书》卷三十八《李昶传附檀翥传》；《北史》卷七十《檀翥传》

　　由上表可知，北朝每一位入选挽郎者，在文学、武艺、门第、状貌诸方面中必有一二过人之处，挽郎实为同龄人中的精英，而由这些人来演唱挽歌，极大地提升了挽歌表演的整体水准。实用性是葬礼挽歌最本质的特征。因此，葬礼挽歌只有在葬礼场合中演唱表演，并表达其特定的内涵之后才能够体现其价值。挽歌作者在下笔时，既要考虑到切合逝者的身份，又要站在亲友的立场来表达赞美和哀悼。这是挽歌能够进入到葬礼程序，由挽郎演唱的基本前提条件。优秀的挽歌和挽郎精彩的演唱的完美结合，是隆重而典雅的皇室贵族葬礼必不可少的仪式内容。然而，葬礼仪式虽然对挽歌有着巨大

的需求空间，但是却没有给创作者留下多少自由发挥的余地。这从根本上限制了挽歌的发展，这也正是北朝之后挽歌创作逐渐丧失生命力而走向衰弱的原因。

四、杂曲歌辞的创作与表演——以《杨白花》等歌诗为例

北魏、北齐和北周各代皆有杂曲歌辞流传，其中北魏和北齐的作品主要是本朝诗人所作，北周作品则多出自由南入北的庾信和王褒之手。《乐府诗集》卷七十三《杂曲歌辞十三》有一首《杨白花》，是北朝杂曲歌辞中以音乐伴唱演述故事的歌诗：

> 阳春二三月，杨柳齐作花。春风一夜入闺闼，杨花飘荡落南家。含情出户脚无力，拾得杨花泪沾臆。秋去春还双燕子，愿衔杨花入窠里。①

《梁书》记载了这首歌诗的本事：

> 杨华，武都仇池人也。父大眼，为魏名将。华少有勇力，容貌雄伟，魏胡太后逼通之。华惧及祸，乃率其部曲来降。胡太后追思之不能已，为作《杨白华歌辞》，使宫人昼夜连臂蹋足歌之，辞甚凄惋焉。②

《南史》也说：

> 时复有杨华者，能作惊军骑，亦一时妙捷，帝深赏之。华本名白花，武都仇池人。父大眼，为魏名将。华少有勇力，容貌瑰伟，魏胡太后逼幸之。华惧祸，及大眼死，拥部曲，载父尸，改名华，来降。胡太后追思不已，为作《杨白花歌辞》，使宫人昼夜连臂蹋蹄歌之，声甚凄断。③

---

① （宋）郭茂倩编：《乐府诗集》卷七十三，中华书局 1979 年版，第 1040 页。
② 《梁书》卷三十九《杨华传》，中华书局 1973 年版，第 556—557 页。
③ 《南史》卷六十三《王神念传附杨华传》，中华书局 1975 年版，第 1535—1536 页。

两段文字，稍有小异。《梁书》"辞甚凄惋焉"，在《南史》中作"声甚凄断"。而郭茂倩《乐府诗集》卷七十三《杨白花》解题引《梁书》作"声甚凄婉"。从歌诗表演的角度，作"声"似优于"辞"，当作"声甚凄婉"为是。另外，歌诗题目也不同，《南史》和《乐府诗集》作《杨白花》，《梁书》作《杨白华》。按《南史》，杨华本名杨白花。《乐府诗集》卷七十三有唐人柳宗元《杨白花》，且歌诗文本中也有一次提到"杨柳齐作花"，三次直接讲到"杨花"。故当依《南史》和《乐府诗集》作《杨白花》。

早期歌诗本"缘事而发"，《杨白花》即为此类。杨白花是魏名将杨大眼之子，为魏胡太后所爱慕而"逼通之"，杨白花担心因此招来祸端，等到自己的父亲去世之后，带领部下降梁而去，改名杨华。南去的杨华让胡太后思念不已，故而创作此曲。歌诗含蓄地敷衍了一个女子思念所爱之人的故事，以杨花暗喻杨华，以"杨花飘荡落南家"比喻杨白花归降梁朝，以祈愿燕子"衔杨花入窠里"暗指希望杨华回到魏朝。歌诗没有直言故事中人物，却处处暗指故事主人公，从杨白花南去归降梁朝，到身在北朝的女子拾到杨花而思念自己的情人，再到最后希望情人归来，故事情节颇为曲折，深刻地刻画出一位专情深情的女子形象，读来已令人心酸不已。若配乐演唱出来，必然更动人心弦。

作为艺术作品的故事体歌诗《杨白花》所表演的内容，与真实的历史有一定的差异。首先，故事主人公的信息与史书中真实记录不符。《杨白花》是以史实为原型的一种再创造，塑造了一位痴情的女子，苦苦期盼所爱之人的归来，似乎演绎了一个痴情女子负心汉的故事。然事实却不尽然，历史上的胡太后并非用情专一的痴情女子，据《北史》记载："时胡太后多嬖宠，帝与明帝谋诛之，事泄，免官。"[①] 这里所说的"帝"，是后来成为西魏文帝的元宝炬。"明帝"，即胡太后之子，北魏孝明帝元诩。史家甚至认为胡太后生活太淫乱，以致天谴，《隋书》记载："天统三年十月，积阴大雨。胡太后淫乱之所感也"[②]。可见胡太后绝不是什么专情之人，杨华只是

---

① 《北史》卷五《魏本纪第五》，中华书局1974年版，第175页。
② 《隋书》卷二十二《五行志上》，中华书局1973年版，第626页。

她众多的男宠之一。《南史》记载：

> （王）神念少善骑射，既老不衰，尝于高祖前手执二刀楯，左右交
> 度，驰马往来，冠绝群伍。时复有杨华者，能作惊军骑，并一时妙捷，
> 高祖深叹赏之。①

杨华擅长一种"惊军骑"的武艺，和也是由北魏如梁的王神念，都得到梁武帝萧衍赏识。杨华过人的武艺可能也是胡太后对他念念不忘的原因吧。《梁书》记载归降梁朝之后的杨华"累征伐，有战功，历官太仆卿，太子左卫率，封益阳县侯。太清中，侯景乱，华欲立志节，妻子为贼所擒，遂降之，卒于贼"②。因为妻儿被俘虏而甘愿向贼臣投降，这般重视妻儿的杨华当非负心之流。故《杨白花》歌诗中对男女主人公都作了较大的改造，使得歌诗《杨白花》成为"痴情女子负心汉"类型的故事体歌诗，也较易在演唱上呈现一种"声甚凄惋"的效果。

故事体歌诗《杨白花》主要通过演唱来敷衍故事。我国表演艺术的发展，在汉代就已经产生了以音乐伴唱演述故事的相和曲、横吹曲和杂歌曲，如杂曲歌辞《焦仲卿妻》就是如此，《杨白花》也是其中一例。从相关的记载来看，《杨白花》的演唱者以胡太后的宫女为主，她们"连臂踏足歌之"，边舞边歌。"连臂"，即手拉手，"这种舞蹈在原始社会中是广泛流行的舞蹈形式，至少在亚洲北大陆草原是这样的"③。事实上，从考古发掘的实物来看，这种"连臂"而舞的舞蹈形式，在中国大地上分布还要更广泛。④ 胡太后作为北魏鲜卑人，其宫女连臂而舞，表演《杨白花》，当是采用了鲜卑族传统的舞蹈形式，"踏足"当是应和音乐节拍。虽然《杨白花》更详细的表演方式，我们已难以考知，但其"声甚凄断"的表演效果，是音乐、歌辞及舞蹈共同配合的结果，则是可以肯定的。

---

① 《南史》卷六十三《王神念传》，中华书局 1975 年版，第 1535 页。
② 《梁书》卷三十九《杨华传》，中华书局 1973 年版，第 556 页。
③ 盖山林：《阴山岩画与原始舞蹈》，《舞蹈论丛》1981 年第 4 期。
④ 关于这一点，读者可参考刘怀荣：《赋比兴与中国诗学研究》的相关论述，人民出版社 2007 年版，第 62—69 页。

与《杨白花》相比,《咸阳王歌》也是有史事依托、明确记载入乐演唱并广为流传的乐歌,《北史》对咸阳王元禧有如下的记载:

> (景明二年)夏五月壬子,广陵王羽薨。壬戌,太保、咸阳王禧谋反,赐死。①

> 禧临尽,畏迫丧志,乃与诸妹公主等诀……遂赐死私第,绝其诸子属籍。禧之诸女,微给资产、奴婢。自余家财悉以赉高肇、赵修二家,其余赐内外百官,逮于流外,多百匹,下至十匹,其积聚若此。其官人为之歌曰:"可怜咸阳王,奈何作事误?金床玉几不能眠,夜踯霜与露。洛水湛湛弥岸长,行人那得度!"其歌遂流至江表。北人之在南者,虽富贵,闻弦管奏之,莫不洒泣。②

可知《咸阳王歌》是咸阳王元禧谋反被赐死后,其宫人有感于其人其事而作。从"其歌遂流于江表",可知这首乐歌曾从北地流传至江南。由于歌诗通过咸阳王的故事表现了比较普遍的人生懊悔和无奈,其乐调也应当是北方特有的,所以"北人之在南者",闻听此歌,才会悲从中来,潸然泪下。

《杨白花》《咸阳王歌》之外,杂曲歌辞中还有一类歌诗,歌诗本身就是用于演唱的乐歌,但在歌辞中又写到了歌舞表演的盛况,如魏收的《永世乐》、温子昇的《安定侯曲》《敦煌乐》等。《隋书·音乐志》曰:

> 《西凉》者,起苻氏之末,吕光、沮渠蒙逊等,据有凉州,变龟兹声为之,号为秦汉伎。魏太武既平河西得之,谓之《西凉乐》。至魏、周之际,遂谓之《国伎》。今曲项琵琶、竖头箜篌之徒,并出自西域,非华夏旧器。《杨泽新声》《神白马》之类,生于胡戎。胡戎歌非汉魏遗曲,故其乐器声调,悉与书史不同。其歌曲有《永世乐》。③

---

① 《北史》卷四《魏本纪第四》,中华书局1974年版,第133页。
② 《北史》卷十九《咸阳王禧传》,中华书局1974年版,第691—692页。
③ 《隋书》卷十五《音乐志下》,中华书局1973年版,第378页。

魏收《永世乐》当即为西凉乐《永世乐》所作的歌辞：

> 绮窗斜影入，上客酒须添。翠羽方开美，铅华汗不沾。关门今可下，落珥不相嫌。①

这首西凉乐歌描述了欢宴饮酒的场景，已经是傍晚了，客人还在要求添酒。酒宴上舞者手持"翠羽"，翩然起舞。其表演虽然精妙，但却从容轻盈，举重若轻，并没有大汗淋漓，破坏脸上的饰妆。客人已不在乎城门什么时候关，准备彻夜畅饮，即使舞女的耳环掉在地上也不责怪。

北朝时，西凉、龟兹等异域乐调极受上层贵族的喜爱，《永世乐》就是此类用于演唱的乐歌，但是魏收此曲，在演唱的歌辞之中又将现场的歌舞表演记录下来。用于演唱的歌诗，本是为表演服务的，欣赏者更多地陶醉于美妙的曲调和迷人的舞姿，歌辞的工拙反而退居其次。而直接描写表演现场和表演内容，更显示出文人的欣赏眼光。又如温子昇的《安定侯曲》：

> 封疆在上地，钟鼓自相和。美人当窗舞，妖姬掩扇歌。②

歌诗勾勒了一幅边塞歌舞图。钟鼓相和为歌舞伴奏，表演者是美人和妖姬等擅长歌舞的女伎，她们手持折扇，且歌且舞。"美人当窗舞，妖姬掩扇歌"，用互文的笔法写出了舞者表演扇舞的动人场景。这首歌诗里，有歌有舞有乐器的伴奏，温子昇可能记录了他自己亲身经历的一次歌舞宴会，且已经陶醉其中了。

温子昇的《敦煌乐》颇具胡乐风情，这不仅从题目《敦煌乐》中可推知，《乐府诗集》解题引《通典》曰："敦煌古流沙地，黑水之所经焉。秦及汉初为月支、匈奴之境"③，亦可证明此曲为典型的胡乐，歌诗文本中有"自有敦煌乐，不减安陵调"，也说明这是不同于中原乐调的胡地音乐。

---

① （宋）郭茂倩编：《乐府诗集》卷七十五，中华书局 1979 年版，第 1064 页。
② （宋）郭茂倩编：《乐府诗集》卷七十四，中华书局 1979 年版，第 1056 页。
③ （宋）郭茂倩编：《乐府诗集》卷七十八，中华书局 1979 年版，第 1094 页。

客从远方来，相随歌且笑。自有敦煌乐，不减安陵调。①

歌诗中描述的是远方的客人跟随当地的歌舞艺人边歌边舞、无比欢乐的场景。既然是远方之客，自然不熟悉敦煌的地方乐曲，但仍能"相随歌且笑"，可见敦煌乐歌通俗易懂，"自有敦煌乐，不减安陵调"，说明敦煌乐自成特色，已经打动了远方的客人，得到了极高的赞赏。其中描述主客其乐融融、且歌且舞的场景，用于演唱表演之时，会极大地提升现场表演的氛围。温子昇还有《凉州乐歌二首》：

远游武威郡，遥望姑臧城。车马相交错，歌吹日纵横。(《凉州乐歌二首》其一)
路出玉门关，城接龙城坂。但事弦歌乐，谁道山川远。(《凉州乐歌二首》其二)②

这两首歌诗也写出了西北边疆"歌吹"与"弦歌"的盛况，那是一种令人忘却旅途艰辛、甚至忘记时间的歌诗艺术表演，今日读来，依然让我们不禁神往。

上述歌诗反映了北魏歌诗对胡乐的积极改造和吸收。这些歌诗成于文人之手，经过文人的润饰，毕竟与原生态的胡乐有一定的差距，少了一些西域歌乐中朴实、悲凉的乐调元素，经文人自觉加工改造，语言由俗而雅，音律更加和谐，可能更适合表演了。

第四节　北朝歌诗的艺术特征

北朝歌诗是中国古代歌诗的重要组成部分，在体式构成、语言艺术风格等方面有独特的艺术特征。其文人歌诗以模仿和学习南朝文人歌诗为主，在四言、五言、七言方面均作了探索，尤以五言四句、五言八句为主。歌诗以

---

① (宋)郭茂倩编：《乐府诗集》卷七十八，中华书局1979年版，第1094页。
② 《凉州乐歌二首》，《乐府诗集》未收，见逯钦立《先秦汉魏晋南北朝诗》中的《北魏诗》卷二。

原生态的音乐为主，这种音乐性使歌辞呈现与徒诗不同的风貌，北朝文人歌诗中的六言作品可能就是为了配合异域曲调演唱的需要，如王褒的《高句丽》等。

北朝文人歌诗在整体上受南朝影响，歌诗作品考虑到入乐需要，有些作品句句押韵，如《捉搦歌》：

> 粟谷难舂付石臼，弊衣难护付巧妇。男儿千凶饱人手，老女不嫁只生口。
>
> 谁家女子能行步，反着夹禅后裙露。天生男女共一处，愿得两个成翁姬。
>
> 华阴山头百丈井，下有流水彻骨冷。可怜女子能照影，不见其余见斜领。
>
> 黄桑柘屐蒲子履，中央有系两头系。小时怜母大怜婿，何不早嫁论家计。①

第一曲押上声"有部"，第二曲押去声"遇部"（"处"属上声"御部"，与"遇部"为邻韵通押），第三曲押上声"梗部"，第四曲后三句押去声"霁部"，只有第一句的"履"字，后来属于上声"纸部"，是个例外。又如《隔谷歌》二曲其二："兄为俘虏受困辱，骨露力疲食不足。弟为官吏马食粟，何惜钱刀来我赎。"② 就是通篇句句押韵，为了押韵的需要，还将"何惜钱刀来赎我"调整为"何惜钱刀来我赎"。又如祖叔辨的《千里思》："细君辞汉宇，王嫱即虏衢。寂寂人迳阻，迢迢天路殊。忧来似悬旆，泪下若连珠。无因上林雁，但见边城芜"③，前四句也是句句押韵。

北朝民间歌诗则以五言四句体式为主。七言歌诗有《捉搦歌》四曲，为七言四句；《地驱乐歌》一曲，为七言两句。四言歌诗有《陇头》《地驱歌乐辞》等。《隔谷》《东平刘生》则为杂言。南北融合交流的背景下，民间歌诗必有承袭南朝之处，如三三七四七句式，本为民间歌辞特有体式，

---

① （宋）郭茂倩编：《乐府诗集》卷二十五，中华书局 1979 年版，第 369 页。
② （宋）郭茂倩编：《乐府诗集》卷二十五，中华书局 1979 年版，第 368 页。
③ （宋）郭茂倩编：《乐府诗集》卷六十九，中华书局 1979 年版，第 995 页。

《荀子·成相》有"请成相，世之殃，愚暗愚暗堕贤良。人主无贤，如瞽无相何伥伥!"① 即是此类体式。北朝民间歌诗《敕勒歌》和《隔谷歌》则与此体式相近。《敕勒歌》："敕勒川，阴山下。天似穹庐，笼盖四野。天苍苍，野茫茫，风吹草低见牛羊。"② 歌诗句式是三三四四三三七，演唱时节奏与旋律可能发生更为复杂的变化，相对于整齐的五言、七言歌诗而言，此句式在演唱和音乐的配合方面提出了更高的要求；《隔谷歌》二曲其一，其句式为"七三三七三三"，也是如此。

北朝文人歌诗的语言备受南朝文风的影响，行文风格模仿和学习南朝文人歌诗，故而有的作品柔美婉转，有的颇具沉雄顿挫之气。除此之外更增异域风情，如《安定侯曲》《敦煌乐》等。北朝文人似乎过多沉迷于模仿南朝的文风，而较少从本民族歌诗中吸取营养，文人歌诗与民间歌诗分界较为清楚，文人歌诗体现了文人精心营造的雅化特点。以乐府相和歌诗挽歌为例，"哀而不伤"是其特点，这与中国古代审美原则相符合，孔子论《关雎》，有所谓"乐而不淫，哀而不伤"的说法，作为歌诗的挽歌，很少赤裸裸地表现死亡和悲伤，而常通过使用具有悲凉氛围的词语委婉地加以表达，如温子昇的《相国清河王挽歌》："高门讵改辙，曲沼尚余波。何言吹楼下，翻成《薤露》歌。"③ 作者是借末句中的"《薤露》"点出挽歌的性质，读者则从李延年分挽歌为二曲，《薤露》送王公贵人的传统，进一步确证"相国清河王"的身份。北朝挽歌的艺术表达上常常将景物与些特定的词汇联系在一起，如"今来向漳浦，素盖转悲风""荣华与歌笑，万事尽成空""遂使丛台夜，明月满床空"等。从这些句子中我们可以发现，挽歌写景或选取冷色调的语汇，如"素盖""悲风""空""月""夜"等，或暗含死亡寓意的词汇如"薤露"，营造出充满悲凉意味的意境。这些精心营造的意象和意境，容易触发人们心中积淀已久的悲凉情愫，比直接抒情更能够打动人心。

北朝民间歌诗大多短小精悍，易于记忆，朗朗上口，有时直接将口语写入诗歌，如《隔谷歌》中有"救我来! 救我来!"④《折杨柳枝歌》中"阿

---

① （战国）荀况：《荀子》上海古籍出版社 1996 年版，第 261 页。
② （宋）郭茂倩编：《乐府诗集》卷八十六，中华书局 1979 年版，第 1212—1213 页。
③ 逯钦立辑校：《先秦汉魏晋南北朝诗·北魏诗》卷二，中华书局 1983 年版，第 2222 页。
④ （宋）郭茂倩编：《乐府诗集》卷二十五，中华书局 1979 年版，第 368 页。

婆不嫁女，那得孙儿抱"① 等，民间歌诗风格刚健清新，气势苍茫，风格豪放；语言粗犷，质朴无华，浅显易懂。有些歌诗还多用比兴，如《琅琊王歌辞》中有"东山看西水，水流盘石间。公死姥更嫁，孤儿甚可怜。"② 以山水起兴，为后面主题的歌咏做好了铺垫，颇有《诗经》比兴的韵致。这些比兴大多源自生活，具有敏锐触感的民间诗人随时让心中真情冲口而出，使歌诗的吟唱生动多姿。如前述《折杨柳歌辞》有"腹中愁不乐，愿作郎马鞭。出入搔郎臂，蹀座郎膝边"，③ "马鞭"是草原人最熟悉、最常用的手头之物，在歌唱爱情时信手拈来。马鞭也是马上男儿的随身之物，女子愿成为情郎马鞭的想象来得极为自然，将男女形影相随、如胶似漆的情景生动地刻画出来。

小　结

北朝歌诗，以南北文化交融为背景，其创作主体分为文人作家和民间作家两类，前者随着庾信、王褒等人由南入北而焕发出新的活力；后者则是南北朝文化交流在民间结出的硕果。葛晓音先生称北朝民间歌诗是"八代诗史中的瑰宝"，实不为过。北朝歌诗，以横吹曲辞、相和歌辞、杂曲歌辞最具特色。北朝横吹曲有一些歌诗可能是同源乐歌，如《折杨柳歌辞》与《折杨柳枝辞》，《陇头歌辞》与《陇头流水歌》等，可能是歌诗在流传过程中改编的结果。

由于统治者对异域曲调的偏爱，北朝包括郊庙歌辞和燕射歌辞在内的朝廷乐歌中，融入了诸多的高昌乐、龟兹乐、西凉乐等胡乐元素，这虽被郭茂倩指责"郊庙之乐，徒有其名"④，但也正是这些异域曲调的融入，为枯燥的朝廷乐歌注入了新鲜的血液，实为歌诗发展中的新变和进步。北朝相和歌中的挽歌实用性极强，在社会生活中具有重要的地位和作用。杂曲歌辞中收录的北朝故事体歌诗《杨白花》，除继承西晋故事体歌诗情节曲折、敷衍史

---

① （宋）郭茂倩编：《乐府诗集》卷二十五，中华书局 1979 年版，第 370 页。
② （宋）郭茂倩编：《乐府诗集》卷二十五，中华书局 1979 年版，第 364 页。
③ （宋）郭茂倩编：《乐府诗集》卷二十五，中华书局 1979 年版，第 369 页。
④ （宋）郭茂倩编：《乐府诗集》卷一，中华书局 1979 年版，第 2 页。

实等特点之外，在表演上也具有自己的独特风味，另有《敦煌乐》等杂曲歌辞，直接将歌舞娱乐的场景写入歌诗，更具现场表演性。

　　北朝歌诗呈现出鲜明的民族特色，沈德潜在《说诗晬语》中指出："梁时横吹曲，武人之词居多。北音竞美，钲铙铿锵，《企喻歌》《折杨柳歌辞》和《木兰诗》等篇，犹汉魏人遗响也。北齐《敕勒歌》，亦复相似。"① 道出了北朝歌诗多具雄健勇武之气的特点。

---

① （清）沈德潜：《说诗晬语》卷上第"六九"条，霍松林校注，《原诗·一瓢诗话·说诗晬语》校注本，人民文学出版社 2005 年版，第 204—205 页。

下　编

魏晋南北朝歌诗个案研究

第　四　章

士人的音乐修养与歌诗活动

帝王和贵族作为消费的主体，他们共同为歌诗提供了必要的政治、经济支撑和消费市场，也成为文人创作歌诗的现实动力。由于歌诗与一般的诗歌不同，音乐是其中不可或缺的要素。而上流社会对歌诗的普遍爱好和历代不变的歌舞娱乐需求，反过来促进了文人音乐水平的提高。很多文人往往因为具备较高的音乐素养而在社会各阶层均获得了更高的知名度，不仅受到朝廷的重用，也得到同侪的敬仰。精通音律不再只是乐府乐工和少数人的专长，也逐渐成为文人自娱娱人、寄托自我精神追求的一个重要手段，甚至成为他们仅次于赋诗作文的专业特长。在魏晋南北朝时期最突出的表现，就是文人群体的音乐素养得到了普遍的提高，文人知音已发展为一种社会现象。这标志着歌诗的发展进入了一个新的阶段。

第一节　曹魏、西晋士人的音乐修养和歌诗活动

文人阶层音乐修养的普遍提高，在东汉时期就表现得非常明显了。魏晋以来，随着玄学的兴起，音乐也被作为体现文士们玄远风度的重要手段之一，更加受到文人们的重视。

曹魏时期的玄学家王弼"性和理，乐游宴，解音律，善投壶"①。另一

---

① 《三国志·魏书》卷二十八《钟会传》注引何劭《王弼传》，中华书局 1959 年版，第 795 页。

位玄学家何晏与人共著有《乐悬》一卷,① 也当是解音律的。又郭茂倩《乐府诗集》中张籍《乌夜啼引》解题引李勉《琴说》曰:"《乌夜啼》者,何晏之女所造也。初,晏系狱,有二乌止于舍上。女曰:'乌有喜声,父必免。'遂撰此操。"② 《琴说》所载不知出自何书,如果确如其所言,何晏之女曾造琴曲《乌夜啼》,也可为何晏知乐之一证。当时著名的"竹林七贤"也多解音律。嵇康"常修养性服食之事,弹琴咏诗,自足于怀","将刑东市,……索琴弹之,曰:'昔袁孝尼尝从吾学《广陵散》,吾每靳固之,《广陵散》于今绝矣!'"③ 阮籍"嗜酒能啸,善弹琴。当其得意,忽忘形骸","尝于苏门山遇孙登,与商略终古及栖神导气之术,登皆不应,籍因长啸而退。至半岭,闻有声若鸾凤之音,响乎岩谷,乃登之啸也。"④ 甚至在司马昭面前也"箕踞啸歌,酣放自若"⑤。吴国的韦昭不仅学识渊博,也长于歌诗,曾于吴"孙休世上《鼓吹铙哥》十二曲"。⑥

嵇康等人生活于魏晋易代之际,西晋以来,士人妙解音律者更加普遍。阮籍之侄阮咸"妙解音律,善弹琵琶。虽处世不交人事,惟共亲知弦歌酣宴而已。……荀勖每与咸论音律,自以为远不及也,疾之,出补始平太守"⑦。其子阮瞻也"善弹琴,人闻其能,多往求听,不问贵贱长幼,皆为弹之。神气冲和,而不知向人所在。内兄潘岳每令鼓琴,终日达夜,无忤色。由是识者叹其恬澹,不可荣辱矣"⑧。谢鲲"通简有高识,不修威仪,好《老》《易》,能歌,善鼓琴……太傅东海王越闻其名,辟为掾,任达不拘,寻坐家僮取官稿除名。于时名士王玄、阮修之徒,并以鲲初登宰府,便至黜辱,为之叹恨。鲲闻之,傲清歌鼓琴,不以屑意,莫不服其远畅,而恬于荣辱。邻家高氏女有美色,鲲尝挑之,女投梭,折其两齿。时人为之语

① 《隋书》卷三十二《经籍志一》,中华书局 1973 年版,第 927 页。
② (宋)郭茂倩编:《乐府诗集》卷六十《琴曲歌辞》四,中华书局 1979 年版,第 872 页。
③ 《晋书》卷四十九《嵇康传》,中华书局 1974 年版,第 1369、1374 页。
④ 《晋书》卷四十九《阮籍传》,中华书局 1974 年版,第 1359、1362 页。
⑤ 余嘉锡撰:《世说新语笺疏》第二十四《简傲》,中华书局 1983 年版,第 766 页。
⑥ 《宋书》卷十九《乐志一》,中华书局 1974 年版,第 541 页。
⑦ 《晋书》卷四十九《阮咸传》,中华书局 1974 年版,第 1363 页。
⑧ 《晋书》卷四十九《阮瞻传》,中华书局 1974 年版,第 1363 页。

曰：'任达不已，幼舆折齿。'鲲闻之，傲然长啸曰：'犹不废我啸歌。'"①
曹植之子曹志"虽累郡职，不以政事为意，昼则游猎，夜诵《诗》《书》，
以声色自娱，当时见者未能审其量也"②。张亢："才藻不逮二昆，亦有属
缀，又解音乐伎术"③。甚至连王敦这样的武人也长于击鼓，不让时贤。《晋
书》卷九十八《王敦传》曰：

> 武帝尝召时贤共言伎艺之事，人人皆有所说，惟敦都无所关，意色
> 殊恶。自言知击鼓，因振袖扬枹，音节谐韵，神气自得，旁若无人，举
> 坐叹其雄爽。④

可见，当时士人"妙解音律"，博通伎艺者是非常普遍的。这既构成了
歌诗创作和欣赏的必要前提，也未尝不可以看作是魏晋歌诗繁荣的一大标
志。刘畴与刘琨以乐退敌的故事，也常为学者所称道。

> 畴，字王乔，少有美誉，善谈名理。曾避乱坞壁，贾胡百数欲害
> 之，畴无惧色，援笳而吹之，为《出塞》《入塞》之声，以动其游客之
> 思。于是群胡皆垂泣而去之。⑤
> 在晋阳，尝为胡骑所围数重，城中窘迫无计，琨乃乘月登楼清啸，
> 贼闻之，皆凄然长叹。中夜奏胡笳，贼又流涕歔欷，有怀土之切。向晓
> 复吹之，贼并弃围而走。⑥

刘畴于永嘉中被阎鼎所杀，刘琨于太兴元年（318）被段匹磾所害，二
人主要生活于西晋，从其音乐才能，可以看出西晋士人在胡乐方面也很有
造诣。

---

① 《晋书》卷四十九《谢鲲传》，中华书局 1974 年版，第 1377 页。
② 《晋书》卷五十《曹志传》，中华书局 1974 年版，第 1389-1390 页。
③ 《晋书》卷五十五《张亢传》，中华书局 1974 年版，第 1524 页。
④ 《晋书》，中华书局 1974 年版，第 2566 页。
⑤ 《晋书》卷六十九《刘隗传》附《刘畴传》，中华书局 1974 年版，第 1841 页。
⑥ 《晋书》卷六十二《刘琨传》，中华书局 1974 年版，第 1690 页。

由于文人音乐技艺普遍得到提高，因此，在他们的日常生活和精神生活中歌舞音乐均占有重要的地位。《世说新语》第二十三《任诞》曰：

> 贺司空（循）入洛赴命，为太孙舍人，经吴阊门，在船中弹琴。张季鹰（翰）本不相识，先在金阊亭，闻弦甚清，下船就贺，因共语，便大相知说。问贺："卿欲何之？"贺曰："入洛赴命，正尔进路。"张曰："吾亦有事北京，因路寄载。"便与贺同发。初不告家，家追问，乃知。①

> 王子猷出都，尚在渚下。旧闻桓子野善吹笛，而不相识。遇桓于岸上过，王在船中，客有识之者云："是桓子野。"王便令人与相闻，云："闻君善吹笛，试为我一奏。"桓时已贵显，素闻王名，即便回下车，踞胡床，为作三调。弄毕，便上车去。客主不交一言。②

《晋书》卷五十五《潘岳传》引潘岳《闲居赋》曰：

> 于是席长筵，列孙子。柳垂荫，车结轨，陆摘紫房，水挂赪鲤，或宴于林，或褉于汜。昆弟斑白，儿童稚齿，称万寿以献觞，咸一惧而一喜。寿觞举，慈颜和，浮杯乐饮，丝竹骈罗，顿足起舞，抗音高歌，人生安乐，孰知其他。③

从上引文字可以看出，歌舞音乐活动不仅已成为文人相知的绝好媒介，也是文人家庭日常娱乐的重要内容。而对歌舞音乐的喜爱和参与歌舞音乐活动的频繁，也直接影响到文士们的创作实践，曹魏及西晋时期的文人为我们留下了大量歌咏乐器、乐事及论乐的作品。如孙该《琵琶赋》、杜挚《笳赋》、阮籍《乐论》、嵇康《声无哀乐论》《琴赋》、傅玄《琴赋》《琵琶赋》和《筝赋》、张载《鞞舞赋》、潘岳《笙赋》、夏侯淳《笙赋》、夏侯湛《鞞舞赋》《夜听笳赋》、成公绥《啸赋》《琴赋》《琵琶赋》，等等，从另一个

---

① 余嘉锡撰：《世说新语笺疏》第二十三《任诞》，中华书局1983年版，第740—741页。
② 余嘉锡撰：《世说新语笺疏》第二十三《任诞》，中华书局1983年版，第761页。
③ 《晋书》卷五十五《潘岳传》，中华书局1974年版，第1506页。

侧面体现了当时歌舞音乐活动的兴盛。

第二节　东晋南朝士人的音乐修养与歌诗活动

东晋南朝士人的音乐歌舞修养也是很高的。如东晋的纪瞻"性静默，少交游，好读书，或手自抄写，凡所著述，诗赋笺表数十篇。兼解音乐，殆尽其妙"①。阮咸第二子阮孚，曾于太宁（323—326）末，受晋明帝之命，增益雅乐器。②谢尚善音乐，长于鸲鹆舞，③又擅筝④和琵琶，《乐府广题》说他："为镇西将军，尝着紫罗襦，据胡床，在市中佛国门楼上弹琵琶，作《大道曲》。市人不知是三公也"⑤。桓伊"善音乐，尽一时之妙，为江左第一。有蔡邕柯亭笛，常自吹之"⑥。袁山松"善音乐。旧歌有《行路难》曲，辞颇疏质，山松好之，乃文其辞句，婉其节制，每因酣醉纵歌之。听者莫不流涕。初羊昙善唱乐，桓伊能挽歌，及山松《行路难》继之，时人谓之'三绝'"⑦。

当时的士人还常常通过音乐或歌诗来表达内在的深情。《晋书》卷六十八《顾荣传》曰："荣素好琴，及卒，家人常置琴于灵座。吴郡张翰哭之恸，既而上床鼓琴数曲，抚琴而叹曰：'顾彦先复能赏此不？'因又恸哭，不吊丧主而去。"⑧《晋书》卷八十《王羲之传》也称其子王徽之"雅性放诞，好声色"，"献之卒，徽之奔丧不哭，直上灵床坐，取献之琴弹之，久而不调，叹曰：'呜呼子敬，人琴俱亡！'因顿绝。先有背疾，遂溃裂，月

---

① 《晋书》卷六十八《纪瞻传》，中华书局 1974 年版，第 1824 页。

② 《晋书》卷二十三《乐志下》，中华书局 1974 年版，第 697 页。

③ 参见《晋书》卷七十九《谢尚传》，中华书局 1974 年版，第 2069 页；余嘉锡撰：《世说新语笺疏》第二十三《任诞》及笺疏，中华书局 1983 年版，第 748 页。

④ （唐）欧阳询撰，汪绍楹校：《艺文类聚》卷四十四《乐部四》引《俗说》曰："谢仁祖（谢尚字仁祖）为豫州主簿，在桓温阁下，桓闻其善弹筝，便呼之，既至，取筝令弹，谢即理弦抚筝，因歌秋风，意气殊遒，桓大以此知之。"上海古籍出版社 1982 年版，第 785 页。

⑤ 参见（宋）郭茂倩编：《乐府诗集》卷七十五《杂曲歌辞十五》谢尚《大道曲》解题引，中华书局 1979 年版，第 1061 页。

⑥ 《晋书》卷八十一《桓伊传》，中华书局 1974 年版，第 2118 页。

⑦ 《晋书》卷八十三《袁山松传》，中华书局 1974 年版，第 2169 页。

⑧ 《晋书》卷六十八《顾荣传》，中华书局 1974 年版，第 1815 页。

余亦卒"①。又《世说新语》卷二十三《任诞》曰："桓子野（伊）每闻清歌，辄唤：'奈何！'谢公闻之，曰：'子野可谓一往有深情。'"②

可见，时人是将歌诗声乐作为人生真情最直接的表露来看待的。身为武夫的王敦也常在酒后咏唱魏武帝乐府歌："老骥伏枥，志在千里。烈士暮年，壮心不已。"③ 戴逵"少博学，好谈论，善属文，能鼓琴，工书画，其余巧艺靡不毕综"。其兄戴述也善于鼓琴。④ 最有趣的是陶渊明，他"性不解音，而畜素琴一张，弦徽不具，每朋酒之会，则抚而和之，曰：'但识琴中趣，何劳弦上声！'"⑤

宋以后，通晓音乐之士尤多。宋代的范晔"善为文章，能隶书，晓音律……善弹琵琶，能为新声"⑥，张永"涉猎书史，能为文章，善隶书，晓音律，骑射杂艺，触类兼善"⑦，并著有《元嘉正声伎录》。谢庄作《舞马歌》，宋孝武帝曾"令乐府歌之"⑧，郑鲜之等人曾为庙祀撰雅乐新歌，⑨ 而"宋庙歌辞，（王）韶之所制也"⑩。王微"少好学，善属文，工书，兼解音律及医方卜筮阴阳数术之事。宋文帝赐以名著"⑪。此外，宋代知音善歌的士人还有不少，如王懿"有意略，通阴阳，解声律"⑫，刘敬宣"宽厚善待士，多伎艺，弓马音律，无事不善"⑬，毛修之"解音律，能骑射"⑭，钱泰"能弹琵琶"，周伯齐"善歌"⑮。

宋代最著名的士人音乐家是戴逵之子戴颙，《宋书·隐逸传》曰：

① 《晋书》卷八十《王羲之传》，中华书局 1974 年版，第 2103、2104 页。
② 余嘉锡撰：《世说新语笺疏》第二十三《任诞》及笺疏，中华书局 1983 年版，第 757 页。
③ 《晋书》卷九十八《王敦传》，中华书局 1974 年版，第 2557 页。
④ 《晋书》卷九十四《戴逵传》，中华书局 1974 年版，第 2457 页。
⑤ 《晋书》卷九十四《陶潜传》，中华书局 1974 年版，第 2463 页。
⑥ 《宋书》卷六十九《范晔传》，中华书局 1974 年版，第 1819、1820 页。
⑦ 《宋书》卷五十三《张永传》，中华书局 1974 年版，第 1511 页。
⑧ 《南史》卷二十《谢庄传》，中华书局 1975 年版，第 556 页。
⑨ 《宋书》卷十九《乐志一》，中华书局 1974 年版，第 541 页。
⑩ 《南史》卷二十四《王韶之传》，中华书局 1975 年版，第 662 页。
⑪ 《南史》卷二十一《王弘传》附《王微传》，中华书局 1975 年版，第 578 页。
⑫ 《宋书》卷四十六《王懿传》，中华书局 1974 年版，第 1390 页。
⑬ 《宋书》卷四十七《刘敬宣传》，中华书局 1974 年版，第 1414 页。
⑭ 《宋书》卷四十八《毛修之传》，中华书局 1974 年版，第 1426 页。
⑮ 《南史》卷三十五《庾仲文传》，中华书局 1975 年版，第 913 页。

戴颙，字仲若，谯郡铚人也。父逵，兄勃，并隐遁有高名。……以父不仕，复修其业。父善琴书，颙并传之，凡诸音律，皆能挥手。……颙及兄勃，并受琴于父。父没，所传之声，不忍复奏，各造新弄，勃五部，颙十五部。颙又制长弄一部，并传于世。中书令王绥常携宾客造之，勃等方进豆粥，绥曰："闻卿善琴，试欲一听。"不答，绥恨而去。……

衡阳王义季镇京口，长史张邵与颙姻通，迎来止黄鹄山。山北有竹林精舍，林涧甚美。颙憩于此涧，义季亟从之游，颙服其野服，不改常度。为义季鼓琴，并新声变曲，其三调《游弦》《广陵》《止息》之流，皆与世异。太祖每欲见之，尝谓黄门侍郎张敷曰："吾东巡之日，当宴戴公山也。"以其好音，长给正声伎一部。颙合《何尝》《白鹄》二声，以为一调，号为清旷。①

戴颙、戴勃兄弟所造"新弄"，显然是在其父戴逵的基础上所做的一种创造。这传于世的新弄二十部和长弄一部，是否包括下面提到的三种新声变曲，不得而知。但《广陵》当是戴颙在传统名曲《广陵散》的基础上改创而成，这说明在嵇康之后，《广陵散》并没有失传。戴氏兄弟对中书令王绥的态度，从一个侧面反映了当时士人以音乐才华啸傲王侯的洒脱。而从宋文帝对戴颙的敬仰，则可看出音乐在世人眼中的无限魅力。

与戴颙同时的宗炳，在音乐方面也是身怀绝技，"古有《金石弄》，为诸桓所重，桓氏亡，其声遂绝，惟炳传焉。太祖遣乐师杨观就炳受之。炳外弟师觉授亦有素业，以琴书自娱"②。萧思话"好书史，善弹琴，能骑射。……涉猎书传，颇能隶书，解音律，便弓马"③。他也像戴颙一样，受到了宋文帝的重视，元嘉十四年（437），宋文帝赐给他弓琴，并附有手敕曰：

丈人顷何所作？事务之暇，故以琴书为娱耳，所得不日义邪！眷想

① 《宋书》卷九十三《戴颙传》，中华书局 1974 年版，第 2276、2277 页。
② 《宋书》卷九十三《宗炳传》，中华书局 1974 年版，第 2279 页。
③ 《宋书》卷七十八《萧思话传》，中华书局 1974 年版，第 2011 页。

常不忘情，想亦同之。前得此琴，云是旧物，亦有名京邑，今以相借。因是戴颙意于弹抚，响韵殊胜，直尔嘉也。并往桑弓一张，材理乃快，先所常用，既久废射，又多病，略不能制之，便成老公，令人叹息。良材美器，宜在尽用之地，丈人真无所与让也。①

宋文帝送给萧思话的古琴，既是前代名琴，又经著名琴师戴颙弹奏过，可见是非常名贵的。宋文帝其实只比萧思话小一岁，他在手敕中称萧思话为丈人，又把如此名贵的古琴赐给他，足见对萧思话及他的音乐才能的敬重。

齐代的临川献王萧映"善骑射，解声律，工左右书左右射，应接宾客，风韵韶美"，"第二子子游……好音乐，解丝竹杂艺"②。王僧虔"好文史，解音律，……留意雅乐"③，著有《大明三年宴乐伎录》。萧慧基"解音律，尤好魏三祖曲及《相和歌》，每奏辄赏悦不能已"④。何偃曾为文惠太子作《杨畔歌》。⑤ 释宝月不仅"善音律"，而且工诗⑥。

齐初的一批重臣，在音乐方面几乎各有所擅，很是令人惊奇。《南齐书》卷二十三《王俭传》曰："上（齐高帝）曲宴群臣数人，各使效伎艺。褚渊弹琵琶，王僧虔弹琴，沈文季歌《子夜》，张敬儿舞，王敬则拍张。"又《南齐书》卷四十四《沈文季传》曰：

后豫章王北宅后堂集会，文季与渊并善琵琶，酒阑，渊取乐器，为《明君曲》。文季便下席大唱曰："沈文季不能作伎儿。"豫章王嶷又解之曰："此故当不损仲容之德。"渊颜色无异，曲终而止。⑦

① 《宋书》卷七十八《萧思话传》，中华书局 1974 年版，第 2013—2014 页。
② 《南齐书》卷三十五《齐高帝十二王·临川献王映》，中华书局 1972 年版，第 622、623 页。
③ 《南齐书》卷三十三《王僧虔传》，中华书局 1972 年版，第 594、595 页。
④ 《南齐书》卷四十六《萧慧基传》，中华书局 1972 年版，第 811 页。
⑤ 《南史》卷二十六《袁廓之传》，中华书局 1975 年版，第 709 页。
⑥ 《南齐书》卷十一《乐志》曰："《永平乐歌》者，竟陵王子良与诸文士造奏之。人为十曲。道人释宝月辞颇美，上常被之管弦，而不列于乐官也"，中华书局 1972 年版，第 196 页；《旧唐书》卷二十九《音乐志二》也说："《估客乐》，齐武帝（萧赜）之制也。布衣时常游樊、邓，追忆往事而作。歌曰：'昔经樊、邓役，阻潮梅根渚。感忆追往事，意满情不叙。'使太乐令刘瑶教习，百日无成。或启释宝月善音律，帝使宝月奏之，便就"，中华书局 1975 年版，第 1066 页。
⑦ 《南齐书》卷四十四《沈文季传》，中华书局 1972 年版，第 776 页。

可见沈文季不仅能歌，而且"善琵琶"，上述几位都是齐代的开国功臣，他们都具备音乐歌舞方面的才能，显然不是巧合，而足可以说明宋、齐时期士人的歌舞音乐修养普遍较高。

梁陈时期，长于歌诗音乐者也不乏其人，柳恽"善琴，尝以今声转弃古法，乃著《清调论》，具有条流"①。梁武帝次子萧综，降于魏，"在魏不得志，尝作《听钟鸣》《悲落叶》以申其志，当时莫不悲之"②。羊侃"性豪侈，善音律，自造《采莲》《棹歌》两曲，甚有新致"③。"（大同）七年，梁皇太子释奠于国学，时乐府无孔子、颜子登哥词，尚书参议令（杜）之伟制其文，伶人传习，以为故事。"④王冲"晓音乐，习歌舞，善与人交，贵游之中，声名藉甚"⑤。

现存日本的唐人手抄本《碣石调·幽兰》文字谱琴曲的作者丘明（493？—590？），也是梁代人。"全谱共有汉字 4954 个。这是留存至今的我国最早的曲谱，也是最早的、唯一的琴曲文字谱。1885 年，它被清末学者杨守敬在日本访求古书时发现，后由当时驻日公使黎庶昌刊布于《古逸丛书》。经我国琴家多年研究考订和打谱演奏，我们可以聆听欣赏这首 1400 年前的古老琴曲了。"⑥这标志着到梁代我国的琴乐已经发展到了很高的水平。

作为歌诗创作的主体，知音乐善歌舞的士人群体同时也是王公贵族文酒雅集的贵宾。东晋以来，建安文人雅集的传统就始终没有中断过。东晋的谢安就是一位爱好举办文酒之会的人物，他常常与子侄，或朝中士人雅集，每次集会花费甚大，寒士车胤由于"善于赏会"而为谢安所欣赏，"当时每有盛坐而胤不在，皆云：'无车公不乐。'谢安游集之日，辄开筵待之"⑦。宋代的徐湛之在任南兖州刺史时，在广陵城原有的基础上，"更起风亭、月观，吹台、琴室，果竹繁茂，花药成行。招集文士，尽游玩之适"⑧。齐代

---

①　《梁书》卷二十一《柳恽传》，中华书局 1973 年版，第 332 页。

②　《南史》卷五十三《萧综传》，中华书局 1975 年版，第 1318 页。

③　《梁书》卷三十九《羊侃传》，中华书局 1973 年版，第 561 页。

④　《陈书》卷三十四《杜子伟传》，中华书局 1972 年版，第 454 页。

⑤　《陈书》卷十七《王冲传》，中华书局 1972 年版，第 236 页。

⑥　秦序编著：《中国音乐史》，文化艺术出版社 1998 年版，第 61 页。

⑦　参见《晋书》卷七十九《谢安传》、卷八十三《车胤传》，中华书局 1974 年版，第 2075—2076 页、2177 页。

⑧　《南史》卷十五《徐湛之传》，中华书局 1975 年版，第 437 页。

的竟陵王萧子良，更是一位礼贤好士的王子，他"倾意宾客，天下才学皆游集焉。善立胜事，夏月客至，为设瓜饮及甘果，著之文教。士子文章及朝贵辞翰，皆发教撰录"①。他的西邸文士，除著名的"竟陵八友"之外，"（王）僧孺与太学生虞羲、丘国宾、萧文琰、丘令楷、江洪、刘孝孙并以善辞藻游焉。而僧孺与高平徐寅俱为学林"②。梁代诸王中，更是有多位以好士著称，在他们周围聚集了一大批能文之士。

　　于时东宫有书几三万卷，名才并集，文学之盛，晋、宋以来未之有也。性爱山水，于玄圃穿筑，更立亭馆，与朝士名素者游其中。③

　　初，太宗（简文帝萧纲）在藩，雅好文章士，时肩吾与东海徐摛，吴郡陆杲，彭城刘遵、刘孝仪，仪弟孝威，同被赏接。及居东宫，又开文德省，置学士，肩吾子信、摛子陵、吴郡张长公、北地傅弘、东海鲍至等充其选。④

　　时诸王并下士，建安、安成二王尤好人物，世以二安重士，方之"四豪"。秀精意学术，搜集经记，招学士平原刘孝标，使撰《类苑》，书未及毕，而已行于世。⑤

　　伟性端雅，持轨度。少好学，笃诚通恕。趋贤重士，常如弗及，由是四方游士、当时知名者莫不毕至。疾亟丧明，便不复出。齐世青溪宫改为芳林苑，天监初，赐伟为第。又加穿筑，果木珍奇，穷极雕靡，有侔造化。立游客省，寒暑得宜，冬有笼炉，夏设饮扇，每与宾客游其中，命从事中郎萧子范为之记。梁蕃邸之盛无过焉。⑥

　　（萧恭）性尚华侈，广营第宅，重斋步阁，模写宫殿。尤好宾友，酣宴终辰，坐客满筵，言谈不倦。时元帝居蕃，颇事声誉，勤心著述，厄酒未尝妄进。恭每从容谓曰："下官历观时人，多有不好欢兴，乃仰眠床上，看屋梁而著着书，千秋万岁，谁传此者。劳神苦思，竟不成

① 《南齐书》卷四十《竟陵文宣王萧子良传》，中华书局1972年版，第694页。
② 《南史》卷五十九《王僧孺传》，中华书局1975年版，第1460页。
③ 《南史》卷五十三《昭明太子萧统传》，中华书局1975年版，第1310页。
④ 《梁书》卷四十九《庾肩吾传》，中华书局1973年版，第690页。
⑤ 《南史》卷五十二《安成王萧秀传》，中华书局1975年版，第1289页。
⑥ 《南史》卷五十二《南平元襄五王萧伟传》，中华书局1975年版，第1291页。

名。岂如临清风，对朗月，登山泛水，肆意酣歌也。"①

虽然，萧氏诸王好尚不尽相同，有像萧统这样不喜欢女乐，"二十余年，不畜音声"者，也有像萧恭这样公然宣扬以"肆意酣歌"为乐者，但是，正如前文所述，梁代歌舞娱乐的风气已达到了南朝时期的顶峰，萧氏诸王和聚集于他们身边的文士们在雅集活动中又怎能少了歌诗创作和表演的传统节目？至少大多数的雅集活动应当如此。

陈代的沈不害，陈天嘉年间曾受命"制三朝乐歌八首，合二十八曲，行之乐府"②。陈代歌诗活动虽因北来士族的覆灭而大不如前，但文士们的诗酒活动却并未完全消歇。《陈书》卷二十五《孙瑒传》称孙瑒："其自居处，颇失于奢豪，庭院穿筑，极林泉之致，歌钟舞女，当世罕俦，宾客填门，轩盖不绝。及出镇郢州，乃合十余船为大舫，于中立亭池，植荷芰，每良辰美景，宾僚并集，泛长江而置酒，亦一时之胜赏焉。常于山斋设讲肆，集玄儒之士，冬夏资奉，为学者所称"③。《陈书》卷八《侯安都传》也说：

　　安都工隶书，能鼓琴，涉猎书传，为五言诗，亦颇清靡……自平王琳后，安都勋庸转大，又自以功安社稷，渐用骄矜，数招聚文武之士，或射驭驰骋，或命以诗赋，第其高下，以差次赏赐之。文士则褚（玠）、马枢、阴铿、张正见、徐伯阳、刘删、祖孙登，武士则萧摩诃、裴子烈等，并为之宾客，斋内动至千人。④

其规模之大，可谓丝毫不减前贤。

陈代值得一提的还有释智匠，他的《古今乐录》"全书叙录周详，凡郊庙、燕射、恺乐、相和、清商、舞曲、琴曲等曲辞以至乐律、乐器等方面，均曾涉及"⑤。此书虽然已佚，但却是郭茂倩编撰《乐府诗集》的主要参考

①　《南史》卷五十二《南平元襄王萧伟附萧恭传》，中华书局 1975 年版，第 1293 页。
②　《陈书》卷三十三《沈不害传》，中华书局 1972 年版，第 447 页。
③　《陈书》卷二十五《孙瑒传》，中华书局 1972 年版，第 321 页。
④　《陈书》卷八《侯安都传》，中华书局 1972 年版，第 143、147 页。
⑤　王运熙：《乐府诗述论》（增补本），上海古籍出版社 2006 年版，第 332—333 页。

书之一，且在《乐府诗集》《太平御览》《初学记》等古书中多有佚文，从清代以来就不断有学者进行辑佚工作，① 其中如王僧虔《大明三年宴乐技录》、张永《元嘉正声技录》（《隋志》"技录"作"伎录"）、《荀氏录》（或简称荀《录》，按其皆出自王僧虔《技录》）等重要的歌诗著作，均已失传，赖此书引用才得以保存下一些片段。因此，智匠虽身在佛门，但却是一位在音乐和歌诗方面学养很高的学者。

第三节 北魏士人的音乐修养与歌诗活动

北魏歌诗活动繁荣的一个标志是宗室子弟歌诗和诗歌创作才能在太和以后的几十年里得到了普遍的提高。从迁洛以后，由于孝文帝的大力提倡，在世宗、肃宗时期，元魏宗室子弟中涌现出一批有诗才、解音律的新秀。如元英"性识聪敏，博闻强记，便弓马，解吹笛，微晓医术。高祖时，为平北将军"②，元睿"轻忽荣利，爱玩琴书"③，元顺"下帷读书，笃志爱古。……好饮酒，解鼓琴，能长吟永叹，托咏虚室"④，元寿兴"世宗（宣武帝）初，为徐州刺史"，后为王显所诬，临刑"自作《墓志铭》曰：'洛阳男子，姓元名景，有道无时，其年不永。'"⑤ 元晖"颇爱文学"⑥，元孚精通音律，"永安末，乐器残缺"，由他主持校正后，"于时缙绅之士，咸往观听，靡不咨嗟叹服而返。太傅、录尚书长孙承业妙解声律，特复称善"⑦。元彧"少与从兄安丰王延明、中山王熙并以宗室博古文学齐名，时人莫能定其优劣。……彧姿制闲裕，吐发流靡，琅琊王诵有名人也，见之未尝不心

---

① 主要的辑佚本有：清代王谟：《汉魏遗书钞》，嘉庆三年金溪王氏刊本；马国翰：《玉函山房辑佚书》，光绪十年楚南书局重刊本，广陵书社 2004 年影印；黄奭：《汉学堂丛书》，道光中甘泉刊光绪中印本。现代学者吉联抗的《古乐书佚文辑注》辑有该书的佚文，人民音乐出版社 1990 年版；刘跃进的《〈玉台新咏〉研究》"附录二"即为《〈古今乐录〉辑存》，中华书局 2000 年版。

② 《魏书》卷十九下《南安王元桢传附元英传》，中华书局 1974 年版，第 495 页。

③ 《魏书》卷二十一上《高阳王元雍传》，中华书局 1974 年版，第 558 页。

④ 《魏书》卷十九中《任城王元云传附元顺传》，中华书局 1974 年版，第 481 页

⑤ 《魏书》卷十五《常山王元遵传附元寿兴传》，中华书局 1974 年版，第 377 页。

⑥ 《魏书》卷十五《常山王元遵传附元晖传》，中华书局 1974 年版，第 380 页。

⑦ 《魏书》卷十八《临淮王元谭传附元孚传》，中华书局 1974 年版，第 427、428 页。

醉忘疲。……奏郊庙歌辞，时称其美"①。元熙在刘腾、元叉囚禁灵太后时起兵被杀，"临刑为五言诗示其僚吏曰：'义实动君子，主辱死忠臣。何以明是节，将解七尺身。'与知友别曰：'平生方寸心，殷勤属知己。从今一销化，悲伤无极已。'……始熙之镇邺也，知友才学之士袁翻、李琰、李神僑、王诵兄弟、裴敬宪等咸饯于河梁，赋诗告别"。死前又与知故书曰："……昔李斯忆上蔡黄犬，陆机想华亭鹤唳，岂不以恍惚无际，一去不还者乎？今欲对秋月，临春风，藉芳草，荫花树，广召名胜，赋诗洛滨，其可得乎？"②元延明，孝明帝正光中受诏监修金石，与其弟子信都芳撰有《乐说》。③

　　这些能诗精乐的宗室才俊，绝大多数主要活动于宣武、孝明两朝，其中又以元彧、元熙、元孚、元延明最为有名。他们的出现，既是迁洛后汉化革新的实绩之一，也对北魏歌诗的繁荣起了积极的推动作用。当然，元魏宗室中能涌现出这么一批歌诗、音乐人才绝不可能是一种孤立的文化现象。

　　与此相应，在孝文以来，尤其是宣武、孝明两朝，北魏士人中产生了一大批音乐人才。他们有的精通音乐且对音乐具有特殊的爱好，如高允"性好音乐，每至伶人弦歌鼓舞，常击节称善"④，源怀"雅善音律，虽在白首，至宴居之暇，常自操丝竹"⑤，谷士恢"少好琴书。初为世宗挽郎，除奉朝请"⑥，郦道约"朴质迟钝，颇爱琴书"⑦，裴询"美仪貌，多艺能，音律博弈，咸所开解"⑧，柳远"性粗疏无拘检，时人或谓之'柳癫'。好弹琴，耽酒，时有文咏。为肃宗挽郎"，（从弟）柳谐"善鼓琴，以新声手势，京师士子翕然从学。除著作郎。建义初，于河阴遇害，时年二十六"⑨，李苗

　　①　《魏书》卷十八《临淮王元谭传附元彧传》，中华书局 1974 年版，第 419 页。
　　②　《魏书》卷十九下《南安王元桢传附元熙传》，中华书局 1974 年版，第 504—505 页。
　　③　《魏书》卷一百九《乐志》，中华书局 1974 年版，第 2836 页。又参见同书卷二十《安丰王元猛传附元延明传》，第 530 页。
　　④　《魏书》卷四十八《高允传》，中华书局 1974 年版，第 1089 页。
　　⑤　《魏书》卷四十一《源贺传附源怀传》，中华书局 1974 年版，第 928 页。
　　⑥　《魏书》卷三十三《谷浑传附谷士恢传》，中华书局 1974 年版，第 782 页。
　　⑦　《魏书》卷四十二《郦范传附郦道约传》，中华书局 1974 年版，第 951 页。
　　⑧　《魏书》卷四十五《裴骏传附裴询传》，中华书局 1974 年版，第 1021 页。
　　⑨　《魏书》卷七十一《裴叔业传附柳远传》，中华书局 1974 年版，第 1576—1577 页。

"解鼓琴，好文咏，尺牍之敏，当世罕及"①。而从《洛阳伽蓝记》卷三王肃南来后"卑身素服，不听音乐，时人以此称之"②的记载可知，"听音乐"实为当时的一种时尚。

有的士人则将这种爱好视为人生的一种特殊享受，"以声色自娱"，如李元护"姬妓十余，声色自纵"③，夏侯道迁"于京城之西，水次之地，大起园池，殖列蔬果，延致秀彦，时往游适，妓妾十余，常自娱兴"④，薛裔"性豪爽，盛营园宅，宾客声伎，以恣嬉游"⑤，高聪"耽于声色，……（晚年）停废于家，断绝人事，唯修营园果，以声色自娱"⑥。

也有人因贪恋声色，可以置千户侯于不顾，据《魏书》卷五十五《刘芳传附刘思祖传》记载，刘思祖立了战功之后，"尚书论功拟封千户侯。思祖有二婢，美姿容，善歌舞，侍中元晖求之不得，事遂停寝"。于此也可看出，那位"爱好文学"的元氏宗室元晖也是一位声色沉迷者。还有一些士人则因精通音乐而得到朝廷的重用，如刘文晔，高祖时"深见待遇，拜协律中郎"⑦，高闾、刘芳、公孙崇等人也因音乐方面的才能受到朝廷的重用。

音乐在古代向来被看作是一种特殊的人生享受，这在北魏也不例外。早在太和革新之前，诸王纳室时朝廷就有"乐部给伎"的惯例，高允谏高宗文成帝书曰：

> 前朝之世，屡发明诏，禁诸婚娶不得作乐，及葬送之日歌谣、鼓舞、杀牲、烧葬，一切禁断。虽条旨久颁，而俗不革变。……《礼》云：嫁女之家，三日不熄烛；娶妇之家，三日不举乐。今诸王纳室，皆乐部给伎以为嬉戏，而独禁细民，不得作乐，此一异也。……夫飨者，……乐非雅声则不奏，物非正色则不列。今之大会，内外相混，酒醉喧嚣，罔有仪式。又俳优鄙艺，污辱视听。朝廷积习以为美，而责风

---

① 《魏书》卷七十一《李苗传》，中华书局 1974 年版，第 1597 页。
② （北魏）杨衒之撰，周祖谟校释：《洛阳伽蓝记》卷三，中华书局 2010 年版，第 109 页。
③ 《魏书》卷七十一《李元护传》，中华书局 1974 年版，第 1586 页。
④ 《魏书》卷七十一《夏侯道迁传》，中华书局 1974 年版，第 1583 页。
⑤ 《魏书》卷四十二《薛辩传附薛裔传》，中华书局 1974 年版，第 943 页。
⑥ 《魏书》卷六十八《高聪传》，中华书局 1974 年版，第 1522 页。
⑦ 《魏书》卷四十三《刘休宾传附刘文晔传》，中华书局 1974 年版，第 969 页。

俗之清纯，此五异也。^①

从高允上书中可以知道，北魏曾禁止百姓婚丧礼仪中"作乐""歌谣"
"鼓舞"等活动，这正说明歌谣、鼓舞在民间是非常盛行的，由于"独禁细
民"而不禁诸王，当然不可能改变这种风俗。据《洛阳伽蓝记》卷四记载，
北魏都城洛阳大市的"调音""乐律"二里，"里内之人，丝竹讴歌，天下
之妙伎出焉"^②，正反映出歌诗艺术在民间的兴旺。而朝廷大会，也同样有
"俳优鄙艺"，歌诗自应是其中的重要节目。这种朝野间对"歌谣""鼓舞"
的爱好，并不是迁洛以后才开始出现的。据《魏书》卷四十八《高允传》
载，早在太和三年（479），文明太后和孝文帝就曾下诏，"令乐部丝竹十
人，五日一诣允，以娱其志"，以此表达对"性好音乐"的高允的褒奖。而
王睿的例子则更为典型，《魏书》卷九十三《恩幸传·王睿传》曰："太和
二年（478），高祖及文明太后率百僚与诸方客临虎圈，有逸虎登门阁道，
几至御座。左右侍御皆惊靡，睿独执戟御之，虎乃退去，故亲任转重。……
四年（480），迁尚书令，封爵中山王，……（死后）京都文士为作哀诗及
诔者百余人。……又诏褒睿，图其捍虎状于诸殿，命高允为之赞。京都士女
称睿美，造新声而弦歌之，名曰《中山王乐》。诏班乐府，合乐奏之。"^③ 王
睿因为保护太后、皇帝有功，不仅生前受到重用，死后也得到了"造新声
而弦歌之"并命乐府合奏的殊荣。歌诗、声乐在此成了特殊的奖品。迁洛
后，在音乐人才大量涌现、音乐爱好广泛普及和朝廷大力提倡的现实背景
下，喜好、耽迷"歌谣""鼓舞"更进一步发展为一种普遍的社会风气。歌
诗艺术的消费得到更强烈、更全面的刺激，并反过来对歌诗生产起到了积极
的推动作用。

第四节　北齐至隋士人的音乐修养与歌诗活动

北齐至隋代，其文学的发展虽然不及南朝，但士人在音乐方面的造诣，

---

① 《魏书》卷四十八《高允传》，中华书局 1974 年版，第 1074—1075 页。
② （北魏）杨衒之撰，周祖谟校释：《洛阳伽蓝记》，中华书局 1963 年版，第 158 页。
③ 《魏书》卷九十三《王睿传》，中华书局 1974 年版，第 1988、1990 页。

不仅自有其特点，而且普及程度也比较高，不少文人擅长乐器。如北齐的李元忠"粗览史书及阴阳数术，解鼓筝……虽居要任，初不以物务干怀，唯以声酒自娱"，其子李搔"少聪敏，有才艺，音律博弈之属，多所通解。曾采诸声，别造一器，号曰八弦，时人称其思理"①。郑述祖"能鼓琴，自造《龙吟十弄》，云尝梦人弹琴，寤而写得。当时以为绝妙。所在好为山池，松竹交植。盛馔以待宾客，将迎不倦"②。祖珽"自解弹琵琶，能为新曲，招城市年少歌舞为娱，游集诸倡家。与陈元康、穆子容、任胄、元士亮等为声色之游……天性聪明，事无难学，凡诸伎艺，莫不措怀，文章之外，又善音律，解四夷语及阴阳占候，医药之术尤是所长"，"弟孝隐，亦有文学，早知名。词章虽不逮兄，亦机警有辩，兼解音律"③。独孤永业"解书计，善歌舞，甚为显祖所知"④。

李元忠父子均擅乐，其子李搔可以自造乐器，郑述祖能自制琴曲，祖珽兄弟都解音律，祖珽能"为新曲"，并与独孤永业均歌舞兼擅。连出身胡族的尒（同"尔"）朱文略也多才多艺，《北齐书》本传曰：

> 聪明俊爽，多所通习。世宗尝令章永兴于马上弹胡琵琶，奏十余曲，试使文略写之，遂得其八。……初，高祖遗令恕文略十死，恃此益横，多所凌忽。平秦王有七百里马，文略敌以好婢，赌而取之。明日，平秦致请，文略杀马及婢，以二银器盛婢头马肉而遗之。平秦王诉之于文宣，系于京畿狱。文略弹琵琶，吹横笛，谣咏，倦极便卧唱挽歌。⑤

由此可以看出北齐时期文士在音乐方面的修养。其中音乐逐渐成为家学的特点也值得我们注意。

还有些士人，则不仅长于音乐，而且在歌诗创作方面也是出类拔萃的。

---

① 《北齐书》卷二十二《李元忠传》，中华书局 1972 年版，第 313、315 页。
② 《北齐书》卷二十九《郑道昭传》，中华书局 1972 年版，第 398 页。
③ 《北齐书》卷三十九《祖珽传》，中华书局 1972 年版，第 514、516、521 页。
④ 《北齐书》卷四十一《独孤永业传》，中华书局 1972 年版，第 544 页。
⑤ 《北齐书》卷四十八《尒朱文畅传附文略传》，中华书局 1972 年版，第 666—667 页。

魏收"好声乐，善胡舞"①，也是北齐文人中创作歌诗较多的作家。② 卢询祖"尝为赵郡王妃郑氏制挽歌词，其一篇云：'君王盛海内，伉俪尽寰中。女仪掩郑国，嫔容映赵宫。春艳桃花水，秋度桂枝风。遂使丛台夜，明月满床空。'"③ 陆卬"言论清远，有人伦鉴裁……齐之郊庙诸歌，多卬所制"④。卢思道"（齐）文宣帝崩，当朝文士各作挽歌十首，择其善者而用之。魏收、阳休之、祖孝征等不过得一二首，唯思道独得八首。故时人称为'八米卢郎'"⑤。

还有的士人因精通歌舞诸艺，而在婚姻和仕途上均大出风头。隋代的李敏就是典型的例子。《隋书》本传说他：

> 美姿仪，善骑射，歌舞管弦，无不通解。开皇（581—600）初，周宣帝后封乐平公主，有女娥英，妙择婚对，敕贵公子弟集弘圣官者，日以百数。公主亲在帷中，并令自序，并试技艺。选不中者，辄引出之。至敏而合意，竟为姻媾。敏假一品羽仪，礼如尚帝之女。后将侍宴，公主谓敏曰："我以四海与至尊，唯一女夫，当为汝求柱国。若授余官，汝慎无谢。"及进见上，上亲御琵琶，遣敏歌舞。既而大悦，谓公主曰："李敏何官？"对曰："一白丁耳。"上因谓敏曰："今授汝仪同。"敏不答。上曰："不满尔意邪？今授汝开府。"敏又不谢。上曰："公主有大功于我，我何得向其女婿而惜官乎！今授卿柱国。"敏乃拜而蹈舞。遂于坐发诏授柱国，以本官宿卫。⑥

李敏从"日以百数"的候选者中脱颖而出，"美姿仪"当然是必不可少的条件之一，但从隋文帝都忍不住"亲御琵琶"，并三开金口来看，其"歌舞管弦"也必定是一流的，而且也肯定是赢得公主芳心的重要资本。另外，

① 《北齐书》卷三十七《魏收传》，中华书局 1972 年版，第 495 页。
② 魏收现存的歌诗有《美女篇》二首、《永世乐》《櫂歌行》《挟琴歌》等五首。
③ 《北齐书》卷二十二《卢文伟传附孙卢询祖传》，中华书局 1972 年版，第 321 页。
④ 《北齐书》卷三十五《陆卬传》，中华书局 1972 年版，第 470 页。
⑤ 《隋书》卷五十七《卢思道传》，中华书局 1973 年版，第 1397 页。
⑥ 《隋书》卷三十七《李敏传》，中华书局 1973 年版，第 1124 页。

隋文帝从正五品的"仪同",转眼之间竟然封他为正二品的"柱国",[①] 固然是因为隋代的江山从北周禅代而得,文帝内心有愧于自己的女儿乐平公主,[②] 所以才会如此迁就,但他对李敏及其"技艺"的欣赏在其中显然起了积极的作用。这虽然是一个特例,但是我们从中却可窥见"技艺"在当时价值观中的特殊分量。

小　结

这些精通音乐的士人们,大多数也是朝廷官员,但与达官贵族相比,他们不仅是歌诗的消费者,更是创作者。这种双重身份,使他们成为推动歌诗艺术发展的主体之一。无论他们是否有明确的意识,这种"知音识曲"的艺术修养逐渐普遍化的现象,都为歌诗的创作和繁荣提供了特殊的支持。在创作新曲,尤其是按曲作辞方面,他们所发挥的独特作用,是那些仅能享受声色之美而缺乏创造能力的贵族们所无法比拟的。通过这些士人的艺术实践,音乐与歌诗的融合比汉代又有了长足的进步,而我们从中看到的是歌诗超越纯文学框架的又一个侧面。

---

① "仪同"当指"仪同三司",隋代为正五品;"开府",当指"开府仪同三司",隋代为正四品;"柱国",隋代为正二品。参《隋书》卷二十八《百官志下》,中华书局1973年版,第785—786页。

② 《周书》卷九《皇后传·宣帝杨皇后传》曰:"宣帝杨皇后,名丽华,隋文帝长女。……初,宣帝不像,诏后父入禁中侍疾。及大渐,刘昉、郑译等因矫诏以后父受遗辅政。后初虽不预谋,然以嗣主幼冲,恐权在他族,不利于己,闻昉、译已行此诏,心甚悦之。后知其父有异图,意颇不平,形于言色。及行禅代,愤惋逾甚。隋文帝既不能谴责,内甚愧之。开皇六年,封后为乐平公主。后又议夺其志,后誓不许,乃止。"见《周书》,中华书局1971年版,第145—146页。

第　五　章

艺人与歌诗表演

艺人是歌诗的最后完成者。文人创作的歌诗，严格地说，还只是案头读物，还必须通过专业歌舞艺人的表演，才能进入到消费市场中。没有艺人的参与，歌诗作为表演艺术是不完整的。因此，在直接影响歌诗的诸多要素中，艺人的作用绝对不可忽略。但是，专业歌舞艺人在古代地位低微，除了部分曾在国家乐府机构任职，或因特殊原因留名后世外，其事迹见于史传者寥寥可数。本章拟对魏晋南北朝的艺人作一简要的考察，以见艺人对歌诗影响之一斑。

第一节　曹魏、西晋的艺人与歌诗表演

据相关史料，曹魏时期，魏武帝曹操特别喜欢"但歌"，而宋容华善唱此歌，"清彻好声"，为"当时之特妙"，① 曹操宫人又有卢女，长于弹琴，"善为新声"，能弹奏久已失传的《雉朝飞》曲。② 还有一位不知名的女伎，

---

① 《晋书》卷二十三《乐志下》，中华书局 1974 年版，第 716 页；《乐志下》云："但歌，四曲，出自汉世。无弦节，作伎最先唱，一人唱，三人和。魏武帝尤好之。时有宋容华者，清彻好声，善唱此曲，当时之特妙。自晋以来不复传，遂绝。"按"容华"当为后妃封号之一，曹魏时禄视真二千石。《三国志·魏志》卷五《后妃传》曰："魏因汉法，母后之号，皆如旧制，自夫人以下，世有增损。太祖建国，始命王后，其下五等：有夫人，有昭仪，有倢伃，有容华，有美人。……容华视真二千石。"中华书局 1959 年版，第 155—156 页。

② （晋）崔豹撰：《古今注》卷中《音乐》，焦杰校点，辽宁教育出版社 1998 年版，第 8 页。

也擅长歌唱,《太平御览》引《世说》曰:"魏武有一伎,声最清高而酷恶性情,欲杀则爱其才,欲置则不堪。于是选百人,一时俱教,少时,百人中果有一人声及之,便杀向恶性者。"① 同时还有一位李坚,本是汉灵帝西园鼓吹,擅长鼙舞,曹操曾把他召至邺都,但李坚当时已七十余岁,恐怕已很难表演,不过他将自己的技艺传授给年轻的舞师倒是完全可能的。曹植曾依前曲新作《鼙舞歌》五首,并自称"不敢充之黄门,近以成下国之陋乐焉"②。

杜夔是当时最为著名的音乐家,他本是汉灵帝时的雅乐郎,"丝竹八音,靡所不能,惟歌舞非所长",后往依刘表。曹操破荆州,受命制雅乐。与杜夔同时的艺人,还有"善咏雅乐"的邓静、尹齐,"能歌宗庙郊祀之曲"的歌师尹胡,"晓知先代诸舞"的舞师冯肃、服养,他们在杜夔的领导下,共同完成了"绍复先代古乐"的工作。③ 同时期的艺人还有精通音乐的胡温、左骎、史妠、睿姐等人,④ 长于舞蹈的绛树,善于清歌的宋腊,⑤ 又有杜夔的弟子邵登、张泰、桑馥等三人,均做过太乐丞,陈颃做过司律中郎将。⑥

曹丕代汉以后,柴玉、左延年、温胡等人又以长于新声被宠,⑦ 曹丕宫人陈尚衣"能歌舞""一时冠绝",⑧ 而爱奇尚新的曹丕又下令让黄门鼓吹署"广求异妓",先后访得善歌舞的守宫王孙世之女孙琐和都尉薛访车子两位艺术奇才。年仅十四岁的薛访车子,"能喉啭引声,与笳同音",繁钦称其歌诗表演艺术"潜气内转,哀音外激,大不抗越,细不幽散,声悲旧笳,

---

① (宋) 李昉等撰:《太平御览》卷五百六十八《乐部六·女乐》,中华书局 1960 年版,第 2570 页。

② (魏) 曹植:《鼙舞歌序》,载《宋书》卷十九《乐志一》,中华书局 1974 年版,第 551 页。

③《三国志·魏书》卷二十九《方技传》,中华书局 1959 年版,第 806 页。又 (唐) 欧阳询撰,汪绍楹校:《艺文类聚》卷四十四《乐部四》引《魏志》曰:"文帝令杜夔于宾客中吹笙鼓琴,夔有难色,遂黜免。"上海古籍出版社 1982 年新 1 版,第 792 页。

④ (魏) 繁钦:《与魏文帝笺》,载《文选》卷四十,上海古籍出版社 1986 年版,第 1821 页、1822 页。

⑤ (魏) 曹丕:《答繁钦书》,载《全三国文》卷七,《全上古三代秦汉三国六朝文》,中华书局 1958 年版,第 1088 页上。

⑥《三国志·魏书》卷二十九《方技传》,中华书局 1959 年版,第 807 页。

⑦《晋书》卷二十二《乐志上》,中华书局 1974 年版,第 679 页。

⑧ (晋) 崔豹:《古今注》下《杂注第七》,辽宁教育出版社 1998 年版,第 16 页。

曲美常均。……遗声抑扬，不可胜穷，优游转化，余弄未尽；暨其清激悲吟，杂以怨慕，咏北狄之遐征，奏胡马之长思，凄入肝脾，哀感顽艳。……同坐仰叹，观者俯听，莫不泫泣殒涕，悲怀慷慨"①。而孙琐也只有十五岁，但她的歌舞技艺却是非常高超的，"振袂徐进，扬蛾微眺，芳声清激，逸足横集，众倡腾游，群宾失席。然后修容饰妆，改曲变度，激清角，扬白雪，接孤声，赴危节。于是商风振条，春鹰度吟，飞雾成霜。斯可谓声协钟石，气应风律，网罗《韶》《濩》，囊括郑卫者也"②。这是曹丕在欣赏了她的歌舞表演后写下的一段评语，以曹丕的艺术修养和欣赏经验，如果她的歌舞技艺不是达到了出神入化的地步，恐怕很难得到这样的称赞。

齐王曹芳被司马氏父子所废，其罪状之一就是与优人往来。其中载入史册的有云午、郭怀、袁信等优人，李华、刘勋、令狐景、庞熙等艺人也得以留下了姓名。《三国志·魏书》卷四《齐王纪》裴注引《世语》及《魏氏春秋》并云：

> 此秋（笔者按：指嘉平六年，即254年），姜维寇陇右。时安东将军司马文王镇许昌，征还击维，至京师，帝于平乐观以临军过。中领军许允与左右小臣谋，因文王辞，杀之，勒其众以退大将军。已书诏于前。文王入，帝方食栗，优人云午等唱曰："青头鸡，青头鸡。"青头鸡者，鸭也。帝惧不敢发。文王引兵入城，景王因是谋废帝。③

优人云午因为是齐王曹芳的亲信，因此也卷入了当时的政治斗争，他所唱"青头鸡"，即"鸭"的别称，"鸭"即"押"，是以暗语提示齐王下决心在"已书诏"上签押，即立即按照事前约定杀死司马懿。云午在歌舞方面的才能史书中只字未提，但郭怀、袁信的表演却有一些记载，《三国志·魏书·齐王纪》裴注引《魏书》中群臣写给太后的奏疏曰：

> 皇帝……日延小优郭怀、袁信等于建始芙蓉殿前裸袒游戏，使与保

①　（魏）繁钦：《与魏文帝笺》，载《文选》卷四十，上海古籍出版社1986年版，第1821、1822页。
②　（清）严可均校辑：《全上古三代秦汉三国六朝文》，中华书局1958年版，第1088页。
③　《三国志·魏书》卷四《齐王纪》，中华书局1959年版，第128页。

林、女尚等为乱，亲将后宫瞻观。又于广望观上，使怀、信等于观下作辽东妖妇，嬉亵过度，道路行人掩目，帝于观上以为宴笑。于陵云台曲中施帷，见九亲妇女，帝临宣曲观，呼怀、信使入帷共饮酒。怀、信等更行酒，妇女皆醉，戏侮无别。使保林李华、刘勋等与怀、信等戏，清商令令狐景呵华、勋曰："诸女，上左右人，各有官职，何以得尔？"华、勋数谮毁景。帝常喜以弹弹人，以此恚景，弹景不避首目。……太后遭（邰）阳君丧，帝日在后园，倡优音乐自若，不数往定省。清商丞庞熙谏帝："皇太后至孝，今遭重忧，水浆不入口，陛下当数往宽慰，不可但在此作乐。"①

　　小优郭怀、袁信被指在"建始芙蓉殿前裸袒游戏"、于广望观下"作辽东妖妇"、与保林李华、刘勋等戏，对这三大"罪状"，特别是其中的第二条，以往的论者多把它作为戏曲史的重要史料看待。这当然没有错，但是联系下面提到的清商令令狐景、清商丞庞熙，我们知道这些优人其实与清商署也不是没有一点关系的。上述引文中"使与保林、女尚等为乱"及"使保林李华、刘勋等与怀、信等戏"，其中应当是包含歌舞表演在内的。而清商令、丞之所以进谏，恐怕也是因为清商署才是这些戏乐活动中的主要承担者。其中的"保林"，在汉代是与无涓、娱林等同处于妃嫔之第十四等，禄秩相当于百石官。"女尚"当为"女尚书"之省称，是东汉、曹魏时期宫中的女官。史载魏明帝时即有六位"女尚书"，负责管理批阅宫外奏章、文书。②"女尚书"与"保林"的地位虽高于清商乐人，她们既然可与优人"戏"，肯定也是有歌舞音乐方面的才艺的。这里提到的保林李华、刘勋，就是其中的两位。至于清商令令狐景、清商丞庞熙他们肯定需在音乐方面具备较高的水平，才可担当此任。

　　西晋初年，荀勖受命重订雅乐，在他的周围也聚集了一批精通歌舞音乐

---

　　① 《三国志》卷四《魏书·齐王纪》裴注引《魏书》，中华书局1959年版，第129—130页。
　　② 《三国志》卷三《魏书·明帝纪》裴注引《魏略》曰："是年起太极诸殿，筑总章观，高十余丈，建翔凤于其上；又于芳林园中起陂池，楫棹越歌；又于列殿之北，立八坊，诸才人以次序处其中，贵人夫人以上，转南附焉，其秩石拟百官之数。帝常游宴在内，乃选女子知书可付信者六人，以为女尚书，使典省外奏事，处当画可，自贵人以下至尚保，及给掖庭洒扫，习伎歌者，各有千数。"可见，八坊内宫女人数之众，其中也包括"习伎歌者"在内。中华书局1959年版，第104—105页。

的专业艺人。其中郭夏、宋识曾造《正德》《大豫》舞，《晋书》卷二十三《乐志下》说："相和，汉旧歌也，丝竹更相和，执节者歌。本一部，魏明帝分为二，更递夜宿。本十七曲，朱生、宋识、列和等复合之为十三曲。"①又说："魏晋之世，有孙氏善弘旧曲，宋识善击节唱和，陈左善清歌，列和善吹笛，郝索善弹筝，朱生善琵琶，尤发新声。故傅玄著书曰：'人若钦所闻而忽所见，不亦惑乎？设此六人生于上世，越今古而无俪，何但夔牙同契哉！'案此说，则自兹以后，皆孙朱等之遗则也。"②可知，这一批艺人皆是当时一流的歌舞音乐艺术家，他们在对歌舞音乐艺术进行全面总结的基础上，又有新的发展，因此，对整个魏晋南北朝歌诗艺术产生了深远的影响。

此外，西晋王延爱姜荆氏、石崇宠妾绿珠均是当时文人权贵府中的歌舞艺人，石崇宠妾中还有一位翾风，与绿珠一样不仅歌舞技艺出众，而且还能作诗，③可以肯定地说，在当时像荆氏、绿珠这样生活于贵族和文人府第中的歌舞艺人，其数量一定是很多的，如果说杜夔、朱生及宋识等高水平的艺术家是雅乐建设的主体，荆氏、绿珠等艺人则构成了推动俗乐发展的生力军。

在当时的巫术宗教人员中，也有一批才艺出众的艺人。西晋时期的章丹、陈珠即是其中的代表。《晋书》卷九十四《隐逸传·夏统传》曰：

> 会母疾，统侍医药，宗亲因得见之。其从父敬宁祠先人，迎女巫章丹、陈珠二人，并有国色，庄服甚丽，善歌儛，又能隐形匿影。甲夜之初，撞钟击鼓，间以丝竹，丹、珠乃拔刀破舌，吞刀吐火，云雾杳冥，流光电发。统诸从兄弟欲往观之，难统，于是共绐之曰："从父间疾病得瘳，大小以为喜庆，欲因其祭祀，并往贺之，卿可俱行乎？"统从之。入门，忽见丹、珠在中庭，轻步佪舞，灵谈鬼笑，飞触挑柈，酬酢

---

①　《晋书》卷二十三《乐志下》，中华书局 1974 年版，第 716 页。

②　《晋书》卷二十三《乐志下》，中华书局 1974 年版，第 716 页。

③　逯钦立辑校：《先秦汉魏晋南北朝诗》上《晋诗》卷四录有绿珠《懊侬歌》、翾风《怨诗》，王运熙先生以为，《懊侬歌》"当为石崇所作，在被诸管弦时绿珠参加了工作"。见《乐府诗述论》（增补本），上海古籍出版社 2006 年版，第 90—100 页。

翩翩。统惊愕而走，不由门，破藩直出。①

这两位让夏统"惊愕而走"的绝色女巫，她们的表演虽然用于"祠先人"的祭祀活动中，但是其中的节目与世俗的娱乐节目其实没有太大的差别。因此，如果抛开其身份，说她们是当时兼擅众艺的民间艺人，应该没有什么问题。

在江南水乡还有船歌，张协《七命》曰："尔乃浮三翼，戏中沚，潜鳃骇，惊翰起，沈丝结，飞矰理，挂归翩于赤霄之表，出华鳞于紫潭之里。然后纵棹随风，弭楫乘波，吹孤竹，抚云和，川客唱《淮南》之曲，榜人奏《采菱》之歌。歌曰：'乘鹢舟兮为水嬉，临芳洲兮拔灵芝。'乐以忘戚，游以卒时，穷夜为日，毕岁为期。"②其中所述"《淮南》之曲"与"《采菱》之歌"，皆纵棹乘波，歌于船上。在上引《晋书·夏统传》中，还记载了会稽人夏统到洛阳为他母亲买药，适逢上巳节，洛水岸边人山人海，夏统应太尉贾充之邀，为众人表演了南方船歌《慕歌》《河女》和《小海唱》，《晋书·夏统传》中以极其夸张的语言为我们描述了吴地船歌独特的艺术魅力：

> 统于是以足叩船，引声喉啭，清激慷慨，大风应至，含水嗽天，云雨响集，叱咤欢呼，雷电昼冥，集气长啸，沙尘烟起。王公已下皆恐，止之乃已。诸人顾相谓曰："若不游洛水，安见是人！听《慕歌》之声，便仿佛见大禹之容。闻《河女》之音，不觉涕泪交流，即谓伯姬高行在目前也。聆《小海》之唱，谓子胥、屈平立吾左右矣。"③（着重号为引者加）

可见，吴地船歌是一种感染力非常强的歌诗艺术，当时在南方，像夏统这样的歌唱表演艺术家应该是非常多的。永嘉之乱后，乐府伶人多至荆州一

---

① 《晋书》卷九十四《隐逸传·夏统传》，中华书局1974年版，第2428页。
② 《晋书》卷五十五《张载传附张协传》，中华书局1974年版，第1520—1521页。
③ 《晋书》卷九十四《隐逸传·夏统传》，中华书局1974年版，第2429—2430页。

带避难，① 为南北音乐歌诗的交融碰撞提供了一个特殊的机会。因此，东晋以后，南方民歌（包括船歌）在北方音乐的滋养下获得了飞速的发展，形成了影响极大的吴声和西曲歌。

第二节 东晋南朝的艺人与歌诗表演

东晋南朝时期从王室、贵族到文士们的歌舞声色消费与生产活动，也同样培养了一批杰出的歌舞音乐艺人。见于史籍的宫廷艺人有阮孚、戴绶、杨蜀、张硕、赵牙等，《通典》卷一百四十一《乐一》"历代沿革上"曰："明帝太宁（323—326）末，又诏阮孚等损益之。成帝咸和（326—334）中，乃复置太乐官，以戴绶为令，鸠集遗逸，而尚未有金石也。"②

《晋书》卷二十三《乐志下》曰："太元中，破苻坚，又获其乐工杨蜀等，闲习旧乐，于是四厢金石始备焉。"③ 杨蜀的到来，使得东晋"四厢金石始备"，可见他的水平远远高于东晋时其他的乐家。张硕为桓伊家奴，擅长吹笛，他与桓伊曾在晋孝武帝御前以筝、笛合奏过《怨诗》。④ 赵牙见于《晋书》卷六十四《会稽文孝王道子传》：

> 嬖人赵牙出自优倡，茹千秋本钱塘捕贼吏，因赂谄进，道子以牙为魏郡太守，千秋骠骑谘议参军。牙为道子开东第，筑山穿池，列树竹木，功用钜万。道子使宫人为酒肆，沽卖于水侧，与亲昵乘船就之饮宴，以为笑乐。⑤

---

① 《晋书》卷四十三《山涛传附山简传》："时乐府伶人避难，多奔沔汉。宴会之日，僚佐或劝奏之。简曰：'社稷倾覆，不能匡救，有晋之罪人也，何作乐之有！'"中华书局1974年版，第1230页。《晋书》卷六十六《刘弘传》："太安中，张昌作乱，转使持节、南蛮校尉、荆州刺史，率前将军赵骧等讨昌，自方城至宛、新野，所向皆平。及新野王歆之败也，以弘代为镇南将军、都督荆州诸军事，余官如故。……时总章太乐伶人，避乱多至荆州"。中华书局1974年版，第1763、1766页。

② （唐）杜佑：《通典》，中华书局1988年版，第3599页。

③ 《晋书》，中华书局1974年版，第698页。

④ 《晋书》卷八十一《桓伊传》，中华书局1974年版，第2118页。（唐）欧阳询撰，汪绍楹校：《艺文类聚》卷四十四《乐部四》引《语林》称桓伊奴名硕，赐姓曰张。上海古籍出版社1982年版，第785页。

⑤ 《晋书》卷六十四《会稽文孝王道子传》，中华书局1974年版，第1734页。

这是一个靠贿赂谄媚取进，从优人而官至太守的小人。算是艺人中的异类吧。此外，前秦苻坚时的伶人王洛是因向苻坚进谏见于史书，①后赵的郑樱桃则迷惑石虎连杀二妻。②王洛有何伎艺，史无明载；郑樱桃能使石虎如此狂悖，与其歌舞伎艺恐怕不能没有关系。③

还有不少女艺人，她们多是歌伎或皇室贵族姬妾。最著名的有绿珠弟子宋祎，有国色，善吹笛，是晋代非常著名的女性艺人。从有关材料可知，宋祎曾为王敦妾，后入晋明帝宫中，明帝临终前把她赐给了阮孚，此后她又归于谢尚。④王敦曾为石崇座上客，后于晋明帝时谋反失败愤慨而死，阮孚、谢尚都是东晋知音的名家，阮孚约卒于成帝咸和（326—334）初，年四十九；谢尚卒于穆帝升平（357—361）初，年五十。故有关宋祎的记载大致是可信的。《世说新语·品藻》曰："宋祎曾为王大将军妾，后属谢镇西。镇西问祎：'我何如王？'答曰：'王比使君，田舍、贵人耳。'镇西妖冶故也。"余嘉锡以为，宋祎称谢为"使君"，必在建元二年（344）以南中郎将领江州刺史之后。上距石崇、绿珠之死已四十余年。因此他认为"因祎善吹笛，故尚取之，以教伎人"，⑤是很有道理的。绿珠死于公元300年，假定当时宋祎为十五岁，那么建元二年（344）以后她也当近六十岁了。以花甲之年仍受到谢尚的重视，更可说明其技艺的高超。又《太平御览》四百九十七《人事部》一百三十八《酣醉》引《俗记》曰：

①　《晋书》卷一百十三《苻坚载记上》，中华书局1974年版，第2894页。

②　《晋书》卷一百六《石季龙载记上》曰："石季龙，勒之从子也，名犯太祖庙讳，故称字焉。……勒深嘉之，拜征虏将军。为娉将军郭荣妹为妻。季龙宠惑优僮郑樱桃而杀郭氏，更纳清河崔氏女，樱桃又潜而杀之。"中华书局1974年版，第2761页。

③　（宋）李昉等撰：《太平御览》卷三百八十《人事部》二十一《美妇人上》引崔鸿《后赵·石虎》曰："郑后名樱桃，晋冗从仆射郑世达家妓也。在中猥妓中，虎数叹其貌于太妃，太妃给之。"中华书局1960年版，第1756页。

④　（宋）李昉等撰：《太平御览》卷五百六十八《乐部六·女乐》引《俗说》曰："宋祎是石崇妓绿珠弟子，有国色，善吹笛，后在晋明帝。闻帝疾患危笃，群臣进谏，请出宋祎。时朝贤悉见，帝曰：'卿诸人谁欲得之者？'众人无言。阮遥集时为吏部尚书，对曰：'愿以赐臣。'即与之。"中华书局1960年版，第2570页。此事又见（宋）李昉等撰：《太平御览》卷三百八十一《人事部》二十二《美妇人下》（中华书局1960年版，第1758页）及（唐）欧阳询撰，汪绍楹校：《艺文类聚》卷四十四《乐部四》（上海古籍出版社1982年版，第794页），记载略有小异。

⑤　（宋）李昉等撰：《太平御览》，中华书局1960年版，第2275页。

宋祎死后，葬在金城南山，对琅琊郡门。袁山松为琅邪太守，每醉，辄乘舆上宋祎冢，作《行路难歌》。[①]

袁山松是东晋著名的音乐家、歌唱家，他主要生活于东晋孝武帝年间（373—396），据《晋书》卷十《安帝纪》，他在隆安五年（401）夏五月，为孙恩所杀。他曾以太守身份，醉拜宋祎冢，"作《行路难歌》"，亦可见宋祎在东晋一代音乐界的地位。大约因为谢尚以善乐知名，他身边的善乐艺人除宋祎外，还有其妾阿妃，也善于吹笛。《艺文类聚》卷四十四乐部引《俗说》曰："谢仁祖妾阿妃，有国色，甚善吹笛。"[②] 从宋祎长于吹笛，又在谢尚处教习女伎来看，阿妃很有可能曾得到宋祎的指点。

王献之妾桃叶，也当是一位能歌的女伎，《玉台新咏》卷十有王献之《情人桃叶歌二首》，及桃叶《答王团扇歌三首》（分别为"七宝画团扇""青青林中竹""团扇复团扇"）。[③] 谢芳姿也以善歌著称，她是晋中书令王珉之嫂的婢女。《宋书》卷十九《乐志一》曰："《团扇歌》者，晋中书令王珉与嫂婢有情，爱好甚笃，嫂捶挞婢过苦，婢素善歌，而珉好捉白团扇，故制此歌。"[④] 又《乐府诗集》卷四十五引《古今乐录》曰：

> 《团扇郎歌》者，晋中书令王珉，捉白团扇与嫂婢谢芳姿有爱，情好甚笃。嫂捶挞婢过苦，王东亭闻而止之。芳姿素善歌，嫂令歌一曲，当赦之。应声歌曰："白团扇，辛苦五流连，是郎眼所见。"珉闻，更问之："汝歌何遗？"芳姿即改云："白团扇，憔悴非昔容，羞与郎相

① 余嘉锡撰：《世说新语笺疏》下卷上《任诞笺疏》引，中华书局1983年版，第758页。

② （唐）欧阳询撰，汪绍楹校：《艺文类聚》卷四十四《乐部四》，上海古籍出版社1982年新1版，第794页。

③ （陈）徐陵编，（清）吴兆宜注：《玉台新咏笺注》，中华书局1985年版，第471—472页。按（唐）欧阳询撰，汪绍楹校：《艺文类聚》卷四十三《乐部三》所载桃叶《答王团扇歌三首》（上海古籍出版社1982年新1版，第774页），除"团扇复团扇，持许自障面"两句作"团扇复向谁？侍许自障面"外，与《玉台新咏》基本相同。但《乐府诗集》卷四十五《清商曲辞二》"七宝画团扇""青青林中竹"两首作者为无名氏（中华书局1979年版，第660页），"团扇复团扇"一首置梁武帝之后，未著作者姓氏（中华书局1979年版，第661页），似当以《玉台新咏》为准。

④ 《宋书》，中华书局1974年版，第550页。

见。"后人因而歌之。①

王珉卒于东晋太元十三年（388），谢芳姿当生活于东晋末年。

刘碧玉，《乐府诗集》有无名氏《碧玉歌》五首，郭茂倩解题引《乐苑》曰："《碧玉歌》者，宋汝南王所作也。碧玉，汝南王妾名。以宠爱之甚，所以歌之。"杜佑《通典》卷一百四十五则以为："《碧玉歌》者，晋汝南王妾名。宠好，故作歌之。"②《乐府诗集》中"碧玉小家女，不敢攀贵德。感郎千金意，惭无倾城色""碧玉破瓜时，相为情颠倒。感郎不羞郎，回身就郎抱"两首，又见于《玉台新咏》卷十，题为《情人碧玉歌》，孙绰作。据王运熙先生考证，碧玉当为东晋汝南王司马义之妾，因长于歌舞，为司马义所宠幸。王先生还认为《晋书》卷九《孝武帝纪》："太元十四年八月，汝南王羲薨"中的"羲"当为"義"（义）之讹。③如此，刘碧玉与谢芳姿大约生活于同时。刘碧玉的歌舞才能在后世也常被诗人们提起，并把她与绿珠、绛树并列，如谢朓《赠王主簿》曰："清吹要碧玉，调弦命绿珠。"徐陵《杂曲》也有："碧玉宫妓自翩妍，绛树新声自可怜。"

刘宋时期，见诸史籍的艺人有钟宗之、奚纵、杨观、到撝爱妓陈玉珠等人。《宋书》卷十九《乐志一》曰："宋文帝元嘉九年（432），太乐令钟宗之更调金石。十四年（437），治书令史奚纵又改之。"④这在《宋书》卷十一《律历志上》有更为详细的说明：

> 黄钟箱笛，晋时三尺八寸。元嘉九年，太乐令钟宗之减为三尺七寸。十四年，治书令吏奚纵又减五分，为三尺六寸五分。（列和云："东箱长笛四尺二寸也。"）太蔟箱笛，晋时三尺七寸，宗之减为三尺三寸七分，纵又减一寸一分，为三尺二寸六分。姑洗箱笛，晋时三尺五寸，宗之减为二尺九寸七分，纵又减五分，为二尺九寸二分。蕤宾箱

---

① （宋）郭茂倩编：《乐府诗集》卷四十五《清商曲辞二》，中华书局1979年版，第660页。
② （唐）杜佑：《通典》卷一百四十五，中华书局1988年版，第3702页。
③ 王运熙：《乐府诗述论》（增补本），上海古籍出版社2006年版，第69—73页。
④ 《宋书》卷十九《乐志一》，中华书局1974年版，第541页。

笛，晋时二尺九寸，宗之减为二尺六寸，纵又减二分，为二尺五寸八分。①

如此专门之学，显然非精通音律者不能为。可见钟宗之、奚纵在音乐方面的造诣。《宋书》中还提到了一位宫廷乐师杨观，宋文帝曾专门派他去向宗炳学习《金石弄》。② 此曲在当时为绝学，宋文帝对音乐极为重视，他从宫廷派出的乐师，其水平肯定是比较高的。

历仕宋、齐两朝的到撝有一位爱妓陈玉珠，是宋明帝时的一位著名艺人。《南齐书》到撝本传称其"妓妾姿艺，皆穷上品"。而陈玉珠则是到撝妓妾中最为出类拔萃的，因此她的歌舞伎艺必然不凡，否则也不会引起宋明帝的"逼夺"。③ 庐江何恢"有妓张耀华美而有宠，为广州刺史将发，要佃夫饮，设乐，见张氏，悦之，频求。恢曰：'恢可得，此人不可得也。'佃夫拂衣出户，曰：'惜指失掌邪?'遂讽有司以公事弹恢"④。《南史》虽未说明这场争端的结果如何，但以阮佃夫当时权倾一时的地位而言，张耀华肯定是不能幸免的。这与宋明帝"逼夺"陈玉珠如出一辙，而何恢"此人不可得也"的态度又与石崇不舍绿珠一样，可见张耀华也是一位色艺双绝的女伎。

齐代艺人有齐武帝时的太乐令郑义泰、太乐令刘瑶、释宝月、朱硕先、朱子尚、齐文惠太子宫人等。

永明六年（488）……太乐令郑义泰案孙兴公赋造天台山伎，作莓苔石桥道士扪翠屏之状，寻又省焉。⑤

《估客乐》，齐武帝之制也。布衣时常游樊、邓，追忆往事而作。歌曰："昔经樊、邓役，阻潮梅根渚。感忆追往事，意满情不叙。"使太乐令刘瑶教习，百日无成。或启释宝月善音律，帝使宝月奏之，便

---

① 《宋书》卷十一《律历志上》，中华书局 1974 年版，第 219—220 页。
② 《宋书》卷九十三《隐逸传·宗炳传》，中华书局 1974 年版，第 2279 页。
③ 《南齐书》卷三十七《到撝传》，中华书局 1972 年版，第 647 页。
④ 《南史》卷七十七《恩幸传·阮佃夫传》，中华书局 1975 年版，第 1922 页。
⑤ 《南齐书》卷十一《乐志》，中华书局 1972 年版，第 195 页。

就。敕歌者常重为感忆之声。①

据《南齐书·乐志》郑义泰所造天台山伎，当有背景、有扮演道士者，歌舞应当也是少不了的。释宝月在音律方面的才能竟然高于太乐令刘瑶，可见其音乐修养的确不凡。当时还有朱硕仙、朱子尚，均擅长歌唱。《乐府诗集》卷四十六《读曲歌八十九首》郭茂倩解题曰：

> 南齐时，朱硕仙善歌吴声《读曲》。武帝出游钟山，幸何美人墓。硕仙歌曰："一忆所欢时，缘山破荪苔。山神感侬意，盘石锐锋动。"帝神色不悦，曰："小人不逊，弄我。"时朱子尚亦善歌，复为一曲云"暖暖日欲冥，观骑立蜘蟵。太阳犹尚可，且愿停须臾。"于是俱蒙厚赉。②

而齐文惠太子宫人，虽然没有留下名字，也是见诸典籍的一位艺人。《梁书》卷十三《沈约传》曰：

> （约）尝侍宴，有妓师是齐文惠宫人。帝问识座中客不？曰："惟识沈家令。"约伏座流涕，帝亦悲焉，为之罢酒。③

齐代只有二十几年，所以很多人都是横跨齐梁几代，这是发生在梁初的事，这位妓师曾是齐文惠宫人，沈约在齐代曾任文惠太子管书记、太子家令等职，常出入东宫，所以在梁初的这次宴会中，这位宫人只认识他。进入梁代仍留任侍宴，也说明这位宫人的歌舞伎艺在当时也是值得称道的。

梁代建国后，梁武帝对礼乐极为重视，在清商曲的改制方面做了大量工作，他不仅自创新辞，还网罗了一批知音善歌的艺人。斯宣达、吴安泰、王金珠、包明月、韩法秀等，均以其专业才华受到重用，名著一时。

据《隋书》卷十六《律历志上》，梁武帝曾"制为十二笛，以写通

---

① 《旧唐书》卷二十九《音乐志二》，中华书局1975年版，第1066页。
② 参见（宋）郭茂倩编：《乐府诗集》卷四十六，中华书局1979年版，第671页。
③ 《梁书》卷十三《沈约传》，中华书局1973年版，第242页。

声"。又"重敕太乐丞斯宣达，令更推校，钟定有凿处，表里皆然"①。对于斯宣达的官职，《乐府诗集》卷二十九《相和歌辞四》石崇《王明君》解题引《古今乐录》有云："梁天监（502—519）中，斯宣达为乐府令，与诸乐工以清商两相间弦为《明君》上舞，传之至今。"② 大约是先为太乐丞，后又迁为乐府令。

梁武帝改制西曲、吴歌，主要的参与者有王金珠、吴安泰等多位艺人。杜佑《通典》卷一百四十五曰：

> 梁有吴安泰，善歌，后为乐令，精解声律。初改西曲《别江南》《上云乐》，内人王金珠善歌吴声西曲，又制《江南歌》，当时妙绝。令斯宣达选乐府少年好手，进内习学。吴弟、安泰之子又善歌。次有韩法秀，又能妙歌《吴声》《读曲》等，古今独绝。③

王金珠本为梁武帝宫人，《乐府诗集》载有其歌诗十五首，④ 但相关歌诗在《玉台新咏》中又多题作梁武帝，当是由梁武帝作歌词，再由王金珠完成配乐的工作。可见王金珠不仅善歌，也必定精通音乐。吴安泰有可能是继斯宣达之后担任太乐令，但他与他的弟弟、儿子以及韩法秀，史书中几乎只字未提。

当时参与改乐的还有释法云，他曾受梁武帝之命，在天监十一年（512），将《懊侬歌》将为《相思曲》，⑤ 并在同年改《三洲歌》和声中的

---

① 《隋书》，中华书局 1974 年版，第 390 页。

② （宋）郭茂倩编：《乐府诗集》卷二十九《相和歌辞四》，中华书局 1979 年版，第 425 页。

③ （唐）杜佑：《通典》卷一百四十五，中华书局 1988 年版，第 3700 页。

④ （宋）郭茂倩编：《乐府诗集》所录王金珠十五首歌诗，其中表中《丁督护歌》（黄河流无极）一首，《玉台新咏》作宋孝武帝。另有 10 首《玉台新咏》均作梁武帝，其中《子夜四时歌·冬歌》（寒闺周䋈帐）一首，《乐府诗集》同时归在梁武帝和王金珠名下，分别为梁武帝《秋歌》二首之一和王金珠《冬歌》，只有首句不同，首句作"绣带合欢结"。为王金珠独立署名的有四首，分别是《子夜四时歌·夏歌》其二（垂帘倦类热）、《子夜四时歌·秋歌》二首其一（叠素兰房中）、其二（紫茎垂玉露）和《阿子歌》（可怜双飞凫）。参见刘怀荣、宋亚莉：《魏晋南北朝乐府制度与歌诗研究》的相关论述，商务印书馆 2010 年版，第 122—127 页。

⑤ （宋）郭茂倩编：《乐府诗集》卷四十六《懊侬歌十四首》解题引《古今乐录》，中华书局 1979 年版，第 667 页。

"啼将别共来，长相思"两句中的"啼将别"改为"欢将乐"。① 王运熙先生认为："梁武帝时代，盛大地改制乐曲，那更与和声有关。……法云改《懊侬》而成的《相思曲》，可能即是《三洲歌》新辞。《三洲歌》新辞的和声声调特别曲折，就是法云改制的成绩，而梁武帝更根据改制过的《三洲歌》的'韵和'，制成《江南弄》《上云乐》及其和声。"② 可见法云在音乐方面应该是达到了当时一流的水平，他实际上是一位身在佛门的著名音乐家。

这一时期史籍著录的贵族家庭歌舞艺人还有不少，如本书第二章曾提到的梁代羊侃的一批有特殊才能的女伎，陆太喜善于弹筝，张净琬能掌中舞，孙荆玉能反腰帖地，衔得席上玉簪，王娥儿和屈偶之的歌声"妙尽奇曲，一时无对"③。

陈代的艺人，可考的很少。何胥曾做过太乐令，《旧唐书》卷二十九《音乐志》说：

> 《春江花月夜》《玉树后庭花》《堂堂》，并陈后主所作。叔宝常与宫中女学士及朝臣相和为诗，太乐令何胥又善于文咏，采其尤艳丽者以为此曲。④

可知，陈后主《春江花月夜》《玉树后庭花》等歌诗，就是由他配乐的。如果以后主酷好歌舞声乐的兴趣推断，当时嫔妃中的特受宠爱的张贵妃，龚、孔二贵嫔，王、季二美人⑤、张、薛二淑媛、袁昭仪、何婕仔、江修容等人，也当是歌舞能手。后主对宴会所赋的新诗，不仅要"被以新声"，还要"选宫女有容色者以千百数，令习而歌之"⑥，这千百数宫女中，

---

① （宋）郭茂倩编：《乐府诗集》卷四十八《三洲歌》解题引《古今乐录》，中华书局 1979 年版，第 707 页。

② 王运熙：《乐府诗述论》（增补本），上海古籍出版社 2006 年版，第 115—116 页。

③ 《梁书》卷三十九《羊侃传》，中华书局 1973 年版，第 561 页。

④ 《旧唐书》卷二十九《音乐志》，中华书局 1975 年版，第 1067 页。

⑤ 按"王、季二美人"之"季"，《陈书》卷七《张贵妃传》附魏微语，中华书局 1972 年版，第 132 页。

⑥ 《南史》卷十二《张贵妃传》，中华书局 1975 年版，第 347—348 页。

也必有不少歌舞伎艺不凡者，但史籍缺载，已难详考。

东晋南朝时期的民间艺人，大多与清商乐有关。如子夜，是东晋的一位歌女。《宋书》卷十九《乐志一》曰："《子夜哥（歌）》者，有女子名子夜，造此声。晋孝武太元（376—397）中，琅邪王轲之家有鬼哥（歌）《子夜》。殷允为豫章时，豫章侨人庾僧虔家亦有鬼哥（歌）《子夜》。殷允为豫章，亦是太元中，则子夜是此时以前人也。"① 莫愁，以善歌著称。《古今乐录》曰："《莫愁乐》者，本石城乐妓，而有此歌。石城西有女子名莫愁，善歌谣，且《在（当为石）城乐》中有'姜莫愁'声，因名此歌也。"② 又《旧唐书·音乐志》曰："《莫愁乐》，出于《石城乐》。石城有女子名莫愁，善歌谣。"③ 可惜的是，像这样的民间艺人，我们今天可考知的已是稀少。

第三节　北魏的艺人与歌诗表演

北魏自太和以来，颇重乐事，为此聚集了一批精通音乐的艺人，但雅乐人才相对较缺，故往往借助南来艺人。《魏书》郑重提到的太乐令至少有公孙崇、崔九龙、张乾龟三位。北魏对乐事的重视，起于太和十六年（492）春，当时受命主持这一工作的是中书监高闾，公孙崇是其中的成员之一。宣武帝景明三年（502），高闾去世，便由太乐令公孙崇"续修遗事"，此后崔九龙、张乾龟均曾担任太乐令一职，公孙崇还著有《钟磬志》二卷。④ 至永平二年（509），公孙崇"所造八音之器"，在朝臣讨论验证中遭到质疑，于是朝廷命太常卿刘芳主持重新修造乐器。《魏书》卷一百九《乐志》曰：

> 于是芳主修营。时扬州民张阳子、义阳民儿凤鸣、陈孝孙、戴当千、吴殿、陈文显、陈成等七人颇解雅乐正声，《八佾》、文武二舞、钟声、管弦、登歌声调，芳皆请令教习，参取是非。⑤

---

① 《宋书》卷十九《乐志一》，中华书局 1974 年版，第 549 页。
② 转引自王运熙：《乐府诗述论》（增补本），上海古籍出版社 2006 年版，第 94 页。
③ 《旧唐书》卷二十九《音乐二》，中华书局 1975 年版，第 1065 页。
④ 《隋书》卷三十二《经籍志一》，中华书局 1973 年版，第 927 页。
⑤ 《魏书》卷一百九《乐志》，中华书局 1974 年版，第 2832 页

　　张阳子等七人以外，参与乐器修造的还有"自江南归国，颇闲乐事"的陈仲儒。孝明帝正光年间（520—525），安丰王延明也曾受诏监修金石，他的门生信都芳也参与了其事，"芳后乃撰延明所集《乐说》并《诸器物准图》二十余事而注之"①。虽然因天下多难，这一持续三十年的修复雅乐工作最后不了了之，但上述艺人却因参与这项工作在历史上留下了姓名。

　　北魏还有一批优秀的艺人，也在史籍中留下了姓名，或有作品传世。部分艺人为诸王的女伎，如元禧被赐死之后，其宫人作歌曰："可怜咸阳王，奈何作事误。金床玉几不能眠，夜蹋霜与露。洛水湛湛弥岸长，行人那得渡。"这首歌"流至江表，北人在南者，虽富贵，弦管奏之，莫不洒泣"②。可见其感人之深。元琛的女伎中有一位名叫朝云的女子，"善吹篪，能为《团扇歌》及《陇上》声。琛为秦州刺史，诸羌外叛，屡讨之不降。琛令朝云假为贫妪，吹篪而乞。诸羌闻之，悉皆流涕。迭相谓曰：'何为弃坟井，在山谷为寇也？'即相率而降。秦民语曰：'快马健儿，不如老妪吹篪。'"③元雍乐人中有"徐月华，善弹箜篌，能为《明妃出塞》之歌，闻者莫不动容。永安中，与卫将军原士康为侧室，宅近青阳门。徐鼓箜篌而歌，哀声入云，行路听者，俄而成市。"又有"修容能为《绿水歌》，艳姿善为《火凤舞》"④，而且《乐府诗集》中还收有《高阳王乐人歌》二首。⑤而著名民间音乐家田僧超，善于吹筛，"能为《壮士吟》《项羽吟》"，追随征西将军崔延伯，常于阵前吹奏，"甲胄之士莫不踊跃"⑥。这些艺人的歌舞艺术技艺，在当时都达到了很高的水平。

---

①　以上并参见《魏书》卷一百九《乐志》，中华书局 1974 年版，第 2833—2843 页。
②　《魏书》卷二十一上《咸阳王元禧传》，中华书局 1974 年版，第 539 页。
③　（北魏）杨衒之撰，周祖谟校释：《洛阳伽蓝记》卷四《法云寺》，中华书局 2010 年版，第 148—149 页。
④　（北魏）杨衒之撰，周祖谟校释：《洛阳伽蓝记》卷三《高阳王寺》，中华书局 2010 年版，第 124 页。
⑤　参见（宋）郭茂倩编：《乐府诗集》卷二十五《横吹曲辞五》，中华书局 1979 年版，第 371—372 页。
⑥　（北魏）杨衒之撰，周祖谟校释：《洛阳伽蓝记》卷四《法云寺》，中华书局 2010 年版，第 142、143 页。

第四节　北齐至隋的艺人与歌诗表演

北齐以来，与胡乐的盛行相一致，歌舞艺人多擅长胡乐或本身就是胡人。尤其是北齐后主时，胡人多有以音乐被宠遇，甚至入朝为官。《北史》卷九十二《恩幸传序》曰："亦有西域丑胡，龟兹杂伎，封王开府，接武比肩。"《恩幸传》中则具体记载了以音乐被宠及至大官的一批胡人，如曹僧奴、曹妙达父子"以能弹胡琵琶，甚被宠遇"，何朱弱、史丑多等十余人"以能舞工歌及善音乐"，官"至仪同开府"，沈过儿、王长通、安未弱、安马驹之徒，亦"以音乐至大官"。①

其中又以曹妙达父子最为著名，曹氏家族本是音乐世家，其祖父曹婆罗门及父亲曹僧奴早在北魏末年就已定居中原，《旧唐书》卷二十九《音乐志二》曰："后魏有曹婆罗门，受龟兹琵琶于商人，世传其业。至孙妙达，尤为北齐高洋所重，常自击胡鼓以和之。"② 曹僧奴之女也善弹琵琶，《北史·后妃传》曰："乐人曹僧奴进二女，……少者弹琵琶，为昭仪。"③ 入隋后，曹妙达仍以其音乐才能受到重用，《隋书》卷十五《音乐下》曰："先是高祖遣内史侍郎李元操、直内史省卢思道等，列清庙歌辞十二曲。令齐乐人曹妙达于太乐教习，以代周歌"④。

齐后主宠姬冯小怜也是一位著名的宫廷艺人，她"慧而有色，能弹琵琶，尤工歌舞"⑤，她在歌舞器乐方面的特长显然是博得齐后主宠爱的一个重要条件，从后主为她"选彩女数千，为之羽从，一女之饰，动费千金"的举动，可以想见其技艺之高超。⑥

北周天和三年（568），周武帝娶西突厥公主阿史那为皇后，"西域诸国来媵，于是龟兹、疏勒、安国、康国之乐，大聚长安。胡儿令羯人白智通教

　　① 《北史》卷九十二《恩幸传》，中华书局 1974 年版，第 3018、3055 页；又参见《隋书》卷十四《音乐中》，中华书局 1973 年版，第 331 页。

　　② 《旧唐书》，中华书局 1975 年版，第 1069 页。

　　③ 《北史》卷十四《后妃传下》，中华书局 1974 年版，第 526 页

　　④ 《隋书》卷十五《音乐下》，中华书局 1973 年版，第 359 页。

　　⑤ 《隋书》卷二十三《五行志下》，中华书局 1973 年版，第 657 页。

　　⑥ 《隋书》卷二十三《五行志下》，中华书局 1973 年版，第 657 页。

习，颇杂以新声"①。这位白智通，能做龟兹、疏勒、安国、康国等四国艺人的"教习"，在歌舞音乐方面必有特殊的才能。当时随诸国艺人同来的，还有一位龟兹人苏祗婆，也出生于音乐世家，不仅"善胡琵琶"，而且精通宫调理论。北周的郑译曾向他学习西域的"五旦七调"乐律理论，并"因其所捻琵琶，弦柱相饮为均，推演其声，更立七均。合成十二，以应十二律。律有七音，音立一调，故成七调十二律，合八十四调，旋转相交，尽皆和合。"至隋代时，"因作书二十余篇，以明其指。至是译以其书宣示朝廷"，经过讨论，郑译的乐律理论得到了众多知音者的肯定。②

入隋以后，精通歌诗音乐的艺人更是汇集一堂。"隋文帝开皇二年（582），尚因周乐，命工人齐树提检校乐府，改换声律，益不能通。"③ 由于这位齐树提水平不够，到了开皇九年（589）平陈后，隋文帝就起用陈太乐令蔡子元、于普明等人，"复居其职"④。当时精通音律的还有陈山阳太守毛爽、协律郎祖孝孙等，毛爽"妙知京房律法"，但他年事已高，朝廷担心他去世后律法失传，就派祖孝孙去向他学习。⑤

开皇年间，还"有曹妙达、王长通、李士衡、郭金乐、安进贵等，皆妙绝弦管，新声奇变，朝改暮易，持其音技，估炫公王之间，举时争相慕尚"⑥。这些艺人，除曹妙达我们在上文中已提到外，其他数人由于史籍记载过于简略，我们已很难知道他们的民族和在音乐方面的具体才能，但他们的"新声奇变"在当时既然能使人们"争相慕尚"，则对歌诗艺术的贡献必然是很大的。隋炀帝即位后，"又诏博访知钟律歌管者，皆追之。时有曹士立、裴文通、唐罗汉、常宝金等，虽知操弄，雅郑莫分，然总付太常，详令删定"⑦。又有王令言，"亦妙达音律"，其子亦能"弹胡琵琶，作翻调《安

---

① 《旧唐书》卷二十九《音乐志二》，中华书局 1975 年版，第 1069 页。
② 《隋书》卷十四《音乐中》，中华书局 1973 年版，第 345—347 页。
③ （唐）杜佑：《通典》卷一百四十二《乐一》，中华书局 1988 年版，3618 页。
④ 《隋书》卷十五《音乐志下》，中华书局 1973 年版，第 349 页。
⑤ 《隋书》卷十六《律历志上》第 391 页；《旧唐书》卷七十九《祖孝孙传》，中华书局 1973 年版，2709 页。
⑥ 《隋书》卷十五《音乐下》，中华书局 1973 年版，第 378 页。
⑦ 《隋书》卷十五《音乐下》，中华书局 1973 年版，第 373 页。

公子曲》"①。

在这些艺人中，尤以万宝常最为著名，他"修洛阳旧曲，言幼学音律，师于祖孝征，知其上代修调古乐"②，曾"撰《乐谱》六十四卷，具论八音旋相为宫之法，改弦移柱之变。为八十四调，一百四十四律，变化终于一千八百声"③。《隋书》本传说："开皇之世，有郑译、何妥、卢贲、苏夔、萧吉，并讨论坟籍，撰著乐书，皆为当世所用。至于天然识乐，不及宝常远矣。安马驹、曹妙达、王长通、郭令乐等，能造曲，为一时之妙，又习郑声，而宝常所为，皆归于雅。此辈虽公议不附宝常，然皆心服，谓以为神。"又说："宝常声律，动应宫商之和，虽不足远拟古人，皆一时之妙也。"④ 又有白明达，隋炀帝时为乐正，亦善为新声，其所造新声见于《隋书·音乐志》的，有"《万岁乐》《藏钩乐》《七夕相逢行》《投壶乐》《舞席同心髻》《玉女行觞》《神仙留客》《掷砖续命》《斗鸡子》《斗百草》《泛龙舟》《还旧宫》《长乐花》及《十二时》等曲，掩抑摧藏，哀音断绝。帝悦之无已……因语明达曰：'齐氏偏隅，曹妙达犹自封王。我今天下大同，欲贵汝，宜自修谨。'"⑤《隋书·音乐志》是在"九部乐"之龟兹乐下对白明达进行介绍的，故白明达所造新声当与龟兹乐有关，他所造新声又令隋炀帝"悦之无已"，其音乐才能自当冠绝当时。

隋代的统一，不仅将华夏与少数民族之乐兼收并用，也将南北艺人和乐工总汇一体。这在歌诗艺术发展史上所开创的新局面，是整个魏晋南北朝其他时期所不可比拟的。《隋书》卷十五《音乐下》曰：

> 自汉至梁、陈乐工，其大数不相逾越。及周并齐，隋并陈，各得其乐工，多为编户。至六年，（炀）帝乃大括魏、齐、周、陈乐人子弟，

① 《隋书》卷七十八《王令言传》，中华书局 1973 年版，第 1785 页。
② 《隋书》卷十四《音乐中》，中华书局 1973 年版，第 347 页。
③ 《隋书》卷七十八《万宝常传》，中华书局 1973 年版，第 1784 页。
④ 《隋书》卷七十八《万宝常传》，中华书局 1973 年版，第 1785、1786 页。按"郭令乐"，《隋书》卷十五《音乐下》（中华书局 1973 年版，第 378 页）、（宋）李昉等撰：《太平御览》卷五百六十四《乐部二》（中华书局 1960 年版，第 2549 页），均作"郭金乐"。
⑤ 《隋书》卷十五《音乐下》，中华书局 1973 年版，第 379 页。

悉配太常，并于关中为坊置之，其数益多前代。①

又《隋书》卷十五《音乐下》记牛弘等上书曰：

> 永嘉之后，九服崩离，燕、石、苻、姚，遁据华土。此其戎乎，
> 何必伊川之上，吾其左衽，无复微管之功。前言往式，于斯而尽。金
> 陵建社，朝士南奔，帝则皇规，粲然更备，与内原隔绝，三百年于兹
> 矣。伏惟明圣膺期，会昌在运。今南征所获梁、陈乐人，及晋、宋旗
> 章，宛然俱至。襄代所不服者，今悉服之，前朝所未得者，今悉
> 得之。②

因此，隋代是南北艺人会聚一堂的时期，这为唐代歌舞艺术的兴盛奠定
了必要的基础。

小　结

由于艺人地位低下，历来不受社会和史家重视。虽然上述所论及的
130余人，还不是全部，但这一时期最主要的艺人大致都在其中了。他
们中的多数人又是因为供职于乐府机构，或者作为豪贵的家伎，才于史
籍留名的。大量像子夜、莫愁那样的民间艺人，都湮没在历史的长流中
了。此外，艺人的表演是时空艺术，其娱乐效果虽会远远超出文人歌诗
的意义范围，但如果立足于较长的历史发展历程，作为艺人的伎艺成果
却无法与以文字固定下来的歌诗相比。鉴于这两方面的原因，历来的文
学史对于艺人们的重视都是不够的，更何况是在说唱艺术还不够发达，
距戏曲成熟还甚为遥远的魏晋南北朝。但是我们上面提到的这一百多
人，作为艺人的代表，他们或者是歌诗的配乐者，或者是演唱者，或者
以其迷人的舞姿成为歌诗艺术表演中重要的角色。其中有些艺人还是歌

---

① 《隋书》，中华书局1973年版，第373—374页。
② 《隋书》，中华书局1973年版，第359页。

诗的创作者，并有作品流传。可以说，所有的歌诗艺术活动，如果没有他们的参与，肯定不完整，也无法进行。所以对于艺人在歌诗发展史上的意义和价值，我们今天的文学史研究无论如何都是不能忽视的。

第 六 章

女性与歌诗创作及表演

　　魏晋南北朝时期歌诗活动活跃于上层社会。歌诗除了用于朝廷礼仪，更多的是为了满足上层社会的娱乐需要。歌诗由诗与乐两部分组成，诗乐有机结合，方能相得益彰。魏晋南北朝时期朝廷和豪贵之家蓄养的大批歌舞艺伎，对歌诗的表演和传播起到了不可替代的作用，其中有些女艺人不仅参与了歌辞配乐工作，还创作有歌诗作品。可以说，没有女性的参与，就不可能有这个时期歌诗的繁荣。因此，了解女性在歌诗活动中所扮演的角色和发挥的作用，对于准确把握歌诗的创作和发展，均有非常重要的意义。

第一节　女性在歌诗活动中的地位

　　魏晋以来，歌诗的创作和表演成为一种社会风气，特别是在上层社会的集会和宴乐中更是成为一种极受欢迎的娱乐方式。歌诗消费的场所主要集中在宫廷或王公显宦、富商大贾的家中。宫廷的歌诗活动，除了服务于政治礼仪需要，如在特定的祭祀或宴飨场所外，主要是用于满足帝王、后妃的娱乐需求。在这些场合中，歌诗的表演是不可或缺的一个组成部分。王公显宦的家庭聚会，也是歌诗活动最为频繁和活跃的场合。无论是居于庙堂之上的皇帝还是身为人臣有权有势的王公贵族，乃至家有万贯的富商大贾，由于他们是歌诗的主要消费者，因此也就掌握着歌诗创作和表演的主要物质和人才资源。为了满足自己的娱乐需要，他们总是会豢养一些歌舞方面的专业人才。

这些人以女性为主，通常被称作宫伎或者家伎。这些女性是歌诗活动的主要表演者，少数女伎也有作品传世。

首先从官署机构来说，曹魏时期就有了清商署。《资治通鉴》卷一百三十四胡注云："魏太祖起铜爵台于邺，自作乐府，被于管弦。后遂置清商令以掌之，属光禄勋。"① 此后清商署在很长的历史时期内一直存在。以清商署为中心，宫廷里豢养了大批的歌舞艺人，也以女性为主。《三国志》卷三《魏书·明帝纪》裴注引《魏略》曰："是年起太极诸殿，筑总章观，……帝常游宴在内，乃选女子知书可付信者六人，以为女尚书，使典省外奏事，处当画可，自贵人以下至尚保，及给掖庭洒扫，习伎歌者，各有千数。"② 《晋书·武帝纪》载，太康二年三月，"诏选孙皓妓妾五千人入宫"③。《南齐书·崔祖思传》称，宋后废帝"元徽时校试千有余人，后堂杂伎，不在其数"④。《南史·豫章文献王嶷传》载，齐武帝"后宫万余人，宫内不容，太乐、景第、暴室皆满，犹以为未足"⑤。《北齐书·幼主纪》载幼主高恒"盛为无愁之曲，帝自弹胡琵琶而唱之，侍和之者以百数"⑥。由此数条，足以见出历代宫廷中女伎人数之众。

王侯将相家中也蓄养了大批家伎，用来满足他们日常的娱乐需要。夏侯亶"晚年颇好音乐，有妓妾十数人。并无被服姿容。每有客，常隔帘奏之，时谓帝为夏侯妓衣"。羊侃请他的同学阳斐参加宴会，"宾客三百余人，器皆金玉杂宝，奏三部女乐"⑦。章昭达"每饮会，必盛设女伎杂乐，备尽羌胡之声，音律姿容，并一时之妙，虽临对寇敌，旗鼓相望，弗之废也"⑧。即使面对敌人，哪怕已经相隔不远，依旧在饮会之时，盛设女伎杂乐，可见对此痴迷到何种程度。贺若谊"每邀宾客，列女乐，游集其间"⑨。秦孝王

① （宋）司马光撰，（元）胡三省注：《资治通鉴》卷一百三十四，中华书局1956年版，第4220页。

② 《三国志》，中华书局1959年版，第104—105页。

③ 《晋书》卷三，中华书局1974年版，第73页。

④ 《南齐书》卷二十八，中华书局1972年版，第519页。

⑤ 《南史》卷四十二《豫章文献王嶷传》，中华书局1975年版，第1063页。

⑥ 《北齐书》卷八《幼主纪》，中华书局1972年版，第112页。

⑦ 《梁书》卷三十九《羊侃传》，中华书局1973年版，第562页。

⑧ 《陈书》卷十一《章昭达传》，中华书局1972年版，第184页。

⑨ 《隋书》卷三十九《贺若谊传》，中华书局1973年版，第1160页、

俊"为妃作七宝幂𠌯，又为水殿，香涂粉壁，玉砌金阶。梁柱楣栋之间，周以明镜，间以宝珠，极荣饰之美。每与宾客妓女，弦歌于其上"①。薛安都"有女妓数十人。每集宾客，辄命之丝竹歌舞，不辍于前，尽声色之适"②。

为了满足统治阶级的娱乐需要，这些歌舞艺人绝大多数都是经过严格的培养和训练的。类似清商署这样的官署机构的存在，为女性的音乐活动提供了良好的教育渠道，她们能够得到专业的训练，这是魏晋南北朝以来歌诗活动繁荣发展的一个重要条件。《洛阳伽蓝记》卷四记载北魏都城"市南有调音、乐律二里。里内之人，丝竹讴歌，天下妙伎出焉"③。这说明，当时在民间也已经形成了一个以音乐歌舞为职业的群体，而许多"妙伎"就是从中产生的，她们也必定是经过严格的训练才能够以此为业。民间如此，当时许多贵族家中也都聘请有歌舞教师。

经过专业训练的歌伎具备了良好的音乐和艺术素养，许多名篇佳作都是依靠她们的参与才得以产生并保存下来。石崇《思归引序》曰：

> 家素习技，颇有秦赵之声。出则以游目弋钓为事，入则有琴书之娱。……寻览乐篇，有《思归引》，倘古人之情，有同于今，故制此曲。此曲有弦无歌。今为作歌辞，以述余怀，恨时无知音者，令造新声而播于丝竹也。④

又《旧唐书》卷二十九《音乐志二》云：

> （清乐）遭梁、陈亡乱，所存盖鲜。隋室已来，日益沦缺。武太后之时，犹有六十三曲。……晋石崇妓绿珠善舞，以此曲（笔者按：指《明君》）教之，而自制新歌曰："我本汉家子，将适单于庭。昔为匣中

---

① 《隋书》卷四十五《秦孝王俊传》，中华书局 1973 年版，第 1240 页。

② 《北史》卷三十九《薛安都传》，中华书局 1974 年版，第 1412 页。

③ （北魏）杨衒之撰，周祖谟校释：《洛阳伽蓝记校释》，中华书局 1963 年版，第 158 页。

④ （梁）萧统编，（唐）李善注：《文选》，上海古籍出版社 1986 年版，第 2041 页。

玉，今为粪土英。"①

也就是说，《思归引》《王明君》都是依靠石崇和家伎的共同合作，才最终完成并且得以广泛流传的。再如北齐陈后主是歌诗的重要作家，他创作歌诗的方式，有时是因诗制曲，《陈书》卷七《张贵妃传》曰：

> （后主）以宫人有文学者袁大舍等为女学士。后主每引宾客对贵妃等游宴，则使诸贵人及女学士与狎客共赋新诗，互相赠答，采其尤艳丽者以为曲词，被以新声，选宫女有容色者以千百数，令习而歌之，分部迭进，持以相乐。其曲有《玉树后庭花》《临春乐》等，大指所归，皆美张贵妃、孔贵嫔之容色也。②

《旧唐书》卷二十九《音乐志二》也说：

> 《春江花月夜》《玉树后庭花》《堂堂》，并陈后主所作。叔宝常与宫中女学士及朝臣相和为诗，太乐令何胥又善于文咏，采其尤艳丽者以为此曲。③

但有时则是依曲作诗，《隋书·音乐志上》曰：

> （陈后主）尤重声乐，遣宫女习北方箫鼓，谓之《代北》，酒酣则奏之。又于清乐中造《黄鹂留》及《玉树后庭花》《金钗两臂垂》等曲，与幸臣等制其歌词，绮艳相高，极于轻薄。男女唱和，其音甚哀。④

又《太平御览》卷五六八引《乐志》也说：

---

① 《旧唐书》卷二十九《音乐志二》，中华书局1975年版，第1062—1063页。
② 《陈书》卷七《张贵妃传》，中华书局1972年版，第132页。
③ 《旧唐书》卷二十九《音乐志二》，中华书局1975年版，第1067页。
④ 《隋书》卷十三《音乐志上》，中华书局1973年版，第309页。

陈后主尤重乐声，遣宫女于清乐中造《黄鹤留》《玉树后庭花》《金钗两臂垂》，歌词绮艳，极于轻薄。又造《无愁曲》，音韵窈窕，极于哀思。①

但无论是先有曲还是先有辞，像《玉树后庭花》等这些作品之所以能够流传，除了作家本人的创作之外，与歌舞艺人的参与和传播也是密不可分的。一首歌诗创作出来，必须经过表演方可广泛流传。《隋书》载："祯明初，后主作新歌，词甚哀怨，令后宫美人习而歌之。其辞曰：'玉树后庭花，花开不复久。'"②若没有后宫美人的习而歌之，时人乃至后人又如何得知后主所作之《玉树后庭花》。

歌诗是歌与乐的结合。一般来说，"乐的生产，尤其是在诗的配乐演唱方面，歌舞表演以及戏剧的形成方面，前期以寄食式下的歌舞艺人为主要的生产者"③。所谓的寄食式下的歌舞艺人，指的其实就是数量庞大的家伎群体。而这个群体又以女性为主。从这个意义上来说，正是这些女性艺人，承担了将诗与歌结合的任务，并且通过自己的表演进一步完成了歌诗艺术，为歌诗的保存、传播和发展起到了不可或缺的作用。她们大多通音律，具备良好的音乐和艺术素养，有的甚至还具备一定的文化素养。唯其如此，才可能将诗与歌完美结合在一起，造就了中国古代文学中歌诗这一独特而富有魅力的艺术形式。也正是她们美轮美奂的表演，歌诗才可能在一个非常漫长的历史时期内受到广泛的喜爱和推崇，并且对后世文学产生了广泛而深入的影响。不仅如此，其中的歌舞表演也成为中国音乐史和艺术史上的一朵奇葩。

由于歌诗的风行，在当时的社会环境下，如果一个容貌姣好的女子能够进行歌诗创作或者表演，有时也可能帮助提升自身的身份。《晋书》载：安德陈太后就是"以美色能歌弹，入宫为淑媛"④。《魏书》也说，京兆王元愉"在徐州，纳妾李氏，本姓杨，东郡人，夜闻其歌，悦之，遂被宠嬖"⑤。

---

① （宋）李昉等编：《太平御览》卷五百六十八《乐部六·宴乐》，中华书局影印 1960 年版，第 2566 页。

② 《隋书》卷二十二《五行志上》，中华书局 1973 年版，第 637 页。

③ 赵敏俐：《中国古代歌诗艺术生产与消费的基本方式》，《江海学刊》2005 年第 3 期。

④ 《晋书》卷三十二《安德陈太后传》，中华书局 1974 年版，第 983 页。

⑤ 《魏书》卷二十二《京兆王愉传》，中华书局 1974 年版，第 589 页。

《北史》载北齐后主高纬的毛夫人"能弹筝"，彭夫人"亦音妓进"，而有一位李夫人则是"隶户女，以五弦进"①。

魏晋以来，蓄养家伎成风。"贵势之流、货室之族，车服伎乐，争相奢丽；亭池第宅，竞趣高华。"② 这是因为：一方面，歌伎的表演可以满足统治者的娱乐需要。另一方面，歌伎的存在本身也成为统治阶级炫耀财富的一种资本。换言之，家有歌伎，如同家有黄金，是财富的一种象征，也是娱乐的一种手段。

关于豪门贵族畜养家伎的骄奢生活，史书的记载不胜枚举。王坦之子国宝"贪纵聚敛，不知纪极，后房伎妾以百数，天下珍玩充满其室"③。南朝宋沈演之之子沈勃"轻躁耽酒，幼多罪愆。比奢淫过度，妓女数十，声酣放纵，无复剂限"④。杜骥子幼文"所莅贪横，家累千金，女伎数十人，丝竹昼夜不绝"⑤。颜师伯"多纳货贿，家产丰积，伎妾声乐，尽天下之选，园池第宅，冠绝当时，骄奢淫恣，为衣冠所嫉"⑥。张瑰"居室豪富，伎妾盈房"，有人讥笑他日暮穷年还蓄伎，他说："我少好音律，老而方解。平生嗜欲，无复一存，唯未能遣此处耳"⑦。南朝梁末大将羊侃"性豪侈，善音律，自造《采莲》《棹歌》两曲，甚有新致。姬妾侍列，穷极奢靡"。他刚到衡州的时候，"于两艖艒，起三间通梁水斋，饰以珠玉，加之锦缋，盛设帷屏，陈列女乐，乘潮解缆，临波置酒"，以致"观者填咽"⑧。其奢华的生活可见一斑。陈孙玚自己居住的地方"颇失于奢豪，庭院穿筑，极林泉之致，歌钟舞女，当世罕俦，宾客填门，轩盖不绝"⑨。南朝宋阮佃夫"宅舍园池，诸王邸第莫及。女妓数十，艺貌冠绝当时。金玉锦绣之饰，宫掖不逮也"，"于宅内开渎东出十许里，塘岸整洁，泛轻舟，奏女乐"⑩。河间王

① 《北史》卷十四《后妃传下》，中华书局1974年版，第527页。
② 《南齐书》卷五十四《顾欢传》，中华书局1972年版，第929页。
③ 《晋书》卷七十五《王湛传》，中华书局1974年版，第1972页。
④ 《宋书》卷六十三《沈演之传》，中华书局1974年版，第1687页。
⑤ 《宋书》卷六十五《杜骥传》，中华书局1974年版，第1722页。
⑥ 《宋书》卷七十七《颜师伯传》，中华书局1974年版，第1995页。
⑦ 《南齐书》卷二十四《张瑰传》，中华书局1972年版，第454—455页。
⑧ 《梁书》卷三十九《羊侃传》，中华书局1973年版，第561页。
⑨ 《陈书》卷二十五《孙玚传》，中华书局1972年版，第321页。
⑩ 《南史》卷七十七《阮佃夫传》，中华书局1975年版，第1921—1922页。

元琛"伎女三百人，尽皆国色"①，并且自称"不恨我不见石崇，恨石崇不见我！"② 章武王元融发现王琛的财产女乐多于自己时，居然"还家卧三日不起"③。魏高阳王雍"僮仆六千，妓女五百，隋珠照日，罗衣从风，自汉晋以来，诸王豪侈，未之有也。出则鸣驺御道，文物成行，铙吹响发，笳声哀转；入则歌姬舞女，击筑吹笙，丝管迭奏，连宵尽日"④。清河王岳"性华侈，尤悦酒色，歌姬舞女，陈鼎击钟，诸王皆不及也"⑤。

也有人不好此道，成为节俭的典范。史载"宋武节俭过人……殷仲文劝令畜伎，答云'我不解声'。仲文曰'但蓄自解'，又答'畏解，故不畜'。"⑥ 可见，蓄伎其实就是一种奢侈生活的体现，宋武帝之所以不畜伎，并不一定是不好音乐，而是他明白一旦喜欢上音乐，必然蓄伎，而蓄伎必然花费巨大，浪费财力。

根据史书的记载，这些被豢养的歌舞伎似乎过着锦衣玉食的生活，徐君蒨"侍妾数十，皆佩金翠，曳罗绮，服玩悉以金银"⑦。石崇家中侍女"皆蕴兰麝，被罗縠"⑧。元琛"造迎风馆于后园，窗户之上，列钱青琐，玉凤衔铃，金龙吐佩，素柰朱李，枝条入檐，伎女楼上，坐而摘食"⑨。但这只是一种表面现象。其实主人对她们的这种蓄意打扮，不过是为了向别人炫耀自己生活的奢华和富有。况且，并不是所有的歌舞艺人都能遇上一个好的主人。《南齐书》记载曹虎自己生活奢靡，但对家伎却是极尽克扣，"伎女食酱菜，无重肴"⑩。

事实上以统治阶级私有财产形式存在的这些歌舞艺人的命运是相当悲惨的，她们没有任何人身自由，被主人呼来喝去，随意处置。甚至有的人稍有

---

① （北魏）杨衒之撰，周祖谟校释：《洛阳伽蓝记校释》卷四，中华书局1963年版，第164页。
② （北魏）杨衒之撰，周祖谟校释：《洛阳伽蓝记校释》卷四，中华书局1963年版，第165页。
③ （北魏）杨衒之撰，周祖谟校释：《洛阳伽蓝记校释》卷四，中华书局1963年版，第166页。
④ （北魏）杨衒之撰，周祖谟校释：《洛阳伽蓝记校释》卷三，中华书局1963年版，第137—138页。
⑤ 《北齐书》卷十三《清河王岳传》，中华书局1972年版，第176页。
⑥ 《南齐书》卷二十八《崔祖思传》，中华书局1972年版，第518页。
⑦ 《南史》卷十五《徐君蒨传》，中华书局1975年版，第441页。
⑧ 《晋书》卷三十三《石崇传》，中华书局1974年版。第1008页。
⑨ （北魏）杨衒之撰，周祖谟校释：《洛阳伽蓝记校释》卷四，中华书局1963年版，第165页。
⑩ 《南齐书》卷三十《曹虎传》，中华书局1972年版，第564页。

不慎，便遭杀身之祸。曹操在《遗令》中说："吾婢妾与伎人皆勤苦，使著铜雀台，善待之。于台堂上安六尺床，施缣帐，朝晡上脯糒之属。月旦十五日，自朝至午，辄向帐中作伎乐。"① 从这段文字来看，似乎曹操对这些歌伎很是体谅，临死还心心念念地记挂着她们的勤苦，希望别人能够善待这些女子。可实际不然。《世说新语·忿狷》记载："魏武有一妓，声最清高，而情性酷恶。欲杀则爱才，欲置则不堪。于是选百人，一时俱教。少时还有一人声及之，便杀恶性者"② 只是因为性格不好，这名歌伎就被曹操杀掉了。而且，曹操怕以后听不到这种美丽的声音，杀她之前一定还要先找好一个替代品。又《晋书》载：晋武帝的舅父王恺宴客，"有女伎吹笛小失声韵，恺便驱杀之"③，而座上客王敦却神色自若，像是什么都没发生一样。可见，这些歌伎的生命在他们眼中根本是无所谓的。北齐宗道在晋阳宴请宾客，中书舍人马士达只不过看着弹箜篌的女伎说了句："手甚纤素"，宗道就要把这个女伎送给马士达，被马士达拒绝之后，宗道居然"命家人将解其腕"，吓得马士达不得不要了。④

　　比一般女性艺人地位更为低下的，是北魏时期出现的"乐户"。《魏书·刑罚志》曰：

> 孝昌已后，天下淆乱，法令不恒，或宽或猛。及尔朱擅权，轻重肆意，在官者，多以深酷为能。至迁邺，京畿群盗颇起。有司奏立严制：诸强盗杀人者，首从皆斩，妻子同籍，配为乐户；其不杀人，及赃不满五匹，魁首斩，从者死，妻子亦为乐户；小盗赃满十匹已上，魁首死，妻子配驿，从者流。⑤

这里所谓的"乐户"，指的是把犯罪者的妻女或犯罪的妇女没入官府，隶属乐籍，充当官妓，供人娱乐。她们是世代相袭的贱民，但和其他女性艺

---

① （清）严可均校辑：《全上古三代秦汉三国六朝文》，中华书局1958年版，第1068页。
② "还"字，景宋本作"果"。余嘉锡撰：《世说新语笺疏》，中华书局1983年版，第886页。
③ 《晋书》卷九十八《王敦传》，中华书局1974年版，第2553页。
④ 《北齐书》卷二十二《卢文伟传》，中华书局1972年版，第322页。
⑤ 《魏书》卷一百一十一《刑罚志》，中华书局1974年版，第2888页。

人一样，也是古代歌诗艺术发展的重要力量。

综上所述，可以看出，在统治者眼中，歌伎存在的价值不过就是为了满足他们的娱乐需求。他们掌握着歌伎生杀予夺的大权，可以完全凭着自己的喜好随意地处置她们。而身为家伎的这些女性也就完全沦为统治者的娱乐工具，不仅毫无人身自由可言，就连生命都可以被随意剥夺，其悲惨景况不言自喻。

既然歌舞伎如同金钱一样也是财富的一种表现形式，那么，她们也就会像金钱一样被用来赏赐和馈赠。魏晋以来，女伎经常被皇帝或者其他权贵用来赏赐功臣或者用来作为达到自己目的的工具。夏侯惇征孙权还，曹操赐给他伎乐名倡，并且说："魏绛以和戎之功，犹受金石之乐，况将军乎！"① 王晏未达到个人弄权目的，"送女妓一人，欲与申好，慧晓不纳"②。侯景之乱时，为了抵御侯景的攻城，台城内发出的奖赏是"有能斩景首，授以景位，并钱一亿万，布绢各万匹，女乐二部"③。王冲"求解南郡，以让王僧辩，并献女妓十人，以助军赏"④。北齐段韶留守晋阳，等到高澄回来之后，"赐女乐十数人，金十斤，缯帛称是，封长乐郡公"⑤。宇文孝伯居守城池，被认有战功，于是被宇文邕"加授大将军，进爵广陵郡公，邑三千户，并赐金帛及女妓等"⑥。因有战功而被皇帝赐予女乐的事情在史书中并不鲜见。由此可知，这些歌伎实际上就如同官位财宝一样，是被用来犒赏军功的，她们根本无法拥有人身自由，只是被用作赏赐的礼物。

此外，出于对财富权势的无尽追求，这些女子还经常成为被权贵争夺的对象，而争夺到最后，往往就是以这些女子的悲剧下场为结局的。

《晋书》记载："崇有妓曰绿珠，美而艳，善吹笛"。孙秀让人向石崇索要，石崇回答："绿珠吾所爱，不可得也。"遭到拒绝的孙秀设计陷害了石崇。石崇对绿珠说"我今为尔得罪"，绿珠于是坠楼而死。⑦ 与此相似的还

---

① 《三国志》卷九《魏书·夏侯惇传》，中华书局 1959 年版，第 268 页。
② 《南齐书》卷四十六《陆慧晓传》，中华书局 1972 年版，第 806 页。
③ 《南史》卷八十《侯景传》，中华书局 1975 年版，第 2000 页。
④ 《陈书》卷十七《王冲传》，中华书局 1972 年版，第 236 页。
⑤ 《北齐书》卷十六《段韶传》，中华书局 1972 年版，第 209 页。
⑥ 《周书》卷四十《宇文孝伯传》，中华书局 1971 年版，第 717 页。
⑦ 《晋书》卷三十三《石崇传》，中华书局 1974 年版，第 1008 页。

有南朝宋的到撝有一个爱伎，名叫陈玉珠，宋明帝"遣求不与，逼夺之，撝颇怨，帝令有司诬奏，将杀之"。到撝最后虽被免死，但入狱后"数宿须鬓皆白"。史书中虽未提到这位陈玉珠最后的命运如何，但料想不会太好。[①]又庐江何恢有妓张耀华"美而有宠"，阮佃夫见到后，就不断向何恢提出要这个女子。然而何恢坚决不答应，说："恢可得，此人不可得也。"阮佃夫生气地离开，撂下一句"惜指失掌邪？""遂讽有司以公事弹恢"。[②] 王延爱妾荆氏有音伎，王延死后，尚未入殓，刘舆就急着把那个女子抢过来，可还没动手呢，"又为太傅从事中郎王俊所争夺"[③]。这种对歌伎舞姬的争夺实质上并不是出于争夺双方对某个女子的特别中意或者喜欢，而是他们出于身份权势的一种较量，较量的结果必然会导致一方的失败甚至还可能为此付出生命的代价。从这点来说，对歌舞艺人的争夺其实是统治阶级内部争斗的一种体现，争斗的结果也往往是这些可怜的女子成为无辜的牺牲品。

第二节　史籍中所见之女性艺人

歌诗的繁荣离不开歌舞艺人的参与，但是因为这些女性艺人地位卑微，所以史籍中很少能看到关于她们的详细记载。至于提到姓名的人更加屈指可数。这些女性艺人有的名姓俱存，有的有姓无名，还有的则是名姓皆无。即使提到名姓的人，记载也大多非常简略，有的甚至一笔带过。但是，即便只是一些只言片语的介绍，也足以使得后人想见她们的风采和光华。她们凭借出色的才艺，在歌诗历史上占据了一席之地。现就史籍所见之女性艺人略述如下。

宋容华　宋容华以善唱但歌而闻名。"容华"，应该不是这个女子的名字，而是一种封号。[④] 南朝人诗中常将她写成一位美女，如梁朝王僧孺的

---

① 《南史》卷二十五《到撝传》，中华书局 1975 年版，第 676 页。

② 《南史》卷七十七《阮佃夫传》中华书局 1975 年版，第 1922 页。

③ 《晋书》卷六十二《刘舆传》，中华书局 1974 年版，第 1692 页。

④ 《三国志》卷五《魏志·后妃传》曰："魏因汉法，母后之号，皆如旧制，自夫人以下，世有增损。太祖建国，始命王后，其下五等：有夫人，有昭仪，有倢伃，有容华，有美人。……容华视真二千石。"中华书局 1959 年版，第 155—156 页。

《在王晋安酒席数韵》中云："窈窕宋容华，但歌有清曲。"① "但歌，四曲，出自汉世。无弦节，作伎最先唱，一人唱，三人和。魏武帝尤好之。"而这个宋容华，"清彻好声，善唱此曲，当时之特妙"。可惜的是，但曲"自晋以来不复传，遂绝"②。

卢女　魏武帝曹操时期的宫女，擅长鼓琴唱歌，能传琴曲《雉朝飞》。关于此女，史书上的记载虽然简短，但还是较为详细的。崔豹《古今注》卷中《音乐》中记："魏武帝宫人有卢女者，故冠军将军阴叔之妹。年七岁，入汉宫，学鼓琴，琴特鸣，异于诸妓，善为新声，能传此曲（《雉朝飞》）。卢女至明帝崩后放出，嫁为尹更生之妻"③。

绛树　绛树，因为技艺超群成为古代歌舞艺人的一个代名词。曹丕的《答繁钦书》云："今之妙舞，莫巧于绛树；清歌，莫善于宋腾。"④ 从这段话可以看出，第一，绛树所处时代大概与曹丕相近；第二，绛树是以舞见长的，而同时代的宋腾则是以歌成名的。而南朝陈代徐陵有诗曰："碧玉宫妓自翩妍，绛树新声最可怜。"⑤ 戚蓼生的《石头记序》曰："绛树两歌，一声在喉，一声在鼻。"⑥ 也就是说，绛树在表演的时候，能够同时唱出两支歌，一声在喉，一声在鼻，两个人同时听，也不会混乱。可见，徐陵和后来戚蓼生的笔下的绛树又是善歌的。到底舞艺出众的绛树和独创新声的绛树二者是否为同一人，现在却没有一个明确的说法。但不管怎样，"绛树"都是历史上曾经存在的一个杰出的女性艺人。

孙琐　曹丕还在《答繁钦书》中提到了一个叫孙琐的女孩子。"年始九岁，梦与神通，寤而悲吟，哀声急切，涉历六载，于今十五。"有一次宴会上，曹丕听了众伎的演唱之后，觉得欢情未逞，于是就将孙琐请了出来。

　　须臾而至，厥状甚美，素颜玄发，皓齿丹唇。详而问之，云善歌

---

① （陈）徐陵编，（清）吴兆宜注：《玉台新咏》卷六，中华书局1985年版，第241页。

② 《晋书》卷二十三《乐志下》，中华书局1974年版，第716页。

③ （晋）崔豹：《古今注》卷中《音乐第三》，中华书局影印本，第9页。

④ （清）严可均校辑：《全上古三代秦汉三国六朝文》，中华书局1958年版，第1088页。

⑤ （陈）徐陵：《杂曲》，逯钦立辑校：《先秦汉魏晋南北朝诗》，中华书局1983年版，第2527页。

⑥ （清）曹雪芹：《戚蓼生序本石头记》，人民文学出版社1975年版。

舞，于是振袂徐进，扬蛾微眺，芳声清激，逸足横集，众倡腾游，群宾失席。然后修容饰妆，改曲变度，激清角，扬白雪，接孤声，赴危节。于是商风振条，春鹰度吟，飞雾成霜，斯可谓声协钟石，气应风律，网罗韶濩，囊括郑卫者也。①

于是这个女孩子也终于被"练色知声"的曹丕"谨卜良日，纳之闲房"了。

绿珠　《晋书·石崇传》记载："崇有妓曰绿珠，美而艳，善吹笛。"孙秀让人向石崇索要，石崇回答："绿珠吾所爱，不可得也。"再三索要不得后，孙秀便设计陷害了石崇。石崇对绿珠说："我今为尔得罪"。绿珠哭着回答"当效死于官前"。于是坠楼而死。②　其实，绿珠不过是个导火索，石崇也明白自己遭祸的原因其实并不在这个柔弱的女子身上，而是"奴辈利吾家财"。他的那句"我今为尔得罪"倒真是逼死绿珠的利刃。今存石崇的《王明君》歌诗，即为绿珠配舞所作新歌。《古今乐录》载："《明君》歌舞者，晋太康中季伦所作也"③。《旧唐书·音乐志》载"晋石崇妓绿珠善舞，以此曲（昭君曲）教之，而自制新歌"④。此外，绿珠自己也有歌诗传世，《乐府诗集》卷四十六引《古今乐录》曰："《懊侬歌》者，晋石崇绿珠所作，唯'丝布涩难缝'一曲而已。"⑤ 传为绿珠所作的这首歌云："丝布涩难缝，令侬十指穿，黄牛细犊车，游戏出孟津"。

翔风⑥　石崇家中有很多的妻妾歌伎，除了上面提到的绿珠之外，还有一个叫翔风的女子，长得非常漂亮，"特以姿态见美"，"最以文辞擅爱"。石崇曾对她说："吾百年之后，当指白日，以汝为殉。"而翔风则回答："生爱死离，不如无爱，妾得为殉，身其何朽！"石崇则称："使翔风调玉以付工人，为倒龙之佩，紫金为凤冠之钗，言刻玉为倒龙之势，铸金钗象凤皇之冠。结袖绕楹而舞，昼夜相接，谓之'恒舞'"。因为翔风特别受到石崇的

---

① （清）严可均校辑：《全上古三代秦汉三国六朝文》，中华书局1958年版，第1088页。
② 《晋书》卷三十三《石崇传》，中华书局1974年版，第1008页。
③ （宋）郭茂倩编：《乐府诗集》卷二十九《相和歌辞四》，中华书局1979年版，第425页。
④ 《旧唐书》卷二十九《音乐志二》，中华书局1975年版，第1063页。
⑤ （宋）郭茂倩编：《乐府诗集》卷四十六《清商曲辞三》，中华书局1979年版，第667页。
⑥ 《拾遗记》作"翔风"，《绀珠集》八、《太平广记》二七二作"翾风"。

宠爱，所以招致其他女子的妒忌，经常在石崇面前诋毁她，终于，石崇听信了那些人的话，渐渐冷落了翔风。翔风怀怨作了一首五言诗："春华谁不美，卒伤秋落时。突烟还自低，鄙退岂所期！桂芳徒自蠹，失爱在娥眉。坐见芳时歇，憔悴空自嗤！""石氏房中并歌此为乐曲，至晋末乃止。"①

宋祎 《艺文类聚》卷四十四"乐部"引《俗说》记载了晋朝最著名的笛子演奏者宋祎。宋祎是石崇伎绿珠的弟子，"有国色，善吹笛。后在晋明帝宫，帝疾患危笃，群臣进谏，请出宋祎，时朝贤悉见，帝曰：卿诸人谁欲得者，众人无言，阮遥集时为吏部尚书，对曰：愿以赐臣，即与之"②。晋明帝在群臣面前询问谁想得到宋祎，而阮孚敢回答说自己想要，晋明帝就痛快地把宋祎赐给了他。表面上似乎是晋明帝在临死之前要为自己喜欢的人找一个归宿，而实际上却是把宋祎随意就赐给臣下，作为宫伎的女子是根本没有地位可言的。

阿妃 晋代还有一个演奏笛子十分出色的女子阿妃。《艺文类聚》卷四十四《乐部》引《俗说》载："谢仁祖妾阿妃，有国色，甚善吹笛。谢死，阿妃誓不嫁。郗昙时为北中郎，设权计，遂得阿妃为妾。阿妃终身不与昙言。"③《晋书·谢尚传》记载谢尚："善音乐，博综众艺"④。"江表有钟石之乐，自尚始也。"⑤ 也许正是因为谢尚与阿妃之间趣味相投，二人互相引为知音，所以阿妃在谢尚死后才会发誓终身不嫁，及至后来无奈被逼为郗昙的妾，却终生不对他说一句话。

刘妙容 《乐府诗集》卷六十《琴曲歌辞四》记载有晋代刘妙容所作的《宛转歌》两首。并引《续齐谐记》曰：

　　晋有王敬伯者，会稽余姚人。少好学，善鼓琴。年十八，仕于东宫，为卫佐。休假还乡，过吴，维舟中渚。登亭望月，怅然有怀，乃倚

① （晋）王嘉撰：《拾遗记》卷九，中华书局1981年版，第214—215页。
② （唐）欧阳询撰，汪绍楹校：《艺文类聚》卷四十四《乐部四》，上海古籍出版社1982年新1版，第794页。
③ （唐）欧阳询撰，汪绍楹校：《艺文类聚》卷四十四《乐部四》，上海古籍出版社1982年新1版，第794页。
④ 《晋书》卷七十九《谢尚传》，中华书局1974年版，第2069页。
⑤ 《晋书》卷七十九《谢尚传》，中华书局1974年版，第2071页。

琴歌《泫露》之诗。俄闻户外有嗟赏声，见一女子，雅有容色，谓敬伯曰："女郎悦君之琴，愿共抚之"。敬伯许焉。既而女郎至，姿质婉丽，绰有余态，从以二少女，一则向先至者。女郎乃抚琴挥弦，调韵哀雅，类今之登歌，曰："古所谓《楚明君》也，唯嵇叔夜能为此声，自兹已来，传习数人而已"。复鼓琴，歌《迟风》之词，因叹息久之。乃命大婢酌酒，小婢弹箜篌，作《宛转歌》。女郎脱头上金钗，扣琴弦而和之，意韵繁谐，歌凡八曲。敬伯唯忆二曲。将去，留锦卧具、绣香囊，并佩一双，以遗敬伯。敬伯报以牙火笼、玉琴轸。女郎怅然不忍别，且曰："深闺独处，十有六年矣。邂逅旅馆，尽平生之志，盖冥契，非人事也。"言竟便去。敬伯船至虎牢戍，吴令刘惠明者，有爱女早世，舟中亡卧具，于敬伯船获焉。敬伯具以告，果于帐中得火笼、琴轸。女郎名妙容，字雅华，大婢名春条，年二十许，小婢名桃枝，年十五，皆善弹箜篌及《宛转歌》，相继俱卒。①

据此，刘妙容所歌《宛转曲》应为八曲，王敬伯只记得如下两曲：

月既明，西轩琴复清。寸心斗酒争芳夜，千秋万岁同一情。歌宛转，宛转凄以哀。愿为星与汉，光影共徘徊。
悲且伤，参差泪成行。低红掩翠方无色，金徽玉轸为谁锵。歌宛转，宛转情复悲。愿为烟与雾，氤氲对容姿。②

《乐府诗集》所引王敬伯故事不见于今本《拾遗记》。故事中的刘妙容善鼓琴，其大婢春条、小婢桃枝善弹箜篌。《宛转歌》八曲应是歌唱加伴奏，虽然不清楚歌辞是刘妙容自作还是另有作者，但这三位女子均具备较高的音乐和歌唱才能却是可以肯定的，尽管在故事中她们都是以鬼魂的形象出现的。

谢芳姿　《乐府诗集》卷四十五引《古今乐录》曰：

---

① （宋）郭茂倩编：《乐府诗集》卷六十《琴曲歌辞四》，中华书局1979年版，第872—873页。
② （宋）郭茂倩编：《乐府诗集》卷六十《琴曲歌辞四》，中华书局1979年版，第873页。

《团扇郎歌》者，晋中书令王珉，捉白团扇与嫂婢谢芳姿有爱，情好甚笃。嫂捶挞婢过苦，王东亭闻而止之。芳姿素善歌，嫂令歌一曲，当赦之。应声歌曰："白团扇，辛苦五流连，是郎眼所见。"珉闻，更问之："汝歌何遗？"芳姿即改云："白团扇，憔悴非昔容，羞与郎相见。"后人因而歌之。①

《宋书·乐志一》亦载："《团扇歌》者，晋中书令王珉与嫂婢有情，爱好甚笃，嫂捶挞婢过苦，婢素善歌，而珉好捉白团扇，故制此歌。"② 在很短的时间内，谢芳姿就能作出一首诗并且唱出来，不能不说她的艺术素养是非常高的。

桃叶　《乐府诗集》卷四十五《清商曲辞》二《吴声歌曲》引《古今乐录》曰："《桃叶歌》者，晋王子敬之所作也。桃叶，子敬妾名，缘于笃爱，所以歌之。"③《隋书·五行志》曰："陈时，江南盛歌王献之《桃叶》之词曰：'桃叶复桃叶，渡江不用楫。但渡无所苦，我自迎接汝。'"④ 另外两首诗为：

> 桃叶映红花，无风自婀娜。春花映何限，感郎独采我。
> 桃叶复桃叶，桃树连桃根。相怜两乐事，独使我殷勤。

逯钦立辑校的《先秦汉魏晋南北朝诗》里收有桃叶的《团扇郎》一首，诗曰："手中白团扇，净如秋团月。清风任动生，娇声任意发。"⑤ 另《玉台新咏》卷十收桃叶《答王团扇歌三首》（《乐府诗集》卷四十五作无名氏辞）：

> 七宝画团扇，粲烂明月光。与郎却喧暑，相忆莫相忘。
> 青青林中竹，可作白团扇。动摇郎玉手，因风托方便。

---

① （宋）郭茂倩编：《乐府诗集》卷四十五《清商曲辞二》，中华书局 1979 年版，第 660 页。

② 《宋书》卷十九《乐志一》，中华书局 1974 年版，第 550 页。

③ （宋）郭茂倩编：《乐府诗集》卷四十五《清商曲辞二》，中华书局 1979 年版，第 664 页。

④ 《隋书》卷二十二《五行志上》，中华书局 1973 年版，第 637 页。

⑤ 逯钦立辑校：《先秦汉魏晋南北朝诗》，中华书局 1983 年版，第 904—905 页。《乐府诗集》卷四十五、《玉台新咏》卷十作梁武帝辞。

团扇复团扇，持许自障面。憔悴无复理，羞与郎相见。①

子夜 《晋书·乐志》载："《子夜歌》者，女子名子夜，造此声。孝武太元中，琅邪王轲之家有鬼歌《子夜》，则子夜是此时以前人也"②。《旧唐书·音乐志》载："《子夜》，晋曲也。晋有女子夜造此声，声过哀苦，晋日常有鬼歌之。"③ 又《宋书·乐志》载"《子夜歌》者，有女子名子夜，造此声。晋孝武太元中，琅邪王轲之家有鬼歌《子夜》。殷允为豫章时，豫章侨人庾僧度家亦有鬼歌《子夜》。殷允为豫章，亦是太元中，则子夜是此时以前人也"④。《子夜歌》，吴声歌曲名，是晋代一名叫作子夜的女子所作，现存晋、宋、齐三代歌词四十余首，多写男女恋情。《乐府解题》曰："后人更为四时行乐之词，谓之《子夜四时歌》。又有《大子夜歌》《子夜警歌》《子夜变歌》，皆曲之变也。"⑤

莫愁 《旧唐书·音乐志》载："《莫愁乐》，出于《石城乐》。石城有女子名莫愁，善歌谣。《石城乐》和中复有'莫愁'声，故歌云：'莫愁在何处？莫愁石城西。艇子打两桨，催送莫愁来'。"⑥ 郭茂倩引《古今乐录》曰："《莫愁乐》亦云蛮乐，旧舞十六人，梁八人"。《乐府解题》曰："古歌亦有《莫愁》，《洛阳女》，与此不同。"⑦ 关于《乐府解题》中提到的洛阳女，梁武帝有"河中之水向东流，洛阳女儿名莫愁"句，这与石城莫愁应该是两个人。对此，谭正璧指出，后人认为洛阳莫愁是梁代人，石城莫愁是唐代人，是"因为依据了所从出的书籍的年代而误"，他推断，"《石城乐》为宋臧质所作，则莫愁至早当在宋以后。《古今乐录》云：'《莫愁乐》亦云《蛮乐》，旧舞十六人，梁八人。'据此，则莫愁至晚不会在梁以后"⑧。

碧玉 郭茂倩《乐府诗集》引《乐苑》曰："《碧玉歌》者，宋汝南王

---

① （陈）徐陵编，（清）吴兆宜注：《玉台新咏笺注》，中华书局1985年版，第472页。
② 《晋书》卷二十三《乐志下》，中华书局1974年版，第716页。
③ 《旧唐书》卷二十九《音乐志二》，中华书局1975年版，第1064页。
④ 《宋书》卷十九《乐志一》，中华书局1974年版，第549页。
⑤ （宋）郭茂倩编：《乐府诗集》卷四十四《清商曲辞一》，中华书局1979年版，第641页。
⑥ 《旧唐书》卷二十九《音乐志二》，中华书局1975年版，第1065页。
⑦ （宋）郭茂倩编：《乐府诗集》卷四十八《清商曲辞五》，中华书局1979年版，第698页。
⑧ 谭正璧：《中国女性文学史话》，百花文艺出版社1991年版，第89页。

所作也。碧玉，汝南王妾名。以宠爱之甚，所以歌之。"①《碧玉歌》是南朝乐府，属清商曲。《乐府诗集》共收《碧玉歌》六首，除了其中的一首是唐代的李暇所作，其余五首均无作者。但在这五首歌中，其中"碧玉小家女，不敢攀贵德。感郎千金意，惭无倾城色""碧玉破瓜时，相为情颠倒。感郎不羞郎，回身就郎抱"两首又见于《玉台新咏》卷十，题为《情人碧玉歌》，孙绰作。王运熙先生认为碧玉应该是东晋汝南王司马义之妾，因长于歌舞，被司马义所宠幸。②因为碧玉出众的歌舞技艺，所以后世经常用她来代指出色的歌舞艺人。谢朓《赠王主簿》曰："清吹要碧玉，调弦命绿珠。"徐陵《杂曲》也有"碧玉宫妓自翩妍，绛树新声自可怜"的诗句。

王金珠 王金珠是《乐府诗集》中有明确记载的为数不多的女性诗人之一，相对其他女性来说，她的作品数量是最多的。《乐府诗集》卷四十四《清商曲辞一》载：

> 吴声十曲：一曰《子夜》，二曰《上柱》，三曰《凤将雏》，四曰《上声》，五曰《欢闻》，六曰《欢闻变》，七曰《前溪》，八曰《阿子》，九曰《丁督护》，十曰《团扇郎》，并梁所用曲。《凤将雏》以上三曲，古有歌，自汉至梁不改，今不传。上声以下七曲，内人包明月制舞《前溪》一曲，余并王金珠所制也。③

《乐府诗集》中共著录王金珠《子夜四时歌八首》《子夜变歌》《上声歌》《欢闻歌》《欢闻变歌》《阿子歌》《丁督护歌》等十四首。但是有些诗如《上声歌》（"花色过桃杏，名称重金琼。名歌非《下里》，含笑作《上声》。"）《欢闻歌》（"艳艳金楼女，心如玉池莲。持底报郎恩，俱期游梵天。"）《欢闻变歌》（"南有相思木，合影复同心。游女不可求，谁能识得音。"）等，在《玉台新咏》中列在梁武帝名下。而《团扇郎》一首（"手中白团扇，净如秋团月。清风任动生，娇声任意发。"）在《乐府诗集》卷四十五也被列为梁武帝作品。另《团扇郎》"团扇复团扇，持许自障面。憔

① （宋）郭茂倩编：《乐府诗集》卷四十五《清商曲辞二》，中华书局1979年版，第663页。
② 王运熙：《乐府诗述论》，上海古籍出版社1996年版，第65—68页。
③ （宋）郭茂倩编：《乐府诗集》卷四十四《清商曲辞一》，中华书局1979年版，第640页。

悴无复理，羞与郎相见"，在《乐府诗集》卷四十五作无名氏辞，在《玉台新咏》中作桃叶《答王团扇歌》，但《全梁诗》列在王金珠名下。

包明月 《乐府诗集》卷四十四《清商曲辞一》载"吴声十曲……内人包明月制舞《前溪》一曲"[①]，《宋书·乐志》曰："《前溪歌》者，晋车骑将军沈充所制"[②]。郗昂《乐府解题》曰："《前溪》，舞曲也。"[③] 史书中对包明月记载极少，《乐府诗集》卷四十五《清商曲辞二》里收录了一首她的《前溪歌》："当曙与未曙，百鸟啼窗前，独眠抱被叹。忆我怀中侬，单情何时双。"[④]

苏小小 《乐府诗集》卷八十五《杂歌谣辞三》引《乐府广题》曰："苏小小，钱塘名倡也，盖南齐时人。西陵在钱塘江之西，歌云'西陵松柏下'是也。"诗云："我乘油壁车，郎乘青骢马。何处结同心，西陵松柏下。"[⑤] 后世文人墨客似乎对这位女子特别情有独钟，有许多文学作品是歌咏这位女子的。《乐府诗集》中收《苏小小歌》六首。其中，以唐代诗人李贺的《苏小小》诗最为著名。"幽兰露，如啼眼。无物结同心，烟花不堪剪。草如茵，松如盖。风为裳，水为佩。油壁车，久相待。冷翠烛，劳光彩。西陵下，风吹雨。"[⑥]

朝云 朝云是北魏河间王元琛家的歌伎，"善吹篪，能为团扇歌、陇上声"。元琛当秦州刺史的时候，羌族叛乱，元琛屡次征讨都没有办法让他们投降。于是，就让朝云假扮成贫苦的老妇人，一边吹篪，一边乞讨。那些羌人听到朝云的音乐之后，都忍不住流泪说："何为弃坟井，在山谷为寇也？"于是纷纷投降。秦州人流传："快马健儿，不如老妪吹篪。"[⑦] 可见，音乐的力量是多么强大，而朝云高超的音乐才能也通过这件事得到了充分的体现。

徐月华 北魏孝文帝之弟高阳王元雍有美人徐月华，"善弹箜篌，能为《明妃出塞》之曲歌，闻者莫不动容"。元雍死后，徐月华成为卫将军原士

---

① （宋）郭茂倩编：《乐府诗集》卷四十四《清商曲辞一》，中华书局 1979 年版，第 640 页。

② 《宋书》卷十九《乐志一》，中华书局 1974 年版，第 549 页。

③ （宋）郭茂倩编：《乐府诗集》卷四十五《清商曲辞二》，中华书局 1979 年版，第 657—658 页。

④ （宋）郭茂倩编：《乐府诗集》卷四十五《清商曲辞二》，中华书局 1979 年版，第 658 页。

⑤ （宋）郭茂倩编：《乐府诗集》卷八十五《杂歌谣辞三》，中华书局 1979 年版，第 1203 页。

⑥ （宋）郭茂倩编：《乐府诗集》卷八十五《杂歌谣辞三》，中华书局 1979 年版，第 1203 页。

⑦ （北魏）杨衒之撰，周祖谟校释：《洛阳伽蓝记校释》，中华书局 1963 年版，第 164 页。

康的侧室。徐"鼓箜篌而歌，哀声入云，行路听者，俄而成市"。徐月华经常对原士康说高阳王元雍曾经有两个美姬，一个叫修容，一个叫艳姿，蛾眉皓齿，容貌倾城。"修容亦能为《绿水歌》，艳姿善为《火凤舞》。"原士康听后，就经常让徐月华演奏《绿水》《火凤》这两首曲子。周祖谟校释本此句下有小注曰："绿水歌，大典作渌水歌。"《绿水》当即《渌水歌》。①《明妃出塞》是晋石崇所作，《绿水》当为蔡邕的作品。②

冯小怜　北齐后主高纬有一个宠爱的妃子，名字叫作冯小怜，"慧而有色，能弹琵琶，尤工歌舞"。高纬对她非常宠爱，封她为淑妃。"选彩女数千，为之羽从，一女之饰，动费千金。"③"坐则同席，出则并马，愿得生死一处。"④史书关于冯小怜的歌舞技艺的记载非常少，但关于她红颜误国的事情倒是写得很多。高纬死后，冯小怜为北周皇帝的弟弟宇文达所得。一日，她弹琵琶的时候，弦断了，感慨作诗"虽蒙今日宠，犹忆昔时怜。欲知心断绝，应看胶上弦"⑤。不久宇文达被杨坚所杀，她又作了武将李询的偏房，"著布裙配舂"，境遇悲惨，最后终因不堪忍受折磨，被逼自杀。唐代李商隐曾写《北齐》诗：

　　一笑相倾国便亡，何劳荆棘始堪伤。小怜玉体横陈夜，已报周师入晋阳。（其一）
　　巧笑知堪敌万机，倾城最在著戎衣。晋阳已陷休回顾，更请君王猎一围。（其二）⑥

除了上述技艺出众、影响广泛的女性艺人之外，还有一些女性艺人散见于史书中，如：

---

　　① （北魏）杨衒之撰，周祖谟校释：《洛阳伽蓝记校释》，中华书局1963年版，第139—140页。
　　② （宋）郭茂倩编：《乐府诗集》卷五十九《琴曲歌辞三》载："'蔡氏五弄'，《琴历》曰：琴曲有'蔡氏五弄'。《琴集》曰：'五弄'：《游春》《渌水》《幽居》《坐愁》《秋思》，并宫调，蔡邕所作也。"中华书局1979年版，第855页。
　　③ 《隋书》卷二十三《五行志下》，中华书局1973年版，第657页。
　　④ 《北史》卷十四《后妃传下》，中华书局1974年版，第525页。
　　⑤ 《北史》卷十四《后妃传下》，中华书局1974年版，第526页。
　　⑥ （唐）李商隐，（清）冯浩笺注：《玉溪生诗集笺注》卷三，上海古籍出版社1979年版，第709页。

侃（羊侃）性豪侈，善音律，自造《采莲》《棹歌》两曲，甚有新致。姬妾侍列，穷极奢靡。有弹筝人陆太喜，著鹿角爪长七寸。舞人张净琬，腰围一尺六寸，时人咸推能掌中舞。又有孙荆玉，能反腰帖地，衔得席上玉簪。敕赉歌人王娥儿，东宫亦赉歌者屈偶之，并妙尽奇曲，一时无对。①

虽然史书对她们的名字只是简单地一笔带过，而且她们的歌舞技艺也并没有被详尽地描写，但是，从能被载入史册这一点来看，至少能够说明她们的歌舞技艺在当时是非常出色的。

第三节　歌诗中的女性题材

根据歌诗内容及其中女性的情感特征，大致可将歌诗的女性题材分为闺怨、宫怨、艳情、历史人物几类。

一、闺怨题材

《乐府诗集》卷四十四《清商曲辞》引《唐书·乐志》曰："《子夜歌》者，晋曲也。晋有女子名子夜，造此声，声过哀苦。"②值得注意的是，《子夜歌》中多用双关隐语，如"始欲识郎时，两心望如一。理丝入残机，何悟不成匹"③"自从别郎来，何日不咨嗟。黄檗郁成林，当奈苦心多"④"高山种芙蓉，复经黄檗坞。果得一莲时，流离婴辛苦"⑤等。诗作读来清新自然，情感抒发强烈直接，如"别后涕流连，相思情悲满。忆子腹糜烂，肝肠尺寸断"⑥"夜觉百思缠，忧叹涕流襟。徒怀倾筐情，郎谁明侬心"⑦。《乐府诗集》又引《乐府解题》曰："后人更为四时行乐之词，谓之《子夜

① 《梁书》卷三十九《羊侃传》，中华书局1973年版，第561页。
② （宋）郭茂倩编：《乐府诗集》卷四十四《清商曲辞一》，中华书局1979年版，第641页。
③ （宋）郭茂倩编：《乐府诗集》卷四十四《清商曲辞一》，中华书局1979年版，第641页。
④ （宋）郭茂倩编：《乐府诗集》卷四十四《清商曲辞一》，中华书局1979年版，第642页。
⑤ （宋）郭茂倩编：《乐府诗集》卷四十四《清商曲辞一》，中华书局1979年版，第642页。
⑥ （宋）郭茂倩编：《乐府诗集》卷四十四《清商曲辞一》，中华书局1979年版，第642页。
⑦ （宋）郭茂倩编：《乐府诗集》卷四十四《清商曲辞一》，中华书局1979年版，第643页。

四时歌》。又有《大子夜歌》《子夜警歌》《子夜变歌》，皆曲之变也。"①
《乐府诗集》中收《子夜歌》《子夜四时歌》及其变曲虽然数量很多，但内
容和所写情感大多相近，一般是叙述男女爱情，其中有男女相恋时的甜蜜欢
快，更多的还是女子的相思之苦。

《乐府诗集》卷六十八《杂曲歌辞·东飞伯劳歌》所收梁陈时期的作家
作品六首，所写内容情感大致类似，作家总是用几乎整首诗的篇幅来描写女
子的青春年少和美貌，但总又在结尾处流露出一丝光阴易逝、年华老去的隐
隐担心。如陈后主的《东飞伯劳歌》：

> 池侧鸳鸯春日莺，绿珠绛树相逢迎。谁家佳丽过淇上，翠钗绮袖波
> 中漾。雕轩绣户花恒发，珠帘玉砌移明月。年时二七犹未笄，转顾流眄
> 鬟鬓低。风飞蕊落将何故，可惜可怜空掷度。②

这种带有伤时感逝的忧生之嗟类的闺怨歌诗在《乐府诗集》中也并不
少见。"年少当及时，蹉跎日就老。若不信侬语，但看霜下草。"（《子夜
歌》)③ 或者在阳光明媚的春天，感慨春光短暂，如梁简文帝的《采桑》
"春色映空来，先发院边梅。细萍重叠长，新花历乱开。连珂往淇上，接轸
至丛台。丛台可怜妾，当窗望飞蝶。忌跌行衫领，熨斗成襦褶。寄语采桑
伴，讶今春日短。枝高攀不及，叶细笼难满"④。又或者在江中采摘芙蓉，
想到花开易落，感叹年华易逝，心生忧叹，如"叶卷珠难溜，花舒红易倾"
（吴均《采莲曲》)⑤。《乐府诗集》卷七十六《杂曲歌辞》曰："《携手曲》，
梁沈约所制也。《乐府解题》曰：'《携手曲》，言携手行乐，恐芳时不留，
君恩将歇也。'"诗云："舍辔下雕辂，更衣奉玉床。斜簪映秋水，开镜比春
妆。所畏红颜促，君恩不可长。鶏冠且容裔，岂吝桂枝亡。"⑥

① （宋）郭茂倩编：《乐府诗集》卷四十四《清商曲辞一》，中华书局 1979 年版，第 641 页。
② （宋）郭茂倩编：《乐府诗集》卷六十八《杂曲歌辞八》，中华书局 1979 年版，第 978—979 页。
③ （宋）郭茂倩编：《乐府诗集》卷四十四《清商曲辞一》，中华书局 1979 年版，第 642 页。
④ （宋）郭茂倩编：《乐府诗集》卷二十八《相和歌辞三》，中华书局 1979 年版，第 414 页。
⑤ （宋）郭茂倩编：《乐府诗集》卷五十《清商曲辞七》，中华书局 1979 年版，第 732 页。
⑥ （宋）郭茂倩编：《乐府诗集》卷七十六《杂曲歌辞十六》，中华书局 1979 年版，第 1068 页。

《乐府诗集》卷七十六《杂曲歌辞》云："《夜夜曲》，梁沈约所作也。"又《乐府解题》曰："《夜夜曲》，伤独处也。"① 《乐府诗集》共收梁、陈时期同题诗作三首，所写内容和表达情感大致类似，均为夜深人静，女子独守空闺，无人陪伴，于是黯然心伤。与之相似的乐府诗还有梁陶弘景的《寒夜怨》以及梁简文帝的《独处愁》，同收于《乐府诗集》卷七十六《杂曲歌辞》。

《乐府诗集》卷四十七《清商曲辞》解题引《唐书·乐志》曰：

> 《乌夜啼》者，宋临川王义庆所作也。元嘉十七年，徙彭城王义康于豫章。义庆时为江州，至镇，相见而哭。文帝闻而怪之，征还庆大惧，伎妾夜闻乌夜啼声，扣斋阁云："明日应有赦。"其年更为南兖州刺史，因此作歌。故其和云："夜夜望郎来，笼窗窗不开。"②

又引《古今乐录》曰："《乌夜啼》，旧舞十六人。"③ 后世所作《乌夜啼》所写内容多涉及男女离别之思，与王义庆所作相差甚远。如"辞家远行去，侬欢独离居。此日无啼音，裂帛作还书""远望千里烟，隐当在欢家。欲飞无两翅，当奈独思何？"再如"巴陵三江口，芦荻齐如麻。执手与欢别，痛切当奈何？"④ 至于后来简文帝等人的作品，也大多写"倡人怨独守，荡子游未归。忽闻生离曲，长夜泣罗衣"⑤ 此类情感。

《乐府诗集》卷四十一《相和歌辞·怨诗行》解题引《古今乐录》曰："《怨诗行》歌东阿王'明月照高楼'一篇。"⑥ 《乐府诗集》载魏曹植《怨诗行》"明月照高楼"一篇⑦，"晋乐所奏"。诗中写一丈夫出行十余载，留下妻子独自一人在家思念丈夫。"君为高山柏，妾为浊水泥"，"心中念故

① （宋）郭茂倩编：《乐府诗集》卷七十六《杂曲歌辞十六》，中华书局 1979 年版，第 1070 页。
② （宋）郭茂倩编：《乐府诗集》卷四十七《清商曲辞四》，中华书局 1979 年版，第 690 页。
③ （宋）郭茂倩编：《乐府诗集》卷四十七《清商曲辞四》，中华书局 1979 年版，第 690 页。
④ （宋）郭茂倩编：《乐府诗集》卷四十七《清商曲辞四》，中华书局 1979 年版，第 691 页。
⑤ （南朝梁）刘孝绰：《乌夜啼》，载（宋）郭茂倩编：《乐府诗集》卷四十七《清商曲辞四》，中华书局 1979 年版，第 692 页。
⑥ （宋）郭茂倩编：《乐府诗集》卷四十一《相和歌辞十六》，中华书局 1979 年版，第 610 页。
⑦ （宋）郭茂倩编：《乐府诗集》卷四十一《相和歌辞十六》，中华书局 1979 年版，第 610—611 页。

人，泪堕不能止"。女子希望化作东北风能够吹入丈夫的怀中，与丈夫团聚，但是"君怀常不开，贱妾当何依"，一种无奈与凄凉跃然纸上，平添了一份无法化解的寂寞和伤感。晋傅玄《怨歌行朝时篇》曰："昭昭朝时日，皎皎最明月。十五入君门，一别终华发"，诗中接着说："同心忽异离，旷如胡与越。"女子因此"纤弦感促柱，触之哀声发。情思如循环，忧来不可遏。""自伤命不遇，良辰永乖别。"① 虽然不能与自己的爱人白头偕老，可还是希望死后能够同穴。梁简文帝有《怨歌行》"十五颇有余"篇②，则描写了一个美可倾城的女子以谗见毁，寂寞无依的感伤。

二、宫怨题材

《长门怨》源于汉武帝和陈阿娇的故事。《乐府诗集》卷四十二《相和歌辞》解题引《乐府解题》曰：

> 《长门怨》者，为陈皇后作也。后退居长门宫，愁闷悲思，闻司马相如工文章，奉黄金百斤，令为解愁之辞。相如为作《长门赋》，帝见而伤之，复得亲幸。后人因其赋而为《长门怨》也。③

以《长门怨》为题的诗作在魏晋南北朝时期很少，《乐府诗集》只收柳恽与费昶两人的诗作，诗中用"金屋""长门"意象，所写亦为宫怨，到了唐代则出现了大量以此为题的诗篇。

《相和歌辞》中《楚调曲》所录《婕妤怨》出自班婕妤和汉成帝的故事。《乐府诗集》卷四十三引《乐府解题》曰：

> 《婕妤怨》者，为汉成帝班婕妤作也。婕妤，徐令彪之姑，况之女。美而能文，初为帝所宠爱。后幸赵飞燕姊弟，冠于后宫。婕妤自知

① （宋）郭茂倩编：《乐府诗集》卷四十二《相和歌辞十七》，中华书局1979年版，第617页。
② （宋）郭茂倩编：《乐府诗集》卷四十二《相和歌辞十七》，中华书局1979年版，第617—618页。
③ （宋）郭茂倩编：《乐府诗集》卷四十二《相和歌辞十七》，中华书局1979年版，第621页。

见薄，乃退居东宫，作赋及纨扇诗以自伤悼。后人伤之而为《婕妤怨》也。[①]

梁陈时期，特别是梁代以此为题的作品数量较多，而且诗中多用团扇典，所写乃失宠后妃心内之幽怨。

相和歌辞《楚妃叹》乃石崇所作。楚妃，即楚庄王的夫人，以贤德闻名。刘向在《列女传》中曾经记载过关于楚妃的两件事：一是楚庄王喜欢狩猎，楚妃进谏因没有被采纳，就不再吃禽兽之肉；二是楚妃提醒楚庄王虞丘子并非贤者，于是楚庄王启用孙叔敖，终成霸业。石崇的《楚妃叹》就是一首歌颂楚妃的歌诗，《乐府诗集》明确记载"晋乐所奏"。歌诗采用四言形式写成，气势磅礴，虽提及楚妃，并以《楚妃叹》为名，但看去更像是为楚庄王所作颂歌。而到了梁简文帝那里，《楚妃叹》里则是刻画了一个失去君王宠爱的妃子形象。

> 闺闲漏永永，漏长宵寂寂。草萤飞夜户，丝虫绕秋屋。薄笑未为欣，微叹还成戚。金簪鬓下垂，玉箸衣前滴。[②]

寂静长夜，冷清深宫里，滴漏陪伴着一个孤寂的女子度过一个又一个漫漫长夜。草萤飞户，丝虫绕壁，在这样让人感到压抑的环境里，独处的女子黯然神伤，"薄笑未为欣，微叹还成戚"，失宠妃子的形象呼之欲出。作者很好地将周遭环境和人物的情绪协调统一起来。环境烘托了人的情绪，而人的情感又借助身边的实物得以映照。两相呼应，相得益彰。

宫怨题材的作品在女性情感表现上区别于一般闺怨题材的作品，主要体现在生活在深宫中的女子一朝见弃，就沦落不复之地。帝王喜新厌旧，君恩说断就断，身处后宫的女子除了自伤身世之外，别无选择，所以她们只有"黄昏履綦绝，愁来空雨面"[③] 的绝望。同其他女性不同，她们对君王的依

---

① （宋）郭茂倩编：《乐府诗集》卷四十三《相和歌辞十八》，中华书局 1979 年版，第 626 页。

② （宋）郭茂倩编：《乐府诗集》卷二十九《相和歌辞四》，中华书局 1979 年版，第 436 页。

③ （晋）陆机：《班婕妤》，《乐府诗集》卷四十三《相和歌辞十八》，中华书局 1979 年版，第626 页。

赖通常并不是情感上的依恋，而是一种不得已的生存状态。同样是被弃，她们却不可能有"闻君有两意，故来相决绝"①的选择，这种彻底的绝望才是宫怨区别于一般的闺怨所在。

三、艳情题材

《乐府诗集》中还有一类歌诗内容相对单一，读来缺少真情实感，只是在诗中极尽描摹能事。例如《相和歌辞》中《艳歌行》题下所收录的以傅玄《艳歌行有女篇》为代表的几首歌诗，皆着力于描摹女子的容貌衣着行止，而且这些女子的身份大多为倡伎。另外，以《乌栖曲》为题的诗作也有类似特点。《乐府诗集》卷四十七清商曲辞引《乐府解题》曰："亦有《乌栖曲》，不知与此（《乌夜啼》）同否。"②从所写内容上来看，二者是有着相当差异的。《乌栖曲》题下所收梁简文帝、梁元帝及陈后主、徐陵等的作品，明显带有艳情色彩，所写内容也多涉倡伎，外在描摹居多，感情色彩浅淡。《乐府诗集》卷五十五《舞曲歌辞》中的《白纻舞歌诗》《白纻舞》《白纻曲》《白纻歌》等，大部分都是对表演歌舞的女子的素描，盛赞舞者体态之美丽和舞姿之轻柔。由于写作者大多都是以赏玩的姿态对女性进行描摹，故也将此归入艳情一类。此外，像《子夜歌》《读曲歌》题下都有相当数量的诗可以归入艳情诗的行列。比如"绿揽迮题锦，双裙今复开。已许腰中带，谁共解罗衣"（《子夜歌》）③"开窗秋月光，灭烛解罗裳。合笑帷幌里，举体兰蕙香"（《子夜四时歌·秋歌》）④"花钗芙蓉髻，双鬟如浮云。春风不知著，好来动罗裙"（《读曲歌》）⑤。

四、历史题材

歌诗中有一些故事体的歌诗，多以历史人物作为题材，歌诗的内容以讲述故事为主，作者个人情感几乎没有体现，这在歌诗中应该是比较特殊的

---

① 《古头吟·古辞》，载（宋）郭茂倩编：《乐府诗集》卷四十一《相和歌辞十六》，中华书局1979年版，第600页。

② （宋）郭茂倩编：《乐府诗集》卷四十七《清商曲辞四》，中华书局1979年版，第690—691页。

③ （宋）郭茂倩编：《乐府诗集》卷四十四《清商曲辞一》，中华书局1979年版，第642页。

④ （宋）郭茂倩编：《乐府诗集》卷四十四《清商曲辞一》，中华书局1979年版，第647页。

⑤ （宋）郭茂倩编：《乐府诗集》卷四十六《清商曲辞三》，中华书局1979年版，第671页。

一类。

《乐府诗集》卷二十八《相和歌辞三·陌上桑》解题曰：

> 《古今乐录》曰："《陌上桑》歌瑟调。古辞《艳歌罗敷行》《日出东南隅篇》。"崔豹《古今注》曰："《陌上桑》者，出秦氏女子。秦氏，邯郸人有女名罗敷，为邑人千乘王仁妻。王仁后为赵王家令。罗敷出采桑于陌上，赵王登台见而悦之，因置酒欲夺焉。罗敷巧弹筝，乃作《陌上桑》之歌以自明，赵王乃止。"《乐府解题》曰："古辞言罗敷采桑，为使君所邀，盛夸其夫为侍中郎以拒之。"①

后世出现了许多以《采桑》《艳歌行》《罗敷行》《日出东南隅行》《日出行》等为题的乐府诗，但其实写作的内容发生了很大的变化。有的只是选取了故事的某一段或者某一个侧面，如北魏高允的《罗敷行》只是把秦罗敷的外在美貌充分刻画出来，对此后故事的发展未作任何交代；有的已经远远偏离了《陌上桑》原题的旨意所在，如《乐府诗集》卷二十八所收陆机的《日出东南隅行》中，不仅看不到罗敷故事的影子，连罗敷的名字也没有出现，只是描述了一位女子美丽的容颜和优美的行止；还有的则只写了采桑女的离愁别绪，如吴均的《采桑》。真正把这个故事相对完整地表现出来的，只有傅玄的《艳歌行》。尽管萧涤非对傅玄《艳歌行》对汉乐府《陌上桑》所作的因袭模仿和拙劣改造作了批评，② 但《艳歌行》是出于表演的需要而产生的作品，并且"在西晋至盛唐的数百年间，《陌上桑》故事的表演也肯定是从未中断过的"③。

《王明君》，又称《王昭君》，是晋代石崇所作又由其妾绿珠表演的一首歌诗，讲述的是汉代王昭君出塞和亲的故事。《旧唐书·音乐志》载：

> 《明君》，汉元帝时，匈奴单于入朝，诏王嫱配之，即昭君也。及将去，入辞。光彩射人，耸动左右，天子悔焉。汉人怜其远嫁，为作此

歌。晋石崇妓绿珠善舞，以此曲教之，而自制新歌曰："我本汉家子，将适单于庭，昔为匣中玉，今为粪土英"。晋文王讳昭，故晋人谓之《明君》。此中朝旧曲，今为吴声，盖吴人传受讹变使然。①

郭茂倩《乐府诗集》卷二十九《相和歌辞四·王明君》解题曰：

　　《古今乐录》曰："《明君》歌舞者，晋太康中季伦所作也。王明君本名昭君，以触文帝讳，故晋人谓之明君。匈奴盛，请婚于汉，元帝以后宫良家子明君配焉。初，武帝以江都王建女细君为公主，嫁乌孙王昆莫，令琵琶马上作乐，以慰其道路之思，送明君亦然也。其造新之曲，多哀怨之声。晋、宋以来，《明君》止以弦隶少许为上舞而已。梁天监中，斯宣达为乐府令，与诸乐工以清商两相间弦为《明君》上舞，传之至今"。王僧虔《技录》云："《明君》有间弦及契注声，又有送声"。谢希逸《琴论》曰："平调《明君》三十六拍，胡笳《明君》三十六拍，清调《明君》十三拍，间弦《明君》九拍，蜀调《明君》十二拍，吴调《明君》十四拍，杜琼《明君》二十一拍，凡有七曲。"《琴集》曰："胡笳《明君》四弄，有上舞、下舞、上间弦、下间弦。《明君》三百余弄，其善者四焉。又胡笳《明君别》五弄，辞汉、跨鞍、望乡、奔云、入林是也。"②

　　可见，石崇所作之《王明君》是载歌载舞的一首歌诗。由于史书明确记载此诗为"晋石崇妓绿珠善舞，以此曲教之"，而诗又是以第一人称的口吻写作，开篇即是"我本汉家子，将适单于庭"，所以不难推断，绿珠是以王昭君的身份进行歌舞表演的。这首诗不仅叙述了远嫁的故事，更重要的是，对人物内心的刻画真实细腻。而第一人称的写作方式又使得整首诗的情感表达更加真挚感人。"仆御涕流离，辕马悲且鸣。哀郁伤五内，泣泪沾朱

　　①　《旧唐书》卷二十九《音乐志二》，中华书局 1975 年版，第 1063 页。
　　②　（宋）郭茂倩编：《乐府诗集》卷二十九《相和歌辞四》，中华书局 1979 年版，第 425—426 页。

缨。"① 不难想象，当绿珠舞蹈着唱出这样的诗句时，恍若王昭君已经伫立在眼前，向观者泣诉着一个女子远离故土亲人的悲伤和对自己命运倍感无助的凄凉。后世或以《明君词》《昭君叹》等为题，以唐代诗人居多。大多叙写王昭君身在异乡对家园的思念之情。

《乐府诗集》卷六十一《杂曲歌辞一·秦女休行》解题曰：

> 左延年辞，大略言女休为燕王妇，为宗报仇，杀人都市，虽被囚系，终以赦宥，得宽刑戮也。晋傅玄云"庞氏有烈妇"，亦言杀人报怨，以烈义称，与古辞义同而事异。②

在《秦女休行》题下所录两首诗，无论是左延年的"秦氏有好女，自名为女休"，还是傅玄的"庞氏有烈妇"写的都是一个女子复仇的故事。诗中所写的女子为报家仇明知杀人当死，依然毫不退缩，慷慨赴死。"百男何当益，不如一女良"（傅玄《秦女休行》），这种以女性为主人公的复仇故事虽然在历史上也不乏记载，但在歌诗中却是唯一的一例。

第四节　歌诗中的女性形象

歌诗中塑造了众多的女性形象。按照她们的身份和所处境遇，可以大致分为以下几个类型。

一、弃妇

古代社会，女子的地位低下，无论从经济地位还是从情感寄托上对男子都有着极强的依附心理。即使位及皇后，也仍然逃脱不了可能被丈夫抛弃的命运。弃妇诗早在《诗经》中就已出现，诗中多写弃妇痛苦哀伤之情，但如何处理这种情感，却因人而异。如在《谷风》和《氓》这两首比较典型的弃妇诗中，两个女子又有着不同的表现：一是在伤心之余对男性还存有留

① （晋）石崇：《王明君》，载（宋）郭茂倩编：《乐府诗集》卷二十九《相和歌辞四》，中华书局1979年版，第426页。
② （宋）郭茂倩编：《乐府诗集》卷六十一《杂曲歌辞一》，中华书局1979年版，第886页。

恋和寄予希望，盼望有一天丈夫能够念及旧情，回心转意；二是表现出直面现实的勇气，以强者的姿态出现，对丈夫的喜新厌旧加以怒斥，对婚姻不再抱任何幻想。在歌诗中这两种弃妇情感都有所体现。

《乐府诗集》卷三十五《相和歌辞·塘上行》引《邺都故事》说，魏文帝听信郭皇后的谗言，将甄皇后赐死。甄皇后临终前作诗曰：

> 蒲生我池中，绿叶何离离。岂无兼葭艾，与君生别离。莫以贤豪故，弃捐素所爱。莫以麻枲贱，弃捐菅与蒯。莫以鱼肉贱，弃捐葱与薤。①

《乐府诗集》引《歌录》曰："《塘上行》，古辞。或云甄皇后造。"② 又引《乐府解题》曰："前志云：晋乐奏魏武帝《蒲生篇》，而诸集录皆言其词文帝甄后所作，叹以谗诉见弃，犹幸得新好，不遗故恶焉。若晋陆机'江蓠生幽渚'，言妇人衰老失宠，行于塘上而为此歌，与古辞同意。"③《塘上行》说明了两种女子成为弃妇的原因：一种是女子因为丈夫听信谗言而被冷落乃至成为弃妇，以魏武帝的"蒲生我池中"为代表；另一种则是女子因为年老色衰而被男子所抛弃而成为弃妇，以陆机的"江蓠生幽渚"为代表。无论原因如何，二者的情感是有共通之处的，诗中都充满着女子被弃的悲伤：

> 念君去我时，独愁常苦悲。想见君颜色，感结伤心脾。念君常苦悲，夜夜不能寐。（"蒲生我池中"篇）④
> 四节逝不处，繁华难久鲜。淑气与时殒，余芳随风捐。（"江蓠生幽渚"篇）⑤

---

① （宋）郭茂倩编：《乐府诗集》卷三十五《相和歌辞十》，中华书局 1979 年版，第 521 页。
② （宋）郭茂倩编：《乐府诗集》卷三十五《相和歌辞十》，中华书局 1979 年版，第 521—522 页。
③ （宋）郭茂倩编：《乐府诗集》卷三十五《相和歌辞十》，中华书局 1979 年版，第 522 页。
④ 《塘上行》本辞，载（宋）郭茂倩编：《乐府诗集》卷三十五《相和歌辞十》，中华书局 1979 年版，第 521—522 页。按此诗旧题魏武帝作，前人多疑为武文帝甄后所作。
⑤ （晋）陆机：《塘上行》，载（宋）郭茂倩编：《乐府诗集》卷三十五《相和歌辞十》，中华书局 1979 年版，第 523 页。

尽管被弃，可诗中的女子并没有因此而对男子有所怨恨，相反，她们对男子还存有留恋和期待，甚至规劝自己的爱人，希望他们能够念旧情，不要与自己分开：

莫以豪贤故，弃捐素所爱。莫以鱼肉贱，弃捐葱与薤。（"蒲生我池中"篇）①

愿君广末光，照妾薄暮年。（"江蓠生幽渚"篇）②

《相和歌辞·楚调曲》中的《白头吟》，为卓文君所作。文君听说丈夫司马相如将另觅新欢，于是写了此诗，以表达决绝之意，故事见于《西京杂记》。这里出现了另外一种弃妇形象，即女性并不是以弱者的姿态出现，相反，当她们发现丈夫另有新欢，自己即将或者已经面临被遗弃的危险时，能够果断勇敢地面对现实，并且主动要与负心人相决绝。《乐府诗集》卷四十一《相和歌辞》引《乐府解题》曰："古辞云：'皑如山上雪，皎若云间月。'又云：'愿得一心人，白头不相离。'始言良人有两意，故来与之相决绝。"③《乐府诗集》有曰："一说云：《白头吟》疾人相知，以新间旧，不能至于白首，故以为名。"④

《清商曲辞·吴声歌曲》中的《懊侬歌》："我与欢相怜，约誓底言者。常欢负情人，郎今果成诈。"⑤描写的则是一名被弃的民间女子发现情人违背誓言后，并不是忍气吞声，向隅而泣，而是勇敢地站出来对负心的男子进行愤怒的声讨，这种敢爱敢恨的弃妇形象，在北朝歌诗中似更为常见。

二、思妇

思妇是歌诗中出现得最多的形象，诗人对思妇形象的刻画也最为生动，

---

① 《塘上行》，载（宋）郭茂倩编：《乐府诗集》卷三十五《相和歌辞十》，中华书局1979年版，第522页。

② （晋）陆机：《塘上行》，载（宋）郭茂倩编：《乐府诗集》卷三十五《相和歌辞十》，中华书局1979年版，第523页。

③ （宋）郭茂倩编：《乐府诗集》卷四十一《相和歌辞十六》，中华书局1979年版，第599页。

④ （宋）郭茂倩编：《乐府诗集》卷四十一《相和歌辞十六》，中华书局1979年版，第600页。

⑤ （宋）郭茂倩编：《乐府诗集》卷四十六《清商曲辞三》，中华书局1979年版，第668页。

情感表现上也更为细腻。

《燕歌行》是此类诗歌的代表。《乐府诗集》卷三十二《相和歌辞》引《乐府解题》曰："晋乐奏魏文帝'秋风''别日'二曲，言时序迁换，行役不归，妇人怨旷无所诉也。"《广题》曰："燕，地名也，言良人从役于燕，而为此曲。"①《乐府诗集》收曹丕所作《燕歌行》两首（"秋风萧瑟天气凉""别日何易会日难"），皆为"晋乐所奏"。相较之下，以"秋风萧瑟天气凉"一首为胜。不仅因为它是我国现存第一首成熟的七言诗，对后代歌行体诗的发展产生了重大的影响，诗作本身也是情思婉转，凄婉动人。整首诗描写了一个在萧瑟秋夜里的女子夜半无法入眠，想起淹留他方的丈夫，不觉忧从中来，泪下沾衣。本想弹琴解忧，谁知琴声哀怨，愈添相思。明月当空，星汉西流，独守空房的女子眼看天上同样分隔银河两岸的牵牛织女星，不禁感叹"尔独何辜限河梁？"后世诗人同题乐府也写思妇，但梁元帝之后的作品，已经把战争和女性联系在一起，以《燕歌行》专写征夫思妇的情感，而且女性情感在作品中所占比例有所下降。

《鼓吹曲辞》中之《有所思》，多诉男女分离的相思之情。《乐府诗集》卷十六《有所思》解题引《乐府解题》曰：

> 古词言："'有所思，乃在大海南。何用问遗君？双珠玳瑁簪。闻君有他心，烧之当风扬其灰。从今已往，勿复相思而与君绝'也。"②

齐梁时期诗人拟作的《有所思》，又有变化。如齐刘绘"别离安可再，而我更重之"、王融"如何有所思，而无相见时"③，只是叙写离情，性别角色不甚明确。而到了梁代，大多数乐府诗人在《有所思》中抒发的是男女之间的离愁别恨。如梁武帝之"谁言生离久，适意与君别"④，昭明太子"公子远于隔，乃在天一方"⑤ 等。在这些作品中，女子思念的对象有的是

---

① （宋）郭茂倩编：《乐府诗集》卷三十二《相和歌辞七》，中华书局 1979 年版，第 469 页。

② （宋）郭茂倩编：《乐府诗集》卷十六《鼓吹曲辞一》，中华书局 1979 年版，第 230 页。

③ （宋）郭茂倩编：《乐府诗集》卷十七《鼓吹曲辞二》，中华书局 1979 年版，第 250 页。

④ （宋）郭茂倩编：《乐府诗集》卷十七《鼓吹曲辞二》，中华书局 1979 年版，第 250 页。

⑤ （宋）郭茂倩编：《乐府诗集》卷十七《鼓吹曲辞二》，中华书局 1979 年版，第 251 页。

远戍边关的人，如顾野王之"贱妾有所思，良人久征戍"，张正见之"深闺久离别，积怨转生愁。徒思裂帛雁，空上望归楼。看花忆塞草，对月想边秋。相思日日度，泪脸年年流"①；有的则是辞家远出、羁旅忘返的男子，如王僧孺之"知君自荡子，奈妾亦倡家"②；有的则看不出具体的身份，也未透露男女分离的原因，如吴均"薄暮有所思，终持泪煎骨。春风惊我心，秋露伤君发"③、陈后主《有所思》（之三）等。

《横吹曲辞》中的《折杨柳》，多写女性对远戍征人的思念之情。《宋书·五行志》曰："（晋）太康末，京、洛始为《折杨柳》之歌，其曲始有兵革苦辛之词，终以禽获斩截之事。"④受此影响，梁陈时期的《折杨柳》，多同时抒写征人之苦与思妇之痛。如陈后主《折杨柳》曰：

> 杨柳动春情，倡园妾屡惊。入楼含粉色，依风杂管声。武昌识新种，官渡有残生。还将出塞曲，仍共胡笳鸣。⑤

梁简文帝、徐陵、张正见、江总等诗人的同题作品，也多与此相类。

《杂曲歌辞》中的《自君之出矣》，从宋至陈共有十五首。"汉徐幹有《室思诗》五章，其第三章曰：'自君之出矣，明镜暗不治。思君如流水，无有穷已时。'《自君之出矣》，盖起于此。齐虞羲亦谓之《思君去时行》。"⑥诗作以"自君之出矣"开头，接着描写女子眼中所见，心中所思，表现出女子对情人的思念之情。特别是陈后主所写的六首诗，以实物作比，如"思君若风影，来去不曾停"，"思君如昼烛，怀心不见明"，"思君若寒草，零落故心生"，"思君如落日，无有暂还时"，"思君如夜烛，垂泪著鸡鸣"，"思君如檗条，夜夜只交苦"⑦，将女子心中纠结难解的思念之情栩栩如生地刻画出来，让人印象深刻。

---

① （宋）郭茂倩编：《乐府诗集》卷十七《鼓吹曲辞二》，中华书局1979年版，第253页。
② （宋）郭茂倩编：《乐府诗集》卷十七《鼓吹曲辞二》，中华书局1979年版，第252页。
③ （宋）郭茂倩编：《乐府诗集》卷十七《鼓吹曲辞二》，中华书局1979年版，第252页。
④ 《宋书》卷三十一《五行志二》，中华书局1974年版，第914页。
⑤ （宋）郭茂倩编：《乐府诗集》卷二十二《横吹曲辞二》，中华书局1979年版，第329页。
⑥ （宋）郭茂倩编《乐府诗集》卷六十九《杂曲歌辞九》，中华书局1979年版，第987页。
⑦ （宋）郭茂倩编《乐府诗集》卷六十九《杂曲歌辞九》，中华书局1979年版，第989页。

《清商曲辞·吴声歌曲》中的《华山畿》，源于一个男女殉情的故事。《乐府诗集》卷四十六郭茂倩解题引《古今乐录》曰：

> 《华山畿》者，宋少帝时《懊恼》一曲，亦变曲也。少帝时，南徐一士子，从华山畿往云阳。见客舍有女子年十八九，悦之无因，遂感心疾。母问其故，具以启母。母为至华山寻访，见女具说闻感之因。脱蔽膝令母密置其席下卧之，当已。少日果差。忽举席见蔽膝而抱持，遂吞食而死。气欲绝，谓母曰："葬时车载，从华山度。"母从其意。比至女门，牛不肯前，打拍不动。女曰："且待须臾。"妆点沐浴，既而出。歌曰："华山畿，君既为侬死，独活为谁施？欢若见怜时，棺木为侬开。"棺应声开，女透入棺，家人叩打，无如之何，乃合葬，呼曰神女冢。[1]

《乐府诗集》中共收同题乐府二十五首，除上述《华山畿》一篇外，其余二十四首基本上写的是女子缱绻的情思和对情人的思念之情。

三、倡伎

魏晋以来，特别是齐梁时期，歌诗中的女主人公有很多是歌伎、舞姬等，这与当时倡伎数目众多，歌诗文化发达有着密切的关系。有的在诗中明确说明身份，比如，"知君自荡子，奈妾亦倡家"[2] "杨柳动春情，倡园妾屡惊"[3] "凌晨光景丽，倡女凤楼中"[4] "倡家高树乌欲栖，罗帷翠被任君低"[5] 等。还有的虽然没有在诗中点明身份，但是我们能够从作者的描写中猜出女子的

① （宋）郭茂倩编：《乐府诗集》卷四十六《清商曲辞三》，中华书局 1979 年版，第 669 页。

② （南朝梁）王僧孺：《有所思》，载（宋）郭茂倩编：《乐府诗集》卷十七《鼓吹曲辞二》，中华书局 1979 年版，第 252 页。

③ 陈后主：《折杨柳》，载（宋）郭茂倩编：《乐府诗集》卷二十二《横吹曲辞二》，中华书局 1979 年版，第 329 页。

④ 梁简文帝：《艳歌行》，载（宋）郭茂倩编：《乐府诗集》卷三十九《相和歌辞十四》，中华书局 1979 年版，第 580 页。

⑤ 梁简文帝：《乌栖曲》，载（宋）郭茂倩编：《乐府诗集》卷四十八《清商曲辞五》，中华书局 1979 年版，第 695 页。

身份，如"卖眼拂长袖，含笑留上客"①。

在以倡伎为女主人公的一些歌诗中，有一些诗因为表达直露，涉及男女之情，被归入宫体诗行列。比如"青骊暮当返，预使罗裾香"② "织成屏风金屈膝，朱唇玉面灯前出。相看气息望君怜，谁能含羞不自前"③ "含态眼语悬相解，翠带罗裙入为解"④。其实，细读这些作品，尽管诗中的确直接提及男女之情，但在表达上还是相对含蓄的，并没有达到所谓色情的地步。只能说这些作品中含有一些暗示意味。这种描写在很大程度上也是受了六朝民歌的影响。

从写作特点上来看，诗人往往喜欢对这些女子进行外在的描摹，如对她们容貌、身体、姿态、服饰等进行细致的刻画，如"氛氲兰麝体芳滑，容色玉耀眉如月"⑤ "仙仙徐动何盈盈，玉腕俱凝若云行。佳人举袖耀青蛾，掺掺擢手映鲜罗。状似明月泛云河，体如轻风动流波"⑥。但是对于情感则涉及很少。这就使得诗中的女性形象呈现出情感单薄的特点，虽然很美，但缺少了一份动人的力量。

此外，歌诗中还有一些女子形象，如《乐府诗集》卷四十八《清商曲辞》所录《采桑度》（一曰《采桑》），写的是女子采桑时的劳动场景。《乐府诗集》卷五十《清商曲辞》所录梁武帝所制西曲《江南弄》七首中，《采莲曲》所写为采莲女子，《凤笙曲》描摹一吹笙女子，《采菱曲》则刻画了一个采菱的女子。而织妇、捣衣女的形象也在乐府诗中时有出现。如"妖冶颜荡骀，景色复多媚。温风入南牖，织妇怀春意"（《子夜四时歌·春

① 梁武帝：《子夜四时歌·冬歌》，载（宋）郭茂倩编：《乐府诗集》卷四十四《清商曲辞一》，中华书局1979年版，第650页。
② 梁简文帝：《艳歌行》，载（宋）郭茂倩编：《乐府诗集》卷三十九《相和歌辞十四》，中华书局1979年版，第581页。
③ 梁简文帝：《乌栖曲》，载（宋）郭茂倩编：《乐府诗集》卷四十八《清商曲辞五》，中华书局1979年版，第695页。
④ 陈后主：《乌栖曲》，载（宋）郭茂倩编：《乐府诗集》卷四十八《清商曲辞五》，中华书局1979年版，第698页。
⑤ 梁武帝：《游女曲》，载（宋）郭茂倩编：《乐府诗集》卷五十《清商曲辞七》，中华书局1979年版，第728页。
⑥ （南朝宋）刘铄：《白纻曲》，载（宋）郭茂倩编：《乐府诗集》卷五十五《舞曲歌辞四》，中华书局1979年版，第800页。

歌》）①，"碧玉捣衣砧，七宝金莲杵。高举徐徐下，轻捣只为汝"。（《青阳度》）②。这类女性形象大多刻画简单，不够鲜明。

　　尽管题材各异，但是歌诗对女性形象或者情感世界的描摹上存在着一些共同的特点。首先，由于很多歌诗是为演出需要创作的，至少在创题之初是配乐演唱的，尽管后来有许多作品是借题成诗，后人已无从证实它们在当时是否也曾被表演过，但是也就是因为这个原因，不难发现，在同一题目下不同诗人创作的诗篇不仅题材大同小异，就连作品的风格都是非常相似的。后人很难从中发现作家个人的风格。

　　其次，歌诗中的女性其实是缺乏个性特征的，尽管我们可以根据她们身份或所处境遇的不同把她们归入不同的类别，她们或者为弃妇，或者为思妇，或者是采莲女，或者又是采桑女，但是，一旦进入到自己所属的群体，她们固然具备着区别于其他群体的群像特征，却在同一群体之内缺少自己的个性特征。我们很难从哪一个群体里找出一个具有鲜明特色的人物形象。究其原因，就是因为很多的人物形象其实都是雷同的，而她们的情感也是被赋予的，所以她们的形象也就必然是类型化的。

　　就作家对女性形象的处理来看，也有着共同的特征。比如她们通常容貌美丽，衣着光鲜，气度不凡。不管她们是什么身份，哪怕只是一个普通的乡间女子，其容貌衣着也是窈窕雍容，镶金佩玉。比如《采桑》诗中的采桑女"下床著珠佩，捉镜安花镊"③，采菱的女子"江南稚女珠腕绳，金翠摇首红颜兴"④，更不要说那些贵妇的形象。若非题目给予提示，说明诗中女子的身份，仅靠诗人对女子外形打扮的描述，贵妇、倡伎、乡间女子没有什么明显的不同，很难判定作品中主人公的身份。

　　在写作手法上，不管是民间乐府还是文人乐府，都已经注意用体物寓情的手法来表现作品中人物的情感。诗人往往选取眼前之景，身边之物，将女

---

　　①　（宋）郭茂倩编：《乐府诗集》卷四十四《清商曲辞一》，中华书局 1979 年版，第 644 页。

　　②　（宋）郭茂倩编：《乐府诗集》卷四十九《清商曲辞六》，中华书局 1979 年版，第 711 页。

　　③　梁简文帝：《采桑》，载（宋）郭茂倩编：《乐府诗集》卷二十八《相和歌辞三》，中华书局 1979 年版，第 414 页。

　　④　梁武帝：《采菱曲》，载（宋）郭茂倩编：《乐府诗集》卷五十《清商曲辞七》，中华书局 1979 年版，第 727 页。

性的情感投射到这些景物上去，注入自己的情绪，从而做到情景交融，相得益彰。比如"白露朝夕生，秋风凄长夜。忆郎须寒服，乘月捣白素"（《子夜四时歌·秋歌》）[①]。秋天来临，露生风紧，凄冷的夜晚，一个寂寞的女子想起天气转凉，自己的情人需要添加衣物了，就在清冷的月光下为他捣衣。再如晋陆机的《班婕妤》："婕妤去辞宠，淹留终不见。寄情在玉阶，托意唯团扇。春苔暗阶除，秋草芜高殿。黄昏履綦绝，愁来空雨面。"[②] 诗中用了"玉阶""团扇"这两个经典意象，又描画出春苔长满石阶，秋草蔓生宫殿的凄清场面，接着，诗人又进一步写道黄昏来临，没有人再来了，失宠的女子难抑愁苦，泪如雨下。诗人通过自然场景的描画，既为进一步揭示人物的内心世界作足铺垫，又婉转地表现出诗中女主人公的心理状态。情与景水乳交融，互为映照，成为乐府诗中常用的写作手法。

此外，从情感表达上来说，乐府民歌中的女性与文人笔下的女性有着较为明显的差异。吴声西曲是来自民间的歌诗，大多为描写男女情思的作品。或者抒发相思之情，或者对女子之美进行描摹，或者直接写到男欢女爱，总之是以女性为主角。其语言直白质朴，情感真实自然。受这种民间乐府影响的文人乐府自然也具备了上述的特点，并且由于文人的参与，对吴声、西曲也不免会进行一定程度的改造。比如语言上会更加注意修饰，用词度句雕琢痕迹在所难免，而且情感表达也更为含蓄婉转。同为《碧玉歌》，汝南王所作就是"碧玉小家女，不敢攀贵德。感郎千金意，惭无倾城色"[③]。而到了乐府民歌那里，就变成了"碧玉破瓜时，相为情颠倒。感郎不羞郎，回身就郎抱"[④]。两首诗里所表现出来的都是女孩子对于爱情的美好向往和沉浸在爱情中的甜蜜感受，但是后者明显表现出热情率真、大胆奔放的特点。同是写离别，梁武帝的《有所思》是"谁言生离久，适意与君别。衣上芳犹在，握里书未灭。腰中双绮带，梦为同心结。常恐所思露，瑶华未忍折"[⑤]。而《那呵滩》中则是"闻欢下扬州，相送江津弯。愿得篙橹折，交郎到头

---

①　（宋）郭茂倩编：《乐府诗集》卷四十四《清商曲辞一》，中华书局1979年版，第648页。
②　（宋）郭茂倩编：《乐府诗集》卷四十三《相和歌辞十八》，中华书局1979年版，第626页。
③　（宋）郭茂倩编：《乐府诗集》卷四十五《清商曲辞二》，中华书局1979年版，第664页。
④　（宋）郭茂倩编：《乐府诗集》卷四十五《清商曲辞二》，中华书局1979年版，第664页。
⑤　（宋）郭茂倩编：《乐府诗集》卷十七《鼓吹曲辞二》，中华书局1979年版，第250页。

还"①。同是表现女子不想与情人分别，前者虽然依依不舍，但会把离情别思压抑在心里，而后者则干脆希望情人的篙橹折断，这样就可以马上回来了，想法天真直白，一个纯朴自然的女性形象跃然纸上。

第五节　《玉台新咏》的编纂与女性之关系

《玉台新咏》是南朝梁代徐陵编撰的一部诗歌总集，上迄汉魏，下至齐梁，是我国第一部全部以女性为描写对象的诗歌总集。它主要收录了描写女性的生活境遇和情感世界，尤其是表现女性在爱情婚姻生活中的幽怨和痛苦的诗篇，是一部开先河的诗歌总集。

解读《玉台新咏》的编纂与女性之间的关系，应当首先从《玉台新咏·集序》入手。集序的一开始就已经呈现出浓郁的女性色彩。徐陵先是描绘出了一个女性生活的场景，"周王璧台之上，汉帝金屋之中，玉树以珊瑚作枝，珠帘以玳瑁为押，其中有丽人焉"。接着，就开始写女子"阅诗敦礼""婉约风流""生小学歌""由来能舞"，乃至琵琶、箜篌、鼓瑟、吹箫等与音乐相关之事。其后，又叙"东邻侍寝""西子横陈"等艳事，至于对女性容貌、装扮、举止的描摹更是不吝笔墨。此外，这些女子还"妙解文章，尤工诗赋"，"其佳丽也如彼，其才情也如此"。但是，生活在宫中的女子们"优游少托，寂寞多闲。厌长乐之疏钟，劳中宫之缓箭"。百无聊赖之余，精神须有所寄托，所以"无怡神于暇景，惟属意于新诗。庶得代彼皋苏，微蠲愁疾"。《玉台新咏》的出现，就是为了使生活在寂寞深宫中的女子们能够"开兹缥帙，散此缃绳，永对玩于书帏，长循环于纤手"。然而，"往世名篇，当今巧制，分诸麟阁，散在鸿都。不籍篇章，无由披览"。所以，徐陵"撰录艳歌，凡为十卷"。②从《玉台新咏·集序》中，不难发现以下几个问题。

从编撰目的来看，《玉台新咏》是为了满足宫中女性的精神生活需要，在寂寞多闲的日子里，能够一书在手，"代彼皋苏，微蠲愁疾"。

---

① （宋）郭茂倩编：《乐府诗集》卷四十九《清商曲辞六》，中华书局 1979 年版，第 714 页。
② （陈）徐陵编，（清）吴兆宜注：《玉台新咏笺注》，中华书局 1985 年版，第 11—13 页。

关于这部诗集的编撰目的，古往今来的学者们提出了很多种观点。刘肃在《大唐新语》里说："梁简文帝为太子，好作艳诗，境内化之，浸以成俗，谓之宫体。晚年改作，追之不及，乃令徐陵撰《玉台集》，以大其体。"① 清人朱彝尊认为"寓有微意"，他指出"徐陵少仕于梁，为昭明诸臣后进，不敢明言其非，乃别著一书，列枚乘姓名，还之作者，殆有微意焉"，"昭明优礼儒臣，容其作伪"②。梁启超则认为："《新咏》为孝穆承梁简文帝意旨所编，目的在专提倡一种诗风，即所谓言情绮靡之作是也。……欲观六代哀艳之作及其渊源所自，必于是焉"③。时至今日，已经有很多学者承认《玉台新咏》的编辑初衷就是为女性服务的，是专为女性提供的一部诗集，"是为后宫妇女编选的一部读本"④，"其性质，是服务于萧梁宫廷文化娱乐生活的工具，是萧梁宫廷文学的产物"⑤。也有学者认为《玉台新咏》一书是为萧纲的东宫妃嫔们"备讽览"而编辑的。⑥ 还有学者认为《玉台新咏》还是"一部宫教读本"⑦。事实上，为女性专门编辑书籍的并非只有徐陵一人。据《隋书》卷三十五《经籍志》记载，南朝题为"妇人集"的总集有四部：《妇人集》20 卷，梁代殷淳撰《妇人集》30 卷，《妇人集》11 卷（亡），《妇人集钞》2 卷，《杂文》16 卷，题云"为妇人作"⑧。虽然当代学者对此也有着各自不同的见解，但有一点是统一的，那就是《玉台新咏》的编辑目的是直接指向女性的，是服务于女性的。

从编纂对象来看，《玉台新咏》是从"往世名篇，当今巧制"中"选录艳歌"。明胡应麟在《诗薮·外编》卷二中指出"《玉台》但辑闺房一

① （唐）刘肃撰，许德楠、李鼎霞点校：《大唐新语》，中华书局 1984 年版，第 42 页。
② 注：《昭明文选》所选古诗十九首，均不著作者姓名，而《玉台新咏》所录与古诗十九首重合之古诗八首，则著之枚乘名下。（清）朱彝尊：《曝书亭集》卷五十二《书〈玉台新咏〉后》，《四库全书》影印本。
③ 穆克宏：《玉台新咏笺注》引，中华书局 1985 年版，第 551 页。
④ 沈玉成：《宫体诗与〈玉台新咏〉》，《文学遗产》1988 年第 6 期。
⑤ 章必功：《玉台体》，《文史知识》1986 年第 7 期。
⑥ 周禾：《论〈玉台新咏〉的编纂》，《江汉论坛》1992 年第 4 期。
⑦ 许云和：《南朝宫教与〈玉台新咏〉》，《文献》1997 年第 3 期。
⑧ 《隋书》卷三十五《经籍志四》，中华书局 1973 年版，第 1082 页。

体"①，清纪容舒在《玉台新咏考异》中也说"按此书之例，非词关闺闼者不收"②。我们今天所见《玉台新咏》是明人赵均翻刻的南宋陈玉父本，收录自汉魏以来至齐梁的诗作共计 659 首。尽管《玉台新咏》中收录了相当数量的宫体诗是个不争的事实，但并不能因此而认为它是一本艳情诗集。所谓"艳歌"，不过是诗歌的内容无一例外与女性有关，并非全部涉及艳情。

《玉台新咏》收录的诗歌，几乎都是以女性为描写对象的。或者描写女性的容颜、举止神态、服饰配饰等外在美，如《日出东南隅行》《乌栖曲》等诗歌；或者深入到女性的内心，表现她们丰富的情感世界，其中大部分与爱情有关。其中，有男女相恋的柔情蜜意，有遭嫉见弃的怨恨悲痛，有情人分隔的离愁别绪，也有独处深闺的寂寞凄凉。从《玉台新咏》中可以看到中国自汉至齐梁女性共通的情感世界和类似的生活命运。

《玉台新咏》虽然是一部为女性编撰的诗集，可实际上女性作家的数量是屈指可数的。《玉台新咏》中共收录了十三位女性诗人的作品。这十三位女性诗人身份地位不同，有的身处皇宫，如班婕妤、甄皇后、乌孙公主；有的嫁为人妇，如秦嘉妻徐淑、刘勋妻王氏、范靖妇、徐悱妻刘令娴、王叔英妻刘氏，贾充妻李夫人、周夫人；还有的则为歌伎倡女，如桃叶、苏小小；另有吴兴妖神，则为神怪。由于人数较少，所以女性作家的作品数量在整部《玉台新咏》中所占的比例是非常低的。而为数众多的男性作家的作品能够将叙述抒情视角转向女性，不仅描写了女性的外貌美，也能把握女性细腻的内在情感。

从编纂标准来看，"曾无参于雅颂，亦靡滥于风人，泾渭之间，若斯而已"。也就是说所谓的艳歌，既无意于列入雅颂的行列，但是也并不会逾越"风人"的限度。所谓"风人"，就是当时流行的乐府民歌。③换言之，《玉台新咏》所选的作品不是典雅之作，但也绝不属于俚俗一类，当处于雅俗

---

① （明）胡应麟：《诗薮》外编卷二，上海古籍出版社 1979 年新 1 版，第 146 页。

② （清）纪容舒：《玉台新咏考异》卷九，文渊阁《四库全书》影印本，上海古籍出版社 1987 年。

③ 许云和认为："清翟灏《通俗·识余》云：'六朝乐府《子夜》《读曲》等歌，语多双关借语，唐人谓之风人体，以本风俗之言也。'又《类说》卷五一引唐吴兢《乐府解题》云：'梁简文《风人诗》，上句一语，用下句释之成文。'梁简文帝的《风人诗》惜乎不存，但据此题可知，'风人'一词已是当时对流行的乐府民歌的一个固定的称谓。'风人'之名既是'以本风俗之言'而得，在艺术上自然也就寓入了时人的'俚俗'之评。"参见许云和：《解读〈玉台新咏序〉》，《烟台师范学院学报》2005 年第 1 期。

之间，正适合女性阅读。清人许梿指出："是书所录为梁以前诗凡五言八卷，七言一卷，五言二韵一卷。虽皆绮丽之作，尚不失温柔敦厚之旨，未可概以淫艳斥之。或以为选录多闺阁之诗，则是未睹本书，而妄为拟议者矣。"①

《玉台新咏序》甚至在结尾处还对这本诗集作出了评价：

> 岂如邓学《春秋》，儒者之功难习；窦专黄老，金丹之术不成。因胜西蜀豪家，托情穷于《鲁殿》；东储甲观，流咏止于《洞箫》。孪彼诸姬，聊同弃日，猗欤彤管，无或讥焉。②

也就是说，那些学《春秋》、黄老和诵《洞箫赋》《鲁灵光殿赋》的女子们，在作者看来都不过是在浪费时间，而只有《玉台新咏》才是从古至今最适合女性阅读的选集。

《玉台新咏》不仅是中国文学史上一部开拓性的诗集，是展示中国古代女性生活状况特别是女性情感世界的一幅画卷，而且许多诗篇就是借助《玉台新咏》才得以保存的。如被称作"乐府双璧"之一的《孔雀东南飞》（《古诗为焦仲卿妻作》），也是我国第一首长篇叙事诗，就是借助《玉台新咏》才得以保存并流传至今的。此外，《玉台新咏》收录大量表现女性之美的作品，拓宽了文学的审美领域，是文学史上一次大胆的尝试。尽管后世对其中表现艳情的宫体诗有诸多批评，如高仲武《中兴间气集序》谓"《玉台》陷于淫靡"③。刘克庄的《后村诗话》前集卷一批评它"赏好不出月露，气骨不脱脂粉，雅人庄士见之废卷"④。王士禛的《带经堂诗话》卷四则干脆称它："所录皆靡靡之音"⑤。然而，它毕竟对审美观念的更新和审美领域的拓展起到了积极的推动，对后世文学产生了重要的影响。

---

① （清）许梿评选，（清）黎经诰笺注：《六朝文絜笺注》卷八《玉台新咏序》评语，上海古籍出版社 1982 年版，第 142 页。

② （陈）徐陵编，（清）吴兆宜注、程琰删补：《玉台新咏笺注》，穆克宏点校，中华书局 1985 年版，第 13 页。

③ （唐）殷璠、元结等选：《唐人选唐诗十种》，上海古籍出版社 1978 年新 1 版，第 302 页。

④ （宋）刘克庄：《后村诗话》，中华书局 1983 年版，第 6 页。

⑤ （清）王士禛：《带经堂诗话》，人民文学出版社 1963 年版，第 101 页。

小　结

魏晋南北朝时期，朝廷及贵族之家为了满足自己的娱乐需要，供养了大批的歌舞艺人。这些艺人以女性为主体，是当时歌诗艺术表演和传播的重要参与者。其中最为出色的一部分歌舞艺人，不仅能歌善舞，还擅长歌诗创作，对于推动歌诗的发展起到了重要的作用。《乐府诗集》和《玉台新咏》著录的、梳理可观的歌诗及女性题材作品，不仅有助于了解当时女性的生活状况和情感世界，也从另一侧面，展示了女性在歌诗活动中的贡献，为这一时期的歌诗和女性研究提供了重要的参照。

第　七　章

乐器与士人生活及歌诗之关系

——以琴、筝为中心

魏晋南北朝时期的民族大融合，为外来音乐和乐器进入中原提供了契机。其中胡乐对中原音乐的影响尤为明显。就乐器而言，在中原乐器继续发展的同时，胡地乐器也大放异彩，丰富并促进了中原乐器的发展，为魏晋南北朝歌诗的繁荣提供了音乐方面的支持。

第一节　魏晋南北朝乐器发展概况

先看中原乐器的发展概况。本书所谓中原乐器，指的是汉魏六朝时期相对于少数民族地区的中原地区原有的乐器。魏晋南北朝时期，中原乐器不断遭到破坏，当时宫廷雅乐的衰落，在很多史籍中都有记载，兹举几例，以见当时雅乐废弃之一斑：

> 汉末天下大乱，乐工散亡，器法堙灭。魏武始获杜夔，使定乐器声调。夔依当时尺度，权备典章。及武帝受命，遵而不革。至泰始十年，光禄大夫荀勖奏造新度，更铸律吕。元康中，勖子籓嗣其事，未及成功，属永嘉之乱，中朝典章，咸没于石勒。及元帝南迁，皇度草昧，礼容乐器，扫地皆尽，虽稍加采掇，而多所沦胥，终于恭、安，

竟不能备。①

　　永嘉之乱，海内分崩，伶官乐器，皆没于刘、石。江左初立宗庙，尚书下太常祭祀所用乐名。太常贺循答云："魏氏增损汉乐，以为一代之礼，未审大晋乐名所以为异。遭离丧乱，旧典不存……旧京荒废，今既散亡，音韵曲折，又无识者，则于今难以意言。"于时以无雅乐器及伶人，省太乐并鼓吹令。是后颇得登歌，食举之乐，犹有未备。②

　　惠帝元康三年，诏其子黄门侍郎藩修定金石，以施郊庙。寻值丧乱，遗声旧制，莫有记者……庾翼、桓温专事军旅，乐器在库，遂至朽坏焉。③

　　虽然遭到破坏，中原乐器仍在先秦两汉时代原有的规模和基础上进一步发展起来，乐器的形制、制作工艺、演奏形式、演奏技法等都比原来有了明显的进步。下面对主要乐器的发展情况做一简要介绍。

　　琴　汉魏时期，琴的形制出现了很多种，但是基本确定为七弦式。日本学者林谦三在《东亚乐器考》中谈到古琴形制发展时曾经指出，"汉代于七弦琴之外，在汉末蔡邕造过九弦琴。此外后世还出现了种种弦制的琴，而常以七弦制为基础。然而直至今天，假如称为琴，那就是七弦琴的同义语"④，说明琴的形制在汉代就已经确定下来了。此外，古琴的另一个重要进步是琴徽的发明。有关琴徽产生的时间，学术界有产生于西汉⑤和产生于汉末魏晋⑥的争议，似至今未能达成共识，但无论如何，对于魏晋南北朝时期古琴艺术歌诗发展来说，琴徽的出现都带来了一些新的变化。

　　古琴除了作为相和歌、清商乐的伴奏乐器外，逐渐向独奏乐器发展，出现了一些相应的琴曲，如《广陵散》《酒狂》《大胡笳鸣》《小胡笳鸣》，蔡

---

① 《晋书》卷十六《律历志上》，中华书局 1974 年版，第 474 页。
② 《晋书》卷二十三《乐志下》，中华书局 1974 年版，第 697 页。
③ 《宋书》卷十九《乐志一》，中华书局 1974 年版，第 540 页。
④ ［日］林谦三：《东亚乐器考》，人民音乐出版社 1962 年版，第 137 页。
⑤ 代表性的观点，如饶宗颐认为："琴之有徽，西汉已然。"见饶宗颐：《说琴徽——答马顺之教授书》，《中国音乐学》1987 年第 3 期。
⑥ 代表性的观点，如郑祖襄以为："琴徽产生的年代是在应劭的晚年和嵇康的幼年之间。嵇康时代也是古琴刚刚开始运用琴徽的年代。"见郑祖襄：《"徽"字与徽位——兼考古琴徽位产生的历史年代》，《中央音乐学院学报》1986 年第 4 期。

邕的"蔡氏五弄"（《游春》《渌水》《幽居》《坐愁》《秋思》），嵇康的
"嵇氏四弄"（《长青》《短青》《长侧》《短侧》）等，最为著名。古琴文字
谱的诞生，促进了琴曲创作的繁盛。在此时开始出现了关于古琴的专门著作
和对其曲谱的记载。专门的古琴曲研究集《琴操》的出现，标志着古琴艺
术的一大进步，也从一个侧面反映出古琴乐器的发展。另外，古琴的制造工
艺到这时也已经非常发达，东晋画家顾恺之的《斫琴图》展示的就是当时
琴艺制作的画面。

筝　筝在魏晋南北朝的发展，主要是在形制上的改进。这一时期筝由先
秦的筑身形状发展为瑟身形状。关于筝的形状，先秦典籍没有记载，《风俗
通》称："筝，谨按《礼·乐记》，五弦筑身也。今并、凉二州筝，形如瑟，
不知谁所改作也"①。可见，在这以前筝的形制应为"五弦筑身"。另外，关
于筝的弦数问题，魏阮瑀《筝赋》中有"弦有十二，四时度也"的记载，
又晋贾彬《筝赋》中有"设弦十二，太簇数也"的记载，可见筝的弦数也
由原来的"五弦"发展为"十二弦"。这种十二弦的筝，在南朝被用于清商
乐的演奏。《旧唐书·音乐志》曰："杂乐筝并十有二弦，他乐皆十有三
弦。"② 杜佑《通典·乐四》在谈到"筝"时也有附注曰："今清乐筝并十
有二弦，他乐皆十有三弦。"③ 可见，十二弦的筝，一直沿用到唐代。这里
的"杂乐筝"和"清乐筝"，都是指魏晋以来用于清商乐伴奏的十二弦筝。

这一时期十二弦筝得到了广泛推广和应用，不仅在民间继续流传，而且
得到了宫廷贵族和广大士人的青睐，甚至帝王也对它情有独钟，因此，筝的
形制、外观等渐趋雅化，并出现了用玳瑁装饰的筝，如陈后主的《咏筝》
诗中就有"文窗玳瑁影婵娟，香帏翡翠出神仙"的句子。有很多贵族士人
甚至帝王，都写过筝赋、筝诗来咏歌筝，如魏文帝曹丕不仅把筝大量写进他
的诗歌中，而且他还会弹筝为自己伴奏。梁简文帝萧纲写过《弹筝诗》，沈
约写过《咏筝诗》，梁昭明太子萧统写过《咏弹筝人诗》，梁代王台卿也有
《咏筝诗》。

筝由原来为相和歌伴奏的乐器逐渐发展为独奏乐器，这从很多文士写的

---

① 王利器：《风俗通义校注》，中华书局1981年版，第299页。
② 《旧唐书》卷二十九《音乐志二》，中华书局1975年版，第1076页。
③ （唐）杜佑撰，王文锦等点校：《通典》卷一百四十四，中华书局1988年版，第3679页。

《弹筝诗》作品中可以得到验证。南朝时期，筝传到南方地区为《吴歌》《西曲》伴奏，如《上声歌》《子夜歌》中都有相关的描写。

笛 在东晋时期出现了著名的笛曲《梅花三弄》，相传为东晋桓伊所作。后于唐代由颜师古改编为琴曲。西晋时期荀勖制作出"十二笛"，在《晋书》卷十六《律历志》中有详细记载。另外，善于吹笛的人，典籍中也多有记载，《宋书》卷十九《乐志一》记载："魏、晋之世，有孙氏善弘旧曲，宋识善击节倡和，陈左善清哥，列和善吹笛，郝索善弹筝，朱生善琵琶，尤发新声。"① 据史书记载，石崇宠妓绿珠、谢尚妾阿妃也都善吹笛。

箫 洞箫在魏晋以前，已经很流行了。汉代王褒曾写过《洞箫赋》。《宋书》卷十九《乐志一》中记载：

> 箫，《世本》云"舜所造。"《尔雅》曰："编二十三管，尺四寸者曰管；十六管长尺二寸者笢。"……凡箫一名籁。前世有洞箫，其器今亡。蔡邕曰："箫，编竹有底。"然则邕时无洞箫矣。②

沈约"邕时无洞箫"的说法，应该是错误的，到魏晋南北朝，洞箫的演奏仍然是比较流行的，经常用于集会宴乐的场合，在当时常被称作"短箫"。

> 箫管咏德，八音咸理。凯乐饮酒，莫不宴喜。（荀勖《从武帝华林园宴诗》）③
>
> 扬枹抚灵鼓，箫管清且悲。（潘岳《金谷集作诗》）④
>
> 促柱弦始繁，短箫吹初亮。舞袖拂长席，钟音由篪颎。（张嵘《短箫诗》）⑤
>
> 城高短箫发，林空画角悲。曲中无别意，并是为相思。（萧纲《折

---

① 《宋书》卷十九《乐志一》，中华书局 1974 年版，第 559 页。
② 《宋书》卷十九《乐志一》，中华书局 1974 年版，第 557 页。
③ 逯钦立辑校：《先秦汉魏晋南北朝诗》，中华书局 1983 年版，第 592 页。
④ 逯钦立辑校：《先秦汉魏晋南北朝诗》，中华书局 1983 年版，第 632 页。
⑤ 逯钦立辑校：《先秦汉魏晋南北朝诗》，中华书局 1983 年版，第 1861 页。

《杨柳》)①

荀勖、潘岳是西晋人，张嵊、萧纲生活在梁代，他们的作品里有关于箫之演奏的描写，而这些作品往往作于宴会上，这足以说明箫在魏晋南北朝还是很流行的，并且其名称上出现了洞箫和短箫并用的特点。

笙　笙在魏晋南北朝也是很流行的。据《三国志》记载，魏文帝曾经令杜夔"于宾客之中吹笙鼓琴，夔有难色，由是帝意不悦。后因他事系夔……遂黜免以卒"②。曾做过汉雅乐郎的杜夔，因为不愿于宾客中吹笙鼓琴，竟然落得"遂黜免"的结果，足见琴、笙的流行程度。晋代的王廙、潘岳、夏侯淳，陈代的顾野王都写过《笙赋》；《乐府诗集》中收有梁武帝的《凤笙曲》，沈约、陆罩的《咏笙诗》。说明笙在当时为世人所熟悉，并多被用于娱乐场所。

中原传统乐器在魏晋南北朝时期都有发展，只是有些并不太明显，如瑟、筑、卧箜篌及俗称"秦汉子"的琵琶等，在这一时期都得到了进一步的传承发展。有的乐器在遭到破坏后消失，有些则传入外族地区，还有的吸收了外来乐器的特点而得到改造。总之，魏晋南北朝中原乐器是在遭到破坏的同时继续向前发展的。

再说外来乐器的发展。本书所谓外来乐器，是指魏晋南北朝时期从少数民族地区或外国传入的乐器。魏晋南北朝时期北方战乱频仍，少数民族内迁，政权更替频繁，社会的动荡一方面使得宫廷雅乐遭到极大破坏而渐趋衰落，另一方面又促进了少数民族与汉族、外国与中国之间的音乐交流，对中原音乐产生了巨大的影响。

由于北方地区被少数民族控制，北朝政权对其本民族音乐的推行也在客观上促进了胡地音乐的盛行。胡地音乐进入中原，后来构成隋唐九部乐、十部乐的少数民族音乐，如龟兹乐、西凉乐、高昌乐、康国乐、疏勒乐、天竺乐、安国乐、高丽乐等，此时已经在中原地区流行起来。据《旧唐书》卷二十九《音乐志》记载："周武帝聘虏女为后，西域诸国来媵，于是龟兹、

① 逯钦立辑校：《先秦汉魏晋南北朝诗》，中华书局1983年版，第1911页。
② 《三国志》卷二十九《方技》，中华书局1959年版，第806—807页。

疏勒、安国、康国之乐，大聚长安。"① 伴随着外来音乐的传入，外来乐器也大量流入中原。据杨荫浏先生考证，三国两晋南北朝时期出现的较重要乐器有：五弦琵琶、曲项琵琶、筚篥、方响、锣、钹、星、达卜和其他许多鼓类乐器，另外还有胡笳、角、羌笛等。② 以下对部分重要外来乐器的发展情况做简要介绍。

琵琶　魏晋时期，除中国原来的琵琶"秦汉子"（到晋代被称为阮咸）外，又出现了两种外来琵琶，即来自印度的五弦琵琶和来自波斯（今伊朗）的曲项琵琶。

五弦琵琶，又称为五弦，北朝时期盛行。据日本学者林谦三先生研究发现，五弦琵琶是"发育在印度，六朝后半时期经中亚传入中国内地的乐器"③。据《隋书》卷十四《音乐中》记载，"周武帝时，有龟兹人苏祇婆，从突厥皇后入国，善胡琵琶"④，也就是后周武帝天和三年即公元 568 年，苏祇婆随突厥皇后阿史那氏来到中国，带来了音乐史中屡屡提到的"琵琶七调"。另外还有琵琶能手曹妙达也在中国享誉盛名。这些胡人演奏家极大地丰富了中原的音乐生活，为这一时期音乐文化的繁荣作出了不可磨灭的贡献。

曲项琵琶，流行于波斯，与流行于印度的五弦琵琶一起通过中亚细亚和"丝绸之路"传入中国。《隋书》卷十五《音乐下》记载西凉乐时说：

> 《西凉》者，起符氏之末，吕光、沮渠蒙逊等，据有凉州，变龟兹声为之，号为秦汉伎。魏太武既平河西得之，谓之《西凉乐》。至魏、周之际，遂谓之《国伎》。今曲项琵琶、竖头箜篌之徒，并出自西域，非华夏旧器。⑤

作为西凉乐伴奏乐器，曲项琵琶和竖头箜篌等都是"出自西域，非华

---

① 《旧唐书》卷二十九《音乐志二》，中华书局 1975 年版，1069 页。
② 杨荫浏：《中国古代音乐史稿》，人民音乐出版社 1981 年版，第 162—163 页。
③ ［日］林谦三：《东亚乐器考》，人民音乐出版社 1962 年版，第 293 页。
④ 《隋书》卷十四《音乐志中》，中华书局 1974 年版，第 345 页。
⑤ 《隋书》卷十五《音乐志下》，中华书局 1974 年版，第 378 页。

夏旧器"。这一时期的琵琶在形制和演奏技艺上都为后来琵琶在唐代的发展奠定了坚实的基础。

箜篌　箜篌的形制除了中国原有的横向弹奏的卧箜篌（箜篌瑟）以外，在又出现了两种新的箜篌，即竖箜篌（又名胡箜篌）和凤首箜篌。在《旧唐书》卷二十九《音乐志二》中记载：

> 竖箜篌，胡乐也。汉灵帝好之。体曲而长，二十二弦，竖抱于怀中，用两手齐奏，俗谓之擘箜篌。凤首箜篌，颈有轸。[1]

可见竖箜篌是来自胡地，其形状是"曲而长"，弦有二十二根，演奏时则竖抱于怀中用两手弹拨。而凤首箜篌"颈有轸"的记载，告诉我们其形状当是类似凤凰一样，琴弦装在凤凰"颈"上。

关于竖箜篌传入中国的时间，杨荫浏先生据《后汉书·五行志》的记载，认为是在公元二世纪汉灵帝时期即 165 年到 189 年。[2] 日本学者林谦三则认为其系统传入中国的时间"早亦当在东晋初世"[3]，并于六朝末年经北朝传至朝鲜。林谦三还认为，凤首箜篌原本是印度的弓形竖琴维那在六朝后期传入中国而得名的，用于天竺乐中，未能在民间普及而衰灭。[4]

胡笳　胡笳在汉代传入中原，用于军乐演奏，魏晋时期以胡笳为主要伴奏乐器的鼓吹乐以其激烈、悲凉的音乐特色被广泛用于朝会、道路、田猎、丧葬等场合。史书中所谓"鸣笳启途"就是胡笳用于"卤簿"的仪仗队列中，我们可以参看相关的记载：

> 爕兄弟并为列郡，雄长一州，偏在万里，威尊无上。出入鸣锺磬，备具威仪，笳箫鼓吹，车骑满道，胡人夹毂焚烧香者常有数十。[5]
>
> 远子僧祐，字胤宗，幼聪悟，叔父微抚其首曰："儿神明意用，当

---

① 《旧唐书》卷二十九《音乐志二》，中华书局 1975 年版，1077 页。

② 杨荫浏：《中国古代音乐史稿》，人民音乐出版社 1981 年版，第 128 页。

③ ［日］林谦三：《东亚乐器考》，人民音乐出版社 1962 年版，第 227 页。

④ ［日］林谦三：《东亚乐器考》，人民音乐出版社 1962 年版，第 218 页。

⑤ 《三国志》，中华书局 1959 年版，第 1192 页。

不作率尔人"。雅为从兄俭所重，每鸣笳列驺到其门候之，僧祐辄称疾不前。俭曰："此吾之所望于若人也。"①

柳元景、颜师伯尝诣庆之，会其游田，元景等鸣笳列卒满道，庆之独与左右一人在田。②

胡笳本为外来乐器，进入中原后先后被用于"鼓吹""横吹"中，随着鼓吹、横吹的流行，笳又被用于各种道路、游猎等场合，这些用途与其演奏的音乐效果是有很大关系的。

角　角和胡笳一样，最初也是游牧民族的乐器，传入中原后与胡笳一起被用于横吹乐中。角在中原流传以后，除少数民族用天然动物角制作的之外，还出现了使用竹、木、皮革、铜等各种材料的角。

羌笛　羌笛来自西部（甘肃、四川）地区的羌族，马融的《笛赋》中就有"近世双笛从羌起"的句子。羌笛本是竖吹的，传入中原后，和中原地区原来的横吹笛一起，被广泛应用于横吹曲的伴奏中。

筚篥　筚篥又称觱篥、觱栗。于公元 384 年随《龟兹乐》传入中原，《龟兹乐》是吕光在灭龟兹时得到的，唐代段安节《乐府杂录》说："觱篥者，本龟兹国乐也"③，觱篥也应是随龟兹乐传入中原。

另外据杨荫浏先生研究，少数民族乐器锣、钹、星等也在这一时期流传入中原，鼓类乐器达卜、腰鼓、担鼓、齐鼓、羯鼓等也都在当时的天竺乐、龟兹乐、西凉乐中出现了，鉴于这些乐器与本章所论关系较远，兹不赘述。

中外乐器的发展，大大促进了魏晋南北朝音乐的繁荣，各种乐器对士人的日常生活、审美倾向、家庭娱乐、人际交往、文学创作、歌诗创作等都产生了极大的影响，这一切都是中外乐器在应用方面的具体表现。一方面，作为音乐的物质载体，中外乐器极大地丰富了士人的音乐生活，对这一时期各个阶层的人们产生了很大的影响。魏晋南北朝中外乐器在中外音乐文化的交

---

① 《南史》卷二十一《王僧佑传》，中华书局 1974 年版，第 579 页。
② 《南史》卷三十七《沈庆之传》，中华书局 1974 年版，第 959 页。
③ （唐）段安节：《乐府杂录》，王耀华、方宝川主编：《中国古代音乐文献集成》第二辑第一册，国家图书馆出版社 2012 年版，第 571 页。

流过程中，逐渐相互融合，被各阶层人士所接受，广泛应用于各种娱乐场合，无论是日常家庭娱乐，还是士人间的集会、游宴等，都会有各种乐器的演奏。另一方面，在魏晋南北朝娱乐领域中最为流行的三大乐种：横吹乐、鼓吹乐和清商乐都需要各种乐器伴奏。这些音乐常常被用在各种娱乐场合上，成为歌诗表演必不可少的要素，因而为歌诗创作提供了直接的动力，并且对歌诗产生了重要的影响。

总之，魏晋南北朝是我国乐器大发展的时期，来自不同地域、不同民族的各种乐器，在与中原乐器的相互交流中得到了改进和发展。中外乐器的发展不仅促进了魏晋南北朝音乐的繁荣，也丰富了士人生活，促进了歌诗创作，并在很大程度上影响了歌诗的艺术特征。

第二节　乐器与士人生活

音乐在魏晋南北朝成为一种社会风尚，更是社会各阶层生活的一个重要组成部分，尤其士人阶层对音乐有着浓厚的兴趣和爱好。魏晋南北朝士人的音乐素养从整体上得到大大提高，于是，大量士人音乐家应运而生。据史料记载，这一时期著名的士人大都工诗文、晓音律，很多士人会演奏一种甚至几种乐器，有的还是中国音乐史上著名乐律学家、音乐美学家。在士人的参与下，魏晋南北朝音乐艺术得到很大的发展。乐器走进士人生活中，影响着他们的生活方式、审美情趣，同时也对士人的文学创作产生了重要的影响。

一、士人音乐家及乐器赋

魏晋南北朝音乐非常发达，士人的音乐生活丰富多彩，见于史籍记载的士人音乐家为数不少。他们有的精通音律，善于乐器表演，有的还对乐器进行了改良与创新。在士人的音乐实践中，大量以乐器为题材的诗、赋被创作出来。

（一）魏晋南北朝的士人音乐家

爱好女乐的社会风尚使得魏晋南北朝士人有更多的机会了解、学习演奏乐器，出现了一批精通音律、乐器演奏的士人音乐家。魏晋南北朝期间的器乐、音乐美学及乐律学在士人的参与下得到长足的发展，涌现出大量士人音乐家。大多数士人音乐家可以演奏至少一种乐器，有的则可以演奏两种甚至多种乐器。按所奏乐器来看，有的能弹琴，有的喜弹筝，有的擅长琵琶，还有的善于吹奏笛类乐器。下面分别择要介绍如下。

擅于弹奏古琴的著名士人有：阮籍、阮瞻、阮咸、嵇康、嵇绍、顾荣、谢安石、刘琨、王献之、王徽之、陶渊明、戴述、戴逵、戴勃、戴颙、陶弘景、王僧虔、柳世隆、柳恽、王仲雄、褚彦回等。①

生活于魏晋易代之际的阮籍、嵇康，是"竹林七贤"中最著名的两位文人。阮籍创作了琴曲《酒狂》，他的《乐论》在中国音乐美学史上具有重要影响，他受玄学影响调和儒道，以道家的自然乐论为儒家礼乐思想辩护。嵇康不仅以其《琴赋》和"嵇氏四弄"闻名于世，更因弹奏《广陵散》而成为我国古琴艺术史上的著名人物。《晋书·隐逸传》记载，戴逵"少博学，好谈论，善属文，能鼓琴，工书画，其余巧艺靡不毕综……性不乐当世，常以琴书自娱"②。《南齐书·王敬则传》也说："（敬则子）仲雄善弹琴，当时新绝。江左有蔡邕焦尾琴，在主衣库，上敕五日一给仲雄。仲雄于御前鼓琴作《懊侬曲歌》曰：'常叹负情侬，郎今果行许！'帝愈猜愧。"③又《梁书·柳恽传》载："齐竟陵王闻而引之，以为法曹行参军，雅被赏狎。王尝置酒后园，有晋相谢安鸣琴在侧，以授恽，恽弹为雅弄。……恽既善琴，尝以今声转弃古法，乃著《清调论》，具有条流。"④ 这些士人在当时都以善琴著称。

筝在这一时期也得到了士人的广泛喜爱，擅长弹筝的有曹丕、曹植、郝索、傅玄、谢尚、游楚、顾恺之、何承天、萧纲等。曹丕曾作筝曲，《乐府诗集》卷三十《相和歌辞》解题引《古今乐录》说："《短歌行》（瞻仰）一曲，魏世遗令，是节朔奏乐。魏文帝制此辞，自抚筝和歌。歌者云：'贵官弹筝'。贵官即魏文也。此曲声制最美，辞不可入宴乐"⑤。《宋书》卷十

---

① 大致按时间顺序排列，遇父子、叔侄则依临近原则排列。
② 《晋书》卷九十四《隐逸传》，中华书局1974年版，第2457页。
③ 《南齐书》卷二十六《王敬则传》，中华书局1974年版，第485页。
④ 《梁书》卷二十一《柳恽传》，中华书局1973年版，第332页。
⑤ （宋）郭茂倩编：《乐府诗集》，中华书局1998年版，第360页。

九《乐志一》记载："魏、晋之世，有孙氏善弘旧曲，宋氏善击节唱和，陈佐善清歌，列和善吹笛，郝索善弹筝，朱生善琵琶，尤发新声。"① 傅玄在其诗中写道："所乐亦非琴，唯言琵琶与筝，能娱我心。"② 谢尚《筝歌》只存"秋风意殊迫"一句，《艺文类聚》卷四十四引《俗说》曰："谢仁祖为豫州主簿，在桓温阁下。桓闻其善弹筝，便呼之。既至，取筝令弹。谢即理弦抚筝，因歌《秋风》，意气殊遒。桓大以此知之。"③ 南朝宋何承天"能弹筝，上又赐银装筝一面"④。梁简文帝萧纲不仅有《弹筝》诗，还有《筝赋》传世。

擅长琵琶的著名士人有傅玄、成公绥、谢尚、范晔、褚渊等。谢尚可以弹奏琵琶为自己歌唱伴奏，《乐府诗集》引《乐府广题》曰："谢尚为镇西将军，尝著紫罗襦。据胡床，在市中佛国门楼上弹琵琶，作《大道曲》"⑤。范晔"善弹琵琶，能为新声"，他曾经在一次宴会上弹奏琵琶为宋文帝伴奏，"上歌既毕，晔亦止弦"⑥。《南齐书》卷二十三《王俭传》记载："上曲宴群臣数人，各使效伎艺。褚渊弹琵琶，王僧虔弹琴，沈文季歌《子夜》，张敬儿舞，王敬则拍张。"⑦

魏晋之时的列和、西晋的荀勖、东晋的桓伊等都擅吹笛。荀勖生活在三国西晋时代，他对音乐的贡献在于他根据三分损益律制造出十二根竹笛，每支一律，这是对前代笛律的巨大突破。《晋书》说他"既掌乐事，又修律吕，并行于世"⑧。东晋大将桓伊善吹笛，并创作了《梅花三弄》，《世说新语·任诞》有桓伊为王徽之吹笛的记载。⑨ 晋代伏滔有《长笛赋》，陈代傅绛作《笛赋》和《龙笛曲》，梁武帝萧衍《江南弄》七曲中有《龙笛曲》，另外他还有一首《咏笛诗》。

胡笳也得到很多士人的喜爱，《晋书》中记载刘琨擅长啸歌与吹笳，刘

① 《宋书》卷十九《乐志一》，中华书局 1974 年版，第 559 页。

② 傅玄：《歌》残句，载逯钦立辑校：《先秦汉魏晋南北朝诗》，中华书局 1983 年版，第 568 页。

③ （唐）欧阳询：《艺文类聚》卷四十四《乐部四》，上海古籍出版社 1965 年版，第 785 页。

④ 《宋书》卷六十四《何承天传》，中华书局 1974 年版，第 1710 页。

⑤ （宋）郭茂倩编：《乐府诗集》卷七十五《杂歌曲辞》，中华书局 1998 年版，第 800 页。

⑥ 《宋书》卷六十九《范晔传》，中华书局 1974 年版，第 1820 页。

⑦ 《南齐书》卷二十三《王俭传》，中华书局 1974 年版，第 435 页。

⑧ 《晋书》卷三十九《荀勖传》，中华书局 1974 年版，第 1153 页。

⑨ 余嘉锡撰：《世说新语笺疏》卷二十三《任诞》，中华书局 1983 年版，第 761 页。

畴也擅长吹笳。《晋书》本传曰：

> 琨少负志气，有纵横之才……在晋阳，常为胡骑所围数重，城中窘
> 迫无计，琨乃乘月登楼清啸，贼闻之，皆凄然长叹。中夜奏胡笳，贼又
> 流涕歔欷，有怀土之切。①
>
> 刘畴，字王乔，少有美誉，善谈名理。曾避乱坞壁，贾胡百数欲害
> 之，畴无惧色，援笳而吹之，为《出塞》、《入塞》之声，以动其游客
> 之思。于是群胡皆垂泣而去之。②

这一时期士人音乐家远远不止这些，士人的音乐修养是他们名士风度的
体现之一，士人音乐家的大量涌现，是声色社会发达的音乐风尚对这一时期
士人生活广泛影响的结果。乐器从此走进了士人的生活中，走进了他们的创
作之中，成为士人创作的又一新的题材，他们在长期的学习实践中，对乐器
发展与传播起了非常大的作用，也为当时士人歌诗的创作奠定了基础，加快
了音乐文学繁荣期的到来。

（二）魏晋南北朝士人的乐器赋

魏晋南北朝是咏物赋的发达时期，乐器的繁荣发展与士人音乐家的大
量出现，使得各种乐器成为新的创作题材，历代士人写下了大量以乐器为
描写对象的乐器赋颂、赞、铭、咏乐器诗和音乐专著。据笔者粗略统计，
清人严可均《全上古三代秦汉三国六朝文》③ 中收录有 43 篇魏晋南北朝
士人创作的音乐赋，从写作时代来看，三国时期 5 篇，两晋时期 26 篇，
南朝 12 篇。从题材来看，有筝赋 7 篇，琴赋 5 篇，笙赋 4 篇，笳赋 4 篇，
箜篌赋 4 篇，琵琶赋 4 篇，笛赋 2 篇，节赋 1 篇，金錞赋 1 篇，角赋 1 篇，
共 33 篇。④ 关于这些乐器赋的创作时代、作者、描写对象和篇幅可参下表
（7-1）：

---

① 《晋书》卷六十二《刘琨传》，中华书局 1974 年版，第 1690 页。
② 《晋书》卷六十九《刘畴传》，中华书局 1974 年版，第 1841 页。
③ （清）严可均校辑：《全上古三代秦汉三国六朝文》，中华书局 1958 年版。
④ 另外还有鼓吹赋 1 篇，横吹赋 1 篇，舞赋 5 篇，乐赋 1 篇，歌赋 1 篇，啸赋 1 篇，共 10 篇。

表 7-1　魏晋南北朝士人乐器赋表

乐器	时间	作者	作品	篇数
琴	魏晋	嵇康	《琴赋》	5
	吴	闵鸿	《琴赋》	
	晋	傅玄	《琴赋》并序	
	晋	成公绥	《琴赋》	
	陈	陆瑜	《琴赋》	
筝	魏晋	阮瑀	《筝赋》	7
	晋	傅玄	《筝赋》并序	
	晋	贾彬	《筝赋》	
	晋	陈窈	《筝赋》	
	东晋	顾恺之	《筝赋》	
	梁	萧纲	《筝赋》	
	陈	顾野王	《筝赋》	
琵琶	魏	孙该	《琵琶赋》	4
	晋	傅玄	《琵琶赋》	
	晋	成公绥	《琵琶赋》	
	梁	萧绎	《琵琶赋》	
箜篌	晋	曹毗	《箜篌赋》	4
	晋	孙琼	《箜篌赋》	
	晋	杨方	《箜篌赋序》	
	宋	刘义庆	《箜篌赋》	
笙	晋	王廙	《笙赋》	4
	晋	夏侯淳	《笙赋》	
	晋	潘岳	《笙赋》	
	陈	顾野王	《笙赋》	

续表

乐器	时间	作者	作品	篇数
箫	魏	孙楚	《箫赋》（并序）	4
	晋	傅玄	《箫赋》（序）	
	晋	杜挚	《箫赋》（并序）	
	晋	夏侯湛	《夜听箫赋》	
笛	晋	伏涛	《长笛赋》（并序）	2
	陈	傅缙	《笛赋》	
角	晋	谷俭	《角赋》	1
节	晋	傅玄	《节赋》	1
金錞	梁	萧纲	《金錞赋》（并序）	1

由上表内容我们可以发现以下几个明显的问题：

第一，从乐器层面讲，乐器赋涉及的乐器种类之多涵盖了魏晋南北朝流行的各种乐器，同一种乐器在不同时期有多个士人为之作赋。这充分表明乐器流行在时间上是长盛不衰的，也说明这些乐器已被人们接受的程度以及乐器在士人间流行的程度。其中，丝类乐器中的琴和筝、竹类乐器的笛和箫最为流行，《筝赋》数量为7篇，是各类乐器赋中最多的。

第二，从乐器赋的创作者来看，这一时期乐器赋被大量创作出来，同一位士人常常创作多篇不同的乐器赋。其中傅玄曾写过《琴赋》《琵琶赋》《筝赋》《箫赋》《节赋》等5篇乐器赋；成公绥写过《琴赋》《琵琶赋》2篇；萧纲有《筝赋》《金錞赋》2篇；顾野王有《筝赋》《笙赋》2篇。这些士人常常又是音乐家，他们精通音律，兼擅数种乐器。

从这些赋作的内容来看，作者大多擅长某种乐器，赋作中往往有对乐器材料、形制的描写：

尔乃言求茂木，周流四垂。观彼椅桐，层山之陂。丹华炜烨，绿叶参差。甘露润其末，凉风扇其枝。鸾凤翔其巅，玄鹤巢其岐。考之诗

人，琴瑟是宜。爰制雅器，协之锺律。（蔡邕《琴赋》）①

惟嘉桐之奇生，于丹泽之北垠。下修条以迥固，上纠纷而干云。开黄钟以挺干，表素质于苍春。（孙该《琵琶赋》）②

剖状同形，两象著也；设弦十二，太簇数也；列柱参差，招摇布也；介位允谐，六龙御也。（贾彬《筝赋》）③

或对乐器演奏技法、演奏场面进行描画与刻画：

命丽人于玉席，陈宝器于纨罗。抚鸣筝而动曲，譬轻薄之经过。黛眉如扫，曼睇成波。情长响怨，意满声多。奏相思而不见，吟夜月而怨歌。笑素弹之未工，疑秦宫之讵和。（萧纲《筝赋》）④

有的赋作还刻画了乐器的音乐效果：

乃命狄人，操筑扬清。吹东角，动南徵。清羽发，浊商起。刚柔待用，五音迭进。倏尔却转，忽焉前引。或缊缊以和怿，或凄凄以嘄杀。或漂淫以轻浮，或迟重以沈滞。（杜挚《笳赋》）⑤

各种现象告诉我们在这一时期乐器与士人的生活有了更加密切的联系，士人音乐家大量出现，他们在享受音乐带给他们的乐趣的同时，也加深了对各种乐器的了解，使得他们可以学习掌握某些乐器的演奏方法，乐器成为他们日常生活的必需品。在欣赏乐器演奏的同时，乐器往往成为他们笔下重要的描写对象，并为我们留下了大量歌咏乐器的诗赋作品。

二、琴与士人生活

魏晋南北朝，琴在士人生活中的地位逐渐上升，成为他们生活中必不可

---

① （清）严可均校辑：《全上古三代秦汉三国六朝文》，中华书局1958年版，第854页。
② （清）严可均校辑：《全上古三代秦汉三国六朝文》，中华书局1958年版，第1277页。
③ （清）严可均校辑：《全上古三代秦汉三国六朝文》，中华书局1958年版，第1979页。
④ （清）严可均校辑：《全上古三代秦汉三国六朝文》，中华书局1958年版，第5253页。
⑤ （清）严可均校辑：《全上古三代秦汉三国六朝文》，中华书局1958年版，第1282页。

少的一部分。士人们弹琴自娱、以琴会友，在他们的参与下，中古琴乐有了很大的发展，士人写下了大量不同于以往的琴曲歌辞，具有鲜明的时代特征。

（一）琴与士人的隐逸生活

琴被誉为乐器中的隐者，这与它的音乐效果有一定的联系。魏晋南北朝是我国历史上隐逸之风盛行的一个高峰期，文士而擅古琴者日渐增多，借琴乐来抒写自我心灵成为一种新趋向。琴在士人的隐逸生活中扮演了重要的角色，这主要体现为这一时期隐逸琴人的大量涌现和他们创作的大量隐逸琴曲。

第一，士人中隐逸琴人大量涌现。随着隐逸之风的盛行，士人追求隐逸的生活，逐渐形成了一种社会风尚，《北史·隐逸传》记载隐逸之风时说：

> 魏、晋以降，其流逾广。其大者则轻天下，细万物；其小者则安苦节，甘贱贫。或与世同尘，随波澜以俱逝；或违时矫俗，望江湖而独往。狎玩鱼鸟，左右琴书，拾遗粒而织落毛，饮石泉而庇松柏。放情宇宙之外，自足怀抱之中。然皆欣欣于独善，鲜汲汲于兼济。夷情得丧，忘怀累有。①

与此相应，琴在这一时期也得到了隐逸士人的普遍认可，成为他们抒写情感的寄托。另外，据笔者统计，《晋书》卷九十四《隐逸传》中记载了两晋时期的 38 位隐逸之人，擅琴者有 6 位；《宋书》卷九十三《隐逸传》中记载了 22 位隐逸士人，擅琴者有 5 位；《魏书》卷九十《逸士传》记载了 4 位，其中有 1 位会弹琴；《南史》卷七十五《隐逸传》记载 42 位隐逸之人，有 7 位会弹琴；《北史》卷八十八《隐逸传》则记载了 7 位隐逸士人，无擅琴者。以上共计 113 位隐逸士人，其中琴人有 19 位，比例约为 17%，即约每 5 个人中就会有 1 位擅长弹琴者。而魏晋之前首次记载隐逸士人的《后汉书》卷八十三《逸民传》中记载了 15 位逸民，会弹琴者仅有 1 位，比例为 6%。汉末时期是隐逸之风的开端，发展到魏晋南北朝，隐逸士人在数量上

---

① 《北史》卷八十八《隐逸传》，中华书局 1974 年版，第 2907—2908 页。

是汉末时期的 7.5 倍，擅琴者在数量上是前期的 19 倍。由此可见，魏晋南北朝隐逸风尚的盛行和隐逸琴人之多。

这些隐逸之人有很多都是当时的著名士人，他们常常借琴来寄托他们的情感，过着"狎玩鱼鸟，左右琴书"的隐逸生活，是隐逸士人中的隐逸琴人。比较著名的有孙登、嵇康、阮籍、陶渊明、宗炳、戴逵父子等。如孙登"于郡北山为土窟居之，夏则编草为裳，冬则被发自覆。好读《易》，抚一弦琴，见者皆亲乐之"①。嵇康则"弹琴咏诗，自足于怀"，《世说新语·雅量》说他"临刑东市，神气不变。索琴弹之，奏《广陵散》"②。嵇康在其《琴赋》并序中称赞古琴说"众器之中，琴德最优"，充分表达了他对古琴的认可。东晋的陶渊明，他"好读书，性嗜酒，著文章以自娱"，过着田园牧歌般的生活，他在《与子俨等疏》中说"少好琴书，偶爱闲静，……性不解音，而畜素琴一张，弦徽不具，每朋酒之会，则抚而和之，曰：'但识琴中趣，何劳弦上声！'"。他在《答庞参军诗》中写道："衡门之下，有琴有书。载弹载咏，爰得我娱。岂我他好，乐是幽居。朝为灌园，夕偃蓬庐。"③

戴逵父子三人是南朝著名隐逸琴人，《晋书》记载戴逵，"少博学，好谈论，善属文，能鼓琴，工书画，其余巧艺靡不毕综……性不乐当世，常以琴书自娱"④。他的两个儿子也擅长弹琴，《宋书·隐逸传》记载："戴颙，字仲若，谯郡铚人也。父逵，兄勃，并隐遁有高名。……父善琴书，颙并传之，凡诸音律，皆能挥手。颙及兄勃，并受琴于父。父没，所传之声，不忍复奏，各造新弄，勃五部，颙十五部。颙又制长弄一部，并传于世。"⑤ 据《南史·隐逸传》，（戴颙）"为义季鼓琴，并新声变曲；其三调《游弦》《广陵》《止息》之流，皆与世异。以其好音，长给正声伎一部。颙合《何尝》《白鹄》二声以为一调，号为《清旷》"。宗炳"妙善琴书，精于言理，每游山水，往辄忘归"⑥。

---

① 《晋书》卷九十四《隐逸传·孙登传》，中华书局 1974 年版，第 2426 页。
② 余嘉锡撰：《世说新语笺疏》，中华书局 1983 年版，第 344 页。
③ 《晋书》卷九十四《隐逸传》，中华书局 1974 年版，第 2457—2463 页。
④ 《晋书》卷九十四《隐逸传》，中华书局 1974 年版，第 2457 页。
⑤ 《宋书》卷九十三《隐逸传》，中华书局 1974 年版，第 2276 页。
⑥ 《宋书》卷九十三《隐逸传》，中华书局 1974 年版，第 2278 页。

从以上历史记载来看，隐逸风尚的盛行使得隐逸琴人大量涌现，这充分表明琴在这一时期已得到隐逸士人的普遍认可，弹琴自娱、流连山水已成为士人隐逸生活的一部分。

第二，琴与大量隐逸琴曲的出现。体现琴与士人隐逸生活的另一个方面是这一时期出现的隐逸琴曲，从其内涵和主题来看，这些琴曲往往从不同侧面表现了士人的隐逸生活。

首先，这些琴曲中流露出对自身遭遇的哀叹和对隐逸生活的向往。魏晋时期的士人琴曲歌辞的内容题材，多是对艰难世事的描写和对自身遭遇的哀叹以及对前途命运的隐忧，代表作有《思归引》《幽兰》《贞女引》《昭君怨》等。

这些琴曲多抒发着作者生不逢时的忧郁之情，表现他们将欲归隐的情怀。晋代石崇的《思归引序》曰："崇少有大志，晚节更乐放逸。因览乐篇有《思归引》，古曲有弦无歌，乃作乐辞。"① 在这首曲辞中可以看到他的生活场景"列姬姜，拊丝竹，叩宫商，宴华池，酌玉觞"。作为晋代巨富的石崇，他的这种做法代表着一部分士人，他们在官场失意后，往往会退居别业，过着隐逸的生活。

《猗兰操》又名《幽兰操》，《乐府诗集》郭茂倩解题引《琴操》曰："《猗兰操》，孔子所作。孔子历聘诸侯，诸侯莫能任。自卫反鲁，隐谷之中，见香兰独茂，喟然叹曰：'兰当为王者香，今乃独茂，与众草为伍。'乃止车，援琴鼓之，自伤不逢时，托辞于香兰云。"② 此题下有宋鲍照的《幽兰五首》，其二写道："帘委兰蕙露，帐含桃李风。揽带昔何道，坐令芳节终。"③ 作者也是"托辞于香兰"，以香兰自况，抒写自己生不逢时只能"坐令芳节终"的感伤。据《琴谈》记载，左思"作有《谷口引》似《招隐》，又作《幽兰》"④。阮籍为逃避司马氏的迫害而放纵饮酒，为此而作的《酒狂》，反映了当时士人的政治处境，也表现了他不与司马氏合作的反抗情绪。

---

① （宋）郭茂倩编：《乐府诗集》卷五十八《琴曲歌辞》，中华书局1979年版，第838页。
② （宋）郭茂倩编：《乐府诗集》卷五十八《琴曲歌辞》，中华书局1979年版，第839页。
③ （宋）郭茂倩编：《乐府诗集》卷五十八《琴曲歌辞》，中华书局1979年版，第840页。
④ 转引自易存国：《大音希声》，浙江大学出版社2005年版，第191页。

其次，这些琴曲模山范水，表现出对山水的向往。东晋南朝时期，山水因素在文学作品中的比重逐渐增加，这种现象也自然体现在士人的琴歌曲辞之中，《乐府诗集》中的《白雪》《蔡氏五弄》《风入松》《秋风》《绿竹》《流水》等曲主要通过对山水因素的描写表现了士人们对隐遁避世生活的向往和憧憬。山水与琴书成为当时士人隐逸生活的精神家园，在这些琴歌曲辞中有大量山水因素的描写，士人们在山水中找到了精神的归宿，琴书逍遥的生活，便一起成为他们创作的题材。

关于《蔡氏五弄》，《乐府诗集》郭茂倩解题引《琴书》说："邕性沉厚，雅好琴道。嘉平初，入青溪访鬼谷先生。所居山有五曲：一曲制一弄，山之东曲，常有仙人游，故作《游春》；南曲有涧，冬夏常渌，故作《渌水》；中曲即鬼谷先生所居也，深邃岑寂，故作《幽居》；北曲高岩，猿鸟所集，感物坐愁，故作《坐愁》；西曲灌木吟秋，故作《秋思》"①。郭茂倩说："近世作者多因题命辞，无复本意云"②，那么从《乐府诗集》中收录的其他作品可以看到这种"因题命辞"的创作方法的变化。

梁代吴均的《绿水曲》曰："香暖金堤满，湛淡春塘溢。已送行台花，复倒高楼日。"③ 江洪也写过《绿水》二首："尘容不忍饰，临池客未归。谁能别渌水，全取浣罗衣。"（其一） "潺湲复皎洁，轻鲜自可悦。横使有情禽，照影遂孤绝。"（其二）④ 这些歌诗已经不是蔡氏五弄的风格，而是以模山范水为主，借景抒情来表达自己对山水之美的热爱，表现恬淡的隐逸生活。

魏晋南北朝时歌诗艺术发达，琴的流行便利了士人们进行大量的琴曲歌辞创作，这些歌诗在内容、风格上反映了当时士人的隐逸生活状态。士人琴曲歌辞中对隐逸生活细节的描写彰显着当时士人的心灵趋向，士人的觉醒也促进了歌诗的革新，对个体命运的关注和对山水审美的爱好等，体现着魏晋南北朝歌诗艺术的时代特色。

---

① （宋）郭茂倩编：《乐府诗集》卷五十九《琴曲歌辞》，中华书局 1979 年版，第 855—856 页。
② （宋）郭茂倩编：《乐府诗集》卷五十九《琴曲歌辞》，中华书局 1979 年版，第 856 页。
③ （宋）郭茂倩编：《乐府诗集》卷五十九《琴曲歌辞》，中华书局 1979 年版，第 857 页。
④ （宋）郭茂倩编：《乐府诗集》卷五十九《琴曲歌辞》，中华书局 1979 年版，第 857 页。

（二）琴与士人的世俗生活

在世俗生活中，士人也离不开琴。琴在魏晋南北朝已成为各阶层士人的一项基本修养，据《颜氏家训·杂艺》记载："古来名士，多所爱好。洎于梁初，衣冠子孙，不知琴者，号有所阙；大同以末，斯风顿尽。然而此乐愔愔雅致，有深味哉！"① 可见琴在此期间已成为"衣冠子孙"的必备素养之一，进入了日常生活中。

随着琴在士人之间广泛流传，鼓琴不但得到士人的认可，成为基本修养，而且还逐渐成为很多士人的"家学"，一家之中往往是父子兄弟都善于弹琴。纵览魏晋南北朝，比较著名的有嵇康、嵇绍父子，阮籍、阮咸、阮瞻父子（侄），王羲之、王徽之、王献之父子，戴逵、戴勃、戴颙父子等。上文已经提到，在此不再赘述。

琴还是这一时期士人间交游的重要媒介，很多士人因为有着对琴的共同爱好而成为知己之交。如以下记载都很典型。

贺司空入洛赴命，为太孙舍人，经吴阊门，在船中弹琴。张季鹰本不相识，先在金阊亭，闻弦甚清，下船就贺，因共语。便大相知说。问贺："卿欲何之？"贺曰："入洛赴命，正尔进路。"张曰："吾亦有事北京。"因路寄载，便与贺同发。初不告家，家追问乃知。②

顾彦先平生好琴，及丧，家人常以琴置灵床上。张季鹰往哭之，不胜其恸，遂径上床，鼓琴，作数曲竟，抚琴曰："顾彦先颇复赏此不？"因又大恸，遂不执孝子手而出。③

戴公从东出，谢太傅往看之。谢本轻戴，见但与论琴书。戴既无吝色，而谈琴书愈妙。谢悠然知其量。④

（阮）瞻字千里。性清虚寡欲，自得于怀。读书不甚研求，而默识其要，遇理而辩，辞不足而旨有余。善弹琴，人闻其能，多往求听，不问贵贱长幼，皆为弹之。神气冲和，而不知向人所在。内兄潘岳每令鼓

---

① 王利器：《颜氏家训集解》卷九《杂艺》，中华书局 1993 年版，第 589 页。

② 余嘉锡撰：《世说新语笺疏》，中华书局 1983 年版，第 740—741 页。

③ 余嘉锡撰：《世说新语笺疏》，中华书局 1983 年版，第 640 页。

④ 余嘉锡撰：《世说新语笺疏》，中华书局 1983 年版，第 373 页。

琴，终日达夜，无忤色。①

　　谢鲲……好《老》《易》，能歌善鼓琴，王衍、嵇绍并奇之……于
时名士王玄、阮修之徒，并以鲲初登宰府，便至黜辱，为之叹恨。鲲闻
之，方清歌鼓琴，不以屑意，莫不服其远畅，而恬于荣辱。②

　　这些材料告诉我们，琴乐已成为当时很多士人交往的媒介，在琴的作用
下，他们往往能够莫逆于心，成为性灵相契的知己好友。

　　琴还被用于士人间的集会饮宴场合上，这在很多诗歌作品中都有相关的
记载。梁代刘苞的诗《九日侍宴乐游苑正阳堂诗》中有"云飞雅琴奏，风
起洞箫吹"的句子；庾肩吾的《侍宣猷堂宴湘东王应令诗》中写到当时游
宴的场合："竹迳箫声发，桐门琴曲愁。徒奉文成诵，空知思若抽"；陈代
江总《侍宴赋得起坐弹鸣琴诗》中写道："丝传园客意，曲奏楚妃情。罕有
知音者，空劳流水声"。这些都可以说明琴当时已被广泛用于士人们游宴场
合，成为他们歌舞娱乐必不可少的道具。

　　除以上所述外，还有大量咏赞的古琴的琴铭、琴赞等。晋殷仲堪、王
珣、宋谢惠连等写过《琴赞》，南齐谢朓《琴》、《和王中丞闻琴诗》，梁
丘迟《题琴朴奉柳吴兴诗》，梁何逊《离夜听琴》，梁刘孝绰《秋夜咏琴
诗》，梁到溉《咏琴诗》，陈马元熙《日晚弹琴诗》，陈贺澈《为我弹鸣琴
诗》，陈沈炯《为我弹鸣琴诗》，北齐萧悫《听琴诗》，北周庾信《弄琴二
首》。

　　琴得到魏晋南北朝各阶层士人的认可，在士人的日常生活中，琴或者被
用于娱乐身心，或者被士人用来交流。随着琴与士人关系的逐渐密切，琴乐
成为魏晋南北朝士人的必备素质，琴在士人生活中的地位大大地提高了。

三、筝与士人生活

　　魏晋南北朝时期，筝在形制上有了很大的改进，其音乐表现力也更加丰
富多彩，这使得筝一度成为特别流行的乐器之一，皇室、王公、士人都对筝

---

① 《晋书》卷四十九《阮瞻传》，中华书局 1974 年版，第 1363 页。
② 《晋书》卷四十九《谢鲲传》，中华书局 1974 年版，第 1377 页。

情有独钟。清商三调曲自东汉以来非常盛行，这与当时士人"以悲为美"的审美风尚有着密切的联系。清商乐与"以悲为美"的社会审美风尚结合后，很快得到社会的普遍认可，并强化了士人这种"以悲为美"的审美风尚。筝不仅是士人审美理想的寄托，也是他们日常娱乐生活中必不可少的道具。以丝竹乐器为主要伴奏乐器的清商乐，其所奏音乐本身具有"凄厉""悲哀"的特点。筝作为清商乐的重要伴奏乐器，以其自身特点迎合了士人的审美需求而受到了广大士人的青睐。

（一）筝与士人的审美理想

魏晋南北朝士人们的审美倾向于"以悲为美"，筝的自身特点逐渐进入到他们的审美理想中，成为士人审美理想的寄托，在长期的磨合中，二者相互促进。

第一，慷慨、悲哀的筝乐。筝作为丝竹乐器的一种，自然具有"丝声哀"的特点。从文学作品来看，士人笔下的筝往往具有"慷慨"和"悲哀"的特点，侯瑾《筝赋》曰："朱弦微而慷慨兮，哀气切而怀伤……感悲音而增叹，怆憔悴而怀愁。"[1] 筝的音乐效果是慷慨激昂的，嵇康的《声无哀乐论》也说："琵琶、筝、笛，间促而声高，变众而节数，以高声御数节，故使人形躁而志越"。[2] 曹植的《野田黄雀行》有"秦筝何慷慨，齐瑟和且柔"，其《弃妇诗》中有"抚节弹鸣筝，慷慨有余音"的句子[3]；萧纲的《筝赋》曰："听鸣筝之弄响，闻兹弦之一弹。足使游客恋国，壮士冲冠"[4]。另外，在魏晋南北朝的文学作品中，筝常常是以哀筝的形象出现的。如陆机《顺东西门行》："激朗笛，弹哀筝，取乐今日尽欢情"[5]；《晋杯槃舞歌》："筝笛悲，酒舞疲，心中慷慨可健儿"[6]；傅玄《筝赋》："清浊代兴，有始有终。哀起清羽，乐混大宫"[7]；谢灵运《燕歌行》："对君不乐泪沾缨，辟

---

① （清）严可均校辑：《全上古三代秦汉三国六朝文》，中华书局 1958 年版，第 833 页。

② （清）严可均校辑：《全上古三代秦汉三国六朝文》，中华书局 1958 年版，第 1331 页。

③ 逯钦立辑校：《先秦汉魏晋南北朝诗》，中华书局 1983 年版，第 425、456 页。

④ （清）严可均校辑：《全上古三代秦汉三国六朝文》，中华书局 1958 年版，第 2996 页。

⑤ 逯钦立辑校：《先秦汉魏晋南北朝诗》，中华书局 1983 年版，第 667 页。

⑥ 逯钦立辑校：《先秦汉魏晋南北朝诗》，中华书局 1983 年版，第 848 页。

⑦ （清）严可均校辑：《全上古三代秦汉三国六朝文》，中华书局 1958 年版，第 1716 页。

窗开幌弄秦筝。调弦促柱多哀声"①；蔡琰《悲愤诗》："乐人兴兮弹琴筝，音相和兮悲且清。心吐思兮胸愤盈"②。可见慷慨、哀伤是当时士人对筝乐演奏效果的共同感受。

筝之所以被称作"哀筝"，不只是筝自身的音响效果的原因，更因为士人的悲情与筝声能够相互契合，二者产生了共鸣。中古士人心中长存"建功立业之豪情和人生无常之悲慨"，③ 这种源于现实的悲哀与无奈，诱发了他们对自身命运的思索，这在作品中的直接表现就是对内心悲情的宣泄。以筝为伴奏乐器的清商乐正好满足了士人的这种心灵需求，因此，筝成为他们抒发内心深处忧世伤时、自悲自悼心理感受的工具。这是"哀筝"形象在这一时期的文献作品中大量出现的重要原因之一。

第二，筝与以悲为美的审美倾向。魏晋南北朝时期，音乐审美意识的最明显特点是"以悲为美"，以悲为美则成为一种社会审美风尚。罗宗强先生曾指出"战乱的环境，形成慷慨任气的风尚，给士人带来了一种慷慨悲凉的情调，以慷慨悲凉为美，就成了此时自然而然、被普遍接受的情趣"④。嵇康的《琴赋》里讲到当时社会的音乐审美倾向时称："称其材干，则以危苦为上；赋其声音，则以悲哀为主；美其感化，则以垂涕为贵。"⑤ 繁钦的《与魏文帝笺》也称赞年轻的歌唱家薛访车子，"年始十四，能喉啭引声，与笳同音……潜气内转，哀音外激，大不抗越，细不幽散，声悲旧笳，曲美常均。……暨其清激悲吟，杂以怨慕，咏北狄之遐征，奏胡马之长思，凄入肝脾，哀感顽艳……同坐仰叹，欢者俯听，莫不泫泣殒涕，悲怀慷慨"⑥。慷慨悲哀的审美倾向和哀筝音乐相结合，可以说是当时士人审美理想最佳的表现方式。

蔡仲德在论及"关于否定以悲为美"时说："悲歌悲乐能使人认识生活，憎恨黑暗，憧憬光明，其效果往往不是消极的而是积极的，因此不能将

---

①　逯钦立辑校：《先秦汉魏晋南北朝诗》，中华书局 1983 年版，第 1152 页。

②　逯钦立辑校：《先秦汉魏晋南北朝诗》，中华书局 1983 年版，第 201 页。

③　赵敏利等：《中国古代歌诗研究》，北京大学出版社 2005 年版，第 339 页。

④　罗宗强：《魏晋南北朝文学思想史》，中华书局 1996 年版，第 36 页。

⑤　《文选》卷十八，上海古籍出版社 1986 年版，第 836 页。

⑥　《文选》卷四十四，上海古籍出版社 1986 年版，第 562 页。

'以悲为美'等同于悲观主义。"① 这一时期的士人命途多舛，他们心中长存"建功立业之豪情和人生无常之悲慨"，因此，士人的审美追求往往"以悲为美"，表现出既慷慨激昂又悲凉哀伤的特点。这样筝便成了士人精神生活的必需品，成了他们审美理想的寄托，这从历史记载和当时一些著名士人作品中对筝的评价也可以看出。

这一时期出现了8篇专门以筝为题材的赋作及大量咏筝诗，如东汉的侯瑾在《筝赋》中写道："上感天地，下动鬼神，享祀宗祖，酬酢嘉宾，移风易俗，混同人伦，莫有尚于筝者矣。"② 阮瑀《筝赋》也说："惟夫筝之奇妙，极五音之幽微。苞群声以作主，冠众乐而为师。"③ 傅玄宣称，"所乐亦非琴，唯言琵琶与筝，能娱我心"④，在《筝赋序》中，他也说筝"体合法度，节究哀乐，斯乃仁智之器"⑤。何承天也善于弹筝，《宋书》本传说："承天又能弹筝，上又赐银装筝一面。"⑥ 南朝沈约、萧纲等也都写过筝赋。这在同时的乐器诗赋中数量是最多的，足见士人们对筝情有独钟。

士人爱筝并以诗、赋咏筝，无不体现出筝在当时士人生活中的重要性。有学者在讨论建安文学的"慷慨"之美与歌诗表演及欣赏的关系时曾指出："在建安时代，'慷慨'的一个非常重要的含义即是指清商三调曲的音乐美感特征……他们（士人）是借这种激越悲怆之声来实现他们的自我肯定，来完成他们自我生命力的对象化……建安士人对歌诗艺术的激赏，实质上未尝不可以看做是对他们人生理想和自我品格的讴歌。"⑦ 清商三调曲"慷慨"的美感特征及其伴奏乐器——筝，与建安士人的功业豪情和人生理想，有着深层的一致性。在此前提下，"慷慨"是建安士人独特心灵的概括，筝则在"慷慨"之情的表达中发挥了不可替代的作用。

（二）筝与士人的娱乐生活

在无奈的现实面前，士人们有感于人生的短暂和无常，在经历痛苦和绝

---

① 蔡仲德：《中国音乐美学史》，人民音乐出版社2003年版，第493页。
② （清）严可均校辑：《全上古三代秦汉三国六朝文》，中华书局1958年版，第833页。
③ （清）严可均校辑：《全上古三代秦汉三国六朝文》，中华书局1958年版，第973页。
④ 逯钦立辑校：《先秦汉魏晋南北朝诗》，中华书局1983年版，第568页。
⑤ （清）严可均校辑：《全上古三代秦汉三国六朝文》，中华书局1958年版，第1716页。
⑥ 《宋书》卷六十四《何承天传》，中华书局1974年版，第1710页。
⑦ 赵敏利等：《中国古代歌诗研究》，北京大学出版社2005年版，第339—340页。

望的煎熬后，往往容易效仿前人，及时行乐。《梁书·江淹传》记载："平生言止足之事，亦以备矣。人生行乐耳，须富贵何时。"① 及时行乐在当时已经成为一种流行观念，受这种观念的影响，士人们在纵情声色、集会游宴中，也多以筝佐宴，甚至即兴创作以筝为题材的诗赋作品。

汉魏晋南北朝时期，筝在士人音乐娱乐生活中的地位是举足轻重的，文学作品有很多关于筝被用于士人集会、游宴的描写，如《古诗十九首》："今日良宴夜，欢乐难具陈。弹筝奋逸响，新声妙入神。"新声就是汉末新兴的清商三调曲，筝与后来清商乐的结合，进一步丰富了士人的娱乐生活。

很多记载表明，筝被用在士人们集会、游宴的场合，既烘托集会的热闹场面，又可以抒发士人们心中慷慨激昂的情感。魏文帝曹丕《善哉行》里记载："朝游高台观，夕宴华池阴。齐倡发东舞，秦筝奏西音";② 曹植《野田黄雀行》："置酒高殿上，亲友从我游。中厨办丰膳，烹羊宰肥牛。秦筝何慷慨，齐瑟和且柔";《正会诗》："笙磬既设，筝瑟俱张。悲歌厉响，咀嚼清商"③；陆机《顺东西门行》说他"感朝露，悲人生"，感慨人生苦短，于是"置酒高堂宴友生，激郎笛，弹哀筝，取乐今日尽欢情"④；阮修在他的《上巳会诗》写到他在上巳节集会饮宴的情景："坐此修筵，临彼素流。嘉肴既设，举爵献酬。弹筝弄琴，新声上浮"⑤；齐代谢朓的《三日侍华光殿曲水宴代人应诏诗》其九也写过当时华光殿饮宴场合上演奏筝的场面："弱腕纤腰，迁延妙舞。秦筝赵瑟，殷勤促柱"⑥；梁代王暕的《观乐应诏诗》曰："赵瑟含清音，秦筝凝逸响。……繁弦非一两。幸叨东郭吹"⑦。

可见，筝在士人集会的场合，往往和其他乐器一起扮演着重要的角色。筝的演奏或者烘托宴会的热闹气氛，或者疏泄士人们心中"欢日尚少，戚日苦多"的情感，或者寄托士人们"及时行乐"的感情。

在集会饮宴时士人们还创作了很多《咏筝诗》《筝歌》《筝赋》等与筝相关

① 《梁书》卷十四《江淹传》，中华书局1973年版，第251页。
② 逯钦立辑校：《先秦汉魏晋南北朝诗》，中华书局1983年版，第393页。
③ 逯钦立辑校：《先秦汉魏晋南北朝诗》，中华书局1983年版，第425、449页。
④ 逯钦立辑校：《先秦汉魏晋南北朝诗》，中华书局1983年版，第667页。
⑤ 逯钦立辑校：《先秦汉魏晋南北朝诗》，中华书局1983年版，第730页。
⑥ 逯钦立辑校：《先秦汉魏晋南北朝诗》，中华书局1983年版，第1423页。
⑦ 逯钦立辑校：《先秦汉魏晋南北朝诗》，中华书局1983年版，第1593页。

的文学作品。从这些作品中可以看到筝与当时士人娱乐活动的密切关系。

> 秦筝吐绝调，玉柱扬清曲。弦依高张断，声随妙指续。徒闻音绕梁，宁知颜如玉。（沈约《咏筝诗》）①
>
> 依歌时转韵，按曲动花钿。促调移轻柱，乱手度繁弦。惟有高秋月，秦声未可怜。（王台卿《咏筝诗》）②
>
> 三五并时年，二八共来前。今逢泗滨树，定减琴中弦。鹤别霜初紧，乌啼月正悬。（陆琼《玄圃宴各咏一物须筝诗》）③
>
> 弹筝北窗下，夜响清音愁。张高弦易断，心伤曲不遒。（萧纲《弹筝诗》）④
>
> 柳谷向夕沉余日，蕙楼临砌徙斜光。金户半入蘂林影，兰径时移落蕊香。丝绳玉堂传绮席，秦筝赵瑟响高堂。舞裙拂履喧珠珮，歌响出扇绕尘梁。云边雪飞弦柱促，留宾但须罗袖长。日暮歌钟恒不倦，处处行乐为时康。（沈君攸《薄暮动弦歌》）⑤

以上几首《咏筝诗》描写的内容涉及筝的曲调、音乐效果、演奏手法等，表明当时士人在筝的弹奏方面取得了很大成就。《弹筝诗》则是士人们亲自弹筝的写照，大多抒写弹奏筝时的心态。这些诗作都与士人娱乐生活有关。

此外，还有以筝演奏者为歌咏对象的诗作，如下面的几首歌诗都是对弹筝艺人的歌咏。其中有对弹筝人心态的描摹，也有对他们演奏技巧和效果的描写：

> 故筝犹可惜，应度几人边。尘多涩移柱，风燥脆调弦。还作三洲曲，谁念九重泉。（萧统《咏弹筝人诗》）⑥

---

① 逯钦立辑校：《先秦汉魏晋南北朝诗》，中华书局1983年版，第1656页。
② 逯钦立辑校：《先秦汉魏晋南北朝诗》，中华书局1983年版，第2090页。
③ 逯钦立辑校：《先秦汉魏晋南北朝诗》，中华书局1983年版，第2538—2539页。
④ 逯钦立辑校：《先秦汉魏晋南北朝诗》，中华书局1983年版，第1971页。
⑤ 逯钦立辑校：《先秦汉魏晋南北朝诗》，中华书局1983年版，第2110页。
⑥ 逯钦立辑校：《先秦汉魏晋南北朝诗》，中华书局1983年版，第1801页。

横筝在故帷，忽忆上弦时。旧柱未移处，银带手经持。悔道啼将别，教成近日悲。（萧绎《和弹筝人诗二首》其一）①

琼柱动金丝，秦声发赵曲。流徵含阳春，美手过如玉。（萧绎《和弹筝人诗二首》其二）②

佳丽尽时年，合瞑不成眠。银龙衔烛烬，金凤起炉烟。吹簧先弄曲，调筝更撮弦。歌还团扇后，舞出妓行前。绝代终难及，谁复数神仙。（萧放《冬夜咏妓诗》）③

筝是清商乐的重要乐器之一，《乐府诗集》卷四十四《清商曲辞》郭茂倩解题记载，清商乐所配乐器有"钟、磬、琴、瑟、击琴、琵琶、箜篌、筑、筝、节鼓、笙、笛、箫、篪、埙等十五种"④，并引《古今乐录》说"吴声歌，旧器有篪、箜篌、琵琶，今有笙、筝"⑤。由于筝慷慨激昂的音乐特色，它为清商乐伴奏往往能够营造慷慨激昂的气氛，方便抒发士人心中的豪情。魏文帝曹丕是清商乐的爱好者，上文中曾提到过他曾经弹筝来为别人伴奏。谢尚有《筝歌》一首，沈约的《江南弄四首》中有一首《秦筝曲》，描写了演奏者弹筝时的情景："罗袖飘缅拂雕桐，促柱高张散轻宫，迎歌度舞遏归风。遏归风，止流月。寿万春，欢无歇"⑥。筝声达到了"遏归风，止流月"的效果，让作者生发出"寿万春，欢无歇"的美好期望。在士人娱乐生活中，筝不仅仅是一件乐器，更是他们自我的化身，在筝乐欣赏中士人们找到了自己的人生理想，肯定了自己的人生意义。

战乱时代士人们的审美倾向于以悲为美，并与筝产生了密切的联系，士人们把审美理想寄托在筝乐之中，以书写人生悲情为主的美学特征在中古士人的作品中得到了充分的体现，这正是动乱时代里士人们对外部生存环境的审视、对自身生命境况的哲学思考在创作上的体现。可以说士人们弹筝自娱、作诗咏筝实际上是对内心悲情的直接抒发和自然流露，而欣赏筝乐、以

① 逯钦立辑校：《先秦汉魏晋南北朝诗》，中华书局 1983 年版，第 2054 页。
② 逯钦立辑校：《先秦汉魏晋南北朝诗》，中华书局 1983 年版，第 2054 页。
③ 逯钦立辑校：《先秦汉魏晋南北朝诗》，中华书局 1983 年版，第 2259 页。
④ （宋）郭茂倩编：《乐府诗集》卷四十四《清商曲辞一》，中华书局 1979 年版，第 638 页。
⑤ （宋）郭茂倩编：《乐府诗集》卷四十四《清商曲辞一》，中华书局 1979 年版，第 640 页
⑥ 逯钦立辑校：《先秦汉魏晋南北朝诗》，中华书局 1983 年版，第 1625 页。

筝佐乐则是士人们在无可奈何的情况下，对内心悲情的间接抒发，是苦中作乐的无奈之举。

第三节　乐器演奏与歌诗艺术特征——以琴、筝为例

如前所述，各种乐器在魏晋南北朝均有所发展，在这个过程中乐器对士人的音乐生活产生了极大的影响。在士人的参与下，乐器走进了文学创作领域，成为文学作品的题材，大量乐器赋、咏乐器诗的创作就是最好的例证。乐器对歌诗创作也是有很大影响的，不同乐器独奏、合奏时的音乐特质会对歌诗创作产生不同的影响。本章拟从乐器自身特质出发，以琴、筝为例探讨乐器演奏与歌诗艺术特色的关系。

一、乐器演奏对歌诗创作的制约

乐器演奏对歌诗创作是有一定制约作用的，不同乐器配合会产生不同的音乐特质，如鼓吹、横吹乐所使用的箫、笳、鼓、角等乐器，具有嘹亮激昂的特点；清商三调歌所使用的琴、筝、笛等乐器，则具有慷慨哀怨的特点。不同乐种的音乐特质满足了歌诗创作者不同的审美情感取向，各乐种的音乐特质与歌诗创作者的情感取向相结合，共同影响着他们歌诗创作的艺术特色。

（一）乐器及乐器的配合与音乐特质之关系

在古代，各种乐器由于材料、形制的不同，其音乐特质也不同，因而使用情况往往也是不同的。先秦时期人们已经认识到了乐器及乐器之间的配合与音乐特质之关系的问题，其实各种乐器之间相互配合，就是为了做到"音声相和"，《尚书·舜典》记载大舜要求乐师夔负责音乐教育时说：

> 命女典乐，教胄子。直而温，宽而栗，刚而无虐，简而无傲。诗言志，歌永言，声依永，律和声。八音克谐，无相夺伦，神人以和。夔曰：於！予击石拊石，百兽率舞。①

---

① （汉）孔安国传，（唐）孔颖达疏：《尚书正义》，（清）阮元校刻：《十三经注疏》，中华书局1980年版，第131页。

"八音克谐，无相夺伦"，是说各种乐器配合演奏，相得益彰，可以使得"神人以和"，可以想见这种和谐的乐音的效果。乐器的配合在后世也得到一致认可，《礼记·乐记》中也说：

> 大乐与天地同和，大礼与天地同节。和故百物不失，节故祀天祭地。……乐者，天地之和也；礼者，天地之序也。和故百物皆化，序故群物皆别。[1]

《尚书》《礼记》都是儒家经典，儒家重视音乐的教化作用，《论语》里说"兴于诗，立于礼，成于乐"（《论语·泰伯》），《孝经》中也讲"安上治民，莫善于礼；移风易俗，莫善于乐"，在《礼记》中"乐者为同，礼者为异""乐统同，礼辨异"（《礼记·乐记》），更是把乐看作安定社会的重要手段。在某种程度上这是因为儒家认为"乐者，天地之和也"，乐本身要求"和"，所以音乐的最高境界是能够"与天地同和"。

早在老子的《道德经》里便已提出"音声相和"（《道德经·第二章》）的音乐美学概念，到魏晋时期，嵇康在《声无哀乐论》中又讲到了"和"的音乐精神，嵇康认为音乐是一种精神，这种精神的性质就是"平和""太和""至和"，他说"音声有自然之和""声音以平和为体"，[2] 他借"秦客"之口讲出"至和之声，无所不感，托大同于声音，归众变于人情"[3]。《声无哀乐论》是道家音乐思想的总结，由此可以看出对"和"的音乐境界的追求也是道家的音乐审美取向。

无论是儒家实用的乐教还是道家的音乐审美都是从音乐"和"的角度出发，去探究音乐的外部规律和内部规律的，都把"和"作为音乐的最高境界。然而各种不同材料的乐器，声音效果是不同的，给人的感受也是不一样的。《礼记·乐记》曰：

---

① （汉）郑玄注，（唐）孔颖达疏：《礼记正义》卷三十七，（清）阮元校刻：《十三经注疏》，中华书局1980年版，第1530页。

② （清）严可均校辑：《全上古三代秦汉三国六朝文》，中华书局1958年版，第1329—1332页。

③ （清）严可均校辑：《全上古三代秦汉三国六朝文》，中华书局1958年版，第1331页。

> 钟声铿，铿以立号，号以立横，横以立武。君子听钟声则思武臣。石声磬，磬以立辨，辨以致死。君子听磬声则思死封疆之臣。丝声哀，哀以立廉，廉以立志。君子听琴瑟之声则思志义之臣。竹声滥，滥以立会，会以聚众。君子听竿笙箫管之声则思畜聚之臣。鼓鼙之声讙，讙以立动，动以进众。君子听鼓鼙之声则思将帅之臣。君子之听音，非听其铿锵而已也，彼亦有所合之也。①

《乐记》"钟声铿、石声磬、丝声哀、竹声滥"的话，告诉我们金、石、丝、竹类乐器的音乐特质是不同的，给人的音乐感受也是不一样的，金石类的往往比较庄重严肃，丝竹乐器则比较自由灵活，婉转嘹亮。然而"君子之听音，非听其铿锵而已也，彼亦有所合之也"，说明君子欣赏不同乐器效果的音乐不是仅仅为了"听其铿锵"之声音，而是另有目的"有所合之"。要实现这种"和"的音乐理想，在演奏乐器时就要求各种乐器之间的相互配合，才能演奏出这种音乐效果来。在长期的实践过程中，音乐家们逐渐认识到金石类乐器、丝竹类乐器在一起合奏往往会很和谐，产生比较一致的音乐效果。嵇康《声无哀乐论》又曰：

> 琵琶、筝、笛，间促而声高，变众而节数，以高声御数节，故使人形躁而志越。犹铃铎警耳，钟鼓骇心，故"闻鼓鼙之音，思将帅之臣"，盖以声音有大小，故动人有猛静也。琴瑟之体，间辽而音埤，变希而声清，以埤音御希变，不虚心静听，则不尽清和之极，是以听静而心闲也。夫曲用不同，亦犹殊器之音耳。②

丝竹类乐器具有"悲""滥"的特点，所以琵琶、筝、笛"间促而声高"，合奏的效果往往会"使人形躁而志越"。铃铎、钟鼓等在一起合奏会产生"警耳、骇心"的效果。琴瑟"间辽而音埤，变希而声清"，具有"清和"之美，琴瑟合奏能够使人"听静而心闲"。欣赏琴瑟合奏需要"虚心静

---

① （汉）郑玄注，（唐）孔颖达疏：《礼记正义》卷三十九，（清）阮元校刻：《十三经注疏》，中华书局 1980 年版，第 1541 页。

② （清）严可均校辑：《全上古三代秦汉三国六朝文》，中华书局 1958 年版，第 1331 页。

听", 才能"尽清和之极"。"夫曲用不同, 亦犹殊器之音耳", 告诉我们不同乐曲的情感色彩是不同的, 故而不同音乐特质的乐器适合表达不同的情感。

不同乐器及其配合的音乐效果不同, 这在魏晋南北朝诗歌中有大量有关乐器合奏的音乐特质的记载, 从很多当时的诗歌可见, 琴、筝、瑟、笛之间常常搭配合奏, 使音乐产生不同的特质。

> 乐人兴兮弹琴筝, 音相和兮悲且清。(蔡琰《悲愤诗》)①
> 秦筝何慷慨, 齐瑟和且柔。(曹植《野田黄雀行》)②
> 笙磬既设, 筝瑟俱张。悲歌厉响, 咀嚼清商。(曹植《正会诗》)③
> 激朗笛, 弹哀筝, 取乐今日尽欢情。(陆机《顺东西门行》)④
> 筝笛更弹吹, 高唱好相和。(鲍照《代堂上歌行》)⑤

上述材料告诉我们几点关于乐器配合演奏的音乐特质的问题, 我们发现琴筝合奏具有"悲且清"的音乐特质; 筝乐慷慨而瑟声柔和, 所以二者合奏会产生"慷慨柔和"的音乐特质。还有筝笛作为清商三调歌伴奏乐器的代表, 在一起合奏的效果既慷慨激昂又哀怨悲凉, 具有"丝声悲、竹声滥"的审美特质, 往往会使人或者"感朝露, 悲人生", 或者"取乐今日尽欢情", 抒发心中的哀乐之情。

总之音乐的内在本质在于"和", 这要求不同乐器之间进行配合演奏才能实现这种音乐效果。无论是庄严肃穆的金石之乐还是活泼自由的丝竹乐, 其乐器之间配合演奏都是为了促使音乐和谐。不同乐器也只有在配合演奏时才能使"音声相和"并产生特定的音乐特质。

(二) 从音乐与歌诗到乐器与歌诗

歌诗区别于一般诗歌的特点就是可以配乐演奏歌唱, 前人对歌诗与音乐

---

① 逯钦立辑校:《先秦汉魏晋南北朝诗》, 中华书局 1983 年版, 第 201 页。
② 逯钦立辑校:《先秦汉魏晋南北朝诗》, 中华书局 1983 年版, 第 425 页。
③ 逯钦立辑校:《先秦汉魏晋南北朝诗》, 中华书局 1983 年版, 第 449 页。
④ 逯钦立辑校:《先秦汉魏晋南北朝诗》, 中华书局 1983 年版, 第 667 页。
⑤ 逯钦立辑校:《先秦汉魏晋南北朝诗》, 中华书局 1983 年版, 第 1267 页。

关系问题的研究多从音乐角度笼统地研究音乐对歌诗的影响。萧涤非先生曾指出乐府的两个要素是"声调和歌辞，而其构成之门径，亦大致有二：（一）先有声调，因而造歌以实之者。（二）先有歌辞，因而制调以被之者"①。并且认识到南朝"民间乐府多属后一种，故其真情自然，往往较文士所作为胜，两汉如此，南朝亦如此也"②。由此看来，萧涤非已经认识到了音乐乐调对歌诗创作的影响作用了。除此之外，我们认为音乐对歌诗的影响还有以下两个方面。

其一，歌诗创作受乐曲的影响，在内容上往往与其保持一致。魏晋南北朝相和歌、清商乐、鼓吹、横吹等先后在娱乐领域流行，各个乐种都有自己的曲调及相关乐曲，如鼓吹曲、相和歌、横吹曲、清商三调曲等。这些歌曲为歌诗创作提供了范本，歌诗创作者往往"因声制辞"，在原来的旧乐曲名下填以新词，创作了大量内容不同于往昔而与乐曲内容一致的歌诗。如《乐府诗集》卷十六《鼓吹曲辞》解题中记载曰：

> 汉有《朱鹭》等二十二曲，列于鼓吹，谓之铙歌。及魏受命，使缪袭改其十二曲，而《君马黄》《雉子斑》《圣人出》《临高台》《远如期》《石留》《务成》《玄云》《黄爵》《钓竿》十曲，并仍旧名。是时吴亦使韦昭改制十二曲，其十曲亦因之。而魏、吴歌辞，存者唯十二曲，余皆不传。晋武帝受禅，命傅玄制二十二曲，而《玄云》《钓竿》之名不改旧汉。宋、齐并用汉曲。又充庭十六曲，梁高祖乃去其四，留其十二，更制新歌，合四时也。北齐二十曲，皆改古名。其《黄爵》《钓竿》，略而不用。后周宣帝革前代鼓吹，制为十五曲，并述功德受命以相代，大抵多言战阵之事。③

据此我们知道汉代曾有鼓吹曲二十二曲，三国时期曹魏的缪袭、孙吴的韦昭等曾据此仿制各自的《鼓吹曲辞》，各十二首。到了晋代傅玄制二十二曲，南朝宋齐梁也先后对其在增删基础上改制了新辞。

---

① 萧涤非：《汉魏六朝乐府文学史》，人民文学出版社 1984 年版，第 206 页。
② 萧涤非：《汉魏六朝乐府文学史》，人民文学出版社 1984 年版，第 206 页。
③ （宋）郭茂倩编：《乐府诗集》卷十六《鼓吹曲辞》，中华书局 1979 年版，第 224 页。

不同朝代改制自己的鼓吹乐，都是在汉代鼓吹乐曲的基础上改写的，其目的都是"述功德受命以相代"，为帝王歌功颂德，但这些鼓吹曲的内容"大抵多言战阵之事"。这与鼓吹乐作为军乐，其内容也多以描写战事为主是相一致的，因此可见音乐对歌诗创作内容的影响。

其二，歌诗创作受乐曲影响，在风格上也往往与其保持一致。清商三调曲就是在受到平、清、瑟三调的影响下产生的，那么这些歌诗创作者在创作时一定会按照清商曲的音乐要求来创作出与清商三调风格相一致的歌诗作品。王运熙先生在《清乐考略》一文中指出，清商乐作为魏晋南北朝时期的俗乐，其特点是"声音清越，哀怨动人"，包括相和歌、吴声、西曲的特点也是"争新哀怨"。[①] 因此，清商曲辞的风格往往也具有这种特点。如《乐府诗集》卷四十五《上声歌》解题引《古今乐录》曰："如古歌辞所言，谓哀思之音，不及中和。"而《上声歌八首》其二曰："郎作《上声歌》，促柱使弦哀。譬如秋风急，触遇伤侬怀。"其五曰："三月寒暖适，杨柳可藏雀。未言涕交零，如何见君隔。"[②] 音乐与歌者情感有明显的一致性，都体现了清商乐"争新哀怨"的特点。

音乐与乐器是不可分离的，音乐通过乐器来实现，乐器是乐调、乐曲的物质载体，歌诗创作者在根据各乐调乐曲创作歌诗时，自然要考虑到乐器的演奏效果而受乐器的影响。如相和三调是以丝竹乐器为主要伴奏乐器的，其乐器主要有琴、瑟、筝、筑、琵琶、笛、笙等。鼓吹曲和横吹曲则以箫、笳、鼓、铙、角等为伴奏乐器。不同的乐曲使用的伴奏乐器不同，那么歌诗创作者在创作歌诗的时候，自然要根据乐曲配乐时所用乐器情况来进行创作，受到乐器演奏的制约。其表现有数端。

一是以丝竹乐器伴奏的清商乐歌比较适合抒写大喜大悲的情感。王运熙先生在《清乐考略》中提道："清乐之具有此种特点（笔者按，指'争新哀怨'）跟它所用的乐器是分不开的。雅乐乐器主要是金石，故声音庄重；清乐则用丝竹……丝竹在发音上具有哀怨的特色"[③]。从典籍记载来看，丝竹类乐器琴、琵琶等都易于为歌诗伴奏，抒发歌诗创作者的哀乐之情：

---

① 王运熙：《乐府诗述论》（增补本），上海古籍出版社 2006 年版，第 196—197 页。
② （宋）郭茂倩编：《乐府诗集》卷十六《鼓吹曲辞》，中华书局 1979 年版，第 655—656 页。
③ 王运熙：《乐府诗述论》（增补本），上海古籍出版社 2006 年版，第 197 页。

初岁元祚,吉日惟良。乃为嘉会,燕此高堂。……笙磬既设,筝瑟俱张。悲歌厉响,咀嚼清商。愿保兹善,千载为常。欢笑尽娱,乐哉未央。(曹植《正会诗》)①

每念昔日南皮之游,诚不可忘。既妙思六经,逍遥百氏,弹棋间设,终以博奕,高谈娱心,哀筝顺耳。……白日既匿,继以朗月,同乘并载,以游后园。舆轮徐动,宾从无声,清风夜起,悲笳微吟,乐往哀来,怆然伤怀(曹丕《与朝歌令吴质书》)②

置酒高堂宴友生,激郎笛,弹哀筝,取乐今日尽欢情。(陆机《顺东西门行》)③

曹植的《正会诗》中描写的是宴会上各种乐器合奏清商乐的情景,"笙磬既设,筝瑟俱张"的音乐背景下,"悲歌厉响,咀嚼清商",淋漓尽致地表达诗人心中哀乐之情。从曹丕《与朝歌令吴质书》中筝、笳等乐器演奏和陆机的《顺东西门行》中笛、筝的演奏可以看出,受丝竹乐器合奏效果的影响,清商歌诗往往具有"哀怨"的特点,这和"丝声滥,竹声哀"的音乐特质是一致的。

二是歌诗创作者倚乐器即兴创作歌诗也是歌诗创作的一种常见形式。歌诗创作者用某一种乐器伴奏创作歌诗,倚乐器而歌来表达心志。以往演奏某一乐曲往往需要多种乐器的配合伴奏,然而只用一种乐器伴奏也可以进行歌诗演唱,这样的例子很多。

仲雄善弹琴,当时新绝。江左有蔡邕焦尾琴,在主衣库,上敕五日一给仲雄。仲雄于御前鼓琴作《懊侬曲歌》曰:"常叹负情侬,郎今果行许!"。帝愈猜愧。④

后堂集会,文季与渊并善琵琶,酒阑,渊取乐器为《明君曲》。⑤

---

① 逯钦立辑校:《先秦汉魏晋南北朝诗》,中华书局 1983 年版,第 449 页。
② (清)严可均校辑:《全上古三代秦汉三国六朝文》,中华书局 1958 年版,第 1089 页。
③ 逯钦立辑校:《先秦汉魏晋南北朝诗》,中华书局 1983 年版,第 667 页。
④ 《南齐书》卷二十六《王敬则传》,中华书局 1972 年版,第 485 页。
⑤ 《南齐书》卷四十四《沈文季传》,中华书局 1972 年版,第 435 页。

坚之分氏户于诸镇也，赵整因侍，援琴而歌曰："阿得脂，阿得脂，博劳旧父是仇绥，尾长翼短不能飞，远徙种人留鲜卑，一旦缓急语阿谁！"①

王仲雄鼓琴作《懊侬歌曲》、褚渊"取乐器为《明君曲》"、赵整"援琴而歌"讽谏苻坚等，都是表演者自弹自歌，仅用一种乐器来进行歌诗表演的例证，这表明乐器演奏与歌诗表演已达到了配合密切、水乳交融的地步。

三是在乐器与歌诗相结合的前提下，以乐曲、乐器入歌诗。《吴声歌》所用的乐器情况，《乐府诗集》卷四十四介绍吴声歌时引《古今乐录》说，"吴声歌，旧器有篪、箜篌、琵琶，今有笙、筝"②；据王运熙先生考证，《古今乐录》所记载的吴声歌乐器并不完备，应当还有两种乐器——琴和笛。③ 在《乐府诗集》中，我们可以发现这几种乐器常常被写入歌辞中去：

垂帘倦烦热，卷幌乘清阴。风吹合欢帐，直动相思琴。（卷四十四《夏歌二首》其二）④

歌谣数百种，子夜最可怜。慷慨吐清音，明转出天然。（卷四十五《大子夜歌》其一）⑤

丝竹发歌响，假器扬清音。不知歌谣妙，声势出口心。（卷四十五《大子夜歌》其二）⑥

恃爱如欲进，含羞出不前。朱口发艳歌，玉指弄娇弦。（卷四十五《子夜警歌》其二）⑦

郎作《上声曲》，柱促使弦哀。譬如秋风急，触遇伤侬怀。（卷四

① （宋）郭茂倩编：《乐府诗集》卷六十《琴曲歌辞》，中华书局1979年版，第676页。
② （宋）郭茂倩编：《乐府诗集》卷六十《清商曲辞》，中华书局1979年版，第500页。
③ 王运熙：《乐府诗述论》（增补本），上海古籍出版社2006年版，第38页。
④ （宋）郭茂倩编：《乐府诗集》卷四十四《清商曲辞一》，中华书局1979年版，第651页。
⑤ （宋）郭茂倩编：《乐府诗集》卷四十五《清商曲辞二》，中华书局1979年版，第654页。
⑥ （宋）郭茂倩编：《乐府诗集》卷四十五《清商曲辞二》，中华书局1979年版，第654页。
⑦ （宋）郭茂倩编：《乐府诗集》卷四十五《清商曲辞二》，中华书局1979年版，第654页。

十五《上声歌八首》其二)①

《乐府诗集》只是记载了西曲中倚歌的乐器情况，卷四十九引《古今乐录》说，"凡倚歌，悉用铃鼓，无弦有吹"②。而对于西曲中舞曲所用乐器情况，《乐府诗集》并没有明确的记载。不过从现存《西曲歌辞》中，我们还能发现一些以乐器入西曲情况的零星记载：

绿草庭中望明月，碧玉堂里对金铺。鸣弦拨捩发初异，挑琴欲吹众曲珠。不疑三足朝含影，直言九子夜相呼。羞言独眠枕下泪，托道单栖城上乌。(萧纲《乌夜啼》)③

鹍弦且辍弄，鹤操暂停徽。别有啼乌曲，东西相背飞。倡人怨独守，荡子游未归。忽闻生离曲，长夜泣罗衣。(刘孝绰《乌夜啼》)④

促柱繁弦非《子夜》，歌声舞态异《前溪》。御史府中何处宿，洛阳城头那得栖。弹琴蜀郡卓家女，织锦秦川窦氏妻。讵不自惊长泪落，到头啼乌恒夜啼。(庾信《乌夜啼二首》其一)⑤

桂树悬知远，风竿讵肯低。独怜明月夜，孤飞犹未栖。虎贲谁见惜，御史讵相携。虽言入弦管，终是曲中啼。(庾信《乌夜啼二首》其二)⑥

黄丝呷素琴，泛弹弦不断。百弄任郎作，唯莫《广陵散》。(无名氏《读曲歌》八十九首其四十六)⑦

笼窗取凉风，弹素琴，一叹复一吟。(刘铄《寿阳乐》九曲其五)⑧

可以发现，琴、筝等乐器被明确地写进了歌诗中，《子夜》《上声》《前

---

① (宋)郭茂倩编：《乐府诗集》卷四十五《清商曲辞二》，中华书局 1979 年版，第 655 页。
② (宋)郭茂倩编：《乐府诗集》卷六十《清商曲辞》，中华书局 1979 年版，第 549 页。
③ (宋)郭茂倩编：《乐府诗集》卷四十七《清商曲辞四》，中华书局 1979 年版，第 691 页。
④ (宋)郭茂倩编：《乐府诗集》卷四十七《清商曲辞四》，中华书局 1979 年版，第 692 页。
⑤ (宋)郭茂倩编：《乐府诗集》卷四十七《清商曲辞四》，中华书局 1979 年版，第 692 页。
⑥ (宋)郭茂倩编：《乐府诗集》卷四十七《清商曲辞四》，中华书局 1979 年版，第 692 页。
⑦ (宋)郭茂倩编：《乐府诗集》卷四十六《清商曲辞三》，中华书局 1979 年版，第 674 页。
⑧ (宋)郭茂倩编：《乐府诗集》卷四十九《清商曲辞六》，中华书局 1979 年版，第 719 页。

溪》《广陵散》等歌曲常常被引进歌诗中。"丝竹发歌响，假器扬清音"，
"虽言入弦管，终是曲中啼"等诗句告诉我们，丝竹、管弦等乐器已经非常
普遍地用于歌诗伴奏，并被引入歌诗创作中。

（三）乐器演奏对歌诗创作的制约

歌诗创作大体有两种方式，或者"因弦管金石，造哥（'歌'）以被
之"，或者"因声制辞"，然后"被之管弦"。无论哪种都要受到乐器演奏的
影响，在创作时都要考虑歌诗演奏时的配器情况的。据此，我们也可以说，
乐器演奏参与了歌诗创作并对后者有着重要的制约。这可从如下几个方面来
理解。

第一，乐器演奏对歌诗形式的制约。在歌诗体制上，歌诗创作者在创作
歌诗时，必须考虑这些歌诗配乐演奏的情况，是否在音律方面相互协调。
《宋书》卷十九《乐志一》曰：

> 晋武泰始五年，尚书奏使太仆傅玄、中书监荀勖、黄门侍郎张华各
> 造正旦行礼及王公上寿酒食举乐哥（按即"歌"，下皆同）诗。诏又使
> 中书郎成公绥亦作。张华表曰："按魏上寿食举诗及汉氏所施用，其文
> 句长短不齐，未皆合古。盖以依咏弦节，本有因循，而识乐知音，足以
> 制声，度曲法用，率非凡近所能改。二代三京，袭而不变，虽诗章词
> 异，兴废随时，至其韵逗曲折，皆系于旧，有由然也。是以一皆因就，
> 不敢有所改易。"荀勖则曰："魏氏哥诗，或二言，或三言，或四言，
> 或五言，与古诗不类。"以问司律中郎将陈顼，顼曰："被之金石，未
> 必皆当。"故勖造晋哥，皆为四言，唯王公上寿酒一篇为三言五言，此
> 则华、勖所明异旨也。[①]

晋代泰始五年时，傅玄、荀勖、张华等奉皇帝之命，创作正旦行礼及王
公上寿酒食举乐歌诗。张华认为"魏上寿食举诗及汉氏所施用，其文句长
短不齐，未皆合古"，但"皆系于旧，有由然也"，所以主张遵循古代的创
作传统"一皆因就，不敢有所改易"。荀勖提出反对意见，认为"魏氏哥

① 《宋书》卷十九《乐志一》，中华书局 1974 年版，第 539 页。

诗，或二言，或三言，或四言，或五言，与古诗不类"，最终在司律中郎将陈颀的建议下，荀勖创作的歌诗"皆为四言，唯王公上寿酒一篇为三言五言"，而其原因就是掌管音律的乐官陈颀认为魏氏歌诗"被之金石，未必皆当"，这里的金石自然是指钟磬类的乐器。由此，我们可以说，歌诗创作时必须考虑其形式与乐器伴奏时的协调性，否则不易与乐曲配合。

第二，乐器伴奏的规模、数量等对歌诗创作的篇幅也具有一定的影响。与两汉乐府的长篇叙事歌诗不同，南朝清商曲篇幅短小，多五言四句。形成这种特色的原因是多方面的，其中乐调的流散、乐工的沦落和乐器的破坏都与此有着联系。我们可以参看史书里的相关记载：

> 寻值丧乱，遗声旧制，莫有记者。庾亮为荆州，与谢尚共为朝廷修雅乐，亮寻薨。庾翼、桓温专事军旅，乐器在库，遂至朽坏焉。晋氏之乱也，乐人悉没戎虏。[1]
>
> 及王僧辩破侯景，诸乐并送荆州。经乱，工器颇阙，元帝诏有司补缀才备。荆州陷没，周人不知采用，工人有知音者，并入关中，随例没为奴婢。[2]
>
> 道武帝皇始元年，破慕容宝于中山，获晋乐器，不知采用，皆委弃之。天兴初，吏部郎邓彦海奏上庙乐，创制宫悬，而钟管不备。乐章既阙，杂以《簸逻回歌》。[3]

从以上材料可以看出，魏晋南北朝社会动荡不安导致音乐倒退乐调沦丧，"遗声旧制，莫有记者"。乐工的命运也得不到保障，"工人有知音者，并入关中，随例没为奴婢"，乐工散亡也使得乐器散亡毁坏，并发生了"乐器在库，遂至朽坏焉""获晋乐器，不知采用，皆委弃之"的事情。乐调、乐工和乐器遭到破坏，客观上也使得音乐发展倒退了。

关于东晋时期雅乐建设问题，笔者曾指出："与汉魏西晋相比，东晋百年间乐府官署的设置和乐府歌诗的建设始终是十分简陋的，由只有鼓吹署，

---

① 《宋书》卷十九《乐一》，中华书局 1974 年版，第 540 页。
② 《隋书》卷十三《音乐上》，中华书局 1974 年版，第 304 页。
③ 《隋书》卷十三《音乐上》，中华书局 1974 年版，第 313 页。

到太乐、鼓吹短暂的并存，再到取消鼓吹署而保留太乐构成了其基本的发展轨迹"[1]。可见从东晋以来，雅乐的发展史停步不前甚至相比魏晋是倒退的，在歌诗的伴奏乐器上也能够看出这一点，上文提到过的吴声歌的乐器原来有篪、箜篌、琵琶三种，而后来只有笙、筝两种，那么和清商旧乐所用的琴、瑟、筝、筑、琵琶、笙等相比起来，吴声西曲伴奏乐器的表现力就没有那么丰富了，这在客观上也就限制了歌诗的篇幅，不可能像清商旧曲一样。

正是由于乐器遭到破坏，乐器的表现力大大减弱，不适应清商旧曲的表演了，于是篇幅较长的清商旧乐逐渐衰落，而篇幅较短的清商新声对乐器伴奏的要求并不高，吴声、西曲往往只需一两种乐器即可，所以当时人们在乐器规模上，创作了大量的篇幅短小的清商新声。《南齐书》卷三十三《王僧虔传》中记载过清商旧曲的衰落和清商新声的兴盛：

> 谅以金石干羽，事绝私室，桑濮郑卫，训隔绅冕，中庸和雅，莫复于斯。而情变听移，稍复销落，十数年间，亡者将半。自顷家竞新哇，人尚谣俗，务在噍杀，不顾音纪，流宕无崖，未知所极，排斥正曲，崇长烦淫。士有等差，无故不可去乐，礼有攸序，长幼不可共闻。故喧丑之制，日盛于廛里；风味之响，独尽于衣冠。[2]

产生于曹魏西晋时期的清商旧曲，在南齐"十数年间，亡者将半"，固然与时人"情变听移"有关，但在某种程度上可以看出，乐器的演奏规模对歌诗创作的影响，清商旧曲的衰落和清商新声的发达原因有很多，乐调散亡、乐器伴奏规模的缩小无疑应是其中的重要原因之一。

第三，乐器演奏还制约着歌诗创作的情感倾向和审美风格。乐器的材质、形制、演奏技法等不尽相同，因而乐器在演奏时的音乐特质，带给歌诗创作者和欣赏者的感受也是不同的。乐器的演奏效果直接影响着歌诗创作者的审美感受，因此，一种歌诗的情感倾向和审美风格往往与其伴奏乐器的音乐风格相一致。不同歌诗伴奏的乐器使用情况不同，音乐效果就不一样，就

---

① 刘怀荣：《魏晋乐府官署的演变考》，《社会科学战线》2002 年第 5 期。
② 《南齐书》卷三十三《王僧虔传》，中华书局 1972 年版，第 595 页。

会给歌诗创作者带来不同的影响，因此创作的歌诗风格就不相同。

我们知道箫、筎、鼓、角等鼓吹、横吹乐器，其中筎发音嘹亮，能给人以雄壮悲戚的感受，所以常常用作军乐乐器。因为这种用途的原因，从涉及筎乐器、以边塞军旅为题材的歌诗中，能够看出筎的演奏对歌诗情感和审美的影响：

> 选旅辞轩辕，弭节赴河源。日起霜戈照，风回连骑翻。红尘朝夜合，黄沙万里昏。寥戾清筎转，萧条边马烦。自勉辍耕愿，征役去何言。(谢朓《从戎曲》)①
> 陇头鸣四注，征人逐贰师。羌笛含流咽，胡筎杂水悲。(张正见《陇头水》)②
> 关山陵汉开，霜月正徘徊。映林如璧碎，侵塞似轮摧。楚师随晦尽，胡兵逐暖来。寒筎将夜鹊，相乱晚声哀。(阮卓《关山月》)③

"寥戾清筎转""胡筎杂水悲""寒筎将夜鹊，相乱晚声哀"告诉我们筎的音乐效果是清冽寥戾、悲哀凄凉的。这几首是以军旅边塞为题材的歌诗，其情感都是比较悲哀的，主要表达边塞之苦寒、戍边战士由"红颜征戍儿"到"白首边城将"的悲哀。总体看来，涉及胡筎的歌诗，其感情和风格往往比较哀怨悲凉，不难发现这与胡筎音乐的影响有很大关系。

《宋书·乐志》在列述吴歌杂曲后说："凡此诸曲，始皆徒哥，既而被之弦管。又有因弦管金石，造哥以被之，魏世三调哥词之类是也。"④由此可知，魏世三调歌诗在其创作过程中是参考了"弦管金石"类乐器，然后"造歌以被之"的。既然是根据丝竹金石类乐器创作的，那么魏世三调歌诗一定会受到乐器的影响。

以筝、笛为代表清商乐器，其音乐效果往往"间促而声高"，慷慨激昂而又哀怨悲伤，给人以"形躁而志越"的审美感受。筝笛等乐器的这种音

---

① 逯钦立辑校：《先秦汉魏晋南北朝诗》，中华书局 1983 年版，第 1415 页。
② 逯钦立辑校：《先秦汉魏晋南北朝诗》，中华书局 1983 年版，第 2478 页。
③ 逯钦立辑校：《先秦汉魏晋南北朝诗》，中华书局 1983 年版，第 2560 页。
④ 《宋书》卷十九《乐志一》，中华书局 1974 年版，第 550 页。

乐特质使得这类乐器最适合为清商三调歌诗伴奏，来表达建功立业的豪情和人世沧桑的哀情。可以说歌诗创作者"以悲为美"的情感需求，选择了筝、瑟、笛等丝竹类乐器来为其歌诗伴奏，并在乐器演奏特质的影响下，创作出慷慨而哀怨的清商三调歌诗。如曹植的《野田黄雀行》：

> 置酒高殿上，亲交从我游。中厨办丰膳，烹羊宰肥牛。秦筝何慷慨，齐瑟和且柔。阳阿奏奇舞，京洛出名讴。乐饮过三爵，缓带倾庶羞。主称千金寿，宾奉万年酬。久要不可忘，薄终义所尤。谦谦君子德，磬折欲何求。盛时不再来，百年忽我遒。惊风飘白日，光景驰西流。生存华屋处，零落归山丘。先民谁不死，知命复何忧！（曹植《野田黄雀行》）[1]

这是曹植的一首描写宴会场面的歌诗，从内容看来，在宴会上秦筝、齐瑟合奏与舞蹈、歌声等一起渲染热闹的气氛，迎合了歌诗创作者的情感需求，为歌诗创作创造了直接动力。在欣赏慷慨哀怨的筝瑟等合奏的过程中，歌诗创作者可以尽情饮酒作乐，并抒发自己对岁月流逝的悲哀、对知命不忧及时行乐感叹。另外，丝竹类乐器也是吴声、西曲常用的伴奏乐器。如吴声歌《大子夜歌》《子夜警歌》《上声歌》等歌诗中都有所体现：

> 歌谣数百种，子夜最可怜。慷慨吐清音，明转出天然。（《大子夜歌二首》其一）[2]
>
> 恃爱如欲进，含羞出不前。朱口发艳歌，玉指弄娇弦。（《子夜警歌二首》其二）[3]
>
> 郎作《上声曲》，柱促使弦哀。譬如秋风急，触遇伤侬怀。（《上声歌八首》其二）[4]
>
> 初歌《子夜》曲，改调促鸣筝。四座暂寂静，听我歌《上声》。

① 逯钦立辑校：《先秦汉魏晋南北朝诗》，中华书局 1983 年版，第 425 页。
② （宋）郭茂倩编：《乐府诗集》卷四十五《清商曲辞二》，中华书局 1979 年版，第 654 页。
③ （宋）郭茂倩编：《乐府诗集》卷四十五《清商曲辞二》，中华书局 1979 年版，第 654 页。
④ （宋）郭茂倩编：《乐府诗集》卷四十五《清商曲辞二》，中华书局 1979 年版，第 655 页。

（《上声歌八首》其三）①

这些歌诗表明吴声歌使用了丝竹乐器伴奏，其演奏效果直接影响了歌诗的情感风格。《乐府诗集》引《古今乐录》曰："《上声歌》者，此因上声促柱得名。或用一调，或用无调名，如古歌辞所言，谓哀思之音，不及中和。梁武因之改辞，无复雅句。"② "因上声促柱得名"。上引《上声歌八首》其三表明，筝也是《上声歌》的伴奏乐器之一。所谓"柱促使弦哀""改调促鸣筝"正是造成《上声歌》"哀思之音"，即慷慨悲哀的演奏效果的主要原因。

二、琴与魏晋南北朝歌诗的新变

如前文所述，魏晋南北朝古琴在形制、演奏技法、制作工艺等方面都有很大的改进，尤其是大小、弦数、琴徽等形制和左右手技法方面的进步使得琴的音乐表现力大大提高。古琴的形制特质决定了其音乐特质，因此古琴形制特质在很大程度上影响着歌诗的内容。古琴"以韵补声"技法的发展，使得琴乐从以声叙事向着以韵抒情发展，增强了琴乐的审美抒情性，减弱了其功利性和叙事性。另外，琴乐艺术沿着从艺人琴向士人琴的方向发展，在士人的参与下，歌诗进一步雅化了。

（一）古琴的形制特质对歌诗内容的规定性

学界主流的意见认为，古琴形制在汉魏时期就已定型为七弦十三徽，③古琴自身形制上的特质直接决定了其音乐效果特质。而这种音乐特质又使得琴能给人特定的音乐审美感受，以表达特定的情感。琴的形制特质还使它具有特定的文化意蕴，往往成为"德"的象征，所谓"众器之中，琴德最优"。琴的形制特质影响着歌诗创作，并在歌诗内容上具备了一定的规定性。

第一，受琴"清和"之美的影响，很多歌诗的内容多表现个人的心灵

---

① （宋）郭茂倩编：《乐府诗集》卷四十五《清商曲辞二》，中华书局1979年版，第655页。
② （宋）郭茂倩编：《乐府诗集》卷四十五《清商曲辞二》，中华书局1979年版，第655页。
③ 有关古琴十三徽定型的时间，读者可参见陇菲：《话说琴徽》（《中国音乐》2018年第3期）、张基双：《琴徽二题》（《戏剧之家》2020年第3期）等文章的相关论述。

体验。琴的形制特质使得它在音乐上具有"清和"之美，嵇康和成公绥都认识到了这一点，嵇康《声无哀乐论》曰：

> 琴瑟之体，间辽而音埤，变希而声清，以埤音御希变，不虚心静听，则不尽清和之极，是以听静而心闲也。（《全三国文》卷四十九）①

成公绥《琴赋》也说：

> 清飙因其流声兮，游弦发其逸响。心怡怿而踊跃兮，神感宕而忽恍。（《全晋文》卷五十九）②

琴瑟等乐器，由于形制的特点，所以其演奏效果往往"间辽而音埤，变希而声清""游弦发其逸响"，这里说的是琴的音乐特质，属于清和的范畴。这种"清和"的音乐特质给人的感受是"听静而心闲"。琴的形制使它"声音微弱，不适于和喧噪的多数乐器合奏，天生是一种宜于独奏的乐器"③，因此，文士多以琴来表达其内心深处极具个性化的哀乐之情。

> 有美一人，被服纤罗。娇姿艳丽，蓊若春华。红颜韡烨，云髻嵯峨。弹琴抚节，为我弦歌。清浊齐均，既亮且和。取乐今日，遣恤其他。（曹植《闺情诗》）④
> 夜中不能寐，起坐弹鸣琴。薄帷鉴明月，清风吹我襟。孤鸿号外野，翔鸟鸣北林。徘徊将何见，忧思独伤心。（阮籍《咏怀诗》）⑤

曹植的《闺情诗》描写了听美人为其弹琴弦歌的情形，在"清浊齐均，既亮且和"的琴声感染下，作者暂时忘记了所有烦恼，并高兴地表示要

① （清）严可均校辑：《全上古三代秦汉三国六朝文》，中华书局1958年版，第1329页。
② （清）严可均校辑：《全上古三代秦汉三国六朝文》，中华书局1958年版，第1796页。
③ ［日］林谦三：《东亚乐器考》，人民音乐出版社，1962年版，第140页。
④ 逯钦立辑校：《先秦汉魏晋南北朝诗》，中华书局1983年版，第449页。
⑤ 逯钦立辑校：《先秦汉魏晋南北朝诗》，中华书局1983年版，第496页。

"取乐今日，遑恤其他"。阮籍的《咏怀诗》则是借弹琴来抒发忧情，作者心怀烦闷而得不到疏泄，以致"夜中不能寐"，又无处诉说，只好"起坐弹鸣琴"来抒发自己的忧思了。

第二，琴以其形制特质被视为"德"的化身，很多歌诗的内容是歌颂琴德和君子的。自古以来琴就因为其形制上的特质而被人们视为"德"之象征，甚至被视为一种神器，这在典籍中多有论述：

> 昔神农氏继宓羲而王天下，上观法于天，下取法于地，近取诸身，远取诸物，于是始削桐为琴，绳丝为弦，以通神明之德，合天地之和焉。
>
> 琴长三尺六寸有六分，象期之数；厚寸有八，象三六数；广六寸，象六律。上圆而敛，法天；下方而平，法地；上广下狭，法尊卑之礼。琴隐长四寸五分，隐以前长八分。五弦，第一弦为宫，第二商、角、徵、羽。文王、武王各加一弦，以为少宫、少商。下徵七弦，总会枢要，足以通万物而考治乱也。
>
> 惟梧桐之所生，在衡山之峻陂，于是逸闲公子，中道失志。居无室庐，罔所息置。孤茕特行，怀闵抱思。昔师旷三奏，而神物下降，玄鹤二八，轩舞于庭，何琴德之深哉！（马融《琴赋》）①
>
> 导养神气，宣和情志，处穷独而不闷者，莫近于音声也！是故复之而不足，则吟咏以肆志；吟咏之不足，则寄言以广意。……众器之中，琴德最优。（嵇康《琴赋并序》）②

以上材料告诉我们，以桐木和蚕丝为材料的琴，其形制往往是"法乎天地"的，因此可以"通神明之德，合天地之和"，"通万物而考治乱"，这在士人那里被认为是琴德的力量，所以马融说"何琴德之深哉"，嵇康称"众器之中，琴德最优"。

自古以来讲究君子"象物比德"，琴作为德的化身，又因其形制特质被

---

① （清）严可均校辑：《全上古三代秦汉三国六朝文》，中华书局1958年版，第565页。
② （清）严可均校辑：《全上古三代秦汉三国六朝文》，中华书局1958年版，第1319页。

视为君子之器，"君子无故不撤琴瑟"，就是这个意思。琴和君子相互联系在一起，共同体现着"德"，于是琴就成了君子高尚德操的象征：

> 八音之中，惟丝最密，而琴为之首，琴之言禁也，君子守以自禁也。大声不震哗而流漫，细声不湮灭而不闻。八音广博，琴德最优。操似鸿雁之音，达则兼善天下……（桓谭《琴道》）①
>
> 愔愔琴德，不可测兮。体清心远，邈难极兮。良质美手，遇今世兮。纷纶翕响，冠众艺兮；识音者希，孰能珍兮？能尽雅琴，唯至人兮！（嵇康《琴赋并序》）②

桓谭以为，"八音之中，惟丝最密，而琴为之首"，说明其音乐特质也是八音之中最优越的。正因如此，所以"君子守以自禁"，琴与君子密切相关。嵇康认为琴"体清心远"，因而能"冠众艺"，故"识音者希"。而能够"尽雅琴"者，恐怕只有作者所谓的"至人"了。

琴的形制特质使得琴具有相应的琴德，人们根据琴的形制特质形成了对于琴德的认识，这样就决定了倚琴作歌类的歌诗，在内容上往往借琴德之优来表现君子的高尚人格。从歌诗名称就能看出这类歌诗的大体内容，如《思归引》《别鹤操》《贞女引》等，《乐府诗集》卷五十七《琴曲歌辞》解题引《琴论》曰："和乐而作，命之曰畅，言达则兼济天下而美畅其道也。忧愁而作，命之曰操，言穷则独善其身而不失其操也。引者，进德修业，申达之名也。弄者，情性和畅，宽泰之名也。"③

（二）"以韵补声"与歌诗抒情性的增强

古琴的弹奏技法在魏晋南北朝发生了一定的变化，其中一点就是"以韵补声"技法的广泛应用。关于"以韵补声"，余亦文先生有如下的描述：

> "以韵补声"一词，原先是出自于秦筝的一种演奏方法。即以右手弹弦，以取得每弦的本音者为"声"，运用左手吟、揉、滑、按，使弦

---

① （清）严可均校辑：《全上古三代秦汉三国六朝文》，中华书局1958年版，第552页。
② （清）严可均校辑：《全上古三代秦汉三国六朝文》，中华书局1958年版，第1320页。
③ （宋）郭茂倩编：《乐府诗集》卷五十七《琴曲歌辞》，中华书局1979年版，第822页。

音余韵不绝，以美化其声，谓之"韵"。这样一种运用按抑取韵以美化本音的手法，称之"以韵补声"。后来，这一名词，不再只表现在筝上，其他乐器，以同样手法作韵补声及美化旋律的，也通称为"以韵补声"。①

这段话表达了两层含义，一是对"以韵补声"这一弹奏技法做了较为简洁的解释，即"声"是由右手弹弦发出的"本音"，而"韵"则是左手通过"吟、揉、滑、按"等技法造成的"余韵不绝"的"弦音"。增加"弦音"，主要是为了"美化本音"，使乐曲更加动听。二是说"以韵补声"本是秦筝演奏的技法之一，后为其他乐器所吸纳运用。

童忠良先生的看法略有不同，他认为"韵"在中国传统音乐中有音高和韵味两层含义，其一，"中国传统乐器演奏所说的'以韵补声'的韵是音高的意思，即基本音阶中没有的音，可以用一定的演奏方法取得，以补曲调的'声'之不足"②。其二，"韵还有'韵味儿'的意思。中国传统音乐所说的'韵味儿'应当看成风格方面的概念，但却与音高有一定关系。因为'韵味儿'之'韵'，常常包括'声'与'声'间微妙的音高变化"③。也就是说，在演奏中，通过"一定的演奏技法"改变音高就可以得到"韵"。当声高变化时，"韵"就会产生，音乐的风格也会发生相应的变化。

具体到古琴的演奏，有很多技法都是可以改变音高的，如"吟""揉""绰""注"是古琴特有的左手技法。用右手在古琴弦上弹出某一"声"后，左手以此"声"为中心，先高后低，作频率较快的来回滑动，则成为"吟"；若左手先低后高，做频率较慢的来回滑动，则称为"揉"。左手虚入滑到应发出的"声"上，称为"绰"；若左手虚入下滑到应发的"声"上，称为"注"。④ 这些手法的运用，不仅使古琴音乐富于人声吟唱的特点，而且由频率、幅度变化所形成的各种"吟""揉"，还巧妙地表现了不同演奏状态下的不同情感。以韵补声是表达情感的重要手段，古琴演奏主要是运用

① 余亦文：《潮乐问》，岭南美术出版社 2006 年版，第 368 页。
② 童忠良等：《中国传统音乐学》，福建教育出版社 2004 年版，第 18 页。
③ 童忠良等：《中国传统音乐学》，福建教育出版社 2004 年版，第 18 页。
④ 童忠良等：《中国传统音乐学》，福建教育出版社 2004 年版，第 19 页。

吟、揉、绰、注以表达感情的。在此基础上，由于感情发展的需要，又派生出揉滑、揉吟、上下滑等复合按音手法。不但如此，有时同一手法，因表达感情各异，手法运用也截然不同。"在琴乐发展过程中，早期琴乐艺术注重于右手的弹拨，属于'声多韵少'的时期，而随着古琴型制和琴乐技术的发展开始注重于左手的吟揉绰注，在琴乐审美中开始注重表现'韵'的无穷滋味。由此而带来琴歌的嬗变：伴随'声'的叙事性减少，而表现'韵'的抒情性增加"[①]。

换言之，以韵补声的演奏技法，可以简单地理解为左手对右手的辅助技巧，使得琴乐演奏技法从过去的以右手为主向双手并重发展。这些具体的演奏技法对琴乐的影响便是从过去的以"声"为主向着"声韵并重"的方向发展。"以韵补声"技法的发展使得琴乐由过去叙事性向着抒情性转变，这一时期的《琴赋》中有一些以韵补声对琴乐抒情性影响的片段描写：

> 尔乃间关九弦，出入律吕，屈伸低昂，十指如雨。清声发兮五音举，韵宫商兮动征羽，曲引兴兮繁弦抚。然后哀声既发，秘弄乃开。左手抑扬，右手徘徊。指掌反复，抑案藏摧。于是繁弦既抑，雅韵复扬。……感激弦歌，一低一昂。（蔡邕《琴赋》）[②]

蔡邕赋讲到了古琴弹奏指法的运用："屈伸低昂，十指如雨"，"左手抑扬，右手徘徊。指掌反复，抑案藏摧"。这些左、右手相配合的演奏改变了以声为主的音乐效果，在音乐声高和韵味上都发生了变化，"清声发兮五音举，韵宫商兮动征羽，曲引兴兮繁弦抚。然后哀声既发，秘弄乃开。……感激弦歌，一低一昂"，这样有利于弹奏者和欣赏者抒发情感。在嵇康的《琴赋》中也有关于演奏技法与情感抒发相联系的描写：

> 激清响以赴会，何弦歌之绸缪！于是曲引向阑，众音将歇。改韵易调，奇弄乃发。扬和颜，攘皓腕。飞纤指以驰骛，纷以流漫。或徘徊顾

---

①　周仕慧：《乐府诗集·琴曲歌辞研究》，硕士学位论文，首都师范大学 2005 年。
②　（清）严可均校辑：《全上古三代秦汉三国六朝文》，中华书局 1958 年版，第 854 页。

慕，拥郁抑案。英声发越，采采粲粲。或间声错糅，状若诡赴。双美并
进，骈驰翼驱。初若将乖，后卒同趣。或曲而不屈，直而不倨。或相凌
而不乱，或相离而不殊。时劫掎以慷慨，或怨婟而踌躇。忽飘遥以轻
迈，乍留联而扶疏。或参谭繁促，复叠攒仄。

疾而不速，留而不滞。翩绵飘邈，微音迅逝。远而听之，若鸾凤和
鸣戏云中；迫而察之，若众葩敷荣曜春风。(嵇康《琴赋》)①

可见，各种演奏技法虽然说法不同，但在一点上是相同的，就是它们的
作用都可以改变琴声的音高而促进琴韵的发展，使得琴乐沿着以"声"叙
事向以"韵"抒情的方向发展。相应的，这种转变在歌诗创作中的体现就
是歌诗抒情性的增加，比较明显的有以下几个方面。

第一，琴曲歌辞与以往的琴歌相比叙事成分减少而抒情性增强。以往的
琴歌往往有一段叙事性的故事解说，来说明琴曲的创作背景等，如《乐府
诗集》卷五十八《琴曲歌辞二》荆轲《渡易水》，郭茂倩解题曰：

《史记》曰："燕太子丹使荆轲刺秦王，丹送之至于易水之上，轲
使高渐离击筑，荆轲和而歌，为变徵之声。又前而为此歌，复为羽声慷
慨，于是就车而去。"《乐府广题》曰："后人以为琴中曲。"按《琴
操》商调有《易水曲》，荆轲所作，亦曰《渡易水》是也。②

而《渡易水》原诗只有两句："风萧萧兮易水寒，壮士一去兮不复
还。"③ 显然，在简单的歌辞背后，隐含着解题中所讲述的历史故事。这种
情况在早期的琴曲中是比较普遍的。如著录于《乐府诗集》卷五十七至卷
六十的《南风歌》《箕子操》《拘幽操》《文王操》《履霜操》《猗兰操》
《雉朝飞操》《大风起》《昭君怨》《宛转歌二首》等，都像《渡易水》一
样，歌辞虽然简单，但都有历史本事。而且多与舜帝、文王、孔子等圣贤有
关。其相对复杂的历史本事的叙述，应当主要是通过音乐来完成的，因为从

---

① (清) 严可均校辑：《全上古三代秦汉三国六朝文》，中华书局 1958 年版，第 1320 页。
② (宋) 郭茂倩编：《乐府诗集》卷五十八，中华书局 1979 年版，第 849 页。
③ (宋) 郭茂倩编：《乐府诗集》卷五十八，中华书局 1979 年版，第 849 页。

存世作品来看，歌辞确实无法实现叙事的功能。

如将这些琴曲歌辞与鲍照的《幽兰五首》相比，二者的差异是非常明显的。

> 倾晖引暮色，孤景流恩颜。梅歇春欲罢，期渡往不还。（其一）
> 帘委兰蕙露，帐含桃事风。揽带昔何道，坐令昔节终。（其二）
> 结佩徒分明，抱梁辄乖忤。华落知不终，空愁坐相误。（其三）
> 眇眇蛸挂网，漠漠蚕弄丝。空惭不自信，怯与君尽期。（其四）
> 陈国郑东门，古来共所知。长袖暂徘徊，驷马停路歧。（其五）①

这一组歌辞，除平仄之外，在体式上与吴声、西曲，以及后来的五绝已没什么两样。但歌辞显然已摆脱了本事的束缚。其抒情性及对余韵的追求，与士人琴以韵补声的技法有了深层的相通之处，而且这二者之间，也应当有相互的促进。这与诗歌在齐梁时代开始追求"滋味"，讲究"文已尽而意有余"，均显示了歌诗、琴乐与诗歌向民族审美理想迈进的发展方向。

第二，歌诗功利性弱化，娱乐审美性增强。以往的琴歌多讲述圣贤故事，内容多与他人有关，琴歌多是艺人传达某种观念的手段。随着琴乐艺术以韵补声技法的发展和广泛应用，琴乐艺术增加了自我抒情的成分，琴曲歌辞所表达的内容和情感等也逐渐增加了个人化特征。我们可以东汉桓谭《新论·琴道》中所载雍门周以琴谒孟尝君的故事为例，来作一简要分析。

> 雍门周以琴见孟尝君，孟尝君曰："先生鼓琴，亦能令文悲乎？"对曰："臣之所能令悲者，先贵而后贱，昔富而今贫，摈压穷巷，不交四邻；……今若足下，居则广厦高堂，连阁洞房，下罗帷，来清风；倡优在前，谄谀侍侧，扬激楚，舞郑妾，流声以娱耳，练色以淫目；水戏则舫龙舟，建羽旗，鼓吹乎不测之渊；野游则登平原，驰广围，强下高鸟，勇士格猛兽；置酒娱乐，沈醉忘归：方此之时，视天地曾不若一指，虽有善鼓琴，未能动足下也。"孟尝君曰："固然。"雍门周曰：

①　逯钦立辑校：《先秦汉魏晋南北朝诗》，中华书局 1983 年版，第 1271 页。

"然臣窃为足下有所常悲。夫角帝而困秦者君也，连五国而伐楚者又君也。天下未尝无事，不从即衡；从成则楚王，衡成则秦帝。夫以秦、楚之强，而报弱薛，譬犹磨萧斧而伐朝菌也，有识之士，莫不为足下寒心酸鼻。天道不常盛，寒暑更进退，千秋万岁之后，宗庙必不血食；高台既以倾，曲池又已平，坟墓生荆棘，狐兔穴其中，游儿牧竖，踯躅其足而歌其上，行人见之凄怆，曰：孟尝君之尊贵，亦犹若是乎。"于是孟尝君喟然太息，涕泪承睫而未下。雍门周引琴而鼓之，徐动宫徵，叩角羽，初终，而成曲，孟尝君遂歔而就之曰："先生鼓琴，令文立若亡国之人也。"①

在这个故事中，雍门周是用琴来向孟尝君讲道理的，他弹琴并不是为了让孟尝君欣赏音乐，而是通过一番关于弹琴的论述向孟尝君进谏，使他认识到自己的处境。一开始孟尝君对他不屑一顾，"先生鼓琴，亦能令文悲乎？"但经过一番叙述后，雍门周得到了孟尝君认可，并进一步使其"喟然太息，涕泪承睫而未下"。雍门周开始"引琴而鼓之，徐动宫徵，叩角羽，初终，而成曲"，并没有说琴曲的内容、技术等，而其效果则是令孟尝君发出"先生鼓琴，令文立若亡国之人也"的慨叹。至此以琴游说孟尝君的目的达到了，琴乐在此只是一种手段。

然而，魏晋南北朝的琴乐不再是为了某种功利的目的而演奏，而是为表达自我情怀、自娱自乐而演奏。以韵补声技法的使用促进了琴乐向娱乐方向的发展，因此在以娱乐为目的的歌诗创作中，创作者开始注重对个人情感的抒发和表达，歌诗创作的功利性减弱，而娱乐性和抒情性较以前大大增加。这在很多文人诗有关以琴娱乐和抒情的描写中，有非常明显的表现。

> 凉风吹月露，圆景动清阴。蕙风入怀抱，闻君此夜琴。萧瑟满林听，轻鸣响涧音。无为澹容与，蹉跎江海心。（谢朓《和王中丞闻琴诗》）②

---

① （汉）桓谭：《新论》，上海人民出版社 1977 年版，第 65—66 页。
② 逯钦立辑校：《先秦汉魏晋南北朝诗》，中华书局 1983 年版，第 1447 页。

为我弹鸣琴，琴鸣伤我襟。半死无人见，入灶始知音。空为贞女引，谁达楚妃心。雍门何假说，落泪自淫淫。（沈炯《为我弹鸣琴诗》）①

谢朓的诗作是与他人的唱和之作，也算是欣赏他人弹琴后的"听后感"，"蕙风入怀抱，闻君此夜琴"，可知诗作于娱乐场景。沈炯也是听了他人的琴声后，有感而发，"为我弹鸣琴，琴鸣伤我襟"，说明诗人是借他人琴声来抒发自己"半死无人见"的哀伤。因世无知音的悲哀无人能解，所以只能"落泪自淫淫"了。

魏晋南北朝时期还有很多诗歌作品以和他人咏琴、咏弹琴伎人等为题，如谢朓的《夜听妓诗二首》和《琴》、刘苞的《九日侍宴乐游苑正阳堂诗》、王金珠的《挟琴歌》、庾信的《弄琴诗二首》等。从这些诗歌的题目及内容都可以看出，琴乐在魏晋南北朝时期已经不再是功利性的艺术手段，而是用于娱乐生活和抒写个人情感。

在琴乐艺术以韵补声的影响下，歌诗创作的叙事性、功利性渐趋衰弱，起而代之的是抒情性的增强和娱乐审美色彩的加重，这是魏晋南北朝时期歌诗艺术与琴乐艺术发展相结合的结果。

（三）从艺人琴到士人琴：歌诗的雅化

在古琴发展史上，魏晋南北朝是由艺人琴向士人琴转换的时期，这时期擅琴的文士逐渐增多，琴乐抒写自我心灵的特征日渐明显。这在史书中有很多典型的例证：

（戴逵）善属文，能鼓琴，工书画，其余巧艺靡不毕综……太宰、武陵王晞闻其善鼓琴，使人召之，逵对使者破琴曰："戴安道不为王门伶人！"②

豫章王北宅后堂集会，文季与渊并善琵琶，酒阑，渊取乐器为《明君曲》。文季便下席大唱曰："沈文季不能作伎儿。"③

---

①　（唐）欧阳询：《艺文类聚》，上海古籍出版社1982年版，第782页。
②　《晋书》卷九十四《隐逸传·戴逵传》，中华书局1974年版，第2457页。
③　《南齐书》卷四十四《沈文季传》，中华书局1972年版，第776页。

虽然戴安道、沈文季二人所擅乐器不同,但是戴安道破琴而不为"王门伶人",沈文季"不能作伎儿",都标志着音乐用途和擅琴者队伍的变化,一大批士人成为琴艺高手,提升了艺人的品位,也推动了以伶人伎儿为主体、以谋生为目的的艺人琴向以修身养性、发抒性灵的士人琴的转变。

如前所述,魏晋南北朝出现了大量士人琴演奏家,并留下了5篇《琴赋》,琴成为士人的基本修养。那么演奏者身份的转换,对这一时期歌诗创作会有什么影响呢。我们认为从艺人琴向士人琴的转变促进了歌诗的雅化。具体表现在以下几个方面。

第一,人生苦闷、歌舞娱乐等新的主题开始进入歌诗创作中。在魏晋时期琴更多的是表现忧伤的情感,魏晋士人多不得志,怀才不遇和时光流逝的悲哀刺激着他们的心灵,无奈之下他们经常借琴乐来消除忧愁、疏泄苦闷。时光流逝之痛、生命短暂之悲,也自然成为他们歌诗中经常抒发的感情。因而珍惜生命、追求长生不老,及人生苦短、及时行乐的思想,成为歌诗的重要内容。我们在前文中已提到,琴已经成为魏晋南北朝士人的基本修养和交往媒介。士人琴使得他们在歌诗创作的情感方面也发生了变化,士人将自己的哀乐之情寄托于古琴中,古琴已经成为他们的知己。弹琴作乐,或弹琴解忧,在歌诗中都很常见:

> 晨上散关山,此道当何难!晨上散关山,此道当何难!牛顿不起,车堕谷间。坐盘石之上,弹五弦之琴,作清角韵。意中迷烦,歌以言志。(曹操《秋胡行》)[1]
>
> 朝游高台观,夕宴华池阴。大酋奉甘醪,狩人献嘉禽。齐倡发东舞,秦筝奏西音。有客从南来,为我弹清琴。五音纷繁会,拊者激微吟。(曹丕《善哉行》)[2]

曹操诗中"弹五弦之琴"与"歌以言志"及"迷烦"的个人情感抒发之间,融合得如此紧密。相比之下,曹丕《善哉行》则纯粹是歌舞娱乐的

---

[1] 逯钦立辑校:《先秦汉魏晋南北朝诗》,中华书局1983年版,第350页。
[2] 逯钦立辑校:《先秦汉魏晋南北朝诗》,中华书局1983年版,第393页。

写照，不仅有"甘醪""嘉禽"的口腹享受，还有"齐舞""秦筝""清琴"助兴。他们父子二人在诗中所表达的已全然是士人化的情感。

第二，士人琴还常常被用来抒发思妇、游子之间的相互怀恋之情。以琴乐表达男女之间的爱情和相思之情，在早期琴曲歌辞中很少见，自汉代司马相如"琴挑卓文君"留下文坛佳话之后，以琴传情便在士人间流行并进入到文学创作中来。到魏晋南北朝，以琴传情也被写进士人创作的歌诗中，表达这种男女之间的爱情与相思，这是士人琴对歌诗雅化的一个重要体现。

　　双燕双飞，双情想思。容色已改，故心不衰。双入幕，双出帷。秋风去，春风归。幕上危，双燕离。衔羽一别涕泗垂，夜夜孤飞谁相知。左回右顾还相慕，翩翩桂水不忍渡，悬目挂心思越路。萦郁摧折意不泄，愿作镜鸾相对绝。（沈君攸《双燕离》）①

　　借问怀春台，百尺凌云雾。北有岁寒松，南临女贞树。庭花对帷满，隙月依枝度。但使明妾心，无嗟坐迟暮。（萧纲《贞女引》）②

《双燕离》《贞女引》都是琴曲歌辞，分别借燕子双飞、女贞树以表达男女间的爱情和相思之情，都显示了琴曲歌辞向爱情诗汇流的趋向。

第三，隐逸和山水题材进入了歌诗创作中。如本章第二节所论，魏晋南北朝出现了一批隐逸士人，他们追求任诞放达的心灵自由，弹琴咏诗，游心世外。以嵇康、阮籍为代表的竹林七贤就是其典型。这种对隐逸生活的描摹便出现在他们的歌诗创作之中，成为六朝歌诗的重要题材。这在嵇康的《琴赋》中已有所表现。

　　若次其曲引所宜，则《广陵》《止息》《东武》《太山》《飞龙》《鹿鸣》《鹍鸡》《游弦》，更唱迭奏，声若自然。流楚窈窕，惩躁雪烦。下逮谣俗，蔡氏五曲，《王昭》《楚妃》，《千里》《别鹤》，犹有一切，承间簉乏，亦有可观者焉。然非夫旷远者，不能与之嬉游；非夫渊

① 逯钦立辑校：《先秦汉魏晋南北朝诗》，中华书局 1983 年版，第 2111 页。
② 逯钦立辑校：《先秦汉魏晋南北朝诗》，中华书局 1983 年版，第 1915 页。

静者，不能与之闲止；非夫放达者，不能与之无吝；非夫至精者，不能与之析理也。(嵇康《琴赋》)①

嵇康已经认识到琴的音乐效果适合演奏《广陵》《止息》《东武》《太山》《飞龙》《鹿鸣》《鹍鸡》《游弦》等乐曲，而这些乐曲往往是以隐逸和山水为题材的，且只有旷远者、渊静者、放达者才能欣赏这种音乐，这也说明了隐逸、山水等因素对琴乐的影响。关于隐逸题材的歌诗，我们还可以参看晋石崇的《思归引》：

　　思归引，归河阳。假余翼，鸿鹤高飞翔。经芒阜，济河梁，望我旧馆心悦康。清渠激，鱼彷徨，雁惊溯波群相将，终日周览乐无方。登云阁，列姬姜，拊丝竹，叩宫商，宴华池，酌玉觞。②

石崇在《思归引序》中写道："晚节更乐放逸，笃好林薮，遂肥遁于河阳别业。……出则以游目弋钓为事，入则有琴书之娱。又好服食咽气，志在不朽，傲然有凌云之操。欻复见牵羁，婆娑于九列。困于人间烦黩，常思归而永叹"③。富豪石崇的"思归"之叹，很能反映当时士人的隐逸心态，其《思归引》正是这种心态的写照。

伴随着隐逸风尚对士人的影响，山水因素也自然走进士人的歌诗创作中。前引蔡邕的《蔡氏五弄》，即是蔡邕入山访寻鬼谷先生不遇而作。④ 鬼谷先生本来就是中国历史上的著名隐者，蔡邕寻隐者不遇后，根据他所处的山水环境而作琴曲，正是以山水入歌诗的典型例证。

从艺人琴到士人琴的转变，既是艺术史上的重大进步，也是歌诗艺术发展的重要标志之一。琴曲歌辞也因此不再是艺人琴乐的附庸，而具备了可脱离音乐而存在的独立的文学品格，并进而对歌诗的雅化产生了积极的影响。

---

① （清）严可均校辑：《全上古三代秦汉三国六朝文》，中华书局1958年版，第1320页。
② （宋）郭茂倩编：《乐府诗集》卷五十八《琴曲歌辞》，中华书局1979年版，838页
③ （宋）郭茂倩编：《乐府诗集》卷五十八《琴曲歌辞》，中华书局1979年版，838页
④ （宋）郭茂倩编：《乐府诗集》卷五十九《琴曲歌辞》，中华书局1979年版，855页

三、筝与清商三调歌之关系

《宋书》卷二十一《乐志三》著录的《清商三调》歌诗共 35 篇 181 解，[①] 这些歌诗主要分为两部分，除几篇"汉世街陌谣讴"的古辞外，主要是魏氏三祖等人的作品。《宋书》卷十九《乐志一》说："因弦管金石，造哥以被之，魏世三调哥词之类是也。"[②] 由此可知，魏世三调歌诗主要是根据"弦管金石"等乐器来"造哥（歌）以被之"，而筝又是清商三调歌诗最重要的伴奏乐器，其乐器特质和演奏技法所产生的音乐效果会直接影响到歌诗的创作，因此我们可以说，筝的乐器特质及其演奏技法，对清商三调歌诗的艺术特征是有一定影响的。本小节拟立足于此，对筝与清商三调歌诗艺术特色之间的内在联系做一初步的探讨。

（一）筝的乐器特质与清商三调歌诗

关于清商乐与清商三调歌诗的关系问题，前人的研究较多地集中于清商乐的音乐效果对清商三调歌"慷慨悲凉"之美的影响。我们也曾对此做过探讨，发现"在清商曲的诸种乐器和各地俗乐中，又以筝和秦声最能表现慷慨之美"。而"无论从清商曲的乐曲要求，还是从他们（按指：建安文人）自我情感的表达需求，他们的歌诗创作都必然将表现'慷慨'的美学理想作为一种自觉的审美追求。……喜爱清商曲的建安诗人在创作出'慷慨'激越的歌辞的同时，还必然将这种独特的美扩展至所有诗文作品的创作中，使之成为一代文学的美学特征。因此，清商曲在建安文学美学特征形成过程中所起的作用，就绝不是功业意识和人生悲慨可以代替的。这一点在以往的研究中却被明显地忽视了。"[③] 其实，被忽略的还有"筝"在歌诗艺术史上的独特意义。

如果说是清商乐"慷慨悲怆"之美与建安诗人"雅好慷慨"的情感需求相结合，共同制约并影响了清商三调歌诗的创作，那么我们可以说，清商乐所表现的"慷慨悲怆"之美，如果离开了筝，将会大为逊色。

---

① 孙楷第：《绝句是怎样起来的》，《学原》一卷四期。转引自王运熙：《乐府诗述论》（增补本），上海古籍出版社 2006 年版，第 35 页。

② 《宋书》卷十九《乐志一》，中华书局 1974 年版，第 550 页。

③ 刘怀荣：《论邺下后期宴集活动对建安诗歌的影响》，《文学遗产》2005 年第 2 期。

从音乐层面讲，清商乐慷慨悲怆的美学特征决定了建安诗人创作出"慷慨激越"的歌辞。那么，筝何以能弹奏出慷慨激越的清商三调歌呢？这与其形制及材质都有着非常密切的关系。

其一，筝的形制从根本上决定了清商乐的"慷慨悲怆"之美。我们在本章第一节中已经讨论过，在魏晋时期筝的弦数已经由汉代的五弦增加到十二弦，这从客观上大大提升了筝的表现力。关于筝的形制，魏晋南北朝时期的文人多有描述：

> 上崇似天，下平似地，中空准六合，弦柱拟十二月。设之则四象在，鼓之则五音发。体合法度，节究衣乐。斯乃仁智之器，岂蒙恬亡国之臣所能关思运巧哉？（傅玄《筝赋》）[1]
>
> 剖状同形，两象着也；设弦十二，太簇数也；介位允谐，六龙御也。（贾彬《筝赋》）[2]
>
> 其器也，则端方修直，天隆地平。华文素质，烂蔚波成。君子喜其斌丽，知音伟其含清。馨虚中以扬德，正律度而仪形。良工加妙，轻缛璘彬。玄漆缄响，庆云被身。（顾恺之《筝赋》）[3]

筝的音乐效果和它在形制上的这些特点有着直接的联系。我们知道筝发音是靠演奏者弹奏琴弦，琴弦通过琴柱震动琴箱而发出声音。筝身长六尺且中空，这使它形成了一个足够大的共鸣箱，比其他乐器的共鸣箱要大得多，因此，和琴、瑟、琵琶等乐器相比，筝更容易发出慷慨激昂的声音。因此，在当时的各种乐器中，筝是最能够表现慷慨之美的。另外，清商三调曲主要以琴、瑟、筝、琵琶、笛、笙等丝竹乐器为主。丝竹乐器"悲哀"的音乐效果无疑也强化了清商乐的美学特征。

其二，筝的材质与清商乐慷慨悲怆之美也是有直接联系的。筝往往是用桐木、梓木等材料做面板，在上面附以蚕丝做的琴弦，这样发出的声音格外悲戚壮烈。古人很早就认识到"丝声哀，竹声滥"的音乐发声学规律。前

[1]　（清）严可均校辑：《全上古三代秦汉三国六朝文》，中华书局1958年版，第1716页。
[2]　（清）严可均校辑：《全上古三代秦汉三国六朝文》，中华书局1958年版，第1979页。
[3]　（清）严可均校辑：《全上古三代秦汉三国六朝文》，中华书局1958年版，第2236页。

引嵇康《琴赋》"称其材干，则以危苦为上；赋其声音，则以悲哀为主"的话，就讲到了乐器材质与音色的关系。对此，魏晋南北朝其他文人也不乏感性认识。

> 惟夫筝之奇妙，极五音之幽微。苞群声以作主，冠众乐而为师。禀清和于律吕，笼丝木以成资。（阮瑀《筝赋》）①
>
> 代云梦之竹以为笛，斩泗滨之梓以为筝。食若堪巨鳌，饮若灌漏卮，其乐固难量，岂非大丈夫之乐哉！（曹植《与吴质书》）②
>
> 若夫排云入汉之美，含商触徵之奇。罢雍祠之丽响，绝汉殿之容仪。别有泗滨之梓，耸干孤峙，负阴拂日，停雪栖霜。嵚崟岞崿，玄岭相望。寄丹崖而茂采，依青壁而怀芳。奔电砀突而弥固，严风掎拔而无伤。途畏峰涩，人群罕至。乃命夔班，劖而成器。隆杀得宜，修短合思。矩制端平，雕镂绮媚。既而春桑已舒，暄风晻暧，丹荑成叶，翠阴如黛。佳人采掇，动容生态，值使君而有辞，逢秋胡而不对。里间既返，伏食蚕饥，五色之缲虽乱，八熟之绪方治。异东垂之野茧，非山经之沤丝。（萧纲《筝赋》）③

可见，梓木、桐木独特的木质特性，是筝乐独特美感的物质基础。筝自身的材料、大小、琴弦、琴柱等形制上的特质和弹奏方法使得它在发音方面独具特色，因而能在清商乐器中脱颖而出，成为演奏清商乐的典型乐器。这一点从以下的相关记载也可得到证实。

> 物顺合于律吕，音协同于宫商。朱弦微而慷慨兮，哀气切而怀伤。（侯瑾《筝赋》）④
>
> 禀清和于律吕，笼丝木以成资。身长六尺，应律数也，故能清者感天，浊者合地，五声并用，动静简易；大兴小附，重发轻随，折而复

① （唐）欧阳询撰：《艺文类聚》，上海古籍出版社1982年版，第785页。
② （清）严可均校辑：《全上古三代秦汉三国六朝文》，中华书局1958年版，第1141页。
③ （清）严可均校辑：《全上古三代秦汉三国六朝文》，中华书局1958年版，第5253页。
④ （清）严可均校辑：《全上古三代秦汉三国六朝文》，中华书局1958年版，第833页。

扶，循覆逆开；……慷慨磊落，卓砾盘纡，壮士之节也。（阮瑀《筝赋》）①

　　于是制弦拟月，设柱方时。若夫铿锵奏曲，温润初鸣。或徘徊而蕴藉，或慷慨而逢迎。若将连而类绝，乍欲缓而频惊。陆离抑按，磊落纵横。……朱弦在手，击重还轻。尔其曲也，雅俗兼施，谐云门与四变，杂六列与咸池。王赞既工，……听鸣筝之弄响，闻兹弦之一弹。足使游客恋国，壮士冲冠。（萧纲《筝赋》）②

　　综上可知，筝的形制、材质和演奏技法等因素，确定了筝乐慷慨激昂的特点，这种乐器特质最终使得筝成为清商乐最主要的伴奏乐器，"秦筝何慷慨"往往成为清商乐慷慨之美的象征。在心为志，发言为诗，以"筝乐慷慨"为主要特征的清商乐，在得到"雅好慷慨"的建安士人喜好后，从客观和主观两方面共同影响了的歌诗创作，成就了清商三调歌的美学特征。

（二）筝的演奏技法与清商三调歌诗

　　刘师培曾经指出建安文学的四个特点：清峻、通脱、骋词、华靡。其中在解释"通脱"时说："建武以还，士民秉礼。迨及建安，渐尚通脱；脱则侈陈哀乐，通则渐藻玄思。"③"通脱"之美在产生于建安时期的清商三调歌诗中表现得尤为明显，以往学者在分析三调歌诗"通脱"之美形成的原因时，多从文本出发，注重文学传统和社会历史方面的因素。如刘勰《文心雕龙·时序》中记载："观其时文，雅好慷慨。良由世积乱离，风衰俗怨，并志深而笔长，故梗概而多气也"④。我们认为，除上述因素外，音乐层面的因素也是值得我们注意的一个重要方面，因为歌诗的本质特征是其音乐性、表演性。清商三调歌诗多为魏氏三祖"因金石管弦，造哥以被之"，因而，其"慷慨悲凉"的艺术风格一定会受到清商乐"争新哀怨"特点的影响。本小节拟从筝的演奏技法和效果的角度，来探讨筝对清商三调歌诗"通脱"之美的影响。

---

① （清）严可均校辑：《全上古三代秦汉三国六朝文》，中华书局 1958 年版，第 973—974 页。
② （清）严可均校辑：《全上古三代秦汉三国六朝文》，中华书局 1958 年版，第 5253 页。
③ 刘师培：《中国中古文学史 论文杂记》，人民文学出版社 1959 年版，第 11 页。
④ 范文澜注：《文心雕龙注》，人民文学出版社 1958 年版，第 673—674 页。

在讨论之前，我们有必要先看一下筝的演奏技法及其音乐效果。魏晋南北朝时期常见于诗文中的筝乐演奏技法主要有按、撮、促柱等。其中按法即以左手按弦，晋代贾彬《筝赋》中有"抑按铿锵，沈郁之舒彻"，梁萧纲《筝赋》中有"陆离抑按，磊落纵横。奇调间发，美态孤生"之句。撮法是用大指与中指同时弹弦来奏出一个八度音程的音。筝的长方形音箱面上，张弦十二根，每弦用一柱支撑，弹奏时，筝柱可左右移动以调节音量。促柱有两层含义：一是通过左手对筝弦压、按而改变弦之张力从而改变音高来奏出上、下滑音；二是说把筝柱向前移，缩短筝弦的长度，从而使得筝的声音升高半个音（小二度音程），为"变调改曲"做准备。促柱转调常常和"悲哀""危苦"等情感联系在一起。从现存诗文等记载来看，在这些演奏技法中，促柱是最能体现筝乐器本色的演奏技法。那么，筝的这些技法与清商三调歌诗之间的到底有什么内在联系呢？

第一，筝乐的娱乐化在三调歌诗"渐尚通脱"的进程中起到了促进作用。筝作为清商乐的伴奏乐器，在娱乐领域比其他的乐器更加流行，这既与它自身的乐器特质相联系，又是由它的演奏技法所决定的。如前文所述，上声促柱和转调技法的使用，使得筝的音乐效果显得悲哀激越，其功用比其他乐器更适合为清商乐伴奏，并用于娱乐领域。可以发现三调歌诗中有很多关于筝用于娱乐场合的记载，如曹植的《野田黄雀行》：

置酒高殿上，亲友从我游。中厨办丰膳，烹羊宰肥牛。秦筝何慷慨，齐瑟和且柔。阳阿奏奇舞，京洛出名讴。乐饮过三爵，缓带倾庶羞。主称千金寿，宾奉万年酬。久要不可忘，薄终义所尤。谦谦君子德，磬折欲何求。盛时不再来，百年忽我遒。惊风飘白日，光景驰西流。生存华屋处，零落归山丘。先民谁不死，知命复何忧！（曹植《野田黄雀行》四解）①

秦筝、齐瑟、阳阿之舞、京洛之讴等，表明清商乐被用于文士饮宴的娱乐场合。从其中的"秦筝何慷慨"可知，在宴会上是有筝乐表演的。这种

---

① 逯钦立辑校：《先秦汉魏晋南北朝诗》，中华书局1983年版，第425页。

慷慨之音也可以用"上声促柱"的技法弹奏出来，并给听众带来慷慨激昂的听觉感受。另外筝往往可以不与其他清商乐器合奏，而是单独用于娱乐场合，为歌诗表演伴奏，如《乐府诗集》引《古今乐录》记载：

> 王僧虔技录云：《短歌行》"仰瞻"一曲，魏氏遗令，使节朔奏乐，魏文制此辞，自抚筝和歌。歌者云"贵官弹筝"，贵官即魏文也。此曲声制最美，辞不可入宴乐。①

这说明，筝已经广泛流行于娱乐领域，不但可以用于伴奏，也可以用于独奏。如刘师培所说，"建武以还，士民秉礼。迨及建安，渐尚通脱"，从建武到建安时期，一系列社会变化使得人们开始冲破儒家的各种规范，在音乐领域，礼乐制度又一次呈现出"礼崩乐坏"的局面，其中筝的娱乐化就是其表现之一。受其影响，歌诗创作逐渐摆脱儒家礼乐传统的束缚，其结果便是三调歌诗表现出通脱之美，我们可以参看以下两篇歌诗：

> 北上太行山，艰哉何巍巍！羊肠坂诘屈，车轮为之摧。树木何萧瑟，北风声正悲！熊罴对我蹲，虎豹夹路啼。溪谷少人民，雪落何霏霏！延颈长叹息，远行多所怀。我心何怫郁？思欲一东归。水深桥梁绝，中路正徘徊。迷惑失故路，薄暮无宿栖。行行日已远，人马同时饥。担囊行取薪，斧冰持作糜。悲彼《东山》诗，悠悠使我哀。（曹操《苦寒行·北上》）②
>
> 秋风萧瑟天气凉，草木摇落露为霜。群燕辞归鹄南翔，念君客游多思肠。慊慊思归恋故乡，君何淹留寄它方。贱妾茕茕守空房，忧来思君不敢忘。不觉泪下沾衣裳，援瑟鸣弦发清商。短歌微吟不能长，明月皎皎照我床。星汉西流夜未央，牵牛织女遥相望，尔独何辜限河梁。（曹丕《燕歌行·秋风》）③

---

① （宋）郭茂倩编：《乐府诗集》卷三十《相和歌辞》，上海古籍出版社1998年版，第360页。
② 逯钦立辑校：《先秦汉魏晋南北朝诗》，中华书局1983年版，第351页。
③ 逯钦立辑校：《先秦汉魏晋南北朝诗》，中华书局1983年版，第394页。

　　曹操的《苦寒行》通过描写行役在外之人的口吻，表达了作者伤于羁戍的"怫郁"悲哀之情。

　　曹丕的《燕歌行》是清商三调中平调歌诗的重要题目，表达了女子见秋感伤，思念自己淹留他方的丈夫，无奈之下借琴抒发相思之情。曹操父子的歌诗表现为对人生的深刻思考和对慷慨情怀、哀乐之情直接抒发。刘勰的《文心雕龙·乐府》中说："观其《北上》众引，《秋风》列篇，或述酣宴，或伤羁戍，志不出于淫荡，辞不离于哀思，虽三调之正声，实《韶》《夏》之郑曲也"①。正是基于这种内容和情感的抒发方式而说的。"志不出于淫荡，辞不离于哀思"，同以往儒家"乐而不淫，哀而不伤，怨而不怒"的温柔敦厚标准是相背离的。这也从反面证明了魏三调歌诗的通脱之美。

　　第二，筝乐对三调歌诗情感的表达起了推波助澜的作用。世积乱离的社会，加深了作家的生活体验，他们经历社会动乱，渴望建功立业，审美情怀倾向于"以悲为美"并"雅好慷慨"。这种慷慨悲凉的主观情感与哀怨的筝乐往往可以相互激发，因为筝乐促柱转调技法的音乐效果往往是哀怨的，二者有一致性。关于促柱转调技法的哀怨效果在很多歌诗中都有描述：

　　　　对君不乐泪沾缨，辟窗开幌弄秦筝。调弦促柱多哀声，遥夜明月鉴帷屏。谁知河汉浅且清，展转思服悲明星。（谢灵运《艳歌行》）②
　　　　纤弦感促柱，触之哀声发。情思如循环，忧来不可遏。（傅玄《怨歌行朝时篇》）③

　　从以上歌诗可见，古筝演奏时"调弦促柱"则多哀声。其实促柱就是今天常用的转调方法之一，也就是说古代筝演奏时，促柱、转调是紧密联系的，它们多用来抒发强烈的悲苦之情。"纤弦感促柱，触之哀声发""调弦促柱多哀声"，都是说促柱、转调在筝乐演奏中常常是同步使用的，这种演奏技法使筝的表现力更加丰富，其听觉效果往往是悲苦的，因而也更具感染力。这些都表明一点：促柱转调这种筝乐演奏技法直接决定了其哀苦的音乐

---

① 范文澜注：《文心雕龙注》，人民文学出版社 1958 年版，第 102 页。
② 逯钦立辑校：《先秦汉魏晋南北朝诗》，中华书局 1983 年版，第 1152 页。
③ 逯钦立辑校：《先秦汉魏晋南北朝诗》，中华书局 1983 年版，第 558 页。

效果。

因此，筝的哀怨效果往往与歌诗创作者的慷慨情怀相互激发，筝也成为歌诗创作者表达慷慨之情最直接、最常用的乐器，三调歌诗的抒情性增强就是理所当然的了。如钟嵘《诗品》中讲"曹公古直，甚有悲凉之句"，《宋书》卷六十七《谢灵运传论》中记载："至于建安，曹氏基命，二祖陈王，咸蓄盛藻，甫乃以情纬文，以文被质"①。这都是说建安作品"文质彬彬"的艺术特征，内容刚健质朴，语言讲究文采。关于这一点王运熙先生在《论建安文学的新面貌》中指出："内容着重抒情，语言讲究文采，使建安文学作品的文学性更加强了，使它与一般学术文、应用文的区别更明显了"②。这其实也包括了三调歌诗抒情性的增强。

促柱转调的音乐效果也使得三调歌诗"侈陈哀乐"。如上文所讲，上声促柱的音乐效果是慷慨激昂的，促柱是为了转调，促柱、转调的技法使筝能够演奏出"哀声"，从而产生既慷慨激昂又苍凉悲哀的听觉效果，故非常适合抒发强烈的悲喜之情。这种"哀声"自然也会激发歌诗创作者，往往能够在心灵深处引起歌诗创作者的共鸣，受此音乐效果的影响，歌诗创作者借筝乐表达自己的哀乐之情，直接影响了三调歌诗的审美趣味。三调歌诗在内容方面"侈陈哀乐"与此显然有关。这在瑟调曲《善哉行》中尤为明显：

> 来日大难，口燥唇干。今日相乐，皆当喜欢。经历名山，芝草翻翻。仙人王乔，奉药一丸。自惜袖短，内手知寒。惭无灵辄，以报赵宣。月没参横，北斗阑干。亲交在门，饥不及餐。欢日尚少，戚日苦多。以何忘忧，弹筝酒歌。淮南八公，要道不烦。参驾六龙，游戏云端。（古辞《善哉行》瑟调曲）③
>
> 朝日乐相乐，酣饮不知醉。悲弦激新声，长笛吐清气。弦歌感人肠，四坐皆欢说。寥寥高堂上，凉风入我室。持满如不盈，有得者能卒。君子多苦心，所愁不但一。慊慊下白屋，吐握不可失。众宾饱满归，主人苦不悉。比翼翔云汉，罗者安所羁。冲静得自然，荣华何足

---

① 《宋书》卷六十七《谢灵运传》，中华书局 1974 年版，第 1778 页。
② 王运熙：《汉魏六朝唐代文学论丛》，上海古籍出版社 1996 年版，第 35 页。
③ 逯钦立辑校：《先秦汉魏晋南北朝诗》，中华书局 1983 年版，第 266 页。

为。(曹丕《善哉行》瑟调曲)①

　　朝游高台观，夕宴华池阴。大酋奉甘醪，狩人献嘉禽。齐倡发东舞，秦筝奏西音。有客从南来，为我弹清琴。五音纷繁会，拊者激微吟。淫鱼乘波听，踊跃自浮沉。飞鸟翻翔舞，悲鸣集北林。乐极哀情来，惨亮摧肝心。清角岂不妙，德薄所不任。大哉子野言，弭弦且自禁。(曹丕《善哉行》瑟调曲)②

　　据《乐府诗集》卷三十六郭茂倩解题引《古今乐录》的记载，瑟调曲的乐器有"笙、笛、节、琴、瑟、筝、琵琶七种"，③可知上述几首歌诗中所描述的娱乐活动，也应是这其中乐器合奏。但《古辞》称"弹筝酒歌"，"朝游高台观"一首说"秦筝奏西音"，都对筝做了特别的强调。"朝日乐相乐"一首虽未明确点出"筝"，但"悲弦激新声，长笛吐清气。弦歌感人肠，四坐皆欢说"中所谓"悲弦"，从前面对筝乐特点的论述来看，恐怕筝在其中也同样起了重要的作用。三首瑟调曲《善哉行》为我们展示的，正是筝乐在瑟调曲演奏中的实际状况及"四坐皆欢"的"感人"效果。如前所述，筝可以独奏，也可以与其他乐器相互配合，但鉴于筝这种乐器的特点，无论以哪种方式来演奏，它在娱乐中所发挥的作用的都是其他乐器所无法替代的。因此，在清商乐从实用走向娱乐的过程中，筝乐不仅促进了三调歌诗"侈言哀乐"的写法，也与之一起突破了"哀而不伤，乐而不淫"的儒家"诗教"，为歌诗的发展和"以悲为美"的时代审美风尚注入了新的活力。

小　结

　　魏晋南北朝时期，中外音乐文化相互交流，相互促进，共同成就了歌诗艺术的繁荣。中原乐器与少数民族及外来乐器均有发展进步，丰富了魏晋南北朝士人的音乐生活，乐器走进了士人的生活之中，客观上对士人音乐素养

①　逯钦立辑校：《先秦汉魏晋南北朝诗》，中华书局1983年版，第393页。
②　逯钦立辑校：《先秦汉魏晋南北朝诗》，中华书局1983年版，第393页。
③　(宋)郭茂倩编：《乐府诗集》，中华书局1979年版，第535页。

的提高起了推动作用，进而影响到歌诗创作的繁荣，乐器也成为歌诗表现的重要题材之一。

音乐对歌诗的影响与乐器对歌诗的影响，既有联系又有区别。不同乐种的音乐风格会对歌诗的风格产生一定影响，但乐器对歌诗的影响则是更为直接的。前人的研究，多探讨音乐与歌诗的关系。从乐器的形制特质研究其音乐特质，进而探讨乐器演奏对歌诗创作的影响，以及由此形成的歌诗艺术特色，还很少有人关注。本章选取琴与筝，尝试探讨这两种乐器的演奏特点，及其与歌诗艺术特色的关系，因受音乐素养所限，讨论还不够深入，但我们坚信，这样的思路对于深化歌诗研究是有意义的。

第　八　章

梁三朝乐"俳伎"的性质与表演特点

　　梁三朝乐四十九个节目中的第十六项，为"设俳伎"，即表演俳伎。①
郭茂倩《乐府诗集》卷五十六《舞曲歌辞五·杂舞四》，将这一节目归入
"散乐"类，并收录有一首《俳歌辞·古辞》，这首《俳歌辞》又见于萧子
显《南齐书》卷十一《乐志》，其歌辞内容与《乐府诗集》略有不同。② 以
往对这首古辞的探讨，可以冯沅君、任半塘、傅起凤等学者为代表。冯沅君
在《古优的技艺》一文中说："这段文字虽嫌费解，但其内容为倡优奏技的
描写则毫无疑义。"③ 任半塘以为"第十六设'俳伎'，当亦为滑稽戏，不仅
普通俳优而已"④，傅起凤则称之为"南齐之滑稽表演"，以为"小矮人们的
表演是多样灵活的，起到报幕导引之作用，亦为百戏中新形式"⑤。都是一
带而过，没有给予足够的关注。我们在反复研读相关文献的过程中发现，
《俳歌辞》的内容、性质、特点均有作进一步思考的必要，本章拟就这些问
题进行初步的探讨。

---

　　① 任半塘以为："凡有行动表演之节目，方称'设'"，见《唐戏弄》，上海古籍出版社1984年版，
第1252页。

　　② 为叙述方便，本章文字一律简称《南齐书》所载《俳歌辞》为古《俳歌辞》，《古今乐录》所
载《俳歌辞》为梁《俳歌辞》，若同时包括二者，则只称《俳歌辞》。

　　③ 冯沅君：《冯沅君古典文学论文集》，山东人民出版社1980年版，第26页。

　　④ 任半塘：《唐戏弄》，上海古籍出版社1984年版，第102页。

　　⑤ 傅起凤、傅腾龙：《中国杂技史》，上海人民出版社2004年版，第107页；另如杨荫浏：《中国
古代音乐史稿》，人民音乐出版社1981年；廖奔、任彦君：《中国戏曲发展史》，山西教育出版社2000
年版；王克芬：《中国舞蹈史》（增补修订本），上海人民出版社2003年版，对此均未提及。

第一节　几种不同版本的标点问题

鉴于几个主要版本的标点有差异，我们首先需要对《俳歌辞》古辞异文及相关标点问题做出辨析。

《俳歌辞》在《乐府诗集》中被作为散乐收在《舞曲歌辞》中，郭茂倩在正文前有较为详细的解题，为方便讨论，我们将中华书局 1979 年版陈友琴先生对《乐府诗集》解题和《俳歌辞》古辞原文的标点（以下简称"陈校"）照录于下：

> 一曰《侏儒导》，自古有之，盖倡优戏也。《说文》曰："俳，戏也。"《谷梁》曰："鲁定公会齐侯于夹谷，罢会，齐人使优施舞于鲁君之幕下。"范宁云："优，俳。施，其名也。"《乐记》："子夏对魏文侯问曰：'新乐进俯退俯，俳优侏儒獶杂子女'。"王肃云："俳优，短人也。"则其所从来亦远矣。《南齐书·乐志》曰："《侏儒导》，舞人自歌之。古辞俳歌八曲，前一篇二十二句，今侏儒所歌，摘取之也。"《古今乐录》曰："梁三朝乐第十六，设俳技，技儿以青布囊盛竹箧，贮两踒子，负束写地歌舞。小儿二人，提杳踒子头，读俳云：见俳不语言，俳涩所俳作一起。四坐敬止。马无悬蹄，牛无上齿。骆驼无角，奋迅两耳。半拆荐博，四角恭跱。"《隋书·乐志》曰："魏、晋故事，有《侏儒导》引，隋文帝以非正典，罢之。"
>
> 俳不言不语，呼俳噏所。俳适一起，狼率不止。生拔牛角，摩断肤耳。无悬蹄，牛无上齿。骆驼无角，奋迅两耳。[①]

如果把上述内容与中华书局 1972 年版《南齐书》王仲荦先生的标点（以下简称"王校"）及中华书局 1983 年版逯钦立辑校：《先秦汉魏晋南北朝诗》（以下简称"逯校"）作一比较，我们会发现三家不仅在古辞字句上

[①] 《乐府诗集》卷五十六《舞曲歌辞五·杂舞四》，中华书局 1979 年版，第 819—820 页。《南齐书》卷十一《乐志》所载之《俳歌辞》与此基本相同，唯"拔"作"扳"，"骆驼"作"骆駼"，中华书局 1972 年版，第 195 页。

略有不同，对郭茂倩解题的理解及各自的按语也有一些差异，这主要体现在如下三个方面。

其一，"陈校"中的"生拔牛角"之"拔"，"王校"作"扳"，这在二书校勘记中均有说明；[①] "陈校"中的"骆驼无角"之"骆驼"，"王校"作"骆騠"，"逯校"作"骆駒"。按"騠騠"或"騠騠"为古良马名，古汉语中似无单用"騠"字指良马的词例，即便可以这样使用，但《俳歌辞》前面已讲到了"马"，不应前后重复。而"骆跎"之"跎"，同"跎"，与"骆"字组词，实不成语。虽然最早载录这首古辞的是《南齐书·乐志》，但窃以为当以《乐府诗集》为准，作"骆驼"。

其二，"逯本"的"解题"节录自《乐府诗集》，但对于解题中所引《古今乐录》"小儿二人"以下的一段的标点，却与"陈校"有如下几处不同。为便于比较，列表如下（表8-1）。

表8-1　"小儿二人"陈校、逯校比较表

陈校	小儿二人，提沓蹉子头，读俳云：见俳不语言，俳涩所俳作一起。
逯校	小儿二人提沓蹉子头读俳云：见俳不语。言俳涩所。俳作一起。
说明	笔者按：按"逯校"体例，断句处全部使用句号。

比较而言，当以"逯校"为优，但窃以为"读俳云"前应有逗号。

其三，"陈校"对郭茂倩"解题"的标点与"王校"对《俳歌辞》后面"按语"的标点差异很大，尤其值得注意。其中"陈校"有三处将"侏儒导"标为《侏儒导》：

一曰《侏儒导》，自古有之，盖倡优戏也。（"陈校"）

《南齐书·乐志》曰："《侏儒导》，舞人自歌之。古辞俳歌八曲，前一篇二十二句，今侏儒所歌，摘取之也。"（"陈校"）

《隋书·乐志》曰："魏、晋故事，有《侏儒导》引，隋文帝以非

---

① 《南齐书》卷十一校勘记第82条曰："生扳牛角，'扳'南监本、毛本、殿本、局本作'拔'"，中华书局1972年版，第202页；《乐府诗集》卷五十六校勘记曰："拔：点校本《南齐书》作'扳'"，中华书局1979年版，第820页。本章后文中引用二书内容均出自同一版本，不再另注。

正典，罢之。"（"陈校"）

当然这样的理解并非始于点校者，而是郭茂倩观点的具体体现。依照郭茂倩解题的原意，"侏儒导"的确应该加书名号。对此，"逯校"与"陈校"的意见是一致的。[①] 但"王校"对《俳歌辞》后面"按语"却是这样标点的：

> 右侏儒导舞人自歌之。古辞俳歌八曲，此是前一篇。二十二句，今侏儒所歌，摘取之也。（"王校"，笔者按："此是"以下两句，当作"此是前一篇，二十二句。"）

显然，在《俳歌辞》是否又名《侏儒导》这一问题上，"王校"与"陈校""逯校"不同，并对郭茂倩的观点提出了质疑。如果仅从文本来分析，我们认为似应从"王校"（理由详后），因此，本章后面再提到这段原文时，一律作"侏儒导"（或"侏儒导引"）而不作"《侏儒导》"。

如果说我们关于上述前两点的辨析，大致可以作为本章展开讨论的一个前提。那么，学术界迄今为止似乎还很少有人注意的第三点，则正是本章讨论问题的起点。

第二节　《矛俞》《弩俞》的发展源流

依郭茂倩的说法，《侏儒导》乃是古辞《俳歌辞》的别名，而按"王校"，则可能是"侏儒"导引"舞人"。这两种理解到底哪一个更接近实际呢？前引郭茂倩《俳歌辞》解题又有"《隋书·乐志》曰：'魏、晋故事，有《侏儒导》引，隋文帝以非正典，罢之'"一段话，[②] 这是节引。中华书

---

① 逯钦立在节录《乐府诗集》解题时，虽然没有给"侏儒导"三字加书名号，但却在"导"字下断开，显然是与郭茂倩的理解一致。见逯钦立辑校：《先秦汉魏晋南北朝诗》（上），中华书局 1983 年版，第 279 页。

② （宋）郭茂倩编：《乐府诗集》卷五十六《舞曲歌辞五·俳歌辞》解题节引，中华书局 1979 年版，第 820 页。

局 1973 年版《隋书》卷十五《音乐志下》的原文为：

> 又魏、晋故事，有《矛俞》《弩俞》及朱儒导引。今据《尚书》
> 直云干羽，《礼》文称羽籥干戚。今文舞执羽籥，武舞执干戚，其《矛
> 俞》《弩俞》等，盖汉高祖自汉中归，巴、俞之兵，执仗而舞也。既非
> 正典，悉罢不用。①

上引文字由汪绍楹点校、阴法鲁覆阅，可看作是两位先生共同的意见，其标点也与陈友琴先生不同，"朱儒导引"并未被标作"《朱（侏）儒导》引"，那么，这样标是否正确？是否可以为我们理解前面提出的问题提供一个参照？鉴于此处的"朱儒导引"与《矛俞》《弩俞》处在并列的特殊位置上，"朱（侏）儒导"是否加书名号就更不能不追究。但从上面的引文来看，要回答这一问题，还需首先对《矛俞》《弩俞》的发展源流作一简要的追溯。

所谓《矛俞》《弩俞》本是汉代《巴渝舞》的一部分，《文选》卷四左思《蜀都赋》"若乃刚悍生其方，风谣尚其武，奋之则賨旅，玩之则渝舞；锐气剽于中叶，蹻容世于乐府"几句，李善注引应劭《风俗通》曰：

> 巴有賨人，剽勇。高祖为汉王时，阆中人范目，说高祖募取賨人，
> 定三秦，封目为阆中慈凫乡侯，并复除目所发賨人，卢、朴、昝、鄂、
> 度、夕、龚七姓，不供租赋。阆中有渝水，賨人左右居，锐气喜舞。高
> 祖乐其猛锐，数观其舞，后令乐府习之。②

这大约是有关汉代《巴渝舞》最早的文字记载，较早明确提到《巴渝舞》名称的是郭璞，《史记·司马相如传》在司马相如《上林赋》"巴渝宋蔡，淮南于遮"一句下，裴骃《集解》引东晋郭璞注：

---

① 《隋书》卷十五《音乐志下》，中华书局 1973 年版，第 358—359 页。第 359 页。
② 《文选》卷四，李善注，上海古籍出版社 1986 年版，第 179—180 页。

　　巴西阆中有渝水，獠居其上，皆刚勇好舞。初高祖募取，以平三秦，后使乐府习之，因名《巴渝舞》也。①

　　经过乐府改造之后，《巴渝舞》由地方俗乐进入了汉代宫廷，原本有《矛渝本歌曲》《弩渝本歌曲》《安台本歌曲》《行辞本歌曲》四曲，但是到了汉末，"其辞既古，莫能晓其句度"，曹操命王粲"改创其词"。王粲"问巴渝帅李管、种玉歌曲意，试使歌，听之，以考校歌曲，而为之改为《矛渝新福歌曲》《弩渝新福歌曲》《安台新福歌曲》《行辞新福歌曲》，《行辞》以述魏德。黄初三年（222），又改《巴渝舞》曰《昭武舞》。"到了晋代，"改《昭武舞》曰《宣武舞》，《羽龠舞》曰《宣文舞》"。以代替原来的武舞和文舞。咸宁元年（275），《宣文》《宣武》二舞又被荀勖、郭夏、宋识等人所造的《正德》《大豫》二舞取代。②

　　经王粲改作的四曲被称为《俞儿舞歌》，曹魏草创之初，曾将此舞用于宗庙。③后来在此基础上形成的《昭武舞》及晋初的《宣武舞》，应该变化都不大。④

　　宋武帝永初元年（420），西晋的《正德舞》《大豫舞》，被改为《前舞》《后舞》。⑤宋武帝孝建（454—456）初，"朝议以《凯容舞》为《韶

————————

　　① 《史记》卷一百一十七《司马相如传》，"巴西阆中有俞水"，中华书局 1959 年版，第 3039 页；又见《文选》卷八司马相如《上林赋》李善注引郭璞注，上海古籍出版社 1986 年版，第 374 页。《后汉书》卷八十六《南蛮西南夷传·板楯蛮夷传》曰："阆中有渝水，其人多居水左右，天性劲勇，初为汉前锋，数陷陈。俗喜歌舞，高祖观之，曰：'此武王伐纣之歌也。'乃命乐人习之，所谓《巴渝舞》也。遂世世服从。"中华书局 1965 年版，第 2842 页。按"于遮"，《汉书》《文选》所著录《上林赋》均作"干遮"。

　　② 以上均见《晋书》卷二十二《乐志上》，中华书局 1974 年版，第 693—694 页。按《宣武》与《大豫》相对，《宣文》与《正德》相对，《晋书》中的叙述颠倒了《宣武》《宣文》的次序。案：《宋书》卷二十《乐志二》和《乐府诗集》卷五十三收有王粲所改曲名为《魏俞儿舞歌》四篇，详见《宋书》，第 571 页，《乐府诗集》第 767—768 页。傅玄也写过《晋宣武舞歌》四篇，详见《乐府诗集》，第 769—770 页。

　　③ 《宋书》卷二十《乐志二》所载王粲《俞儿舞歌》四篇题下注曰："魏国初建所用，后于太祖庙并作之。"中华书局 1974 年版，第 571 页。

　　④ 傅玄《晋宣武舞歌》包括《惟圣皇篇·矛俞第一》《短兵篇·剑俞第二》《军镇篇·弩俞第三》《穷武篇·安台行乱第四》等四篇，与王粲《魏俞儿舞歌》非常接近。

　　⑤ 《宋书》卷十九《音乐志一》，中华书局 1974 年版，第 541 页。

舞》,《宣烈舞》为《武舞》。……齐初仍旧,不改宋舞名"①。也就是说,宋代又改《前舞》为《凯容舞》,改《后舞》为《宣烈舞》。名称虽然有变化,其中《宣烈舞》的源头却可以一直追溯到《巴渝舞》。《巴渝舞》从汉代以来的发展,可以简要表述如下:

《巴渝舞》(汉)——《昭武舞》(曹魏)——《宣武舞》(西晋)——《大豫舞》(西晋)——《后舞》(刘宋)——《宣烈舞》(刘宋、萧齐)

对此,郭茂倩《前舞凯容歌》宋辞解题有较为详细的论述:

按《正德》《大豫》二舞,即出《宣武》《宣文》、魏《大武》三舞也。《宣武》,魏《昭武舞》也,《宣文》,魏《武始舞》也。魏改《巴渝》为《昭武》,《五行》曰《大武》。今(笔者按:指刘宋)《凯容舞》执籥秉翟,即魏《武始舞》也。《宣烈舞》有矛弩,有干戚。矛弩,汉《巴渝舞》也,干戚,周《武舞》也。宋世止革其辞与名,不变其舞。舞相传习,至今不改。琼、识所造,正是杂用二舞,以为《大豫》尔。②

如将前引几种史书和这段话中的内容加以综合,我们可对《巴渝舞》的变化轨迹,列简表如下(表8-2):

表8-2 汉代到齐代《巴渝舞》演变简表

舞名	巴渝舞	昭武舞	宣武舞	大豫舞	后舞	宣烈舞
朝代	汉代	曹魏	西晋	西晋	宋代	宋代、齐代
变化	由俗乐列入乐府			加入周《武舞》内容	不变	不变

---

① 以上均见《南齐书》卷十一《乐志》,中华书局1972年版,第190页。
② 《乐府诗集》卷五十二《舞曲歌辞一·前舞凯容歌》宋辞解题,中华书局1979年版,第760页。着重号为引者加。

舞名	巴渝舞	昭武舞	宣武舞	大豫舞	后舞	宣烈舞
歌辞及作者	古辞莫能晓其句度	王粲《魏俞儿舞歌》	傅玄《晋宣武舞歌》	荀勖、张华、傅玄《晋大豫舞歌》	王韶之《宋后舞歌》	用王韶之辞

　　而郭茂倩所谓"《宣烈舞》有矛弩，有干戚。矛弩，汉《巴渝舞》也"，可以看作是对《巴渝舞》在西晋以后之变化的最简要的概括。也就是说，西晋荀勖等人是杂用周代《武舞》和汉代《巴渝舞》创制了《大豫舞》，此舞后来不再有变化，因此《大豫舞》以下各舞，有"矛弩"的部分，都是对《巴渝舞》的继承。这意味着《大豫舞》的改造舍弃了《巴渝舞》的其他部分，只保留了《矛俞》《弩俞》两部分。

　　《南齐书》一方面称齐代的文舞、武舞"不改宋舞名"，另一方面又说："《宣烈舞》，执干戚"①，而不提"有矛弩"。表面看来，后一记载似乎意味着从齐代开始，西晋《大豫舞》中的《巴渝舞》成分即《矛俞》《弩俞》也被剔除了。但这不仅与前一方面相互矛盾，与本章开头所引《隋书·音乐志》的话也是矛盾的。因为如果齐代就已经去掉了《大豫舞》中的《矛俞》《弩俞》，隋代再"悉罢不用"就多此一举了。由此推测，不仅齐代武舞沿袭宋代，而且梁代的武舞——《大壮舞》也应该没有什么大的变化。也就是说，《大豫舞》确定的舞蹈格局，应该直到隋代才有了被罢去《矛俞》《弩俞》的变化。这应该是汉代以来《巴渝舞》发展的一条线索，《巴渝舞》发展的另一条线索是向着娱乐化的方向演变。对此，我们需要在明了《矛俞》《弩俞》的表演特点之后，再来进行探讨。

第三节　《矛俞》《弩俞》的舞蹈特点

　　《宋书》卷二十《乐志二》载有王粲《魏俞儿舞歌》四篇和傅玄《晋宣武舞歌》四篇，《魏俞儿舞歌》题下注曰："魏国初建所用，后于太祖庙

---

① 《南齐书》卷十一《乐志》，中华书局 1972 年版，第 190 页。

并作之。"① 所谓"魏国初建"是指建安十八年（213），曹操为魏公。至于《晋宣武舞》，如前所述，是由汉代《巴渝舞》、曹魏《昭武舞》直接改制而成。可见王粲、傅玄的两组歌辞都是用于庄严的国家大典。其歌辞绝对不可能是与舞蹈本身没有关系的想象之词。因此，歌辞中所写内容，必与实际舞蹈具有极大的一致性，必然是作者观赏的切身感受。因此，这两组歌辞，可以作为我们考察《巴渝舞》之特点的重要依据。先看王粲《魏俞儿舞歌》②：

　　汉初建国家，匡九州。蛮荆震服，五刃三革休。安不忘备武乐修。宴我宾师，敬用御天，永乐无忧。子孙受百福，常与松乔游。烝庶德，莫不咸欢柔。（《矛俞新福歌》）

　　材官选士，剑弩错陈。应桴蹈节，俯仰若神。绥我武烈，笃我淳仁。自东自西，莫不来宾。（《弩俞新福歌》）

　　武力既定，庶士咸绥。乐陈我广庭，式宴宾与师。昭文德，宣武威，平九有，抚民黎。荷天宠，延寿尸，千载莫我违。（《安台新福歌》）

　　神武用师士素厉，仁恩广覆，猛节横逝。自古立功，莫我弘大。桓桓征四国，爰及海裔。汉国保长庆，垂祚延万世。（《行辞新福歌》）

　　这是现存最早的《矛俞》《弩俞》歌辞。从歌辞内容来看，由汉代《巴渝舞》改编而成的《俞儿舞》是典型的武舞，"宣武威"乃是其主旨所在。在上引歌词中，还透露出了舞蹈的三个特点：一是执剑、弩而舞（剑弩错陈），具有"武烈"之美；二是主要乐器为鼓（"应桴蹈节"，此处"桴"当指鼓槌）；三是舞蹈除用于宗庙之外，还用于宴飨（"宴我宾师""式宴宾

---

　　① 《宋书》卷二十《乐志二》，中华书局1974年版，第571页。
　　② 如《史记》卷一百一十七《司马相如传》载司马相如的《上林赋》有"巴俞宋蔡"，裴骃《集解》和司马贞《索隐》引郭璞注，《巴渝舞》也均作《巴俞舞》，《史记》，中华书局1959年版，第3038页。又《汉书》卷二十二《礼乐志二》也有"巴俞鼓员三十六人"，《汉书》，中华书局1962年，第1073页。为论述方便，本书除引用古籍原文外，统一用《巴渝舞》。

与师")。在晋傅玄的《晋宣武舞歌》四篇①中，则更多地体现了舞蹈的特点。

> 惟圣皇，德巍巍，光四海。礼乐犹形影，文武为表里。乃作《巴俞》，肆舞士。剑弩齐列，戈矛为之始。进退疾鹰鹞，龙战而豹起。如乱不可乱，动作顺其理，离合有统纪。（《惟圣皇篇·矛俞第一》）
>
> 剑为短兵，其势险危。疾逾飞电，回旋应规。武节齐声，或合或离。电发星弩，若景若差。兵法攸象，军容是仪。（《短兵篇·剑俞第二》）
>
> 弩为远兵军之镇，其发有机。体难动，往必速，重而不迟。锐精分镈，射远中微。弩俞之乐，一何奇，变多姿。退若激，进若飞，五声协，八音谐，宣武象，赞天威。（《军镇篇·弩俞第三》）
>
> 穷武者丧，何但败北。柔弱亡战，国家亦废。秦始、徐偃，既已作戒前世。先王鉴其机，修文整武艺，文武足相济。然后得光大。乱曰：高则亢，满则盈，亢必危，盈必倾。去危倾，守以平，冲则久，浊能清，混文武，顺天经。（《穷武篇·安台行乱第四》）

其中"乃作《巴俞》，肆舞士"，明确点出了由曹魏《昭武舞》改制的晋代《宣武舞》与汉代《巴俞舞》的承继关系。四首歌辞也谈到了如下的一些舞蹈特点。

其一，舞蹈所执之"仗"，除王粲辞中提到的剑、弩外，还有矛、戈。由"戈矛为之始"可知，矛俞、剑俞、弩俞的排列顺序，也应当是舞蹈的实际顺序。

其二，舞蹈动作迅疾，变化多端。"进退疾鹰鹞，龙战而豹起""疾逾飞电""电发星弩""退若激，进若飞"，既是对舞蹈速度美的赞叹，也是对舞蹈所显示的杀伐之威、武力之美的再现。

其三，舞蹈为集体舞，"如乱不可乱，动作顺其理，离合有统纪""武节齐声，或合或离""兵法攸象，军容是仪"，说明在音乐的节奏中，舞蹈

---

① 《宋书》卷十九《音乐志二》，中华书局1974年版，第572—573页。

者在进退、回旋、离合等各种动作中的高度一致性。

其四，舞蹈具有极大的观赏性。"弩俞之乐，一何奇，变多姿"，说的正是舞蹈奇变之美，也反映了《宣武舞》在表演艺术方面的魅力。

可见，《俞儿舞》和《宣武舞》，与其他用于国家大典的舞蹈相比，显然更生动，更具感染力。对此，我们只要将这两组舞辞与后来的武舞歌辞做一个简单的对比，就可以得到印证。《宋书》卷十九《乐志一》也说：

> （泰始）九年（273），荀勖遂典知乐事，使郭琼、宋识等造《正德》《大豫》之舞，而勖及傅玄、张华又各造此舞哥（歌）诗。[①]

傅玄、荀勖和张华所作的《大豫舞歌》见于《宋书》卷二十《乐志二》中，《宋书》同卷还载有刘宋王韶之的《后舞歌》，但是这几种武舞歌辞，用了无生气来形容一点都不过分。试看傅玄的《大豫舞歌》：

> 于铄皇晋，配天受命。熙帝之光，世德惟圣。嘉乐大豫，保祐万姓。渊兮不竭，冲而用之。先天弗违，虔奏天时。[②]

与同样出自傅玄之手的《晋宣武舞歌》相比，其文学价值相去甚远。荀勖、张华、王韶之等人的歌辞，包括沈约的《大壮舞歌》，竟然也与这首歌辞有诸多的相似之处，这显然不是诗人水平的问题，而是舞蹈过于规范典雅、缺乏生动感性的个性所致。

第四节　《巴渝舞》的娱乐特点

汉代以后，富于感性艺术魅力的《巴渝舞》，是否就只在国家典礼的范围内发展，而与其他娱乐领域无关呢？从相关文献和汉代以来的歌舞娱乐生活来看，显然不是这样。《巴渝舞》本是地方乐舞，在汉代，从《汉书·礼

---

① 《宋书》卷十九《乐志一》，中华书局1974年版，第539页。
② 《宋书》卷二十《乐志二》，中华书局1974年版，第582页。

乐志》可知，它在宫廷中主要是在"朝贺置酒陈殿下"① 时表演。但汉代以来，《巴渝舞》也常用于其他娱乐场合，与当时流行的各种技艺一起表演。在现存的材料中，卫觊的《大飨碑》是很典型的一个例子：

> 六变既毕，乃陈秘戏：巴俞丸剑，奇舞丽倒；冲夹逾锋，上索踏高。舩鼎缘橦，舞轮擿镜。骋狗逐兔，戏马立骑之妙技；白虎青鹿，辟非辟邪。鱼龙灵龟，国镇之怪兽，瑰变屈出，异巧神化。自卿校将守以下，下及陪台隶圉，莫不歆淫宴喜，咸怀醉饱。②

其中的"巴俞"即《巴渝舞》，是与弄丸剑、走索、马技、乔装虎鹿、鱼龙等杂技，放在一起来表演的。从最后几句可以看出，这些节目在当时很受观众欢迎。《大飨碑》作于延康元年（220）八月，碑文开头有明确记载。据《三国志·魏志》卷二《文帝纪》，当年七月，曹丕南征，军次于谯，"大飨六军及谯父老百姓于邑东"③。卫觊作《大飨碑》，上距王粲作《魏俞儿舞歌》的建安十八年（213），已有七年之久。碑文中所谓"巴俞"，应该就是《魏俞儿舞歌》。我们在前文已经提到，《魏俞儿舞歌》是曹操为魏公后所作，后来也用于祭祀曹操的宗庙礼仪。但在延康元年（220）八月却被曹丕用来"大飨六军"，此时距曹操去世只有半年多，因此曹丕此举颇为史家所讥。而曹丕在战前以此舞激励士卒，后来又用于宗庙，固然显示出他的通脱，但同时也说明《魏俞儿舞歌》的娱乐性很强，并具备宫廷乐舞和世俗娱乐舞的双重品格。

如果再向前追溯，我们不难发现，《大飨碑》中所描述的这些技艺，在

---

① 《汉书》卷二十二《礼乐志》，中华书局 1962 年版，第 1073 页。

② 据《全上古三代秦汉三国六朝文·全三国文》卷二十八，本碑文作者有异议，清人严可均在文末有云："案闻人牟准《魏敬侯碑阴》云：'《大飨碑》，卫觊文并书。'《天下碑录》引《图经》云：'曹子建文，锺繇书。'疑《图经》之言非也。《隶释》四又有《大飨残碑》，云：'繇文为书。'则《大飨》非一碑，当以碑阴为实。"本文又被编入《全三国文》卷十九，列入曹植名下。严氏称："今姑录入子建集，俟考。"（清）严可均校辑：《全上古三代秦汉三国六朝文》，中华书局 1958 年版，第 1212 页。此外，陆侃如亦将《大飨碑》系于卫觊名下，见陆侃如：《中古文学系年》，人民文学出版社 1985 年版，第 432—433 页。

③ 《三国志》，中华书局 1965 年版，第 61 页。

汉代也同样与《巴渝舞》一起演出。它们在当时一般被称为"角抵"或"大角抵"。① 而纵观汉代以来的角抵演出,《巴渝舞》与其他歌舞技艺共同的娱乐功能是非常明显的,这构成了它在宫廷舞之外的另一条发展道路。如果从探讨它与《俳歌辞》之关系而言,以下几个方面尤其值得我们注意。

第一,侏儒的表演也是与《巴渝舞》同台演出的各种技艺之一。如司马相如在《上林赋》中所写的"《巴俞》宋蔡,淮南《干遮》",就是与"俳优侏儒,狄鞮之倡"并列在一起,其中"俳优侏儒"的表演到底如何,在此语焉不详,但所有这些节目,用司马相如赋中的原话来说,都是"娱耳目而乐心意",即用于娱乐的。可见,《巴俞》与"俳优侏儒"并非全然不相干的两种东西。

汉代还建有专门的表演场所——平乐观,史籍中对在平乐观举行的大型演出多有记载。如汉武帝元封六年(前105)"夏,京师民观角抵于上林平乐观"②。汉武帝元康二年(前64),"天子自临平乐观,会匈奴使者、外国君长大角抵,设乐而遣之"③。前者可谓与民同乐,后者是招待外国使臣和君主,所表演的节目肯定是娱乐性极强的。《汉书》虽对此未作任何说明,但借助东汉李尤的《平乐观赋》,其表演技艺之丰富多彩,仍可窥见一斑:

> 方曲既设,秘戏连叙。逍遥俯仰,节以鞀鼓。戏车高橦,驰骋百马。连翩九仞,离合上下。或以驰骋,覆车颠倒。乌获扛鼎,千钧若羽。吞刃吐火,燕跃鸟峙。陵高履索,踊跃旋舞。飞丸跳剑,沸渭回扰。《巴渝》隈一,逾肩相受。有仙驾雀,其形蚴虬。骑驴驰射,狐兔惊走。侏儒巨人,戏谑为耦。……④

---

① "角抵""大角抵"是汉代用以概括各种技艺的名称,现代学者多称为"百戏",然"百戏"这一概念晚出,"角抵"在早期更为常用。两个概念的不同,卜键先生的《角抵考》曾有精彩的辨析:"百戏与角抵戏其实一也。从演出品类繁盛多变的意义上言之,是谓百戏;从演出形式及其内涵的尚武精神而言,则称角抵。与较晚出的'百戏'一词相比,'角抵'似乎更能发明中国早期戏剧的嬗变之迹,更能代表其时代风貌,由秦而历两汉,'角抵'都是中国戏剧的标志性总称。"见《文学遗产》2000年第2期。

② 《汉书》卷六《武帝纪》,中华书局1962年版,第198页。

③ 《汉书》卷九十六下《西域传第下》,中华书局1962年版,第3905页。

④ (清)严可均校辑:《全上古三代秦汉三国六朝文》,中华书局1958年版,第747页。

以文中叙述的体例，其中"《巴渝》隈一"当为两种不同的伎艺，后者具体指什么，不太清楚，但前者肯定是《巴渝舞》。而"侏儒"的表演也是平乐观引人注目的节目之一。二者共有的娱乐性与共同的演出空间，无疑为其相互借鉴乃至融合提供了可能性。

第二，典籍中既有所谓"作《巴俞》"的说法，也常见"作俳优""作倡优""作倡乐""作俳倡"的记载，这一共性实非偶然，值得我们注意。《汉书》卷九十六下《西域传下》曰：

> 于是广开上林，穿昆明池，营千门万户之宫，立神明通天之台，兴造甲乙之帐，落以随珠和璧，天子负黼依，袭翠被，冯玉几，而处其中。设酒池肉林以飨四夷之客，作《巴俞》都卢、海中《砀极》、漫衍鱼龙、角抵之戏以观视之。①

这里的《巴渝舞》等节目，面对的观众是"四夷之客"，或许《巴渝舞》的表演不乏展示武力的意味，但是这些技艺的娱乐性还是第一位的。与此相类，傅玄《宣武舞歌·矛俞》中也有"礼乐犹形影，文武为表里，乃作《巴俞》"，其中的"作《巴俞》"与《西域传》的用法完全一样，"作"或可理解为表演。有关汉代"作俳优""作倡优"等记载，散见于不同的典籍：

> 今陛下……设戏车，教驰逐，饰文采，丛珍怪；撞万石之钟，击雷霆之鼓，作俳优，舞郑女。②
> 而五侯群弟，争为奢侈，赂遗珍宝，四面而至；后廷姬妾，各数十人，僮奴以千百数，罗钟磬，舞郑女，作倡优，狗马驰逐；大治第室，起土山渐台，洞门高廊阁道，连属弥望。③
> 大行在前殿，发乐府乐器，引内昌邑乐人，击鼓歌吹作俳倡。④

---

① 《汉书》卷九十六下《西域传下》，中华书局 1962 年版，第 3928 页。
② 《汉书》卷六十五《东方朔传》，中华书局 1962 年版，第 2858 页。
③ 《汉书》卷九十八《元后传》，中华书局 1962 年版，第 4023—4024 页。
④ 《汉书》卷六十八《霍光传》，中华书局 1962 年版，第 2940 页。

禹尝置酒设乐，与弟子娱。禹将（戴）崇入后堂饮食，妇人相对作优，管弦铿锵，极乐！昏夜乃罢。[①]

贼复聚众挑战，霸坚卧不出，方飨士作倡乐。[②]

《魏书》曰：贾人或假二千石舆服导从作倡乐，奢侈日甚，民坐贫穷，历世长吏无敢禁绝者。[③]

上述材料涉及皇帝、王公大臣、将军、商贾等各色人物，既有宫廷娱乐，家庭私宴自娱，也有军中和民间的表演，几乎覆盖了当时社会的各个层面。大约因为俳优作为我国早期专职表演家，其历史格外久远的缘故，史籍中"作俳优"之类的记载远远多于"作《巴俞》"。此外，从"作"的角度来看，《巴俞》临场发挥的余地，也不及优戏。因此，从理论上讲，俳优影响《巴渝舞》的可能性更大，这应该也是我们理解《俳歌辞》的一个前提。

第三，《巴渝舞》刚猛尚武的特点与角抵有着深层的一致性。"角抵"在《史记》中被称为"觳抵"，《史记》卷八十七《李斯传》"是时二世在甘泉，方作觳抵优俳之观"。裴骃《集解》曰：

应劭曰："战国之时，稍增讲武之礼，以为戏乐，用相夸示，而秦更名曰角抵。角者，角材也。抵者，相抵触也。"文颖曰："案：秦名此乐为角抵，两两相当，角力，角伎艺射御，故曰角抵也。"骃案：觳抵即角抵也。[④]

这是有关角抵较早的文献记载，后人往往忽略了文颖的解说，仅从应劭"相抵触"着眼，把角抵理解为狭义的摔跤、角力，其实应劭与文颖解说的核心是一致的，应说指出角抵是从战国时期的"讲武之礼"演化而来的

① （宋）李昉等撰：《太平御览》卷五百六十九《乐部七》引《汉书·张禹传》，中华书局1960年版，第2571页。按今本《汉书》卷八十一《张禹传》"入后堂"以下作："入后堂饮食，妇女相对，优人管弦铿锵极乐，昏夜乃罢。"（中华书局1962年版，第3349页）任半塘先生以为："原文此节，自以《御览》所据之本为可信。"《唐戏弄》，上海古籍出版社1984年版，第236页。

② 《后汉书》卷二十《王霸传》，中华书局1965年版，第736页。

③ 《三国志》卷一《魏书·武帝纪》裴注引《魏书》，中华书局1959年版，第4页。

④ 《史记》卷八十七《李斯传》，中华书局1959年版，第2560页。

"戏乐"，其"角材"与文颖所谓"角力""角伎艺射御"，可以共同说明"讲武"才是角抵的本质，具体来说，"射"与"御"则是其中最重要的内容，至少在秦汉时期是这样。许慎《说文解字》曰："觳，盛觵卮也。一曰射具。"卜键先生已指出，角抵"与先秦的射礼相关，文颖所谓'角伎艺射御'中的'射御'，明确指此。角抵与《周礼》中的大射与乡射礼，本来也算一脉相承……"①，因此，《巴渝舞》之《矛俞》《弩俞》《剑俞》与角抵尚武的原始特征可谓心有灵犀，有着深层的相通之处。其独特的艺术个性则为汉代角抵戏提供了一个生动的样本，这既是《巴渝舞》在进入乐府的同时，还能自然融入汉代角抵戏、受到不同阶层欢迎的原因，也是后来《矛俞》《弩俞》为《大豫舞》所吸收借鉴，甚至其中的精彩片段被改编为优戏的关键所在。

第四，在唐代犹存的《清乐》六十三曲，《巴渝》是其中之一。这或许可以看作是《巴渝舞》娱乐化发展的最终结果。充满杀伐之气、刚猛之调的《巴渝舞》，进入汉代乐府后，甚至到魏晋时期的《魏俞儿舞歌》和《晋宣武舞》，其表演风格与《清乐》恐怕还是有很大的不同的。它是怎样一步步发生变化的，我们已经很难说清。但是，借助现存史料，还是可以看到些许的蛛丝马迹。在魏晋时期的王粲和潘尼两位诗人笔下，都曾描写过《巴渝舞》：

> 邪睨鼓下，伉音赴节。安翘足以徐击，馺顿身而倾折。翩飘微霍，乱精荡神。巴渝代起，鞞铎响振。（王粲《七释》）②

> 圣朝命方岳，爪牙司北邻。皇储延笃爱，设饯送远宾。谁应今日宴，具惟廊庙臣。置酒宣猷庭，击鼓灵沼滨。沾恩洽明两，遭德会阳春。羽觞飞醲醑，芳馔备奇珍。巴渝二八奏，妙舞鼓铎振。长袂生回飇，曲裾扬轻尘。（潘尼《皇太子集应令诗》）③

王粲赋中的"邪睨鼓下，伉音赴节""翩飘微霍，乱精荡神"，与《魏

---

① 卜键：《角抵考》，《文学遗产》2000 年第 2 期。

② （清）严可均校辑：《全上古三代秦汉三国六朝文》，中华书局 1958 年版，第 963 页。

③ 逯钦立辑校：《先秦汉魏晋南北朝诗》，中华书局 1983 年版，第 766 页。

俞儿舞歌》手执"矛戈"及"疾逾飞电""电发星弩"的刚猛舞姿还非常接近。但潘尼诗写于"设钱送远宾"的宴会上,其中的"巴渝二八奏,妙舞鼓铎振"两句,互文见义,"妙舞"亦指"巴渝"。"长袂生回飚,曲裾扬轻尘",是对此"妙舞"的具体描述。既是"二八"妙龄女子"长袂"而舞,手中恐怕难以再拿其他道具,而"曲裾扬轻尘"则说明舞蹈是舒缓飘逸的。这与《魏俞儿舞歌》及王粲赋中的舞蹈显然有较大的差异。

魏晋之后,文人笔下很少提到《巴渝舞》。据《旧唐书》记载,梁代恢复了《巴渝》舞名,[①] 史书中虽未见梁复《巴渝》的明确记载。但从文献来看,《旧唐书》的说法可能不是空穴来风。萧纲有三次写到了《巴渝舞》:

　　断霞之昭彩,若飞燕之相及。既相看而绵视,亦含资而俱立。于是徐鸣娇节,薄动轻金,奏《巴渝》之丽曲,唱《碣石》之清音。扇才移而动步,鞞轻宣而逐吟。尔乃优游容豫,顾眄徘徊,强纤颜而未笑,乍杂怨而成猜。或低昂而失侣,乃归飞而相拊,或前异而始同,乍初离而后赴。不迟不疾,若轻若重。眄鼓微吟,回巾自拥。发乱难持,簪低易捧。牵福恃恩,怀娇知宠。(萧纲《舞赋》)[②]

　　铜梁指斜谷,剑道望中区。通星上分野,作固下为都。雅歌因良宋,妙舞自巴渝。阳城嬉乐所,剑骑郁相趋。五妇行难至,百两好游娱。牲祈望帝祀,酒酹蜀侯姝。江妃纳重聘,卓女爱将雏。停弦时击爪,息吹更治朱。脱衫湔锦浪,回扇避阳乌。闻君握节返,贱妾下城隅。(萧纲《蜀国弦歌篇十韵》)[③]

　　建平督邮道,鱼复永安宫。若奏巴渝曲,时当君思中。巫山七百里,巴水三回曲。笛声下复高,猿啼断还续。(萧纲《蜀道难二首》其一)[④]

---

　　① 《旧唐书》卷二十九《音乐志二》曰:"《巴渝》,汉高帝所作也。……渝,美也。亦云巴有渝水,故名之。魏、晋改其名,梁复号《巴渝》,隋文废之。"中华书局1975年版,第1063页。
　　② (清)严可均校辑:《全上古三代秦汉三国六朝文》,中华书局1958年版,第2996页。
　　③ (宋)郭茂倩编:《乐府诗集》卷三十《相和歌辞五》,中华书局1979年版,第440页。
　　④ (宋)郭茂倩编:《乐府诗集》卷四十《相和歌辞十五》,中华书局1979年版,第590页。

　　萧纲的两首诗，均写到男女相思、情爱，后一首说"笛声下复高"；前一首有"停弦时击爪"。这也与传统《巴渝舞》表现战斗主题及以鼓为主要乐器不同，故诗中所谓"妙舞自《巴渝》""若奏《巴渝》曲"之"《巴渝》"，与传统《巴渝舞》相比，当已有了较大变化；至于他的《舞赋》，并非专写《巴渝舞》，也写到了《拂舞》（《碣石》为《拂舞》之一）、《鞞舞》，但是其中对舞姿的描述，与《巴渝舞》的刚猛也不类，"优游容豫，顾眄徘徊""不迟不疾，若轻若重"，都透露出舞蹈同样具有舒缓飘逸的特点，且与上引诗中"二八""妙舞""长袂""贱妾"等共同显示出舞者的女性身份。这与赋中"奏《巴渝》之丽曲"可相互说明，因而与传统《巴渝舞》也显然有别。可见，萧纲所见到的《巴渝舞》已经有了较大的变化。而其中同时提到《巴渝舞》与《鞞舞》，似乎也是梁代《巴渝舞》的特点。

　　《乐府诗集》卷五十三曹植《鼙舞歌》解题引《古今乐录》曰："《鞞舞》，梁谓之《鞞扇舞》，即《巴渝》是也。鞞扇，器名也。鞞扇上舞作《巴渝弄》，至《鞞舞》竟，岂非《巴渝》一舞二名，何异《公莫》亦名《巾舞》也。……"① 也许是受《古今乐录》的影响，《隋书》卷十五《音乐志下》也有"《鞞舞》，汉巴渝舞也"② 的说法。但是无论从萧纲《舞赋》，还是其他材料，我们似乎都看不出《鞞舞》与《巴渝舞》是"一舞二名"，对此郭茂倩《乐府诗集》卷五十三曹植《鼙舞歌》解题曾加以纠正曰：

　　　　按《乐录》《隋志》并以《鞞舞》为《巴渝》，今考汉、魏二篇，歌辞各异，本不相乱。盖因梁、陈之世，于《鞞舞》前作《巴渝弄》，遂云一舞二名，殊不知二舞亦容合作，犹《巾舞》以《白纻》送，岂得便谓《白纻》为《巾舞》邪？失之远矣。③

　　《宋书·乐志一》曰："《鞞舞》，未详所起，然汉代已施于燕享矣。"④

---

① （宋）郭茂倩编：《乐府诗集》，中华书局 1979 年版，第 772 页。
② 《隋书》卷十五《音乐志下》，中华书局 1973 年版，第 377 页。
③ （宋）郭茂倩编：《乐府诗集》，中华书局 1979 年版，第 772 页。
④ 《宋书》卷十九《乐志一》，中华书局 1974 年版，第 551 页。

《鞞舞》也是《旧唐书》所载前代《清乐》六十三曲之一，《旧唐书》卷二十九《音乐志二》说："《明之君》，本汉世《鞞舞曲》也。梁武时，改其辞以歌君德"①。但据上引《乐府诗集》解题"《鞞舞》前作《巴渝弄》"的组合表演方式，恐怕梁陈时期与《鞞舞》"合作"的《巴渝舞》，也应是"施于燕享"，更重视其娱乐性的。这是《巴渝舞》娱乐化发展的结果之一，也是其汇入《清乐》的一个重要环节。②

从以上论述来看，《巴渝舞》似乎在发展中分化出了两种类型，一种是作为武舞的重要组成部分而历代名称不同的《巴渝舞》；一种是娱乐性日渐增强，先与角抵、侏儒优戏，后与《鞞舞》合作表演的《巴渝舞》。《旧唐书》卷二十九《音乐志二》曰：

> 《清乐》者，南朝旧乐也。……武太后之时，犹有六十三曲，今其辞存者，惟有《白雪》《公莫舞》《巴渝》……《巴渝》，汉高帝所作也。……魏、晋改其名，梁复号《巴渝》，隋文废之。③

据上述引文，到武则天时，《清乐》仍有六十三曲存世，《巴渝》是其中之一；但接着却说，《巴渝》被"隋文废之"。那么，"梁复号《巴渝》"与"隋文废之"的《巴渝》及武则天时犹存的《巴渝》，是否是一种？如果是，在"隋文废之"后，《巴渝》何以能在武则天时犹存于《清乐》中？

对这些问题，历来论者多未深究。窃以为，"隋文废之"的只是被纳入武舞中的《巴渝舞》部分，亦即《矛俞》和《弩俞》。这与"梁复号《巴渝》"之"《巴渝》"④并不是一回事。后者乃是我们前述自汉代以来娱

---

① 《旧唐书》，中华书局 1975 年版，第 1064 页。

② 唐代《竹枝》本出于《巴渝》，刘禹锡、顾况、皇甫松均有拟作，多反映男女情爱的缠绵之词。

③ 《旧唐书》卷二十九《音乐志二》，中华书局 1975 年版，第 1062—1063 页。

④ 关于"梁复号《巴渝》"，梁海燕认为，"除了融入雅乐武舞的《巴渝》成分外，梁代另有一种被称作'丽曲'或'妙舞'的《巴渝》舞曲存在"，她还据《通典》记载指出，梁代以前舞人为十二人，"梁代将《巴渝》舞人减为八人，表演规模大大缩小，舞容也有不少改观。至唐代，又成为宫廷宴乐《清乐伎》的曲目之一，舞时仅有四人，'舞容闲婉，曲有姿态'是其作为清乐《巴渝》的舞蹈风格"。见梁海燕：《舞曲歌辞研究》，北京大学出版社 2009 年版，第 144—145 页。

乐性日渐增强，与《鞞舞》合作表演的《巴渝舞》，也应是武则天时犹存的《巴渝》。

众所周知，侏儒、俳优、倡优在中国艺术史上，很早就负有盛名。而《巴渝舞》娱乐化发展的重要表现之一，即是在与侏儒同台表演的同时，借鉴其特点，形成全新的艺术形态。换言之，《矛俞》《弩俞》在后来的发展中与侏儒有了某种特定的联系，甚至形成一种新的艺术表演节目，绝不是一件不可思议的怪事，而恰恰是不同艺术相互渗透、相互影响的必然结果。这既是《隋书》所载《矛俞》《弩俞》与"侏儒导引"同台组合，并一起被罢的文化背景，也是我们理解《巴渝舞》之娱乐化品格的一个重要前提。

第五节　《俳歌辞》文本解读与俳伎的表演特点

弄清了《矛俞》《弩俞》的源流，我们还需要将本章前文所引《隋书》卷十五《音乐志下》中的一段话，放在上下文整体语境中来理解，并在此前提下对《俳歌辞》作出文本解读，当然这两点其实也是密切相关的。

在《隋书》原文中，"又魏、晋故事"以下的一段话前面，是对隋代文舞、武舞表演特点的详细介绍：

> 又文舞六十四人，并黑介帻，冠进贤冠，绛纱连裳，内单，皂襈、领、襈、裾、革带，乌皮履。十六人执翟。十六人执帗。十六人执旄。十六人执羽，左手皆执籥。二人执纛，引前，在舞人数外，衣冠同舞人。武舞六十四人，并服武弁，朱褠衣，革带，乌皮履。左执朱干，右执大戚，依朱干玉戚之文。二人执旌，居前，二人执鼗，二人执铎。金錞二，四人舆，二人作。二人执铙次之。二人执相，在左，二人执雅，在右，各工一人作。自旌以下夹引，并在舞人数外，衣冠同舞人。①

接下来又引用《周官》《乐记》进一步说明武舞的表演，并对近代"阶步"用乐与《周官》记载的对应关系作了说明，最后才是"魏、晋故事"

---

① 《隋书》卷十五《音乐志下》，中华书局1973年版，第358页。

以下对魏晋以来武舞表演情况的补叙。因为整段文字都是在讲文舞、武舞，所以这一段其实是对武舞的补充说明，"有《矛俞》《弩俞》及朱儒导引"中之"朱儒导引"，不可能与武舞无关或者是与武舞并列的另一种伎艺，而应该是附加于武舞的一个组成部分。

文中所谓"既非正典，悉罢不用"的依据，是《尚书》和《礼》文，后者包括"三礼"，但主要应指《礼记》。① 因为这些典籍中都说武舞"执干戚"而舞，而汉代《巴渝舞》却是"执仗而舞"，具体而言，即是执"矛""弩"而舞。这是一个理由，另一个理由没有明确讲出来，但也是很重要的，那就是"朱儒导引"，也是儒家经典中所没有的，所以也在被罢之列。《旧唐书》曰："《巴渝》，汉高帝所作也。……魏、晋改其名，梁复号《巴渝》，隋文废之。"② 所谓隋文帝废《巴渝》与罢《矛俞》等，讲的其实是一回事。而以"非典正"被废或被罢的，当然也包括"朱儒导引"。

需要注意的是，从《隋书》的记载，我们还可以得到一个信息，即从魏晋以来，《矛俞》《弩俞》的表演中，一直有"朱儒导引"的节目。这与郭茂倩解题"自古有之，盖倡优戏也"，可以相互说明。逯钦立先生大约正是据"自古有之"四字将古《俳歌辞》定为汉代作品。从前面对汉代"俳优"和《巴渝舞》发展的梳理来看，逯先生的这种推测当然是有可能的。但要对此做出更清楚的说明，我们还必须在以上论述的前提下，对古《俳歌辞》的内容及表演特点做一番考察。

古《俳歌辞》最早见于《南齐书·乐志》，梁《俳歌辞》最早见于陈释智匠的《古今乐录》，我们在对其文本进行讨论时，固然需要充分考虑两首《俳歌辞》及其表演的继承关系，但对各自的相关情况进行相对独立的分析也是必要的。

---

① 如《礼记》卷三十一《明堂位》："朱干玉戚，冕而舞《大武》。"郑玄笺："朱干，赤大盾也。戚，斧也。冕，冠名也。"孔颖达疏："'朱干玉戚'者，干，盾也。戚，斧也，赤盾而玉饰斧也。'冕而舞《大武》'者，冕，衮冕也。《大武》，武王乐也。王著衮冕，执赤盾玉斧而舞武王伐纣之乐也。"又如《礼记》卷四十九《祭统》云："朱干玉戚以舞《大武》。"郑玄笺："朱干，赤盾。戚，斧也，此《武》《象》之舞所执也"。孔颖达疏："'朱干玉戚，以舞《大武》'者，朱干，亦盾也。戚，斧也。以玉饰其柄，此《武》《象》之舞所执。"（汉）郑玄注，（唐）孔颖达疏：《礼记正义》卷三十七，（清）阮元校刻：《十三经注疏》，中华书局 1980 年，第 1489、1607 页。

② 《旧唐书》卷二十九《音乐志二》，中华书局 1975 年版，第 1063 页。

就古《俳歌辞》而言，依照我们的理解，对《南齐书·乐志》"按语"重新标点如下：

> 右侏儒导舞人，自歌之。古辞俳歌八曲，此是前一篇，二十二句。今侏儒所歌，摘取之也。①

这段话其实是对《俳歌辞》表演的一点补充说明。其要点有三：

1. 前代传下来的《俳歌辞》本有八曲，这是八首中的第一篇。此篇原有二十二句，这里著录的十句只是其中的一部分，也就是说，齐代俳歌辞其实是在前代歌辞的基础上改编而成。

2. 由"今侏儒所歌，摘取之也"两句可知，俳伎在齐代表演时，《俳歌辞》是由侏儒来演唱的。因为如果我们把前两句标为"右《侏儒导》，舞人自歌之"。则"按语"在"舞人"，还是"侏儒"歌唱的问题上前后矛盾。故"自歌之"的应是"侏儒"。

3. 在演出分工中，舞蹈当由"舞人"来表演。"舞人"上场或表演过程中，需要有"侏儒"进行导引。其间"侏儒"之歌与"舞人"之舞应相互配合。

这是从古《俳歌辞》及"按语"可以得出的几点认识。

再看梁《俳歌辞》及相关的表演说明。对《乐府诗集》所引《古今乐录》的这一段话，也依照我们的理解，重新标点如下：

> 《古今乐录》曰："梁三朝乐第十六，设俳技，技儿以青布囊盛竹筐，贮两踆子，负束，写地，歌舞。小儿二人提杳踆子头，读俳云：见俳不语，言俳涩所。俳作一起，四坐敬止。马无悬蹄，牛无上齿。骆驼无角，奋迅两耳。半拆荐博，四角恭跱。"

《古今乐录》对梁代俳技表演所做的说明文字，颇为费解，历来学者们也多未深究。按《说文解字》曰："踆，足跌也。"段注曰："踆者，骨委屈

---

① 《南齐书》卷十一《乐志》，中华书局 1972 年版，第 195 页。

失其常"①。又可引申为弩名,《四声篇海》:"蹊,足跌也。弩名,张弩必以足,因为弩名。"又"束"字,《中华大字典》释义中有"五十矢为束"②,古代弩弓亦称为"弩子"。再考虑到《矛俞》《弩俞》与侏儒导引的关系,颇疑"蹊子"乃"弩"之俗称,如果这一推测可以成立,那么此俳伎当与《弩俞》有关,《俳歌辞》或即为隋文帝所罢的"《矛俞》《弩俞》及朱儒导引"之"朱儒导引"的歌辞文本片段。依此,《古今乐录》对梁代俳伎表演的说明,也有如下几点需要注意。

1. 梁代俳伎表演也是歌、舞并作,参与的人物有"伎儿"和"小儿二人",二者分工、合作共同完成俳伎的演出。

2. 伎儿用青布口袋装一种盛有两弩的竹箧,身背五十支一束的弩箭出场,③《说文》曰:"写,置物也"。意为移置、放置。"写地",当指将"竹箧""蹊子"放置于地。从后面的"小儿二人提沓蹊子头",也可知道,伎儿需先把"蹊子"放在地上。做完这些之后,伎儿开始歌舞表演。

3. 伎儿将"蹊子"放在地上后,小儿二人开始表演。主要也有两项:一是"提沓蹊子头",疑此"沓"当为"踏","提沓"为手脚同时用力,即脚踏手提。这应是在表演弩箭射击,脚踏使弩固定,然后才可以手开弩。二是"读俳"。这与齐代古《俳歌辞》的表演显然不同。

如果对《南齐书·乐志》及《古今乐录》的记载进行细致比较,可以发现二书所载的俳伎表演方式都只是片段,并不完整。就现存文字分析,二者差别不是太大,但也不尽全同。其基本相同或可以互补的地方主要有三个方面。

第一,表演者名称,齐代是"舞人"与"侏儒",梁代为"伎儿"与"小儿二人"。这也可以看作是不同历史时期的习惯称呼不同,或者说是萧子显与智匠的用词不同。但如果我们说"伎儿"大致相当于齐代俳伎中的"舞人","小儿二人"则相当于"侏儒",大致还是可以的。那么,俳伎的表演者大致是相同的。

第二,齐代俳伎中的"侏儒导舞人"一节,不见于梁代。这有两种可

① (汉)许慎撰,(清)段玉裁注:《说文解字注》,上海古籍出版社1981年版,第84页。
② 《中华大字典》,中华书局1978年版,第1136页。
③ 负羽(背负弓箭)、负弩(身背弓矢)这两个词当即从这种日常习惯而来。

能，一种是本来有而《古今乐录》没有提，或者郭茂倩转引时漏掉了；另一种是到了梁代被去掉了。但从隋文帝罢"侏儒导引"可知，应当是前一种情况。因此，这一点上，齐代表演可以补充梁代之缺。

第三，梁代俳伎中"技儿"持道具一节，及"小儿二人提杳蹝子头"的表演，为齐代所无。虽然我们还不能说齐代的表演也必定如此，但把它作为我们理解齐代俳伎表演的一个重要参照，应该还是可以的。

除此之外，齐、梁俳伎表演也有明显的不同。齐代是由侏儒演唱《俳歌辞》，而梁代的"技儿"却似乎兼任齐代"舞人"之舞蹈和"侏儒"之歌唱两项。齐代侏儒演唱《俳歌辞》在这里变成了"读俳"。至于为什么会发生这样的变化，因史料有限，我们很难做出进一步的说明。最大的一种可能是与俳伎节选自前代有关。俳优自先秦以来一直是中国古代艺术生活中的骨干力量，他们具有来自师承的独特传统，但观众追新尚奇的审美需求，也是他们自我生存时时面临的挑战。齐代《俳歌辞》在截取古辞十句的同时，其表演方式肯定也会做出相应的调整。现存梁代《俳歌辞》与齐代并不完全相同，因此表演方式有一定变动，也是正常的。

从两首俳歌辞稍有小异来看，其表演似乎也不应该有很大的变化。如果把《南齐书·乐志》及《古今乐录》所载表演方式中没有明显冲突的部分，进行相互补充，或许就是更完整的俳伎表演方式。

依照这一思路，俳伎的表演首先应该由"侏儒"（或"小儿二人"）先出场，并导引"舞人"（"技儿"）出场。但这一过程如何进行，已难详述。舞蹈肯定是由"舞人"（"技儿"）承担，俳辞的歌唱者则可能是侏儒，也可能是"舞儿"。如由"舞儿"歌唱，"侏儒"（或"小儿二人"）或当改为"读俳"。从作为道具的弩和弩箭来看，表演内容当与《弩俞》有关，很有可能将《巴渝舞》之《弩俞》的舞蹈进行改编，并加上俳优的滑稽表演。因此，不论是"读俳"，唱"俳"，还是读、唱并用，所读或所唱俳歌都应当与《弩俞》有密切关系。

行文至此，我们可以对两首俳歌做一尝试性的疏解。下面以《南齐书》著录俳歌为主，必要时也对《古今乐录》著录的俳歌同时加以解说。

俳不言不语，呼俳嗡所。

"俳"本指"戏",亦可指歌舞戏乐之表演者,因《俳歌辞》是唱或者说给观众的,在此当为侏儒自称。梁《俳歌辞》"见俳不语",大意相近。"呼俳噏所",较费解。古汉语中多"呼噏"连用,① 疑当作"呼噏俳所"。两句大意是说,诸位现在看我不言不语,只听到我站在这里呼吸。

梁辞"言俳涩所","涩",《说文》作"歰",象四只脚两两相抵,本义为"不滑也。"意为我所在的地方不滑,不易摔倒。其意虽不同,但均为侏儒开场白,目的是为下面的滑稽节目作铺垫。

> 俳适一起,狼率不止。

《说文》曰:"适,疾也。读与括同。"此指侏儒由不言不语的安静状态,突然疾速地开始发射弩箭的表演。梁辞"俳作一起",意思相近。司马相如《上林赋》有"率乎直指",对其中的"率"字,李善注《文选》卷八引郭璞曰:"率,径驰去也"。《汉书》卷五十七上《司马相如传上》颜师古释为:"率然直去意"。用法与"狼率不止"之"率"接近。二句意为弩箭一发,凶残的豺狼也会拼命奔逃,不敢停留。

梁辞"四坐敬止",稍有小异。"坐"即"座","四坐"指所有在场的观众。"敬止":敬仰,为古代习用语。止,语词。"俳作一起,四坐敬止",是侏儒对自己表演的一种自夸,意即一旦节目开始,观众都会油然生出对表演者的敬仰。

> 生拔牛角,摩断肤耳。

这两句大意是说,被弩箭射中,牛角会被活生生地带出,牛的皮肤、耳

---

① 如《全后汉文》卷六十五刘陶《诣阙上书讼朱穆》:"运赏则使饿隶富于季孙,呼噏则令伊、颜化为桀、跖";《全三国文》卷四十六《魏》四十六阮籍《大人先生传》"海冻不流绵絮折,呼噏不通寒伤裂";《全晋文》卷三十八庚阐《扬都赋》:"惊波霆激,骇浪川动。东注尾闾,呼噏洞庭";《全晋文》卷一百十五孙惠《诡称南岳逸士秦秘之以书干东海王越》:"指麾则五岳可倾,呼噏则江湖可竭";《全宋文》卷四十八周朗《报羊希书》:"呼噏以补其气,缮嚼以辅其生";《全梁文》卷五十七刘孝标《广绝交论》:"吐漱兴云雨,呼噏下霜露"。(清)严可均校辑:《全上古三代秦汉三国六朝文》,中华书局1958年版,第831、1317、1678、2121、2699、3289页。

朵也会被射断。梁辞删去了这两句，大约是因为后面也写到了牛。

  马无悬蹄，牛无上齿。骆驼无角，奋迅两耳。

  古《辞》的这几句与梁《辞》完全一样。《说文解字》曰："犬，狗之有悬蹄者也"，是说有悬蹄的狗为犬。"悬蹄"本指偶蹄目动物已退化、不需承载体重的残趾。但从动物学的角度来说，马属于典型的奇蹄目动物。因此，这里的悬蹄显然不是动物学的概念，而当指马在飞奔中扬起的马蹄。"奋迅"①，本义是形容鸟飞或兽跑迅疾而有气势。四句继续以夸张的语气写弩箭之威力，奔马悬起的马蹄、牛的上齿和骆驼的角，都在瞬间被弩箭射掉。而掉了角的骆驼，还在两耳直竖，飞速奔逃。歌辞的主体部分实际上都是在渲染弩箭的杀伤力。

  半拆荐博，四角恭跱。

  最后两句仅见于梁辞，颇难确解。"半拆"，本指大指与二指伸张开时的距离。《说文》曰："荐，荐蓆也。"段玉裁以为各本写"蓆"皆误，实为无草字头的"席"。荐席，古人所坐之垫席。"博"，或指博具。"跱"，立也。"四角"，四面、全场。疑此二句与白居易《琵琶行》中之"东船西舫悄无言，惟见江心秋月白"相类，是写表演结束后观众的反应。

  如果确如前文所论，《俳歌辞》与《弩俞》密切相关，那么，它很有可能是以极其诙谐、夸张的语言，在渲染弩箭之威力。辞中出现的动物，或许由"象人"扮演，作为"舞人"中的一类，一方面配合"技儿"的《弩俞》舞，另一方面也配合侏儒的读与歌（说与唱），三者依照共同的乐曲节奏来展开表演，同时杂以幻术，逼真地将"马无悬蹄，牛无上齿。骆驼无角，奋迅两耳"等炫人耳目的奇异景象再现出来，以形象地渲染弩箭的威力。

---

  ① （晋）郭璞注，（宋）邢昺疏：《尔雅注疏》卷十《释畜》曰："鸡，大者蜀。……绝有力，奋。"郭璞注曰："诸物有气力多者，无不健自奋迅，故皆以名云。"意思是说，雉、羊、鸡等动物，只要"绝有力"就可称之为"奋"。（清）阮元校刻：《十三经注疏》，中华书局1980年，第2653页。

小　结

综上所述，郭茂倩《俳歌辞》"一曰《侏儒导》"的说法应是对《俳歌辞》的一种误解。见于《南齐书·乐志》和《乐府诗集·舞曲歌辞》的《俳歌辞》，是与俳伎表演相配合的歌辞，都是从可能起于汉代的《俳歌辞》古辞简化改编而来。它是与类似梁三朝乐之第十六项之"设俳伎"（即俳伎表演）相配合的一首歌诗，在齐、梁间仍是重要的表演节目。其表演及兴盛、衰落，均与汉代列入乐府的《巴渝舞》之《弩俞》密切相关，其表演者有侏儒和舞儿两类，表演形式已比较复杂，应属于杂有幻术的滑稽歌舞戏。从中既可看到侏儒在歌舞表演中的活跃程度，也可以窥见当时歌诗表演的一些特点。梳理《巴渝舞》的发展源流，探究《俳歌辞》的文本内涵与表演特点，对于更好地认识齐梁时期歌舞滑稽戏与歌诗融合的艺术形态，具有重要的学术意义。《俳歌辞》在文学史上所具有的价值，并未得到足够的重视，因此值得我们给予关注。

第 九 章

魏晋南北朝歌诗的娱乐本质与文体特征

　　歌诗是创作者和表演者为特定社会需求而进行的娱神、娱人的综合艺术，是娱乐活动的产物。在大分裂、大动乱的魏晋南北朝，歌诗的兴盛不仅有赖于乐府官署及现实礼乐需求，离不开帝王、贵族的支持，文人、艺人的参与，民间和外来歌诗的共同推动，也与社会各阶层普遍的娱乐需求密切相关。而这一时期的歌诗，融合百戏、歌舞、说唱文学等多种表演艺术之胚胎于一身。从文体学的角度来看，处于一个比较特殊的阶段，呈现出既不同于先秦两汉，也迥异于唐代以后的若干特征。虽然对于魏晋南北朝的娱乐化倾向，历来的论者多持批评乃至否定的态度，但从学术研究的角度，我们必须正视娱乐推动歌诗发展的历史事实，也应对以往被忽视的歌诗的文体特征给予关注。

　　在近百年的学术史上，歌诗曾长期被等同于徒诗，其作为综合艺术的表演、娱乐及其他特征，或者未能得到应有的重视，或者有意无意地被忽视。甚至在一些专门研究乐府诗的学者那里，也并不是完全把歌诗作为表演艺术来看待。这使得我们长期以来有关歌诗的研究，多因缺少对这类诗体切合实际的整体观念而有片面化、简单化的倾向。由此也影响到我们对与歌诗相关的其他问题的思考。从更长的历史时段来看，古人有关诗歌的理论非常发达，可以构成系统的诗学史，而有关歌诗的专门理论却很少，这与诗歌理论及歌诗作品都是不相称的。近年来，以赵敏俐、吴相洲等先生为代表的一批学者，提倡从艺术生产的角度，"把艺术分为以感觉为主的艺术和以理性为主的艺术，或者说是以娱乐为主的艺术和以教化为主的艺术"①，重点从感觉和娱乐入手，对中国古代歌诗研究多有推进和启发。本章拟以魏晋南北朝歌诗为例，对歌诗的特殊品格及相关问题做一点初步的探讨。

第一节　魏晋南北朝歌诗的发展动力

与偏于诗人自我言志或抒情的诗歌相比，歌诗艺术的生产过程要更为复杂，它不仅要受到音乐发展整体水平，包括乐器的制作、乐工的技艺等的制约，还必须有歌舞艺人的参与；不仅离不开乐府官署的组织协调、民间艺人的精诚合作，更离不开从历代王室、贵族到民间广大的消费者的支持与参与。在整个过程中，歌诗作者的文本写作只是其中一个小小的环节，它在很大程度上要受制于其他环节。因此，与诗歌相比，歌诗的个人化和个性化特征大大弱化。这一方面是指歌诗创作往往不是出自或不是主要出自个人情感抒发和宣泄的目的，而是为了满足礼仪、社会或某一类人的需求。另一方面是指歌诗不像诗歌那样，创作了文本就算完成，它还需要更多的人参与，因而具有团队协作、众艺并作的特点。换言之，歌诗是创作者和表演者为某种社会需求而进行的娱神、娱人的综合艺术活动，其中即便有"言志""缘情"的成分，也是作为附加内容隐含于其中。

魏晋南北朝是中国历史上典型的大分裂时期，战乱不已、朝代更替频繁、社会生活少有安定之时。在这样恶劣的外部环境下，歌诗艺术却获得了长足的发展，甚至达到了一个高峰。就实际情况来看，为满足朝廷礼乐需求而设立的乐府官署在雅乐的创建、改造及俗乐雅化的过程中，具有至关重要的地位，而帝王、贵族、文人、艺人的热爱和参与，民间及外来新声和歌诗的渗透等，又在其中发挥着不可或缺的作用。以上几大要素，对这一时期歌诗发展的影响均至关重要，缺一不可。

其一，乐府官署和礼乐需求是歌诗艺术繁荣的重要现实前提。在纯文学的视野中，乐府制度与礼乐制度在文学发展中似乎并不占据太重要的地位，

①　赵敏俐等：《中国古代歌诗艺术研究——从〈诗经〉到元曲的艺术生产史》，北京大学出版社2005年版，第52页。

甚至是可有可无的。但就歌诗发展而言，不仅乐府官署必不可少，礼乐制度也构成了歌诗发展的主要动力之一。二者直接影响到一代歌诗的兴衰，绝对不容忽视。

汉末大乱之后，魏晋南朝朝廷礼乐的变化集中体现在西晋和梁代。东晋和宋、齐时代，雅乐多延续曹魏和西晋。梁代立国后，梁武帝对这一雅乐体系进行了重新改造。至于北朝，除了北周乐官采用周制外，其他朝代的乐府官署或承汉魏旧仪，或学习南朝，而根据实际情况略有变化。就西晋和梁代礼乐与歌诗艺术的关系而言，包括祭祀、朝会等朝廷礼仪的客观需求，实际上构成了歌诗艺术兴盛最重要的原因。

魏晋南北朝时期乐府官署与歌诗之关系大约有三种类型。一是曹魏、西晋乐府，以卓有成效的工作促进了相和歌，特别是相和三调曲的兴盛。二是东晋南朝乐府改造相和歌和三调曲，为清商曲辞的兴盛作出了积极的贡献。三是北朝乐府大量吸纳胡乐，使北朝音乐形成了戎华兼杂、多民族交融的特点。无论是哪一种类型，也无论是"因弦管金石，造哥（歌）以被之"，还是"始皆徒哥（歌），既而被之弦管"[1]，如果没有乐府机构的支持，歌诗的发展几乎是不可能的。其中，用于元会礼且存世的系列歌诗，无论是在西晋、梁代，还是其他朝代，都不过是元会礼现实需求的副产品，其创作的功利性和现实目的都是非常明显的。如果没有礼乐制度的客观需求，这些歌诗根本就不会产生，即使产生了也不会受到重视或难以流传。这是文学产生于非文学动机的一个显例，与纯文学的产生有着根本的不同。

其二，帝王和贵族们的喜好、参与与支持，是歌诗繁荣的又一动力。在中国历史上，歌舞娱乐和歌诗艺术的欣赏始终被看作是重要的人生享受，而帝王和贵族恰是最有资格和能力享受这种精神产品的人。虽然魏晋南北朝时期改朝换代十分频繁，但历朝帝王及王公贵族中，痴迷"朝夕宴歌"生活方式，醉心"才人妙妓"精彩表演者，均不乏其人。他们借助手中的政治、经济特权，操控歌诗艺术消费市场，甚至独占作为歌诗艺术创作和表演者的文人和艺人，以满足自己的声色之欲。因此，帝王与王公贵族不仅是歌诗艺术的特殊观众，他们的欣赏趣味也直接影响着文人和艺人的艺术创作与创

---

① 　均见《宋书》卷十九《乐志一》，中华书局 1974 年版，第 550 页。

新。对歌诗艺术的发展，具有他人不可替代的特殊作用。这从一个侧面显示了歌诗与政治权力的特殊关系，而文学史研究中曾长期盛行的批判帝王贵族的观点，似未能充分考虑这一历史事实。

其三，文人是歌诗创作的主体，艺人是歌诗表演的主体。他们适应朝廷礼乐建设与帝王、贵族的需求，共同促成了歌诗艺术的繁荣。从曹魏时期开始，歌舞音乐在魏晋南北朝文人们的精神生活乃至日常生活中，均始终占据着重要的地位。许多文人不仅有着很高的歌舞音乐技艺，有歌咏乐器、乐事及论乐的文学作品存世，还以欣赏者和创作者的双重身份，为歌诗的繁荣提供了特殊的支持。在创作新曲，尤其是按曲作辞方面，他们所发挥的独特作用，是那些仅能享受声色之美而缺乏创造能力的贵族们所无法比拟的。同时，知音乐善歌舞的文人群体也是王公贵族文酒雅集的贵宾。晋代以来，建安文人雅集的传统始终没有中断过，这对歌诗艺术的发展所产生的推动作用也是不可忽略的。

文人创作的歌诗，还必须有专业歌舞艺人的表演才能成为完整的艺术，进入到消费市场中。这一时期的专业歌舞艺人多是皇室、贵族姬妾或歌伎，而且由于当时最流行的清商新声多由女性演唱，故表演艺人也以女性为主。这些专业艺人虽地位低下，但他（她）们或为歌诗的配乐者，或以其动人的歌唱与迷人的舞姿成为歌诗艺术表演中的主角。其中如梁代的王金珠等，还是歌诗的创作者，并有作品流传。艺人的精彩表演一方面满足了王室、贵族的歌舞娱乐需求，另一方面则使文人的创作得到了更好的传播。因而，艺人在歌诗发展史上的意义和作用，同样不可忽视。

其四，民间和外来歌诗以其独特的魅力对魏晋南北朝歌诗艺术的发展产生了重大的影响。在南朝，盛极一时的清商曲辞大多采自荆、扬一带的民间情歌，或明显受到了民歌的影响。这些情歌篇幅短小、以表现爱情为主的特点，与东晋南渡后音乐发展水平的倒退，共同改变了汉代歌诗已有的叙事传统。南朝歌诗艳情题材的发达，也与此有着直接的关系。在少数民族统治的北朝，胡乐在很长的时间里占据着主导地位，并在长期与汉族传统音乐的交融汇合中形成了全新的特点。不仅决定了北朝歌诗的艺术品格，也在南北文化艺术交流中，使南朝歌诗也受到很深的影响，如鼓吹乐和横吹乐南传后，对文人拟乐府创作的影响就是非常显著的例证。

上述几大要素，即乐府官署和礼乐需求、帝王、贵族、文人、艺人、民间和外来歌诗，在魏晋南北朝歌诗艺术活动中均发挥了重要的作用。其中的前三大要素，更不可忽略。因为作为一种精神消费产品，歌诗的发展在很大程度上受到社会需求的左右。而作为政治和经济权力双重垄断者的帝王和贵族，是最有能力左右艺术消费市场的人物。朝廷礼乐则是在国家意志的支配下进行的政治—艺术活动，财力、物力和人力都会根据其需要而进行分配。因此，在歌诗活动中，文人、艺人虽然是直接的创作和表演者，但在歌诗活动中却处于从属地位，他们是根据前三者的需求和好恶，对民间或外来歌诗进行吸收和改造，从而完成创作和表演。他们当然可以有个人的发挥和创新，但却主要是在符合前三大要素的前提下进行。也就是说，在歌诗艺术的创作和表演中，作者和表演者的主导作用是有限的，这与纯文本的文学创作有本质的不同。

第二节　魏晋南北朝歌诗的娱乐本质

与诗歌"言志""缘情"，并以"诗教"作为创作、阅读和批评的重要标准不同，歌诗的本质特征首先是娱乐。如果按雅乐、俗乐两条线索来考察，不难发现，俗乐几乎都是以娱乐为主，雅乐不仅在发生源头和发展趋势上具有明显的娱乐化特征，而且俗乐的雅化与雅乐的俗化，也从各自不同的层面强化了歌诗的娱乐性。可以说，正是娱乐的社会需求，从根本上决定了歌诗的娱乐本质。

从发生源头来看，早期的乐舞多用于祭神祭祖仪式。据《周礼·春官·大司乐》记载，主要的祭祀对象有天神、地示、四望、山川、先妣、先祖六类。其中，无论对神灵还是对祖先的祭祀，皆是有所祈求，故以美妙的歌舞、丰盛的祭品取悦神灵、祖先，是其共性。[1]《毛诗序》说："颂者，美盛德之形容，以其成功告于神明者也"，即是说，在祖先祭祀中，既要"缅怀祖先生前的功业和盛德"，[2] 还要叙述子孙之"成功"，以告慰祖神，

---

[1] 《周礼注疏》卷二十二《春官·大司乐》，（清）阮元校刻：《十三经注疏》（上册），中华书局1980年版，第787—791页。

[2] 赵沛霖：《关于〈诗经〉祭祀诗的几个问题》，《河北师范大学学报》2008年第4期。

这些内容其实都包含有取悦祖神的意味。王逸也说："《九歌》者，屈原所为作也。昔楚国南郢之邑，沅、湘之间，其俗信鬼而好祠。其祠必作歌乐鼓舞以乐诸神。"① 其中的"作歌乐鼓舞以乐诸神"，可视为早期雅乐"娱神"的通例来理解。因此，朝廷礼仪活动中祭祀天地、山川、祖先的各类乐舞、歌诗，原本就是以娱神为根本目的，且在娱神的同时，实际上也发挥了娱人的功能。雅乐的这一特征，在魏晋南北朝也不例外。

需要指出的是，歌诗娱乐化的发展趋势，在魏晋之前就已经非常明显。其中，《巴渝舞》和盛行于汉魏六朝的挽歌，尤能体现出这种娱乐化趋势之强劲势头。巴渝舞本是巴地賨人之舞，以猛锐刚勇深得汉高祖刘邦喜爱，故被乐府改造，由地方俗乐列入雅乐。在魏初又用于宗庙。之后直至隋代，一直被作为武舞。但汉代以来，《巴渝舞》的发展逐渐"分化出了两种类型，一种是作为武舞的重要组成部分而历代名称不同的《巴渝舞》；一种是娱乐性日渐增强，先与角抵、侏儒优戏，后与《鞞舞》合作表演的《巴渝舞》。"后者"娱乐化发展的重要表现之一，即是在与侏儒同台表演的同时，借鉴其特点，形成全新的艺术形态"②。这是俗乐雅化后，又再度俗化和娱乐化的一个典型例证。

与此相类的挽歌，据崔豹《古今注》记载，起于田横自杀后，其门人以《薤露》《蒿里》寄托哀思，或以为挽歌的起源当更早，③ 但无论如何，挽歌最初是起于民间的丧歌，《薤露》《蒿里》为现存最早的古辞。从汉武帝时开始，葬礼中以《薤露》送王公贵人，《蒿里》送士大夫庶人的礼制正式确立。从现存文献来看，汉代朝廷对挽歌非常重视。在西汉重臣孔光葬礼上，有"羽林孤儿、诸生合四百人挽送"④；据《后汉书·礼仪志下》记载，东汉阴太后（光武帝刘秀皇后）葬礼，"女侍史官三百人皆着素，参以白素，引棺挽歌"⑤，又《后汉书·礼仪志下》刘昭注引丁孚《汉仪》载，汉代皇帝大丧礼，引棺挽歌者，有公卿以下子弟三百人，校尉三百人，羽林孤

① （宋）洪兴祖：《楚辞补注》，中华书局1983年版，第55页。
② 刘怀荣：《〈俳歌辞〉的发展源流及表演方式》，《文学遗产》2016年第1期。
③ 关于这个问题可参考（南朝宋）刘义庆撰，（南朝梁）刘孝标的《世说新语注》引《谯子法训》及他自己的辨析，见余嘉锡撰：《世说新语笺疏》卷二十三，中华书局1983年版，第759页。
④ 《汉书》卷八十一，中华书局1962年版，第3364页。
⑤ 《后汉书》，中华书局1965年版，第3151页。

儿、《巴俞》擢歌者六十人，共六百六十人参加。① 我们仅从这三例，即可看出汉代对挽歌的重视程度。又《隋书·卢思道传》记载："文宣帝崩，当朝文士各作挽歌十首，择其善者而用之，魏收、阳休之、祖孝征等，不过得一二首，唯思道独得八首，故时人称为'八米卢郎'。"② 可见，挽歌的传统在北朝时期又有新的发展。但这一与死亡、哀悼密切相关的歌诗，居然也加入到了娱乐化的队伍中，早在东汉永和六年（141），大将军梁商就"与亲昵酣饮极欢，及酒阑倡罢，继以《薤露》之歌"③，而"京师宾婚嘉会，皆作《魁檑》（按《魁檑》为丧家之乐），酒酣之后，续以挽歌"④。说明实在不是只有这位大将军特立独行，而是这一做法已经蔚然成风。从文献记载来看，直到梁代普通六年（525），"醉则执铎挽歌"，仍被谢几卿和庾仲容所效仿。⑤

　　保守地估计，挽歌的娱乐化、游戏化，到梁代至少有了近四百年的历史，而巴渝舞娱乐化的历史则还要更长。从其自身特点来看，后者被用为武舞，本不具备娱乐性，前者的哀悼伤悲则与娱乐正相反。这样的两类歌诗能在四、五百年里，执着地坚守娱乐化的演进方向，创造出歌诗娱乐的奇迹。一方面意味着其他歌诗向娱乐化发展的可能性更大，另一方面也足以说明歌诗娱乐化的背后有着多么强大的社会推动力。上至一代雄才曹操、亡国昏君陈后主，中有"沉湎声色"的历代权贵势要；民间则南方"歌谣舞蹈，触处成群"，⑥ 北国"肴醴肆陈，丝竹繁会""充街塞陌，聚戏朋游"⑦。对于娱乐的需求乃至痴迷，在全社会各阶层中达到了空前的程度。《北齐书·宋游道传》曰：

---

　　① 《后汉书》，中华书局 1965 年版，第 3145—3146 页。有关汉代皇帝大丧礼"引棺挽歌"诸问题，刘怀荣、宋亚莉的《魏晋南北朝乐府制度与歌诗研究》已有论述，读者可参看，兹不赘述。商务印书馆 2010 年版，第 173—176 页。

　　② 《隋书》卷五十七，中华书局 1973 年版，第 1397 页；又见《北史》卷三十，中华书局 1974 年年版，第 1075 页。

　　③ 《后汉书》卷六十一，中华书局 1965 年版，第 2028 页。

　　④ （东晋）干宝：《搜神记》卷六，中华书局 1979 年版，第 88 页。

　　⑤ 参见刘怀荣、宋亚莉：《魏晋南北朝乐府制度与歌诗研究》，商务印书馆 2010 年版，第 290—293 页。

　　⑥ 《南史》卷七十，中华书局 1975 年版，第 1696 页。

　　⑦ 《隋书》卷六十二，中华书局 1973 年版，第 1483—1484 页。

后除司州中从事。时将还邺，会霖雨，行旅拥于河桥。游道于幕下朝夕宴歌，行者曰："何时节，作此声也，固大痴。"游道应曰："何时节而不作此声也？亦大痴。"①

宋游道与不知名路人的这一问一答，就文本而言，当然只是宋游道一人的生活趣味和观念，但借来说明整个魏晋南北朝时期一种普遍的社会心理，也未尝不可。

于霖雨半途、拥堵无聊之际，尚且"朝夕宴歌"，其他"时节"更可想而知。更重要的是，在不具备贵族权豪们"朝夕宴歌"之讲究的百姓那里，同样不乏"歌声舞节，袨服华妆。桃花绿水之间，秋月春风之下，无往非适"② 的士女盛会。抛开歌舞规格的差别，恐不只是"何时节而不作此声也"，也可说是"何人而不作此声也"。可见，在这个乱世里，对于歌舞娱乐的需求，绝不仅仅是贵族权豪们的专利，而是带有相当的普遍性的。

从这个意义来说，娱乐实际上就是魏晋南北朝歌诗的主要功能，或者说歌诗本是社会娱乐活动的产物。它源于娱乐动机、用于娱乐场合，最后在反复表演的娱乐节目中定型，自始至终都以娱乐为本质。大分裂的魏晋南北朝之所以成为歌诗发展的一个全盛期，没有社会各阶层普遍的娱乐需求，是根本不可能的。

第三节　魏晋南北朝歌诗的文体特征

如前所述，歌诗需有文人、乐工及艺人参与，涉及歌辞创作、配乐、演唱及观众欣赏等诸多环节，故其文体的复合性特点较为明显。这是一个比较复杂的问题，这里仅以西晋故事体歌诗和晋代以来的《白纻歌》为例，做一简要分析。

西晋时期涌现出一批故事体歌诗，如傅玄《秋胡行》讲述秋胡戏妻故事、《惟汉行》讲述鸿门宴故事、《艳歌行》讲述秦罗敷故事、《秦女休行》

---

① 《北齐书》卷四十七，中华书局 1972 年版，第 653 页。
② 《南史》卷七十，中华书局 1975 年版，第 1697 页。

讲述东汉庞娥亲为父报仇故事，张华《游侠篇》讲述战国四公子故事、《纵横篇》讲述鬼谷子故事、石崇《王明君辞》讲述昭君出塞故事、陆机《班婕好》讲述班婕好失宠故事。这些故事，或见于正史，或出自民间，均有史实和传说依据，情节引人，富于趣味，在后来的说唱文学、戏曲中多成为常见题材，其表演性也更加突出。如昭君出塞故事，在《汉书》卷九十四《匈奴传下》中只有很简单的叙述，经石崇《王明君辞》的演述，及《西京杂记》《后汉书·南匈奴传》、敦煌变文《王昭君变文》的一再敷衍，至马致远《汉宫秋》，更将这一故事的演述推向高峰。又如傅玄《秋胡行》所演述的秋胡戏妻故事，本出刘向《列女传》，现存有宋代颜延之《秋胡行九首》和齐代王融《秋胡行七首》两首组诗，而敦煌变文《秋胡变文》和元代石君宝的《秋胡戏妻》，也都堪称两类表演艺术的经典之作。此外，上述鸿门宴、秦罗敷等故事，在后来的歌舞表演、傀儡戏、歌舞戏、杂剧等表演艺术中，也是热门题材。任半塘指出："楚汉鸿门一会，在史迹中，乃极富戏剧性者。后世各种文艺体裁内，都采作题材。盖歌之、舞之，话之、演之，无不相宜；一经增饰，则动人、感人，精彩倍出也。"[1] 这类故事在歌舞、说唱、杂剧等艺术领域被反复讲唱、搬演，反过来正说明魏晋南北朝时期的上述歌诗与说唱、杂剧等表演性艺术有着深层的一致性和渊源关系，[2] 也反映了这些歌诗在文体上的独特性。

《白纻歌》与后世说唱、戏曲的关系，虽不如故事体歌诗那样密切，但作为表演艺术，其影响也是非常深远的。郭茂倩《乐府诗集》将白纻舞归入杂舞，其《舞曲歌辞》解题曰："杂舞者，《公莫》《巴渝》《槃舞》《鞞舞》《铎舞》《拂舞》《白纻》之类是也。始皆出自方俗，后浸陈于殿庭。"[3] 又据《宋书·乐志》，白纻舞早期当为吴地民间舞。[4] 现存最早的白纻舞歌为《晋白纻舞歌诗》3 首，如加上宋、齐、梁三代《白纻歌》，今尚存 35

---

① 任半塘：《唐戏弄》，上海古籍出版社 1984 年版，第 701 页。
② 参见刘怀荣：《西晋故事体歌诗与后代说唱文学之关系考论》，《文史哲》2005 年第 2 期。
③ （宋）郭茂倩编：《乐府诗集》卷五十三，中华书局 1979 年版，第 766 页。
④ 《宋书》卷十九，中华书局 1974 年版，第 552 页。

首。① 《乐府诗集》卷五十五《晋白纻舞歌诗》解题引《乐府解题》曰：
"古词盛称舞者之美，宜及芳时为乐，其誉白纻曰：'质如轻云色如银，制
以为袍余作巾。袍以光躯巾拂尘。'"② 可见，其得名与舞用白纻袍、巾有
关，至晋代已成为宫廷舞蹈，此后逐渐发展成为融歌、乐、舞、诗为一体的
宫廷乐舞，受到社会各阶层的喜爱。在梁代四十九项三朝礼中，第二十即为
"设《巾舞》并《白纻》"，《乐府诗集》卷五十五梁武帝《白纻辞二首》解
题引《古今乐录》曰："梁三朝乐第二十，设《巾舞》，并《白纻》，盖
《巾舞》以《白纻》四解送也"③。这是将白纻舞的表演作为《巾舞》正式
开始之前的送曲。可见白纻舞在当时很受重视。

　　据《旧唐书·音乐志》记载，巾舞、白纻舞、巴渝舞的表演，"梁以前
舞人并二八④，梁舞省之，咸用八而已。令工⑤人平巾帻，绯袴褶。舞四人，
碧轻纱衣，裙襦大袖"。又说："舞容闲婉，曲有姿态""从容雅缓，犹有古
士君子之遗风。他乐则莫与为比。乐用钟一架，磬一架，琴一，三弦琴一，
击琴一，瑟一，秦琵琶一，卧箜篌一，筑一，筝一，节鼓一，笙二，笛二，
箫二，篪二，叶二，歌二"⑥。据此，白纻舞梁以前为 16 人（或 12 人），梁
代减为 8 人，唐代再减为 6 人（"平巾帻，绯袴褶"二人加"舞四人"），但
配乐依然很复杂，故在演奏效果上"他乐则莫与为比"。唐代的《白纻歌》，
除配舞外，还在民间广泛传唱。任半塘指出："唐人歌《白纻》甚盛，亦有
野唱与精唱之别。或出艺人妙啭，或出醉客高歌；或用在离筵，或托抒乡
思。其声为人所慕，甚至虽不能歌，亦强效之。"⑦ 这应是从舞蹈独立出来
的演唱。

---

　　① 《乐府诗集》辑录的白纻舞歌诗，还有宋《白纻舞歌诗》1 首、《宋泰始歌舞曲辞·白纻篇大雅》
1 首、刘铄《白纻曲》1 首、鲍照《白纻歌》6 首、汤惠休《白纻歌》2 首，齐王俭《齐白纻辞》5 首，梁
武帝《梁白纻辞》2 首、张率《白纻歌》9 首、沈约《四时白纻歌》4 首及《夜白纻》1 首，共 35 首。
　　② （宋）郭茂倩编：《乐府诗集》卷五十五，中华书局 1979 年版，第 797 页—798 页。
　　③ （宋）郭茂倩编：《乐府诗集》卷五十五，中华书局 1979 年版，第 800 页。
　　④ 《通典》作"梁以前，舞人并十二人"，（唐）杜佑撰，王文锦等点校：《通典》卷一百四十六，
中华书局 1988 年版，第 3717 页。
　　⑤ 按"令工人"以下两句，《通典》卷一百四十六《乐六·清乐》作"今二人，平巾帻，绯褶"。
当以《通典》为是。参见（唐）杜佑编：《通典》，中华书局 1988 年版，第 3717 页。
　　⑥ 《旧唐书》卷二十九，中华书局 1975 年版，第 1067 页。
　　⑦ 任半塘：《唐声诗》，上海古籍出版社 1982 年版，第 412 页。

元代龙辅《女红余志》卷上"白纻歌"条说："沈约《白纻歌》五章，舞用五女，中间起舞，四角各奏一曲。至翡翠群飞以下，则合声奏之，梁尘俱动。舞已则舞者独歌末曲以进酒。"①"沈约《白纻歌》五章"，当指沈约《四时白纻歌》及《夜白纻》，这五首《白纻歌》皆七言八句。《古今乐录》曰："沈约云：'《白纻》五章，敕臣约造。武帝造后两句。'"②梁武帝所作"后两句"，实际指五首诗完全相同的后四句，即"翡翠群飞飞不息，愿在云间长比翼。佩服瑶草驻容色，舜日尧年欢无极"。王运熙先生以为，这四句"当是用作送声的"③。

梁代白纻舞"梁尘俱动"的表演效果，应是它在后世广受欢迎的主要原因。萧涤非先生指出，龙辅的话"所言甚有理，但未知所据，《女红余志》作者龙辅乃元人，其时《白纻舞》盖早已失传"④。白纻舞在后来的流传情况，已难确考，但"唐代以后，《白纻》歌舞从宫廷中退出，也可能在民间、特别是江南仍然流行，而在文人笔下，辞与歌舞逐渐分道扬镳，变成一种书面诗歌体式，并依然兴盛不衰。《白纻辞》的拟制一直到清代从未中断，据不完全统计，现存拟辞达170多首，这在乐舞诗中是少见的"⑤。这种经久不衰的拟制现象，当与白纻舞非常震撼的表演效果有关，也可反过来说明《白纻歌》在文体上的独特性。龙辅所记，或有依据。

以上所论，虽仅为部分歌诗的情况，但从中可以看出，从文体的发展而言，魏晋南北朝时期歌诗处于一个比较特殊的阶段。之所以这样说，是基于如下的两点认识。

一是此前的歌诗文体相对比较单纯。以《诗经》为代表的先秦歌诗主要用于各种礼仪，其诗乐合一或诗乐舞合一的形态、歌辞所表达的内容及功用均较为稳定。汉代歌诗虽然在配合礼仪之外，娱乐的比重已有明显的增加，但就现存作品来看，它在越出自身疆界、与其他文体发生关联方面，也只是揭开了文体互融互渗的序幕，还未达到普遍化的阶段。

---

① （元）龙辅：《女红余志》卷上，美国华盛顿大学图书馆藏，明天启崇祯间海虞毛氏汲古阁刊本。
② （宋）郭茂倩编：《乐府诗集》卷五十六，中华书局1979年版，第806页。
③ 王运熙：《乐府诗述论》（增补本），上海古籍出版社2006年版，第112页。
④ 萧涤非：《汉魏六朝乐府文学史》，人民文学出版社1998年版，第249—250页。
⑤ 方孝玲：《〈白纻辞〉的拟代——兼论乐府诗拟代中的复变规律》，《安徽农业大学学报》2010年第2期。

　　二是此后其他文体逐渐独立，歌诗的文体性质趋于简化。唐代以来，不仅词和散曲别立门户，说唱文学和戏曲等表演性文体日趋成熟。就中国文学的实际情况来说，这些成熟较晚的文体，或在艺术技巧上受到诗歌的影响，或在其中包含有用以强化叙事及集中描摹人物、景物的诗歌。因而与诗歌有着密切的关联。而在魏晋南北朝时期，成熟于后世的这些文体还处于萌芽孕育期，歌诗艺术是其主要载体。它们与诗歌的种种关联，在这一时期更多地是通过歌诗体现出来的。

　　由于表演和娱乐对歌诗语言和体式必然会产生影响，故歌诗在魏晋南北朝时期蕴含其他多种文体之胚胎于一身的特征，既不同于先秦两汉，也迥异于唐代以后。因此，从文体学的角度来看，魏晋南北朝歌诗就有其不可忽视的独特性，但传统的文学批评对此关注甚少。

　　《文心雕龙·乐府》以宗经尚雅的标准论乐府，以为汉乐府多"丽而不经""靡而非典"，曹魏乐府"志不出于淫荡，辞不离于哀思。虽三调之正声，实《韶》《夏》之郑曲也"。对"俗听飞驰，职竞新异"的新声，多有讥评。自刘勰以下，郭茂倩《乐府诗集》分乐府为十二类，亦有人或取广义，把词、曲也包含在内。褚斌杰先生以为："从文体分类上讲，这一理解混淆了不同文体的界线，是不够科学的。所以，明代以后的一些有影响的文体论著作，如《文体明辨》《文章辨体》等，都不采取这种意见。"① 按明人吴纳《文章辨体序说》以礼制为经，分乐府为郊庙歌辞、恺乐歌辞（含横吹曲辞）、燕飨歌辞、琴曲歌辞、相和歌辞、清商曲辞六类，而重在"切于世用"的前三类；② 徐师曾在《文体明辨序说》中分乐府为祭祀、王礼、鼓吹、乐舞、琴曲、相和、清商、杂曲、新曲九品。③ 确如褚先生所言。但这种"不够科学"的广义乐府说，移过来说明魏晋南北朝歌诗也许是切合实际的。近代以来，梁启超、陆侃如、罗根泽、王易等前辈学者在郭茂倩分类基础上，根据各自的理解又有删除、合并，或对类别名称、顺序加以改变

---

① 褚斌杰：《中国古代文体概论》，北京大学出版社 1990 年版，第 99 页。
② （明）吴纳著，于北山校点：《文章辨体序说》，人民文学出版社 1962 年版，第 25 页。
③ （明）徐师曾著，罗根泽校点：《文体明辨序说》，人民文学出版社 1962 年版，第 103 页。

和调整。^① 但总的来看，以往的这些研究，对于魏晋南北朝歌诗在文体方面的特殊性并未给予应有的关注。

有鉴于此，我们不仅应该充分考虑到歌诗是介于作为语言艺术的诗歌与作为表演艺术的说唱文学和戏曲之间的一种特殊的文学类型，还应该从文体学的角度，对魏晋南北朝歌诗的特点给予重视，探究它与其他文体深层的潜转、交融和互动关系及其文学史意义。

小　结

魏晋南北朝是歌诗发展非常特殊的一个阶段。这一时期推动歌诗发展的动力要素及歌诗娱乐本质的呈现，与其他历史阶段相比，在共性之外尚有其独特的品格。美国现代学者波兹曼说过："如果一个民族分心于繁杂琐事，如果文化生活被重新定义为娱乐的周而复始……那么这个民族就会发现自己危在旦夕，文化灭亡的命运就在劫难逃。"^② 唐人对魏晋南北朝文学的指责，^③ 大概也是意识到了这种危险性。但从文学研究的角度，我们又不能因为这种危险性，而否定娱乐推动歌诗发展的事实。至于这一时期因融合说唱文学、百戏、歌舞戏等表演艺术之胚胎于一身，对歌诗文体产生了怎样的影响，似乎还少有人关注。这提示我们，在重视音乐性、表演性和娱乐性的同时，关注不同文体或不同艺术门类之间的相互影响、相互渗透，乃至破体拓展，对于更好地把握中国文学的民族特点，深入理解歌诗在文学史上的意义，也是非常必要的。

---

　　① 孙尚勇：《被遗忘的乐府研究轨范——王易〈乐府通论〉的学术贡献》，《文艺研究》2017 年第 4 期。

　　② ［美］波兹曼：《娱乐至死》，章艳译，广西师范大学出版社 2004 年版，第 202 页。

　　③ 如李白《古风五十九首》其三十五："自从建安来，绮丽不足珍。"白居易《与元九书》："至于梁、陈间，率不过嘲风雪、弄花草而已。"郭绍虞主编：《中国历代文论选》第二册，上海古籍出版社 1979 年版，第 58、97 页。

参 考 文 献

著　作

（清）阮元校刻：《十三经注疏》，中华书局 1980 年版。

《诸子集成》，上海书店 1986 年影印本。

《全唐诗》，中华书局 1980 年版。

文渊阁《四库全书》，上海古籍出版社 2003 年版。

（汉）司马迁：《史记》，中华书局 1959 年版。

（汉）班固等：《汉书》，中华书局 1962 年版。

（晋）陈寿撰，（宋）裴松之注：《三国志》，中华书局 1959 年版。

（南朝宋）范晔等：《后汉书》，中华书局 1965 年版。

（北齐）魏收：《魏书》，中华书局 1974 年版。

（梁）沈约：《宋书》，中华书局 1974 年版。

（梁）萧子显：《南齐书》，中华书局 1972 年版。

（唐）姚思廉：《梁书》，中华书局 1973 年版。

（唐）姚思廉：《陈书》，中华书局 1972 年版。

（唐）房玄龄等：《晋书》，中华书局 1974 年版。

（唐）李百药：《北齐书》，中华书局 1972 年版。

（唐）令狐德棻等：《周书》，中华书局 1983 年版。

（唐）魏徵等《隋书》，中华书局 1973 年版。

（唐）李延寿：《南史》，中华书局 1975 年版。

（唐）李延寿：《北史》，中华书局 1974 年版。

（唐）杜佑：《通典》，中华书局 1988 年版。

（后晋）刘昫：《旧唐书》，中华书局 1975 年版。

（宋）欧阳修、宋祁：《新唐书》，中华书局 1975 年版。

（宋）司马光：《资治通鉴》，中华书局 1987 年版。

（宋）郑樵编：《通志》，中华书局 1987 年版。

（元）马端临编：《文献通考》，中华书局 1986 年版。

（汉）韩婴撰，许维遹集释：《韩诗外传集释》，中华书局 1980 年版。

（汉）刘向撰，向宗鲁校证：《说苑校证》，中华书局 1987 年版。

（汉）许慎撰，（清）段玉裁注：《说文解字注》，上海古籍出版社 1981
年版。

（汉）桓谭：《新论》，上海人民出版社 1977 年版。

（汉）应劭撰，王利器校注：《风俗通义校注》，中华书局 1981 年版。

（东晋）干宝：《搜神记》，中华书局 1979 年版。

（梁）萧统编，（唐）李善注：《文选》，上海古籍出版社 1986 年版。

（北魏）杨衒之撰，周祖谟校释：《洛阳伽蓝记校释》，中华书局 1963
年版。

（北魏）杨衒之撰，韩结根注：《洛阳伽蓝记》，山东友谊出版社 2001
年版。

（陈）徐陵编，（清）吴兆宜注，穆克宏笺注：《玉台新咏笺注》，中华
书局 1985 年版。

（唐）刘肃撰，许德楠、李鼎霞点校：《大唐新语》，中华书局 1984
年版。

（唐）李隆基御撰，（唐）李林甫等奉敕注：《大唐六典》，中华书局
1983 年据北京大学图书馆、南京博物院及北京图书馆藏南宋刻本影印本

（唐）殷璠、元结等选：《唐人选唐诗十种》，上海古籍出版社 1978 年
新 1 版。

（唐）欧阳询撰，汪绍楹校：《艺文类聚》，上海古籍出版社 1982 年新

1 版。

（唐）徐坚：《初学记》，中华书局 1982 年版。

（宋）李昉等编：《太平御览》，中华书局影印本 1960 年版。

（宋）郭茂倩编：《乐府诗集》，中华书局 1979 年版。

（宋）刘克庄：《后村诗话》，中华书局 1983 年版。

（宋）洪兴祖：《楚辞补注》，中华书局 1983 年版。

（元）龙辅：《女红余志》卷上，美国华盛顿大学图书馆藏，明天启崇祯间海虞毛氏汲古阁刊本。

（明）吴纳著，于北山校点：《文章辨体序说》，人民文学出版社 1962 年版。

（明）徐师曾著，罗根泽校点：《文体明辨序说》，人民文学出版社 1962 年版。

（明）胡应麟：《诗薮》，上海古籍出版社 1979 年新 1 版

（明）杨慎：《词品》，上海古籍出版社 2009 年版。

（清）杭世骏：《三国志补注》，商务印书馆 1937 年版。

（清）严可均辑：《全上古三代秦汉三国六朝文》，中华书局 1958 年版。

（清）沈德潜：《古诗源》，中华书局 1963 年版。

（清）王士禛：《带经堂诗话》，人民文学出版社 1963 年版。

（清）永瑢等：《四库全书总目》，中华书局 1965 年版。

（清）王琦注：《李太白全集》，中华书局 1977 年版。

（清）冯浩笺注：《玉溪生诗集笺注》，上海古籍出版社 1979 年版。

（清）何文焕：《历代诗话》，中华书局 1981 年版。

（清）许梿评选，（清）黎经浩笺注：《六朝文絜笺注》，上海古籍出版社 1982 年版。

王利器撰：《颜氏家训集解》（增补本），中华书局 1993 年版。

范文澜注：《文心雕龙注》，人民文学出版社 1958 年版。

刘师培：《中国中古文学史 论文杂记》，人民文学出版社 1959 年版。

刘师培：《中国中古文学史》，上海古籍出版社 2000 年版。

陆费逵、欧阳溥存等编：《中华大字典》，中华书局 1978 年版。

冯沅君：《冯沅君古典文学论文集》，山东人民出版社 1980 年版。

陈延杰注：《诗品注》，人民文学出版社 1980 年版。

河北师范学院中文系古典文学教研组编：《三曹资料汇编》，中华书局 1980 年版。

杨荫浏：《中国古代音乐史稿》，人民音乐出版社 1981 年版。

苏晋人、萧炼子：《宋书乐志校注》，齐鲁书社 1982 年版。

任半塘：《唐声诗》，上海古籍出版社 1982 年版。

任半塘：《唐戏弄》，上海古籍出版社 1984 年版。

吉联抗：《魏晋南北朝音乐史料》，上海文艺出版社 1982 年版。

余嘉锡撰：《世说新语笺疏》，中华书局 1983 年版。

逯钦立辑校：《先秦汉魏晋南北朝诗》，中华书局 1983 年版。

丁福保编：《历代诗话续编》，中华书局 1983 年版。

萧涤非：《汉魏六朝乐府文学史》，人民文学出版社 1984 年版。

杨生枝：《乐府诗史》，青海人民出版社 1985 年版。

陆侃如：《中古文学系年》，人民文学出版社 1985 年版。

陆侃如、牟世金：《文心雕龙译注》，齐鲁书社 1995 年版。

陆侃如、冯沅君：《中国诗史》，百花文艺出版社 2008 年版。

周振甫注译：《文心雕龙今译》，中华书局 1986 年版。

张璋、黄畲编：《全唐五代词》，上海古籍出版社 1986 年版。

褚斌杰：《中国古代文体概论》，北京大学出版社 1990 年版。

吉联抗辑注：《古乐书佚文辑注》，人民音乐出版社 1990 年版。

谭正璧：《中国女性文学史话》，百花文艺出版社 1991 年版。

王克芬：《中国舞蹈发展史》，上海人民出版社 1991 年版。

王克芬：《中国舞蹈发展史》（增补修订本），上海人民出版社 2003 年版。

曹道衡、沈玉成等：《南北朝文学史》，人民文学出版社 1991 年版。

曹道衡、刘跃进：《南北朝文学编年史》，人民文学出版社 2000 年版。

曹道衡：《中古文学史论文集》，中华书局 2002 年版。

钱志熙：《魏晋诗歌艺术原论》，北京大学出版社 1993 年版。

黄翔鹏：《溯流探源——中国传统音乐研究》，人民音乐出版社 1993

年版。

李纯一：《中国上古出土乐器综论》，文物出版社 1996 年版。

罗宗强：《魏晋南北朝文学思想史》，中华书局 1996 年版。

王运熙：《汉魏六朝唐代文学论丛》，上海古籍出版社 1996 年版。

王运熙：《乐府诗述论》（增补本），上海古籍出版社 2006 年版。

黄征、张涌泉：《敦煌变文校注》，中华书局 1997 年版。

修海林：《古乐的沉浮》，山东文艺出版社 1997 年版。

秦序：《中国音乐史》，文化艺术出版社 1998 年

葛晓音：《诗国高潮与盛唐文化》，北京大学出版社 1998 年版。

葛晓音：《八代诗史》，中华书局 2007 年版。

王国维：《人间词话》，上海古籍出版社 1998 年版。

孙明君：《三曹与中国诗史》，清华大学出版社 1999 年版。

李运富注：《谢灵运集》，岳麓书社 1999 年版。

修海林、李吉提：《中国音乐的历史与审美》，中国人民大学出版社 1999 年版。

彭适凡、王子初等主编：《中国音乐文物大系》，大象出版社 1999—2010 年版。

刘跃进：《〈玉台新咏〉研究》，中华书局 2000 年版。

廖奔、任彦君：《中国戏曲发展史》，山西教育出版社 2000 年版。

万绳楠整理：《陈寅恪魏晋南北朝史讲演录》，黄山书社 2000 年版。

修海林：《中国古代音乐史料集》，世界图书出版社 2000 年版。

毛汉光：《中国中古社会史论》，上海书店出版社 2002 年版。

毛汉光：《中国中古政治史论》，上海书店出版社 2002 年版。

张可礼：《东晋文艺综合研究》，山东大学出版社 2002 年版。

王子初：《中国音乐考古学》，福建教育出版社 2003 年版。

宗福邦：《故训汇纂》，商务印书馆 2003 年版。

蔡仲德：《中国音乐美学史》，人民音乐出版社 2003 年版。

宗福邦：《故训汇纂》，商务印书馆 2003 年版。

吴相洲：《唐诗创作与歌诗传唱关系研究》，北京大学出版社 2004 年版。

黎国韬：《古代乐官与古代戏剧》，广东高等教育出版社 2004 年版。

傅起凤、傅腾龙：《中国杂技史》，上海人民出版社 2004 年版。

童忠良等：《中国传统音乐学》，福建教育出版社 2004 年版。

易存国：《大音希声》，浙江大学出版 2005 年版。

郑祖襄：《华夏旧乐新证》，上海音乐学院出版社 2005 年版。

郑振铎：《中国俗文学史》，商务印书馆 2005 年版。

霍松林校注：《原诗一瓢诗话说诗晬语》，人民文学出版社 2005 年版。

赵敏俐等：《中国古代歌诗研究——从〈诗经〉到元曲的艺术生产史》，北京大学出版社 2005 年版。

赵敏俐：《汉代乐府制度与歌诗研究》，商务印书馆 2009 年版。

余亦文：《潮乐问》，岭南美术出版社 2006 年版。

孙尚勇：《乐府文学文献研究》，人民文学出版社 2007 年版。

刘怀荣：《赋比兴与中国诗学研究》，人民出版社 2007 年版。

刘怀荣、宋亚莉：《魏晋南北朝乐府制度与歌诗研究》，商务印书馆 2010 年。

王琳：《齐鲁文人与六朝文风》，齐鲁书社 2008 年版。

曾智安：《清商曲辞研究》，北京大学出版社 2009 年版。

梁海燕：《舞曲歌辞研究》，北京大学出版社 2009 年版。

王传飞：《相和歌辞研究》，北京大学出版社 2009 年版。

钱志熙：《汉魏乐府的音乐与诗》，大象出版社 2009 年版。

吴大顺：《魏晋南北朝乐府歌辞研究》，上海古籍出版社 2009 年版。

萧亢达：《汉代乐府百戏艺术研究（修订版）》，文物出版社 2010 年版。

孙明君：《两晋士族文学研究》，中华书局 2010 年版。

左汉林：《唐代乐府制度与歌诗研究》，商务印书馆 2010 年版。

王辉斌：《唐后乐府诗史》，黄山书社 2010 年版。

钱志熙：《汉魏乐府艺术研究》，学苑出版社 2011 年版。

王耀华、方宝川主编：《中国古代音乐文献集成》，国家图书馆出版社 2012 年版。

许云和：《乐府推故》，北京大学出版社 2012 年版。

吴相洲：《乐府歌诗论集》，商务印书馆 2013 年版。

吴相洲《乐府诗概论》，人民文学出版社 2015 年版。

［日］林谦三撰：《东亚乐器考》，钱稻孙译，人民音乐出版社 1962 年版。

［日］天边尚雄：《中国音乐史》，陈清泉译，上海书店 1984 年版。

［日］冈村繁：《汉魏六朝的思想和文学》，陆晓光译，上海古籍出版社 2002 年版。

［美］波兹曼：《娱乐至死》，章艳译，广西师范大学出版社 2004 年版。

论　文

余冠英：《七言诗起源新论》，《国文月刊》1942 年—1943 年第 18 期、19 期。

盖山林：《阴山岩画与原始舞蹈》，《舞蹈论丛》1981 年第 4 期。

逯钦立：《"相和歌"曲调考》，《文史》第十四辑，中华书局 1982 年版。

郑祖襄：《"徽"字与徽位——兼考古琴徽位产生的历史年代》，《中央音乐学院学报》1986 年第 4 期。

章必功：《玉台体》，《文史知识》1986 年第 7 期。

饶宗颐：《说琴徽——答马顺之教授书》，《中国音乐学》1987 年第 3 期。

陈汉：《〈"丈人"新议〉辩——答樊维纲同志》，《广东民族学院学报》1987 年第 2 期。

沈玉成：《宫体诗与〈玉台新咏〉》，《文学遗产》1988 年第 6 期。

周禾：《论〈玉台新咏〉的编纂》，《江汉论坛》1992 年第 4 期。

许云和：《南朝宫教与〈玉台新咏〉》，《文献》1997 年第 3 期。

迟乃鹏：《"寺子导安息孔雀凤凰文鹿胡舞登连上云乐歌舞伎"臆解》，《音乐探索》1998 年第 1 期。

石崝嵘：《〈巴俞舞〉名称考辨》，《古汉语研究》1999 年第 2 期。

卜键：《角抵考》《文学遗产》2000 年第 2 期。

顾农：《建安时代诗乐关系之新变动——以魏之三祖为中心》，《广西师范大学学报》2002 年第 3 期。

章培恒：《〈玉台新咏〉为张丽华所"撰录"考》，《文学评论》2004 年第 2 期。

赵敏俐：《中国古代歌诗艺术生产与消费的基本方式》，《江海学刊》2005 年第 3 期。

许云和：《解读〈玉台新咏序〉》，《烟台师范学院学报》2005 年第 3 期。

刘怀荣：《论邺下后期宴集活动对建安诗歌的影响》，《文学遗产》2005 年第 2 期。

刘怀荣：《西晋故事体歌诗与后代说唱文学关系考论》，《文史哲》2005 年第 2 期。

郑祖襄：《〈荀氏录〉考》《乐府学》第一辑，学苑出版社 2006 年版。

叶文举：《〈秦女休行〉本事考》，《古籍整理研究学刊》2006 年第 1 期。

王传飞：《歌诗表演与汉、魏相和歌辞艺术新探》，《乐府学》第一辑，学苑出版社 2006 年版。

郭建勋：《从〈长安有狭斜行〉到〈三妇艳〉的演变》，《文学遗产》2007 年第 5 期。

戴伟华：《论两汉的"歌诗"与"诗"》，《学术研究》2008 年第 2 期。

钱志熙：《论魏晋南北朝乐府体五言的文体演变》，《中山大学学报》2009 年第 3 期。

王传飞：《歌诗演唱与相和歌辞艺术的原生态考察》，《中国文化研究》2011 年第 2 期。

许云和：《〈宋书·乐志〉铎舞歌诗二篇考辨》，《学术研究》2011 年第 4 期。

龙文玲：《西汉政局演变对汉宣帝时期乐府与歌诗的影响》，《文学遗产》2015 年第 5 期。

刘怀荣：《〈俳歌辞〉的发展源流及表演方式》，《文学遗产》2016 年第 1 期。

柏互玖：《清商三调歌诗的乐器组合形态》，《艺术探索》2017 年第

4 期。

　　孙尚勇：《被遗忘的乐府研究轨范——王易〈乐府通论〉的学术贡献》，《文艺研究》2017 年第 4 期。

　　廖群：《"乐三终"与"饮至"歌〈诗〉考》，《文学评论》2018 年第 2 期。

　　陇菲：《话说琴徽》，《中国音乐》2018 年第 3 期。

　　张基双：《琴徽二题》，《戏剧之家》2020 年第 3 期。

　　王志清：《晋宋乐府诗研究》，博士学位论文，首都师范大学 2007 年。

　　张玉新：《汉代考古新资料与汉乐府古辞〈巾舞歌诗〉研究》，博士学位论文，东北师范大学 2014 年。

　　周仕慧：《乐府诗集·琴曲歌辞研究》，硕士学位论文，首都师范大学 2005 年。

　　方晓玲：　《〈白纻〉舞、歌、辞考论》，硕士学位论文，安徽大学 2006 年。

索　引

　　此索引为方便读者阅读和查询而设。为免繁琐,关键名词索引部分对出现频次很高的歌诗、歌辞、乐府、乐器、《乐府诗集》及部分史书书名不做索引;关键人名索引部分,重点考虑与本书关系密切的作者和学者。

关键名词索引

B

巴渝舞　5,12,13,35,69—79,87,97,163,
　　397—401,403—413,416,419,425,426,
　　429

白纻　64,68,77,87,93,111,114,124,135,
　　139,140,155—166,178,194,321,410,
　　428—430

白纻歌　2,114,123,135,140,141,155,
　　157—166,175,176,178,193,194,312,
　　427—430

白纻舞　2,13,64,86,87,99,114,115,124,
　　133—135,140,155—166,176,178,193—
　　195,312,428—430

百戏　6,59,65,393,405,420,432

C

《采莲曲》　2,3,99,109,110,141,166—

169,171—176,184,192,195,321

《采菱曲》　2,3,99,109,110,141,166,167,
　　169—176,184,195,321,322

《长安有狭斜行》　99,138,142,143,145,
　　149,151—153,175,192,195

促柱　5,106,133,310,332,351,353,355,
　　361,364,370,387—390

D

大曲　37—40,60,86,92,133,154,186,220,
　　221

《铎舞》　13,15,64,68,69,84,85,93,155,
　　428

G

《古今乐录》　25,34,38,40,45,46,51,57,
　　65,77,78,84,86,92,102—107,109,110,
　　112,118,122,126,132,161,162,165,172,

181,186—189,211,215,221—224,259,275,279—281,299,301—303,309,313,314,320,338,355,361,363,364,370,388,391,393—395,410,413—416,429,430

故事体　2,3,9,16,25,33,36,50,54,57,58,60,61,63,87,93,98,191,238,239,245,312,313,427,428

歌舞戏　5,6,56—59,417,419,428,432

古琴　5,43,256,330,331,338,344,345,349,370,373—375,379,380

H

和送声　3,99,105,161,175,185,186,189,190

胡笳　57,79,251,314,319,330,334—336,339,340,368

J

《鸡鸣》　44,45,142,143,146,147,153,175

《技录》　38,40,46,51,52,221,314

《江南弄》　3,101,102,109,110,112,133,141,166,167,172,173,175,176,178,179,188,189,280,321,339

角抵　70,208,405—408,411,425

晋乐所奏　19,21,40,44,52,55,141,153,221,309,311,318

K

箜篌　23,40,52,102,118,162—164,213,240,282,295,301,305,306,324,333—335,340,341,355,363,367,429

L

《陇头歌辞》　3,179,216—218,224,245

《陇头流水歌》　3,245

梁鼓角横吹曲　99,115,116,178,179,201,

203,204,206,208,215—219,221,222,224,226

M

《矛俞》　68,74,396,397,400,401,408,411—413,415

N

《弩俞》　5,68,74,396,397,400,401,408,411—413,415,416,418,419

女伎　33,36,50,54,61,166,191,241,267,275,277,280,282,289,293,295,296

P

《俳歌辞》　5,393—396,405,407,412—419

鞞舞　64,68,76—78,81,155,252,410—412,425,428

俳伎　5,393,412,414—416,419

琵琶　5,38,47,54,56,102,162—164,190,211,213,231,232,240,250,252—254,256,257,264,265,271,283,284,289,306,314,324,332—335,338—343,350,352,355,358,361—363,367,379,384,391,418,429

Q

秦筝　5,22,23,42,53,109,133,160,164,173,176,179,350,351,353—355,359,369,373,374,380,381,386,387,389,391

琴曲歌辞　5,123,127,136,137,178,198,202,210,250,300,301,306,344,346,347,363,373,375—377,381,382,431

清商乐　4,5,9,37,42,43,50,55,61,95,101,163,177,186,194,270,281,330,331,337,350,351,353,355,360—362,368,383—388,391

清商曲辞　4,11,41,99—103,105—112,
　116—119,121—133,163,169,177,178,
　180,181,186—189,194,195,198,221,
　275,276,299,302—305,307—309,312,
　317,320—324,355,361,363,364,369,
　370,422,423,431
清商三调曲　4,9,12,15,36,37,42,43,51,
　53,88,90,93,95,101,350,352,353,360,
　361,384
《三妇艳》　2,141,142,147,148,150—155,
　175,176,192,195
上云乐　101,102,109—112,172,179,189,
　279,280
说唱文学　2,6,36,54,58,61,64,98,313,
　420,428,431,432
神弦歌　101,102,106,107,116—119,129,
　169

T

同源乐歌　3,215,216,222—224,245

W

挽歌　3,11,15,44,45,123,136,138,199,
　200,203,230—237,244,245,253,264,
　265,425,426
挽郎　3,233—236,261
文人乐府　11,116,121—123,138,211,322,
　323
吴声歌　101—104,106,109,116,117,119—
　122,126,129,132,169,177,180,185—
　187,302,303,317,320,355,363,367,369,
　370
《魏俞儿舞歌》　70,73—75,398,400,401,
　404,408,409

X

《相逢行》　2,49,141—145,147—154,175,
　176
《荀氏录》　12,45,51,260
西曲歌　101,102,107—110,116,117,119,
　120,129,132,133,177,180,181,187,273,
　364
相和歌　2,9—12,15,36—41,45,56,60,
　86,92,93,95,98—101,105,115,122—
　124,132,140,155,167,180,186,195,199,
　203,230,245,256,330,331,360,361,422
相和歌辞　9,11,12,16—19,21,25,28,29,
　31,32,36—53,57,63,90,92—95,99,100,
　115,121—125,127,132,136,139,142,
　151,154,177,178,186,195,198—201,
　203,206,210,221,230,245,279,299,
　308—318,320—323,338,388,409,431

Y

《杨白花》　3,200,201,237—240,245
以韵补声　5,370,373—375,377—379

Z

《折杨柳歌辞》　3,201,216—221,224,245,
　246
筝　5,38,40—42,47—49,54,83,96,102,
　106,148,162—164,174,210,213,231,
　252,253,264,271,273,280,293,307,313,
　329,331,332,338,343,349—356,358,359,
　361—364,367—370,374,383—392,429
子夜歌　103—105,117,119,124,129,135,
　180,187,190,303,307,308,312,332,363,
　369

关键人名索引

B

鲍照　81，114 — 116，123，124，138，
140，155，157，158，160，164，169，
171，172，178，180，191，195，346，
359，377，429

C

蔡邕　43，253，306，330 — 332，338，
343，362，375，382

曹操　10—12，14，15，17—22，24，28，
33，41，43 — 46，49 — 53，66，72，80，
86，88，90，92，125，133，136，267，
268，295，296，298，380，388，389，
398，401，404，426

曹道衡　100，116，117

曹丕　10—12，16，17，20—22，28，29，
40—44，46—53，63，88，90，91，96，
178，181，268，269，298，299，318，
331，338，353，355，362，380，388，
389，391，404

曹植　9—12，15，16，18—20，22—24，
28，36，40 — 42，44 — 46，49 — 52，
76—78，80，82，90，91，95，96，115，
116，124，125，136，138，181，229，
251，268，309，338，350，353，359，
362，369，371，385，387，404，410

陈后主　103，115，124，126—128，140，
148，150，151，167，169，177，178，
182，184，190，192，193，196，217，
218，280，291，292，308，312，319 —
321，331，426

D

戴逵　254，255，338，345，348，379

戴颙　254—256，338，345，348

杜夔　12 — 14，33，43，88，89，268，
271，329，333

杜佑　69，82，162，164，273，276，279，
284，331，429

F

冯沅君　5，23，102，105，108，393

傅玄　9，11 — 14，25 — 36，40，47，48，
50，54，57 — 63，68，73，78，81，84，
85，89，94，95，97，115，139，229，
252，271，310，312，313，315，338，
339，341，342，350，352，360，365，
384，389，398，400 — 403，406，
427，428

G

高允　199，200，214，261—263，313

郭茂倩　2，3，5，10，11，13，14，16—
21，24—26，28，29，31，32，35，37—
42，45—53，57，63—65，68—70，73，
74，76 — 78，81，83 — 86，92，97，
100，101，103，105 — 114，118 — 120，
122，123，126，128 — 135，137，139，
140，142 — 147，149，150，152 — 161，
163 — 175，181，182，186，187，189，
198，204 — 226，229，230，237，238，
241—245，250，253，259，276，278 —
280，282，299，301 — 324，338，339，

346, 347, 355, 360, 361, 363, 364,
369, 370, 373, 376, 382, 388, 391,
393 — 396, 399, 400, 409, 410, 413,
416, 419, 428—431

H

何文焕 21, 90, 123—125, 127, 138
桓伊 253, 273, 332, 339

J

嵇康 10, 11, 28, 49, 61, 250, 252,
255, 330, 331, 338, 341, 345, 348,
350, 351, 357, 358, 371 — 373, 375,
376, 381, 382, 385
江淹 121, 169, 170, 229, 353
江总 115, 126 — 128, 140, 178, 182,
184, 219, 319, 349
李昉 165, 268, 274, 285, 292, 407
梁武帝 3, 102, 109, 110, 112, 114,
115, 120 — 122, 124 — 126, 128, 133,
135, 140, 145, 159, 161 — 163, 166,
167, 169, 172—180, 182, 184, 188 —
190, 192, 193, 239, 257, 275, 278 —
280, 302 — 304, 318, 321 — 323, 333,
339, 422, 429, 430
林谦三 330, 334, 335, 371
刘琨 122, 137, 138, 251, 338—340
柳恽 125, 126, 257, 310, 338
陆机 9, 11, 12, 15, 16, 40, 42, 50,
61, 115, 138, 178, 213, 261, 311,
313, 316, 317, 323, 350, 353, 359,
362, 428
陆侃如 23, 101, 102, 105, 108,
404, 431
逯钦立 19, 39, 42, 62, 79, 80, 82,
84, 85, 121 — 123, 137, 152, 153,

183, 184, 186, 199, 221, 223, 232,
233, 242, 244, 271, 298, 302, 332,
333, 339, 350 — 355, 359, 362, 368,
369, 371, 377, 378, 380, 381, 387 —
391, 394, 396, 408, 413
绿珠 12, 56, 61, 63, 210, 271, 274,
276, 277, 290, 296, 299, 300, 304,
308, 313—315, 332

M

缪袭 10, 11, 18, 34, 44, 45, 91, 360
莫愁 107, 108, 120, 130, 188, 189,
281, 286, 303

Q

钱志熙 88, 191

R

任半塘 1, 5, 55, 56, 58, 59, 166,
393, 407, 428, 429
阮孚 14, 113, 253, 273, 274, 300
阮籍 250, 252, 338, 345, 346, 348,
371, 372, 381, 417

S

沈约 3, 37, 109, 114, 115, 124 — 126,
133, 140, 144, 146, 148, 150, 151,
155, 159 — 164, 173, 176 — 179, 182,
184, 194, 229, 278, 308, 309, 331 —
333, 352, 354, 355, 403, 429, 430
石崇 11, 12, 25, 56, 57, 61, 63, 96,
271, 274, 277, 279, 290, 291, 294,
296, 299, 300, 306, 311, 313 — 315,
332, 346, 382, 428
释宝月 124, 130, 182, 256, 277, 278
释法云 179, 279

释智匠 12, 38, 62, 259, 413

宋祎 274, 275, 300

T

汤惠休 114, 123, 140, 155, 158 — 160, 429

陶渊明 122, 136, 254, 338, 345

W

王粲 10 — 12, 17, 46, 66, 71, 74, 81, 137, 398, 400 — 402, 404, 408, 409

王金珠 102, 104, 126, 129, 180, 278, 279, 304, 305, 379, 423

王利器 149, 151, 331, 348

王僧虔 40, 45, 46, 51, 52, 101, 191, 221, 256, 260, 314, 338, 339, 367, 388

王运熙 1, 102, 119, 154, 161, 169, 179, 185, 186, 188, 215, 216, 259, 271, 276, 280, 281, 304, 361, 363, 383, 390, 430

魏收 199 — 203, 210, 211, 214, 234, 240, 241, 265, 426

温子昇 199 — 202, 210, 212, 232, 233, 240 — 242, 244

吴相洲 41, 420

X

萧涤非 10, 12, 13, 32, 33, 64, 86, 88, 91, 102, 108, 125 — 128, 149, 150, 178, 185, 196, 313, 360, 430

萧纲 115, 125, 183, 192 — 194, 196, 258, 325, 331 — 333, 338, 339, 341 — 343, 350, 352, 354, 364, 381, 385 — 387, 409, 410

萧统 144, 148, 150, 258, 259, 290, 331, 354

萧绎 213, 341, 355

谢惠连 63, 123, 138, 145, 146, 153, 176, 178, 191, 349

谢灵运 115, 116, 123, 138, 153, 176, 178, 191, 195, 350, 389, 390

谢尚 115, 122, 190, 253, 274, 275, 300, 332, 338, 339, 355, 366

谢朓 115, 116, 124, 139, 140, 182, 276, 304, 353, 368, 378, 379

徐陵 115, 121, 126, 127, 140, 152, 182 — 184, 219, 275, 276, 298, 303, 304, 312, 319, 324, 325, 327

荀勖 11, 12, 14, 34, 35, 37, 66, 67, 72, 89, 95 — 97, 113, 250, 270, 329, 332, 333, 339, 365, 366, 398, 400, 403

Y

严可均 48, 72, 79, 81, 96, 97, 125, 193, 269, 295, 298, 299, 340, 343, 350, 352, 357, 358, 362, 371 — 373, 375, 376, 382, 384 — 386, 404, 405, 408, 409, 417

颜延之 14, 58, 81, 113, 114, 123, 191, 428

杨衒之 231, 262, 263, 282, 290, 294, 305, 306

杨荫浏 53, 84, 92, 334 — 336, 393

余嘉锡 250, 252 — 254, 274, 275, 295, 339, 345, 348, 425

袁山松 253, 275

Z

张华 9, 11, 12, 14, 34 — 36, 43, 89, 95 — 97, 115, 365, 400, 403, 428

张永　37—39，154，254，260

赵敏俐　13，26，36，37，39，54，60，
　92，117，186，292，420，421

赵整　122，136，137，363

郑樵　11，37，38，64

郑祖襄　11，12，330

钟嵘　21，24，90，123，125，137，
　138，390

宗炳　255，277，345

祖珽　199，200，203，224，225，230，
　231，233，264

左延年　10，11，25—27，46，268，315

后　记

　　本书是国家社科基金项目结项成果（结项证号：20110511），在2011年的结项评审中，曾得到匿名评审专家的肯定，获得优秀等级。结项之后，我们又做了进一步的后续研究，相关成果曾先后发表于《文艺研究》《文学遗产》等刊物。因我个人工作变动等方面的一些客观原因，书稿一直没能正式出版。2019年，我们以这部书稿申报国家哲学社会科学成果文库，有幸得到同行专家的谬许，得以入选。对课题组来说，这是莫大的鼓励。

　　现在书稿即将交付出版社，我将项目研究工作的分工情况简要介绍如下：刘怀荣（中国海洋大学文学与新闻传播学院）撰写导言及第四、五、八、九章，负责项目总体设计、课题组组织协调和全书统稿修订；傅炜莉（青岛大学文学院）撰写第一章和第二章第一、二、四节；宋亚莉（青岛大学文学院）撰写第二章第三节和第三章；陈龙勋（华东师范大学孔子学院办公室）撰写第七章；孙丽（青岛大学文学院）撰写第六章。

　　在研究过程中，我们从萧涤非、王运熙等前辈学者，以及近几十年来当代学者们的研究成果中受益良多；本书的研究在国家社科基金项目立项、结项及文库评审的各个环节，得到了匿名评审的同行专家的支持和肯定；本书的相关章节被《文学遗产》等期刊采纳，先后刊发论文多篇；中国海洋大学校领导、文科处及文学与新闻传播学院领导，对我给予了多方面的支持。这一切都是完成本书的众善缘，自当永久铭记，衷心感恩！

　　贺畅老师是一位非常优秀的编辑，我们相识多年，多次合作。我的《赋比兴与中国诗学研究》（2007）、《中国早期文化与诗歌研究》（2018），我主编的《崂山文化研究丛书》（第一辑 7 部，2015）、《青岛文化研究》集刊第一辑（2016），都是由贺老师担任责任编辑。记得《崂山文化研究丛书》即将付印前，为了让封面更理想，贺老师反复和我协商，前后换了好几种封面设计，直到我们两人都满意为止。贺老师的认真负责，从这件小事中可以窥见一斑。本书有幸再次与贺老师合作，我愿借此机会，感谢她多年来一如既往的支持！

　　我们也有幸拜读了文库匿名专家的评审意见，并就专家提出的不足之处做了尽可能的完善。虽然书中的若干个案研究，我们力求能在前人研究基础上有所推进，并提出自己的思考，但限于水平，修改时间也很有限，特别是在音乐方面的知识和修养不够，书中所论肯定还有不足之处，望方家同道能给予批评指正。

刘怀荣

2021 年 1 月 30 日

责任编辑:贺　畅　周　颖
封面设计:肖　辉　汪　阳
版式设计:肖　辉　周方亚
责任校对:余　佳

图书在版编目(CIP)数据

魏晋南北朝歌诗研究/刘怀荣 等著. —北京:人民出版社,2021.4
(国家哲学社会科学成果文库)
ISBN 978－7－01－022697－2

Ⅰ.①魏…　Ⅱ.①刘…　Ⅲ.①歌诗-诗歌研究-中国-魏晋南北朝时代
Ⅳ.①I207.22

中国版本图书馆 CIP 数据核字(2020)第 233059 号

魏晋南北朝歌诗研究

WEIJIN NANBEICHAO GESHI YANJIU

刘怀荣　傅炜莉　宋亚莉　著

人民出版社 出版发行
(100706　北京市东城区隆福寺街 99 号)

北京盛通印刷股份有限公司印刷　新华书店经销

2021 年 4 月第 1 版　2021 年 4 月北京第 1 次印刷
开本:710 毫米×1000 毫米 1/16　印张:29
字数:459 千字

ISBN 978－7－01－022697－2　定价:156.00 元

邮购地址 100706　北京市东城区隆福寺街 99 号
人民东方图书销售中心　电话 (010)65250042　65289539